JN017768

新潮日本古典集成

三人吉三廓初買

今尾哲也　校注

新潮社版

目次

凡例

〔底　本〕

一、底本には、「讀賣新聞」本を用いた。これは、明治二十一年二月二十六日発行の第三九三九号から、同年五月十七日発行の第四〇〇六号まで、三カ月間、四十二回に亙って「讀賣新聞」紙上に連載された、最初の活字本である。

一、底本選定の理由は、これが、以下の四点において、初演本の忠実な活字化と見られ、黙阿弥自筆の横書き本ないし縦本（たてほん）（初演台帳）の見当らぬ現在では、入手し得る唯一の善本だからである。

(1) 一番目、二番目から構成され、かつ、一番目の大詰を伝える完本である。

(2) せりふやト書きの人名が、役名ではなく、役者名で記されている。

(3) 後の活字本では、猥雑の故に削除もしくは改訂されたせりふやト書きが、原本通りと思しい状態で生きている。

(4) 場面を指定する地名が、後の活字本のように、江戸のそれに改められていない。

〔本　文〕

一、歌舞伎の脚本は、上演の度ごとに、多少とも内容を変える。いわば、それは一回限りのものであって、他本との校合を、本質的に許さない。従って、本文の作製に際しても、敢えて他本との校合を避けた。但し、次の二本を参照し、その語句を、必要に応じて頭注に引用した。

(1)『狂言百種』本（明治二十五年十二月、春陽堂刊）。――黙阿弥自身の改訂になるとされているもので、底本第一番目の序幕及び大詰を欠く、全六幕の活字本。役者名は一切使用されず、地名はすべて、江戸の地名に改められている。

(2)早稲田大学坪内博士記念演劇博物館所蔵の横書き本（頭注では『横本』と略記）。――黙阿弥旧蔵本で、三冊三十九葉が現存し、底本第一番目に該当する内容を含む筆写本。いずれも表紙には「当ル申の初春狂言　三人吉三廓初買」、裏表紙には「安政七庚申年正月大吉日　紙員〇〇葉　千穐万歳大入叶作者河竹新七」とあり、ほぼ底本の指摘と合致する役者名を使用した、初演時横書きの面影を止める善本である。但し、以下の理由から、後の上演用に作製されたものと思われる。すなわち、①第一冊目の表紙には「第弐番目序満久　荏柄天神社内の場、同松金屋座敷の場、笹目ケ谷柳原の場、同新井橋の場」、第二冊目の表紙には「第弐番目二幕目　花水橋材木川岸の場、稲瀬川庚申塚の場」、第三冊目の表紙には「第弐番目三満久目　葛西ケ谷伝吉内の場、高麗寺裏手の場」とあって、文里・一重の件と大詰とを省いて構成され、かつ、底本の「平塚高麗寺前の場」を大幅に書き替えた「弐番目」狂言である。②たとえば、「一度ならず二丁目へ、再び帰り新参者」（七六頁）というせりふが、「もふこふなつたらこつちも武士」となっていたり、「名に負ふ富士の大和屋に、劣らぬ筑波の山崎屋。高い同士に高島屋が」（一一九頁）というせりふが、「当時名うての売出しと」となっているように、楽屋落ちや、初演時の役者個人に対する特定の褒め言葉を欠いている。③「高麗寺裏手の場」に、一カ所、「寿美之丞上手より出て」とあり、市川寿美之丞がお坊吉三を勤めたときの横書き本である。その寿美之丞が、もし初代ならば、安政七年正月以降、彼が三世沢村国太郎と改名する慶応二（一八六六）年春までの期間の上演本、もし二代目ならば、明治十一年ごろから、彼が没する十七年五月までの間の上演本と考えられる。

〔用　字〕

一、本文の作製に当っては、読み易さを考慮して、適宜、漢字を仮名に、仮名を漢字に改めた。

二、旧字・別字・俗字・異体字に関しては、すべて現行の漢字に改める。

三、仮名遣いは、『新潮日本古典集成』の原則に従って、歴史的仮名遣いを採用したが、近世後期慣用の仮名遣いを一部に併用した。

四、記号の処理は、以下の通りとした。

(i)反覆記号は、「々」と「〳〵」に限定する。(ii)句読点は、底本にはなく、校注者の判断によって付ける。(iii)節記号「〽」と、思い入れを表す「〇」、及び、仕出しの役名に用いられる「〇・□・△・⧖」は、底本に準ずる。(iv)せりふの中の引用文には「　」を、また、浄瑠璃名題には『　』を付ける。

〔役　名〕

一、底本のせりふやト書きにおける人名は、役者名で記されているが、それをすべて、役名に変えた。

一、各幕の冒頭に記載される役人替名（配役一覧）の、役名の掲出順序は、せりふの発言順とする。

一、底本の役人替名の内、第一番目序幕の海老名門弟と非人、大詰の鬼、第二番目二幕目の禿、三幕目及び大切の捕手は、役者名はあっても固有の役名を欠く。底本の冒頭（連載第一回目）には、語り・大名題・四枚・浄瑠璃名題の外に全体の役人替名が掲出されているが、それによっても、判明する役名は禿のみで、他はいずれも確認することができない。そもそも鬼と捕手の記載はなく、門弟・非人の役人替名は本文中のそれと齟齬（そご）しているからである。従って、それらの役名は、鬼・捕手の場合同様「一、二、……」の数字によって表示した。以下、役人替名を対照しておく。

門弟

役者名	冒頭の役人替名	本文の役人替名
関　松次郎	海老名の門弟甘縄丹平	門弟三
坂東大作	〃　腰越伝内	
関　花平	〃　由井伝吾	
坂東三太郎	〃　片瀬竜蔵	門弟一
嵐　島八	海老名の下部しやこ平	門弟二
市川新作		門弟四

＊底本ト書きには「三太郎島八松次郎新作袴大小何れも門弟の形りにて」とある。

非人

役者名	冒頭の役人替名	本文の役人替名
市川米平	非人ひよろ竹	非人二
市川春蔵	〃じやがたら伝次	
中村竹助	〃つんぼ兼	
松本小かん子	〃白茄子かん蔵	
坂東八作	〃新米の八	
坂東元蔵	〃小僧熊	
中村鴻蔵		非人一
市川麦蔵		非人三
坂東太市		非人四

＊底本ト書きには「鴻蔵米平麦蔵太市皆々非人の拵へにて出て来り」とある。

〔注　釈〕

一、注釈は、傍注と頭注から成る。

一、傍注は、現代語訳を主とし、読者が、本文を気楽に読み取れるよう配慮した。しかし、スペースの関係上、一部を頭注に移した場合もある。

一、傍注の内、主語などの語を補う場合には〔　〕を使用した。

一、「〇」（思い入れ）の内容を推測し、（　）に入れて傍注とした。

一、頭注には、大別して四つの内容を盛り込んだ。すなわち、①太字で示した場面の表示、②場の表示の直後に二字分下げて掲げた場面の内容の要約、③語句の注および難解な文の読解、④＊印以下に掲げた、読解の参考に資するためのコラム風の記事。

一、本文の見開き二頁分に該当する頭注は、必ずその二頁の中に収まるよう配慮した。

一、大道具・小道具・衣裳・鬘・鳴物に関しては、可能な限り、初演時に近い史料に基づいて記した。従って、現代のものとは違う場合があることをお断りしておく。

一、その他、演出上の諸点に関する注は、すべて、筆者の本文理解に基づくもので、現行の演出とは一切無関係である。

〔解　説〕

一、巻末に、作品の理解の一助ともなるようにと願って、解説を付した。作者河竹黙阿弥の小伝と、『三人吉三』の内容及び戯曲構造に関する小論を骨子とする。

〔付　録〕

一、巻末に、付録二点を添えた。

(1) 影印、「江戸三座芝居惣役者目録」――『役者商売往来・下』（安政七年正月刊）所収。

(2) 翻刻、河竹黙阿弥著『狂言作者心得書』。

おわりに

頭注作業を進める間に、理解し難い、あるいは、実態の把握し難い語句に、しばしば出会った。楽屋落ちの洒落や、初演時には知られていたはずの店名・人名・地名などに関するものが、その大部分である。上原輝男（玉川大学）・小池章太郎（前進座）・斎藤和夫（藤波小道具）・鈴木棠三（白梅学園短期大学）・田中伝左衛門（歌舞伎囃子方）・永井啓夫（日本大学）・藤波隆之（国立劇場）・山田泰弘（鎌倉国宝館）各氏のお知恵を拝借し、数件を明らかにし得たのだが、なお、多くの語句を「未詳」のままに残さざるを得なかった。諸氏の御厚情に篤く感謝するとともに、大方の御教示を願う次第である。

多忙な筆者に代わって、快く図書館に足を運んでくれた玉川大学講師法月敏彦、今回特別に作製した翻刻要領に則って、本文筆写の労を引き受けてくれた教え子の小川知子両君に心から感謝する。

三人吉三廓初買

第一番目[一] 序幕

荏柄天神社内の場[二]
同松金屋座敷の場
笹目が谷柳原の場
同　新井橋の場

役人替名

一　茶屋の亭主　　若い衆[三]
一　仕出し[四]四人（○、△、□、⊠）　　若い衆
一　研師[五]　与九兵衛[六]　　松本国五郎
一　烏貸し[七]　鷺の首の太郎右衛門　　坂東村右衛門
一　木屋文蔵（文里）女房　おしづ　　吾妻市之丞
一　文蔵倅　鉄之助　　中村栄蔵

一　十八世紀末以降、江戸歌舞伎では、一日の演目を、一番目（時代物）と二番目（世話物）とに分けて上演した。本作初演は安政七年（一八六〇）一月十四日市村座。

二　以下、鎌倉と江戸の固有名詞が交錯する。内容はもちろん江戸の話だが、時代は源頼朝の治下、事件の起る土地は鎌倉。これは、初春興行には曾我物を上演するという江戸歌舞伎の慣例に従って、全体を曾我十郎・五郎の世界に設定したための処置だが、同時に、現在の人名や事件を脚色してはならぬという禁令から生れた近世固有の劇作法――過去の事件に託して現代のドラマを展開するという二重構造の劇作法を踏襲した結果である。

三　最下級の役者。正しくは下立役、俗に「稲荷町」「お下」ともいう。

四　端役の中でも、最も軽い役の称。役名は○□などの記号で表示された。

五　刀剣の研磨を専らとする者を研師、庖丁や小刀の研ぎ、鋸の目立てなどを行う者を研屋と、区別していう習慣もあったようだが、与九兵衛は、刀の研ぎを職としていながら文中では研屋とも呼ばれていることを見ると、その区別も明確なものではなかったらしい。

六　与九＝欲。欲の深さを示唆する名前。

七　三八頁注四参照。

一 木屋の下女[一] おちせ　　中村武次郎
一 木屋の丁稚[二] 三太　　坂東徳太郎
一 紅屋[三] 与兵衛　　坂東又太郎
一 海老名軍蔵　　市川米十郎
一 海老名の門弟[四] 一　　坂東三太郎
一 海老名の門弟 二　　嵐 島八
一 海老名の門弟 三　　関 松次郎
一 海老名の門弟 四　　市川新作
一 安森源次兵衛の次男 森之助　　市村竹松
一 安森の若党[五]弥次兵衛倅 弥作　　市川白猿
一 松倉屋[六]の女中[七]　　岩井扇之助
一 木屋の手代[八] 十三郎　　市村羽左衛門
一 夜鷹[九] 虎鰒のおてふ[一〇]　　嵐 吉六
一 夜鷹 うで蛸[一一]のおいぼ　　市川小半次

一 雑用や台所仕事をする召使いの女。上女中に対していう。
二 職人の家や商家に奉公する少年。小僧。
三 紅屋には、紅染めを業とする者と、化粧用の紅を商う者とがあり、与兵衛がそのいずれであるか、本文には説明がない。しかし、お七・吉三を扱った脚本の伝統に従えば、化粧品店を営んでいるものと推察される。
四 「凡例」の内、「役名」の項参照。
五 江戸時代、武家に仕えた身分の低い家来。年齢の別を問わない。二六頁注六参照。
六 松金屋の誤植か。
七 料理屋や娼家に奉公する下働きの女。下女。勝手仕事をする下女は含まない。
八 商家で、丁稚や小僧の元服した者の称。
九 夜間、街頭で売春する私娼の一。天保の改革で一時廃絶したが間もなく復活。
一〇 「おてふ」は、ふぐの毒のある卵巣の俗称〈蝶〉を、虎鰒の縁で名としたもの。
一一 吸い付いたら離れないの意。なお女陰の名器を蛸壺・蛸巾着などという。
一二 彼岸の沙魚は中風の薬になるという。中風にかかった婆あ夜鷹の意を示す名か。
一三 「牛夫」とも「牛」とも書く。ここは、夜鷹宿に同居して客引きや用心棒を勤める男のこと。

一　夜鷹　婆ァ(ばば)おはせ[一二]　　関(せき)　孫六(まごろく)
一　夜鷹の妓夫(ぎふ)[一三]　けんのみ[一四]権次(ごんじ)　　市川米五郎(いちかはよねごらう)
一　紅屋与兵衛倅　与吉(よきち)　　関(せき)　花助(はなすけ)
一　土左衛門爺ィ(どざゑもんぢぢ)伝吉(でんきち)娘　おとせ（一とせ）　　中村歌女之丞(なかむらかめのじよう)
一　非人(ひにん)[一五]　一　　中村(なかむら)　鴻蔵(こうざう)
一　非人　二　　市川(いちかは)　米平(よねへい)
一　非人　三　　市川(いちかは)　麦蔵(むぎざう)
一　非人　四　　坂東(ばんどう)　太市(たいち)
一　折助(をりすけ)[一六]　　若い衆

本舞台[一七]（舞台の）、三間(さんげん)の間(あひだ)、上手(かみて)[一八]（右手寄りに）へ寄せて額堂(がくだう)[一九]。これに色々の額を掛け、この前に〔天神の〕、梅鉢(うめばち)の紋付きたる鉄の用水桶(ようすいをけ)[二〇]。額堂の内[二一]、出茶屋(でぢやや)[二二]。御(お)[二三]せんじ茶の行灯(あんどう)を掛け、床几(しやうぎ)[二四]二、三机(き)[二五]、並べあり。これに続

一四「剣の峰」の略。剣突ともいう。乱暴な口をきくこと。荒っぽい口調、とげとげしい言葉で人に当ること。
一五 江戸時代における最下層の身分の称。また、その身分に属する人々。凡例参照。
一六 中間(ちゆうげん)の異名。中間は次頁注八参照。
一七 中心となる演技空間。歌舞伎の舞台は、方三間の能舞台を母胎とし、前面及び左右の側面に、漸次、面積を拡大。その根本となる舞台を「本舞台」と呼び、装置の指定に際しては、「本舞台三間の間」と書くのを常とした。
一八 客席から舞台に向って、右を「上手」、左を「下手」と呼ぶ。
一九 絵馬などを掲げたお堂。
二〇 貯水槽。
二一『横本』には、「前」。
二二 簡素な茶店。
二三 出茶屋の柱に掛ける「御せんじ茶（煎茶）」と記した、角型の掛け行灯。
二四 横長の簡単な腰掛け。毛氈(もうせん)などを敷く。
二五 単位呼称。

茬柄天神社内の場

安森源次兵衛は、源頼朝から預かる短刀庚申丸(かうしんまる)を海老名軍蔵に盗まれ、責任を負って切腹。妻は病死し、長男吉三郎は出奔。娘お元は身売りして、今は、一重と

いう遊女になっている。若党弥次兵衛父子は、次男森之助を養いながら、庚申丸の行方を詮議。庚申丸は、すでに木屋文蔵（文里）が売る予定をしていたが、海老名は、出世の種にしようと、それを百両の金で買い戻させる。文蔵は一重に惚れて廓通い。妻おしづは、心を痛めている。

一 パネルではなく、立体的に作る大道具。
二 垣。「玉」は美称。
三 舞台前面上部の称。
四 日覆から釣り下げる樹木の枝。
五 矢場（やば）ともいう。楊弓とは、小型の弓で短い矢を射、的に当てる遊び。料金（三十矢で六文）を取って、楊弓をさせる店が楊弓場。
六 舞台後方、左右いずれかに飾る道具。
七 鎌倉市二階堂にある、菅原道真を祭った古社。ただし、ここでは、江戸の湯島天神（文京区湯島三丁目）を示唆している。
八 武家の下僕。士分には属さない。
九 神社の場などに用いられる鳴物の名称。
一〇 昔は上手から下手へと開けた。今は逆。
一一 「笹目が谷の柳原に、この頃噂の高い」。
一二 江戸吉原の娼家には、大見世・中見世・小見世などの別があった。まじり見世とは中見世のこと。二級の遊女を置いていた。
一三 「新艘」とも書く。姉女郎に従う見習い

いて、下手（しもて）〈左〉、[一]丸物（まるもの）の石の鳥居（とりゐ）、同（おなじく）玉垣（たまがき）[二]。この内、紅白の梅の立ち木。[三]日覆（ひおほひ）より同じく[四]釣枝（つりえだ）。鳥居の内、茶見世、[五]楊弓場（やうきゆうば）〔や〕の[六]片遠見（かたどほみ）。すべて、[七]荏柄の天神境内（けいだい）の体（てい）〈有様〉。ここに若い衆、町人・[八]中間（ちゆうげん）〔の扮する〕の仕出し〈端役が〉、床几に腰を掛け、これへ若い衆の茶屋の亭主、茶を出しゐる。この模様よろしく〈こんな様子で〉、[九]大拍子（だいびやうし）にて、[一〇]幕明（まくあ）く。

亭主　皆さま、良う御参詣（ごさんけい）でござります。お茶を一つ、お上がりなされませ。

ト、皆々へ茶を出す。

○　ナント、今年は天気都合（てんきつがふ）〈好天が多いので〉のいいので、盛（さか）り場は仕合はせな事ぢやアないか。

△　さうとも／＼。それに、この天神の境内は見晴らしがいいから、きつい〈大変〉繁盛だの。

□　コウ〈オイ〉、繁盛と言へば、[一一]この頃噂（ごろうはさ）の高い、笹目（ささめ）が谷（やつ）の柳原（やなぎはら）に、おとせ

とかいふ豪儀(大層)にいい夜鷹が出るぢやァねへか。

⧖ 手前はまだ知らずか(知らないのか)。いいの悪いのといつて、夜鷹にやァ(夜鷹にしておくのは)勿体ねへ、一二まじり見世の一三新造でも、あの位のは(あんないい女は)少ねへぜ。

□ そいつァえらものだの(よほどの女だな)。

⧖ それで聞きねへ(聞けよ)。一四去年の大晦日の日にやァ、三百六十一五玉を売つて、そこで一六一年が三百六十日だから、一とせと名を変へたといふ事だ。

○ モシ、そりやァ本真の話でござりますか。

⧖ お前がたも、マァ、試しにいつてみるがいいやな。

△ そいつは一晩、一七素見(見物に)に出掛けませう(でかけよう)。

□ コウ、さう聞いちやァ堪へられねへ(我慢ができない)。今夜は一番(今夜は思い切って)、一八草鞋の銭をつつこまずばなるめへ。

⧖ とてもゆくなら(どうせ行くなら)、口明けを買はうぢやねへか(最初の客になろうじゃないか)。

□ コウ、先駆けはならねへぜ(俺たちを出し抜いてはいけないよ)。

○ 私どもも戻り道に(帰る途中で)、その夜鷹を拝みませう。

の遊女。多くは、十四、五歳の成年に達した禿が、姉女郎の世話で新造となる。これを振袖新造という。それから二十歳位になって、袖を留めたのが留袖新造。外に、姉女郎の世話をしながら監視役をも勤める番頭新造がいた。新造の揚代は普通二朱（約五百文）。

一四 宝暦ごろ、おしゅんという名高い夜鷹がいた。本所から出て、柳原の土手で客を引いた。美貌のため客も多く、気候や生理の関係でかなりの日数を休みながら、ある年の暮れに客の数を数えたら、三百六十人余りもあった。それはほぼ一年の日数に相当し、親方が「一年のおしゅん」とあだ名を付けたという。黙阿弥は、そのあだ名を役名に利用した。

一五 玉代（娼婦の勤め代）の略。「去年の大晦日の日に計算すると、一年で三百六十玉を売った」の意か。夜鷹の稼ぎ時は、ほぼ黄昏から三更まで（午後八時〜十二時）とされているから、「大晦日一晩で三百六十玉」の意ではあるまい。但し、多量のチップを貰った売れっ子の意とも取れる。

一六 旧暦の一年は三百六十日。

一七 遊女などを買わずに、ただからかったり、品定めをしたりすること。

一八 当時、草鞋一足二十四文。夜鷹の玉代も二十四文。一〇九頁注六参照。

△　拝むといへば、早く参詣をしようぢやァないか。

○　話に浮かれて（話に気をとられて）、肝心のお参りを忘れたやつさ（すっかり忘れていたよ）。

□　そんなら、いつしよにゆきませう。

亭主　マァ、[一]お静かに（気をつけて）お出でなされませ。

○　[二]茶代はここへ置きましたよ。

皆々　サア、ゆきませう。

[三]ト、皆々、鳥居の内へ入る。大拍子になり、[四]向ふより（揚幕から）、鷺の首の太郎右衛門、羽織、[五]ぱつち、[六]尻端折り、高利貸しの[七]拵。後より、研師与九兵衛、同じ拵（同様の扮装で）、町人の形（町人姿）。刀を包みし風呂敷包みを担ぎ、出て来り、

与九　オイ〳〵、そこへゆきなさるのは（そこを歩いていらっしゃるのは）、太郎右衛門さんぢやァねへか（ないか）。

太郎　ヨウ、研屋の与九兵衛さん、研与九さんか。

与九　お前の跡を追つ駆けて、歩いてゐたわな。

太郎　私もまた、[八]主の跡を〳〵と、捜してゐたのだ。

一　客を送り出すときの挨拶の言葉。
二　十二文から二十四文程度。
三　この種の文を「ト書き」という。役者の演技や演出の概略を指定するための文。「ト」は接続詞。この叙法は、語り物の文体から展開したものと思われる。
四　花道（客席を貫く廊下状の舞台）の出入り口、揚幕の掛けてある所。二六頁注二参照。
五　股引。ズボン状の、男性用の下ばき。
六　足の動きを自由にするために、着物の後ろの裾をまくり上げ、帯に挟み込むこと。
七　扮装。「〜の拵」とか「〜の形」という指摘が散見する。人間の身分や職業や生活の特徴が、かつて、服装・髪型・行動様式に端的に表れていたからで、そのような特徴を観察し、典型化して模倣するところに、歌舞伎の役作りの原点があったたし、それがまた、人物に実在感を与える、演技の基本的な方法でもあった。その伝承のおかげで、今日でも歌舞伎の演技が成り立つのである。
八　二人称単数の人称代名詞。
九　「思入」を示す記号。二七頁注一五参照。
一〇　脚本には記載されず、役者が適当に作っていうせりふ。

与九　なにしろ、額堂で話をしようぢやねへか。
太郎　そんなら向ふで、
与九　サア、来なせへ　○　[九]（頷く）

ト、右の鳴物にて本舞台へ来り、額堂の床几へ、両人、腰を掛ける。茶屋の亭主、[一〇]捨てぜりふにて茶を出す。

ときに太郎右衛門さん。此間からお前に話をした、[一一]丸印の一件はかういふ訳だ。己が出入り屋敷で、当時、この[一二]武張つた世の中で、[一三]一刀流の達人と、人も知つてゐる鎌倉[一四]昵近のお武家で、海老名軍蔵さまといふお方が、急に[一五]庚申丸といふ短刀を、お尋ねなさるのだ。ところが、その短刀を己がかぎ出して、己が世話で売るつもりだつたが、その金がちつと手づけへたから、此方を頼んだあの[一六]百両の金よ。今日そのお方が[一七]崖の松金屋で、取り引きをするつもりだから、どんなに気をもんだか知れねへわな。
太郎　そりやァ己も承知だから、お前を捜して来たのだが、その百両の金

一一　円形の銭貨の意から、広く、金を指す。
一二　「武張つた」は、武士のように勇ましい様子をする意。安政の大獄などが相次ぎ、武断政治の空気が庶民の意識に反映したための表現か。あるいは、武家の支配する鎌倉時代の雰囲気を、抽象して言ったものか。
一三　伊藤一刀斎を祖とする剣術の流派。一刀流を持ち出したのは、一刀斎と鎌倉の縁によるか。また、千葉周作の名声にちなむか。
一四　「昵近」は昵近衆の略。貴人に近侍する者。ここでは頼朝に側近く仕える武士の意。
一五　刀の銘。本作初演の安政七年（一八六〇）は庚申の年に当り、それにちなんで付けられた名。三匹の猿の刃文がある。
一六　江戸時代には金・銀・銭貨が併用され、しかも、相互に補助貨としての関係がなかったため、各貨の間に相場を生じた。安政七年一月の江戸相場は、金一両＝銀約七十二匁＝銭約六千五百文（六貫五百文）。今の貨幣価値に直すには、時々の米相場による。安政七年春、江戸では、買値が米一石につき銀約百十四匁。一石＝百升。一升の精米は一・四キロ。なお、当時、盛そば十六文、天ぷらそば三十二文。
一七　湯島天神境内の、男坂（石坂）と女坂の石段に挟まれた辺りを、俗に崖と呼んだ。

は持つて来たが、いくら心安い仲でも金銭（きんせん）[一]は他人だ。まづ礼金[二]が五分（ぶ）で、利息が五両一分と言ふところだが（五両につき一分といいたいところだが）、金（かね）が大きいから（金額が）十両一分（十両につき一分）で（分で）、こいつが（その利息分が）二両二分、礼金が五分で五両よ。まづ七両二分（両方合わせて）は天引（てんび）[三]きで、この証文の月が切れるとをどり[四]を取るが、そこは（その点は）お前（めへ）も承知だらうの。

与九　オット、皆までいふべからず（分っているとも）。そこは研屋の与九兵衛だ。お前（めへ）の金を借りるからは（借りる以上は）、利の高いのは合点（がつてん）[五]だ（承知の上だ）。己はずいぶん高利（かうり）では、苦労をした人間だわな。

太郎　それさへ承知なら、ここで金を渡さうがの。七両二分は天引きだよ。

与九　ハテ、承知だといふ事よ。お前（めへ）[六]もよつぽど欲太りだの（お前が太っているのも欲がふくらんでゆくからだな）。

太郎　知れた事よ（いうまでもない）。酒を飲まねへから、外（ほか）に太りやうがねへわさ。

与九　なにしろ（とにかく）、海老名さまのお出（い）でまで、松金屋で一杯やらうぢやァねへか。

太郎　そいつは妙だ（それはいい）。しかし、割り前（まひ）ではあるまいの（割り勘ではないだろうね）。

一　諺。いかに親しい間柄でも、金銭に関しては他人同様である、の意。

二　百両に対して五パーセントの礼金で五両。利息が十両につき一分で十分。金一両＝金四分（十六朱）だから、要するに二両二分。

三　貸し金の中から、あらかじめ利子や礼金を引いておくこと。

四　返済期日に金を返さない場合、その月の利子を二重に取ること。

五　分った。相手の意図を諒解し、それを実行に移す意志のあることを示す言葉。

六　太郎右衛門に扮した初世坂東村右衛門が、大柄で肥満していることを当て込んだせりふ。村右衛門はまた、下戸（げこ）で甘党だったらしい。

七　一八頁六行目にも、「そこは研屋の与九兵衛だ」とあり、盛んに自分を売り込んでいる。一種のおかしみをねらったせりふ。

八　旦那を、しゃれて、しかも、馴れ馴れしく呼ぶ語。

九　大拍子に、「どうぞ叶えて下さんせ。○○さまへ願かけて」の宮唄を入れたものか。

一〇　結婚した女性の、正式の髪型。本作上演当時は、髷（まげ）の根を高く、鬢（びん）を長目に結う形が流行していた。通常、銀簪を插す。

一一　女方の役の名称で、世帯じみた女房の意ではない。

一二 花道とは、役者が「花を飾って（美しく装って）出る道」の意で、原則として、舞台で起る事件に重要なかかわりを持つ人物の登・退場に用いられる。歌舞伎の劇場に、花道が常設されるようになったのは元文（一七三六〜四一）頃。その形態は、上方と江戸では異なっていた。上方の花道は、舞台中央寄りに、客席後方へと直線状に延び、黒い揚幕を通って奥の小部屋（鳥屋）に通じる。江戸の花道は、舞台下手寄りの位置から客席後方へと、当初は斜めに、後には真っすぐに延びてから左に折れ、花色地に白く座紋を染めぬいた揚幕を通って小部屋（揚幕）をぬけ、客席裏の通路に通じる。これが現在のように上方風になったのは、明治に入ってからのことである。

一三 幼児の称。男女ともにいう。

一四 鎌倉市長谷三丁目にある、海光山長谷寺。奈良の長谷寺と区別して新長谷寺とも呼ぶ。本尊は十一面観音。通称長谷観音。ここは、江戸浅草の観音を示唆している。

一五 鳩や鶏、魚などをいう幼児語。

一六 豆は陰核の秘語。また、女陰をもいう。鳩に餌をやって遊ぶ話に引っかけ、餌の豆から陰核へと、意を転じてからかった。

与九　ハテ、己[七]も研屋の与九兵衛だ。落ち着いてお出でなせへ（安心していらっしゃいな）。

太郎　そんなら旦州[八]、

与九　サア、お出でなせへ。

ト、やはり右（同じ）の鳴物にて、下手（左手）へ入る。唄[九]三味線入りの大拍子になり、向ふより（揚幕から）、木屋文蔵女房おしづ、丸髷[一〇]、人柄良き世話[一一]女房の拵。後より、おちせ、下女の拵。風呂敷包みを持ち、丁稚三太、おしづの子鉄之助を背負ひ、出て来り、花道[一二]にて、

しづ　今日は、坊[一三]がきつうおとなしかつたの（坊やがたいそうおとなしかったね）。天神さまへお参り申して、戻りには（帰りには）、初瀬[一四]の観音さまへ行て、お手遊をたんと買うてやりませうわいの（たくさん買ってあげましょう）。

鉄之　観音さまへ行たら、ととに[一五]（鳩に）お米をやらうわいの。

ちせ　また鳩を追つ駆けて、遊びませうわいな。

三太　オイ、おちせどん。鳩を追つ駆けて、お前の豆[一六]をねらはれなさんなよ（つつかれぬよう気をつけなさいよ）。

ちせ　エヱモ、黙つておいで。お前にいうたのぢやないわいなァ。

しづ　また喧嘩(いさかひ)（口げんかをするのですか）をしやるかいのゥ。サア、お参りをしませうわいの。

　ト、右の鳴物（同じ）にて、皆々、舞台へ来(きた)り、

ちせ　モシ、お神(かみ)さん[一]。この梅の盛りを御覧なされませ。見事な事ではござんせぬかいなァ。

しづ　オォ、見事に咲きましたわいの　〇（溜息をつき）　花でさへこのやうに、春をたがへず（春がくるときっと）開くのに、なにの因果で（[二]どうした報いで）このやうに　〇（目頭を押え）

　ト、思入あつて（不幸を嘆く気持を表し）、おちせと顔見合はせて、気をかへ（気持をとり直して）、

お茶を一つもらうてたも。

ちせ　はい／＼、かしこまりました（承知いたしました）　〇（辞儀）

　ト、おちせ、茶をくんで来て、

ちせ　モシ、お神さん、旦那さまは、今日も武者小路(むしやこうぢ)[三]のお屋敷から、まだお帰りがござりませぬが、お遅い事でござりますな。

三太　どうで(どうせ)今夜も化粧坂(けはひざか)[四]のお屋敷だから、帰る気遣ひはござりません（帰ってくるはずはございません）。

一　町家で人妻を指していう語。江戸時代は、身分によって、人妻の呼称が違っていた。将軍の正室は御台所・御台様、御三家・御三卿は御簾中、将軍の息女で、三位以上の大名に嫁いだ者は御主（守）殿、三位以下の場合は御住居、大名の妻は、十万石以上が御前様、以下が奥方、旗本は奥様、御家人は御新造様、少し下って御新造さん・御新造・御新さん、町家はお上(かみ)さん。もっとも、幕末になると多少混乱し、裕福な町家の妻女は御新造様と呼ばれることがあった。この区別を知らないと、『与話情浮名横櫛(よわなさけうきなのよこぐし)』で、与三郎が、「御新造さんえ、お上さんえ、お富さんえ」と呼び変えて行く、皮肉なせりふの味が分らない。なお、町家の人妻に対しては、内儀・お内儀という呼称もあった。

二　どうした報いで私には暖かい春が巡ってこないのか。

三　鎌倉の地名らしいが不明。武蔵大路と、それに通じる長谷小路とを合成して作った、架空の地名か。

四　発音は「けわいざか」。「仮粧坂」とも書く。鎌倉七口の一。扇が谷四丁目から北に折れて、葛原が岡にいたる坂道。往古、遊女町があった。「化粧坂のお屋敷」とは、その遊女屋のことだが、もちろん、江戸の遊里吉原

しづ　またそのやうな事をいやるか[五]（言うのか）。口出しをしやると（口出しをすると）、聞くこってはないぞや[六]（承知しませんよ）。

ちせ　まことに、三太どのはおしやべりで困りますよ。

鉄之　母(かか)さま、早うゆかうわいの[七]。

しづ　サア／＼、神(のの)さん[八]へ、お参りしませうわいの。

ト、この内、右の鳴物にて、上手より（右手から）、紅屋与兵衛(べにやよへゑ)、老(ふ)けたる町人(ちやうにん)、羽織、ぱつち、尻端折りにて出て来(きた)り、おしづを見て、

与兵　オォ、娘。天神さまへお参りか。坊もいつしよか。すこし見ぬ内に、オォ、大きうなつたな。

しづ　父(とと)さん、どこへお出でなさんしたのでござりまする。

与兵　ちつと商売用(しやうばいよう)があつて切通(きりどほ)し[九]までゆくのだが、そなたにいろ／＼話もあり、わざ／＼逢ひにゆかうと思うてゐたところ。つい立ちながら話もできぬ（ちょっと立ち話ではすまない）。ちやうど仕度時分(したくじぶん)[一〇]ぢや。松金屋へ行(い)て、坊といつしよに飯(まま)でも食べよう ○（二人に気付き）オォ、おちせに三太か。オォ、御苦労／＼。

を暗に示している。一三二頁注五参照。

五 「やる」は、動詞の連用形に接する助動詞で、同等の者や目下の者の行動を、丁寧にもしくは親愛の情をこめていう際に用いる。

六 「こって」は、「ことにては」の変化。

七 「わいな」とも。終助詞「わい」に間投助詞「の」または「な」のついた形。文末に付けて感動や詠嘆をこめ、自己の主張や行動の確認を和らげて伝えるときに用いる。「わいのう・わいなァ」と長音化することがある。

八 のの。神仏や月などを敬っていう幼児語。

九 山などを切り開いて通した道路。鎌倉には、朝比奈切通しなど多くの切通しがあるが、ここでその名を特定していないのは、湯島天神の北にある切通しを示唆しているからであろう。

一〇 食事の時間だ。「仕度」は食事をすること。

ちせ　いつもお達者で(お元気で)、おめでたうござりますわいな。

しづ　そんならごいつしよに、参じませうかいなア(まいりましょう)。

与兵　サア〳〵、坊は、爺さまが手を引いてやりませう。ぢき向ふぢや(すぐあそこだよ)。歩行をしてゆきやれ(お行きなさい)。オォ、[一]おとなしくなりやつたの(お利口さんになりましたね)○(嬉しそうな気持)サア、ゆきませう。

ト、与兵衛、鉄之助の手を引き、先に立つ。後よりおしづ、おちせ、三太、付き添ひ、下手(左手)へ入る。大拍子になり、向ふ(揚幕から)より、海老名軍蔵、[二]くり下げ、羽織、袴、[三]大小、武張つたる拵にて出て来り、後より四人、袴、大小、いづれも門弟の形にて、[四]絹やつし、[五]切りつぎ、[六]一本差し、[七]そぼろなる拵、[八]若衆かづらの安森森之助を引つ立て(無理に引っぱって)、出て来り、すぐに舞台へ来り、森之助を引き据ゑる。軍蔵、見て、

軍蔵　コリヤ〳〵、門弟衆。その童めは(子供は)、いかがいたしたのでござる(いったい何をしでかしたのだ)。

[九]門一　先生、お聞き下され。この童めが、ちつぽけな形をして(小さなくせに)、身どもが(私が)

一 聞き分けのない状態から、聞き分けの良い状態へと成長していることを褒めた。「温和しい」は、もともと、「大人らしい」から出た語。

二 剗り下げ。鬘の鬢の名称。鬢の剗りに大きく丸味を持たせ、小額の位置を下げて、おかしみや間の抜けた感じを出し、いささか道化じみた敵役の性格を表すもの。

三 大刀（刀）と小刀（脇差し）との二本差し。大・小の別は、寸法で定められており、二尺～二尺八寸程度のものを刀、一尺～一尺七寸程度のものを脇差し（中脇差し）と呼んだ。「帯刀」とは、刀を差すことをいい、武士は、外出に際しては、大・小を帯びることを原則とした。

四 絹で仕立てた着物。

五 切り継ぎ。所々に、違う布地をはぎ合せて仕立てた衣裳。みすぼらしい生活状態を表す。

六 武士の子は、十三、四歳までは、脇差しだけを佩用していた。大体、小脇差し（長さ九寸九分までの脇差し）が多かったという。

七 みすぼらしいこと。

八 前髪のある鬘。若衆とは、ここでは、元服以前の少年の意。

九 以下、二三頁四行目までのように、一続

門二　一〇鞘当て（刀の鞘をぶつけたから）をいたしたから、挨拶をいたせとぬかしをるゆゑ、（あやまれと言いますので）
門三　形に似合はぬ小積者、（生意気な奴）あまり面憎く存じましたゆゑ、（憎たらしく思いましたので）
門四　こまつちやくれた餓鬼が言ひ分、（小生意気な小僧の言い方）
　　　以後の見せしめ、存分にいたさうではござらぬか。（思いきり痛めつけてやろうではありませんか）

　ト、門弟一、森之助の脇差しを取り、抜いて見て、

門一　いづれも御覧なされ。（みなさん見て下さい）鞘当ていたせし挨拶のと、（だのと）口は立派に利く奴（立派な口を利くくせに）が、豆腐も切れぬ（〔刀身は〕）一一竹光でござるわ。
門二　一二犬脅しにもなりはいたさぬ。（〔の棒〕）こんな事を言ひ掛けて、（こんな言いがかりを付けて）物取りいたす（人の物を盗む）
門三　一三巾着切りかも知れませぬ。
門三　こんな奴が、（こんなやつこそ）油断がならぬて。（油断も隙もないというのだ）
門三
門四　いつそ、この場で引つくくつて、

　ト、門弟三、四、森之助の両の手を取らうとするを、森之助、（〔その門弟の〕）ぐつとねぢ上げて、（〔腕を〕）

森之　たとへ一四中心は竹光でも、腰に帯せば武士の魂。手込めになされしお（乱暴をなさった）

きのせりふを分割して数人の役者に言わせる手法を「渡りぜりふ」という。

一〇 武士が、往来ですれ違う際に、互いに刀の鞘をぶつけること。過ちの場合もあれば、喧嘩を売るためにする場合もあった。その無礼をとがめることを、「鞘咎め」という。かつて歩行者が左側通行を守ったのは、鞘当てを避ける習慣によるとの説もある。

一一 刀身を竹で作った刀。「竹光」と光の字を付けるのは、国光・兼光などの刀工の名をもじったもの。

一二「犬も歩けば棒に当る＝犬でさえ、うろつき回ると棒で打たれてひどい目に遭う、まして人間は……」という、かるたの文句にも知られるように、犬脅しに棒は付き物だった。竹べらのような竹光では、その棒の役にも立たぬ。

一三 すり。巾着切りには十四、五歳から二十四、五歳までの若年者が多く、子供上がりの犯罪ということで、処分も軽かった。森之助を「巾着切りかも知れぬ」と卑しめたのも、彼が、前髪立ての少年だったからである。発音は「きんちゃっきり」か。

一四 中子とも書く。正しくは、刀身の内、柄の中に入る部分をいうが、ここでは、刀身そのもの、の意。

一 囃子で使う、唄の入らない三味線曲。
二 おや。何事かを怪しんだり、考え込んだりするときに発する感動詞。
三 刑罰としての切腹は、十五世紀の半ばに始まる。それが制度化されたのは織田信長の時代で、以後、豊臣・徳川に継承。切腹は、武士の刑罰としては、最も重いものであった。
四 徳川幕府の成立とともに制度化された、武士に対する刑罰で、切腹に次ぐ重刑。大名や旗本、つまり、御目見以上の者の場合には〈改易〉、以下の者の場合には〈御扶持米召放し〉という。様々の理由で、家禄や扶持、家屋敷を没収し、士籍を剝奪。そのまま絶家となることもあれば、子孫が家の再興を許される場合もあった。
五 「浪人」は、主家を離れて失業している武士の意。生計のために、寺小屋の師匠、傘張りなどの内職をする者も多く、中には、袖乞いに身を落す者もあった。ただし、森之助は弥次兵衛父子に養われているのだから、「歌を謡つて袖乞ひの」は、「浪人者」を修飾する形容句。「袖乞ひ」とは乞食のことで、物乞いする者が、袖を広げて施物を受けたゆえの呼称か。「長々」は、時の経過の長いこと。なお『横本』には「謡を謡って」とある。

侍さま、その分にはいたされませぬぞ。

ト、門弟三、四を左右へ突きのけ、きつとなる。

軍蔵 なるほど、形に似合はぬたくましき小倅、して、其方はなに者の倅だ。

ト、合方になり、

森之 お尋ねにあづかりまして、名乗るも便なき事ながら、安森源次兵衛が倅、森之助と申しまする者でござりまする。

軍蔵 ナニ、安森が倅とな。いや、親子とて争はれぬ。どこやらが似てゐるわ。ハテ、気の毒なものだなア。

門一 元は鎌倉昵近で、刀剣目利きの達人と、自慢顔したその罰で、

門二 頼朝公より預かりの、庚申丸の短刀を、盗人入つて奪ひ取られ、その落ち度にて切腹なし、

門三 家は断絶。それからは、母親妹とも〴〵に、かすかな暮らしをすると聞いたが、

門四　歌を謡つて袖乞ひ（乞食する）の、長々の浪人者か。見れば見るほど、

皆々　惨めなざま（姿だ）だ。ハハハ。

軍蔵　こりや（こんなふうに）その筈でもあらうわへ（落ちぶれたのも当然だ）。お上の禄をはみながら（給与を頂く身のくせに）、目利き〳〵（鑑定にかこつけて）と目をかすめ（御主人の目をごまかし）、刀の売り買ひ道具屋武士（刀の売買をするとは古道具屋も同然）。潔白（〔過ちも犯さず〕）の侍はこのごとく、御奉公勤むるも、こりや天理と申すもの（自然の道理というものだ）。この軍蔵も（〔にとって〕）遺恨ある源次兵衛。その腹癒せに（恨みをはらすため）短刀も、身ども（俺が）がひそかに　○（〔失言に気付く〕）　いや、身どもの前をもはばからず、慮外な小倅、不便ながら手討ちにせねば、身（武士として）が一分が（面目が）立たぬわへ。

森之　小分ながら、私も武士の倅でござりまする。お手討ちとあるからは、お相手になりその上で、命はあなたに差し上げませう。

軍蔵　良い覚悟だ。子供を相手に大人気なけれど（馬鹿げているが）、あまり口が立派ゆゑ（立派な口をきくので）、望みに（望み通り）任せて命を取るぞよ。

森之　御念には及びませぬ（念を押す必要はありません）。

軍蔵　いづれも（お前たち）、この小倅を引き出さつせへ（〔俺の前に〕連れてこい）。

六　武士の禄＝給与には、知行と蔵米の別があった。知行とは領地のことで、そこで取れる玄米を一定の比率（四〜五割）に従って徴収し、収入とする。蔵米とは米の現物支給で、さらに、〈俵〉で表示される現米と、扶持（通常、一日五合の割合）とに区別されていた。扶持には、年額何両という現金が加算される場合もある。

七　鑑定。詳しくは四五頁注五・＊印参照。

八　「身どもがひそかに（盗ませた）」と言いかけて、失言に気付き、「身どもの前をもはばからず」と言い直す。あるいは誤魔化す。

九　無礼な。

一〇　可哀そうだが。

一一　「手討ち」とは、主君が家臣を、親が子をと、目上の者が目下の者を、直接手を下して討つこと。森之助と軍蔵の場合は対等の立場で戦うのだから、果し合いというべきところ。それを手討ちといったのは、両者の社会的地位の懸隔から、言葉を拡大解釈したものか、または、上位の者が下位の者を討つことを、幕末には手討ちと汎称したか。

一二　「小分」は小さく分けること、少量の意。「小分ながら」は、わずかながら、はばかりながら。「しょうびんながら」ともいう。『横本』には「小身」。

四人　心得ました。

　ト、四人、森之助を無残に引き立て、前へ出す。軍蔵、刀を引き抜き、きつとなる。この時、向ふ揚幕にて、

弥作　しばらく〳〵、しばらくお待ち下されませう　○

　ト、大拍子、ばた〳〵になり、安森の若党弥次兵衛の倅弥作、古き紋付きの切りつぎ、一本差し、若党の拵にて走り出て来り、すぐに舞台へ来り、皆々を押し分け、森之助を囲ひ、

まづ〳〵、しばらくお待ち下さりませ。なにか様子は存じませぬが、裄丈もないこの子供、お手討ちにでもなさるる権幕。見ますれば、お歴々のお武家さま、どうぞこの場のところは、私がお詫び言を申しまする。お助けなされて下さりませ。

門一　ヤイ〳〵、むさくるしいざまをひろいで、

門二　先生の前をもはばからず、

門三　横合ひからいらざる詫び言、

一 決まる。形を決める。ある種の緊張を伴って一瞬静止したポーズをとること。

二 花道の出入り口に掛ける幕。また、その幕で仕切られた控え室。

三 弱者の危機と、それを救う者の出現とは、劇的な緊張感を感じさせる局面としてよく用いられた。一時の猶予を求める「しばらく」の語を題名にし、その局面を一編の戯曲に拡大した、『暫』という芝居もある。

四 「しばらく〳〵……」のせりふは、揚幕の中でいうせりふ。弥作はまだ見物の前に姿を現しておらず、従ってこの「○」は、登場に際して呼吸を整えるための指示であろう。

五 役者が花道を走って通るときや、戦いの場面などで、動きに合わせて板を打つツケの擬声語。転じて、ツケのこと。

六 若党（若徒）は、旗本や諸藩士に抱えられる身分の低い奉公人の称。足軽同様、中間・小者の上に位するが、将軍家や諸大名に直属する足軽よりは、下位に見なされていた。この弥次兵衛父子のような譜代の若党は稀で、多くは渡り奉公。そのためか、帯刀はしていても、士分としては扱われなかった。

七 恐らく、生計の足しに、刀は売り払ったのであろう。

八 森之助を、自分の体で隠すようにして、

敵の攻撃から守る。
九「よたけ」は、着物の裄（ゆき）の長さ。その長さにも満たぬ小さい者の形容。幼い。
一〇 する・行うの意で、他人を罵っていう語。
一一 二九頁でも、門弟一が、弥作を「老耄（おいぼれ）」と罵っている。親弥次兵衛の年齢と、倅弥作のそれとを、作者は混同しているのであろう。『横本』は「奴め」。
一二 目下の者に対して用いる、二人称単数の人称代名詞。殊に、罵倒するときに使う場合が多い。
一三 すべてを包み隠さず、打ち明けようとするときに用いられる常套句（じょうとうく）。
一四 涙が一滴、思わずこぼれ落ちる様子を表す副詞。
一五 感情や心理を、無言のうちに表現する演技の総称。「思い入れ」ともいう。「〇」の方が用途に幅がある。
一六 誂る主体は役者。役者の好みや考えによって、その時々に出される注文。
一七「お袋」は、母親の別称。敬意をこめたり、親しみを表したりする場合に、自他ともに用いる。それを一層敬っていう語が「お袋さま」。
一八 他人に任せないで、自分の手で世話をすること。

皆々　すつこんでをらぬかへ。（引っ込んでいろ）

弥作　ではござりませうが、そこを（そこのところをなんとか）どうぞ御了見（れうけん）。（我慢して許して下さい）

軍蔵　いゝや、了見ならぬ。彼（かれ）が口より（彼の方から）相手になると、子供ながらも（子供ではあるが）申したゆゑ、ぜひとも手討ちにいたさにやならぬ。

皆々　エヽ、邪魔（じやま）な親父（おやぢ）[一一]め、のきをらぬか（どかないか）。

ト、弥作を、四人にて引き立てようとする。

弥作　いづれもさま（みなさま）、まづ〳〵、お待ち下さりませ。

軍蔵　して〳〵（ところで）、汝（われ）[一二]は（お前は）なに者だ。

弥作　なにをお隠し申しませう[一三]（なにもかも申し上げましょう）。安森の若党弥次兵衛が（の）倅、弥作と申しまする者。可哀さうにこのお子の、惨めな姿を御覧（ごらう）じませ（御覧下さい）。

ト、ほろりと[一四]思入（おもいれ）[一五]。誂（あつらへ）[一六]の合方になり、

お話申すも涙の種（お話するだけでも涙が出ます）。親御（おやご）源次兵衛さまには（におかれましては）、お預かりの短刀を、盗まれたる申し訳に（言い訳に）御切腹。つひにはお家（いへ）も断絶にて（［その後御一家は］）、浪人なしてかすかなお暮らし（浪人してみすぼらしい御生活）。お袋[一七]さまのお手塩[一八]にて（［このお子が］）、お育てなさるるその内（［お母）

に、御老病とは申しながら、やせる世帯に子供の介抱。つひには苦労をなされ死に。また、お兄さまの吉三さまには、御放蕩にてお行方知れず。お姉さまのおもとさまは、母御さまの長々の御病気に、薬の代も内証の、貧の病ひにその身をば、吉原への勤め奉公。今では丁子屋の一重とて、全盛なれど勤めの身の上。かかる手だてもないゆゑに、私親子が血の涙で、お世話をいたすこのお子さま。しがない暮らしのその中でも、どうぞ紛失の短刀を、詮議し出しお家の再興、身を粉に砕く我々親子。以前の誼を思し召し、お許しなされて下さりませ。

門一　エエ、聞きたくもねへ長談議。汝が尋ぬる短刀も、とうにこつちが、

軍蔵　コリヤ〇（目顔で）〔門弟が口に出そうとするのを〕制止して

ト、押さへて、

不便に存ずれど、どうあつても了見ならぬ。

森之　サア、軍蔵さま、覚悟は極めた。森之助、お相手になりませう。

一　身持ちが悪いさまをいう。

二　一重。二六〇頁には「お安」とある。なお『横本』には、「お姉さま」から「勤めの身の上」（五行目）までを欠く。

三　「薬の代も無い」に「内証」を掛けた。薬代もないほど、内証（家庭内の経済状態）は貧しく、の意。ちなみに、高価な薬といえば、万病に利くと信じられた朝鮮人参をさす場合が多く、「人参が出来て看病一人へり」＝親の病気の人参代を得るために娘が身売りして、人参は買えたが、看病の人手が減った」という川柳もある。

四　貧乏を病気になぞらえていう語。「四百四病のその中に、貧ほど辛き病なし」などといわれた。

五　吉原（新吉原。以下同断）に自分を売って薬代を求めたということ。徳川幕府は人身売買を厳しく禁じていたが、養子契約や質物奉公、あるいは、遊女の年切り勤め奉公のような形で、人身売買は跡を絶たなかった。遊女の場合、それを「勤め奉公」といったのは、給金を前払いにする一般の年季（年切り）奉公と、形態が類似していたからである。ただし、遊女に関しては、給金とはいわず、「身の代」と呼んだ。年季（年限）はさまざまであったが、吉原では二十八歳になると

ト、森之助、前へ出るを、あわてて止めて、

弥作　これ〔なんですって〕はしたり、森之助さま。また、そのやうな事をおつしやりますか（目で止める）○　このお子さまがなんとおつしやりましても、〔あなたの〕お相手〔お相手は勤まりません〕にはなりませぬ。その代（か）はりには私（わたくし）を、御存分（ごぞんぶん）〔お気のすむまで痛めつけて〕になされまして、それで御了見なされて下さりませ。

軍蔵　了見〔許す訳にはゆかぬが〕ならぬところなれど、さほど[一二]に頼む其方（そち）が心底（しんてい）。エヽ、良いわ[一三]。以前の誼（よしみ）だ。汝（なんぢ）が代はり〔代りを勤めるというのだから〕とあるからは、聞き入れて〔聞きいれてやるぞ〕くれるわ。

弥作　さやうなら私（わたくし）で、御容赦（ごようしゃ）〔お許し下さいますか〕なされて下さりますか。有難うござります る。

門一　サア、老耄（おいぼれ）[一四]。望みのとほり名代（みやうだい）[一五]に、

門二　不足ながら〔不満ではあるけれども〕、かうして〔こうしてやるぞ〕くれるわ。

ト、門弟一、二、弥作を引つ立て、前へ突き出し、足蹴（あしげ）にする。弥作、起き上がらうとするを〔ところを〕、門弟三、四、弥作の肩へ足を掛〔足を掛けて〕ける〔押えつける〕。これにて弥作、きつと思入〔反抗の気構えを見せるが〕。また、気を替へて〔思い直して〕、じつと〔されるが〕

解放される決まりになっていた。

六　吉原の遊女屋。

七　極めて盛んなことの意から、遊女や芸人などに多くの客が付いて、この上なくはやっている状態をいう。

八　こうして一人ぼっちの若様を養う人もいなくなったので。

九　犯罪者などを捜索したり、取り調べたりすることから、広く、探索・調査の意に用いる語。

一〇　お家断絶のきっかけとなった短刀を探し出し、このお子を相続人としてお家再興を願おうというのである。

一一　「不憫」に同じ。可哀そうなこと。哀れむべきこと。

一二　それほど頼むお前の気持がしおらしい。

一三　感動を表す終助詞。

一四　老人を罵（のの）しっていう語。年を取って、ぼけた奴。『横本』には「下郎め」。

一五　人の代りを勤めること。

してゐる。（ままになっている）

門三 門四　エヽ、張り合へのねへ。（手向いをしないとは面白くない）

ト、また、前へ蹴（け）倒す。弥作、また起き上がらうとするを、軍蔵、持ちたる[一]煙管（きせる）を逆手（さかて）[二]（持ちかえて）に持ち、弥作の眉間（みけん）[三]（血が流れる程強く打つ）を割る。これにて、[四]（血の流れる様子）のり紅になる。森之助、これを見て立ち掛かるを（〔軍蔵に〕詰め寄ろうとするのを）、弥作、モシと止める。軍蔵、きつと見得[五]。弥作、そのまま俯向（うつむ）けになる（下を向いている）。

森之助、介抱する。

軍蔵　安い物だが（全く安い代償だが）、これで了見[六]してくれるわ。

門一　[七]主（しゅう）が主なら家来まで（揃いも揃って二人とも）、あのみすぼらしい（貧弱な）形（なり）わへ。

門二　[八]口から高野（かうや）。小童（こわつぱ）がいらざる口を利いたばつかり（小僧が余計な口を利いたために）、

門三　[九]頭のかけをひろひをつたわ（額を割られる破目に陥りやがった）。

門四　[一〇]いた〳〵しいざまでござる（可哀そうな姿だなあ）。

皆々　ムム、ハハハ。

門一　ときに（ところで）先生。彼奴（きやつ）らに掛かつて余程の暇取（ひまど）り（関り合って随分時間を無駄にしました）。時刻もよろしうござ

一　軍蔵が煙管を持つのは、弥作の長ぜりふの間であろう。長ぜりふが始まる前に、茶店の床几に腰を掛け、煙管を取り出して一服する。そして、座ったままで、威厳を取りつくろっている。

二　今までは、煙草を吸う手付きで、羅宇（らお）を下から支えているか、あるいは、雁首（がんくび）を下に煙管を立てて腕の支えとしているが、弥作を打つために、羅宇を改めて上から握り直す。

三　眉と眉の間。額の中央。眉間を打たれた弥作は、額を押える振りをして、用意した糊紅（のりべに）（血糊）を指で額に、また、着物に付ける。

四　糊紅。血糊ともいう。血を表す小道具の一。江戸時代には、煎じ蘇芳（すおう）に饂飩（うどん）粉を加えて、煮て作ったらしいが、やがて、明礬（みょうばん）や硫黄、正麩（しょうふ）を混ぜたり、顔料に紅殻を使ったりするなど、材料も変化。現在では、スカーレットと呼ばれる顔料と饂飩粉とを混ぜ、それに艶出しのための黒砂糖を加えて煮る。黒ずんだ色を出すには、墨を入れる。また、紅色の粉とコールドクリームとを練り合せて作る場合もある。

五　歌舞伎固有の演技術の一。感情が高まったり、行動の流れが頂点に達したりしたときなどに、動きを停止して取る、様式的なポーズ。そのポーズを取ることを、「見得をする」

らう。

軍蔵　いかさま（なるほど）、松金屋でも待ちわびてゐるであらう（待ちくたびれているだろう）。

四人　そんなら、先生。

軍蔵　ドリヤ（それでは）、まゐらうか（行こうか）へ。

ト、唄（うた）になり、軍蔵先に、皆々、上手へ入る。跡（あと）、合方。

森之　コレ、弥作、堪忍してくれ（許してくれ）。おりや（俺は）悔（くや）しうて〳〵ならぬわいの。

弥作　オヲ、御尤（ごもっと）もでございますが、あの軍蔵といふ奴（やつ）が、並（な）み大抵（たいてい）の奴（一筋縄でいく奴ではありません）ぢやございませぬ。この敵（かたき）は、きつと私（わたくし）が取りますほどに（とりますので）、かならずお気遣（きづか）ひなされまするな（やきもきなさいますな）（目を見つめる）◯ アヽ、世が世の時であらうなら（安森のお家が盛んであったときなら）、指でもささせる事ぢやございませねど（陰口一つきかせはいたしませんが）、なにを申すも今の成り行き（なんといっても現在の境遇）。また来る春もございますほどに（幸せな時節もやってまいりますので）、お案じなされる事はございませぬ（御心配なさいませんように）。（目頭を押える）◯ サア〳〵、親父（おやぢ）（弥次兵衛）めも、さぞ案じてをりませう（心配していることでしょう）。私（わたくし）がお供いたしてまゐりませう（頷く）◯

ト、森之助の手を取り（森之助の手を取って立たせ）、塵を払ひ［その袴の］、立ち上がり［自分も］、肩入れ（かたい）[一一]［ある］の紋付[一二]

という。「見得を切る」は誤用。

六　身代りが成立すれば、事の原因となった本人（ここでは森之助）の責任や罪は、それ以上追及されないというのが、歌舞伎の論理である。近世の身代りは、もともと、人間の危機を身をもって救う神仏霊験の奇蹟譚に始まり、やがて、人間が他の人間に代る状況へと転化するのであって、神仏の威力を絶対のものとする考えを底流に、身代りに立つ人間のけなげさや苦衷に対する同情が、このような論理を生み出したのであろう。

七　似た者同士の主人と家来。非難する場合に使う慣用句。

八　諺。「口から高野へ行く（参る）」の略で、放言や失言が禍いのもととなり、高野山で坊主にならねばならなくなるとの意。『横本』は以下三行を欠く。

九　直訳すれば頭を打ち割られて、その破片を拾う意。

一〇　心が痛むほど、哀れである。

一一　衣服の肩の部分に、その衣服とは違う布を縫い付けること。また、その切れ。

一二　故主安森源次兵衛から拝領した紋服。紋付き＝定紋付き染小袖（生地は多く羽二重、染め色は主に黒、稀に御納戸茶（おなんどちゃ））の拝領は、光栄なこととされていた。

きへ血汐(ちしほ)の付きしを見て(付いているのを見付け)、思入あつて(昔を思う気持を表して)、

ア、[一]世の盛衰(せいすい)とはいひながら、[二]木綿布子(もめんぬのこ)の肩入れへ、[三]残る形見(かたみ)の御紋付き、着物は垢(あか)に染(そ)まるとも、心を汚(よご)さぬこの弥作。〔しかし〕いかにお主(しゆう)の名代(みやうだい)(代りに)に、手込めに遭ふとは言ひながら(言うものの)、眉間(みけん)に受けしこの傷も、ただ堪忍が大事ゆゑ、胸をさすつてこらへしが(怒りを押えて我慢をしたが)、血汐(ちしほ)をあやした(血をしたたらせた)海老名軍蔵、思へば〳〵(思えば思うほど)、〔無念だ〕

ト、無念の思入にて(無念の気持を表して)、思はず森之助の手をきつく握る。

森之　アいたたたた。

ト、これにて吃驚(びつくり)して手を放し、気を変へて(冷静になって)、

弥作　サ、まゐりませう。

ト、[四]時の鐘(かね)、合方にて、両人よろしく思入あつて〔それをきっかけに〕、[五]道具回る。

本舞台(舞台中央に)、[六]常足(つねあし)の[七]二重(にぢゆう)。[八]本縁(ほんえん)付き、[九]大和葺(やまとぶ)き、[一〇]櫛形(くしがた)の欄間(らんま)。上手(座敷右手)、

一 世の盛衰は知るべからず。『韓非子(かんぴし)』解老第二十の、万物には変化発展があるとの論から一般化した格言。以下二行、「物事の変化は予測できないとはいうものの、昔と今の変りよう。この御紋服も昔の名残り。盛んな時の故主の形見。それも今では肩入れを当てるほど着古して、垢に染み、血に汚れ。だが、自分の心は昔に変らず、一時たりとも忠義を忘れぬこの弥作」。

二 木綿の綿入れ。

三 「肩入れへ残る、形見の御紋」と「(今に)残る、形見の御紋付き」とを掛ける。

四 時を告げる鐘を模倣した鳴物。

五 回り舞台が回り、場面が変る。「道具」は、回り道具。丸く切り抜いた舞台の床を回転させる機構。装置の転換等に用いる。

六 二重を載せるための、一尺四寸の台。

七 二重舞台の略。家屋の床や土手など、舞台より高い演技空間を作るための台。

八 二重で組んだ家屋に付ける縁側。

九 間隔を置いて板を並べ、その間に別の板を載せてゆく屋根の葺き方。

一〇 櫛の様に弓状ないし浅い半円状に切抜いた欄間。

松金屋座敷の場

与兵衛は、廓通いにふける文蔵と別れるよう

一間の障子屋体(しやうじやたい)[一一]。正面〔座敷の正面は〕、床の間、腰張り(こしばり)[一二]のある茶壁(ちやかべ)。下手、後(あと)へ下げて〔奥の方に〕建仁寺垣(けんにんじがき)[一三]。続いて遠州透かし(ゑんしう)[一四]の開き、庇(ひさし)付きの門。い[一五]つもの所、枝折戸(しをりど)[一六]。下手、梅の立ち木。日覆より、同じく釣枝。すべて、松金屋(まつがねや)[一七]庭座敷の体〔庭のある座敷の様子〕。ここに、以前の〔前の場の〕紅屋与兵衛、おしづ、住まひ〔座っていて〕、下女おちせ、三つ物[一八]を載せし広蓋(ひろぶた)[一九]を片寄せてゐる。この見得。鳥追ひ(とりお)[二〇]、通り神楽(とほりかぐら)[二一]にて、道具、止まる。

ちせ　さやうなら〔それでは〕私(わたくし)は、お坊さんを見て〔お坊っちゃまの様子を〕まゐりませう。

与兵　さうぢや〳〵。三太一人付いてゐては剣呑(けんのん)〔不安だ〕ぢや。そこらにゐるであらうから、早う連れて来て下され。

しづ　怪我(けが)せぬやうに、気を付けてたもや〔気を付けておくれ〕。

ちせ　かしこまりました。ドリヤ〔それでは〕、行(い)てまゐりませう。

ト、おちせ、橋掛り(はしがかり)[二二]へ入る。後見送り、与兵衛、思入あつて〔おしづに話をしようと心を決め〕住まふ〔座る〕。合方になり、

に忠告するが、貞淑なおしづは肯(がえ)んじない。彼らがお参りに出かけた後、座敷に現れたのは軍蔵達。軍蔵は、金貸し太郎右衛門から百両の金を借り、木屋の手代十三郎が持参する庚申丸を買う。

一一　障子をはめた部屋。

一二　壁や襖(ふすま)の下部に、傷や汚れを防ぐための紙ないし布を張ること。また、その紙や布。「茶壁」は茶色の壁。

一三　四つ割り竹を立て並べ、丸竹の胴縁(どうぶち)に止めた垣。京都の建仁寺に始まるという。

一四　透かし彫りの一。欄間などに用いる。茶人小堀遠州(こぼりえんしゅう)の創案によるか。『横本』には「遠州ずかしのある」。

一五　舞台下手寄りの定位置。

一六　折った小枝を並べて作った簡素な戸。

一七　湯島天神境内の名高い料理屋。

一八　口取り・刺身・焼き魚など、三種の品を組み合せた料理。

一九　底の浅い、大型の漆塗りの盆。

二〇　門付け芸人鳥追いの唄を取り入れた下座唄。三下(さんさ)がりで、「御代万世(みよよろづよ)と御祝儀を祝い納めておめでたや」。初春の町の情緒を表す。

二一　太神楽(だいかぐら)が道を通りながら演奏する曲を取り入れた、初春の町の情緒を表す鳴物。

二二　舞台下手。橋掛りがあったための呼称。

与兵　コレ、娘。いまさら改めていふも異なものなれど、そなたの夫の文蔵どの、世間の噂が耳に入り、聞けば文里とやらいうて、二年この方廓通ひ。内を外に遊び歩いて、たとへ有徳な身代でも、里の金には詰まるのならひ。うか／＼する間に家蔵を、倒してしまふは知れた事。それも若い者でもあれば、また心のしまる時節もあれど、四十に近い文里どの。独り身でもある事か、子供も二人ありながら、四十といへば初老。譬へにも言ふ、四十下りの色事とやら。ありやもう治る気遣ひはない。ここが思案の極め時。そなたもまだ老い朽ちた身ではなし、一つも年の若い内、思ひ切つて別れてしまひ、身の片付けもせねばなるまい。マア、よう考へてみたが良いぞや。

しづ　お前がそのやうに、御心配なさるるのは有難うござんすが、つい一通りに申しますと、そのやうなものなれど、主もお屋敷勤めゆゑ、多くは役人衆へのけんもんに、嫌と言はれぬ仲間の付き合ひ。また、たまさかは気晴らしに、行かしやんす事もあれど、私や子供を振り

一　木屋文蔵の雅号（表徳とも）。廓通いのために替え名を用いたり、通人めかして号を付けたりする習慣があった。川柳に、「へえけえ（俳諧）に行くと息子は内を出る」などとあるが、その号を俳号と偽り、俳諧の会を口実にして廓に行くどら息子もいた。

二　かりによほどの金持でも。「有徳」は富裕、また富裕の人、金持の意。「身代」は財産・家産の意。

三　四十歳の異称。かつて、四十歳は人生の一つの折り目とされ、「四十の退き目」といって、老眼の始まる年といわれたり、その折り目を祝う「四十の賀」が行われたりした。若者組からの脱退も、早い所で三十歳、遅くとも四十歳というのが通例であった。肉体の衰えによる労働力としての価値の低下と、年齢の序列を重視する社会構造とが結び付いて成立した折り目であろう。

四　四十歳を過ぎた男の女狂いは、なかなか止まない。「四十過ぎての道楽と、七ツ（午後四時）下がって降る雨は、止みそうで止まぬ」ともいう。

五　町家の女房が良人をさす三人称の代名詞。

六　武士の中で、役職についている人達。「衆」は、複数を作る接尾語で、軽い敬意を

捨てて、女郎[八]、子供[九]に見変へる（心変りをするような）やうな、そんな心でない事は、年来連れ添ふ夫ぢやゆゑ（長年一緒に暮してきた夫ですもの）、よう知つてをりまする。よしまた誠の放埒[一〇]で（仮に本気の遊女狂いと）も（しても）、いつたん夫と定めた文蔵どの〔であり〕、子までなしたる二人が仲〔であってみれば〕。たとへ嫌はれ去られうとも（離縁されようとも）、別れる心はござんせぬわいなア（別れる意志はございません）。

与兵　そなたの為を思ふゆゑ、事を分けて（筋道をたてて）この親が、これほどいふのも聞き入れず、

しづ　たとへお前さまのお言葉背き（お言葉にそむ）、御勘当[一一]を受けましても、

与兵　アノ、勘当受けても別れる事は、

しづ　お許しなされて下さりませ。

ト、おしづ、泣き伏す。与兵衛、思入あつて（心を打たれた表情をして）手を打ち、

与兵　アア、感心なものだ。見上げた（敬服した）、娘。それでこそ（俺の娘だ）あつぱれ貞女（貞女の鑑だ）。たとへどのやうな、貧しい暮らしをするとても、夫に付くが女の操。いやもう、年寄つたこの親も恥ぢ〔離縁など勧めて〕入るわい。◯（目頭を押え）ササ、もう良い。その貞節な（操正しい）言葉を聞く上は、己も安堵ぢや（安心だ）。子供のあるそなた（お前）、小

表す。

七　権門。出入りの商人などが使う言葉で、商行為に関して権力を持つ役人や有力者の意。また、その役人達を饗応、接待すること。

八　遊女。ここでは、吉原の遊女。

九　江戸の深川など、岡場所（私娼地）の女郎のこと。芸者（酌女）と区別するための呼称であるが、ごく稀には芸者のこともいう。

一〇　本来は、馬が埒（柵）から放たれる意。仕来りや人の意見を無視して、好き勝手な行動、殊に、酒や博奕、女狂いなどの、ふしだらな行動にふけること。

一一　親子・主従・師弟関係を断つこと。原則的には、親が、同居している子供を追い出して、親族関係を断つことをいう。さらに願い出て、町奉行所や領主の許可が下りると、久離帳（言上帳）に記録され、その子は人別帳から除かれて無宿となる。勘当の目的は、懲らしめの外に、素行不良の子が犯す可能性のある犯罪の連帯責任を、家族や親類の者が免れることにあった。しかし、ここの勘当は、そのような正式の勘当ではなく、非公式の、いわゆる「内証勘当」であろう。あるいは、単に、実家への出入りを差し止めるというだけの軽い気持で使われているのかも知れない。

遣（づか）ひにも困るであ[一]らう。たんとはないが（たくさんはないが）、これをやるほどに（この金をあげるから）、心置（気楽に）きなう遣うたが良い。

ト、与兵衛、[二]胴巻（どうま）きより紙に包みし金を出し、おしづに渡し、

しづ　いえ〳〵、それには及びませぬ。もし困つたその時は、おねだり申しにまゐりまする。

与兵　いや〳〵、これは、己（おれ）が心ばかり（ほんの気持だけだ）ぢや。孫になんぞ（なにか）、買うてやつてくれ（買ってやってくれ）。

ト、[三]無理に押しやる。

しづ　そんなら、おもらひ申しまするわいな。

与兵　観音さまへ参るなら、己（おれ）もいつしよに参詣しませう。

ト、[四]手をたたく。[五]奥より女中（ぢよちゆう）出て来（きた）り、

女中　コレハ、お客さま、お構ひ申しませぬ（おもてなしもせず失礼致しました）。なんぞ御用でござりますか。

与兵　おほきに（たいそう）長居（ながゐ）をしました。勘定を渡します。

ト、[六]紙入れより金を出し、紙に包み、渡す。

一　底本「困るであう」。「ら」の脱字と見る。

二　金銭などの貴重品を入れて腹に巻き付ける帯状の袋。盗難の予防に役立った。

三　与兵衛は包み金をおしづに渡す——おしづの前に置くが、おしづは受け取らず、押し返す。その金包みを、与兵衛は再び、おしづの前に押しやる。

四　人を呼ぶ合図。

五　座敷の奥。座敷の正面下手には、襖をはめた出入り口が設けられているはずである。

六　皮や厚地の布（きれ）で作った、二つ折り、ないし三つ折りの小物入れ。鼻紙や印鑑、小銭などを入れて外出時に携帯した。今の財布のようなもの。

女中　コレハ、有難うございます。七これではお釣りが参（さん）じますわいな。（お釣りを差し上げなければ）

与兵　いや〳〵、釣りはお前（まへ）、八煙草（たばこ）でも買うて下され。

女中　ソレハ、有難うございます。御新造（ごしんぞ）さま、よろしく旦那さまへ。

　ト、女中、広蓋（ひろぶた）を持ち、奥へ入る。橋掛りより、おちせ、丁稚（でつち）三太、鉄之助を背負（おぶ）ひ出て来（きた）る。

しづ　オォ、坊や。おとなしう遊んで来たの（お利口に遊んで来たね）。サア〳〵、これから（今から）お爺（ぢい）さまといつしよに、観音さまへゆきませう。

与兵　爺（ぢぢ）さまが（この爺が）、なんぞ買うてやりませう（なにか買ってあげましょう）。

　ト、この内、おちせ、おしづと与兵衛の履き物〔脱ぎ捨てた〕を直す。これにて、皆々、門口へ出る。奥より女中出て、

女中　マア、お静かに（気を付けて）お出でなされませ。

与兵　おほきに（たいそう）お世話でございました。

しづ　サア、ゆきませうわいなア。

　ト、鳥追（とりおひ）、通（とほ）り神楽（かぐら）になり、皆々、向ふ（揚幕へ）へ入る。女中は奥へ入

七　料理屋の支払いは紙入れの金。おしづに与えた小遣いは胴巻きの金。この違いで、「己（おれ）が心ばかりぢや」とはいうものの、過分の金をおしづに渡したことが分る。

八　遊女以外の女性に喫煙の習慣が生じたのは、ほぼ元禄時代のこと。十八世紀後半、安永・天明ごろに、各地の葉をブレンドして刻むようになってからは、味も向上し、愛煙家を喜ばせた。販売方法には店売りと行商とがあり、値段は、一斤（約六〇〇グラム）百三十文ほどの安物から、千五百文程度の高級品まで、さまざまであった。提げ煙草入れに入る分量は約五匁（一九グラム弱）。

る。[一]はやり唄になり、奥より、以前の〔前の場の〕海老名軍蔵、先に門弟四人、後(あと)より研師与九兵衛、鷺(さぎ)の首(くび)の太郎右衛門、付いて出て来(きた)り、皆々、よろしく〔しかるべく〕、二重へ住まふ〔座る〕。

軍蔵　さて、今日(こんにち)は与九兵衛、なにかと大儀であつた〔いろいろと御苦労であった〕。

与九　いえ、もう、なにも家業でござります〔それが商売でございます〕。お望みの短刀さへお手に入りますれば、私(わたくし)は本望でござります〔満足でございます〕、ヘェヘェ（太郎右衛門を見て）◯　エェ、すなはち〔つまり〕この人が〔お話し致しました〕、太郎右衛門でござりまする。なにぶん(どうか)、この以後とも〔今後とも〕、お目懸けられて下さりませ〔ごひいきにしてやって下さいまし〕。

太郎　へい／＼、研屋の与九兵衛どのとは熟懇(じゆくこん)にいたしまする〔親しい仲でございます〕、鷺の首の太郎右衛門と申しまする金貸し渡世(とせい)〔金貸し商売〕。[二]生まれは浪花(なには)[三]の遊女町(まち)で、誰(たれ)知らぬ者もない烏(からす)[四]のひど金(がね)。[五]高利一通りの損料なら〔世間並の高利の損料でよろしければ〕、おそらく〔確かに〕私(わたし)が持ち前の〔私の持っている〕、夜具(やぐ)から蒲団(ふとん)・帯・かつぱ。後家(ごけ)・尼(あま)・人の女房まで、だんだんの貸しやうは〔色々お貸し申しますその貸し方は〕、私(わたし)が家(いへ)の損料(そんれう)もの〔同様〕。もしそんな御用なら、頼ましやんせ〔頼みなさい〕、〽お頼みあれと言ひ入るる〔中の人に対して言う〕（息をつき）◯

一　流行歌。登・退場に用いる下座唄。

二　太郎右衛門を演じた坂東村右衛門の出身地に関する当て込みかと思われるが、未詳。
以下、次頁二行目「どなたか私に茶々一つ」まで、近松門左衛門作『嫗山姥(こもちやまうば)』二段目の、荻野屋八重桐(おぎのややえぎり)の有名なせりふ（しゃべり）のもじり。原文はすなわち、「是は浪花の遊女町に。誰知らぬ者もない傾城の右筆。濡一通りの状文なら恐らく私が一筆で。叶はぬ恋もいひ仮名書筆。びらりしやらりのかすり墨生娘遊女妾者。後家尼人の女房まで段々の書分は。私が家の伝授事。若しそんな御用ならお頼みあれとぞ言ひ入れたる。……アヽあんまりしやべつて息切れた。お茶一つ下さんせとぞ語りける」。女方の声色を交えながらの、おかしみのせりふである。

三　難波。大坂のこと。

四　「浪花の遊女町」の縁で「烏」といい、「烏」の縁で「烏のひど金」という。「浪花の遊女町」とは、大坂の遊里新町のこと。その新町の北通りを「阿波座」といい、新町をひやかして歩く遊客を「阿波座烏・阿波座の烏・阿波座ののら烏」と呼んだ。そこから「浪花の遊女町」→「烏」の連想が生じる。また、「烏のひど金」とは、俗に「烏金」という高利の金貸しのこと。朝貸せば夕方、あ

ト、義太夫(ぎだいふ)[六]のやうに語る。

「あんまりしやべつて、オォしんど(ああくたびれた)。どなたか私(わし)に茶々(ちやちや)一つ(お茶を一杯)」。

与九　エエ、いい加減にしなせへな(ほどほどにしなさい)。いや、良くしやべる男だ。

軍蔵　いや〳〵、中軽(ちゆうがる)で(気軽で)面白いわへ。門弟衆(しゆう)、太郎右衛門に酒(さけ)を一つ、進めて下され。

ト、門弟一、手をたたく。女中、酒、肴(さかな)を運ぶ。

門一　サア〳〵、太郎右衛門とやら、一つ飲みやれ〳〵。

門二　拙者がお酌をいたさう。

太郎　へい〳〵、有難うござりまするが、まづ商売が肝心(大切だ)。与九兵衛どの、委細(ゐさい)[七]はさつき話したとほり。この金子(きんす)をお渡し申して下され。

与九　オツト、よし〳〵。

ト、太郎右衛門より百両の包み[八]を受け取り、封印を改めて(確認して)、

こりや封のままで(封を切って確かめなくても)間違ひもあるまい。先生、すなはち百両(ひやくりやう)、お受け取り下さりませ。

るいは、今日貸せば翌朝と、一昼夜を限って取り立てるのが「烏金」で、もっぱら小金を融通した。利率は大体五パーセントから七・五パーセント、つまり、一両につき二、三百文というのが常識。利息はもちろん天引きである。「ひど金」は、むごい高利の貸し金の意。

五　損料（借り賃）を取って、衣服や蒲団・装身具などを貸す「損料屋」という商売があった。第二番目序幕（二六二～六頁）に、その実体の一端がうかがわれるが、高い損料を取る因業な商売で、同時に、「烏金」を貸す者もあったらしい。太郎右衛門は逆に、金貸しを本業に、傍ら、損料屋を営んでいたとの設定であろう。

六　浄瑠璃の流派の一。初世竹本義太夫がその祖。広く一般に浄瑠璃の通称でもある。

七　詳しいこと。ここでは高利の条件をさす。

八　小判（金一両）は通常、二十五枚を一包みとする。正規の包みは、両替屋が包装後、金額を書き、封印したもので、取り引きが高額に上る場合には、その封印に対する信用から、包みのまま受け渡しする習慣があった。外に、五十両包み・百両包みもある。百両包みの大きさは、天地約六センチ、高さ約九センチ、天保小判なら重さ約一キロ、安政小判なら八〇〇グラム。

軍蔵　確かに、受け取り申した　○（頷く）

ト、軍蔵、百両包みを胴巻きへ入れ、懐中（懐に収める）する。紙入れより、紙に包みし金を出し、

与九　ナニ、与九兵衛、先刻（せんこく）（先程聞いた礼金だ）話の礼金ぢや。あの者に渡してくりやれ（渡してくれ）。

太郎右衛門どの、礼金ぢや。確かに渡しましたぞ。

ト、太郎右衛門に渡す。

太郎　有難うござります。まづ、これをおもらひ申しまして、また女に〔鼻の下を延ばして〕だ（まき）まされる（上げられる）元手（もとで）（元手の金ができました）ができました。ちと私（わたくし）は用事もござりますれば、御免をかうむりまして（お許しを頂いて）、お先へお暇（いとま）いたしたうござりまする（お先に失礼）。

与九　ハテ、マァいいではないか。

太郎　今のお金で帰り道に、ちよつと彼奴（あいつ）が顔が見たいわ。

与九　一北国（ほくこく）ならば、いつしよにゆかうか。

太郎　ところがここから二筋違（すぢかひ）に、三柳原の土手下（どてした）で、

与九　さては夜鷹（よたか）の一（ひと）とせか。

一　吉原遊廓の異称。江戸城の北に当るところから付いた名。「北里」とも「北州」ともいう。発音は「ほっこく」。

二　筋違（すじかい）御門ないし筋違橋の略。明治五年に撤去された。筋違橋は神田川に架けられた江戸の主要路で、現在の千代田区神田須田町一丁目と台東区外神田一丁目とを結んでいた。今の万世橋の少し上流にあったという。この筋違橋から下流の浅草御門（国電浅草橋駅のそば。中央区日本橋馬喰（ばくろ）町二丁目）までの、南側一帯の十町ほどが柳原堤で、夜鷹（街娼）が出没した。なお、鎌倉にも、荏柄天神から程遠からぬ雪ノ下三丁目に、鎌倉十橋の一、筋替橋があり、筋替橋＝筋違橋と、地名を重ねているものと思われる。

三　高利貸しの太郎右衛門が、安い街娼を柳原に買いに行く。当時の常識からすれば、これは誠に滑稽な状況設定であった。というのも、同じ高利貸しでありながら、俗に座頭金（ざとうがね）と呼ばれる盲人の高利貸し達は、五両一分、三両一分というような法外な利率で巨額の金を蓄え、柳原ならぬ吉原で豪遊していたからである。先に太郎右衛門は、五両一分の利を十両一分に負けたが、座頭金ならば利率を上げこそすれ下げる訳はなく、当時の観客は、あのやりとりにも、笑いを催していたかも知

れない。なお、柳原については五三頁注一一参照。

四 謡曲『船弁慶』の一節――「いかに武蔵殿。此御舟にはあやかしが憑（つ）いて候」、「ああしばらく。さやうの事をば船中にては申さぬ事にて候」――を取った流行語。時と所を考慮しない、不適切な、ないし無神経な発言をたしなめるのに用いる。

五 男女がしっぽりと情事を楽しむこと。茂る＝繁茂生殖、の意から派生した語法という。

六 与九兵衛の、「柳の下で、おしげりよ」のせりふを受けているのだが、飛躍がある。与九兵衛が、「柳原の土手下で」といわず、「柳の下で」と略したために、夏の夕闇の中、川端の柳の下を飛び交う蝙蝠の姿を連想して答えたのである。その連想は、柳に蝙蝠という図柄としても成立するが、「蝙蝠来い、山椒（さんしょ）くりょ、柳の下で水飲ましょ」という、夕方、蝙蝠が飛ぶのを見てはやし立てる童唄（わらべうた）にも支えられていよう。なお、蝙蝠は女性の陰毛を意味する隠語で、茂る→蝙蝠（多毛）という連想も成り立たなくはないが、関係はあるまい。

太郎　オット、「[四]船中にてさやうな事は申すべからず（それを言われてたまるものか）」（目くばせして）○さやうなれば（それでは）旦那さま、いづれもさま。

軍蔵 四人　御苦労〳〵。

　ト、太郎右衛門、川口（かど）へ出る。与九兵衛、立ち掛かつて、

与九　そんなら太郎右衛門さん、柳の下で（柳原の土手下で）、

太郎　ヤ、

与九　[五]おしげり（お楽しみ）よ。

太郎　[六]とんだ蝙蝠（かうもり）だ（蝙蝠じゃあるまいし）。

　ト、右の合方、通り神楽にて、向ふ（揚幕へ）へ入る。

門一　ときに（ところで）先生。もう木屋文蔵方より、短刀を持参いたして見えさうなものでござる（届けて来そうなものです）。

三人　だいぶ、遅い事ではござらぬか。

軍蔵　いや、もう見えるであらう（来るだろう）。マア、待ち合はす間、与九兵衛も、一つ飲みやれ（飲め）。

皆々　有難うござりまする。

ト、これより酒、肴を前へ出す。

軍蔵　ときに与九兵衛、あの短刀紛失より、十年あまりも相たつに、どういふ手から回り回つて、文蔵方へまゐつたであらう。

与九　いえ、お聞き下さりませ。妙な事があるものでござります。二月ほど跡の事でござりましたか。川浚ひ[一]の人足[二]が、川の中から掘り出したと私に見せましたが、すこし見所がござりますから、なにはなしに二分[三]で買ひまして、すこし研いでみまするど、金色[四]といひ焼き刃[五]といひ、一通りの物ではないと思ひまして、当時の目利きでござりますゆゑ、木屋文蔵[六]に見せたところ、五十両なら引き取ると申しますゆゑ、二分のもの[七]が五十両、すぐにその場で売りましたが、モシ、悪銭[八]は身に付かずとはよく申しました。わづか二月たつかたたぬに、みんなすつてしまひましたところ、後で聞けば、お前さまがかねてお尋ねなさる品との事。早くそれを聞いたなら、すぐにあなたへ上

一　川底に堆積した土砂などをすくい取ること。船の航行に必要な水深を確保したり、流路を拡げたりするために行う。

二　力仕事に従事する労働者。

三　一両の二分の一。

四　刀身の鋼の色合い。

五　刀身の刃に現れた文様。刃文。刃文には、直刃・乱れ刃の別があり、土取り（粗仕上げをした刀身に焼刃土を塗る作業）の際に、意識的に作られるもので、刀匠の流派や個性によって、さまざまな姿がある。この短刀には、三匹の猿の姿の焼き刃が現れており、そのために、庚申の三猿に因んで「庚申丸」と名付けられていた。

六　江戸時代には、刀剣の研磨・鑑定の権威であった本阿弥家の外に、木屋、竹屋、角野などの、名高い刀研ぎの家があった。主人公に「木屋文蔵」の名を使ったのも、その連想が働いたからであろう。なお、木屋文蔵という役名は、四世鶴屋南北作『色一座梅椿』の材木商の名に、すでに用いられている。

七　一両＝四分、五十両＝二百分。

八　諺。不正な手段で得た金は、つまらぬ事に使って、たちまちのうちに無くなってしまう、の意。

げますもの、と言つたところが後の祭り[九]（すでに手遅れ）。あの文蔵が手に入つた（文蔵の手に渡った）ばかりで（ために）、もう百両と値が決まつて、さるお大名へ（とある大名へ）売れるとの事。それからあなた（あなたの）がお頼みゆゑ、元売り主の事でござりますから（そもそもの売り主は私でございますので）、やう／＼の事でこつちの手へ（やっと買い戻す話をつけてこちらに）、譲るつもりでござります（譲ってもらうことになっております）。

軍蔵　川へ沈んだ短刀が、回り回つて己が手へ入るといふも（いうのも）、これも縁の深いのだ（縁が深いのだ）。なにを隠さう（打ちあけて言うが）、あの短刀は、安森源次兵衛が紛失させた一腰[一〇]（短刀だが）なれど、いま身どもが手より（いま俺の手から）、上へ差し上ぐるその時には（頼朝公に差し上げれば）、一足飛び[一一]の立身出世。そこで貴様[一二]を頼んで（お前に依頼して）、高利の金で求めるのだ。

与九　首尾良くまゐつたその上では（うまく行ったそのときには）、たんまり（たっぷり）お礼を、

軍蔵　いふまでもない。望み次第ぢや（［お前の］）。

門一　与九兵衛、うまい罠[一三]に（儲け口に）、

三人　取り付いたな（ありついたな）。

与九　今年は初春早々から、どうか（どうにか）まんが[一四]直つたわへ（好運がめぐってきたぞ）。この図に乗つて（この調子で）これからは、金の棒でも掘り出さねばなりませぬ。

九　物事が、必要な時機を逸したために、役に立たなくなること。

一〇　一振りの脇差し。「腰」は、刀や袴など、腰に付ける物を数えるのに用いる接尾語。

一一　「一足飛び」は、順序を踏まず、急激に状態が変化すること。

一二　ここでは、相手を罵倒する意味で使われているのではない。

一三　「罠」とは、軍蔵が立身出世のために思い付いた仕掛けのこと。

一四　「間」の変化という。運・運勢、回り合せ。

ト、はやり唄、通り神楽になり、向ふより（揚幕から）、木屋の手代十三郎（じふざぶらう）、[一]羽織、着流し。箱入りの短刀を風呂敷に包みしを（箱入りの短刀を包んだ風呂敷包みを）手に持ち、出て来（きた）り、花道にて（花道の中ほどで）、

十三　春になつてもそは〳〵と（落ち着かず）、用が多いせゐか、日が短いやうだ（あっという間に暮れてしまう）。今日、海老名（えびな）さまがこの松金屋に、お出（い）でなさるるとの事。どうぞお出でなさればよいが（頷く）○

ト、右の（同じ）鳴物にて、本舞台へ来（きた）り、枝折戸（しをりど）より内をうかがひ（中の様子を見て）、腰をかがめ、

へい、[二]御免なされませ（御免下さいまし）。木屋文蔵が手代、十三郎でござりまする。

ト、与九兵衛、見て、

与九　ヨウ、木屋の手代、十三（じふざ）どの。〔か〕サア〳〵、旦那さまも先刻（せんこく）より（さっきから）のお待ち兼ねだ。サア〳〵、こつちへ入らつしやれ〳〵（はひお入りなさい）。

十三　さやうなら（それならば）、[三]御免なされて下さりませ（失礼させて頂きます）。

ト、皆々へ挨拶をして、[四]二重へ回り、

一　『横本』には、ただ「着流し」とあって羽織の指定を欠く。「着流し」は、着物だけで、袴（はかま）を着けない服装。

二　他家を訪れたときに、家人に呼び掛ける言葉。

三　座敷に通るときなどに、許しを求める心を込めていう挨拶の言葉。

四　「二重」は三二頁注七参照。二重の本縁に上がって、手をついているのであろう。『横本』には「二重へ上り」とある。

五　「色師」は色事師。ここでは、女にもてる男、女たらしの意と、色男の役を得意とする役者の意とが、二重に含まれている。「色師の本阿弥」で、女にもてる二枚目の花形の意。「本阿弥」は、刀剣鑑定の家。転じて、鑑定家、権威。

与九　軍蔵さま。これが（この男がつまり）すなはち木屋の手代、十三と申しまする者〔でございます〕。当時（現代）、五 色師の本阿弥（ほんあみ）、若手の売り出し（売り出し中の若手役者）、六 お見知りおかれて（よろしくお引き立てのほどを）下さりませ。

十三　七 不調法者（ぶてうはふもの）でございまする。なにぶん、御贔屓（ごひいき）をお願ひ申しまする。

軍蔵　サア〳〵、十三郎とやら、そのやうに堅く（堅苦しい態度では）いたしては話ができぬ。遠慮なくこれへまゐれ（こちらへ来い）〇（急ぐ様子）して（ところで）、約束の短刀は持参いたしたか。

十三　へい。すなはち（さっそく）持参つかまつりまして（いたしました）ござりまする。

ト、十三郎、風呂敷を解き、箱のまま軍蔵の前へ置き、

御覧下さりませ。

ト、軍蔵、箱より短刀を出し、よく〳〵（〔刀身を〕確認して）改めて、

軍蔵　なるほど、庚申丸（かうしんまる）に相違（さうゐ）ない。すなはち（すぐに）、約束の代金、渡すであらう（渡してやろう）〇（頷く）

ト、胴巻きより、以前の百両を出し、

八 改めて受けとりやれ。

十三　有難うござりまする。確かに頂戴（ちやうだい）つかまつりました（いただきました）〇（辞儀）お受取を（領収書を）

＊本阿弥（ほんあみ）家初世、妙本阿弥は、始め鎌倉にあって、刀剣の研磨・鑑定を業とし、足利尊氏に仕えて上京、以後、代々、時の為政者に重用（ちようよう）された。しかし、本阿弥家が、刀剣鑑定における絶対の権威とされたのは、九世光徳（一五五四〜一六一九）以来である。彼は、豊臣秀吉より、折紙（おりがみ）（鑑定書）発行の権利を認められ、また、折紙に捺（お）す「本」字の銅印を与えられた。ちなみに、寛永の三筆の一人と謳（うた）われ、焼き物や蒔絵で名高い光悦は、彼の従兄弟。光徳は、秀吉の死後、徳川家康に仕え、その子孫は、引き続き幕府の御用を勤めたが、鑑定の力量が確かで折紙に信頼がおけるのは十三世光忠まで。江戸中期以降になると、幕府の腐敗した政治状況に本阿弥家も巻き込まれ、折紙の内容も怪しくなった。本阿弥家は、明治九年の廃刀令以後、急速に衰え、その本家は、二十一代道太郎を最後に絶えた。

六 記憶にとどめておいてほしいという、一種の挨拶の言葉。

七 行き届かない者、の意。

八 本物かどうか、金の封印を確かめてから受け取るがよい、という意。

差し上げませう。

ト、腰より、矢立て[一]を出す。

与九　ナニ、お主(ぬし)(お前に)へ旦那から、ぢき/\(直接)にお渡しなされた金子(お金)。ナニ、受取(領収書の必要はない)にやァ及ばねへ。まづこれで、御用も調(ととの)つた(うまくいった)といふもの。十三郎、今日はゆつくり、一口(ひとくち)頂戴する(お酒を頂くがよい)がいい。

十三　有難うござりまするが、ちと(ちょっと)今日(けふ)は、お屋敷さまへ回らねばなりませぬし、それにお酒は、いつから不調法でござりまする(全く飲めないのでございます)。今日(けふ)[二]は、お預け申しまする(御遠慮させて頂きます)でござりまする。

門一　さうでもあらうが、先生が、折角の思(おぼ)し召しだ(お気持だ)。ぜひ一つ、飲み(飲め)やれ/\。

ト、無理に杯をさす。

十三　じつに(本当に)、お酒は食べられませぬ(飲めません)。

門二　やぼ[三]を申すな。色事(いろごと)[四]でもする者が(いい若い者が)、酒を飲まぬといふ事があるものか。

一　墨壺と筆筒から成り、帯に挟んで携帯した筆記具。

二　今日のところは、の意。

三　野暮。「粋」の対。不粋(ぶすい)なことを言うな、の意。「いき（意気・粋）」、あるいは、「通(つう)」に対する語。洗練されておらず、人情の機微に暗く、気の利かぬこと。不粋。なお、『横本』は、以下、「飲んでくりやれ」まで欠。

四　情事。性的な交わりを伴う男女関係。

門三　身どもが酌をいたさう。ぜひ一つ、飲んでくりやれ(飲んでくれ)。

門四　コレ〳〵、十三、皆さまのお進めだ。一つ飲め〳〵。

十三　さやうなれば(それでは)、お杯ばかり(お杯だけ)、頂戴いたしまするでござりまする(受けさせて頂きます)（軽く辞儀）〇

ト、十三郎、杯を受ける。門弟三、四、捨てぜりふにて(適当にせりふを言いながら)無理に酌をする。十三郎、余儀なく(仕方なく)一つぐつと飲む。

与九兵衛さま、はばかりながら(失礼でございますが)、

ト、[五]与九兵衛にさす。

与九　コレサ〳〵(コレコレ)、どうしたものだ(なんということだ)。あまり見事だ(見事な飲みっぷりだ)。も一つ[六]お押さへだ(続けてもう一杯)。改めて〳〵(改めて［杯を受けろ］)。

十三　それではじつに(本当に)困ります。

皆々　我々どもが酌では(われわれの酌では)、飲めぬと申すのか。

十三　さやうではござりませぬ(そういう訳ではございません)。

門二　マア〳〵、いいわ。も一つ(もう一杯)受けろ。飲めずば(飲めなければ)[七]すける者があるわ(誰かが代りに飲んでくれるさ)。サア〳〵、お酌だ〳〵。

五　十三郎は、飲んだ杯を与九兵衛に渡そうとするが、与九兵衛はそれを押し返す。

六　「お」は接頭語。「押さへ」とは、自分に勧(すす)められた杯を押し返して、逆に、相手にもう一杯飲ませること。

七　助ける。酒席で、酒の飲めない人の杯を代りに飲んで、助けてやる。

ト、門弟三、四、無理に、捨てぜりふ（適当にせりふを言いながら）にて、十三郎に酌をする。

十三郎、迷惑なる思入（迷惑顔をする）。

門一　コレ〳〵、十三、ちと酒の肴（二）に、娘子供（若い娘に）に惚れられた話をしやれ（しろ）。

十三　どういたしまして（とんでもございません）。そのやうな事は、いつから存じませぬ（そのような経験は一度もございません）。

門三　嘘を申せ。確かなところを（ちゃんと現場を）見届けておいたわ。

門四　だいぶ、お酌人（三　芸者などに）なぞに、色があるさうだな（四　いい仲の女がいるそうだ）。

門二　サァ、話を聞いてあやかりたい（俺も女にもてたいものだ）。どうだ〳〵。

十三　御冗談ばつかりおつしやりまする。まことに食べられぬ口で（本当に飲めないたちなものですから）、御酒を頂戴いたしまして、胸がどき〳〵いたしまする。与九兵衛さま、どうぞ私は、お許しなされて下さりませ（私が飲むことはお許し下さいまし）。

与九　マァ、良いではないか。そんならどうでも（どうしても）お暇いたすか。

十三　旦那さま、皆さま、失礼ではござりまするが、お先へお暇頂戴いたしまする。与九兵衛さま、よろしく（［あとで］）お礼をお願ひ申しまする。

ト、立ち上がる。与九兵衛、見て、

一　『横本』には、以下六行、「御冗談ばつかりおつしやりまする」まで欠。

二　本来、飲酒の際に食べる副食物のことだが、酒席を賑わせる歌舞や談話などの座興をも「肴」という。

三　「酌女」ともいう。公式に「芸者」といえば、吉原および櫓下（芝居町）の芸者をいい、他は、「酌人」とか「酌女」と呼ぶ。

四　十三郎を演じた十三世市村羽左衛門（後の五世尾上菊五郎）に関する当て込みかと思われる。羽左衛門は、本作上演より四年後の元治元年（一八六四）、数えの二十一歳で結婚するが、妻のおさとは、もと柳橋の芸者福松。二人の関係は、このころからできていたのかも知れない。柳橋は、天保の改革後に隆盛を極め、安政ごろには百人もの芸者を擁する一大遊所となって、役者の出入りも少なくなかった。羽左衛門の親友三世沢村田之助が浮き名を流した小静や千代吉、羽左衛門の弟五世市村家橘の妻おとみ、羽左衛門とともに明治の名優とうたわれた初世市川左団次の妻おかねは、いずれも柳橋の芸者であった。ちなみに、六世菊五郎を生んだ羽左衛門の妾おぎんも、柳橋の出身である。

五　江戸時代の夜は、吉原のような特定の場所を除き、屋敷町でも町家町でも真っ暗で、

与九　アァコレ、十三どの。もう日が暮れる（暮れるから）。物騒だ。提灯を持つてゆかつしやい。

ト、与九兵衛、手をたたく。

女中衆〳〵、提灯を一つ下さい。

十三　いえ〳〵、それには及びませぬ（その必要はございません）、[五]月夜でござりまする[六]から。有難う（御心配頂いて）存じまする。

ト、また、ゆき掛ける。

与九　コレサ、どうしたものだ（なんということだ）。[七]無提灯（夜道を）で歩くものではない。そして、[八]帰り道は寂しい道だ。ぜひ提灯は持つてゆくがよい。

ト、この内、女中、松金屋と記したる[九]小田原提灯を持ち来り、

女中　へい、お提灯を、

ト、与九兵衛に提灯を渡し、奥へ入る。

与九　オイ〳〵、サア〳〵、これを持つてゆかつしやい。

十三　折角の御親切、[一〇]お借り申してまゐりまする。さやうなれば、御免な

近所に行くのにも提灯をつけた。従って、月の出る夜は、極めて明るく感じられたといわれている。

六　原本、一字欠。「り」を補った。

七　夜道は物騒だから提灯なしでは危い、というもの。明治二年には無提灯の夜歩きを禁じ、違反者は逮捕するとの法令が出た。

八　湯島天神から、木屋のある本町（中央区日本橋本町）までは、南へ約二十三町（二キロ半）。当時は、まず天神の裏門坂通りを東に行き、上野新黒門町の角を右に折れて、御成小路をまっすぐ南に進み、筋違橋を越え、見付の御門を通り、須田町、新石町、鍋町、鍛冶町を経て、神田堀に架かる今川橋を渡り、十軒町を過ぎて本町に行き当るのが、通常の道筋であったと思われる。

九　折り畳みできる円筒状の提灯。小田原の甚左衛門という者が、天文年間に始めたという。

一〇　料理屋では、遅くなると、店の名を入れた小田原提灯を客にくれた。上下の枠を曲げ物で作った粗末なものだったが、店の方からいえば、それが一種の広告にもなり、客の方からいえば、それが見得の一つでもあった。俗に「貸し提灯」というが、実際は「呉れ提灯」であった。

されて下さりませ　〇（辞儀）

ト、門口へ出て、

アア、今の酒で、〔かえって〕寒くなつた。

ト、はやり唄になり、十三郎、提灯を持ち、向ふ（揚幕へ）へ入る。

門一　コレ、与九兵衛、なんでいやがる提灯を、無理に持たせてやつたのだ。

門二　貴様（きさま）ら[一]（お前も）もよつぽどすいきやう[二]者（物好きな奴だもの）だ。

門三
門四　打つちやつておけば（ほっておけば）よいに。

与九　[三]〔欲深い〕そこは研屋与九兵衛。（役にも立たないのに）無駄に持たせてやりはいたしませぬ。

四人　そんなら（それなら）なんぞ（なにか）、役に立つのか。

与九　ちつと趣向（しゅかう）が（味な工夫がございますよ）、ござりまするて。

四人　して、その趣向は。

与九　趣向といふは、モシ、

ト、軍蔵にささやく。皆々もささやき合ひ、

一　この「ら」は、相手を軽蔑していう接尾語。ただし『横本』にはなし。

二　酔狂者。酔興者とも書く。常軌を逸していると思われるほど、好奇心の盛んな人。

三　一八頁の「そこは研屋の与九兵衛だ」、一九頁の「己も研屋の与九兵衛だ」という自己主張は、いわば格好を付けるためのものであった。それがここでは、本音（ほんね）を表す自己主張へと一転。両者の区別に、せりふの工夫がいるところであろう。

四　語らう。相手を説得して、味方に付ける。仲間にする。

五　細工の仕方は、流儀によってまちまちなのだから、その過程で文句を付けずに、出来具合を見て批評してくれ、というもの。

六　頼朝を敬って、直接、名指しすることを避けた言い方。

七　「売り物には花を飾れ」の略。商品は、良く見えるように、美しく飾り立てろ、の意。

八　『横本』には、このあと「ト、短刀を国五郎（与九兵衛）にわたす」というト書きが入っている。

九　鎌倉の館。「御所」は、将軍や大臣などの居宅。転じて、それらの人々を敬っていう間接的な呼び方。

四人　すりや（それなら）、提灯を目印（めじるし）に、非人（ひにん）どもをかたらつて[四]（仲間にして）、

与九　細工[五]は流々、仕上げの出来を御覧（ごらう）じませ。

軍蔵　ハテ、悪い事には抜け目のない（手ぬかりのない）奴（やつ）だわへ　○（軽く笑う）　なんにいたせ（いずれにせよ）、明日（みやうにち）、鎌倉[六]へ差し上ぐれば（差し上げるので）、売り物には花とやら[七]（随分立派に見えるよう）。この短刀へ（この短刀を）、磨きをかけてくりやれ（研いでくれ）[八]。

与九　かしこまりましてござりまする（承知いたしました）　○（辞儀）　この短刀を研ぎ上げて、鎌倉[九]御所（ごしよ）へ差し上ぐれば、

軍蔵　身どもは立身（りつしん）（俺は出世）。遺恨ある、あの安森は生涯埋もれ木[一〇]（世に埋もれたまま）。

門一　我々とても[一一]（われわれにしても）先生に、

門二　付き従へば（従っているので）とも〴〵に（一緒に）、

門三　栄耀栄花（えいようえいぐわ）のしあきをして（我が世の春を心のままに楽しんで）、

門四　[一二]一生暮らす活計歓楽（くわつけいくわんらく）（し放題だ）、

与九　[一三]この図（づ）を外（はづ）さず大締め（おほじめ）[一四]に、一つここで締めませう（手を打ちましょうか）。

軍蔵　なんでものは、祝ひ柄（がら）[一五]だ。

一〇 長い間、水中または土中に埋もれて、炭化した木。転じて、世間から見捨てられ、忘れ去られてしまった、不遇な境遇にある者。

一一 以下、「渡りぜりふ」。二二頁注九参照。

一二 一生、贅沢三昧に暮して行ける。「活計」は生計。「歓楽」は喜び楽しむ事。

一三 この機を逃がさずに。

一四 事の成就を祝ったり、成功を予祝したりして、大勢の者が一斉に、拍子（ひょうし）をそろえて手を打ち鳴らすこと。手締め。江戸風の手締めは、両手で「三、三、三、一」と打ち、それを一度ですますのを「一本締め」、三度繰り返すのを「三本締め」という。また、音を出しては困るような場合には、「片手打ち」といって、片手の拇指（おやゆび）と人差指とを打ち合せて、手を打った真似をする。拇指を上、人差指を下にするのが法で、もっぱら、無頼の徒の間で行われる。上方風の手締めは、「打ちましょチョンチョン、も一つせチョンチョン、祝うて三度、チョンチョンチョンチョン」と打つ。

一五 何事でも、あらかじめ祝っておけば、期待通りの結果になる。あるいは、縁起の悪いことでも、縁起の良くなるように言い直したり、祝い直したりすれば、祝福すべき結果が現れるということ。

ト、皆々、立ち上がり、よい〳〵と手を打つ。奥にて、

女中　はい[一]――[二]。

ト、大きな声をする。（大声で答える）

軍蔵　へへ、おきやアがれ。（いい加減にしろ）

ト、にぎやかなはやり唄になり、軍蔵、与九兵衛にささやく。〔門弟〕四人は辺りをうかがひ、この見得にて（その様子のままで）、道具回る。

本舞台、後ろ（舞台の後ろには）、一面の黒幕[三]。真ん中（舞台中央に）、莚[四]〔戸口に〕を下げたる夜鷹[五]小屋。上手、床見世[六]の床几を重ね、葭簀[七]、立て掛けあり。下手、床見世の屋根をおろしたる書割[八]（屋根をはずして片付けた床見世を描いた）の張物[九]。後ろ、土手の張物（土手を描いたパネル）。柳の立ち木、大分（沢山）。日覆より、同じく釣枝。すべて、笹目[一〇]が谷、柳原[一一]、土手[一二]側の体。ここに、以前の（前の場の）鷺の首の太郎右衛門に、夜鷹の婆アおはぜ、虎鰒おてふ、うで蛸おいぼ、立ち掛かりゐる。けん

一 手締めの音を、人を呼ぶ手の音と聞き違えて、奥で、女中が返事をするのである。

二 引き字記号。母音を引き伸ばして発音させるための記号。『横本』の表記は「はい引」。

三 黒一色の幕。夜を表すのに用いる。

四 藁などを編んで作った一種の敷物。それを、戸の代りに、入口に垂らすのである。

五 夜鷹が客と寝るための掛け小屋。昼間は片付け、夜になると組み立てる。その作業は妓夫の役目。一九〇頁注一参照。

六 人家の軒下や空地などに出す、間口九尺奥行き三尺ほどの、組み立て式の小さな店。

七 葭（葦）を並べ、糸で粗く編んだ蓆。多く、日除けや、簡単な囲いを作るのに使う。

八 定規で一定の方式に従って建物などを描いた、パネル状の大道具。

笹目が谷柳原の場　月の見え隠れする寂しい柳原に、次々と事件が起る。太郎右衛門はおとせに現をぬかして、馴染みの夜鷹達に責められる。おとせに袖を引かれた十三郎は、辺りの騒ぎで逃げ出すはずみに、庚申丸の代金百両を落す。与九兵衛は、松金屋の提灯を目当てに十三郎を襲い、金を奪おうと、非人達を集めて手筈を調える。

九 木枠に骨組を入れ、紙を貼ったパネル。

のみ権次(ごんじ)、木綿(もめん)[一三]やつし、三尺帯(さんじゃくおび)[一四]、股引(ももひ)[一五]き、腹掛[一六]け、夜鷹の妓夫(ぎふ)の拵(こしらへ)にて、これを止めてゐる。この見得。寄[一七]せの人寄せへ、波[一八]の音をかぶせ、道具止まる。

夜鷹三人　いえ／＼、了見ならねへ(勘弁できない)／＼、坊主にしにやァ(坊主頭にしなければ)、了見ならねへ／＼。

太郎　コレ／＼、なにしろ(とにかく)頭を放してくれ、いてへ／＼。

ト、権次、中へ割つて入(い)り(夜鷹と太郎右衛門を押し分けて)、

権次　コレサ(オイオイ)／＼、お前(まへ)がたもどうしたものだ(いったいどうしたのだ)。いつも馴染みの、顔の知れた(顔見知りの)お客ぢやァねへか。なんにしろ、どういふ訳だか、話して聞かせなせへな。人が見てもみつともねへ(体裁が悪い)。

てふ　オイ／＼、権次さん、聞いてくんねへ(聞いておくれよ)。このどぶつ[一九]が、おいらたち三人のところへ(私たち三人を)、いつでも／＼買ひに来てよ(いつでもきまって買いに来てさ)。今夜は一つまけてくれのと(［遊び代を］安くしてくれなどと)、言ひたい事を言ひなさるも(勝手なことをお言いだが)、客だと思つて(［いつもは］)我慢もするがの(我慢するがね)。今夜の始末ぢやァ(今夜みたいなことをされると)、私(わっち)らも商売づくだ(こっちだって商売だ)。黙つちやァゐられねへわな(黙っている訳にはいかないんだよ)。

一〇 古くは佐々目谷。現、鎌倉市笹目町。
一一 江戸の柳原を示唆する鎌倉の地名で、鶴岡八幡宮境内、若宮の東にある池畔一帯の呼称。江戸の柳原は四〇頁注二参照。江戸柳原の柳を植えた土手の下には、怪し気な古着や古道具を売る床店が並び、日暮れに店を畳む。代って夜鷹が客を引き、川端に積んだ材木の間や、葭簀(よしず)小屋で色をひさいだ。
一二 柳原通りの、町家側と反対の土手の方。
一三 木綿の生地で仕立てた着物。
一四 男物しごき帯の総称。本来長さ三尺、一重回りの帯。六尺物を二重回りの三尺という。
一五 「ぱっち」のこと。一六頁注五参照。
一六 職人などが着る一種の仕事着。紺木綿の表地に浅黄木綿の裏地を付け、胸・腹・脇を覆い、共布(ともぎれ)の細布を肩から背中に回して交差させ、さらに腰の後ろで止めるように仕立てる。腹部の表に「どんぶり」と称する物入れを、裏には「隠し」と呼ぶ銭入れを設けた。
一七 「寄席の人寄せ」か。大・小鼓に三味線を交える、「寄せの合方」のことかと思う。
一八 大太鼓で波の音を表す鳴物。撥(ばち)を当てる方の皮に、布を付けて打ったという。
一九 土仏。土製の布袋(ほてい)像。「でぶ」の意。

いぼ　それにね、聞いておくれ。去年の暮に来た時に、一朱[一]の一つももらふ気(うんと)で、おもいれ大切(だいじ)にしてやつたら〔扱ってやったら〕、お前(めへ)のやうな程のいい〔気の利いた〕女はねへから、あすの晩は土産を持つて来(こ)ようのと〔などと〕、気休めを言つておいて〔嬉しいことをいっておいて〕、なにを持つて来るかと思へば、アノ、マァ、安い蛸を[二]〔の足〕たつた一本よ。

はぜ　そしてこの三人は〔私ら三人は〕、この人が来せへすりやァ〔この人が来たら必ず〕、一人もかかさず〔三人が三人とも〕、三人づつは客にするのだ〔〔恨みっこなしに〕寝ることになっているのだ〕。それに今夜だしぬいて〔それなのに今夜は私らの目をかすめて〕、おとせさんのところへゆくゆゑに、こんな性悪(しやうわる)〔浮気者〕は見せしめのため〔こらしめのために〕、くり〳〵坊主にした[三]上で〔髪の毛を剃り落した上〕、瘤の一つもこせへねへぢやァ〔痛い目に遭わしてやらなければ〕、腹がいえねへのだ〔怒りが解けないのだ〕。

権次　そりやァ、お前(まへ)[四]がたが尤(もつと)もだ。旦那、お前(めへ)あんまり性悪をするから〔浮気をするからだ〕だ。この子たちをだしぬいて、おとせさんを買ふとは、はりといき[五]ぢは吉原(よしはら)でも、柳原でも変はりはねへわな。

てふ　もう権次さん、打つちやつておいておくれ〔ほっといておくれよ〕。存分いはにや腹がいぬ〔言いたいだけ言わなければ怒りが収まらない〕。モシ、どぶつ(でぶの)の太郎(たろ)さん、どぶ太郎さん。いま権次さんのいふとほ

一　嘉永一朱銀。銭にして約二百五十文。
二　役名の、「うで蛸おいぼ」に引っかけた洒落(しゃれ)。おいぼと蛸の足の洒落は、一八九頁にも出てくる。
三　吉原では、馴染み客が他の遊女屋に上がったことが知れると、罰として、恥じしめた上、夜具や衣類を新調させたり、髪を切って坊主にしたりした。ここは、そのもじり。
四　お前さん達の言うのがもっともだ。
五　張りと意気地は、ともに吉原の遊女の、人間としての自己主張を示す、典型的な気質とされている。いずれも、自分の意志を貫こうとする精神力を表す、ほぼ同義の語。
六　吉原を舞台にした『助六由縁江戸桜(すけろくゆかりのえどざくら)』の主役、遊女揚巻の悪態――「硯の海も鳴戸の海も、海という字に二つはない」のもじり。
七　吉原における、高級な遊女の呼称。「全盛」は、売れっ子の意。
八　おとせは十九歳。夜鷹は、三十歳以下の者は稀であったが、厚化粧と若作りとで、夜目には、十八、九歳に見えたという。
九　現、千代田区九段北一丁目、富士見一丁目。九段坂ともちの木坂に囲まれた地域で、坂を登った所が田安台と呼ばれる江戸随一の高台。それにかけて、「中高の」と続けた。

り、全盛(ぜんせい)[六]なおいらん[七]でも、私(わたし)がやうな夜鷹でも、勤めといふ字に二つはない。あのおとせさんに見かへられ　○（涙ぐむ）　そりやもう、おとせさんは年は若し、[八]飯田町(いひだまち)[九]ぢやないけれど、中高(なかだか)[一〇]のきりやうよし。私が方は中低(なかびく)[一一]で、散り蓮華(れんげ)のやうなれど、立つるいきぢに二つはない。

いぼ　おてふさん、私(わたし)にも言はせておくれ。モシ、私(わたし)や[一二]年がいかないが（まだ若いけれど）、[一三]（柳原の夜鷹はおいぼに限る）柳の下では蝙蝠と、[一四]中間部屋の噂(うはさ)にも、されるほどの[一五]客取りだ（手管の持ち主）。お前(まへ)が一人来なくつても、困りやァしねへがいぢづくだ。[一六]かまァ事はないから（構わないから）そのどぶつを（でぶを）、くり／＼坊主にしようではないか。

はぜ　坊主にするのも剃刀(かみそり)がないから、[一七]一摑(ひとつか)みづつ引つこ抜かうぢやないか。まづ小鬢(こびん)[一八]から抜き始めよう。

両人　それがいい／＼。

ト、三人、太郎右衛門にかぶり付き（取り付いて）、頭の毛を抜かうとする。

太郎右衛門、逃げ回る。

太郎　アァ、コレ／＼／＼、待つてくれ／＼。たんともねへ（薄くなった）この毛をば、

一〇 鼻が高く、美しく整った顔。おとせを演じた中村歌女之丞に対する褒め言葉。

一一 中低は、中高に対する語で、鼻の低い様をいう。おてふを演じた嵐吉六の顔は、鼻が低くてしゃくれていたので、「散り蓮華（陶器のさじ）」とあだ名されていた。黙阿弥は、吉六に、この種のせりふをよくいわせている。

一二 厚化粧の若作りを、いやらしく誇示している、おかしみのせりふ。

一三 夜になると柳の下に現れて客を引く夜鷹は、柳の下を飛びかう夜の蝙蝠に見立てられることがあった。四一頁注六参照。

一四 大名屋敷の中で、中間(ちゅうげん)（折助）が起居する、二百畳敷きほどの部屋。大部屋ともいい、常時、七、八十人から百人位の中間が雑居していた。中間の主な仕事は、主人の登城の供や門番や掃除その他の雑用。

一五 客扱いの巧みな遊女。

一六 「構う事はない」。遠慮することはない。

一七 吉原では、浮気客に私刑を加えるとしても、このような乱暴なことはすまい。だが、吉原でも悪(あく)河岸と呼ばれる羅生門河岸の女たちなら、似たようなことをしたかも知れない。

一八 「小」は接頭語。「鬢」は、頭の左右側面の髪。『東海道四谷怪談』で、小平が毛を抜かれるのも小鬢からである。

引つこ抜かれてたまるものか。許してくれ〳〵。

ト、逃げ回る。

権次　モシ〳〵、そりやァ只は済みますめへ（只で済ます訳にはいきますまい）。吉原ならばいきぢ[一]だから（体面が第一だから）、夜具をしてやるとか[二]（新調してやるとか）、総羽織[三]とか来るところだが（とかいう始末になるところだが）、夜鷹は夜鷹相応に、なんぞ規模（きぼ）[四]を立てなけりやァ、お前（めへ）の性悪をした（お前の浮気に）趣意が立たねへわな[五]（仕返しができないじゃないか）。

太郎　オツト、承知ぢや〳〵（分った分った）。そんなら吉原の格で[六]（吉原風に）、夜具をやるから了見（勘弁）しろ〳〵。

権次　そんなら夜具をしてやるかね（作ってやろうか）。

太郎　[七]柳原だけ一人前（柳原にふさわしく一人につき）、薦を一枚づつ買つてやるわ。

三人　エェ、いい加減に馬鹿にしねへ（馬鹿にするのもほどほどにしろ）。エェ、毛を引つこ抜いて、坊主にしろ〳〵。

太郎　こいつはたまらぬ〳〵。

ト、太郎右衛門逃げ回るを、三人にて追つ駆ける。この前かた（これより前）、

＊夜鷹——江戸では、公娼制度の発足とともに、私的な売春行為は厳しく禁じられたが、私娼は跡を絶たず、殊に、元文～宝暦（十八世紀中期）には岡場所（私娼窟）の興隆を見た。夜鷹がはびこるのも、そのころからである。

一　意気地。他の遊女に対する体面。面子（めんつ）。

二　花魁（おいらん）と呼ばれる最高級の遊女になると、夜具も、積み夜具（三つ蒲団）といって、縮緬（ちりめん）緞子（どんす）に極上の綿を入れた敷き蒲団三枚、贅沢な刺繡を施した掛け蒲団一枚を使用した。これを新調するには、約五十両の費用を要したという。

三　客が、馴染みの太鼓持ち全員に、揃いの羽織を作ってやること。

四　夜鷹は夜鷹なりに、なにか顔の立つようにしてやらなければ。「規模」は、面子、体面。

五　報復する。仕返しをする。誠意を示す。

六　法則。規則。流儀。遣り方。

七　「吉原の格で、夜具＝薦（むしろ）を一枚づつ」。野天で客と寝る夜鷹にとって、薦や茣蓙（ござ）は、確かに大切な敷物だし、機能としては、まさに積み夜具に匹敵するものといえよう。しかし、薦はあくまでも薦。それを、「吉原の格で」といって積み夜具を連想させておいて、

折助の仕出し、出てゐて、ともにこれを追ひ回しながら、権次もいつしよに、皆々、上手へ逃げて入る。誂の合方に、薄く波[八]の音をかぶせ、向ふより、紅屋与兵衛倅与吉、羽織、着流し、町人の拵にて出て来る。後[九]より、以前の木屋の手代十三郎、松金屋の提灯を持ち、出て来り、花道にて、

十三　それへお出でなされまするは、紅屋の若旦那[一〇]、与吉さまではござりませぬか。

　ト、与吉、透かし見て、

与吉　さういふ其方[一一]は、木屋の手代、十三どのか。

十三　へい、さやうでござりまする。して、マア、あなた[一二]は今時分、どちらへお出でなされまする。マア、なんにしろ、そこまでごいつしよにまゐりませう。お危なうござります。

　ト、これより十三郎、[一三]先に立ち、本舞台へ来り、

与吉　べつに案じる事でもないが、今日親父さまが、荏柄の天神さまが恵[一四]

「席」と落す。その落差が笑いを誘う。見事な手法である。

八　囃子の演奏で、音を小さくすること。

九　二人の出会いを引き立たせる、花道の効果的な使用法。厳密にいえば、与吉はこれから荏柄天神の方に行くのであり、十三郎は逆に、荏柄天神から帰る途中だから、このような二人の位置関係は成立しない。元禄の名優初世芳沢あやめは言った。「理屈ばかりにては哥舞妓にあらず。とかく実とかぶきと半分〳〵にするがよからん」(『あやめ草』)。

一〇　与吉は紅屋の長男であるから「若旦那」と呼び掛けた。次男以下ならば、ただ名前だけを呼ぶのが通例であろう。

一一　対等、もしくは、目下の者に対する対称。

一二　対等、もしくは目上の者に対する対称。

一三　提灯で与吉の足下を照らすために、先に立つ。

一四　「明きの方」ともいう。その年の、縁起の良い方角。正月に迎える歳神(歳徳神＝福の神、農村では多く田の神と同一視された)の存在する方角。

方(はう)に当たる(良い方角に当ると)とおつしやつて、お参りにお出(い)でなされた内、お屋敷から急な御用が出て(あって)、今までお待ち申しても、あんまりお帰りが遅いゆゑ、お迎ひがてら(お迎えのついでに［その用件について］)お話も申したし。それでこつちへ、来たのぢやわいの。

十三　さやうでござりますか。マァ、この暗いのに、お手代衆(しゅう)でもお連れなされば良いに。[一]一人夜道(ひとりよみち)は、お危なうござりまする。

与吉　このやうに遅うなるつもりではなかつたが、つい一、二軒(ちょっと)、寄り道があつたゆゑ、思はず遅うなりましたわいの。

十三　お父(とつ)さまのお迎ひなれば、なるたけ道をお急ぎなされませ。この提灯を差し上げますほどに、すこしも(少しでも)お早う、お帰りなされませ。

与吉　それはマァ、かたじけない(有難いが)が、私(わし)が提灯を借りましては、お前(まへ)がやつぱり困るわいの。

十三　いえ〳〵、私(わたくし)は暗くても、大事ござりませぬ(大丈夫でございます)。それに、つい先の(すぐ先の)、[二]古着店(ふるぎみせ)までまゐりますれば(参りますので)、借ります所［提灯を］もござりまする。御遠慮な

一　「夜道を一人でお歩きになるのは」。夜の暗さについてはすでに述べた（四八頁注五参照）。その上、幕末の江戸の町は、治安状態が大層悪かった。

二　古着屋。柳原の土手一帯には数多くの古着屋が並び、怪しげな品物を売っていた。だが、それらの店は床見世で、人が住んでいたわけではないから、ここでいう「古着店」は、日本橋元浜町、富沢町辺りの古着屋をさしているのかも知れない。

しに、お持ちなされませ。

与吉　そんなら借りても、大事(かまいませんか)はござりませぬか。

十三　しかし、道を、気を付けてお出でなされませ　○(そうだ)

ト、十三郎、三提灯の心を切り(蠟燭を明るくして)、与吉に渡す。この内、後ろの夜鷹小屋より、おとせ、羽二重、四娘夜鷹の拵にて出て、十三郎をじつと見てゐる(見詰めている)。

与吉　さやうなれば(それでは)、若旦那、十三郎どの、いづれその内。

十三　お早う(道を急いで)、お出でなされませ　○(辞儀)

ト、与吉、提灯を持ち、上手(右手)へ入る。十三郎は、下手へゆからうとするを、おとせ出て、十三郎の側へゆき、五はづかしさうに(ためらいがちに)、モシと袖を引く。この時、六チヨンと月出る。七両人、顔見合はせ、思入あつて(十三郎は不審そうな　八おとせは十三郎に心を動かされた様子で)、なまめきし合方になり、

私を止めたのは(引き止めたのは)、なんぞ(なにか)用でもござりますのか。

三　炭化した燃えかすの心を放っておくと、蠟燭の光度が落ちる。それで心を切るのである。十三郎は外出中ゆえ、心切り鋏の用意はなく、指先で摘み取る。この提灯は、後の場面に影響するので、その受け渡しを見物に印象付けなければならない。うまい小道具の扱い方である。

四　はやる夜鷹は、黒紬の着物に絖の半襟をかけ、白絖の帯といった絹物ずくめ。それ以外の夜鷹は、黒茶の木綿の着物に、白い桟留縞の帯と木綿一式。そして、本所から出る者が、道中、白木綿の手拭いを吹き流しに被るのに対し、四谷から出る者は、手拭いを被らない。茣蓙を抱えてくる者も多かった。

五　おとせは、夜鷹として、まだすれていない。

六　拍子木の擬声語。月の出や御簾の上げ下ろし、道具替りなどに打つのを、「きっかけ」といった。

七　「灯入りの月」を使用したものと思われる。満月は、絹を張った円筒状の枠に蠟燭を立てて吊し、その他の月は、必要な月の形を切り抜いた雲形の板を四角い箱に張り、覆いをして、月を出したり隠したりした。

八　「なまめいた合方」ともいう。色模様のような場合に使う合方。

とせ　どうぞ、お遊びなされて下さりませ。

十三　ナニ、遊べとは（不審な様子）◯　ムム、そんならお前は（頷く）◯

ト、十三郎、さては夜鷹かといふ思入（表情）。おとせ、[一]はづかしき思（気持）入（を表して）にて、袖（そで）にて顔を隠し、うつむく。

この頃（ごろ）人（人が）の噂（うはさ）をする、親孝行な[二]辻君（つじぎみ）どの、一とせどのとかいふ娘は、もしや（ひょっとすると）、お前の事ではござらぬか。

とせ　はい、私（わたくし）でござりますわいな。

ト、この内、十三郎、月影にて透かし見て（月の光で顔を見つめ）、思入（その美しさに心を動かす）。

十三　人の話に違ひなく（世間の噂どおり）、なるほど美しい娘御（むすめご）ぢやが、さだめて様子のある事であらうけれど（きっと事情があるのだろうが）、なんでこのやうな、さもしい世渡りをさつしやるのだ（卑しい仕事をしておられるのだ）。

とせ　お尋ねにあづかりまして（わざわざお尋ね下さいまして）、お話し申すもはづかしながら（恥ずかしいことなのですが）、このやうな卑しい業（わざ）をいたすも（勧めをしますのも）、[三]淫奔（いたづら）でない申し訳（男欲しさからではございません）。たつた一人の父（とと）さんを、養ふために[四]あられもない（女の身としてとんでもない）、はづかしいこの世渡り。どうぞ不便（ふびん）と思（哀れ）

一　おとせは十三郎に一目惚れした。歌舞伎の他の娘役同様、おとせにも、純情さと、性に対する大胆さとが同居している。惚れた男を前にした娘らしい恥じらいと、夜鷹の身を恥じる気持と。複雑な心の動きである。

二　街娼。夜鷹のこと。「辻君」の語は、室町時代中期にはすでに現れており、当時は、「立ち君」と呼ばれる街娼形式の者と、店を構えて売春する者と、両様あったらしい。その「立ち君」の流れが江戸の夜鷹である。なお、「君」とは遊女・遊君のことで、中世・近世にわたって用いられた呼称。

三　好色。性に対する慎みに欠けていること。みだらなこと。

四　そうあるのは望ましくない。とんでもない。殊に、女としてふさわしくない。みっともない。

し召し(とお思いになって)、お遊びなされて下さりませいなァ。

十三　親孝行〔の為〕とは聞いたれど(聞いていたけれど)、若いに似合はぬ頼もしい事(しっかりした考え)。私(わし)も親がある身なれば(身なので)、人事(ひとごと)には思ひませぬ。遊ばいでもよいほどに(別に遊ばなくともかまわないから)、これはあ(大変)まりすこしぢやが(少ないが)、その親御(おやご)の好きな物でも買うてやつて下され。

ト、十三郎、紙入れより金を出し、紙に包んで、やる。

とせ　これはマァ、有難うございますれど、通り掛かりのあなたさまに(たまたまここを通られた)、さもしい話を(卑しいお話を)お聞かせ申し(お聞かせしたその上に)、ただ(ただでお金を)おもらひ申しては、どうも心が済みませぬ(気持が納まりませぬ)。ちよつと、あそこへ(あの小屋へ)。

ト、はづかしさうに、思入にて(頼むような様子で)いふ。

十三　いや〳〵、私(わし)は主持ち(しゅうも)なれば(奉公の身なので)、大切(だいじ)の用を抱へてゐます。その遠慮には(そんな遠慮は)及ばぬほどに(しなくていいから)、マァ、取つておかつしやれ(おきなさい)。

とせ　それではどうも、私(わたし)の心が(気持が)〔済みません〕。

ト、十三郎の手を取り、惚(ほ)れたる思入にて(表情で)、〔十三郎の〕じつと顔を見詰める。十三郎も、おとせの顔を見て、うつとり思入(心を奪われた表情)。この時、薄[五]

五「薄どろ」とは、鳴物の名称。大太鼓を左右の撥(ばち)で交互に打つ「どろ〳〵」の、打ち方を弱めたもの。妖気をただよわせたり、霊感を受けたり、心が異常な状態に変化して行くときなどに用いられる。「どろ〳〵」や「薄どろ」はまた、「風の音」や「水の音」、「波の音」などに、いつとなく変って行く場合が多く、ここでいう「薄どろのやうな波の音」も、その手法を指しているものと思われる。「(おとせ)惚れたる思入……(十三郎)うつとり思入……(両人とも)しどけなくなるこなし」という、互いに深く惹かれ合って、心が常態を脱して行く有様を、「波の音」の叙景に加えられる「薄どろ」によって支えようとするのである。しかも、この場における二人の恋の芽生えが、実は、どうしようもない因果の理に支配されていることを知れば(一二三頁参照)、その恋に伴う妖しい雰囲気を、黙阿弥が、この鳴物でいかに適切に表そうとしていたかが理解される。二人は双子の兄妹なのだ。

どろのやうな波の音になり、両人とも、一しどけなくなるこなし（心が乱れて行く様子を演技に表し）あつて、おとせのとらへた手を（おとせは十三郎の手を）、だん／＼（ゆっくり）懐の内へ入れる（〔自分の〕胸に導く）。なまめきし合方。

十三　はじめて逢うた一とせどの（一とせどのは初めて二逢った人なのに）、親孝行と聞いたゆゑ、心の内のやさしさに（その心根の優しさに〔惹かれました〕）、

とせ　卑しい姿（〔夜鷹の〕）ではづかしい（〔のですが〕）、私（わたし）やあなたに三末懸けて（行末まで〔惚れました〕）、

十三　ついより添うた春風に（ふと寄り添った二人に吹きつける風は春風とはいえ）、まだ肌寒き川添ひの（まだ肌寒い川風　その川添いに生えている）、

とせ　四しだれかかりし青柳の、糸を結ぶの神さまが、

十三　五縁を敷き寝の草枕、

とせ　そのお情を露ほども（六草に宿る露のようにほんの僅かでも私を抱いて）、

十三　溶ける心の薄氷（薄氷がとけるように心の隔てもとけて）。

ト、月、七隠れる。

とせ　アレ、宵月を、

十三　八粋（すい）な雲めが（〔隠してくれた〕）、

一「しどけない」とは、乱れた様子、常軌を逸した有様を示す形容詞。単に、恋に心乱れるばかりではなく、前頁注五にも知られるように、その恋は、常軌を逸した恋なのである。

二「一（ひと）」は、「はじめて逢うた人」と、「一とせどの」との掛け言葉。

三 行末まで契る。一生の愛を約束する。

四 青柳の枝のように、しなだれかかる私たち、縁結びの神さまが。「しだれる」（長く垂れ下がる）に、「しなだれる」（垂れ下がる、もたれかかる）と「しなだれかかる」（寄り添う、力を抜いてもたれかかる）とを重ねた語法。またその柳のしだれる枝を「糸」に喩（たと）え、「糸」から「結ぶ」、「結ぶ」から「結ぶの神」を導く。「結ぶの神」は、男女の縁を取り持つ神。

五 二人の縁を結んで下さる蓆（むしろ）を敷いた仮寝の手枕に。「敷き寝」は、蓆や茣蓙（ござ）を敷いて寝ること。「草枕」は、路傍の草を枕にして寝る意から、侘しい仮の宿、旅寝。

六 お情け（愛情）をかけて下さい。抱いて下さい。「露ほども」は、通常、打消しを伴って、「ほんの少しでも、いささかも」の意を表す副詞。もし、その意味に取れば、この文意は、「お情けを少しも（疑っていない）」

とせ　隠す蓆の[九]、〔小屋の内〕ト、小屋へ思入。

十三　エ、

とせ　マア、ござんせいなア。

ト、やはり右の合方にて、おとせ、十三郎の手を取り、無理に小屋の内へ入る。波の音になり、上手より、以前の研屋与九兵衛、尻端折り、頬被り[一〇]にて出て来り、後より、非人一、二、三、四、皆々、非人の拵にて出て来り、

非一　モシ、私らへお頼みとは、

三人　どういふ訳でござります。

与九　頼みといふは外でもない。いま、ここを、年の頃は二十ばかりで、色の白いすつぺがし[一一]の青二才[一二]が、松金屋と書いた小田原提灯をつけて通るが、その提灯が目印だ。其奴にちつと遺恨があるゆゑ、見付け次第にどし打ち[一三]に、打ち据ゑてもらひてへのだ。

ということになろうが、納得しがたい。むしろ、「情」と「露」の語は、「露の情」という形で関係付けられていると思われるので、傍注のように訳した。

七　月が見え隠れする。一つの情緒をかもし出すと同時に、おとせと十三郎の重要な出会いをクローズ・アップする、演出上の効果をもたらす。

八　二人の愛の交わりにふさわしく、雲が気をきかせて、月明りを隠してくれた。

九　「隠す」は、「宵月を雲が隠す」と、「二人の姿を隠す蓆」との掛け言葉。

一〇　頭部から頸にかけて、手拭いで顔を覆うこと。さまざまな被り方があるが、ここは、野暮で滑稽な「唐茄子被り」であろう。

一一　「剃り剝がし」の転訛。元服のために、前髪を剃ること。また、前髪を剃って元服した若者。

一二　若い男を罵っていう語。「青」は接頭語で、未熟の意。「二才（二歳）」は、若くて人生経験の不足している者。「毛二才」とも、「二才野郎」ともいう。

一三　「どし」は「どっしり」の略語か。十分に、の意。

非二　コウ〳〵（オイオイ）、いま旦那の話の二才は、たつたいま、ここを通つた提灯が、

非三　松金屋と記してあつたぜ。

非四　てつきり（きっと）彼奴（あいつ）に違（ちげ）へねへ。

非一　遠くは行くめへ（遠くへは行くまい）。追つ駆けて、

与九　[一]骨（ほね）は盗まぬ（只働きはさせはせぬ）。まんまと（首尾よく）野郎をやつつければ、[二]酒手（さかて）はたんまり占めさせるわ（心付けはたっぷりはずんでやるわ）。

非一　そりや大丈夫だ。気遣ひ（心配を）をなされますな。

非二　すこしも（少しでも）早く追（お）つ付いて、

与九　かならず[三]ぬかるな（失敗するな）、

皆々　合点だ（任せておけ）。

ト、やはり波の音にて、皆々、いつさんに上手へ入る。引き違へて（入れ違いに）、ばた〳〵（ツケが入って）になり、以前の（先ほどの）太郎右衛門（たろゑもん）、片小鬢（かたこびん）抜かれたる（片方の鬢を）鬘（かつら）にて、逃げて出て来（きた）る。後（あと）より三人の夜鷹、追つ駆けて出る。

一　「骨を盗む」とは、他人の労苦を無にする、ただ働きをさせる意。「骨」は労苦、困難、面倒。

二　酒を買う代金。規定の料金や労賃とは別に与える心付け、チップ。「占める」は、自分の物にする。

三　油断する、失敗する。

非人一[四]（端役の中間と一緒に）、折助の仕出し付いて、わや〱（わいわい騒ぎながら）と出て来（きた）り、

太郎　アァ、コレ、片小鬢（かたこびん）抜いたら、了見してくれ〱（〔それでもう〕勘弁してくれ）。

夜鷹三人　嫌だ〱。両方とも抜かねへ内は、了見ならねへ〱。

太郎　それはあんまり情ない。片小鬢で沢山だ。アァ、小鬢が痛いわ。こ[五]びんと思つて（可哀そうだと思って）、許してくれ〱。

三人　いイや、嫌だ〱。

折助　エェ、引つこ抜け〱。

太郎　エェ、情ない。許してくれ〱。

ト、太郎右衛門、逃げ回るを、三人の夜鷹、追つ駆け回る。この内、太郎右衛門、夜鷹小屋へ逃げて入る。後（あと）より三人、追つ駆けて入る。小屋の外に、仕出しの折助、捨てぜりふにて（捨てぜりふを言いながら）、わや〱いうてゐる（わいわい騒いでいる）。このとたんに、十三郎、しどけなき形（なり）にて（寝乱れた姿で）、小屋の内より逃げて出て来（きた）り、うろ〱してゐる。仕出しの折助、十三郎を太郎右衛門[六]と心得、

四　原文は「鴻蔵（非人一）折助の仕出し付て」。『横本』には、この「鴻蔵（非人一）」に当たる語はなく、ただ「折助の仕出し付て」とのみ記されている。正本もしくは底本の誤記であろう。

五　「ふびん（不便）と思って」の洒落。

六　月は隠れていて、辺りは闇。太郎右衛門は小屋に隠れ、うろついているのは小屋から出てきた十三郎ばかり。それで折助は取り違える。

折助　ヤァ、今の野郎が出て来やァがつた。

皆々　小鬢を引つこ抜け〳〵。

ト、十三郎を追ひ回す。十三郎、吃驚(びつくり)して、上手へ逃げて入る。仕出しの折助、跡を追つて入る。また、小屋の内より、太郎右衛門、逃げて出て来(きた)り、しどろな(だらしない)形(なり)になり、向ふへ(揚幕へ)逃げてゆく。後より三人の夜鷹。権次[一]、付いて出て、皆々、捨てぜりふにて、向ふへ追つて入る。権次一人、舞台に残り、

権次　コレサ〳〵(コレコレ)、いい加減にしておきねへ。彼奴(あいつ)ばかりに係(かか)つてゐちや(かかわりあって)ア、(いては)商売(あきねへ)ができねへぢやァねへか。本当に困りもんだぜ。

ト、向ふを見て、独り言をいつてゐる。この内、おとせ、小屋の内よりうろ〳〵、十三郎が見えぬゆゑ、探す思入にて(様子で)出て来(きた)り、権次を見て、

とせ　モシ〳〵、権次さん。いまここに、若いお人は見えなんだかへ。

権次　おらァ、なんだか(どういうわけか)気が付かねへ。今の騒ぎでがつかりした(疲れてしまった)わな。

一　権次はさっき、夜鷹たちとともに「上手へ」入った（五七頁二行目）。以後、ここまで、彼の行動に対する指摘はない。恐らく、再び夜鷹とともに出て、太郎右衛門を追って小屋に入ったのであろう。

二　以下、一一行目の権次のせりふ「ナニ、お金え」まで、おとせと権次の間に、誠にちぐはぐなせりふが交わされる。おとせはもっぱら十三郎に、権次はもっぱら夜鷹達の騒ぎに心を奪われていて、二人とも、互いのせりふを受け止めようとしない。といっても、二人がそれぞれ全く無関係に、独白を並べ立てているのではない。相手のせりふの中に出て

くる単語の〈音(おん)〉が、前後の文脈から切り離されて耳に残り、その単語を軸にして、あたかも連歌や俳諧における言葉付けのように、せりふが回転して行くのである。ここの場合でいえば、「なにかの話を」「話どころか」の「話」が、その回転軸に該当する。滑稽なやりとりではあるが、その滑稽さの中に、二人の生きざまがくっきりと描き出されている。そして、二人の共通の関心事である「金」が話題になったところで、せりふの流れが、一時変る。心憎いまでの、黙阿弥の作劇術である。

三 前行の権次のせりふ「乱騒ぎ」の音を受けたもの。注二参照。

四 前行の「逃げて」を受けたせりふ。

五 前行の「追っ駆けて」を受けたもの。

六 権次は「金」という言葉で現実に引き戻され、思わず大声で問い返す。ここから、流れが変り始める。

七 おとせは、権次の声に驚くと同時に、「金」と口走ったことに気付き、はっとなる。

八 夜鷹の名前。「カネ」という音を利用して話題をそらす。権次はそれに乗る。

九 「寸白」は、条虫などの寄生虫。女性の腰痛や生殖器病は、昔は、寸白が原因だと誤解され、その種の病気の総称とされた。

　ト、おとせ、思案(考え込む様子)の思入。

とせ　どこへゆきなさんした(お行きになったのやら)やら、もう一度逢うて、なにかの話を(あれこれと)。

権次　話[二]どころか、あのふとっちようの太郎右衛門が性悪(しやうわる)(浮気したので)をしたので、坊主にすると乱騒(らんさわ)ぎさ(大騒動さ)。

とせ　それにしてもあのお方(かた)〇(向うを見て)今の騒ぎ[三]で逃げてゆきなさんしたか。

権次　[四]逃げたどころか(〔太郎右衛門さんは〕)一生懸命さ。よせばいいのにおてふやおいぼ、あのおはぜまでいい年をして、追っ駆けてゆきやしたわな。

とせ　[五]追っ駆けようにも所も聞かず、跡に残つたこの財布(さいふ)〇(財布をちょっと見て)

　ト、十三郎の取り落したる財布を袖にて隠し、思入あつて、(十三郎を案じる気持を表す)

　中は確かに余程なお金。

権次　ナニ、お金[六](金だって)え。

　ト、おとせ、吃驚(びつくり)[七]して、

とせ　いえさ、お金[八]さんはどうしたやら、

権次　アァ、婆ァおかねかへ。今夜は寸白(すばく)[九](腰痛で)で、腰がのせねへ(伸ばせない)といふ事だ。

とせ　一 さぞお困りでござんせう。どうか（なんとか）尋ねて（［あのお方の居所を］尋ねて）、

　ト、十三郎へ思入（十三郎に逢いたいという気持）。

権次　［寸白に効く］いい薬でもありやすかね。

とせ　二 エ、

　ト、心付き（我に返り）、

私（わたし）も寸白が持病ゆゑ、

権次　あの、こんなほつそりした（こんなに細くてすらりとした）腰にかへ◯（何を言っているんだ）

　ト、権次、おとせの背中をたたく。これにて（その拍子に）、おとせ、金財布（かねざいふ）をばつたり落とす。

オヤ、今の音は、

　ト、権次、［落ちた財布に］手を掛けようとする。おとせ、財布の上へ膝（ひざ）を突く［きっかけに］を、三 道具替はりの知らせ。

とせ　四 あい、五 温石（をんじやく）でござんすわいな（懐炉でございますよ）。

　ト、両人よろしく。六 時（とき）の鐘（かね）、波の音にて、この道具回る。

一 権次がすでに現実に立ち戻っているのに対し、おとせの心は、まだ十分には覚め切っていない。「（おかねさんは）さぞお困りで」と答えながら、その主語は、いつしか「あのお方は」に変って行く。
二 ここでおとせは、完全に我に帰る。
三 合図の拍子木。
四 暗がりの中で、落ちたのが財布だということを、権次は知らない。おとせはそれを、「温石」だと誤魔化す。
五 体を暖めるため、石を火で焼いて布に包んだもの。こんにゃくなども用いる。懐炉。
六 動作は役者に任せる、という意の用語。
七 二重を載せるための、二尺八寸の台。
八 土手の骨組みに、棕梠（しゅろ）の葉を細かく割（さ）いて打ち付けたもの。土手の草を表す。
九 禁令など、民衆への伝達事項を記した立て札。「御判形」は書き判（花押（かおう））。
一〇 寺院の開帳を知らせるための立て札。
一一 持ち運びのできる簡単な番小屋。番小屋とは、番太つまり町番人の住む小屋。
一二 向う河岸の家々に、灯火がついている様子を表すため、パネルの一部を切り抜いて紙を貼り、後ろから蠟燭の光を当てた遠景。
一三 鎌倉の橋で、江戸柳原の、神田川に架かる橋を示唆する名称と思われるが、不明。

本舞台、三間の間、正面、〔は〕高足[七]、しゆろ伏[八]の土手。所々に柳の立ち木。日覆より同じく釣枝。上手、両側〔に〕手摺りの付いたる橋を半分見せ、これに続いて御判形[九]の高札、開帳札[一〇]。下手へ寄せて、火の用心（火の用心と記した）の行灯を付け（掛けた）し箱番屋[一一]。後ろ（背景は）、向ふ河岸を見せたる灯入り[一二]の遠見。すべて、笹目が谷、新井橋[一三]の体。ここに、以前（前の）の研師与九兵衛、中通り[一四]の非人四人、立ち掛かりゐる。この（場の）模様、波の音にて、道具、止まる。

与九　どつちから来ようとも（[一五]どっちの道を取ろうとも）、この橋詰めで網を張れば（この橋のたもとで待ちうけていれば）、道の違ふ気遣ひはねへ（きっとここを通って行くに違いない）。良く後先をがんばつてくれ（辺りをしっかり見張ってくれ）。

四人　合点だ〳〵（オット承知だ）。

非一　噂をすれば影とやら、向ふへ見えるあの提灯[一六]、〔は〕

[一四] 役者には、当時、名題・名題下・相中・中通り・下立役の五つの身分があった。

笹目が谷新井橋の場

紅屋の与吉は、十三郎からもらった提灯のために非人に襲われ、与九兵衛に紙入れを奪われる。姉のおしづが通りかかって与吉を介抱。連れ立って帰る。安森の若党弥作は海老名軍蔵を待ち受け、庚申丸の譲渡を懇願するが、断られた上、軍蔵に足蹴にされる。弥作は門弟達を切り倒し、軍蔵を討ち果たす。

[一五] 紅屋の家がどこにあるのかは記されていないが、少なくとも途中までは、木屋の家と同じ方向にあって、柳原を通らなければならない。湯島から柳原に行くには、四九頁注八で述べた、御成小路を通る通常の方法の外に、御成小路の西に並行する明神下を通って、昌平橋に出る行き方もあった。

[一六] 提灯を人に渡したために、元の持ち主は危難を免れ、渡された者が襲われてひどい目に遭うという設定は、『東海道四谷怪談』の序幕にも見られる。そこでは、佐藤与茂七から提灯をもらった奥田庄三郎が、与茂七に遺恨を抱く直助によって惨殺される。闇に包まれた戸外では、提灯は何よりの目標となった。

非二　確かに二才め（さっきの話の若造だ）。
与九　かならず（決して）ぬかる（失敗する）な。
四人　合点だ（任せておけよ）。

ト、与九兵衛、非人四人、上下（かみしも・右手左手へ）へ分かれて忍ぶ。波の音、合方になり、上手より、以前（前の場の）の紅屋与吉、松金屋の提灯を持ち、出て来る（きた）。この内、非人、うかがひゐて（［様子を］）、やにはに（すぐに）提灯を、ぬひぐるみ[一]にて打ち落とし、左右より打つて掛かる。与吉、吃驚（びつくり）して身をかはし、思入あつて（闇の中をうかがって）、

与吉　こりや（これは）理不尽（りふじん・ひどい）な。なにをするのだ（どうするのだ）。
非一　なにもかもいるものか（どうもこうもあるものか）。汝（うぬ・お前に恨みを持つ人に）に遺恨のある者に、
非二　頼まれたゆゑ網を張り（待ち伏せして）、
非三　帰りの道をつけてゐたのだ。
非四　もうかうなつたら籠（かご）[二]の鳥（とり）だわ。
与吉　遺恨を受ける覚えはない（心当りはない）。おほかたそれは人違ひ。後（あと）で後悔（こうくわい）さつし（しなさ）

一　唯一の目標である提灯を消さなくとも良さそうなものだが、襲った者の正体を隠すという理屈があったのだろうし、何よりも、闇の中で多くの人間が乱れて争う内に起るハプニングのおかしさが、演出上、期待されたのである。なお、「ぬひぐるみ」とは、竹を心にして綿を詰めた、鼠木綿の縫いぐるみの棒で、お定まりの非人の武器。

二　籠の中で飼われている鳥。自由を束縛された状態、また、そのような状態に置かれた人のこと。ここでは、回りを取り囲まれて、逃げる余地のない状態をいう。

やるな（るな）。

非一　ナニ、ねへ事（〔心当りの〕）があるものか、

非二　[三]四の五のと（つべこべと）面倒だ、

四人　畳んで（やっつけて）しまへ。

　ト、[四]中通り（ちゅうどほり）四人、与吉に打つて掛かる。波の音、誂の合方になり、暗（くら）がりの[五]立回り（たちまはり）。この中へ、与九兵衛、うかがひ〳〵（うかがいながら）出て来（きた）り、与吉を目掛けて打たうとするを、中通り、与吉と間違へ、与九兵衛を打つ。この内、をかしみ（滑稽な）の立回り[六]いろ〳〵（あれこれと）あつて、[七]とど（結局）、与九兵衛、与吉の紙入れを引き抜いて、いつさんに（大急ぎで）向ふへ入る。

与吉　ウヌ（畜生）、盗人め、紙入れを、

　ト、追つ駆けてゆかうとするを、四人、無残に（乱暴に）与吉に打つて掛かり、さん〴〵に打ち倒し、皆々、向ふ（揚幕）へ逃げて入る。与吉、打ち倒れ、体の痛む思入（体の痛む表情）。この内、[八]早めたる合方になり、上手

三　なんのかのと。あれやこれやと。賽賭（さいころと）博（ばく）から出た語かという。

四　六九頁注一四参照。

五　格闘や斬り合いの演技。

六　立回りの演出は、立師（たてし）と呼ばれる専門の役者に委ねられている。

七　「とどの詰まり」の略。脚本用語。

八　テンポを早めて弾く合方。急いで行動するときなどに用いる。

より[一]以前の木屋文蔵女房おしづ、[二]お高祖頭巾(こそづきん)をかぶり、丁稚(でっち)三太、[三]広小路(ひろこうぢ)花屋(はなや)と記(しる)したる貸し提灯(ぢやうちん)を持ち、先に立ち、出て来(きた)り、おしづ、与吉にゆき当たり、

しづ　これは御免なされませ。〔提灯を持たせていますのに〕提灯を持たせて粗相千万(そさうせんばん)〔失礼しました〕、お許しなされて下さりませ　（辞儀）◯

ト、与吉を見て、吃驚(びっくり)なし、

与吉　ヤ、そなたは弟(おとと)の与吉ではないか。さうおつしやるは、お姉(あねイ)さまでござりましたか。私(わたくし)はとんだ〔意外な〕災難に遭ひまして、このやうな目に遭ひましてござりまする。

ト、着付(きつけ)〔着物の破れを〕の破れを見せる。

しづ　それはマァ〳〵、危ない事　（頷く）◯

ト、三太の持ちし提灯を取り、与吉の体(からだ)を見て、

オォ、どこもかも泥まぶれ〔泥まみれ〕。そして、怪我(けが)でもしはせぬかや。こりやマァ、どうした事でこの災難。

一　ここに、木屋の女中おちせが登場しないのは、おしづが、父与兵衛をおちせに送らせたという想定によるのであろう。

二　「袖頭巾」とも「大明頭巾(だいみんずきん)」ともいう。目の部分のみ残して、頭も顔もすっぽりと包む防寒用の頭巾。もっぱら女性が用いた。「高祖」は日蓮上人の意。日蓮の像に見られる頭巾に似ていることからきた名。

三　浅草広小路にあった田楽(でんがく)料理屋。浅草広小路とは、雷門門前の広小路をいう。現、台東区浅草一丁目、雷門二丁目。

与吉　マア、聞いて下さりませ。今日(けふ)、親父(おやぢ)さまが天神さまへ、お参りなされてお留守(るす)の内、お屋敷からの急の御用、ぜひ〳〵お目に掛かり、お話し申さにやならぬ事が(お話し申さねばならぬことが)ござりますゆゑ、お迎ひがてら〔話をしようと〕まゐる途中、お前(まへ)さまの所の十三郎どのに逢ひまして、この提灯を借り受けて、急いで来るところをば、狼藉者(らうぜき)[四]が理不尽に(無理無体に)、打つて掛かつてこの始末(有様)。なにを申すも多勢(たぜい)に無勢(ぶぜい)。打ちたたいたその上で、一人の男が私(わたくし)の、紙入れを引き抜いて、影もなく(あとかたもなく)[五]、逃げうせてござります。

しづ　ほんにマア、油断のならぬ。しかしマア、怪我をせぬがそなたの仕合はせ。これも信心する神仏(かみほとけ)さまの御利益(ごりやく)ぢや。

　ト、与吉の塵(ちり)を払ひやる。

そして、その紙入れの中に、なにも大切(だいじ)な物でも入つてはゐませぬか。

与吉　いえ〳〵、なにもべつに、大切(だいじ)の品はござりませぬが、金子(きんす)が少々、入つてをりますばかりでござります。

四　無法者。乱暴者。

五　「影も形もなく」。なに一つ、痕跡をとどめないで。

しづ　お金ばかりなら、マァ〳〵仕方がない。さいはひ私(わし)がこの〔私の〕紙入れ。中にお金も入つてゐるほどに〔入っているから〕、一これをそなたにやりませうわいの。

与吉　いえ〳〵、たいしたお金でもござりませず、それではどうも〔気が〕済みませぬ。

しづ　なんのマァ、済むの済まぬのと他人らしい〔他人行儀な〕。兄弟仲、要(い)らぬ遠慮。ことにそのお金は、今日(けふ)、父(とと)さまに天神さまでお目に掛かり、二おもらひ申したお金ゆゑ、やつぱりお前(まへ)の物も同じ事ぢやほどに〔だから〕、遠慮なしに持つて行(い)たが良い。

与吉　そんなら、親父(おやぢ)さまにお逢ひなされましたか。

しづ　お目に掛かつたわいの。それから観音さまへも、ごいつしよに参詣して、道で〔途中で〕お別れ申して、帰り道ぢやわいの。そなたもまたそのやうな形(なり)で、今の狼藉に遭ひでもすると悪いほどに〔また今のような目にあったりしたら困るから〕、話しながら、いつしよにゆきませうわいの。

与吉　さやうなら〔それならば〕、ごいつしよに、三通町(とほりちやう)までまゐりませう。

一　おしづがここで、与吉に金を紙入れごとやったことが、第二番目序幕（化粧坂(けわいざか)八丁堤の場）で生きる。（二七七～八頁参照）

二　三六頁九行目参照。

三　現在の、中央区日本橋一～三丁目の、中央通りに面する部分の町名。ただし、町名に関係なく、筋違橋から今川橋、日本橋、新橋を経て金杉(かなすぎ)橋にいたる大通り（ほぼ、現在の国道四号線・一五号線）を、「通町」という場合も多く、ここでも、その意味で使われているらしい。

ト、おしづは、与吉を介抱(かいはう)する事あつて、

しづ　サア、三太や、提灯の消えぬやう、気を付けてゆきやや(行きなさいよ)。

三太　はい／＼、お危なうございります。

しづ　サ、ゆきませう。

ト、波の音、合方になり、おしづ、与吉、三太付いて、向ふへ(揚幕へ)入る。波の音になり、上手より、以前の安森の若党弥作、頬被(ほほかむ)り、尻端折(しりはしよ)り、一本差しにて出て来(きた)り、後先(あとさき)をうかがひ(辺りの様子を確かめ)、身拵(身仕度をして)へをして、刀の目釘(めくぎ)[四]をしめし、思入あつて、下手、番小屋(ばんごや)の陰へ忍ぶ。甚句(じんく)[五]の合方へ波の音をかぶせ、上手より、以前の海老名軍蔵先に、後(あと)より四人の門弟、折り(折り詰めを)を提げ、皆々、酒に酔(ゑ)ひたるこなし(様子)、捨てぜりふ(捨てぜりふを言いながら)にて出て来(きた)る。弥作、つか／＼(勢いよく)と出て、〔その前に〕立ちふさがる。四人の門弟、これをよけると、弥作、よける方(かた)へ行く。〔わざと〕門弟一、弥作を(弥作を手で払いのけようとする)かきのけるを、取つて、〔その手を〕ぽんと投げる[六]。また、門弟二、己(おの)れ(こいつめと向ってくるのを)、と掛かるを、見事に(あざやかに投げとばす)投げる。この内、門

四　竹の目釘（刀身を柄に固定させるための釘）を、ゆるまないように唾などで湿らせて、刀を抜く準備をする。

五　「甚句」は甚九とも書く。江戸時代の末ころから流行した民謡の一種。恐らく、米山(よねやま)甚句のことと思われる。ただし『横本』には「右なりものにて」とのみ。

六　投げられる演技の代表的なもの。いわゆる〈とんぼ〉（二種の宙返り）であるが、外にも、とんぼを返ったように見せる〈にせ宙〉や〈ゴロ返り〉などがある。なお、〈とんぼ〉は「返る」というのが正しく、「切る」という言い方は誤り。

弟三、四、打つて掛かるを、左右へ投げる。軍蔵、きつとなり（厳しい顔付きになり）、〔刀を〕抜きかけるを、弥作、しやんと（しっかりと手で制する）止める。合方。〔軍蔵・弥作〕きつと見得。

軍蔵　ヤア、物をも言はず（黙ったままで）理不尽に、狼藉なすは、

四人　なに者なるぞ。

弥作　誰（たれ）でもございませぬ。安森源次兵衛が若党、弥作めでございまする。

門一　さては最前、天神の社内において、

門二　恥辱（ちじよく）を取つたを（恥をかいたのを）、遺恨に思ひ（恨みに思って）、

門三　ここへ来るのを、待ち伏せして、

門四　先生初め我々（われわれ）へ、[一]わりや仕返しに（お前は復讐をしに）、

皆々　うせたのだな（来やがったのだな）。

弥作　いや、仕返しではございませぬ。御無心（ごむしん）あつて（厚かましいおねだりがあって）わざ〱と、これにて（ここで）お出（い）でを、待ち受けましてございまする。

軍蔵　ナニ、この軍蔵に無心とは。

弥作　外（ほか）の事でもございませぬ。〔主人の〕源次兵衛が科（とが）となり（至った原因の）、家（いへ）断絶に及んだる、

一　「我は」。「我」は、目下の者に対して用いる、二人称単数の人称代名詞。殊に、罵（のの）しったり、卑（いや）しめたりするときに使う。

二　一人称単数の代名詞。専ら男が用いる。

庚申丸の一腰を、貴方がお求めなされたとの事。その短刀が此方[二]の、手に入らぬその時は、安森の家は生涯埋もれ木。武士の情と思し召し、手前[三]の方へ短刀を、お譲りなされて下さりませ。

軍蔵　エヽ、馬鹿つくすな青二才め。只でももらつた品だと思ふか。大枚[四]百両といふ金を出し、手蔓を求めて手に入つた庚申丸。身どもが手より上へ差し上げ、それを功に此方が、立身出世をするつもりだ。安森が家が立つめへと、一生乞食をしようとも、それを身どもが知つた事かへ。

門一　汝が主人の安森は、剣道の争ひで、大先生も遺恨があるわ。

門二　家滅亡はこつちの喜び。なんで己[五]にやるものか。

門三　馬鹿もたいがい。後先を、考へて物を言へ。

門四　無駄な事だ。邪魔立てするなへ。

弥作　それは過ぎし貴殿[六]の御遺恨、今の難儀を思し召して、その[七]一腰をば、

三　一人称単数の代名詞。卑下もしくは謙遜の気持を含めていう。

四　大きな金額、沢山の金。金額の上に付けて、その大きさを強調するために用いることもある。

五　当方。

六　主に、武士の間で用いられた対称代名詞で、同等もしくは目上の者に対していう。弥作はまだ、「思し召して」と敬語を使ってはいるが、ここで軍蔵を「貴殿」と呼んで、軍蔵に対する態度の変化を示した。武士としての立場を印象付ける言葉で、前のせりふ（一行目「貴方」）と、このせりふと、次のせりふ（七九頁六行目の「軍蔵どの」）とを読み比べてみると、ここに出てくる「貴殿」の重さが分る。

七　軍蔵は庚申丸を与九兵衛に預けた。（五一頁五、六行）つまり、今、軍蔵が腰に帯びている脇差しは、庚申丸ではない。弥作はそのことを知らない。軍蔵もまた、その説明をしない。以下、誤解のままに葛藤は果たし合いへと進展する。弥作に扮した市川白猿の見せ場を作るために、作者が犯した過失である。もっとも、弥作の誤解を利用して、軍蔵が安森の残党を片付けようとしているのだと理解できなくもないが……。

ト、軍蔵の帯したる刀（軍蔵が腰にさした刀の鞘に）へ手を掛ける。〔軍蔵は〕その手を払ひ（払いのけ）、

軍蔵　ヤイ〳〵、人の宝（大切な刀に）へ手を掛けて、わりや（お前は）、あはよくば（うまくゆけば）〔刀を〕取る気だな。イヤサ（イヤ）、盗む了見か（盗む気か）。盗人なれば（ぬすびととなると）命がないぞ、一このそつ首（くび）が飛んでしまふぞよ（〔切られて〕）。

ト、軍蔵、弥作の肩へ足をかけ、蹴（け）倒す。弥作、ムムと思入（決心を固める表情）。

弥作　二これほどまでに事を分け（筋道をたて）、ひたすら頼む短刀を、譲らぬのみか（どころか）三土足にかけ、最前とても（さっきの場合は）和子（わこ）さまの（お坊っちゃまの）、身の難題を手出しもせず（命にかかわる言いがかりを手向いもせずに）、じつとこらへた眉間（みけん）の傷（額の傷）。血汐（ちしほ）をあやした（したたらせた）紋付きは、主人の形見肩入れの、木綿布子の破れこぐち（破れた切り口）。さつきは無難でかへせしが（無事に〔お前を〕帰らせたが）、一度ならず二四丁目（ちゃうめ）へ、再び五帰り新参者（しんざんもの）、浪人なせど安森が（浪人はしていても安森の）、家来（けらい）の手並み（腕前）六真影流（しんかげりゅう）、なまらぬ腕の太刀先を、ならば手柄に受けてみよ（〔の〕鈍っていない技で切りつける鋭い刀の勢いをできる事なら手柄となるよう見事に受止めてみよ）。

軍蔵　ヤア、七口の横に切れたまま（横に切れた口同様）、様々の八よまひごと（言う事も愚痴ばかり）。面倒だ、ばらして（切ってしまえ）しまへ。

四人　合点だ。

一「素首」。「素」は接頭語。首を口汚く罵（のの）しる語。

二 以下、弥作のせりふの大意。「これほど筋道を立てて、ただただ譲ってくれと懇願しているのに、その短刀を譲らぬどころか、汚い土足でよくも俺を蹴ったな。さっきはさっきで、お坊っちゃまの命にかかわる言いがかりを、手向いもせず、じっと我慢をした挙げ句、男の面まで打ち割られた。その血潮がしたたる紋付きは、ぼろぼろになった木綿布子の肩入れを、当ててはいても主人の形見なのだ。その大切な形見の品を血で汚されても堪忍して、さっきは無事に帰らせたが、一度ならず二度までも、今度は無事に済ませはしない。市村座の舞台をば、再び踏んだこの弥作。浪人はしていても安森の家来、真影流で鍛えた腕は衰えていない。その鋭い太刀先を受けられるものなら、見事に受けて手柄にするが良い」。

三 履き物を履いたままの足で、蹴ったり踏んだりすること。

四「一度ならず二度までも」と、「二丁目へ再び帰り」との掛け言葉。「一度ならず二度までも」は、ただの一度でさえ、あってはならぬことを、再度、繰り返す意。「二丁目」は、浅草猿若町二丁目（台東区浅草六丁目）、

ト、これより鳴物になり、四人、切つて掛かる。弥作、けはしき（はげしい）立回り、よろしく（しかるべく）あつて、きつぱりとした（一段と際立った）見得になる。波の音、三味線入りの鳴物になり、土手を使つて、四人を相手に存分（たっぷり）立回りあつて、とど（結局）、四人を切り倒す。軍蔵、うかがひゐて（様子を見ていて）、この時（ここで）、前へ切つて出る（弥作に切り掛かる）。両人、ちよつと立回つて、きつとなり、

弥作　サア、この上は軍蔵どの、庚申丸を、異議（いぎ）なく（素直に）こつちへ渡せば良し、異議に及ばば刀の錆（さび）（反対をすれば切り捨てる）九、覚悟極（きは）めて挨拶（あいさつ）さつせへ（返事をしなさい）。

軍蔵　ヤア、ちよこざいな一〇覚悟呼ばはり（覚悟だなどと生意気な）、汝等（うぬら）に渡してつまるものかへ（お前に渡してたまるものか）。

弥作　なにをこしやくな（生意気な）。

ト、誂の鳴物になり、両人、土手をこだてに一一（土手を使って）、立回りいろ／＼あつて（互いに攻撃をかわしながら）、弥作、軍蔵の刀を打ち落とす。これにて軍蔵、あり合（傍にある）ふ開帳札（かいちやうふだ）を引き抜き、土手へ上がり、両人、よろしく（しかるべく）立回つて、とど（結局［弥作は］）、軍蔵の肩先へあびせる（切りつける）。これにて軍蔵、たじ／＼（ひるみ）となり、手負ひの立回り（傷を負った体での）あつて、軍蔵、立回りながら、よろ／＼として

本作を上演した市村座の所在地、あるいは、市村座の俗称。

五「再び帰り」と、「帰り新参」との掛け言葉。「帰り新参」とは、もと勤めていた奉公先などを一度止めた後、再び帰って来て勤め直すこと。転じて、役者が、前に出勤したことのある座に、久々に再勤すること。弥作を演じた市川白猿は、これが四度目の市村座出勤であった。その挨拶を含み込んだ長ぜりふである。

六 不明。「神影流」ならば、上泉信綱が、愛洲移香斎に学んで興した「新陰（影）流」の誤伝。「真陰流」ならば、愛洲陰流の流れを汲む天野伝七郎が、流名を改めて興した剣術の流派。『横本』には「神影流」。

七「口は横でも物は真っすぐに言え――口は横に切れているが、正しくない横様なことをいうものではない」という諺を踏まえる。

八 世迷言。ぶつぶつと、一人で不平や愚痴をいうこと。また、人の発言を罵っていうこともある。

九 人を切った血が刀身の錆の原因となるところから、人を切ること。

一〇「猪口才」と当てる。生意気なこと。

一一 小楯（木楯）は、相手の攻撃から身を守るための、楯の代りとなるもの。

土手より転げ落ちて、下にて〔落ちた刀を拾って〕刀をさし付ける〔弥作に〕突きつける。弥作、土手の上にてぎば[一]（尻を落す）をする。合方見合つて[二]（合方と合わせて）木の頭[三]。波の音、葛西念仏（かさいねんぶつ）[四]にて、よろしく、拍子幕（ひやうしまく）[五]（閉幕）。

一 仰臥（ぎょうが）したり、尻餅をついたり、投げられたりするときに、途中の動作を省いて、立った状態から、仰臥等の形に、直接移行する演技。ここでは、上手寄りの位置で尻をつき、左足を土手の斜面に下ろし、右足を曲げて股に引きつけ、左手を斜め後ろに突いて体を支え、右手で刀を振りかぶった形になる。

二 『横本』には「双方見合って」。

三 拍子木の、最初の一打。

四 鉦と太鼓と三味線で演奏する、立回りに用いる合方。

五 幕を閉める際には、原則として拍子木を打つ。その打ち方、あるいは、幕の閉め方の呼称で、最初に大きくチョーンと柝の頭を入れ、以後、役者の演技に合わせて細かくチョンチョンときざむとともに、幕を閉め、閉め終ったときに、大きく止めの柝（止め柝）を打つ。

第一番目　二幕目

花水橋[六]材木河岸の場
稲瀬川[七]庚申塚の場

役人替名

一　剣術遣ひ[八]　甘縄丹平[九]、実は浪人[一〇]　蛇山[一一]の長次　　中村鴻蔵
一　修験者[一二]　奇妙院[一三]、実は浪人　鷲の森[一四]の弥蔵　　市川米五郎
一　百姓豊作[一五]、実は浪人　狸穴[一六]の金太　　坂東橘之助
一　金貸し　鷺の首の太郎右衛門　　坂東村右衛門
一　仕出し四人（○、△、⧖、□）　　若い衆
一　研師　与九兵衛　　松本国五郎
一　木屋の手代　十三郎、実は伝吉倅　伝松　　市村羽左衛門
一　土左衛門爺イ　伝吉　　関　三十郎

六『狂言百種』本には「両国橋」。

七 鎌倉御輿ヶ嶽から、長谷を通り由比ヶ浜に注ぐ川。『狂言百種』本では「大川端」。

八 剣術の使い手。剣術の達人。

九「甘縄」は鎌倉の旧地名。現、長谷一丁目。古社甘縄神明社にその名を留める。

一〇 背景となる時代や世界が二重構造を取る場合など、その両方にまたがって生きる人物が現れ、表立っては仮の名、本来の立場に戻れば本名を名乗る。そのような人物の、仮名・本名の関係を表示する歌舞伎の慣用語。

一一「蛇山」は江戸の地名。現、墨田区東駒形二丁目。『東海道四谷怪談』で有名。蛇(長虫)の縁で「長次」と洒落た。

一二 修験道の修行者。山伏。

一三『狂言百種』本には「無動院」。

一四「鷲の森」は、江戸城内、紅葉山の古称。名の「弥蔵」は、無頼の徒を象徴する懐ろ手の形。ただし、番付や『狂言百種』本では「熊蔵」。「熊蔵」なら、『助六由縁江戸桜』における、かんぺら門兵衛の、「うぬが鷲なら、おらァ熊鷹だ」というせりふの洒落。

一五 百姓ゆえに、豊作を湯桶読みにした。

一六「狸穴」は江戸の地名。現、港区麻布狸穴町。「狸の金玉八畳敷」から「金太」の名が出た。

伝吉娘　おとせ　中村歌女之丞

八百屋の娘　お七、実は旅役者　お嬢吉三[一][二]　岩井粂三郎

浪人　お坊吉三[三]、実は安森の子息　吉三郎[四]　河原崎権十郎

巾着切り　和尚吉三[五]、実は吉祥院[六]の所化[七]　弁長　市川小団次

駕籠舁き　若い衆

本舞台[八]、四間の常足、砂地の蹴込[九]。上手（右手）、柳の立ち木。日覆（天井から）より、同じく釣枝。下手、材木の張物。向ふ（正面は）、一の橋弁天[一〇]、大川[一一]の遠見（遠景）。すべて、鎌倉、花水橋南岸[一二]の体（様子）。ここに、甘縄丹平、馬乗り袴[一三]、大小［を差し］、武張つた拵。修験者奇妙院、緋[一四]の衣、頭巾[一五]、篠懸[一六]、裁つ着け[一七]、戒刀[一八]を差し、苛高[一九]の数珠を持ち、謝りゐる。豊作、石持ち[二〇]の着付、手拭ひをかぶり、脚絆[二一]、草鞋[二二]、百姓の拵にて、［丹平を］止めてゐる。そばに、金貸し太郎右衛門、羽織、ぱつち、

一 お七・吉三郎の恋物語を、換骨奪胎するために行われた人物設定。

二 振り袖姿で追い剝ぎをするための異名。

三 安森家の長男でお坊っちゃん育ちゆえの異名。お七の恋人を旗本の子とする説もある。

四 序幕の若党弥作のせりふに、「お兄さまの吉三さまには、御放蕩にてお行方知れず」(二八頁二行目)とある、その人物。

五 元が僧だったための異名。

六 駒込吉祥寺。お七伝説で名高いが、実は誤伝。ただし、吉祥寺門前に住む悪者吉三郎が、お七に放火を唆したとの説がある。

七 修行中の僧。

花水橋材木河岸の場

序幕の翌日。海老名軍蔵の死を知った太郎右衛門は、百両の代償に、与九兵衛から庚申丸を取り上げる。一方、百両を落した十三郎は、申し訳に、大川に身投げしようとして、おとせの父伝吉に救われる。伝吉は、その百両を娘が拾った次第を話し、十三郎を自宅に伴って帰る。

八 舞台中央にしつらえた幅四間の二重。

九 「砂地」は河岸を表す砂模様。「蹴込」は階段や二重の前面を塞ぐ板。

一〇 「一つ目弁天」。竪川に架かる一之橋（一つ目橋）の南側（墨田区千歳一丁目）に、江

尻端折りにて、若い衆の仕出しとともに見物してゐる。この見得。波の音、舟の騒ぎ唄[二三]にて、幕明く。

丹平　ヤア、止めるな〱。了見ならぬぞ〱。

奇妙　どうぞ了見して下され〱。

丹平　イヤ〱、ならぬ〱。

豊作　モシ、お侍さま、あのとほり謝つてゐます。了見、ナゥ、してやらつしやれ。

丹平　ヤア、我等が知つた事ぢやねへ。口出しせずと、しつこんで[二四]をれ。

豊作　アア、気の毒な事なァ。

太郎　モシ〱、こりやいつたい、どうしたのでござりまする。

豊作　モシ、皆さま、聞かつしやりませ。このお侍さまへ、あの法印どのが突き当たり、詫びの仕様が悪いとて、切つてしまふといはつしやるのだ。

の島から勧請された弁天。

一一　隅田川。ただし、大川橋（吾妻橋）の辺りから下流をいう。

一二　平塚市を流れる花水川に架かる橋の名。『狂言百種』本には「両国、元柳橋河岸」とある。元柳橋は、両国橋の南、大川に接する薬研堀に架かっていた橋。旧名難波橋。その大川端を元柳橋河岸という。現、中央区東日本橋二丁目。

一三　襠が高く、裾の広い袴。

一四　高位の僧が着る法衣。「緋」は、黄蘗や鬱金に紅花を重ねて染めた赤系統の色。

一五　修験者がかぶる一種の頭巾。

一六　修験者が衣の上に着る麻の衣服。

一七　裾を膝下の所で紐でくくり、その下部を脚絆仕立てにした袴。八四頁注二参照。

一八　魔障を防ぐために、僧が持っている刀。

一九　平たく角張った大粒の玉を連ねた数珠。

二〇　紋の部分を、丸く白抜きにして染めた衣服。必要に応じて、紋を中に書き込む。

二一　脛にまとって、脚の動きを軽くする布。

二二　緒で足にくくりつける藁製の履き物。

二三　屋根船から聞える騒ぎ唄。

二四　「しつこむ」は「ひつこむ」の江戸訛り。

太郎　それは剣呑[一]な事だな。

ト、太郎右衛門、吃驚なす。奇妙院、思入あつて、太郎右衛門にすがり、

奇妙　モシ、見掛けて此方にお頼み申すが、どうか了見さつしやるやう、とも〳〵詫びをして下され。コレ、拝みます〳〵。

豊作　此方もここで掛かり合ひ。詫びをしてやつて下され〳〵。

太郎　オオ、合点だ〳〵（腹を決めて）◯いや、モゥシお侍さま。あのやうに頼みますゆゑ、貴方にお詫びをいたしますが、どうか御了見なされてやつて下さりませ。

豊作　お願ひでござります〳〵。

丹平　ヤア、またしても口出しいたすか（態度を改め）◯コレ、身どもを誰だと思ふ。伊賀袴[二]に野太刀[三]をさし、吸ひ筒[四]の酒に（酔って）ぶら〳〵と、よさこい[五]を歌ふ侍とは訳が違ふぞ。およそ十五[六]の春よりして、日本六十余州をば、あまねく剣道修行なし、当時、一刀流[七]の達人といはるるこの大先生

一　「剣難」の音変化という。危いこと。危険。

二　袴の一種。伊賀者が用いたゆえの名という。裾を狭く、脚絆のように脛を包み、膝下と踝の辺りを紐で結ぶ。軽衫の正式名ともいわれる。裁っ着けに似るが、裁っ着けは裾を紐で結ばず、こはぜ止めにする点で異なるとの説もある。嘉永六年（一八五三）のペリー来航後、砲術を学ぶ者多く、砲の操作に都合が良いというので、武士の間に流行した。

三　鎌倉末から室町時代を通じ、実用と威嚇とを兼ねて用いられた大太刀。ここでは、野太刀のような大刀の意。

四　水や酒などを入れて携行する竹筒、もしくは、筒形の容器。今日の水筒。

五　にわかに砲術を習いながら、それとはちぐはぐな武器を帯し、酒に酔って流行唄を歌う、野暮な田舎侍のイメージ。「よさこい」は土佐の民謡。安政五年（一八五八）ごろ江戸に入って流行したという。替え唄も作られ、瓦版になって流布されたものもあった。

六　ほぼ、元服の年齢に当る。

七　甘縄丹平は、海老名軍蔵の門弟だった。

に突き当たり、ろく〳〵（満足に）詫びもいたさぬ法印、[八]無反(むぞ)りの刀(かたな)が目に入らぬか（見えないのか）。久しく（ずいぶん）[九]胴試(どうだめ)しをいたさぬゆゑ、〔良い機会だ〕まづ[一〇]二(ふた)つにいたしてくれる。

太郎 豊作　そこをどうぞ（そこのところをなんとか）御了見なされて。

丹平　いや〳〵、ならぬ〳〵。たつて（強いて差し出た）我等(わいら)〔お前たちも〕も詫び言いたすと（口を利くと）、[一一]重(かさ)ね胴(どう)（切り）にぶつぱなすぞ（殺すぞ）。

太郎 豊作　いえ、真(ま)つ平御免(ぴらごめん)下さりませ（それはなにとぞお許し下さい）。

丹平　サア、法印、覚悟いたしてこれへ直れ（ここに座れ）。

ト、これにて（ここで）、奇妙院思入あつて（反抗する決意を表し）、

奇妙　すりや（それなら）、どうあつても（どうしても）切らつしやるとか（切るとおっしゃるのか）。

丹平　ムム、[一二]車切りにいたしてくれる。

奇妙　愚僧は事を好まぬゆゑ（事を荒立てたくはないので）、いつたん（ひとまず）詫びはいたせども、聞き入れなくば（受け入れてくれないのなら）是非に及ばぬ（仕方がない）。[一三]修験道の[一四]行力(ぎやうりき)にて（行力をもって）、此方(こなた)の相手になりませう（あなたと勝負を致しましょう）。

丹平　ナニ、身どもが相手になると申すか（俺と勝負をするというのか）。

奇妙　いかにも相手になりませう（そのとおりです）　◯　（態度を改め）[一五]コレ、[一六]慈姑頭(くわゐあたま)で[一七]錫杖(しやくぢやう)ふり、[一八]舟玉(ふなだま)

八 刀身に反りのない刀。慶長（一五九六～一六一五）以後のいわゆる新刀は、反りの浅いのが特徴。ただし、幕末には、古刀期の、反りの深い様式が復活した。流行遅れの刀。

九 刀の切れ味を試すために、死罪になった罪人の、首のない死体の胴を切ること。

一〇「まつ二つ（真つ二つ）」の誤植か。『横本』には、「まつ二ツ」。

一一 死体を、何体か重ねて行う試し切り。

一二 刀を薙(な)ぎ、胴などを輪切りにすること。

一三 役の小角(えんのおづぬ)を開祖とする山岳仏教。

一四 仏道修行によって得られる不思議な力。

一五 以下のせりふは、前頁の丹平のせりふのもじり。鸚鵡返(おうむがえ)しのおかしさを誘う。

一六 髪を束ね、白元結で結って先を垂らした髪型。形が慈姑に似ているための呼称。

一七 頭部に数個の輪を掛けた、僧の杖。振って音を出す。二二二頁注七参照。

一八 修験者が祈る神々。「舟玉」は船の守護神。古くは底筒男命(そこづつおのみこと)・中筒男命・表筒男命(うわづつおのみこと)の住吉三神。のち、大日如来や観世音菩薩、天照大神なども信仰の対象となった。「十二社権現」は、正しくは「十二所権現」。熊野三山の本宮に祭る三所権現・五所王子・四所明神の十二の権現。「大権現」は権現の尊称。

十二社大権現（じふにしゃだいごんげん）と、[一]そそり半分切り見世を、[二]流して歩く法印と、[三]一つ（同じだ）に思ふと（と思うと）当てが違ふぞ（見込みが狂うぞ）。此方（こなた）も日本六十余州、剣道修行なしたらば、我（われ）も日本六十余州、[四]あらゆる高山に分け登り、[五]難行苦行（なんぎやうくぎやう）なしたる先達（せんだつ）、いま不動明王（ふどうみやうわう）の、[六]金縛（かなしば）りの法（ほふ）を行ふから、抜かれるならば抜いてみろ（〔刀を〕抜けるものなら）。己（おのれ）が[七]五体は動けぬぞ（お前の体は動けなくなるぞ）。

丹平　ムム、ハハハ、[八]片腹痛き（聞くもおかしい）その一言（いちごん）。いかなる（どんな）邪法（じやほふ）を行ふとも、妖魔（えうま）を払ふは[九]剣（つるぎ）の徳。サア、動けぬやうにいたしてみやれ（できるものならやってみろ）。

奇妙　言ふにや及ぶ（もちろんだ）◯（強がる素振り）仕度（したく）さつせへ（仕度をしなさい）。

丹平　心得た（承知した）。

ト、誂（あつらへ）、[一〇]のつと様（やう）の合方（あひかた）になり、丹平、[一一]下（さ）げ緒（を）を取つて襷（たすき）を掛け、袴（はかま）の[一二]股立（ももだ）ちを取る。奇妙院も[一三]衣（ころも）の露（つゆ）を取り、身拵（みごしら）へする。

この内、太郎右衛門、豊作、思入あつて（なるほどと頷いて）、

太郎　ハハア、そんなら法印どのも利（き）かぬ気（意地を張って）で、かねて（前から）噂（うはさ）に聞いてゐる（噂では聞いている）、不動の金縛りとやらをさつしやるとか（とかいう術をなさるというのか）。

一　遊女を買わずに、ひやかして歩くこと。

二　下等の私娼窟（ししようくつ）。路地の両側に、一戸一室の長屋を建て、客があると表戸を閉めて売春する。客は泊らない。街娼行為よりは上。

三　門付け芸人のように、短い祈禱をしながら、布施を求めて家々を巡り歩く。

四　修験道における修行の根本は、吉野から熊野にかけての山岳地帯を中心に、各地の霊山を巡って行う回峰修行にあった。

五　指導的立場にある修験者。

六　不動明王の威力によって人体を呪縛し、鎖で縛ったかのように動けなくする秘法。

七　全身。ただし、「五」の数に該当する身体の部分については、「頭・頸（くび）・胸・手・足」「頭・両手・両足」、あるいは、「筋・脈・肉・骨・毛皮」と、諸説がある。

八　「傍（かたはら）痛い」の誤用。傍から見ていて、苦々しく思う、また、滑稽に思う。

九　古来、刀剣には、霊威のこもる呪具（じゅぐ）としての価値が認められていた。

一〇　「のつと」のような合方。「のつと」は祝詞（のりと）。神に祈る場面で使用する。

一一　刀の鞘（さや）の栗形（くりがた）に通す平打ちの組紐。

一二　「股立ち」は、袴の両脇の、前後の布を縫い合せた上端の部分。その辺りをつまんで袴の紐や帯に挟み、足さばきを良くすること

豊作　これは良い所へ来合はせて、珍しい事を見ますわへ。

奇妙　いづれもがた（みなさん）、これに（ここにいて）ござつて、愚僧が行力を見物さつしやれ。

皆々　これは見物事だわへ（見ものだわい）。

丹平　サア、いま一刀の下に命を取る（切り捨てる）が、金縛りとやら行はぬか（とかいう術をやらないのか）。

奇妙　オオ、いまたち（いますぐに）どころに汝が五体、立ちすくみに（立ったまま動けぬようにして）いたしてくれるぞ。

丹平　こしやくな（生意気なことをぬかす）事を。

ト、丹平、刀へ[一四]反りを打ち、抜かうと身構へる。奇妙院、印[一五]を結び、

奇妙　[一六]東方には降三世、南方軍荼利夜叉、西方には大威徳、北方には金剛夜叉、中央大聖不動明王、[一七]なうまくさまんだばさらだ、せんだまかろしやな、そはたやうんたらたかんまん。

ト、奇妙院、いろ〳〵に（あれこれと）印を結び（印を丹平に）、突き付ける。この内、丹平、抜き掛けては抜けぬ思入（何度か抜こうと試みるが抜けない身振り）。皆々吃驚なし、見とれゐる。

丹平、無理に抜きに掛かる（無理に抜こうとする）と、なうまくさまんだ、と印を結び、

が、「股立ちを取る」。

一三「露」とは、狩衣や直垂などの袖括りの垂れ下がった部分。袖括りをしぼって筒袖のようにし、手のさばきを良くすることが「露を取る」。「衣の露」は、正しくは「篠懸の露」。

一四 刀の鯉口を切り、刃の方を、鞘ごと体の外側にひねって、抜刀の体勢に入ること。

一五「印」とは、仏菩薩などが、悟りや誓願の内容を、手の指の形で表現した標識。その形を作ることが、「印を結ぶ」。

一六 以下は、密教ことに東密で信仰される五大明王で、仏法および真言行者の守護神。『仁王経』に基づく組み合せで、不動明王（大日如来の使者、一切の煩悩を降伏）を中心に、東に降三世（人間の貪欲・瞋恚・痴愚を降伏）、南に軍荼利（外敵を除去）、西に大威徳（毒蛇・悪龍を征服）、北に金剛夜叉（一切の悪魔を降伏）が配置された。

一七 慈救呪。不動明王の呪（真言）の一。「曩莫（帰命）三曼多（普遍）縛日羅赧（諸金剛）、戦拏（暴悪）摩訶路灑拏（大忿怒）、薩頗吒也（破壊）吽（恐怖）怛羅迦（堅固）悍漫（種子）」。この呪を唱えると、災害を免れ、願がかなうという。『大日経』に基づき、剣印と組み合せるのが普通。

さし付ける。丹平の刀、しやんと納まり（〔は〕ちゃんと鞘に戻り）、抜けぬ思入（どうしても抜けぬ身振り）。太郎右衛門、感心なし、

太郎　なるほど、不思議なものだわへ。

奇妙　ナント、愚僧（〔皆さん〕）が行力（ぎやうりき）を、見さしつたか（御覧になったか）。

ト、奇妙院、印を結んだ手を開く（印を解く）。これにて（そこで）、丹平[一]、刀を抜き、

丹平　ウヌ、[二]（畜生）法印め、覚悟なせ（覚悟しろ）。

奇妙　こいつはたまらぬ（もうだめだ）。

ト、いつさんに、向ふ（むか）（揚幕へ）へ逃げ出す。丹平、刀を抜いたまま追つ駆けて、向ふ（揚幕へ）へ入る。この内（この騒ぎに紛れて）、豊作は、太郎右衛門の紙入れ、皆々の煙草入れなどを引つさらひ（ひったくって）、上手（かみて）へ逃げて入る。

太郎　[三]なるほど、金縛りは不思議なものだ。印を結んでゐる内は、ちよつとも（〔刀が〕）抜けなんだが、その手が緩むと、すぐに抜けた　○（思案顔で懐に手を入れ）

ト、[四]懐を見て、

オヤ、（〔刀が〕）[五]抜けたといへば、紙入れを抜かれたか（盗まれたか）。ヤア／＼、こりや大

一　印を結べば刀が抜けぬ、印を解けば刀が抜ける。もちろん、打ち合せた上での芝居であるが、それを誠と信じさせる呪術宗教的な生活感覚が、この場面を成立させている。観客は舞台を、あれはすりのための人寄せの手段だということを承知して見ている。しかし、日常生活の中で同じ事が起った場合、彼らはいともたやすく、引っ掛かってしまうだろう。

二　相手を罵（のの）しる時に使う感動詞。

三　自分でも真似をして、印を結んだり解いたりしながら、行力の不思議を考えこんで、無意識の内に、右手を懐に入れる、そして、紙入れのないのに気付く。

四　和服の生活では、懐・帯・袂（たもと）が、携行する小物の物入れである。

五　「抜けた→抜かれた」。同じ動詞が自動詞から他動詞へと変化するのに従って、太郎右衛門の態度も急変する。

変だ〳〵。

ト、太郎右衛門、立ち騒ぐ(大騒ぎをする)。仕出し皆々も、懐、腰の回りを尋ね(確かめて)、

○　オオ、ほんに(本当に)、私(わし)も紙入れを抜かれました。

△　お前(まへ)も抜かれたか。私(わし)も煙草入れを切(き)[六]られました(すられました)。

太郎　確かに今の百姓が、巾着切り(きんちやくきり)に違ひない(すりに違いない)。これを思へば(考えてみれば)法印や(あの法印や)、あの侍も相(あひ)[七]ずりか(ぐるだったのか)。

⧖　なんにしろ跡追つ駆け、見え隠れ(がく)に付(つ)けてみよう(尾行してみよう)。

□　それがいい〳〵。サア、いづれもござれ(みなさん行きましょう)。

○

皆々　盗賊(どろばう)〳〵。

ト、ばた〳〵。通り神楽(かぐら)にて、仕出し、向ふ(揚幕へ)へ追つ駆け入る。

跡、時(とき)の鐘(かね)、合方(あひかた)。太郎右衛門、腕組(うでぐ)みなし、［考えこんで］

太郎　さて〳〵、詰まらぬ目に遭(あ)うたわへ。昨日茬柄(きのふえがら)の天神(てんじん)で、天引きに取つた利足(りそく)礼金。すぐに子(こ)[八]に子を産ませようと(それを元手に次々と金をふやそうと)、紙入れへ入れておいたを、ちよろり(あっけなく)、せしめられて(横取りされて)しまうた　○(がっかりした表情)　考へてみると夢の

六　煙草入れは、帯にはさんで携帯するものであるから、厳密には「抜かれました」というべきところ。『横本』には「抜れ升た」。それに対し、巾着の場合は、底を切って、中から落ちた物を拾い取るので「切る」という。

七　ともに悪事を働く仲間。悪企みの一味。

八　「子が子を付ける」(一つふえると、それが土台となって、次々とふえて行く意)という諺をもとにしたせりふ。類似した言い方に、「利が利を生む」という言葉がある。

やうだが、夢なら早く覚めてくれぬか。
ト、首をかたげ、腕組みをなし、考へゐる。端唄[一]の合方、通り神楽になり、向ふより、前幕の研師与九兵衛、一腰を差し、出て来り、花道[二]にて、

与九　夕べ、十三が帰りを待ち掛け、百両こつちへせしめようと、思ひ[三]の外に人違ひで、引つこ抜いた紙入れには、わづか金が四、五両ばかり。それはみんな乞食に取られ、打[四]たれただけが儲けとなり、つまらぬ事と思つたところ[五]、今日、約束ゆゑ海老名さまへ、庚申丸に磨きをかけ、持つていつたらとんだ事。夕べ切られて死なつしやつた。そこで預かりのこの短刀は、主がなければ己が物。早く百両に売りたいものだが（心配げな表情）[六]◯ ただ気掛かり[七]は口入れゆゑ、鷺の首が百両を、己に返せといはにやいいが（考え込む）◯

ト[八]、いひながら、本舞台へ来り、太郎右衛門にゆき当たり、
これは粗相をいたしました。真つ平御免下さりませ。

一 「端唄」には、『黒髪』や『雪』のような、地唄の歌物に属する「上方端唄」と、幕末に流行した『春雨』や『槍さび』のような「江戸端唄」の別があり、ともに囃子に利用されている。唄なしで、三味線だけで曲を弾く場合もある。ここで、どのような端唄が使われていたかは不明。

二 花道を使って登・退場する際に、一旦、花道の途中で立ち止って演技をすることがある。その位置は、花道の中央、舞台から七分揚幕から三分の辺り（七三、揚幕寄り七三）、逆に舞台から三分揚幕から七分の辺り（花道いつもの所、舞台寄り七三、あるいは誤用して七三）の三か所。江戸時代には、客席の中央に当る、花道の中央部が良く用いられた。

三 「思ひ」は上下両句にかかる掛け言葉。「せしめようと思ひしに、思ひの外に」。

四 得たものといえば、ただ、人違いで打たれた痛さだけ、の意。

五 文の連絡が曖昧であるが、この接続助詞「ところ」によって、「つまらぬ事と思った」は、「この短刀は、主がなければ己が物」（一〇行目）につながる。

六 この予感は、のちに（九四頁参照）適中する。

七 金銭の貸借などの世話をやくこと。

八 以上の長ぜりふを、全部「いひながら」本舞台へ行く訳ではない。最後の二行、「ただ気掛かりは……いはにやいいが」を歩きながらいうか、「いはにやいいが」と言い終ってから、捨てぜりふを言いながら歩くかの、どちらかである。

ト、与九兵衛を見て、

太郎　ヤ、さういふ此方（こなた）は、研与九（とぎよく）ぢやアないか。

与九　オォ、鷺（さぎ）の首の太郎右衛門さまか。なにを立つて〔ぼんやり〕ゐさつしやるのだ。

太郎　聞いてくりやれ（俺の話を聞いてくれ）、とんだ目に遭つた（ひどい目にあった）。昨日（きのふ）取つた利足と礼金、〔を〕紙入れに入れおいて、巾着切り（きんちやくきり）に引つこ抜かれた（盗まれた）。さつそく紙入れに困（こま）るわへ（不自由している）。

与九　お困りならば上げませうか。夕べ、紙入れを拾ひました。

ト、前幕の与吉の紙入れをやる。

太郎　それはなによりかたじけない（有難いが）が、中に金は入つてゐぬかな。

与九　虫のいい事をいはつしやる（あつかましいことをお言いになる）。

太郎　なんぞ（なにか）金儲け（かねまうけ）の口はない（種はないか）かな。

与九　儲けの口はないが、損（そん）の口がある。

太郎　それは聞きたくないな。

与九　聞きたくなくても言はにやならぬ。昨日私（わし）が口入れ（世話をして）で、百両貸した軍蔵さまが、夕べ切られて、死なつしやりました〔死んでおしまいになりました〕。

太郎　エヽ、軍蔵さまが、ムヽムヽ。

ト、太郎右衛門、吃驚(びつくり)なして目を回し〔失神して〕、倒(たふ)れる。

与九　おほかた〔多分〕こんな事だらうと思つた〔こんな事になるだろうと思った〕　○　（やれやれ）

ト、抱き起こし、

コレ、太郎右衛門さま。気を確かに持たつしやりませ〔しっかりして下さい〕。なんだ、口から泡(あわ)を吹いて、こりやア、癲癇(てんかん)[一]ぢやアないか　○　（辺りを見回す）

ト、辺りにある馬の草鞋(わらぢ)[二]を取つて、

さいはひここに馬の草鞋。こいつを天窓(あたま)[三]へ乗せてやらう　○　（そうだそれがいい）

ト、草鞋を乗せ、紐(ひも)を結(いは)ゆる。

〔これでも直らぬとなると〕イヤ、こりや癲癇ではないと見える　○　（はて）　なんぞ気付け〔気付け薬を〕を飲ましてやりたいものだが、ふとつちようでも〔たといでぶでも〕[四]女なら、口移し[五]に水といふところだが、兀頭(はげあたま)では真つ平だ〔お断りだ〕　○　（辺りを見回す）

ト、川の中を見て、

一　突然意識を失って倒れ、手足を痙攣(けいれん)させて、口から泡を吹く病気。

二　蹄鉄(ていてつ)がなかった時代には、ひづめを保護するために、紐を底に織り込んだ特製の草鞋を馬に履かせた。「馬沓(ぐつ)」ともいう。

三　草鞋や藁(わら)草履を頭に載せると癲癇(てんかん)が治るという俗信。仁王門に奉納する大草鞋や、道中の無事を祈って道祖神や山の神に草鞋を供える沓(くつ)掛け信仰など、草鞋は神の履き物とも考えられていたようだし、その根底には、穀霊信仰との関係から、稲藁を用いた草履などの履き物に、悪霊を踏み鎮める反閇(へんばい)の呪力の源泉を認める感覚が働いていた。殺した蛇を捨てる際に、その頭を砕き、それに古草履の片方を付けて捨てると執念を断つことができるとか、狸(たぬき)に化かされたときには、草履を頭に載せると良いなどという俗信が、そこから生れた。神の履き物というのも、そのような信仰の変形したものであろうし、また、癲癇を起した場合、頭に古草鞋を載せると治るというのも、同根の呪法である。

四　太郎右衛門を演じた坂東村右衛門の体格をからかっている。一八頁注六参照。

五　気絶した女に男が、また、男に女が、口移しに水を飲ませて介抱する。それが恋の発端になる。よく使われるパターンである。

オォ、いい所へ溲瓶[六]が流れて来た。これで水を飲ましてやらう（そうだそうだ）〇

ト、溲瓶を取り上げ、

溲瓶の口移しぢやァ（同じ口移しでも）、気がわりいわへ（感じが悪いわい）。

ト、溲瓶の口より、太郎右衛門の口へ水をつぎ込む。これにて、〔太郎右衛門は〕心付き（意識を取り戻し）、

太郎　コレ、与九兵衛どの、軍蔵さまはどうさつしやつた。

与九　人に切られて、死なつしやりました。

太郎　それでは貸した百両は、

与九　冥土[七]（あの世へ）へゆかねばとれませぬ。

太郎　これまで（今まで）爪[八]に火をともし（けちに徹して）、やう／＼（やっとのことで）ためたあの百両。冥土へゆかねば取れぬなら、死んで取りにゆかねばならぬ。

ト、与九兵衛の差してゐる脇差[九]へ手を掛ける。

与九　これはしたり（これはまあ）、太郎右衛門さま。死んで冥土へいつた日には（行ってしまっては）、首尾（うまい具合に）よく金を受け取つても、この娑婆[一〇]（この世には）へは帰られませぬぜ。

六「溲瓶」の転訛。「溲」は小便の意。寝室などに備え、小用をたすときに用いる瓶。

七「冥途」とも書く。死者の霊魂が行きつく世界。また、その暗黒の世界へ行く道。冥界。

八 油や蠟燭の代りに、爪に火をともして明りを得る。過度にけちなことのたとえ。

九 これがきっかけで、太郎右衛門は脇差しが庚申丸であることに気付き、与九兵衛からそれを取り上げるのだが、誠にうまい手順であり、小道具の扱い方である。黙阿弥の作品を読むときには、このような手順のうまさにも注目する必要があろう。

一〇 この世。俗世界。生類が、さまざまな煩悩にとらわれて、苦しみながら生きている世界。

太郎　ハアァ。生きかへつて来(こ)られぬかな。それでは死ぬのは、マァ、やめだ〇(ふと脇差しを見て)ヤ、この脇差しは軍蔵さまが、昨日私(わし)から百両借りて、買(お買いになった)はしつた庚申丸(かうしんまる)。こりや(これは)良いものが目に掛(目に止った)かつた。これを代はり(〔百両の〕)に取つておかう。

ト、引つたくる。与九兵衛、その手を押さへ、

与九　いえ〳〵、これは軍蔵さまから私(わし)が預かつた庚申丸。めつたに(むやみに)これは渡されませぬ。

太郎　渡さぬとて(お前が渡さぬといっても)百両の代はり、これが取らずにおかれる(すまされるか)ものか。

与九　それはお前(まへ)、無理といふものだ。

太郎　一 無理なら此方(こなた)が口入れゆゑ(世話をしたのだから)、百両まどうて(百両を弁償して)己(おれ)に返すか。

与九　二 サア、それは。

太郎　この脇差しを、預けておくか。

与九　サア、

太郎　サア、

一 与九兵衛の予感（九〇頁）は、ここで現実のものとなる。「ただ気掛かりは口入れゆゑ、鷺の首が百両を、己に返せといはにやいいが」→「無理なら此方が口入れゆゑ、百両まどうて己に返すか」。

二 甲　Aにするか、
乙　サァ、それは、
甲　Bにするか、
乙　サァ、それは、
甲　サァ、
乙　サァ、
両人　サァサァサァ、
甲　いったい、どちらを選ぶのだ。

切迫した場面で、結論の選択を迫る、あるいは迫られるとき、このような定型化した問答が交わされる。これを「くり上げ」という。

両人　サア〳〵、
太郎　ナント(どうだ)、渡さずばなるまいが(渡さなければならないだろう)。
与九　エヽ、仕方がない。
　ト、脇差しを渡す。太郎右衛門、腰へ差し(〔脇差を〕)、
太郎　アヽ、せり合うたので(言い争ったので)、咽喉(のど)がひつ付くやうだ(乾いてたまらない)。
与九　咽喉がひつ付いたなら、これを飲みなせへ(飲みなさい)。
　ト、与九兵衛、腹の立つ思入にて(表情で)、溲瓶(しびん)を突き出す。
太郎　ヤ、こりや溲瓶ではないか。
与九　サア、それは(それはそうだが)。
　ト、[三]風の音。太郎右衛門、ぞつとして(身ぶるいして)、
太郎　最前からの様子といひ、ここに溲瓶があるからは　〇(頭上にある物に気付く)
　ト、天窓(あたま)の草鞋を取つて、
　さては、いよ〳〵　〇(〔化かされたか〕)(情ない)
　ト、狐(きつね)に化かされし思入にて、[四]眉毛(まゆげ)を濡(ぬ)らし、

三　大太鼓で、風の吹く音を表す鳴物。

四　狐(きつね)や狸(たぬき)に化かされないためには、眉に唾をつけると良いとされている。唾に避邪の呪力があると考えられていたからか。あるいは、神に仕える者の印として墨や青黛(せいたい)で描くべき眉を、咄嗟の便法に唾で描き、神の庇護を期待するためであったか。

してみると(狐に化かされたとなると)、この脇差しも、〔本当は〕[一]棒の折れかも知れぬわへ(棒切れかも知れないぞ)。

与九　どうしたとへ(なんだって)。

太郎　汝(うぬ)、与九兵衛に化けやァがつて(狐め)。どうするか見やァがれ(どんな目に遭うか見るがいい)。

　ト、[二]件(くだん)(例の)の庚申丸を鞘(さや)のまま振り上げ、与九兵衛に打つて掛かる。

与九　コレサ(オイオイ)、気でも違つたか。なんで私(わし)を打(ぶ)ちなさるのだ。

太郎　打(ぶ)たねへでどうするものだ(打たないでおくものか)。おほかた(多分)さつきの法印(ほふいん)も、[三]一つ穴の狐(ぐるになって)だらう(いたのだろう)。

与九　ナニ、法印とはなんの事だ。

太郎　なんの事があるものか(なんの事もへちまもあるものか)。早く[四]尻尾(しつぽ)を、出しやァがれ(尾を出して正体を現すがいい)。

　ト、[五]鼓の音、[六]獅子(しし)の鳴物にて、太郎右衛門、与九兵衛を追ひ回す。とど(結局)、与九兵衛、上手へ逃げて入る。太郎右衛門、跡を追つ駆け入る。[七]本釣鐘(ほんつりがね)、[八]鼓の音、誂(あつらへ)の合方になり、向ふより(揚幕から)、前幕の木屋の手代、十三郎(じふざぶらう)、頬被(ほほかぶ)りをなし、しほ〳〵(元気なく)と出て来(きた)り、花道にて、

一 狐狸(こり)は、自分自身が他者に変身するだけでなく、木の葉を小判に変えるなど、ある物を他の物に変える力を持つと信じられた。

二 『横本』は、以下六行を欠く。

三 「一つ穴の狐、あるいは、貉(むじな)・狸」。一緒になって悪事を働く仲間のこと。同類。

四 尾は、人間以外の動物の特徴。化けた狐や狸が、尾を出して正体を見破られたり、化け方の下手な狐や狸が、尾の処理を誤って正体を見破られる話が伝えられている。

五 「波の音」の誤植か。『横本』には「波の音」。

六 初春に門付けに来る獅子舞の囃子(はやし)をアレンジした鳴物。

七 小型の釣鐘を打って、場面の情緒を深めたり、「時の鐘」を表したりする鳴物。

八 『横本』には「波の音」。

九 以下二行、「今さら愚痴をいってみたところで取り返しはつかず、あの金が戻って来るはずはないのだが、それにしても誤りは、思ってもみなかった昨夜の、柳原での心の迷い。大切なお金を持っていながら、恋は思案の外とやら。夜鷹に誘われ、分別を失い、遊びほうけた夜鷹小屋」。

一〇 行動を起す際に、思慮分別を欠いている状態をいう。

一一 「恋は思案の外」（恋を抱く心は理性を失っていて、常識で律することはできない）という諺をふまえる。

一二 冒頭の配役表には、「木屋の手代十三郎、実は伝吉倅伝松」とあるが、ここでいう「両親」とは、その伝吉（土左衛門伝吉）ではなく、八百屋久兵衛夫妻である。もっとも、十三郎は、藁の上から久兵衛夫妻に養育され、実の親の名も顔も知らない。この複雑な親子関係の経緯は、次の幕まで伏せておかれる。

十三

九いまさら言つて返らねど、夕べ思はず柳原で、大切の金を持ちながら、袖を引かれて一〇うか〳〵と、一一思案の外の夜鷹小屋、あだな枕をかはす内、喧嘩〳〵といふ声に、吃驚なして逃げ出るはづみに、大枚百両といふ金を、財布のままに落としてしまひ、尋ねようにも騒ぎの中。程経てそこへ来てみれば、帰つた跡にて誰もゐず。もしや夕べの夜鷹どのが、拾ひはせぬかと暮るるを待ち、尋ねに行たれど暗やみゆゑ、誰が誰やら顔さへ知れず。察するところあの金を、拾つて今宵は出ぬ事か。こりや、どうしたら、よからうなァ ○

ト、右の鳴物にて、本舞台へ来り、思入あつて、

どう考へ直しても、死ぬより外に思案はない。内へ戻つて両親一二に、この事を話したとて、これが一両か二両なら、どうか都合もできようが、百両といふ大金が、しよせんできよう当てはなし。なまなか御苦労掛けようより、いつそこの身を捨てたなら、お情深い旦那さまゆゑ、親に金を償へと、おつしやつては下さるまい。その御難儀

を掛けぬが言ひ訳（のが親に先立つ不孝のお詫び）　○（気を変えて）とはいへ肩へ[一]棒を（天秤棒をかついで）あて、〔荷を売り歩く〕しがない暮らし（貧乏な生活）のその中で（をしていながら）、十両取りの[二]頼母子講。月々掛けるもも（あと）うなん年。其方（お前のそち）が[三]年の明けた時（年季奉公が終る時）、[四]元手のたしと[五]宿下りに（休暇で帰宅するたびごとに）、行く度々にそのお話。〔成長して〕着物の丈の伸びるのと、年季の詰まる（期限がせまるのを）を楽しみに、待ちに待つてる（指折り数えて待っている）両親に、死に顔見するが情ない。さぞや（きっと）お嘆きなさらうが、これも[六]前世の約束と、〔思って〕どうぞあきらめて下さりませ　○（涙ぐむ）

ト、手を合はせ拝み、

ト、[七]石を拾ひ袂へ入れ、思入あつて（目を閉じ合掌して）、

人目に掛からぬ（人に見つけられないうちに）その内に、すこしも早くこの川へ　○（そうだ）

南無阿弥陀仏。

ト、後ろの川へ飛び込まうとする。この以前（これより以前）、上手より、土左衛門爺ィ伝吉、[八]紋羽頭巾、[九]どてら、[一〇]袢纏、紺の股引（紺色の）、尻端折り、[一一]井桁に橘、[一二]信者講と記せし[一三]長提灯を持ち、出掛かり（舞台に出ようとして）、この時、〔十三郎の様子を見て〕つか〳〵（急いで来て）と来て、十三郎をとらへ、

一　八百屋久兵衛は、配役表に「八百屋の娘お七、実は旅役者お嬢吉三」とある、その「八百屋」である。実説によれば、お七の親は加賀前田家に出入りする八百屋だったといわれているが、ここでは、菜籠を釣った天秤棒を担ぎ、呼ばわりながら売り歩く小商いの、貧しい八百屋とされている。文政年間（一八一八～三〇）の記録には、早朝から日暮れまで売り歩いて、一日の売り上げが一貫二、三百文、そこから仕入れの費用や生活費等を引いた収益は二～三百文だったとある。

二　「頼母子」は、「頼もしい」という形容詞の語幹の名詞化。「講」は団体の意。複数の人間が一定の掛け金を積み立て、籤や入札によって、所定の金額（ここでは十両）を順々に取得する相互扶助の金融組織。

三　「年季」の略。雇用契約によって定めた奉公の期間。一年を一季とする。

四　ここは、年季が明けて、自分の店を持つ際の元手。

五　「宿下がり」とも、「藪入り」ともいう。奉公人が休暇をもらって、正月三日間、七月の盆に二日間、親元ないし宿元（身元引受人）へ帰ること。

六　この世の幸・不幸は、前世（生れる前の世）の業＝行為によって、約束されている。

伝吉　コレ、若いの（若い人）、待たつしやい（待ちなさい）。

十三　いえ〳〵、死なねばならぬ訳がある者（死ななければならない理由があるのです）。ここ放して（手を放して）下さりませ。

伝吉　知らねへ事なら（この現場を知らなければ）仕方もなし、目に掛かつたら（目撃した以上）止めにやァならねへ。

十三　そこをどうぞ見逃して（そこのところを見て見ぬふりをして下さい）。

伝吉　いいや、見逃す事はならねへ（断固とした様子で）○　待てと言つたら、待たつしやい（頷く）○

ト、伝吉、十三郎を引き止め、〔舞台の〕真ん中へ連れて来る。中腰に（腰をかがめて）なり、

この結構な世を捨てて、死なうといふはよく〳〵（よほどの）な、せつない訳の（追いつめられた事情が）ある事だらうが、そこが若気の無分別（若者特有の思慮のなさ）。死なずに〔生きる〕思案をしたがいい。どういふ訳か（その事情を）膝（ひざ）とも談合（だんかふ）一四。私（わし）に話して聞かせなせへ。たとへ及ばぬ（十分とは）事なりとも（いかないまでも）、そこは白髪の年の功一五（人生経験が物を言う）。どこがどこまで（どこまでも徹底的に）引き受けて、お前（めへ）の難儀（困苦を）を救つてあげよう。死なねばならぬ一通り（ひととほ）（理由をざっと）、心を静めて、コレ、若いの（若い衆）、私（わし）に話して聞かせなせへな。

仏教でいう「輪廻（りんね）」に基づく考え方。

七 投身自殺を演じる際によく用いられる手順。袂に入れた石の重さで、体が浮かないようにする、又、手の動きを封じるための準備。

八 「紋羽」は、フランネルに似た、けば立った木綿の布。それで作った頭巾。

九 普通の着物より大き目に仕立てた綿入れの、防寒用の着物。多く裏地には縹（はなだ）木綿を付け、男物は黒八丈、女物は黒ビロードの襟（えり）を掛けた。職人や鳶（とび）の者の頭分（かしらぶん）などは、外出の際にも、着物の代りにこれを着用した。

一〇 羽織に似た上衣。短か目に仕立て、脇に襠（まち）を入れず、襟も折り返さず、胸紐もない。

一一 井桁を菱形に図案化した中に、橘の実と葉を組み合せて描いた紋所。日蓮宗の紋。

一二 信者達の団体。

一三 細長い、筒型の提灯。

一四 「談合」は相談。相談相手がいなければ、自分の膝でも相手にして相談するが良い。思案の尽きたときには、取るに足らぬ相手でも、相談すれば、それなりの成果は得られる。

一五 「亀の甲より年の功（集団社会の運命を決める卜占に用いる大切な亀の甲＝甲羅よりも、長い時間を生きてきた年長者の経験の方が尊い）」という諺もあるように、経験が物をいう社会では、年の功が重視された。

ト、これにて、十三郎(じふざぶらう)、思入あつて、（訳を話そうと決心して）

十三

見ず知らずの私(わたくし)を、（私なのに）御親切におつしやつて、下さりまする貴方(あなた)ゆゑ、〔何もかも〕隠さずお話し申しまする〔涙を拭く〕◯

ト、合方変はつて、

私事(わたくしこと)は雪の下[一]、木屋文蔵の召使ひ（奉公人）、十三郎と申す者。昨日(きのふ)の昼、お屋敷へ、百両〔高額の〕といふ商売(あきなひ)なし（取引きをして）、金を受け取り帰る道、柳原で袖引かれ、思はず（うつかり）遊んだ夜鷹小屋。喧嘩(けんくわ)と聞いて逃げる折、その百両を取り落とし、もしやその夜の夜鷹どのが、拾ひはせぬかと（拾ってはいないかと）最前(さいぜん)も、尋ねて行(い)たれど巡り逢はず。それゆゑ主人へ言ひ訳に（お詫びのために）、身を投げ死ぬるこの身の覚悟。折角(せつかく)お止め下すつたれど（止めてはいただいたけれど）大枚百両といふ金が（百両という大金が）、なければ生きてゐられぬ仕儀（事態になりました）。どうぞ見逃して下さりませ〔涙ぐむ〕◯ いづくのお方か知らねども（どこのお方かは存じませんが）、袖振り合ふも縁とやら[二]（縁とか申します）。不便(ふびん)に思(おぼ)し召さば（可哀そうとお思いになったら）、死んだ後にて一遍の（死後一度だけでも）、御回向(ゑかう)お願ひ申しまする（冥福を祈って下さい）。

ト、十三郎、泣きながらいふ。伝吉、この内、さてはといふ思（それではこの男かと頷）

一 鎌倉、鶴岡八幡宮(つるがおかはちまんぐう)の南側一帯の地域。古くは境内の一部であった。『狂言百種』本には「本町」。

二 「袖振り（すり）合うも他生（多生）の縁」。道で、他人と袖を触れ合うような些細なことも、深い宿縁によることである。

三 「一歳」は源氏名。本名おとせ。

四 十三郎が夜鷹小屋に財布を落し、それを拾ったおとせを尋ねても巡り逢えず、身投げを覚悟するが助けられ、やがておとせと結ばれるという話には、原話がある。天明のころ（一七八一～八九）の、ある年の暮れ。商家の若い手代が、掛け取りで集めた七十両ほど

入（い）あつて、

伝吉　そんなら夕べ柳原で（言葉をのむ）○

ト、いひ掛け、伝吉、辺りをうかがひ、

金を落としたのは、お前（めへ）か。

十三　はい、さやうでござりまする。

伝吉　それぢやァ死ぬにやァ及ばねへ。（死ぬ必要はない）

十三　エ（不審そうな表情）○　死ぬに及ばぬとは。

伝吉　お前（めへ）が落とした百両は、己（おれ）の娘が拾つて来た。

十三　シテ、お前（まへ）の娘御は。（娘さんというのは）

伝吉　夕べ柳原で買ひなすつた（お買いになった）、[三]一歳（ひととせ）といふ夜鷹さ。

十三　エ、

伝吉　[四]おほかた（多分）お前（めへ）が尋ねて来ようと（来るだろうと）、今夜も場所（例の）へその金を、持つていつたが間違つたか（行き違ったか）。なんにしろ（どっちにしろ）、百両につつがねへから（百両は無事だから）案じなさんな（心配しなさるな）。

の金を持って、日暮れ時、浜町河岸を通りかかり、誘われて、船饅頭（苫船（とまぶね）で売春する最下級の私娼）と遊んだ。そして船の中に財布を置き忘れた。帰途、手代はそれに気付いて真っ青になったが、今さらどうしようもない。彼は、翌日から小船を借り、夜になるのを待ちかねてその女を探し回ったが、どうしても会えない。七日目の夜。力も尽き果て、死んで主人に詫びをしようと身投げを決意したところへ、自分を呼ぶ女の声が聞える。闇をすかして見ると、苫の間から出した女の顔に見覚えがあるようだ。女も手代の顔を見詰め、あなたは、年の暮れに私と遊んで何か忘れ物をした人ではないかと訊ねた。手代が、財布の様子、中に入れた金高をいうと、女は、それならあなたに違いないといって財布を渡した。まさに例の財布である。手代は厚く礼を述べ、女の住所を聞き、取るものも取り敢えず主家に帰って、一部始終を主人に告白した。主人は、卑しい娼婦にもかかわらず、財布を着服せず、持ち主を探して返した女の心根に感じ入り、そろそろお前も店を持つ時期、いっそその女を嫁にしてはどうかと手代に勧めた。手代にも異存はなかった。そこで主人は、親方から女を買い取り、二人を妻合（めあわ）せたという。

十三　それは有難うございまする。

伝吉　アァ、信心はしようもの（するべきものは信心）だ。題目講（だいもくこう）[一]へいつたばつかり（おかげで）、お前（めへ）の命を助けたが、内にゐたなら（［信心もせずに］）やみ／＼（むざむざ）と、生ひ先長い若い者を、殺して（死なせて）しまふところであつた（しまうところだった）。これもひとへに（全く）祖師[二]の御利益（ごりやく）[三]。南無妙法蓮華経／＼。

ト、肌[四]に数珠を出し（数珠を出して）、拝む。

十三　落とした金につつがなく（別条がなく）、危ふい命をこの場にて（危うく捨てるところだった命をここで）、お助けありし（お助け下さった）貴方（あなた）こそ、十三が為（私にとっては）の神仏（かみほとけ）。いづれいづくのお方にて（どちらのどこのお方で）、お名はなんとおつしやりますか、お聞かせなされて下さりませ。

伝吉　お前（めへ）の方から聞かねへでも、言はねへけりやならねへ名を、つい年寄りの後や先（[五]あらかじめ名乗っておくべき自分の名を耄碌して言いそびれた[六]）。私（わし）やァ葛西（かさい）[七]が谷（やつ）の割下水で、家業は邪見な（商売は無慈悲な）夜鷹宿（よたかやど）[八]。以前は鬼ともいはれたが、一年増しに（年取るにつれ）［鬼の］角（つの）も折れ、今ぢやァ（［鬼どころか］）仏の後生（ごしやう）[九]願ひ、土左衛門（[一〇]水死体を）を見る度に、引き上げちやァ葬るので、綽名（あだな）のやうに私（わし）が事を、土左衛門爺ィ伝吉と言ひます。見掛け[一一]によらねへ信心（しんじん）

一　日蓮宗の信者の団体。「題目」は、法華経の表題「妙法蓮華経」の頭に「南無」の二字を加え、法華経を唯一絶対の真理として、それを信じ、その加護を願って唱える言葉。

二　お祖師さま。一宗一派を開いた僧。ここでは日蓮のこと。

三　お恵み。自身に幸福をもたらす行為＝功徳（くどく）に対し、他者に幸福や恵みを与えること。

四　「肌にかけた」（首にかけた）の脱字か。あるいは「肌の」の誤植か。『横本』には、ただ「数珠を出して」とのみ記されている。

五　名前は、古くは、自他を識別するための単なる記号ではなく、自分の存在の源、つまり、一族の歴史を担う象徴として、呪的な力を持つものと考えられていた。従って、自分の名を名乗ることは、その威力によって相手を征服する行為とされ、名乗りかける（自分が相手よりも先に名乗る）ことが大切で、後からそれに答えるのは屈服を意味するものと信じられた。この名乗りの法則が形式化して、まず自分の名を告げることが礼とされたのである。伝吉は、その順序を違えた非礼を詫びているのであるが、一一八頁でも、黙阿弥はお坊吉三に、「こりやァ己（おれ）が悪かつた。人の名を聞くその時は、マァこつちから名乗るが礼儀」といわせている。

者さ。

十三　そんなら、土左衛門伝吉さまとか。

伝吉　ちよつと聞くと悪党のやうだが〔ような名だが〕、悪い心はすこしもねへから、安心して内へ来なせへ。お前に巡り逢はねへけりやァ〔お前にうまく逢えなければ〕、娘も帰つて来よう〔来るだろう〕から、さうしたならば〔そうしたら〕金を持つて、親元なり主人なり〔実家であれ奉公先であれ〕、己がお前を連れてゆき、から〳〵いふ訳であつたと〔こういう理由だったから許してやって下さいと〕、詫び言をして進ぜませう〔詫びをしてあげましょう〕。

十三　すりや〔それでは〕、詫び言までして下さりまするとか。

伝吉　[一二]仏作つて魂入れずだ。主人方へ〔主人の所へ〕帰るまで、世話をしにやァ〔世話をしなければ〕心が済まねへ。

十三　エヽ、それほどまでに〔私の事を〕。有難うござります。

ト、伝吉、十三郎を見て、

伝吉　見りやァ見るほどまだ若いが、お前、幾つになんなさるえ〔年はいくつにおなりだね〕。

十三　はい。十九になりまする。

六「後先（になる）」ともいう。前後の順序が乱れたり、食い違ったりすること。

七　鎌倉市小町三丁目。東勝寺の旧地という。実は「本所」のこと。「本所」は、現、墨田区の南西部一帯。本所には、「南割下水」と「北割下水」という掘割にした下水道があったが、通常、「割下水」とだけいう場合は、「南割下水」をさす。現在は暗渠となって、その上を、中央卸売市場から錦糸公園に到る道が走っている。

八　南割下水の北方、吉田町（墨田区石原四丁目）には、夜鷹宿が櫛比していた。

九「後生願ひ」は、ひたすら極楽往生を願うこと、また、その人。

一〇　水死体を「土左衛門」と称するのは、その異常にふくれあがった姿を、享保期（一七一六～三六）の関取成瀬川土左衛門の肥満体にたとえたことに発するという。

一一「人は見掛けによらぬもの」という諺による。

一二「仏作りて眼を入れず」ともいう。仏像や仏画は、最後に眼を入れて（開眼して）、仏の魂を迎える。そこから、何かを行いながら、その最も大切な点を欠くことをいう。なお、この直前に「そうしなければ」等の意味合いが省略されている。

伝吉　アァ、それぢやァ娘と同い年だ。

十三　お娘御も戌(いぬ)[一]でございますか。（戌年でございますか）（娘に思いをはせる）

伝吉　オォ、戌さ　◯

　ト、伝吉思入。（沈んだ気持を振り払う）

アァ、川端にうか〳〵（ぼんやりして）して、犬[二]にでも吠(ほ)えられねへ内に、早く内へゆきやせう。

十三　はい。お供いたしませう。

　ト、伝吉、十三郎をつく〴〵（よくよく見て）見て、

伝吉　さつき一足(ひとあし)遅く来て、おれが綽名(あだな)の土左衛門に、〔ように〕なつたらさぞ(きっと)や親たちが、〔嘆くことになろう〕

十三　エ、

伝吉　いや、己(おれ)も若い[三]倅があるが、片端(かたは)[四]な子ほど可愛いと、別れてゐれど（別れて暮してはいるが）一日でも、（一日でさえ〔その子が〕心から離れたことはない）胸に忘れる事はねへ。かならず（決して〔親に〕）苦労を掛けなさんな。

十三　はい。

一　「戌」は十二支の戌年。十三郎とおとせが、ともに戌年の生れだという設定は、この作品にとって、極めて重要な意味を持っている。なぜ二人は戌年の生れなのか、なぜ二人とも戌年の生れなのか、戌年に生れたことが、二人の運命にどういう影を投げかけるのか。

二　「戌」の縁で出てきた言葉であろうが、実際、江戸に多いものは「伊勢屋、稲荷(いなり)に、犬の糞」といわれるほど、野良犬が沢山いて、往来の人のあとを、群をなして吠えながら付いて行くことも、しばしばであったという。

三　「わるい」を「わかい」と誤読したか。

四　五体満足で健康に育った子供より、不具の子の方が、親には一層いとしく思われる、の意。

ト、思入（頭を下げる）。

伝吉　サア、更（ふ）けねへ内に行きやせう（行きましょう）。

ト、提灯を取り上げる。

十三　アア、モシ。それは私（わたくし）が。

ト、提灯を取る。

伝吉　そりやア、憚（はばか）りだね（恐縮だね）。

ト、十三郎、提灯を取り、内を見て、

十三　ヤ、こりや蠟燭（らふそく）が、

伝吉　南無阿弥陀仏[五]（もうおしまいか）か。

十三　エ、

伝吉　いや、念仏は、謗法（ばうほふ）[六]だつた。

ト、十三郎先に、提灯を持ち、伝吉ゆき掛ける。この見得、波（これをきっかけに）の音入りの、早めたる合方にて（早いテンポの合方になって）、［二人は］上手へ入る。知らせに付き（柝の合図によって）、この道具回る。

五　物の命の尽きること、終ること。

六　伝吉は日蓮宗の信者。その伝吉が「南無阿弥陀仏」と念仏を唱えたのは、謗法（仏法を謗（そし）る行為）の罪を犯したことになる。

本舞台、四間、中足（ちゅうあし）[一]の二重（にぢゅう）、石垣、波（石垣と波を描いた）の蹴込（けこみ）。上の方（右手）に、四尺〔幅〕ほどの庚申堂（かうしんだう）[二]、賽銭箱（さいせんばこ）。軒口（のきぐち）に青面金剛（しやうめんこんがう）[三]と記せし額（がく）。この脇（わき）に、括（くく）り猿（ざる）[四]を三つ付けし誂（あつらへ）の額。後ろ（正面は）、練り塀[五]、はすに（斜めに）、橋の見える片遠見（かたとほみ）。すべて、花水橋[六]、北河岸の体（様子）。やはり（続けて）、波の音、通り神楽にて、道具止まる。

ト、時の鐘〔を打ち〕、端唄の合方〔を弾き〕、かすめて（小さな音で）通り神楽をかぶせ（同時に演奏し）、向ふより（揚幕から）、前幕の夜鷹のおとせ、手拭ひ[七]をかむり、茣蓙（ござ）を抱（かか）へて、出て来（きた）り、花道にて（花道の途中で）、

とせ　夕べ金を落とせしお方は、夜目にもしかと覚えある（闇ながらはっきりと印象に残っている）、形（なり）の様子（身なりの様）[八]は奉公人衆。さだめてお主（しゅう）（きっと御主人の）の金と知り（お金だと思うから）、すこしも早く戻したく（少しでも早くお返ししたくて）、おほかた（多分）今宵柳原へ、私（わたし）を訪ねてござんせうと（訪ねておいでになるだろうと思い）、拾うた金を持つてゐたれ

稲瀬川庚申塚の場

おとせは、十三郎に百両の金を渡そうと柳原に出かけるが巡り逢えず、帰途、お嬢吉三に金を奪われ、大川に落ちる。太郎右衛門もまた、百両を手に入れようとして、逆に庚申丸を取られてしまう。現場を目撃していたお坊吉三が、その百両をねだったことから、二人は刀を抜いて争う。通りかかった和尚吉三の仲裁で事は治まり、三人は兄弟分の契りを結ぶ。

一　二重を載せる二尺一寸の台。

二　庚申信仰の本尊を祭ったお堂。

三　庚申信仰の本尊。「庚申」ともいう。除魔の神で、青身の忿怒（ふんぬ）像に作られる。

四　庚申の「申（さる）」と、「三尸（さんし）」にちなんで祭られる三猿神。人間の罪を見ぬよう、聞かぬよう、天帝に言わぬようとの願いをこめ「見ざる・聞かざる・言わざる」の三体に作る。「括り猿」は、綿を布で包み糸で括って作る。

五　練り土と瓦とで築いた塀。

六　『狂言百種』本には「両国橋」。両国橋は、隅田川下流、吉川町（中央区日本橋両国）と本所元町（墨田区両国一丁目）とを結ぶ橋。本所はもと下総国に属するので、武蔵・下総両国にわたる橋の意。

七　本所から出る夜鷹は、白手拭いを吹き流

ど、つひに訪ねてござんせぬは、もしやお主(しゅう)へ言ひ訳なさに、[九]ひよんな事でもなさりはせぬか。たつた一度逢うたれど、心に忘れぬいとしいお方。あんじるせへか胸騒ぎ。アァ、心ならぬ事ぢやなァ。

ト、思入あつて、揚幕の方(かた)を、もしや訪ねて来ぬかと見かへるこなし。向ふより、お嬢吉三(ぢやうきちさ)、[一〇]島田鬘(しまだかつら)、[一一]振り袖、[一二]お七の拵(こしらへ)にて出て来(きた)り、

お嬢　ア、モシ。はばかりながら、[一三]お女中さま。お尋ね申したい事がござりますわいな。

とせ　はい、なんでござります。

お嬢　アノ、[一四]梅(うめ)が谷(やつ)の方(かた)へは、どうまゐりますか。お教へなされて下さりませいな。

とせ　はい、梅が谷へお出(い)でなされますなら、これから右へ真つすぐに、ゆき当たつたら左へ曲がり（お嬢吉三に目をやり）◯

ト、言ひながら、お嬢吉三の形(なり)を見て、

しにかぶった。

八　武家や商家に召し使われる者、または遊女屋に抱えられた女の総称。ここは商家の奉公人。「衆」は親しみや尊敬を表す接尾語。

九　「変な」の転訛とも、「凶」の唐宋音の転訛ともいわれる。思いがけない、とんでもない。災難や凶事など、不吉なことの修飾。

一〇　「島田」は、若衆髷(まげ)から変化し、東海道島田の宿の遊女が結い始めた髷という。女性の代表的な髪型。お嬢吉三は男であるから、女装するために「鬘」をかけている。

一一　脇の下を縫い止めず、丈を長く仕立てた袖、また、その袖を付けた着物。男女ともに着用するが、一般には、少女や未婚の娘、新婦など、もっぱら女性の着類とされている。江戸では、主に中流以上の娘の晴れ着。

一二　八百屋お七の扮装。丸に封じ文の紋を付けた振り袖が、お七の衣裳の型。ただし、丸に封じ文の紋は、お七役を演じて大当りを取った元禄時代の若女方、初世嵐喜世三郎（正徳三年〈一七一三〉没）の紋。

一三　「女中」は女性の総称。その丁寧語。

一四　鎌倉の地名。化粧坂の下、北方の谷といわれる。『狂言百種』本には「亀井戸」。「亀井戸」は、現、江東区亀戸一～九丁目、大島一～四丁目の辺り。

と、サア、詳しうお教へ申しても、お前さま（世間知らずの）には知れますまい（分からないでしょう）。どうで（どうせ）私（わたし）の帰り道、梅が谷（うめがやつ）までともどもに（御一緒に）、お連れ申して上げませう。

お嬢　それは有難うございますわいな。連れてまゐりし供にはぐれ（供を見失い）、知らぬ道にただ一人。怖うて〳〵（怖くて仕方がございませんので）なりませねば、お邪魔ではございませうが、どうぞお連れなされて下さりませいな。

とせ　いえ、もう、私（わたし）が内の葛西が谷（かさいがやつ）へ、帰りますには通り道（通りすがりの道）、お安い事でござります（わけもないことでございます）。

お嬢　さやうなれば（それなら）、お女中さま。

とせ　かう（このように）、お出（い）でなされませいな　◯（ちょっと会釈する）

ト、右の鳴物にて（先ほどの鳴物で）、おとせ先に、お嬢吉三、平舞台[一]へ来（きた）り、

モシ、お嬢さま[二]。お前（まへ）さまは（のお住い）、どちらでござります。

お嬢　アノ、私（わたし）や、南郷[三]二丁目の八百屋の娘で、お七と申しますわいな。

とせ　八百屋のお七さまとおつしやりますか。

お嬢　して、お前（まへ）さまのお内は。

一　「本舞台」の誤植か。『横本』には、「本舞台」。「平舞台」とは、舞台に二重などを置かず、床の平面をそのまま利用して道具を飾った舞台、また、二重に対する舞台床面の称。

二　お嬢吉三はおとせのことを「お女中さま」と呼び、おとせはお嬢吉三のことを「お嬢さま」と呼んでいる。身なりから推察して選択された呼称である。お嬢吉三の衣裳は、「友禅入りの振り袖で、人柄作りのお嬢さん」（一一六頁七行目）といわれるような、上品で立派なものであり、だからこそおとせは、「お嬢吉三の形を見て」、梅が谷へ行く道を「詳しうお教へ申しても、お前さまには知れますまい」（一行目）と判断したのであった。「お嬢さま」と呼び得るのは、町人の中でも、ごく上流の家の娘に限られていたのである。

三　「南郷」は茅ヶ崎市の地名。『狂言百種』本では「本郷」。本郷は、現、文京区本郷一～七丁目。昔は六丁目までで、その内、四～六丁目は、東側に広大な加賀屋敷（今の東大）があり、片町となっていて淋しい所だった。「本郷も、兼康までは江戸の内」（兼康は三丁目の東角にあった歯磨屋）といわれるのも、そのためである。お七の家は、その加賀

とせ　はい。私(わたし)の内は葛西が谷で、爺(とと)さんの名は伝吉。私(わたし)やおとせと申します。

お嬢　して、御商売は。

とせ　サア、その商売は。

　ト、困る思入（困惑の表情）。

お嬢　なにをお商ひなされますえ。

とせ　はい、茣蓙(ござ)を敷(ひ)[四]いて商ひますもの。

お嬢　アノ、[五]十九文屋(じふくもんや)でござりますか。（露店商売でございますか）

とせ　いえ、[六]二十四文(にじふしもん)でござります。

お嬢　そんならもしや。（ひょっとすると）

とせ　お察しなされませいな。（お察し下さいまし）

　ト、おとせ、お嬢吉三の背中をたたく。この折、懐の財布を落とす。手早く（素早く）お嬢吉三取り上げ、[七]ぎつくり（〔財布を〕）、思入あつて、

お嬢　モシ、なにやら落ちましたぞへ。（何か落ちましたよ）

家に出入りする八百屋であったというが、大町人でもなければ、また、お七を「お嬢さま」と呼ばせるような豪商でもなかった。

四　「敷(ひ)いて」は「敷(し)いて」の江戸訛り。

五　「十九文店(みせ)」ともいう。享保年間（一七一六〜三六）に起り、宝暦〜安永（一七五一〜八一）ごろに流行した露店。下駄・玩具・櫛などのさまざまな雑貨を、十九文均一で売っていたための名。従って、「十九文」といえば、安物や下らないものの別称。ただし文化年間（一八〇四〜一八）には、三十八文に値上がりしていたという。

六　夜鷹の一切(ひとき)りの値段。岡場所同様、切り見世で売春していた吉原の局女郎（最下級の遊女）でさえ、定値は百文。夜鷹は、その四分の一の安値で遊ばせたのである。ちなみに吉原の最高級の遊女は俗に「昼三」といい、昼夜それぞれ三分。分りやすく一分＝一貫文と計算して三千文、一日遊べばその倍の六千文（一両二分）。しかも、それに莫大(ばくだい)な遊興費が付随する。両者を比べた川柳にいう。「鳳凰は三分で鷹は腹(はら)四文（腹四文は二十四文の符牒）」、また、「腹四文一両二分も同じ味」。

七　財布の重さに鋭く反応するが、その表情を隠して次のせりふとなる。

ト、出す。

とせ　オォ、こりや大切(だいじ)のお金。

お嬢　エェ、お金でござりますか。

とせ　あい(はい)。しかも大枚(大金)、小判で百両。

お嬢　〔夜鷹にしては〕たいそうお商(あきな)ひがござりましたな。

とせ　御冗談ばつかり、ホホホホ。

お嬢　アレェ。

ト、仰山(ぎやうさん)(大げさに)に、お嬢吉三、おとせに抱き付く。

とせ　ア、モシ。どうなされました。

お嬢　いま、向ふの家(や)の棟(むね)一を、光り物が通りましたわいな。

とせ　そりやおほかた、人魂(ひとだま)二でござりませう。

お嬢　アレエ。

ト、また、しがみ付く。

とせ　なんの怖(こは)い事がござりませう。夜商売(よしやうばい)(夜の商売をしておりますので)をいたしますれば、人魂なぞ

一　屋根の背に当る、最も高い部分。

二　人体を脱けて浮遊する魂。遊離魂。夜、青白い尾を引いて飛ぶとされている。当時、舞台で人魂を表すには、三つの方法があった。一つは「焼酎火(しょうちゅうび)」で、細長い棒（差し金）に釣した黒い布を焼酎に浸し、それに火をつけて移動させるもの。第二は「灯(ともしび)入りの人魂」といい、丸い小さな金魚鉢のような硝子(ガラス)の玉を真綿で薄く包み、その一端を尾のように引き伸ばし、硝子玉と尾の先とに環を付けて、上に張り渡したロープに釣り、硝子玉の中に灯を入れて引き綱で移動させるもの。三番目は、張り渡したロープに釣った丸い玉が薬玉のように二つに割れ、中に入れてあった鳥が、引き綱の操作によって、ロープを伝って飛んで行く特殊な仕掛け物。もっとも、この場面では、お嬢吉三がおとせにしがみつく口実のために、「向ふの家の棟を、光り物が通」ったというだけのことであるから、小道具の人魂は使われなかったはずである。

はたび〳〵（度々見ますから）ゆゑ、怖い事はござりませぬ。ただ、世の中に怖いのは（一寸ぞっとした表情）◯

ト、この時、本釣鐘（ほんつりがね）を打ち込み、

人[三]が怖うござります。

お嬢　ほんに、さうでござりますなァ。

ト、いひながら、お嬢吉三、おとせの懐の財布を引き出すゆゑ、

吃驚（びっくり）なして、

とせ　ヤ、こりやこの金を、なんとなされます（どうなさるのですか）。

お嬢　[四]なんともせぬ（どうもしない）。もらふのさ（もらうのだよ）。

とせ　エエー（驚いた表情）◯

ト、おとせ驚き、

そんならお前（まへ）は、

お嬢　盗賊（どろばう）さ。

ト、本釣鐘、

三　おとせに、人間に対するどのような恐怖体験があったのか、何も語られてはいない。ただ、何らかの体験が想起され、「人ほど怖いものはない」という俗諺が、一種の予感のように、口をついて出たものと思われる。

四　お嬢吉三の声は、ここで、今までの女（女方）の声から男のそれに変る。観客は、それによって、お嬢吉三が男であることを初めて知るのである。お嬢吉三に扮した三世岩井粂三郎は、美しい舞台姿で人気のあった若女方で、娘役・遊女役をよくした。その若女方が、ここまではいつもの通りに娘を演じ、ここでがらりと男に変る。その意外性が観客を驚かす。夜。川端。人魂の飛ぶような物淋しさ。恐怖におののく娘。だが「怖いものは……」。釣鐘が響く。その余韻に、しじまは一層深まる。「怖いものは、人」。途端に、おぼこ娘の態度は変る。男、しかも泥棒だったのだ。――見事な運びである。

とせ　エ、

お嬢　ほんに、〔お前の言う通り〕人が怖(こは)いの。

　ト、財布を引つたくる。

とせ　そればかりは。〔それだけは〔取らないで下さい〕〕

　ト、おとせ、取りに掛かる（取り返そうとするの）を〔お嬢は〕振り払ふ。おとせ、だち〳〵（ふるえて）[一]として、思はず（思いがけず）川へ落ちる[二]。水の音[三]、波煙[四]ぱつと立つ。

お嬢　アア、川へ落ちたか　◯（おやおや）

　ト、川を見込み、

　ヤレ、可哀(かあい)さうな事をした　◯（仕方がない）

　ト、いひながら、財布より百両包みを出し、

　思ひがけねへこの百両。

　ト、につこり、思入（うすら笑いを浮べる）。この時、後ろへ、以前の太郎(たろ)右衛(ゑ)門(もん)うかがひ出て（そっと出てきて）、

太郎　その百両を。〔こっちへ渡せ〕

一　細かく震える様子を表す副詞。

二　切り穴（舞台の床を切り抜いた穴）から穴蔵（「奈落」とも。舞台の床下）に飛び込む。

三　人や物が水に落ちる音。大太鼓で表す。

四　細かく切った紙を、団扇(うちわ)であおいで、切り穴から舞台へ吹き散らした。

五　相手の体を突いて、ぐるりと回すこと。

六　駕籠の側面を覆うむしろ戸。

七　割り竹で底を編み、四本の竹を柱として前後をむしろで囲い、それに垂れを付けた粗

ト、波の音にて、太郎右衛門取りに掛かる（取ろうとするのを）を突き回し[五]、金を財布へ入れ、懐へ入れる。太郎右衛門、また掛かる（向って行く）。この時、お嬢吉三、太郎右衛門が差してゐる庚申丸を、鞘ごと引つたくる。太郎右衛門、それを、と寄るを（それをとられてはと近づくと）、すらりと抜き（〔庚申丸を〕）、振り回す。この途端、向ふより（揚幕から）、垂れを下ろせし[六]（むしろ戸を）四つ手駕籠[七]を担ぎ来り（〔その駕籠屋は〕）、これを見て、吃驚なし、駕籠を下手へ捨て（置き放し）、下座[八]へ逃げて入る。太郎右衛門は、白刃を恐れ、上手へ逃げて入る。時の鐘。お嬢吉三、跡を見て（上手を）、

お嬢　ハテ、臆病な奴だな（提灯に気付く）〇

ト、駕籠の提灯[九]で白刃を見て、

[一〇]ムム、道の用心、ちやうど幸ひ（頷く）〇

ト、庚申丸を差し、思入あつて（気持よさそうな表情）、空の朧月を見て、

[一一]月も朧に白魚[一二]の、篝もかすむ春の空。冷たい風もほろ酔ひに、心持ちよくうか〳〵と（のんびりと）、浮かれ烏（一人で浮かれて）のただ一羽。塒へ帰る川端で、棹の滴

末な駕籠。夜駕籠は昼駕籠より高く、宿駕籠（舁き手を抱えて営業する駕籠屋）は辻駕籠（街頭で客を拾う駕籠屋）よりも高かった。

八 下座（囃子を演奏する場所）のある方向、つまり、下手。

九 駕籠の棒鼻に釣る提灯。夜駕籠には、蠟燭代を別に出すのが定めだった。

一〇『横本』では、以下二行欠。

一一 以下三行、「春の夜空に月もかすみ、白魚を取る網舟の、篝の火もかすんで見える。冷たい夜風もほろ酔いの肌には却って快い。月に浮かれて飛び騒ぐ烏同様、のんびり浮かれてただ一人、漸く塒に帰ろうと通りかかった大川端で、棹の滴が飛ぶかのように、夜鷹の落ちたしぶきがはねて、手を濡らしはしたものの、濡れて嬉しい泡銭。濡れ手で粟というけれど、骨も折らずに大枚百両、思いもかけず手に入った」。この種の、掛け言葉や縁語を多用した美文調の長ぜりふを「つらね」という。

一二 白魚は隅田川の名産で、冬から春にかけて賞味された。幕府では、暮れから三月の節句まで、本丸と西の丸に毎日白魚を納めるよう佃島の漁師に命じたので、その時期には、「両丸御用」と書いた高張提灯を掲げた網船が、毎夜、隅田川に漕ぎ出したと伝える。

か濡れ手で泡[一]。思ひ掛けなく手に入る百両。

ト、懐の財布を出し、［うまくやったと］につこりと思入。この時、上手にて、

厄払　御厄払[二]ひませう、厄落とし〳〵。

お嬢　ほんに今夜は節分[三]か。西の海より川の中、落ちた夜鷹は［俺には］厄落とし［厄落しか］。豆沢山に一文[四]の、銭と違つた［落したのは］金包み。こいつァ春から、縁起がいいわへ。

ト、思入（頷く）。この折、下手にある四つ手駕籠の垂れを、はらりと上げる。内に、お坊吉三、吉[五]の字菱の紋付きの着付、五十日[六]、大小の拵にて、お嬢吉三［の様子］をうかがふ。お嬢吉三もお坊吉三を見て、ぎつくり（どきっとする）思入。時の鐘、すこし凄みの誂（凄みのある あつらへ）の合方になり、お嬢吉三、金を内懐へ入れ、庚申丸を袖にて［抱えて］隠し、上手（右手へ）へゆかうとする。お坊吉三、思入（よし呼び止めようと一つ頷き）あつて、

お坊　モシ、姉さん。ちよつと待つておくんなせへ。

お嬢　はい[七]。なんぞ御用でござりますか。

一 「泡」と「粟」を掛ける。「濡れ手で粟」は、濡れ手で粟を摑むと、摑んだ量以上に粟が手に付くところから、労せずして利を得ることの比喩。ただし、単なる諺としてだけではなく、申年は凶年だが、その正月に搗く粟餅の粟を濡れ手で摑むと福となるとの俗信が黙阿弥の頭には浮んだか。「泡」は「滴」の縁。労せずして得た金（泡銭）の意。

二 節分の夜には、厄払いが「御厄払いましょう、厄落し」といって市中を回り歩く。その文句は、「アーラめでたいな〳〵」で始まり、最後は、「西の海とは思えども、この厄払いが引っ捕らえ、東の川へさらり」で終る。次行「西の海より……」は、この結語のもじり。

三 立春の前日。旧暦では、正月元日から七日までの間にその日の来ることが多い。

四 厄落しをしてもらう人は、自分の年に一つ加えた数の豆と銭十二文とを紙に包んで体を撫で、それに厄を移し、その紙包みを後ろへ投げて拾った後、厄払いに渡すという風習があった（上方では、豆に銭一文を加えた）。その沢山の豆と一文銭の包みとは違って、百両の金包みだというのである。

五 「吉」の字を菱型にデザインした紋所。

六 「五十日鬘」の略。月代を剃らずに、五

お坊　アア、用があるから呼んだのさ。

お嬢　なんの御用か存じませぬが、私(わたし)も急な、〔用があって〕

　　ト、ゆき掛けるを、

お坊　用もあらうが手間は取らせぬ。待てと言つたら、待つてくんなせへ。

　　ト、これにてお嬢吉三、ムムと思入(仕方がない)。お坊吉三、駕籠[八]より雪駄(せった)[九]を出し(草履を出し)、刀を持ち、出て、お嬢吉三を見ながら刀を差す。お嬢吉三、思入(不審そうな表情)あつて、お坊吉三の傍(そば)へ来(きた)り、両人、顔見合はせ、気味合ひの思入(互いに腹を探り合う気持で)にて、〔お嬢は〕中腰(腰をかがめ)になり、

お嬢　待てとあるゆゑ(待てとおっしゃるので)待ちましたが、して(それで)、私(わたし)への御用とは。

お坊　サア、用といふのは外でもねへ。浪人ながら(浪人ではあるが)二腰(ふたこし)[一〇](大小を帯びた)たばさむ、武士が手を下げ(頭を下げて)此方(こなた)へ無心[一一](あなたに頼む)。どうぞ貸してもらひたい。

お嬢　女子(をなご)をとらへてお侍が、貸せとおつしやるその品は。

お坊　濡(ぬ)れ手で泡(あわ)の百両を。

お嬢　エ、[一二]

十日も髪が伸び放題という様子を表す鬘。

七　お嬢吉三は、再び元の女の声に戻る。

八　駕籠の後ろには、鼻緒を引っかけて履き物を釣っておくようなフックが付いていた。

九　千利久が考案したという草履。真竹の皮で表を作り、裏に獣皮を張って、水気が沁み透らないようにしたもの。元禄・宝永（一六八八～一七一一）のころから、踵(かかと)に尻鉄(しりがね)を打つようになった。江戸製のものには黒斑のない竹皮、大和製のものには黒斑のある竹皮が使われ、もっぱら、丁稚(でっち)の履物とされていた。なお、安物には、裏皮にするめを用いたものもあった。

一〇　両刀。大刀と脇差し。

一一　相手の都合に構わず金品をねだること。

一二　ここから男の声になる。

ト、お嬢吉三思入(しまったという表情)。

お坊　見掛けて頼む(あなたを見込んで頼む)、貸して下せへ。

お嬢　そんなら今の様子をば。

お坊　一駕籠に揺られてとろ〳〵と(うとうと眠って)、二一杯(いっぺい)機嫌の初夢に(ほろ酔い機嫌で見た初夢の中で)、金と聞いては見逃(ほっ)てせねへ(おけぬ)。心は([お前と])同じ盗賊(どろばう)根性。去年の暮から間が悪く(ついておらず)、五十(五十両)とまとまる仕事もなく、遊びの金にも困つてゐたが、なるほど世界(世の中)は難(むつ)かしい。三友禅(いうぜん)入りの振り袖で(振り袖を着て)、人柄作りの(上品に装った)お嬢さんが、盗賊(どろばう)とは([誰も])気が付かねへ。これから見ると(ちょっと見ただけで)己(おれ)なんざァ(俺なんか)、四五分(ごぶ)月代(さかやき)に着流しで、五小長い刀を落とし差し。六ちよつと見るから往来の、人も用心する(通行人も警戒するような姿)拵(こしらへ)。金に(金儲け)ならねへ(ができないのも)も尤(もっと)もだ(無理はない)。

ト、お嬢吉三、思入あつて(頷いて)、

お嬢　それぢやァお前(まへ)の用といふのは、これを貸してくれろとかへ(貸してくれということか)。

ト、懐から手を出して、財布を見せる。

お坊　取らねへ昔とあきらめて(金は取らなかったのだとあきらめて)、それを己(おれ)に貸してくりやれ(貸してくれ)。

一　以下、つらね。「少しは酒が入った上に、駕籠に揺られてうとうとと、快く初夢を見ていたが、金という言葉が耳に入り、一ぺんに目が覚めてしまった。もう夢どころの騒ぎではない。その言葉が聞き逃せるものか。お前と同じ盗人魂。だが、違うのは稼ぎ振り。去年の暮れからついておらず、五十両とまとまった金を手にする折もなく、遊ぶ金にも詰まっていたが、成程なあ、世間というのは難しいものだ。友禅の振り袖で上品に装ったお嬢さんが、実は泥棒だなぞと、誰が気が付く。それに比べて俺なんか、髪は伸ばすし袴(はかま)ははかず、長い刀は落し差しで、見るからに凄みな浪人姿。道行く人が気味悪がって、懐の用心をするのも無理はない。金が入らないのも尤もだ」。

二　少しばかり飲んだ酒が程よく回って、良い気持になっている状態。

三　京都の町絵師宮崎友禅斎が、天和（一六八一～八四）ごろ創始したあでやかな染め物で、斬新なデザインと、蒸しによって染料を固着させ、かつ、鮮やかに発色させる技法とで、模様染めの王者とされた。幕末には型染めの技法も取り入れられ、普及した。

四　五分ほどの長さに、わざと髪を伸ばしてある月代(さかやき)。武家の小輩や浪人、侠者などに見受けられた。

五「長い」に同じ。「小」は、語調を整えたり、強めたりするための接頭語。

六 極端に柄を上に、鐺(こじり)を下にして、体の線に平行するように差す刀の差し方。粋(いき)ではあるが自堕落な差し方である。

七 以下、「どうせ端金(はしたがね)なのだから、お貸しするのは簡単だが、凄みのある文句を並べ立てられた後で渡したとなると、その脅迫に縮み上がって金を出したように思われる。それでは俺の男が立たない。お気の毒だが貸す訳にはゆかない」。

八 わずかな金。お嬢吉三の次のせりふにも「素人衆には大枚の、金もただ取る世渡りに」とある。価値観が違うのである。

九「木咲き」は、野外の樹木に自然と花が咲くこと。「愛敬」は、可愛らしさ。「こぼるる」は「梅」と「愛敬」に掛かり、咲き乱れる、あふれ出るように外に現れる、の意。

一〇「そじん」とも音読され、「平人(ひらびと)」とも呼ばれた。

一一 未練がましく。思い切りが悪く。

一二「柳に風」の諺をふむ。柳が風になびくように、相手の意志に従って逆らわぬこと。

ト、お嬢吉三、せせら笑ひ(あざ笑って)、

お嬢　そりやア大きな当て違ひ(それは大変な見込み違いだ)。犬脅しとも知らねへで(犬脅し同様の刀とは気付かず)、大小差してゐなさるゆゑ、おほかた(多分)新身(あらみ)の胴だめし(新しい刀の胴試しに)、命の無心と思ひの外(命をくれというのかと思えば)、七お安い御用のはした金(がね)、八お貸し申してあげたいが、凄みなせりふで(脅し文句で)脅されては(脅迫されたとなると)、お気の毒だが貸しにくい。マア、お断わり申しませう。

お坊　貸されぬ金なら借りめへが、形(なり)相応に下から出て(女姿にふさわしくへりくだって)、許してくれとなぜいはねへ。九木咲(きざ)きの梅より愛敬(あいきやう)の、こぼるる娘の憎まれ口(梅のように愛らしさに溢れた娘の憎まれ口)。犬脅しでも(脅しにせよ)大小を、伊達(だて)に差しちやア歩かねへ(飾りで差して歩いているのではない)。あまく見られた上からは(なめられたとなっては〔ますます許せない〕)、切り取りなすは武士の習ひ(人を切り殺して物を奪うのは武士の常だ)。きり〳〵(さっさと)金を、置いてゆけ。

お嬢　いィや、置いてはゆかれねへ。欲しい金ならこつちより、そつちが下から出たがいい。一〇素人衆(しろうと)には大枚の、金もただ取る世渡りに(普通の人には大金でもこっちは只取りするのが商売だから)、一一未練に惜しみはしねへけれど(やるのは惜しくもなんともないが)、かう言ひ張つた上からは(こう言い出したからには意地だ)、空吹く風にさからはぬ、一二柳に(柳のように)受けちやアゐられねへ(〔要求を〕受けいれてはいられない)。切り取りなすが(〔武士の〕)習ひなら、命とともに(〔金を〕)取んなせへ。

お坊　そりゃァ〔お前が〕取れと言はねへでも、命もいつしよに取る気だが、お主(ぬし)もさだめて(きっと)名のある(有名な)盗人(ぬすびと)。一無縁にするも不便ゆゑ(無縁仏にするのも可哀そうだから)、今日(けふ)を二立ち日に三七七日(なななぬか)。四一本花に線香は、殺した己(おれ)が手向(たむ)けてやるが(供えるから)、五その俗名(ぞくみやう)を名(卒塔婆に記す)乗つておけ。

お嬢　名乗れとあるなら名乗らうが、マァ己(おれ)よりはそつちから、六七本塔婆へ書き記す、その俗名を名乗るがいい。

お坊　こりやァ己(おれ)が悪かつた。人の名を聞くその時は、マァこつちから名乗るが礼儀。七ここが綽名(あだな)のお坊さん。八忘れもしねへ四年跡(四年前)、小猿の七に仕込まれて、九小ゆすりかたりぶつたくり〔を繰り返し〕。それも一〇兄きや親父の声色(まね)。押しの利かねへ悪党も(人を威圧する力もなかった悪党だが)、一年増しに功を積み(年を重ねるごとに経験を積み)〔今では〕、お坊吉三と肩書きの〔ある〕、一一武家お構ひのごろつきだ(武家とは交際もできないならず者だ)。

お嬢　そんならかねて(前から)話に聞いた、お坊吉三はお主が事か。

お坊　して(それで)、また、そつちの名はなんと(お前の名は何というのだ)。

お嬢　一二問はれて名乗るもをこがましいが(尋ねられてから名乗るのは生意気だが)、一三親の老舗(しにせ)と勧められ(お家芸だからと勧められて)、去年の春

一　無縁仏(ぼとけ)。死後を弔ってくれるような縁者のいない死者。

二　命日。死出の旅に立つ日。死後、この世に立つ＝現れる日の意ともいう。

三　四十九日（七×七＝四九）。死者の魂が肉体を離脱して、死が完了するまでの期間。

四　死者の枕元に供える花。「一本箸」「一膳飯」など、「一」を強調する習俗は死者儀礼に多く、日常生活ではタブーとされる。

五　生存中の名前。一般に通行している名。

六　七本卒塔婆。死後、四十九日まで、七日日ごとに立てる卒塔婆（供養のための板）。

七　このへんが坊っちゃん育ちの世間知らず、お坊さんと綽名されるゆえんだ、の意。

八　本作は、四年前の安政四年（一八五七）七月、市村座に上演された『網模様燈籠菊桐(あみもようとうろうのきくきり)』の拾遺として書かれている。お坊吉三にまつわる人間関係を、再び取り上げたからである。お坊吉三は、そこでは、足利の昵近(じっきん)渋川軍十郎の弟で、漁師網打ちの七五郎の子小猿七之助の悪仲間とされている。

九　「小ゆすり」（「小」は接頭語）は、脅迫などの手段で金品を出させること。「かたり」は、人をだまして金品を取ること。「ぶつたくり」は、金品を強奪すること。

一〇　「兄き」は、八世市川団十郎。「親父」

お坊　から[一四]坊主だの、ヤレ悪婆のと姿を変へ、憎まれ役もしてみたれど、（悪い女だのと色々役を変え　憎々しい役も演じてみたが）利かぬ辛子と悪党の、凄みのないのは馬鹿げたものさ。（ピリッとしない辛子と凄みのない悪党とは間の抜けたものさ）そこで今度は新しく、（趣向を変えて）八百屋お七と名を取つて、振り袖姿でかせぐゆゑ、お嬢吉三と名に呼ばれ、（綽名され）世間の狭い（肩身の狭い）[一五]食ひ詰め者さ。（追い詰められた男だよ）己が名前に似寄りゆゑ、（吉三とつく所が俺と似ているから）とうから噂に聞いてゐた、（前から噂に聞いて心に留めていた）お嬢吉三とあるからは、（〔その〕お嬢吉三という以上は）相手がよけりやァなほさらに、（相手にとって不足はない　ますます〔勝負がしたくなった〕）

お嬢　この百両を取られては、お嬢吉三が名折れとなり、（お嬢吉三という名に傷がつく）

お坊　取らねへけりやァ負けとなり、お坊吉三が名の廃り。（取らなければ〔俺の〕負けとなり、お坊吉三の面目が立たない）

お嬢　互ひに名を売る身の上に、（名を大切にする境遇であってみれば）引くに引かれぬこの場の出会ひ。

お坊　まだ[一六]彼岸にもならねへに、[一七]蛇が見込んだ青蛙。

お嬢　取る取らないは命づく。（命がけ）

お坊　[一八]腹が裂けても、飲まにやァおかねへ。（〔蛇のようにお前を〕飲みこまずにおくものか）

お嬢　そんならこれをここへ賭け、

ト、お嬢吉三、百両包みを、舞台前、真ん中へ置き、

は、七世市川団十郎。

一一　公式には追放刑のことであるが、奉公構（主家を逐われた武士が、将来にわたって武士としての再就職を禁じられること）のように、所属する団体から除籍・追放されることもいう。もっとも、お坊吉三は、放蕩の末、自ら身分を放擲したのである。

一二　このような名乗りのやりとりは、社会的病理集団において、未知の人間との間に交わされる対外儀礼（仁義）を想起させる。

一三　お嬢吉三を演じた三世岩井粂三郎は、七世岩井半四郎の子。その半四郎の祖父、四世半四郎が創始した悪婆（毒婦）の役柄は、以後、岩井家のお家芸として、代々継承された。

一四　岩井粂三郎は、前年二月、市村座の『小袖曾我薊色縫』で十六夜に扮し、坊主頭になったり、悪婆を演じたりした。

一五　放蕩や悪事等のために、貧困に苦しんだり追い詰められた者。

一六　春分・秋分の日を中に挟み、前後七日間にわたって催される法会（彼岸会）、あるいは、その期間をさしていう。ここは春の彼岸。

一七　身がすくんで動けぬ状態。「青蛙」の「青」は、未熟の意を表し、お嬢吉三をさげすんだいい方。

一八　「腹が裂ける」「飲む」は蛇の縁語。

お坊　虫拳（むしけん）[一]（遊びではない）ならぬ、

両人　この場の勝負。

ト、誂（あつらへ）の鳴物になり、両人、肌脱ぎ[二]（着物の袖を脱ぎ）。一腰を抜き（刀を抜いて）、立回り。良きほどに（頃合を見て）、向ふより（揚幕から）、和尚吉三、紺（こん）の腹掛け（紺色の腹掛け）、股引（ももひき）、どてら、前掛け[三]、頬被り（ほほかむり）にて、出て来（きた）り、花道にて（花道の途中で）、この体（てい）を見て（様子を見て）、思入あつて（止めようという気持を見せ）、つか〳〵と（急いで）舞台へ来（きた）り、

和尚　二人とも、待つた〳〵（よしと頷く）　○

ト、この中へ（二人の中に）わつて入り、双方を止める立回り（二人を止めるために立回りに絡む）。とど（結局）、おとせが持つて来（きた）りし茣蓙（ござ）を取つて、両人（両人が）、切り結ぶ白刃へ（[四]交えた刃先の上に）掛け（押え）、この上へ乗り（つけて茣蓙の上に乗り）、双方を止め（二人の争いを止め）、三人、きつと見得（三人はきっぱりと形をつける）。

どういふ訳か知らねへが、止めに入つた。待つて下せへ。

ト、手拭ひ（頬被りを）を取る。両人、見て（［その顔を］）、

お坊　ヤア、見知らぬ其方（そち）が（お前が）、要らぬ止め立て（よけいな止めだて［をするな］）。

お嬢　怪我（けが）せぬ内に、

一　蛇（長虫）の縁で「虫拳」。蛇は蛞蝓（なめくじ）を恐れ、蛞蝓は蛙を恐れ、蛙は蛇を恐れてすくむという三すくみに基づき、親指を蛙、人差し指を蛇、小指を蛞蝓として勝負を争う拳。

二　着物の袖から腕を抜いて、上半身裸体になること。歌舞伎では上衣の袖のみ脱いで襦袢（じゅばん）姿になる場合も多い。

三　前垂れともいう。着衣が汚れるのを防いだりするために、下半身の前面を覆う布。

四　互いに刀を交えて切り合うこと。

五　以下、つらね。「いや、退（の）く訳にはゆかない、お二人さん。氷さえ溶けぬ寒い大川端、初雷には早過ぎる時期なのに、稲妻かと見えたのは、水にきらめく二人の刀。恐ろしい切り合いの中に飛び込んだのも、怪我をさせたくないからだ。まだ、口をきいたことはないが、見覚えのある名高い吉三。いくら元気が良いからといって、初春早々剣の舞とは、太神楽でもないだろうに。どちらが怪我をしてもいけない。ここの二人は外でもない。世に高名な粂三郎とそれに劣らず有名な権十郎。背の高い立派な二人の中に、背丈の低いこの小団次が、分不相応な留め男。見るに見かねて入ったのは、一体二人はどうなるのかと、御婦人達が先刻から、ひやひやして見ていらっしゃるゆえ、丸く納めるためなのだ。

両人　のいた(のけ)／＼(のけ)。

　ト、和尚吉三、思入あつて〔堅い決意を表し〕、

和尚　[五]いイや〔いや〕のかれぬ〔のく訳にはゆかぬ〕二人の衆(しゅう)。初雷(はつがみなり)も早すぎる〔初雷にはまだ早い〕、氷も〔氷さえ〕解けぬ川端〔（寒い）〕に、水〔稲妻〕にきらつく刀の稲妻〔のように水面にきらめく刀〕。ぶきびな中へ飛び込むも〔恐ろしい勝負の中に飛び込むのも〕、まだ近付きにやァならねへが〔いまだ口をきいたことはないが〕、顔は覚えの名うての吉三〔顔だけは知っている名高い（二人の）吉三〕、いかに血の気が多いとて〔いくら元気がいいからといって〕、[六]大神楽(だいかぐら)ぢやァあるめへし〔大神楽でもないのに〕、初春早々(さうさう)剣(つるぎ)の舞、どつちに怪我があつてもならねへ。いま一対(いっつい)の二人(ふたアリ)は、名に負ふ〔有名な〕富士の[七]大和屋〔（岩井粂三郎）〕に、劣らぬ筑波の山崎屋〔（河原崎権十郎）〕。[八]高い同士に高島屋〔（市川小団次）〕が、見兼ねて止めに入つたは〔仲裁役を買って出たのは〕、どうなる事とさつきから、お女中さまがお案じゆゑ〔見物の御婦人方が心配しておられるので〕、[九]丸く治めに〔丸く治める為に〕綽名さへ、坊主あがりの和尚吉三。さいはひ〔折よく〕今日は節分(としこし)〔節分だから〕に、争ふ心の鬼は外〔鬼は外へ追出し〕、福は[一〇]内輪の三人吉三。[一一]福茶(ふくぢや)の豆や梅干しの、遺恨の種〔（種のように）〕を残さずに、小粒な山椒(さんせう)のこの己(おれ)に、[一二]厄払ひめくせりふだが、さらりと預けてくんなせへ。

　ト、きつと〔きっぱりという〕思入。両人も、さては〔（これが和尚吉三か）〕、といふ思入あつて、

頭を丸めた坊主上がりの、綽名も和尚のこの吉三には、打ってつけの役回り。折良く今日は節分だから、争う心の鬼は外へ、福は内へと取り込んで、同じ名前の内輪の三人。福茶に入れる豆・梅干し・山椒。その梅干しの種は残しても、恨みの種は残さずに、山椒のように小粒な俺に、厄払いの言葉じゃないが、遺恨はさらりと大川に流し、喧嘩の始末は任せて下さい」。

六　曲芸中心の大道芸。二二六頁注七参照。

七　「ヤマ」は掛け言葉。「富士の山(やま)」「（日本一の）女方(おやま)」「大和屋(やまと)（粂三郎の屋号）」「筑波の山(やま)」「山崎屋(やま)（権十郎の屋号）」。筑波山は、富士山と並称される茨城県の名山。

八　「高い」は「山」の縁語。背の高い。「高島屋」は小団次の屋号。和尚吉三を演じた四世市川小団次は小柄な人で、「高い同士に高島屋」と音を重ね、「背は高くないのに、屋号は高島屋というこの俺が」と卑下した。

九　「頭を丸めた坊主」の意を掛ける。

一〇　「内」は掛け言葉。「福は内・内輪」。

一一　江戸の福茶には大豆と梅干しと山椒を入れた。梅干しの縁で「遺恨の種」、山椒の縁と、小柄な小団次と、諺の「山椒は小粒でもぴりりと辛い」とを合わせて「小粒な山椒」。

一二　厄払いの「東の川へさらり」をふまえる。

お坊　そんなら此方が名の高い、

お嬢　吉祥院の所化あがり、

お坊　和尚吉三で、

両人　あつたるか。

ト、和尚吉三、天窓をおさへ、

和尚　さう言はれると面目ない。名高いどころか、ほんのぴい〳〵[一]。根が吉祥院の味噌すり[二]で、弁長といつた小坊主さ。賽銭箱からだん〳〵と、祠堂金[三]まで盗み出し、たうとう寺をだりむくり[四]、鼠白子[五]もお仕置きの、浅黄と変はり二、三度は、もつさう飯も食つて来たが、非道な悪事をしねへゆゑ、お上のお慈悲で命が助かり、かうしてゐるがなにより楽しみ。盗み[六]の科で取らるるなら、仕方もねへが己がで[七]に、命を捨てるは悪い了見。子細は後で聞かうから、ふしやうであらうがこの白刃、己に預けて引いて下せへ。

お坊　いかにも和尚が言葉を立て、向ふが預ける心なら、こつちは此方に

一　若造、未熟者。雛の鳴き声からいうか。

二　味噌すり坊主。雑用を勤める僧。

三　先祖供養や祠堂建築などのための布施。

四　不始末をして、職や得意先を失うこと。

五　「鼠色の粗末な法衣が、浅黄色の獄衣へと替り、物相（円筒形の曲げ物）に入れた牢屋の飯も、何度か食った」。「鼠白子」は「鼠布子」の誤植か。『横本』には、「鼠布子」。

六　十両以上の窃盗は死罪。

七　自ら。自分自身で。「でに」は自身で、の意。

「お仕置き」は、刑罰の意。ただし「お仕着せ」（囚人服）の誤植かとも思われる。『横本』には「お仕着せ」。

預ける気だ。（あなたに任せるつもりだ）

お嬢　そつちが預ける心なら、こつちもともども（一緒に）預ける気。

和尚　そんなら二人が得心（とくしん）して、（納得して）

お坊　この場はこのまま、

お嬢　此方（こなた）に預けて、

和尚　引いてくれるか。

お坊　イザ、

お嬢　イザ、

両人　イザ〳〵。

ト、和尚吉三、莫蓙（ござ）をとる。両人、〔同時に〕刀を引いて、左右へ別れる。

和尚、思入あつて。（これでよしと頷き）

和尚　して、（ところで）二人（ふたアリ）が命を懸け、（命をかけた）この争ひは、いかなる訳。

お嬢　元（もと）は根も葉もない事で、（八 実に下らないことで）己（おれ）が盗んだその百両、

お坊　貸せと言ふより言ひがかり、（貸せと言ったのがきっかけで口論となり）つひに（結局）白刃のこの争ひ。

八「根がない」ともいう。なんの根拠もない。確かな理由は何一つない。

和尚　ムム。そんなら二人が百両を、貸せ貸すめへ（貸せ貸さないと次第に激しく言い争い）と言ひつのり、大事の命を捨てる気か（気になったのか）。そいつァとんだ由良之助（大星由良助）だが、「まだ了見が若い（まだ考えが未熟だ）[一]〱」。ここは（ここのところは）一番年役（としやく）[二]に、己（おれ）が裁きを付けようから（つけるつもりだから）、嫌（いや）でもあらうがうんと言つて（承知をして）、話に乗つてくんなせへ（俺の提案を受入れて下さい）。互ひに争ふ百両は（二人の争いの種の百両は）、二つに割つて五十両（二人で分けたその上で）。お嬢も半分お坊も半分。止めに入（はひ）つた己（おれ）にくんなせへ（下さい）。その埋めくさは（埋め合せとして俺の両腕をやる）和尚が両腕。五十両ぢやァ高い物だが、抜いた刀をそのままに（［片腕が］刀を抜いてそのまま何も切らずには）、鞘（さや）へ納めぬ（納めさせぬ）己（おれ）が挨拶（のが俺の仲裁法）。両腕切つて百両の、高を合はせてくんなせへ（帳尻を合わせて下さい）。

ト、和尚吉三、腕まくりをして[三]、両人へ腕を突き付ける。両人、感心の思入（その扱い方に感心した表情）。

お坊　さすがは名うて（名高い）の和尚吉三。両腕捨ててこの場の裁き。

お嬢　切られぬ義理も（切る訳にはゆかぬが）折角の、志（こころざし）ゆゑ言葉を立て（その言葉を無にせず）、

お坊　此方（こなた）の腕を、

両人　もらひましたぞ。

一　『仮名手本忠臣蔵』四段目、大星由良助のせりふ。主君塩冶（えんや）判官の切腹の後、城を枕に討ち死にとはやる家臣達をたしなめる言葉。ただし浄瑠璃本にはなく、歌舞伎の入れ事である。小団次は、前の年の九月、市村座の『忠臣蔵』で初役の由良助を演じた。

二　経験の豊かな年長者が果すべき役目。

三　以下、一二五頁まで、和尚吉三の腕をめぐって、緊張した二つの場面が展開される。一つは、自己犠牲による紛争の調停であり、他は、血の兄弟関係の成立である。第一は、喧嘩の仲裁には二大原則があるという。第一は、喧嘩両成敗という言葉にも知られるように、五分の仲裁を旨とすること、第二は、仲裁者の格が、当事者よりも高いことの二点である。前者に関していえば、和尚吉三は、喧嘩の原因となった百両を折半し、喧嘩に勝って得るべき利益、もしくは、負けて受けるべき損害を五分に分割した上、仲裁が成立するまでそれを供託させる（仲裁成立後、それを二人に返却――一二八頁）。後者については、彼の名乗りの後の反応によって、彼が、二人から一目置かれるような存在であることが分る。つまり、和尚吉三は、仲裁のための二つの原則に立って、行動するのである。そして、抜いた刀を鞘に納めさせるための条件として、彼

は、自分の腕を提供する。かつて、切腹には内臓の露出が必要であった。それは、内臓を生命の源泉とみなし、それを他者に捧げることによって自己の真情を表明するためだったと言われている。遊女が指を切って客に渡すのは、自己の愛情に偽りのないことを証明するためであり、やくざが断指して詫びを入れるのも、実意を表すための手段であった。内臓同様、指もまた生命の徴（しるし）なのである。もっとも、やくざが指を詰めるのは謝罪の場合だけではない。紛争の調停に際しても、その調停役を勧める者は往々にして指を切る。そして、双方の当事者は生命の徴しが自分達に捧げられたことを諒として和解を承諾するのである。和尚吉三の場合も同様であった。その両腕は百両の代償であるとともに、流されるはずだった二人の血の代償でもある。しかし何よりもまず、それは日常の論理を超越した、「死」の感覚へとつながる自己犠牲の象徴であった。その誠意に二人は感動し、快く仲裁を受け入れるのである。

四 この緊迫した状況に対して「合方きつぱりと」。極めて効果的な演出感覚である。

五 物事が成功するかしないかはやってみなければ分らないので、思い切って決行せよ、の意。「男は当って砕けろ」などとも使う。

和尚　オォ、遠慮に及ばぬ。切らつしやい（お切りなさい）。

ト、四合方きつぱり（合方を際立たせて弾き）となり、和尚吉三、腕を突き出す。お坊吉三、お嬢吉三、顔見合はせ、思入あつて（切る決意を表し）、一時（いちじ）に、和尚吉三の腕を引き（腕に刃を当てて引くように）（切り）、すぐに二人とも、我（わ）が腕を引く（自分の腕を切る）。和尚、これを見て、

和尚　我が両腕を引いた上、二人が腕を引いたのは、

お坊　五物は当たつて砕けだが（何事もとにかくやってみろというが）、力にしてへこなたの魂（あなたの魂を頼みにしたい）。

お嬢　互ひに引いたこの腕の、流るる血汐（ちしほ）を酌み交はし（互いに飲んで）、

お坊　兄弟分に、

お嬢　なりたい、

両人　願ひ。

和尚　こいつァ、面白くなつてきた。実はこつちもさつきから、さう思つてはゐたけれど、自惚（うぬぼ）れらしく言はれもせず（自惚れているようで言い出せず）、黙つてゐたがそつちから、頼まれたのはなによりうれしい。

お坊　そんなら二人が望（のぞ）みをかなへ、

お嬢　兄(あに)きになつてくんなさるか。（下さいますか）

和尚　いや、ならねへでどうするものだ。（〔兄貴に〕ならずにおくものか）聞きやァ隣[一]は水滸伝(すいこでん)。顔の揃つ[二]た豪傑(がうけつ)に、しよせん及ばぬ事ながら、（どうせ叶わぬ事ながら〔あっちが水滸伝なら〕）こつちも一番（こっちは一つ）三国志、桃園(たうゑん)[三]ならぬ塀越しの、梅の下にて兄弟の、義を結ぶとは（関係を結ぶとは）ありがてへ。

お坊　さいはひ（ちょうどいい具合に）ここに供物(くもつ)の土器(かはらけ)[四]。

お嬢　これでかための（これで兄弟分の約束の）血盃(ちさかづき)。

ト、お坊吉三、庚申堂より供物の土器を出し、三人これへ腕の血を絞(しぼ)り、（絞り出し）

両人　まづ兄きから。

和尚　そんなら先(さき)へ。

ト、和尚吉三飲んで、お坊吉三へ差す。お坊吉三飲んで、お嬢吉三へ差す。お嬢吉三飲んで、和尚吉三へ戻す。

これでめでたく（二人を見て）◯

ト、和尚吉三飲んで、土器[五]をたたき付け、微塵(みぢん)になし、（こなごなにし）

一　「隣」とは中村座のこと。市村座が『三人吉三』を上演した安政七年一月、中村座では、『水滸伝』に取材した『金瓶梅曾我松賜(きんぺいばいそがのたまもの)』を演じていた。

二　顔ぶれの揃った、の意。『水滸伝』には、数多くの豪傑が登場する。中村座では、九紋龍の史郎吉に四世尾上梅幸、今牛若の武松に初世中村福助、秩父智多星重忠に八世片岡仁左衛門が扮した。

三　『三国志演義』第一回には、後漢末、蜀(しょく)の劉備(りゅうび)・張飛・関羽の三人が、幽州の桃園で義兄弟の契りを結んだと記されている。ここは、その桃園の義を想起したせりふ。

四　素焼きの食器。素焼きの盃。

五　土器を砕く理由を、「砕けて土となるまでは」と、誓いの「変はらぬ」ためとしているが、本来は、元の状態に返らぬことを祈る、呪的な行為であったかと思われる。

六　和尚吉三は、喧嘩の仲裁のために腕を犠牲に供し、血を流した。お嬢吉三とお坊吉三は、その供犠によって和解するが、そこに留まらず、和尚吉三の血に別の意義を認める。すなわち、彼の血に自分達の血を合わせて、血盃による「兄弟成り」を実現させようとす

お嬢　〔この土器が〕砕けて土となるまでは、

お坊　変はらぬ誓ひの、

お嬢　六兄弟三人。

ト、和尚吉三、思入〔身の上を省る気持を表し〕あつて、

和尚　思へば不思議なこの出会ひ。互ひに姿は変はれども、心は変はらぬ〔同じ〕盗人(ぬすつと)根性。

お坊　譬(たと)へにも言ふ手の長い七、今年は庚申年(かのえさるどし)八に、

お嬢　庚申堂の土器で、義を結んだる上からは、

和尚　後(のち)の証拠〔義を結んだ証拠に〕に三匹の、額(がく)に付けたる括り猿(くくりざる)。

ト、和尚吉三、庚申堂に掛けてありし括り猿の額を取つて、二人に一つづつやる。

お坊　三(みつ)つに分けて一(ひと)つづつ、

お嬢　守りへ〔守り袋に〕入れて別るるとも、

和尚　末(すゑ)は三人〔三人共〕〔後手に〕つながれて、

るのだ。「兄弟成り」は、「親子成り」と同じく、農耕社会の結縁儀礼にその原型を有し、穀霊を宿す酒を神前で酌み交わして、相互の連帯感を強化する儀礼であった。その酒に替えて血を飲む。「乳(チ)」や「風」と同様、「血(チ)」は霊魂を意味するから、血を飲み合うとは、互いの霊魂を一体化することに外ならない。

七　手癖(てくせ)が悪い。盗癖がある。

八　庚申の夜生れる子は盗賊となるとか、庚申の夜に身籠れば、その子は盗賊となるなどとの俗説があり、庚申の年は、盗人に縁のある年とされていた。その「庚申年」に、「庚申堂の土器で、義を結」ぶとは、いかにも盗人の血盟にふさわしい設定である。

＊　庚申の年、庚申塚、庚申丸と、全体は「庚申」に彩られている。「庚申」は、人間の体内に三匹の悪虫が住み、庚申の日の前夜、睡眠中に体内を脱け出し、その人の罪を天帝に報告して寿命を縮めるという、道教の三尸(さんし)説に基づく信仰で、人人は眠らぬよう、徹夜で祈り、宴を催した。庚申信仰は、九世紀の宮廷に始まり、のち、仏教や修験道・神道と習合して、厄除け・治病・豊作・商売繁昌など多様な利益が説かれ、広く流行するとともに、さまざまな禁忌・習俗を生んだ。

お坊　一意馬心猿の二馬の上、〔に乗せて引き廻されて〕

お嬢　浮世の人の口の三端に、〔噂話に〕

和尚　四かくいふ者があつたかと、〔こういう人間がいたかと〕

お坊　死んだ後まで悪名は、

お嬢　五庚申の夜の語り種、〔庚申待の夜話の種〕

和尚　思へばはかねへ、〔むなしい〕

三人　身の上ぢやなァ。

ト、三人、よろしく思入あつて、〔しかるべく感慨深げな表情をし〕

和尚　サァ、六長居は恐れ。二人とも、この百両を二つに分け。

ト、以前の百両包みを取つて出す。

お坊　いや、その百両は二人が、捨てる命を救はれし、

お嬢　礼といふではなけれども、七争ふ物は中よりと、

お坊　そりやァ、此方が、納めて下せへ。〔とっておいて下さい〕

和尚　いィや、これは受けられねへ。〔受け取れない〕ぜひとも二人へ半分づつ。

一　意は馬のように走り回り、心は猿のように騒ぎ立てる意。煩悩や情欲などのために、心が乱れて落ち着かぬことの譬え。「心猿」の「猿」は、「庚申」および「括り猿」の縁から、また、「意馬」の「馬」は、下に来る「馬の上」を引き出すために用いられている。ここは、両者を一つにまとめて、「意馬心猿」という仏語に、ともすれば盗人根性が頭をもたげ、盗人の血が騒いで真面目な生活ができぬ意を託したものと思われる。

二　「引廻し」のこと。先に、十両以上の盗みは死罪と記した（一二二頁注六参照）。しかし、盗みの中でも重いものには、付加刑として、引廻しを伴うことがあった。たとえば殺人強盗は、引廻しの上、斬首、獄門となる。引廻しは、見せしめのために行われる刑罰で、「五箇所引廻し」と「江戸中引廻し」との別があった。五箇所引廻しは、鈴が森（日本橋を中心にして西国の者）、ないし、小塚原（東国の者）の刑場で処刑が行われる場合、日本橋・赤坂御門・四谷御門・筋違橋・両国橋の五箇所に捨て札（罪状を記した札）を立て、そこを引き廻して刑場に連れて行く。江戸中引廻しは、軽い場合には、小伝馬町の牢を出て、日本橋―江戸橋間を往復。重い場合には、小伝馬町から西堀留川―紅葉川

ト、百両包みをねぢ切り、ちよつと目方を引いて（目方を計って）、両方へ出す。

これにて、お坊吉三、お嬢吉三、顔見合はせ、思入あつて（この金は和尚に渡そうと〔いったん〕）、金を受け取り、

お坊　そんなら、いつたん受けた上（受け取った上で）、

お嬢　また改めて、お主へ、

両人　返礼。

ト、両方より出す。和尚吉三、思入あつて（よし受け取ろうとの心で頷き）、

和尚　オヽ、夜がつまつたに（夜もふけてきたのに）べん／＼と（ぐずぐずと）[八]、義理立てするも面倒だ（義理を守り合っているのも面倒だ）。否やを言はず（いやと言わずに）この金は、志ゆゑ（〔お前達の折角の〕）もらつておかう。

ト、和尚吉三、金を取つて鼻紙へ包み、

お坊　それで二人が、

両人　心も済む。

和尚　この返礼は、またその内。

お坊　まづ初春から（春早々から）力が出来、

（楓川）―京橋―芝車町（高輪大木戸）、赤羽橋を渡り増上寺の裏を通って溜池、御堀外、小石川御門、水戸屋敷の脇を抜け、湯島―上野―浅草雷門―浅草御門―小伝馬町と、ほぼ、江戸城の外郭を一周させる。囚人は縄付きで、鞍に菰を掛けた馬に乗せられ、引き廻されるのである。だから「馬の上」といったわけだ。

三 多くは、「口の端に掛か（け）る」という。噂話の種になる（する）こと。

四 「口の端に掛く」と「斯くいふ名」との掛け言葉。

五 庚申待ち（庚申の夜、人々が集まって行う祭事や宴）のときの世間話。

六 「長居は無用」ともいう。他人の家で長座することは遠慮すべきだ。同じ所に長く留まっていると、ろくなことはない、の意。

七 諺「争うものは中より取れ」（争い合っていると、結局、第三者に利益を取られる。あるいは、一つのものを二人で争っていると、第三者が中に入ってそれを取る）による。

八 時間を浪費するばかりで、一向に埒の明かぬ様子を表す。「べんべんだらだら」「べんべんだらり」「のんべんぐらり」などともいう。

お嬢　祝ひにこれから、

ト、三人、立ち上がる。この時、一以前の駕籠(かご)舁き両人、うかがひ出て〔そっと出てきて〕、

駕籠　ウヌ、盗人(ぬすっと)め。

ト、和尚吉三に掛かるを左右へ突きやる〔向って行くのを左に右に突きとばす〕。お坊吉三、お嬢吉三、〔二人を〕〔手許に〕引き付ける。

和尚　二三人一座で、〔三人が同席して〕

ト、両人、ムム、と頷(うなづ)き、一時(いちじ)に〔駕籠舁きを〕投げのけ〔投げとばし〕、駕籠舁き、起き上がらうとするを、お坊吉三〔二人は〕、〔が〕踏み付ける。お嬢吉三は〔もう一人に〕腰を掛け、押さへる。和尚吉三、肩へ手拭ひを掛ける。三三方一時(さんばういちじ)に、木(き)の頭(かしら)。

三人　義を結ばうか〔兄弟分の契りを固めようか〕。

ト、三人、四引張(ひっぱり)よろしく。波の音、舟の騒(さわ)ぎ唄(うた)にて、拍子幕。

＊血の兄弟関係——やくざなどには、兄弟成りに血盃を交わす風習があった。時は庚申＝晴の日、所は青面金剛の前＝神前、供物の土器＝聖化された盃。三人は「かための血盃」を交わす。この血盟が、やがて第二番目三幕目と大切(おおぎり)における彼らの行動を律する。黙阿弥の白浪物(しらなみもの)（盗賊を主人公とする狂言）の面白さは、人物の性格や波瀾(はらん)に富んだ話の展開にのみ求められるべきではなく、仁義や自己犠牲、結縁儀礼など、社会的病理集団の行動様式が孕(はら)む劇的因子を増幅し、それを全体的葛藤の中に、有機的に関係づけた点にも求められよう。

一　先に、お坊吉三を連れてきた二人の駕籠舁き。

二　「三年一座」のもじり。仏教と習合した庚申信仰において、庚申待ちの祭事を三年間続けて行った場合、供養のために庚申塔を建てると定めた。その三年に一度の供養を、「三年一座」という。

三　三人が同時に、形を付けて決まったのに合わせて、閉幕の合図の拍子柝を打つ。

四　登場人物が、それぞれ形を決めるだけではなく、互いに心を引き合う、つまり、気持を通わせ合うことをいう。

第一番目　三幕目

化粧坂丁子屋の場[五][六]
葛西が谷夜鷹宿の場

役人替名

一　茶屋の下女[七]　おなか　　中村武次郎
一　新造　花巻[八]　　嵐　吉六
一　丁子屋の初瀬路[九]　　市川源之助
一　丁子屋の飛鳥野[一〇]　　関　三之助
一　丁子屋の吉野[一一]　　中村歌女之丞
一　お坊吉三　　河原崎権十郎
一　丁子屋の若い者[一二]　喜助　　山崎国三郎
一　浪人　蛇山の長次　　中村鴻蔵

五 化粧坂は新吉原を示唆。新吉原は、旧地の吉原＝元吉原に対する称。現、台東区千束三・四丁目。吉原の開業は、通説によれば元和四年（一六一八）。場所は中央区日本橋人形町辺りの、葭の茂る湿地帯で、葭原と名付けられたが、程なく吉原と改名。明暦二年（一六五六）、現在地へ移転を命じられ、翌年八月、営業を再開。これを新吉原と呼んだ。

六 吉原の遊女屋。元、芝高輪で私に娼家を営んでいたが、新吉原に吸収され、江戸町二丁目に店を構えた。大いに栄えたが、天保ごろ（一八三〇～四四）退転した。

七 引手茶屋。仲の町（吉原の中央通り）に並ぶ引手茶屋は、客に遊女を紹介したり、酒宴を催させたりした。大見世（一流の遊女屋）の客は、必ず仲の町の引手茶屋を通して登楼しなければならなかった。

八 以下、花巻を除き、遊女の名はすべて、『傾城買二筋道』の人物名を流用。いずれも桜にちなむ名。「花」もまた、平安朝後期以来、桜を意味することが多い。

九 桜の名所、奈良県の初瀬にちなむ名。

一〇 桜の名所、江戸の飛鳥山にちなむ名。

一一 桜の名所、奈良県の吉野山にちなむ名。

一二 遊女屋で雑事を勤める男衆。若い衆。喜助はその別称だが、ここでは固有名詞。

一　浪人　鷲の森の熊蔵　　市川米五郎
一　浪人　狸穴の金太[一]　　坂東橘之助
一　木屋　文蔵（文里）　　市川小団次
一　丁子屋の一重[二]　　岩井粂三郎
一　番頭新造　花の香　　岩井米次郎
一　新造　花琴　　岩井辰三郎
一　新造　花鶴　　岩井扇之助
一　丁子屋の九重[三]　　吾妻市之丞
一　茶屋の若い者　忠七[四]　　市川小半次
一　遣手[五]　おつめ[六]　　坂東又太郎
一　夜鷹　婆ァおはぜ　　関　孫六
一　夜鷹　虎鰒おてふ　　嵐　吉六
一　夜鷹　うで蛸おいぼ　　市川小半次
一　夜鷹の妓夫　けんのみ権次　　市川米五郎

一『網模様燈籠菊桐』の登場人物。
二 一重桜にちなむ名。
三 九重桜にちなむ名。
四『傾城買二筋道』の登場人物。
五 遊女屋で、主人に代って、遊興の段取りを付けたり、遊女の監督や指導をする人。「遣手婆」といわれるように、年寄りで、口喧ましく、意地悪な女が多かったという。
六 芝居で多用される遣手の名。「爪」の字を当てる。猛禽同様、鋭い爪で遊女を襲う女、また、爪が長い＝欲深い女の意か。
七 以下、伝吉、久兵衛、和尚吉三、武兵衛は、お七・吉三の世界の登場人物。
八 客間など改まった部屋の上座に、一段高く床をしつらえた場所。
九 原則として二枚の板を、上下互い違いに設けた棚。天袋や地袋を加えることもある。
一〇 蒲団や敷衾など、夜具を収納する棚。
一一 上手と下手に。
一二 客席から見える正面と側面とを塞ぐように、鉤の手に曲げて道具を設置すること。
一三 障子をはめた屋体。塗り骨の場合は、縁に黒い紙を張り、黒漆で塗った感じを出す。
一四 床に切り穴を設け、コの字形に組んだ手摺りでそれを囲み、昇降口とする。

一　土左衛門爺イ[七]伝吉　　関三十郎
一　八百屋久兵衛　　市川米十郎
一　伝吉娘おとせ　　中村歌女之丞
一　木屋の手代十三郎　　市村羽左衛門
一　和尚吉三　　市川小団次
一　釜屋武兵衛　　市川白猿

本舞台、一面の平舞台。向ふ、床[八]の間。この脇、違[九]ひ棚、黒塗りの簞笥。下手、夜具棚[一〇]。この下、二枚襖。上下[一一]、折り回し[一二]、塗り骨障子[一三]屋体。いつもの所、階子[一四]の上がり口。上手へ寄せて、六枚屏風、立て回しあり。すべて、丁子屋二階〔の〕吉野部屋[一五]の体。ここに、台[一六]の物、白鳥[一七]の徳利あり。新造花巻、胴抜き[一八]形、おなか、茶屋の女にて、争ひゐる。傍に、初瀬路・飛鳥野、部屋着[一九]

一五 吉野は、一四三頁に「一分の女」とあり、座敷持ちの遊女であった。
一六 台屋（吉原の仕出し屋）から届けられる料理のこと。蛸足の付いた、朱塗りの縁付き膳に、いろいろな料理を盛った。一五九頁注四参照。
一七 首の長い、白い陶器の徳利。
一八 胴の部分に、別の布地を用いて仕立てた着物。一見、古着のように見えるが、色や模様の取り合せ方で、美しい着物になった。
一九 胴抜きの着物に巻き帯をした服装。その上に打ち掛けを羽織った。

丁子屋二階、吉野の部屋の場

馴染みの遊女吉野の部屋にいるお坊吉三のもとに、蛇山の長次ら三人が押し掛ける。第一番目二幕目の冒頭で彼らが起した巾着切りの一件は、実は、お坊吉三が仕組んだもので、その分け前をねだりにやって来たのだ。口論が高じて大騒ぎになるのを止め、仲に入って丸く納めたのは木屋文蔵、通り名文里。彼は、お坊吉三の妹で同じ丁子屋の遊女一重に逢いに来たのである。誰にでも好かれる文里。だが、一重は何故か、彼を嫌いぬいている。

の形（なり）にて立ち掛かりゐる（立っている）。この見得（みえ）。はやり唄（うた）にて、幕明（あ）く。

なか　モシ、花巻さん、悪ふざけも大概に（いい加減にしなさい）なされまし。

花巻　オヤ、なにを（私がどんな）私（わたし）が悪ふざけをしたえ（悪ふざけをしたというの）。サア、それを聞かう〳〵（言ってごらん）。

初瀬　なんだか知らぬがみともない（理由は知らないけれど見苦しい）。マア、静かに一しなんしな（しなさいよ）。

飛鳥　コレ、おなかどん。なにを花巻さんがしなんしたのだえ（花巻さんが何をしたのですか）。

なか　モシ、皆さん、聞いておくんなさいまし（お聞き下さい）。吉野さんのお客の吉三（きちざ）さんが、二引け過ぎに（夜中に）一杯（いっぱい）飲むから、いいのを（いい酒を）持つて来いとおつしやつたゆゑ、わざ〳〵三芝居町（しばゐまち）四の内田まで、いいのを取りにやつて（いい酒を買いに行かせて）、今ここへ持つて来たばかり（持ってきた途端に）のところ、この花巻さんが飲みなすつたのでござります。それも一杯か二杯なら、見ない顔もいたしますけれど（見て見ぬふりも致しますが）、御覧なさいまし。五一すい（いっ一滴もございません）もござりませぬ（腹立たしげに）〇

ト、徳利（とくり）を見せ、

ナント、腹が立ちませうぢやござりませぬか。

一　里言葉、あるいは、里訛り。里（吉原）で遊女が用いた独特の言葉。下女のおなかの言葉遣いにも知られるように、遊女以外の者は使わない。「ありんす・ありいす＝ありま す」「おざりんす・おざりいす＝ございます」「おす＝あります」「おつせん＝ありません」「ざんす・ざます＝ございます」「〜しんす・〜しいす＝〜いたします・〜します」「〜なんす・〜なます＝〜なさいます」などの類で、「傾城は撥（は）ねられるだけ撥ねるなり」といわれたように、助動詞の撥音化を主体とするが、店によって、若干の違いがあったらしい。遊女が、出身地の訛りを出さぬようにとの配慮から生れた一種の標準語だといわれている。しかし、その源は、京都の遊廓島原の言葉にあるようだ。享保ごろ（一七一六〜三六）に始まり、宝暦・明和（一七五一〜七二）以降、盛んに行われた。

二　「引け」は、「引け四つ」の略。かつて吉原では、四つ時（午後十時）になると廓の大門を閉め、潜（くぐ）り戸から客を出入りさせた。それを「引け四つ」という。後には、早過ぎるというので、九つ時（午前零時）を引けとしたが、「引け四つ」の語は、そのまま用いられた。

三　猿若町の通称。天保改革の一環として、

初瀬　そりやァ花巻さんが悪うざます（悪うございます）。なぜそんななげす張つた事をしなんす（六 卑しい事をするのですか）。

飛鳥　お前（まへ）ばかりぢやァない。おいらん（七）の恥になりんすよ（なりますよ）。

花巻　ナニ、私（わたし）やァそんな事とは知らず（そんな事情があるとは知らず）、いま腹が痛くつてなりんせんから（仕方がありませんから）、なんぞ薬を（何か薬を）もらひませうと、吉野さんの所（とこ）へ来たら、〔吉野さんが〕あんまり吉三さんとよく寝てゐなんすから（寝ていらっしゃるから）、私（わたし）やァ残り物〔の酒〕だと思つて、薬の代はりにこのお酒を、ちつとばかり飲みんしたのさ（少しばかり飲みましたのさ）。

なか　残り物と言ふがありますものかね（残り物なんていうことがありますかね）。たつたいま持つて来たばつかりでござります。

花巻　残り物でないと言ふが、このお酒は幾ら持つて来たのだえ（どれだけ持って来たのかい）。

なか　一升（いつしやう）持つてまゐりましたのさ。

花巻　オヤ〳〵、マァたつた湯飲みで五、六杯（ぱい）。〔しかないのに〕あれで一升かへ。高いものだねへ（随分高い酒だねえ）。

なか　花巻さん、大概になされまし（いい加減にしなさいよ）。腹さん〴〵（思う存分）飲んでしまつて、人の内

幕府は、同十三年（一八四二）、浅草聖天町（台東区浅草七丁目）に隣接する、丹波園部藩主小出伊勢守英発の下屋敷一万一千五百余坪を公収、四月二十八日、その地を猿若町と名付け、堺町・葺屋町・木挽（こびき）町の芝居小屋を、それぞれ、同一、二、三丁目に移転させた。移転が完了したのは、翌十四年五月、以後、明治五年（一八七二）、三丁目の守田座が新富町に移るまでの三十年間、猿若町は、芝居町として栄えた。

四 猿若町一丁目の入り口、楽屋新道の角にあった酒屋。銘酒「剣菱」で名高い。神田昌平橋外の内田、ないし、浅草駒形の内田の支店かと思われる。

五 「一水」。一滴の水や酒。

六 卑しい心を起す。「げす」は下衆。家系や身分の卑賤な人。「張る」は、ある事柄や状態が、特に著しい様子を表す接尾語。

七 新造や禿（かむろ）が、姉女郎を「おいらの（姉女郎）」といった、その言葉の訛りとも、「おいらか（おっとりした）」の訛りともいわれる。「花魁（おいらん）」は当て字。座敷持ち以上の、高級な遊女の称。古くは、「太夫」と呼ばれる最高級の遊女がいたが、宝暦ごろ（一七五一～六四）消滅、その後は花魁の時代となった。

の酒が少ないの多いのと、そんな事を言はれては、私(わたくし)どもの暖簾(のれん)[一]に係(かか)りますから(傷がつきますから)、遣手衆(やりてしゆう)に断らにやァならない(届け出なければならない)。サァ、私(わたし)といつしよにお出(い)でなされまし。

ト、花巻の手を取るを、初瀬路・飛鳥野、止めて、

初瀬　コレサ、おなかどん、腹も立たうが春早々(さうさう)(正月)、花巻さんをしからして(叱ってみても)も、あんまり手柄(てがら)にもなりんすまい(自慢にもならないでしょう)。

飛鳥　腹も立たうが(腹も立つでしょうが)、了見しなんし(我慢してやりなさい)。

なか　イエ〳〵、花巻さんには常不断(じやうふだん)[二]、こんな目に遭ひますから、きつと断らにやァなりませぬ(必ず届けなければなりません)。

花巻　サァ、断るなら断つてみろ。

なか　断らなくつてどうしますものか(届けずにおきますものか)。

初瀬　ハテマァ、待ちなんしといふに(お待ちなさいというのに)。

ト、右の(同じ)合方(あひかた)にて(合方で)、おなか、花巻を引つ立てようとする(連れて行こうとする)。これを、飛鳥野・初瀬路、止める。屛風[三]の内より、吉野、胴抜(どうぬ)き、

一　店の信用にかかわる。

＊遊女の部屋着姿――胴抜きに巻き帯というのが、吉原の遊女の部屋着姿である。何故、帯を巻き付けただけで締めないのか。中米楼の娘に生れ、後、二世市川段四郎に嫁いだ喜熨斗(きのし)古登子の『吉原夜話』によると、昔はよく無理心中や、刃物三昧に及ぶような乱暴な客があって、帯をきっちり締めていると、摑まえられて、逃げるに逃げられなくなる。そこで、いつでも簡単に解けるように、帯は先をはさんだままの巻き帯、腰巻きにも紐を付けず、巻いて止めることに定められていたのだという。

二　いつでも。始終。

三　屛風は奈良時代から用いられ、殊に平安時代に入って、寝殿(しんでん)造りという、大部屋を主とする家屋の構造上、間仕切りの具として多用された。ここの屛風は、六つに折りたためる六枚屛風。「六枚折り」ともいう。

四しごき形(なり)にて出て、これを止める。

吉野　これはしたり（これはまあ）。お前(まへ)がたは、吉三さんが寝てゐなんすに（寝ていらっしゃるのに）、静かにしておくんなんしな（下さいな）。

花巻　モシ、吉野さん、聞いてくんなまし（［私の言い分を］聞いて下さい）。

吉野　聞かずともようざます（聞かなくとも分っています）。屏風の内で聞いてをりんした（聞いておりました）。

なか　モシ、おいらん、私(わたし)の申すのが（私のいうのが）、無理ぢやアございますまい（もっともでしょう）。

吉野　マアいいから、お前(まへ)は内へいつて（家へ帰って）、御苦労でも（御苦労だけれど）一遍、持つて来てくんなまし。

なか　はい、まゐるのはまゐりますけれど（行くことは行きますが）。

ト、吉野、紙にひねつた金を出し、

吉野　こりや少しだが、お年玉に。

ト、おなか、取つて、

なか　これは有難うございりまする。お気の毒でございります（申し訳ございません）。

ト、頂いて（ちょっと捧げて）、帯の間へ挟む。

四「しごき帯」の略。一幅の布をしごいて帯にしたもの。高級な遊女は、緞子(どんす)に緋縮緬(ひぢりめん)の裏を付けたような、豪華な品を用いた。

＊遊女の階級――宝暦ごろの、玉屋の花紫を最後に、吉原からは、太夫と呼ばれる遊女は姿を消し、それとともに、太夫を招(よ)んで遊ぶ「揚屋」も消滅した。それ以前、吉原には、太夫・格子・散茶・梅茶・局（五寸局・三寸局・並み局）・次(つぎ)の、六種もしくは八種の妓級があったが、太夫の消滅に伴って妓級にも変化を生じ、呼び出し・昼三・付け回し・座敷持ち・部屋持ち・切り見世の六階級となった。呼び出しは張り見世をせず、新造や禿(かむろ)などを引き連れて、仲の町の引手茶屋の店先で客を待つ。これに、一昼夜一両一分と、一両の二種があった。昼三は昼夜三分の略称で、付け回しは昼夜二分、座敷持ちは一分、部屋持ちは二朱、切り見世は百文と定められていた。もっとも、同じ昼三でも、格式の低い遊女は昼夜を切り売り（片仕舞い）して、夜だけなら一分二朱で遊べるなど、娼家と遊女の格によって違いがあった。

初瀬　吉野さん、いま文里さんがお出でなんしたから（おいでになったので）、お知らせ申しィすよ（お知らせ申しますよ）。

吉野　オヤ、文里さんがお出でなんしたか（おいでになりましたか）。よく知らしておくんなんした（よく知らせて下さいました）。

花巻　オヤ〱、文里さんが来なんしたへ（おいでになったって）。うれしいねへ、私（わたし）もゆかうや。

吉野　それぢやァ花巻さんも文里さんに、

飛鳥
初瀬　一岡惚（をかぼ）れざますか（岡惚れですか）。

花巻　いいえ、文里さんはお出でなんすと、二むしやうにおごんなんすから（むやみにおごって下さいますから）、それがいいのざます（そこが私には嬉しいのです）。

初瀬　それぢやァ、食ひ気ざますか。

花巻　どうで色気の方は難しいから（どうせ色気のある役はできないから）、三食ひ気の方へ凝（こ）るつもりさ。

なか　四道理こそ（道理で）、いまの一升もぺろり飲んでしまひなされました（今の一升をまたたくまに飲んでしまったのももっともだ）。

花巻　エェ、一升も（一升だなどと）五気が強い（厚かましい）、五合（ごんがふ）あるかなしのくせに（その半分も怪しいのに）。

吉野　またそんな事を言ひなますか（言うのですか）。

飛鳥　早く文里さんの所（とこ）へ、お出でなんし（おいでなさい）。

一　「をか」は第三者、局外者の意。それほど親しくもない人や、他人の愛人などに惚れること。

二　むやみに。「無性」は、「性（物自体の本性・実体）の無いこと」をいう仏語から転じて、前後の脈絡を欠いた行動の意。

三　花巻に扮した嵐吉六は、夜鷹虎鰒おてふをも演じており、おかしみを帯びた敵役というのが役所（やくどころ）で、色気のある役や恋愛劇の主人公には全く縁がなかった。なお、「花巻」は、花の香、花琴、花鶴にならって黙阿弥が付けた名であるが、もともとは揉み海苔（のり）を振りかけた蕎麦や饂飩（うどん）の呼称、「花巻」を利用した洒落に外ならない。

四　……するのも尤もだ、無理はない。

五　図々しい。恥知らずだ。

なか　ほんに（そうだ）、私（わたし）も早くいつて、後（あと）のを取つて参じませう（後の分を取って参りましょう）。

花巻　ドレ、いつて、うまい物を食べようや（食べようよ）。

ト、右の（前と同じ）合方（あひかた）にて、花巻は下手（しもて）、おなかは階子（はしご）の口へ入る。

初瀬　モシ、吉野さん、なぜ二階[六]中でうれしがる文里さんを（私達がみんな歓迎する文里さんを）、一重（ひとへ）さんはあんなに嫌がりなさんすだらう（嫌がりなさるのだろう）ね。

飛鳥　ほんに（本当に）、私（わたし）らまでお気の毒ざます（お気の毒に思います）。

初瀬　それに引きかへ（それに比べて）、吉野さんと吉三さんの仲のよさ。

飛鳥　おほかた（多分）今夜はしつぽりと[七]（しっぽり濡れて）。文里さんの所（とこ）へもお出でなんすまい（おいでにならないでしょう）。

吉野　ナニ、いますぐにまゐりいすから（今すぐ行きますから）、よろしく申してくんなまし（よろしく言って下さい）。

初瀬　アイ（承知だよ）◯　そんなら吉野さん。

飛鳥　早くお出でなんし（早くおいでなさいよ）。

ト、やはり右の（同じ）合方（あひかた）にて、両人、下手（しもて）、障子屋体（しやうじやたい）へ入る。

吉野　このマア、吉三さんは、いつまで寝なんすのだらう（寝ていらっしゃるのかしら）。

ト、言ひながら、屏風を開ける。床の上に（蒲団の上に）吉三、中月代（ちゆうざかやき）[八]、女郎[九]

六　遊女屋は二階作りになっていて、一階は「下（した）」と呼び、見世（遊女達が居並んで客待ちをするための、籬（まがき）＝格子をはめた部屋）や帳場、台所などのある、遊女以外の者の生活空間。それに対して二階は、遊女の部屋を始め、遣手（やりて）部屋や引き付け座敷（客に遊女を引き合せる部屋）などのある、いわば、遊興のための空間になっていた。

七　男女の情愛の、睦まじく細やかな様子を表す擬態語。もともと、布などが濡れて、水分を十分に含んだ状態を表す言葉なので、単なる情愛の細やかさというよりは、閨房におけるそれを表すニュアンスが濃い。

八　月代の毛の伸びた状態を表す鬘（かつら）。第一番目二幕目のト書き（一一四頁）には「五十日」とあったが、「中月代」の伸び方はそれよりも短い。

九　吉野の胴抜きを借りて、羽織っているのである。

の胴抜き形(なり)にて、煙草を飲みゐる。

お坊　[一]箆棒(べらぼう)め。[二]海鹿(あしか)ぢやァあるめへし(あるまいし)、寝てばかりゐるものか。

吉野　起きてゐなましたか(起きていらっしゃいましたか)。

ト、吉三の傍(そば)へ来る。

お坊　手前(てめへ)の廓詞(さとことば)がやうやく聞き良くなつた(やっと耳障りでなくなった)。

吉野　ほんに私(わたし)やァ[三]南(品川)から、[四]こつちへ来たその当座は(吉原へ来てからしばらくの間は)、[五]ありんすにまこと(里言葉に馴れず)に困つた。

お坊　手前(てめへ)も己(おれ)も[六]四年越し(四年にわたって)、苦労ばかりしてゐるが、いい客でも引つ掛け(たらしこんで)て、小遣ひでもくれねへか。

吉野　そりやァお前(まへ)の言ふのが無理だ。もとより意気地のない上(うへ)に(もともと働きがない上に)、お坊吉三と名の売れた、[七]悪足(わるあし)があるものを(情夫があるのに)、なんで(どうして)いい客が付くものかな。

お坊　言はれてみるとそんなものさ　〇(軽く笑う)　そりやァさうといま聞いた、文里といふのは己(おれ)が妹(いもと)の、一重(ひとへ)の所(とこ)へ来る客だの(客だな)。

一　「便乱坊」とも書く。人を罵(のの)しる語。馬鹿、阿呆。寛文（一六六一～七三）ごろ、鋭く尖った頭、赤くて円い眼、猿のような頤(あご)の、真っ黒な体の男が見世物に出て、愚鈍な動作で人を笑わせた。その男の名前から出た言葉とも、また、飯粒を潰す箆の棒（穀潰し(ごくつぶ)）にちなむ言葉ともいう。

二　海驢(あしか)はよく眠る動物と信じられていたところから、よく寝込んだ状態や、眠りたがる人を、比喩的に「あしか」という。

三　吉原が、江戸の北にあって「北州・北里・北国(ほっこく)」などと呼ばれていたのに対し、品川は、江戸の南に当っていたから、「南・南州」などと称された。品川は、東海道の宿場町で、中山道の板橋や、奥州・日光街道の千住、甲州・青梅街道の新宿とともに「四宿」と呼ばれたが、中でも、最も規模が大きく、江戸湾に面して、北から歩行(かち)新宿、北品川、そして、目黒川に架かる中の橋を境に南品川と、三宿に分かれていた（品川区北品川一～二丁目、南品川一～五丁目）。旅籠屋に抱える「飯盛り女」、つまり、宿場女郎の数も、他の三宿に比べて遥かに多かった。その揚代は、銀十匁、金二朱、銀六匁（銭六百文）、銀五匁（銭五百文）、銀四匁（銭四百文）の五段階で、銀十匁・金二朱の女を置く家を大見

吉野　アイ。まことに程（ほど）[八]のいい客ざますが［粋なお客ですが］、なぜ一重さんは嫌ひなんすか［お嫌いになるのでしょう］。

お坊　為になる客[九]だといふ事だが［良いお客だそうだが］、さういふ客なら取り止めて［引きとめて］おいて〔金をせびり〕、己（おれ）にちつと貸してくれりやァいいに［少し貸してくれればいいのに］。

吉野　虫のいい事を言ひなますよ［厚かましいことをお言いになる］。

ト、はやり唄（うた）になり、喜助（きすけ）、着流し、若い者にて［若い者の姿で］、階子（はしご）の口よ〔後の者を〕り止めながら［制止しながら］出て来（きた）る。後より蛇山（へびやま）の長次（ちやうじ）、鷲（わし）の森（もり）の熊蔵（くまざう）、狸（まみ）穴（あな）の金太（きんた）、着流し、そぼろなる［みすぼらしい］浪人の拵（こしら）へにて出て来（きた）る。

喜助　モシ、お待ちなさいと申しましたら、マァお待ちなされませ。

長次　いィや待たれねへ。吉三に逢ひせへすりやァいいのだ［逢いさえすればいいんだ］。

熊蔵
金太　手前（てめへ）にやァ用はねへ［お前に用はない］。

喜助　それでも今日はお出でなされませぬものを［いらっしゃいませんのに］。

長次　ナニ、居ねへ事があるものか。

熊蔵　確かに居るのを、

金太　知つて来たのだ。

世、銀六匁・五匁の女を抱える家を中見世、以下を小見世と称した。

四 吉野は、『網模様燈籠菊桐（あみもようとうろのきくきり）』の登場人物で、それによれば、前身は、品川島崎屋のお杉。お坊吉三の愛人で、吉三と駆け落ちをする。やはり、中村歌女之丞が演じていた。ちなみに、遊女が店を替ることを、「住み替え」とか、「鞍（蔵）替え」という。

五 品川は、他の宿場に比べて諸事別格であったが、それでも遊女には源氏名を付けず、また、里言葉も使わなかった。だから、住み替えて吉原に移った吉野は、「ありんすにまことに困つた」のである（ただし、土蔵相模と呼ばれた相模屋だけは吉原風で、源氏名も里言葉も用いたという）。

六『網模様燈籠菊桐』以来、との意。

七 店にとっても、遊女にとっても不利益になる男。たちの悪い情夫。

八 気の利いた。粋な。言動に情味があり、垢ぬけていることをいう。

九 利益になる客。

お坊　ヤ、あの声は。

　ト、お坊吉三、三人を見て逃げようとするを、

長次　オイ、吉三〳〵。逃げるにやア及ばねへぜ（逃げることはないぜ）。

お坊　なに逃げるものか。

喜助　アァしまつた事をした（まずいことをした）。

熊蔵　これほどここに居るものを（ちゃんとここにいるくせに）。

金太　これでも今日は来(こ)ねへのかへ（来ないというのか）。

　ト、喜助を突き倒す。

喜助　いや、真つ平御免なされませ（ひらにお許し下さいまし）。

長次　コレお坊。ちつと手前(てめへ)に用があつて、嫌がられるを合点で（嫌がられるのを承知の上で）、一のたくり込んだ（入ってきた）蛇山(へびやま)長次。

熊蔵　二鷲(わし)の森の熊蔵が、てつきりことと（きっとここだと）ねらつて来たのだ（狙いをつけて来たのだ）。

金太　三穴つ入(ぱひ)りを捜すのは、外れつこのねへ狸穴の金太だ（穴に隠れた奴は必ず見つけ出すのがこの狸穴の金太だ）。

長次　四うんざりする顔だな（見るのも嫌な顔だろう）。

一　強いて入る意。「のたくる」は、体をくねらせて這(は)い進む意。「蛇山長次」の名にふさわしい行動様式を表す。

二　「ねらふ」は、獲物を狙う意。「鷲の森の熊蔵」の名にふさわしい行動様式を表す。

三　「穴つ入り」は、蟹(かに)などが穴に身を隠すように、隠れ場所に潜り込むこと、遊里や情婦のもとに入り込むこと。その穴に入り込んだものを捜すというのは、「狸穴の金太」の名にふさわしい行動様式。なお、狸穴の金太は、『網模様燈籠菊桐』の登場人物で、お坊吉三の悪仲間。默阿弥はその役名を、八百屋お七の書き替え狂言、四世鶴屋南北作『敵討(かたきうち)櫓太鼓(やぐらだいこ)』の、「狸(たぬき)の金八」から作り出したものと思われる。

四　「うんざり」は、ショックを受けて嫌悪感に襲われるさま、また、飽き果てて嫌になるさま。ここでいう「うんざりする顔」は、お坊吉三の顔とも、蛇山長次ら三人の顔ともとれる。後者にとれば、「どうだ、俺達の顔は見るのも嫌な顔だろう」という、お坊吉三に対する嫌味となる。「顔だな」の「な」の発音次第で、両様に表現し分けられるが、後者の意味にとった方が面白い。

五　「良き所」とは、然るべき所、適当な位置。「住まふ」は、座る、座に着く。

ト、三人、良き所へ[五]（適当な位置に座る）住まふ。

吉野　コレ喜助どん、あれほどお前に言つておくのに（言ってあるのに）。

喜助　それだからお断り申しましたけれど。

ト、喜助、頭をかく。

お坊　アァ〔吉野と喜助は〕コレ、なにをぐづ〳〵言ふのだ　〇（仕方ないという素振り）　サア、みんなこつちへ来て、マァ一杯やらつしな（飲めよ）。

長次　どうで馳走になるつもりだ（どうせもてなしを受けるつもりだ）。

金太　オォ、[六]お杉さん　〇（フン）　ぢやァねへ、いまぢやァ吉野さん。モシ[七]おいらん、昔馴染の金太だ。なんとか言つてもいいぢやァねへか（口ぐらいきいてくれても）。

熊蔵　コウ、[八]一分の女に出世したつて（座敷持ちの遊女に格が上がったといって）、そんなに重つくれなさんな（そんなにもったいぶりなさんな）。

長次　ほんに品川ぢやァ、[九]一つ蟹の味噌を食つたもんだ（つつき合った仲だ）。知らねへ顔をしなさんな（知らないふりを）。

熊蔵　あの時分にやァ[一〇]莫連だつたが、強気に[一一]人柄になつたな（たいそうお上品になったな）。

ト、吉野、脇を向き（そっぽを向いて）、煙草を飲みゐる。吉三、思入あつて〔腹を決める〕、

六 吉野の、品川時代の名で、『燈籠菊桐』に既出。お杉はもともと、八百屋お七の世界に、八百屋の下女として出て来る人物。南北はそれを、品川の飯盛り女に書き替え、『敵討櫓太鼓』の第一番目二幕目、「品川本宿の場」で、「釜鳴屋武兵衛の抱え、てつきうお杉」として登場させた。

七 「お杉さん→吉野さん→おいらん」と、嫌味に段々持ち上げて行くのである。

八 金一分の揚代で買える遊女には、「昼夜金二分夜計り金一分」と、「昼夜金一分夜計り金二朱」との二種類があり、前者を「一分女郎」、後者を「二朱女郎」と呼ぶ。前者が「座敷持ち」、後者が「部屋持ち」というのが通り相場であったが、娼家と遊女の格によって異動があり、同じ一分女郎でも、座敷持ちの場合もあれば部屋持ちの場合もあった。吉野は、舞台装置の様子から見て、座敷持ちとされているようだ。大見世には、一分以下の女はいなかった。一三七頁＊印参照。

九 「一つ釜の飯を食う」（生活を共にする意）のもじり。蟹は品川の名物。蟹の味噌は蟹黄のこと。

一〇 世間ずれがして、羞恥心もなくなり、悪賢いこと。主に女にいう。

一一 品の良いこと。反対語は「不人柄」。

お坊　ときに（それはそうと）、三人顔をそろへて己に逢ひに来たは、なんぞ用か（何か用か）。

長次　用がありやこそ（用があるからこそ）[一]突き当てに来たのだ（そのものずばりでやって来たのだ）。

お坊　ムム、用といふのは外ぢやァあるめへ（金以外にはあるまい）　（軽く頷く）

ト、[二]丼の紙入れより金を出し、紙に包み、

お坊　サア、これで[三]揚屋町へでもいつて（女を買って）寝やれ。

ト、放つてやる。長次、取り上げて、見て、

長次　なんだ、三人の中へたつた三分か。

熊蔵　[四]「三人で三分無くなす知恵を出し」と、川柳にやァあるけれど（川柳にはあるが）、三分ばかりぢやァ[五]酒にも足りねへ（酒代にもならない）。

金太　只取る金でありながら（元手いらずの金なのに）、しみつたれな事をしねへで（けちなことをしないで）、[六]器用に分けて（気持よく分けて）くんなせへ（おくれよ）。

お坊　なんだ、手前たちは凄みを付けて（脅迫じみた文句を付けて）。これで足らざァ（これで足りなければ）足りねへから（不足だから）、幾らくれろと言はねへのだ（幾らくれとはっきり言えばいいじゃないか）。

長次　こりやァこつちが悪かつた。兄ィ、堪忍してくんねへ（勘弁してくれ）。それぢやァ

一　見当を付けた目的地に直行すること。

二　更紗や緞子などで作った大型の紙入れ。通人や若い遊び人が好んだという。

三　吉原遊廓の内、江戸町一丁目と京町一丁目との間にあった町名。元吉原には、江戸町一・二丁目、角町、京町一・二丁目の五町しかなかったが、明暦の移転に際し、それまで各町に散在していた揚屋を一か所に集めて、揚屋町を新設、六町とした。揚屋とは、まだ太夫という最高級の遊女が存在したころ、客の求めに応じ、遊女屋から太夫を呼んで遊興させる店のこと。宝暦年間（一七五一～六四）、玉屋の花紫を最後に吉原から太夫が姿を消した後は、需要がなくなり、揚屋も自然に消滅して、町名を留めるのみとなった。幕末には、主に二朱女郎を置いた小見世が数軒、それに、昼六百文夜四百文の安い女を抱えた小格子が十数軒並んでいた。

四　『誹風柳多留・初編』に収録されている句。ただし、『柳多留』には、「三人で三分なくなる智恵を出シ」とある。三人の男が、三分の金で公平に遊ぶにはどうしたら良いかと思案している様子を詠んだもの。金三分といえば、古くは「散茶」、後には「昼三」と呼ばれるかなり格の高い遊女一人の揚代。それを買えば一人しか遊べない。一分女郎を三人

お言葉に従つて、三分ぢやァたりねへから、十両ばかり貸してくんねへ。

お坊　ナニ、十両貸してくれ。白痴（こけ）〔馬鹿を相手にするように〕を相手にするやうに、御大層〔大げさな事を〕な事を言ふなへ。

長次　言はねへで〔言わないでおくものか〕どうするものだ。花水橋の河岸端（かしばた）で、馬乗り袴（ばかま）[七]に朱鞘（しゆざや）[八]の大小（だいせう）、剣術遣ひに己（おれ）を化かし〔仕立てて〕、

熊蔵　内（うち）をかぶつて[九]法印町（ほふいんまち）[一〇]に、居候[一一]〔人の厄介になっていたので〕に居たところから、山伏姿で喧嘩（けんくわ）と見せ、

金太　止めに入つた百姓の、間抜けな形（なり）で気を許（ゆる）させ、見てゐる奴（やつ）の紙入（い）れや、煙草入れを己（おれ）にすらした。この狂言の作者は〔この筋書を作ったのは〕手前（てめへ）、

長次　なんぼ筋を立てて〔いくら筋書を作ってくれたからといって〕渡したとて、一人でさらつて〔儲けを一人占めにして〕随徳寺（ずいとくじ）[一二]は〔逃げ出すとは〕、あんまり虫が良すぎるから〔勝手すぎるから〕、三人そろつて分け前（めへ）を、

三人　もらひに来たのだ。

ト、これにて吉野、辺りを兼ねる〔辺りに気がねする様子〕思入。喜助、吃驚（びつくり）する。この時、上手（かみて）障子屋体を開け、文里、羽織、着流しにて、喜助を〔手で〕招

買おうか、もっと程度を落して、飲食費まで含めるか、さてどうしよう。類句に、「三人で二分、誰（た）が帰る〳〵」というのがある。

五　酒の値は、時代や品種によってさまざまであるが、『三人吉三』上演のころは、極上が一升四百文、上が三百五十文、中が三百十〜二十文、下が二百八十文位であった。

六　気持よく。綺麗に。野暮な理屈や文句をいわずに。

七　「馬袴」ともいう。乗馬に便あるよう、襠（まち）を高く、裾を広く仕立てた袴。

八　朱塗りの鞘。幕府直参の武士は、朱鞘の大小を帯びなかったという。

九　失敗する、逃げ出す。「かぶる＝毛氈をかぶって舞台から消える」という舞台用語が一般化したものという。

一〇　麻布四之橋、古川橋付近の町名。現、港区南麻布二・三丁目の辺りか。

一一　人の家に住み込んで、養ってもらっていること。また、その人。

一二　「ずいと行く」を寺号に模した洒落。素早く逃げる、そのまま逃げ出す。さらに山号を付けて「一目山（いちもくさん）（散）随徳寺」ともいう。なお、随徳寺は、下谷坂本町（現、台東区下谷二丁目）に実在した、真宗大谷派の寺。

く。喜助、そつと上手（かみて）へゆく。文里、様子を聞き、思入（場を収める気持）。

お坊　コレ、貸せなら貸して（貸せというのなら貸してもやろうが）くれもせうが、そんな言ひ掛けをされちやァ（そんな難癖をつけられては）。

三人　なに言ひ掛けをするものかへ（別に難癖をつけているわけではない）。

お坊　ハテ、野暮に大きな声をせずと（不粋に大声を出さずとも）、マァ静かに言つても分かる事だ。

長次　いイや、静かに言つちやァ二階中へ、

三人　盗人（ぬすびと）をしたのが分からねへ（お前が盗人をしたのが分らない）。

吉野　アァ、モシ。そのやうな事を言はずとも、主（ぬし）[一]も悪いやうにはしなさんすまいから（なさらないでしょうから）。

ト、吉野、気をもみ、止めるを（やきもきして止めるのを）、

長次　エエ、手前（てめへ）の知つた事ぢやァねへ。

熊蔵　サア吉三。大きな声をするのが嫌なら、

金太　器用に（気持よく）分け前（めへ）、〔を〕

三人　出してしまへ。

ト、三人、尻をまくり[二]、吉三へ詰め寄る（迫る）。吉三、きつと思入あ（厳しい顔付きになり）

一　多く、遊女が客をさしていう代名詞。二人称に使えば「あなた」、三人称に使えば「この方、あの方」。通人が二人称代名詞として用いることもあった。

二　ここは実際に、着物の裾をまくり上げるのだろうが、「尻をまくる」は、喧嘩腰になって居直ることの比喩でもある。

三　威嚇的な態度を取ること。

四　「このように、荒事とはいわぬまでも、荒磯の鯉同様、威勢の良い、荒々しい声は俺の生れ付きだ」。お坊吉三を演じた初世河原崎権十郎は、七世市川団十郎の五男、八世団十郎の弟で、後に市川家九世を相続する、極めて声量の豊かな役者であった。「荒事」「荒磯」「鯉」は、すべて、市川家に関係のある言葉。「荒事」は、超人的な人物の行動を表す、歌舞伎演技の一様式で、初世団十郎以来、市川のお家芸とされて来た。「荒磯」は、団十郎好みの模様で、殊に七・八世が愛好。「鯉」もまた団十郎好みの模様で、替紋に用いられた。「荒事」の「荒」から、「荒磯」を

って、

お坊　さら手前（てめへ）たちが友達の、誼（よしみ）もなくここへ来て［親しみを捨てて］、大きな声をするからは、この以後己（おれ）と交際（つきあ）はねへ、了見でいふのだらう［つもりでそういうのだろう］。友達づくなら［友達としてなら五両でも十両でも］五両が十両、ありせへすりやァ［ありさえすれば］貸してもやるが、三愛敬こぼして来た［脅迫しに来たからには］からにやァ、もう三分の金もやらねへ。四かく荒事（あらごと）か荒磯の、鯉（こひ）はこつちが持ちめへだ［威勢のよさは俺のお株だ］。汝（うぬ）らが声に五恐れるものか。元はれつきとした［もとは身分の高い侍の出］扶（ふ）六持人（ちにん）。七おんば日傘（ひがさ）でそやされた［おだてられた］、お坊育ちのわんぱくが［坊っちゃん育ちのいたずらっ子が］、異名になつたこの吉三［そのまま綽名になったこの吉三］。悪い事なら八親譲り、九見やう三升（みます）に一年増し［年毎に成長し］、その御［多くの］贔屓（ひいき）を一〇かさに着て［後楯にして］、形（なり）より肝が大きくなり［体より肝っ玉が大きくなり］、怖（こは）いといふ事知らねへ己（おれ）だ。から言ひ出したら二朱もいやだ。ここに持つてるこの金を、一一中（なか）へ土産に地獄へさきがけ［鬼への土産にして地獄へ真先に］。三人連れてゆかうから［お前達も連れて行くつもりだから］、度胸を据ゑて、いつしよにゆきやれ［行け］。

三人　オォ、ゆかねへでどうするものだ。

ト、三人立ち掛かる［三人が〔お坊に〕立ち向おうとする］。この時、喜助出て、三人を止める。

導き、「荒磯」の縁語で「鯉」。「鯉」は、荒磯の波と戦って、力強く流れを溯って行く図柄を示すとともに、「声」に音を通わせ、「荒々しい声はこっちの」と、掛け言葉として使われている。江戸訛りでは、しばしば「オエ→オイ」と音が変化し、「コエ」は「コイ」と発音される場合があって、その音変化を利用したのである。

五「鯉＝声」から導かれた。

六 扶持を与えられている人。武士。

七「おんば」は「お乳母」。乳母を付けたり、外出の際には日傘を差し掛けたりして、幼児を大切に育てること。

八「親」とは七世団十郎のこと。七世は多芸な役者で、お家を傾けるような大悪人（実悪）や、色気のある悪人（色悪）なども良くした。『東海道四谷怪談』の田宮伊右衛門は色悪の代表的な役で、七世のために書き下ろされたもの。お坊吉三も色悪の一つに数えられる。

九「見よう見まね」のもじり。「三升」は市川の紋。

一〇 権威のあるものを恃（たの）んで威張ったり、相手を威嚇したりすること。

一一「なか」は隠語で典獄、獄卒の意。ここでは、地獄の獄卒である鬼をいう。

喜助　マァ〳〵、お待ちなされませ。

三人　エエ、汝(うぬ)ら(お前の)が知つた事ぢやァねへ。

喜助　いえ、私(わたし)ではござりませぬ。あのお客様がお止めなされまする。

三人　ナニ、あの客とは。

文里　へい、はばかりながら(失礼ですがお止めいたしますので)お止め申せば、いづれもさま(皆さま)、お待ちなされて下さりませ。

ト、文里、前へ出る(出て来る)。吉三、思入(邪魔な奴だという表情)。

お坊　コレハ〳〵、どなたでござりますか。御親切に有難うござりますが、お構ひなされて下さりますな(放っておいて下さい)。

吉野　モシ、吉三さん。主がいま言うた(この方が今話した)、文里さんでありんす(ございます)。

お坊　それぢやァ妹(いもと)一重のお客か。

文里　はい。ときをり二階へ遊びに来る、文里といふ小道具屋でござりまする。どうぞこれからお心安く［願います］。

長次　コウ〳〵(オイオイ)、その挨拶よりこつちの挨拶、

＊文里と津藤――黙阿弥の友人に、津の国屋藤兵衛という人がいた。俗に「津藤」と呼ばれ、また、香以の号でも知られる江戸最後の通人。彼は、文政五年（一八二二）、山城河岸（中央区銀座六丁目）の富裕な酒屋に、長男として生れた。若年より風流に親しみ、贅を尽し、芝居に遊里(じん)にと遊び歩いて、ついに財産を蕩(とう)尽。文久三年（一八六三）には下総に移住。四年にして江戸に帰ったが、もはや昔日の面影はなく、明治三年（一八七〇）九月、淋しく世を去った。津藤が黙阿弥と知り合ったのは天保十三年（一八四二）のことである。爾来、彼は黙阿弥を「老兄」と呼んで敬慕し、黙阿弥もまた、よく彼と交わって、安政五年（一八五八）三月、市村座に『江戸桜清水清玄(えどざくらきよみずせいげん)』（黒手組の助六）を書き下ろしたときには、彼をモデルに、史上に名高い紀伊国屋文左衛門の役を書き込み、それを御贔屓(ひいき)の権十郎に演じさせて、大いに彼を喜ばせた。本作の文里もまた、彼をモデルにしたものといわれている。津藤は、権十郎の外にも小団次を贔屓にし、また、嵐吉六に目を掛け、「散り蓮華」と綽名を付けて大層可愛がった。

三人　どう埒（らち）〔三　始末を付けるのだ〕をつけるのだ。

文里　イヤ、どうのからのとあきんどゆゑ〔どうのこうの［申されても私は］商人ですので〕、かういふ事は食べ付けませぬ〔四　慣れておりませんが〕が、見栄の場所にてそのやうに〔五　見栄を大切にする場所でそのように〕、大きな声をなさるのは〔大声を出されるのには〕、深い様子〔深い事情が〕もございませうが、そこをなんともおつしやらず〔何にもいわずに〕、一つあがつて〔お酒を召し上がって〕御機嫌良く、お帰りなされて下さりませ。仲人役（ちゅうにんやく）に私（わし）がここで、御酒（ごしゅ）をと存じますが〔お酒を差し上げようと思いますが〕、またもやとやかうないやうに〔重ねて何のかのと諍いになりませぬよう〕、さだめて〔きっと〕お馴染み〔［の遊女］〕もございませうから、それへ〔そこへ〕どうぞお出でなされ、一口上がつて下さりませ〔［そこで］一杯召し上がって下さいませ〕。

ト、三人頷き合ひ、

長次　そりやァ通人（つうじん）〔六〕と噂（うはさ）ある、此方（こなた）が止める事だから、

熊蔵　了見なして飲みもせうが〔勘弁して飲んでもいいが〕、

金太　酒ばかりもをかしくねへな〔酒だけでは　七　満足できないな〕。

ト、この内、文里、紙入れより金を出し、紙に包み、喜助に渡す。

喜助　モシ、文里さまから御挨拶、失礼ながらお三人へ。

一　「小道具」とは、目貫（めぬき）や鍔（つば）などの刀剣の付属品や、甲冑（かっちゅう）の付属品をいう。文里が庚申丸（こうしんまる）を買い取ったのも、単に目利きだというだけではなく、刀剣に縁の深い商売だったからであろう。

二　「挨拶」を、二通りの意に使い分けている。「その挨拶」は、文里とお坊吉三との間に交わされる社交的儀礼としてのそれ。「こっちの挨拶」は、仲裁・調停の意。

三　「埒を明ける」ともいう。物事の始末を付けること。

四　「食べ付ける」は、いつも食べ慣れていること。転じて、扱い慣れていること。

五　「見栄」は、人に良く見られるように、体裁を取りつくろうこと。

六　世態人情の機微に明るく、粋で、捌（さば）けていて、趣味の道に通じている人。多く、遊里や芝居の事情に通じている人にいう。

七　面白くない。感心できない。

ト、出す。長次取って、

長次　こりやァ小判で十五両。

熊蔵　一人前(いちにんまへ)が五両づつだ。

金太　しかしこれを出さしては（こんな出費をさせては〔気の毒だ〕）

文里　ハテ、御遠慮なしにどうぞそれで。

長次　イヤ、さすが名高い文里先生[一]。

熊蔵　恐れ入ったこの扱ひ（この仲裁には頭が下がる）。

金太　通り者[二]は別なものだ（通人は並の人間ではない）。

文里　さやうに（そのように）おつしやりますと、面目次第もござりませぬ（全く恥ずかしい思いがいたします）。

長次　さやうなら（それならば）お辞儀[三]なしに（遠慮せずに）、おもらひ立ち[四]といたします（礼をして）○　オイ兄イ、腹も立つたらうが、堪忍しねへ（勘弁してくれ）。

熊蔵　つい[五]播磨屋(はりま)[六]で一杯(ぺい)やつた、御神酒(おみき)の加減（酒の勢いで）で言つたのだ。

金太　おいらん、後でいいやうに言つてくんねへよ（後でとりなしておいてくれよ）。

長次　さやうなら（それでは）文里先生。

一　接尾語のようにして人名に付け、敬意と親愛感とを表した。狂歌師や通人などに対して、よく用いられた。

二　通人のこと。

三　「お辞儀」は、遠慮・辞退の意。

四　物を貰いながら、礼もそこそこに、急いで立ち去ること。「立ち」は出発。

五　時間や数量などがごく僅かなことを示す副詞ととれば、「ちょっと」の意味で、「一杯やつた」にかかる。しかし、不本意にある結果を生じたことを示す副詞ととれば、「うっかり」の意味で、「言つたのだ」にかかる。文脈からみて、後者であろう。

六　五十間道の茶屋、播磨屋儀兵衛。酒屋の「奥田」とともに、黙阿弥の作中によく使われる店名である。歌舞伎の戯曲には、しばしば、実在する店名の紹介されることがある。『東海道四谷怪談』の序幕に、升太という小僧が、「大三(だいみ)ツはへ、大三ツはよろしう〳〵」と呼びながら出て来る場面が設けられている。その「大三ツ」というのは、浅草馬道の、燗酒(かんざけ)を湯豆腐などで飲ませる名代の酒屋であった。こうした形で、名前が観客に紹介されることは、その店にとって大変な宣伝になる。その最も甚だしい例は、『助六由縁江戸桜(すけろくゆかりのえどざくら)』に代表される、江戸の助六劇であろう。それは、見方を変えれば、吉原や名代の商店の宣伝を目的として書かれたのではないかと誤解されるぐらい、せりふや役名に、数多くの店名・商品名が使用されている。もちろん、歌舞伎は無償で、それらの店の宣伝に舞台を提供したのではない。歌舞伎は、その見返りとして、多くの観客動員を期待した。事実、『助六』上演の際には、毎日、吉原から見物が出たといわれているし、仮に組織立った観客動員がなかったとしても、積み樽や贈り幕が贈られて劇場を賑わわせ、それによって盛り上がった景気が客を呼ぶきっかけともなったのである。

七 当事者の功績や、間に立った第三者の体面などによって、その人の罪・過失を許すこと。

八 さようなら。「おやかましゅう」と、略していう場合もある。別れを告げるときの挨拶の言葉。

九 「一重の兄さんであってみれば、その縁にもつながる私、傍観しているわけにもいきません」。

三人　お暇(いとま)を申します。

　ト、三人、辞儀をして立ち上がる。

お坊　御挨拶ゆゑ黙つてゐるが(仲裁して頂いたので黙っていたが)、このままにあいつらを帰すのは。

　ト、立ち掛かるを止めて(向って行こうとするのを止めて)、

文里　ハテ、なに事も私(わし)に免じて[七] (吉三を制し) ○ ソレ喜助、お三人をお送り申せ。

喜助　かしこまりました。

長次　そんなら吉三 (その内に) ○ おいらん。

三人　[八]おやかましうござりました(お邪魔しました)。

喜助　サア、〔こちらへ〕お出でなされませ。

　ト、はやり唄(うた)にて、長次、熊蔵、金太、喜助付いて〔に〕階子(はしご)の口へ入る。跡、端唄(はうた)の合方になり、

お坊　かねて(前々から)噂に聞いてをりましたが、初めてお目に掛かり、早々、とんだ(早速思いがけない)御厄介を掛けて(お世話になって)、お気の毒でござりまする(恐縮でございます)。

文里　ナニサ、まんざら知らぬ人ぢやァなし(全く知らぬ人でもなし)、[九]一重の兄御(あにご)とあるからは、

見てはゐられぬつながる縁。かならず心配なさいますな。
（傍観している訳にもいかない御縁のある私　決して）

吉野　ほんに、私（わたし）やどうなる事かと案じてゐたに、良い所へ、
（本当に　心配していたのに）

お坊　文里さんのござつたので、
（文里さんがおいでになったので）

吉野　一波風なしにこの場の納まり、
（無事にいざこざも片づきました）

お坊　有難うございまする。

ト、文里、思入あつて、
（意見をしておこうと心に決め）

文里　そのお礼には及びませぬが、聞けば以前は御身分の、あるお方（かた）とい
（お礼を言って頂く必要はございませんが　先程の話を聞くと昔は身分の高いお侍だと）
ふ事だが、いかに若いとはいひながら、なぜあんな衆と交際（つきあひ）をなさ
（あんな連中と）
れます。二朱に交はればと譬（たとへ）のとほり、お前（まへ）に悪い気はなくとも、つい
（ともすれば）
染まりやすいが人心（ひとごころ）。この後（ご）けつしてあんな衆（しゆう）と、交際（つきあひ）をなされま
（決して）
すな。悪い噂（うはさ）のある時は、つひにその身の　○　と、しかつべらし
（噂が立てば　〔破滅〕（軽く笑う）　真面目そうに）
く言ふ私（わし）も、女房子がありながら、かうして遊びにまゐりますから、
（女房や子供があるというのに）
立派な口は利けませぬが。しかし、おのが稼業を精出し、余分があ
（偉そうなことはいえませぬが　自分の仕事に打込んで　なお余裕があ）
らば三気保養（きほやう）、遊ぶための遊女屋だから、誰（たれ）に遠慮もない訳だが、そ
（れば）

一　強い風が吹いて波が立つことから、もめごと・いざこざの意。

＊　道中の稽古は二階で――古くは太夫が客に呼ばれて揚屋に行くときに、また、太夫がいなくなり、揚屋が消滅してからは、花魁がお披露目や花見などをするときに、盛装して多くの供を連れ、廓内を練り歩く。これを「道中」といい、高さ一尺二、三寸の黒塗りの下駄を履き、大層な衣裳を着て、八文字（はちもんじ）という特殊な歩き方をする。従って道中を勤めるには、余程の稽古を積まねばならず、俗に、「八文字の稽古三年」といわれた。遊女屋の二階には長い廊下があって、そこが八文字の稽古場になったという。

二　「朱に交われば赤くなる」の略。人間は、付き合う相手に感化されて、良くもなれば悪くもなる、の意。

三　心の疲れを休めること。気晴らし。

れもまた凝（こ）り過ぎると、果ては（最後には）人の物までも ○（いってはいけない） イヤサ、[四]物貰（もら）ひにならぬやう、程よく（適度に）遊びにお出でなさい。吉野さんも無理止めは、けつしてよしにしなさるがいい。（無理に引きとめることは絶対におよしなさい）

吉野　ほんにうれしい（本当に有難い）、主（ぬし）の御異見（あなたの御意見）。

お坊　[五]これかれきつと慎みます。

文里　いや、私（わし）とした事が（私ともあろうものが）、つまらねへ事を言つて、おほきに（たいそう）お邪魔をいたしました。

ト、文里、立ち上がる。

お坊　[六]マアいいぢやァござりませぬか。

文里　またお目に掛かりませう。

吉野　そんなら文里さん。

文里　お休みなさい。

ト、はやり唄（うた）になり、文里、思入あつて（これでいいと頷き）、上手へ入る。後（あと）見送り、

お坊　なるほど噂にやァ聞いてゐたが、[七]ゆき渡りのいいほんの（本当の）江戸つ子。

四　文里は、蛇山長次らが、「静かに言つちやァ二階中へ、盗人（ぬすびと）をしたのが分からねへ」（二四六頁）と、大声でわめいていたのを聞いていた。それで、「人の物まで盗むようになる」といいかけるのだが、途中で、いうべきではないと思い返し、「イヤサ」と自分の言葉を抑え、「人の物→物貰ひ」と転じる。「物貰ひ」は乞食。

五　「これかれ」は副詞。何やかや、いろいろと。しかし、「これから」の誤植とも考えられる。

六　そんなに急いで行かなくともいいじゃないか、というのである。

七　隅々まで、心くばりの行き届くこと。

なぜ妹(いもと)が嫌ふのか。己(おれ)なれば惚(ほ)れるのに。

吉野　ほんに、文里さんには誰(だれ)でも。〔惚れる〕

お坊　それぢやァ手前(てめへ)も惚れてゐるか。

吉野　アイ、惚れてゐるよ。

お坊　あの文里に。

吉野　いえ、お前(まへ)にさ。

ト、傍(そば)へ寄るを、突きのけ、

お坊　一おきやァがれ。（いい加減にしろ）

ト、煙管を取る。吉野、二これを引き取る。この模様、はやり唄(うた)にて、道具回る。

本舞台、一面、平舞台（舞台全体の床にじかに道具を飾る）、向ふ（正面は）、床の間、違ひ棚。下手(しもて)、夜具棚。この（その）下(した)（左手に）、白木の箪笥(たんす)。上下(かみしも)、折り回し（右左とも鉤の手に）、塗り骨障子。上手に、

一「みんなが文里に惚れている」「お前もか」「はい」「文里に」「いや、お前に（ト傍へ寄る）」「いい加減にしろ」。――お坊吉三に気を持たせる吉野。それと知りつつ、吉野のペースに乗せられて行く吉三。品川で莫連(ばくれん)だったという吉野の、廓慣れした女の片鱗と、悪とはいえ、お乳母日傘で育った吉三の人の好さとが出ており、しかも、両者の間に愛情の流れを感じさせる、巧みな会話である。

二 吉野は、吉三が手にした煙管を取り、吸いつけてから吉三に渡そうとするのである。

三「三つ蒲団」の誤植か。揚代が一分以上の遊女は三つ蒲団（三枚重ねの敷蒲団）が常識。二つ蒲団は二朱の遊女。部屋持ち以下は、あてがい物の一つ蒲団だった。一重は昼三の花魁だから、当然、三つ蒲団のはずである。

四 張物に描いたのではない、本物の夜具。

五 杉原紙を横に半分に切り、それを長く継ぎ合せて巻いた書簡用紙。

六 長方形の箱火鉢。木製で、内側に銅を張って火鉢の役に立てるとともに、銅壺(どうこ)を仕込んで湯を沸かしたり、小抽出しを付けて手回りの小物をいれたりする。

一重の部屋の場

文里が今日吉原を訪れたのは、人々に別れを告げるためだった。一重に振られ続けた

二年間。「廓奉公は苦しい勤め。嫌な客にも調子を合わせるようにしなければ、とても生きては行けない。意見してやってくれ」と、姉女郎の九重に、文里は頼む。

七 「番新」は番頭新造の略。島田髷(まげ)、留め袖、前帯、晴れ着は縮緬(ちりめん)の染め模様、平常着は縮緬の小紋か絹。

八 遊里では、俗に「延べ紙」と呼ばれる、縦七寸横九寸ほどの小型の杉原紙（小杉原）を用いた。

九 外山という、登場しない遊女は、黙阿弥が粉本とした『傾城買二筋道』にも、やはり名前だけの、陰の人物として使われている。「また何か借りに来たかと姉女郎」という川柳もあり、呑気な、気働きの乏しい遊女も少なくなかったようだ。『二筋道』の場合は、一重と新造呉羽との間に交わされる会話の中で、外山が筆を借りて行ったことが語られ、一重の苛立ちを表す手段に利用されている。黙阿弥はそれを巧みに増幅して、一重の苛立ちだけでなく、幕明きの雰囲気を作るのに役立てた。

10 文里のこと。

三二つ蒲団、本夜具四。後ろに、六枚屏風。すべて、一重部屋〔の〕の体(てい)。蒲団の上に（座蒲団の上に座って）、以前の（前の場の）文里、煙草を飲みゐる。この傍に、一重、部屋着、好みの拵(こしらへ)にて、硯箱(すずりばこ)を置き、巻紙五へ、むだ書きをして（いたずら書きをしてい）ゐる。下手(しもて)、長火鉢六の傍に、花の香、番新(ばんしん)七の拵(こしらへ)にて、鼻紙八にて、火をあふぎゐる（炭火を煽いでいる）。花琴、花鶴、新造(しんぞ)形(なり)にてゐる。この模様（この様子で）、端唄(はうた)にて、道具止まる（回り舞台が止まる）。

一重　エヽ、人の気も知らずに、アノ騒ぐ事は（苛立って）○コレ花琴、また誰(たれ)か筆を持つていつたのか。

花の　外山(とやま)九さんか。さう言つてきな（筆を返すように言っておいで）。

花琴　あい、外山さんが、御免なんし（御免なさい）、つい急に要りイしたから（ちょっと入用ができましたので）、お借り申(ま)すと（お借りします）、さつき礼を言ひなんした（お言いなさった）。

花の　ほんに外山さんも大概(てへげへ)だよ（ひどいよ）。いつでも部屋のものを使つて（癪に障る）○コレ、花琴さんも花鶴さんも、いまに主(ぬし)一〇が御酒(ごしゅ)をお上がんなんすか（お飲みになりますから）

ら、もっと炭をついで、ちろり[一]やなにかをそろへておきなまし。

両人　あい／＼。

ト、酒道具[二]を出す。

一重　コレ／＼、花鶴、もっと行灯[三]を明るくしな　○　なぜそんなに暗い行灯だの。

花鶴　いくらかき立て[四]んしても、これより明るくなりイせん。

一重　明日からもっと明るい行灯と、取り替へてもらや。

ト、むだ書きをして引き裂き、じれる[五]思入。

文里　どうしたのだ。

一重　どうもしイせん。

文里　なんだか顔付きが悪いやうだ。花の香や、薬でも飲ませればいいに。

花の　いくら申しても、飲みなんせん。

一重　ナニ、私の顔付き[六]の悪いのは、生まれ付きさ。

文里　そんな愛想づかし[七]をやめて、一つ飲んだら気が晴れよう。

一　酒を温めるための、金属製の器。円筒形で、注ぎ口と取っ手が付いている。これで燗をして、銚子に移す。

二　銚子、盃などの酒器。

三　木や竹で角柱ないし円筒の枠を作り、紙を張り、中に油皿を入れて火を灯す照明具。

四　掻き立て木で、灯心を油皿から出して明るくすること。

五　事が思い通りに運ばないので、いらいらする、苛立つ。

六　文里は、「顔色、顔の色艶」の意味で「顔付き」といったのを知りながら、一重は、「顔形、器量」の意味で「顔付き」と、わざといい返すのである。

七　「愛想（好意・親しみ）」を「尽かす（出し尽くす）」意で、人に対する愛情や好意を失うこと、また、その結果、相手に対してすげない態度をとること。

一重　私（わたし）やどういふうまれやら（どんな性質やら）、人に物を言はれると、腹が立つてなりんせん（なりません）。なにも言うておくんなんすな（下さいますな）。

文里　イヤモウ、年のゆかねへ（若いうちは）その内は、をかしくもねへに笑つたり（八 特におかしくもないことに笑ったり）、なんでもねへ事に腹を立つものよ（つまらないことに腹を立てたりするものだ）。さうしていつまでもここに居たら（そのままでいたら）、風邪（かぜ）をひくと悪い（わり）から、羽織でも着ればいい。

花の　モシ、おいらん、文里さんが気をもみなんす（九 心配していらっしゃいます）。花鶴さん、なんぞ着せ申しな（何か着せてさしあげなさい）。

花鶴　あい〳〵。

一重　エヽモウ、うつたうしい（一〇 うるさい）（いらいらする）〇

ト、筆を打ち付け（筆を投げつけ）、

私（わたし）に構つておくんなんすな（私のことなんか放っておいて下さいよ）。

ト、端唄（はうた）にて、一重、つい（一一 さっと）と立つて、下手（しもて）、障子へ入る。

文里　また癇積（一二 かんしゃく）か、困つたものだ。

ト、端唄の合方にて、引き違へて（入れ違いに）、下手（しもて）より、九重（ここのへ）、部屋着、

八 「箸（はし）の転んだのもおかしい」とか、「膝の崩れたのもおかしがる」などという。小娘は、詰らないことにも泣いたり笑ったり腹を立てたり、感情の起伏が激しいものだというのである。

九 あれこれと心配して、いらいらする意。

一〇 何か気に入らぬこと、思い通りにならぬことがあって、うるさい感じがすること。

一一 さっと。すっと。動作が突然、しかも素早く行われる様子を表す副詞。

一二 些細なことにも急に起る、発作的な激怒、また、かっとなりやすい性質。

一 姉女郎の拵（こしらへ）にて出て来（きた）り、

九重　オヤ、一重さんは。

花の　いまちよつと下（した）へ〇（困ったものだ）マア、お入りなんし（お入りなさいまし）。

九重　コレ、花鶴さん、文里さんが来なんした（おいでになった）と、吉野さんに知らしてお くんなんし（知らせて下さい）。

二 花琴　いま初瀬路（はつせぢ）さんや飛鳥野（あすかの）さんが、知らせにお出でなさんした（知らせにお行きになりました）。

九重　オヤ、さうかへ。

ト、良き所へ来る（適当な位置に来る）。

文里　オォ、九重さんか、待ち兼ねてゐました（いらいらして待っていました）。

九重　良くお出でなんした（よくおいで下さいました）。久しくお出でなさんせんから（ずいぶん長い間おいでになりませんので）、みんな待ち兼ねて、［あなたの］噂ばかりしてをりんした（おりました）。

文里　いつ来てもさう言つてくれるので、じつに（本当に）己（おら）ア（私は）うれしいから、友達と寄ると（集まると）、お前方（めへがた）の噂ばかりしてゐるよ。

九重　オヤ、悪くかへ（三 どうせ悪口でしょう）。

一 「姉女郎」という特定の扮装があるわけではない。一重よりは、全体に年かさと位を感じさせる扮装ということであろう。

二 底本は「辰」（辰三郎＝花琴）。「扇」（扇之助＝花鶴）の誤植とも考えられる。

＊ 呼び出し――幕末の『吉原細見』（遊興のための案内書）には、表紙裏に、「揚代金直段附合印平日之定」、つまり、遊女の値段表が印刷されている。それを見ると、

新造附（よびたし）　金壱両壱分

とか

新造附（よびたし）　金三分

とあるのが目に付く。「呼び出し」とは、まだ揚屋が吉原にあったころ、客が揚屋に太夫を「呼び出し」て遊んだ遊興の名残りを止める言葉で、最高級の遊女の称。呼び出しは見世を張らず、仲の町の馴染みの引手茶屋に、夕方、大勢の供を従えて出掛け、そこで客を待つ。これを「仲の町張り」という。そして、客が来れば客を連れて自分の見世に帰り、来なければ八時ごろに切り上げて、やはり見世に戻るのである。呼び出しは、諸事、

格式が高く、座敷の作りから調度、衣類・夜具にいたるまで、贅を尽し、風流をこらした。一重も九重も、ともに呼び出しの遊女である。

三 九重は、文里が自分達のことを悪くいっているなどと思ってもいない。それなのに、「悪くかへ」というのは、否定の答を期待しながら、ちょっとすねて、文里の気を惹いてみるのである。

四 吉原の台の物屋（仕出し料理屋）の名。台の物屋は、略して台屋ともいう。吉原の台の物屋は、享保（一七一六～三六）の末、小田原の喜右衛門という者が、零落して吉原に入り、料理を得意としたところから、角町の鳴滝屋与右衛門なる商人の家を買って世帯を持ち、屋号を「喜の字屋」と付け、仕出しを始めたのが最初だと伝えられている。これが大いに繁昌したので、やがて、「喜の字屋」の名は台の物屋の総称となった。台の物には、二朱台と一分台の二品があって、一分台はまた大台とも呼ぶ。いずれも、角形や洲浜形の、朱塗り蛸足の大盆に、松竹梅や鶴亀を飾り、煮魚・刺身・酢の物・汁物などを盛った。引手茶屋を通す客はその茶屋に、通さない客は遊女屋の若い者に注文するのが定めになっていた。

文里　ナニ、もつてへねへ（恐れ多い）。誰（だれ）が悪く言ふものか。

　ト、右（同じ）の合方にて、下手（しもて）より、以前の（前の場の）吉野来り、

吉野　九重さん、お出でなんしたか（おいでなさいましたか）。

九重　オヤ、吉野さんか。文里さんがお出でなんしてうれしいね。

　ト、これにて（九重の言葉を聞き）吉野、良き所へ住まひ（適当な位置に座り）、

吉野　文里さん、なんとお礼を申さうやら、主もよろしく申しィした（吉三さんもよろしくと申しました）。

文里　なんの（とんでもない）、礼に及ぶものかな（お礼の必要などないよ）。

吉野　いえ〳〵、主のお蔭で助かりィした（あなたのおかげで助かりました）。

文里　コウ〳〵、そんなにお前（めへ）に言はれると、かへつてこつちで気の毒だ（こっちがきまり悪い）。もういい加減にしてくんねへ。

吉野　それはさうと、一重さんは（〔いないのですか〕）。

九重　またどこへか（どこかへ）、行きなんしたとさ（行ってしまったとさ）。

文里　サア、一重に構はず、お前（まへ）がたと久しぶりで一杯（ぱい）飲まう。みんなの口に合ふ物を（好きなものを）、海老長（えびちやう）[四]へ言ひ付けておいたから（注文しておいたから）、いまに忠七（ちゆうしち）が持つ

て来るだらう。

九重
吉野　それはうれしうざますね。（うれしいですね）

文里　コレ花琴、初瀬路（はつせぢ）さんや飛鳥野（あすかの）さんを呼んで来てくれ。

花琴　あい〳〵。

　ト、上手（かみて）にて、

初瀬　花琴さん、いまそこへ、

飛鳥
初瀬　まゐりんすよ。（参りますよ）

　ト、上手より、初瀬路、飛鳥野、出て来（きた）る。

文里　サア〳〵、これでいつもの顔がそろつた。（メンバーが揃った）

花の　ちやうどお燗（かん）がようざます。（燗の加減がようございます）

文里　それぢやア一つ、始めようか。（そろそろ飲み始めようか）

　ト、花琴、花鶴、台の物を出し、これより捨てぜりふにて、（適当なせりふを言いつつ）酒盛りになり、やはり右の合方にて、（同じ合方で）階子（はしご）[一]の口より、忠七、茶屋の若い者にて、肴（さかな）[二]を持つて、（料理を持って）出て来（きた）り、

一　この場面の舞台書きには、「階子の口」はなかった。ここは「下手より」とあるべきところ。作者の誤記か、あるいは、舞台書きの不備か。

二　酒の肴。料理。

忠七　モシ、旦那(だんな)、おほきに遅なはりました(大変遅くなりました)。

文里　オォ、忠七か。

忠七　あひにく(折悪しく)お客が落ち合ひまして(三 混み合いまして)。

文里　ナニ、ちやうど良かつた(ちょうどよい時間だった)　〇　マア(サアサア)、ここへ来て、一つ飲むがいい。

忠七　有難うございます。その代はり、おいらんがたの、お好きな物ばかり持つてまゐりました。

初瀬　ほんに、仲(なか)の町(ちやう)にも多く若い衆(しゆ)があるが、

飛鳥　忠七どん[四]に限るね。

忠七　気のきかないのが(気がきかないところが［でございますか］)。

花の　マア、そんなものさ。

忠七　[五]これは御挨拶(ごあいさつ)。

　ト、また、皆々(みなみな)、わや〳〵(わいわいと賑やかに)と酒盛りになる。下手より、おつめ、遣手(やりて)[六]の拵(こしら)へにて出て来(きた)る。後(あと)より、差(さ)[七]し金(がね)の狆(ちん)[八]、付いて来て、文里の膝(ひざ)へ乗る[九]。

三　一時に混み合うこと。

四　「殿(どの)」の転訛(てんか)。町家などで奉公人を呼ぶとき、その名前に付ける接尾語。同輩もしくは目下の者に対して用いられ、一種の親愛の気持を表す。

五　ひどいことをいわれた場合に、いささか面白くないという反応を表したり、嬉しいことをいわれた場合に、少々照れて反応するときの言葉。

六　遣手婆(やりてばあ)。髪は「おばこ」か「しゃこ」に結い、着物は縞や小紋、普段は黒襟をかけ、黒繻子(じゅす)の帯を前結びにするというのが、通常の装い。

七　小道具の一。先に鯨(くじら)の鬚(ひげ)などを付けて弾力を持たせた細い、黒塗りの竹竿。その先端に、蝶や鳥や小動物、あるいは焼酎火を付けて舞台で操作する。

八　小形種の犬。白と黒、または、白と茶のぶちで、毛足が長い。奈良時代に中国から輸入されたといわれている。お座敷用の愛玩犬として、江戸時代に、盛んに飼育された。

九　ここで狆を、差し金からはずす。それを後でおつめが抱いて退場する（一六三頁一三行）。

つめ　これは文里さん、良くお出(い)でなされました。このごろはさつぱりと(一向に)、お見限り[一](おいでになりませんね)でござりますね。

文里　ナニサ、この間から来たかつたけれど、仲間の市(いち)[二]が続いたので、それでおほきに御無沙汰をした。

花琴　オヤ〳〵、そんなに市へお出でなんすなら(おいでなさいますなら)、こんど羽子板(はごいた)を買つて来ておくんなんし(下さいまし)。

忠七　そりやァ観音様の市[三]だ。旦那の市は(旦那の仰言る市は)、道具市(だうぐいち)の事さ。

つめ　ほんにこの子たちは、いつでもそんな事ばかり(そんなおねだりばかり)。これだから旦那、世話がやけて困ります。

文里　しかし、ここが廓の命だ[四](いいところだ)　（祝儀をと頷き）

　　ト、紙入れから包んだ金を出し、

　こりやァわざと[五](少ないが)お年玉。

　　ト、おつめへ祝儀[六]をやる。

つめ　これはいつもながら(いつもいつも)有難うござります　（一寸頂いて）[七]　忠七どん、よろしく。

一　馴染みの店などに、しばらく顔を出さないこと。多く、遊里で使う言葉。

二　同業の商人仲間で、商品の流通を計ったり、品物を仕入れたりするために催す会。

三　十二月の十七・八日、浅草寺で催される歳(とし)の市。境内は売店で埋められ、江戸で一番賑やかな市といわれた。

四　遊女に甘えられるような馴染み客となって、文里も嬉しいのである。

五　ほんの少し。気持だけ。形ばかり。

六　吉原での祝儀は、金一分というのが、通り相場になっていた。若い者や遣手への祝儀、駕籠屋の酒手など、すべて一分。「紙入れより包んだ金を出し」とあるように、一分金の包みを、幾つも用意していたのである。

七　ちょっとはっきりしないが、文里はおつめに、忠七への祝儀も渡したものと考えられる。おつめは、それに対する謝礼を、忠七に促しているのであろう。一六五頁に、忠七の、「己もさつき頂いたのがあつた」というせりふがある。

ト、狆(ちん)を見て、

九重　オヤ、[八]いかなこつても(いくらなんでも)、駒(こま)が(駒までが)旦那のお膝(ひざ)へ乗つてさ。狆まで文里さんはいいと見えるよ(狆までが文里さんを好いているようだよ)。

花の　いつでも主(ぬし)が(文里さんが)お出でなんすと(おいでになりますと)、すぐに来てねだりイす(〔食物を〕ねだります)。

吉野　そりやア可愛(かはゆ)うざますね。

ト、この時、下手へ、以前の(前の場の)喜助、出て来(きた)り、

喜助　モシ、おつめどん。[九]按摩(あんま)さんが来て待つてゐますぜ。

つめ　今いかれないから、帰して下せへ(帰して下さい)。

喜助　そんな事を言はねへで、早くいつてもんでもらひなせへ。

つめ　それぢやア旦那、御免なさいまし(失礼いたします)。

文里　マアいいぢやアねへか。

つめ　いえ、按摩が待つてをりますから　○(お辞儀)　サア、駒よ、来い〳〵。

ト、[一〇]始終合方にて、おつめ、狆を抱き、下手(しもて)へ入る。

九重　せつかく御酒(ごしゅ)が始まつて、面白くなつた所(とこ)へおつめどんが来たから、

八「いかなことでも」の促音便化。いくらなんでも。

九 夜になると、足駄の音を響かせた按摩が、笛を吹きながら廓内を流して歩いた。

＊若い者――遊女屋で雑事を勤める男衆ではあるが、「雇人(やといにん)」と呼ばれる者とは区別されていた。「若い者」には、帳場を預かる番頭、道中のときに傘を差しかけたり、箱提灯を持ったりする見世番、二階の雑事を処理する二階回り、遊客から掛け金を集める掛回り、証文などの書き役を勤める物書きが含まれ、「雇人」には、風呂番や料理人が含まれる。

一〇 以上の遣り取りの間、ずっと合方を弾き続けている。

うんざりしました。

吉野　それに文里さんが合はせなますから、いつまで居ようかと思ひした。

花の　御[一]説法の話が出ると、引けがものはありますね。

忠七　そいつは真つ平だ。

喜助　おほかた皆さんがお困りなされるだらうと思ひましたから、按摩さんを呼んで、おつめどんを呼び出しました。

忠七　そいつァ喜す公[二]、大当たりだ。

文里　こりやァさつそく、当座の褒美だ。

ト、文里、紙包みの祝儀をやる。

喜助　これは有難うございます。

ト、この時、ばた〳〵にて、花巻、駆けて来り、忠七の陰へ隠れる。

忠七　花巻さん、どうしなさいました。

花巻　いま廊下で与助[三]どんにからかつたら、どこまでも追つ駆けるんざま

一　宗教の教義を説くことから転じて、意見すること。お説教。

二　親愛の気持を表す接尾語。名前の一部を略し、二音節にした上で付ける。主に男に対して用いる。

三　丁子屋の若い者か。

すものを。

忠七　ときに（それはそうと）喜助どん、一拳（いっけん）[四]いかうか（一勝負しようか）。

喜助　ナンノ、へぼ[五]のくせに（下手なくせに）。

忠七　へぼならなんぞ、かけてやらう（下手だというのなら何か賭けよう）。

喜助　今おもらひ申した（今頂戴した）御祝儀をかけよう。

忠七　己（おれ）もさつき頂いたのがあつた。

ト、両人、紙包みの祝儀をかける。

花巻　こりやァ面白うざます。サァ〳〵早くやんなまし（おやりなさい）。

ト、これより、はやり唄（うた）（目で合図）◯狐拳（きつねけん）[六]になり、両人、振り[七]あつて、

喜助、負ける。

喜助　エヱ、いまいましい[八]。負けたか。

初瀬　おつめどんの思ひざます（恨みですよ）。

花巻　忠七どん、なんぞおごんなまし（何か奢りなさい）。お前（めへ）のやうないい人はないよ。

忠七　まだ花巻さんの好きなのがあります。

四 拳の一勝負。甲が乙に三度続けて勝てば「一拳の勝ち」。途中で一度でも敗れると、前の勝ちは流れて、勝負は振り出しに戻る。

五 技の拙劣なこと。「平凡」の詰った言葉とも、「屁坊（へぼう）」の詰った言葉ともいう。

六 「狐拳」は、「藤八拳」とも「庄屋拳」ともいう。両手を開いて鬢（びん）の辺りに上げるのが「狐」で、人を化かす形。両手を握って突き出すのが「鉄砲」で、鉄砲を構えた猟師の形。両手を開いて膝に置くのが「庄屋（旦那）」で、庄屋が威張っている姿。「狐」は「庄屋」に勝ち、「庄屋」は「鉄砲」に勝ち、「鉄砲」は「狐」に勝つ。掛け声はさまざまで、遊里などでは陽気な三味線の伴奏に合わせて拳を打った。「はやり唄」とあるのも、その伴奏に、当時の流行唄（はやり）を用いるための指定であろう。現行の囃子（はやし）の曲目には、二上がりの『拳の三味線』と、本調子の『藤八拳』がある。

七 「振り」は、「狐・庄屋・鉄砲」の身振りのこと。

八 「忌み慎むべきである」、「忌わしい」の意から転じて、「癪にさわる」、「腹立たしい」。

花巻　オヤ、誰(だれ)ざますえ(誰のことですか)。
忠七　[一]新仲(しんなか)の町(ちゃう)の。
花巻　ナニ、新仲の町え(ですって)。
忠七　それ、[二]桜の木の[三]大福(だいふく)が、餡(あん)がたんとでいいと言ひなすつた(沢山入っていていいとおっしゃった)。
[四]文里　こりやァ当てられたな(やられたね)。
花巻　エエ、憎らしい。
　　ト、忠七の背中を打つ。
忠七　そんな事をしなさると、[五]とうすみさまに言つつけますよ。
花巻　とうすみさまとは、[六]冬映(とうえい)さまのお弟子かえ(お弟子ですか)。
忠七　ナニ、[七]甲子屋(きのえねや)のさ。
花巻　エエ、担ぎなます(いっぱい食わされた)。
喜助　アア、いい気味(いい気持)だ。
初瀬　花巻さん、
皆々　つねつておやんなんし(おやりなさい)。

一　元吉原の仲の町に対し、新吉原の仲の町をいうか。未詳。
二　仲の町に店を出していた菓子屋か。未詳。
三　小豆の餡を餅の皮で包んだ菓子。文化の中ごろ（一八一〇年頃）から売り出した。それ以前は腹太餅(はらぶと)といい、赤小豆の塩餡を薄い皮に包んだ大型のものであったが、大福餅はそれを小型にし、中に、砂糖を加えた漉餡(こし)をつめた。一個四文で、それを焼いて売っていたという。
四　『狂言百種』本には「皆々」。次頁三行目に「この内、始終、文里、ふさぐ思入」とあることから考えれば「皆々」とするべきか。
五　「とうしみ」（灯心）の訛り。人名に擬して花巻をからかっている。
六　牧冬映。江戸の俳人。〈一世〉初世宗瑞門、のち、三世湖十に師事。天明三年（一七八三）没。〈二世〉初世の門人。別号一巣庵。〈三世〉通称を近江屋弥一といい、初め加藤野逸に入門、のち、二世の門人。嘉永二年（一八四九）没。ここに出て来る冬映は四世で、津の国屋藤兵衛の取り巻きの一人。前名牧乙芽。黙阿弥は、『黒手組の助六』の中で、津藤をモデルに紀伊国屋文左衛門を登場させたが、同時に、文左衛門のお供の役に、

忠七　いや、いたち屋は、御免でございます。（八 仕返しがあるから〔つねるのは〕御免でございます）

　ト、はやり唄になり、忠七、逃げ出すを、花巻、追つ駆ける。これを、喜助、止めながら、下手（しもて）へ入る。この内（この間）、始終（ずっと）、文里、ふさぐ思入（気の晴れぬ様子）。

九重　こんなにみんなが騒ぐのに、いつにない（いつもと違って）文里さんが、今日は顔の色も悪し。

吉野　どうやらふさいでゐなます様子（面白くない御様子）。

初瀬　お気に済まぬ事でもあらば（お気にさわる事でもあれば）、

飛鳥　御遠慮なしに、私（わたし）らへ、

花の　どうぞ言うて、

皆々　おくんなんし（下さいまし）。

　ト、これにて（これを聞いて）、文里、思入あつて（打ち明ける決心を示し）、

文里　サア、このふさぐのは（このように気が晴れぬのは）、名残り惜しさに（名残惜しさのためだ）。

九重　エ、名残り、

冬映をモデルにした俳諧師東栄なる人物を設け、それを、津藤お気に入りの嵐吉六に演じさせた。だから、ここで花巻（嵐吉六）が「冬映さまのお弟子かへ」というのは、一種の楽屋落ちなのである。

七「甲子灯心」。六十日ごとに回ってくる甲子の日には、「甲子祭り」が行われた。大黒天を祭り、子の刻（午前零時ごろ）にそれを拝して、商売繁昌などを願うのである。その夜にともす灯心を売りに、浅草周辺の女達が、江戸市中を巡り歩いた。「甲子屋」は、その灯心売りを洒落（しゃれ）ていったもの。

八 つねっておやんなんし→いたちごっこ→いたち屋。「いたちごっこ」とは、二人で遊ぶ子供の遊戯。互いに向い合って、「いたちごっこ、ねずみごっこ」と唱えながら、Aの差し出した左手の甲をBが左手の指でつまみ、そのBの甲を、Aが右手指でつまみというように、順々に手の甲をつまみ合って、腕が伸び切ったところで止める。「つねる」から「いたちごっこ」を連想し、それを「いたち屋」と洒落（しゃれ）たのである。

皆々　惜しさとは。

文里　さう深切に言つてくれる、お前（まへ）がたゆゑ打ち明けて、とうから［前から］言はうと思つてゐる、私（わし）が心の一通り［だいたいの気持を］、九重さんを初めとして、みんなもどうぞ聞いてくんねへ［聞いておくれ］（胸の塞がる様子）◯

ト、誂（あつらへ）一しつぽりとした合方［しんみりした合方になり］、

どういふ事の因縁か［どういう縁があったのか］、二年この方（かた）［二年前から］通ふのも［〔廓に〕通うのも］、初手（しよて）二［初めは］は仲間の付き合ひで、一度か二度の酉（とり）の町［酉の市］、雪の朝（あした）の居続けも、ふり通されたこの文里。笑つた顔を見た事も［〔一度もなく〕］、まだ内証三の手を離れたばかり［漸く内証の世話を離れ一本立ちしたばかり］、年のゆかねへ［年若］一重ゆゑ、気随気儘（きずいきまま）も尤もだが［我儘なのも］、四どうで苦界（くがい）といふからは、好いた客ばかりはねへ［好きな客ばかりとは限らない］。嫌な客にも程を合はせ［調子を合わせ］、五人の上に立つ者は［花魁と呼ばれる者は］、六欲を知らにやァ身が立たねへ［やっていけない］。ゆく末永い［先の長い］苦界の七いり訳（わけ）、とつくり［よくよく］言つて聞かしたが、顔を見るのも嫌な［〔一重が〕顔も見たくないという］私（わし）ゆゑ［私だから］、いい事も悪く聞いて［いい事を言っても悪くとり］、かへつて為にならねへから［結果がよくないから］、ここは仲よしの八九重さん、お前（まへ）が異見をしてやりなせへ。これせへ［これさえ］頼めば私（わし）も安堵（あんど）［安心だ］。もう心残りもねへ［もう気がかりなこともな］ゆ

一　特定の合方ではない。以下の文里の述懐にふさわしいしんみりした曲を作るか、在来の曲から然るべき曲を選ぶのである。

二　以下、「初めの内は仲間の付き合いで、一、二度やって来たのだが、その内に、酉の市を口実にしてまで廓に通うようになり、泊りの翌朝も、雪が降っているというので帰宅せずにそのまま居続ける。それほど心を傾けても振り通された文里である」。「一度か二度」に、「一の酉、二の酉」を掛けた。「酉の町（町は祭りの意）」は、十一月の酉の日に、鷲（おおとり）明神で行われる祭礼。「酉の市」ともいう。中でも、吉原を側に控える千束の鷲明神（台東区千束三丁目）の祭礼は有名で、吉原では普段は絶対に開けない非常門を開け、市帰りの客を誘った。「居続け」は、廓に留まって遊び続けること。「ふり通された」は、雪が降るに、一重が文里を振る（嫌う、嫌ってはねつける）を掛けた。

三　笑った顔を見た事も、まだ無い意と、内証の手とを掛ける。「内証」は、遊女屋の主人の部屋兼帳場。転じて、主人のことをもいう。

四　どうせ苦界という以上。「苦界」は「公界」とも書く。仏語「苦界」（苦しみの多い世の中の意）による。遊女の辛い境遇、あるい

は、遊女の辛い客勤め。
五 廓で人の上に立つ者、つまり花魁。
六 「おめへ方、欲を知りなと遣手(やりて)いひ」と川柳にもある。「欲を知る」ことは、廓での生活を維持するに必要な出費を賄う上で、極めて大切な遊女の心掛けだった。たとえば客のつかぬ遊女は、「身揚がり」といって、自分で自分の揚代を払わなければならず、それは当然、借金に繰り込まれて行く。殊に、「人の上に立つ」花魁には、自分の座敷の造作、晴れの衣裳の調製、妹女郎達の衣裳の世話等々、想像もつかぬほど膨大な出費があった。だから、「虫のいい女郎十両くんなんし」とか、「湧き物のやう百両くんなんし」とねだれる客を、花魁は、幾人も持っていなければならなかった。そうでなければ、文字通り、「身が立たねへ」のである。
七 込み入った事情。「入り割り」とも。
八 九重に意見を頼む。一重がいうことを聞く人物は九重以外にないと文里は判断した。「姉といはるる私ゆゑ、妹と思うてこの異見」(一七四頁)というように、九重は一重の姉女郎だったからである。

忿(いから)、思ひ切つてこれから来(こ)ぬ気(涙がこみあげる) ○ しかし付き合ひで来た時は、格子まで来ようから(店先まで来るだろうから)、今までの誼を思ひ(親しい仲を思い出して)、良く来たと言つてくんなせへ(下さい)。二年越しに(二年にわたって)馴染んできた、今夜が二階の見納めだと、思へば名残りが惜しまれて(心が惹かれて)、それで己(おら)ァふさぐのだ(私は気が晴れないのだ)。

ト、文里、ほろりと思入(涙がこぼれる様子)。皆々(みなみな)も泣きながら、

九重　そんなら主(あなた)は、今宵ぎり(今夜限り)、

吉野　もうこの二階へは、

皆々　お出でなんせぬか(おいでになりませんか)。

文里　来(こ)ぬといふのもこれまでの(やっぱりここまでの縁であったのだろうな)、やつぱり縁であつたらうよ。

初瀬　こりやマア、どうしたら、

皆々　ようざませう(よいのでしょう)。

ト、皆々泣く。

吉野　ほんにマア、今宵きりお出でなんせぬお心で(おいでにならぬ気でありながら)、今も今とて(たった今も)一重さんの、縁につながる吉三さんの、難儀を救ふお志(御親切)。こんなお方(かた)がまた(二人

とあらうか。心で（心の中で）拝んでをりんした。

　ト、吉野、泣く。

九重　その御深切を聞く上は、一重さんに異見をして、聞かぬ時は内証（御主人の）の、耳へ入れても一重さんに、詫びをさせねば済みィせん。

文里　ハテ、その異見は帰つた後で、言つて聞かしておくんなせへ。

九重　いえ〳〵主の居さつしやる内。

花の　どうぞ九重さん、良いやうに。

九重　私が言つて聞かせよう　○（頷く）

　ト、立ち上がり、下手へ来る。この以前より、下手、障子の内へ、一重出て、これを聞きゐる。九重見て、

ヤ、一重さんか。

一重　エ。

　ト、一重、吃驚して逃げ出す。

九重　アレサ、待ちなんしと言ふに（待ちなさいというのに）。

＊遊女を育てるには、二通りの方法があった。一つは、六、七歳の少女を買って禿にし、一流の遊女（姉女郎）に付けて育て上げ、十三、四歳で新造として一本立ちさせる方法、第二は、十三、四歳以上になって売られて来た素人女を、三年ほどの修業の後に、昼三や付け回し・呼び出しの遊女に仕立てて見世に出す方法である。前者を「新造出し」といい、後者を「突き出し」という。一重は、「突き出し」の遊女であった（四〇九頁参照）。「突き出し」には姉女郎がいない。そこで抱え主は、自分の見世の名妓を姉女郎に任じて、「お役」を引き受けさせるのである。「お役」とは、新造出しや突き出しに要する一切の費用を自弁すること。七日間、妹女郎に毎日衣裳を着せ替えさせて、仲の町の茶屋を披露のために訪れる費用、妹女郎の部屋を飾る調度類の購入費、もしそれが突き出しなら、その道中に付き従う禿二人、振袖新造二人、留袖新造二人、遣手一人、若い衆一人の衣裳や装飾代等々。その出費は莫大で、夏場でも二百両以上、春時の場合には三〜五百両もの支出を要したという。これだけの面倒を掛ける、あるいは掛け

られることによって、姉女郎と妹女郎とは、実の姉妹に勝るとも劣らぬ強い絆で結ばれたのである。

一 花魁の世話をする番頭新造として、当然の配慮である。

二 思い切りの悪いこと。あることに対する執着心が断ち切れぬこと。心残り。

三 廓では、通常、漆器の盃で酒を飲む。ところが、文里は、その盃ではなく、湯飲み茶碗に酒を注いでくれと言い出した。思い掛けない文里の態度に、吉野は驚く。もはや、陶然とした酔い心地を楽しむために酒を飲むのではない。茶碗酒を呷（あお）って、憂さを忘れ、未練を断とうとするのである。二年越しに一重の気儘を許し続け、「もう心残りもねへ」といい、「二階の名残りだ」と取り繕う文里だが、それは飽くまでも表向きのこと。一重に寄せる情愛が受け入れられぬ現実に心は苛立ち、素気なくされればされるほど思いはいや増す。その抑圧から、文里は一挙に解放されたいと思うのである。

ト、はやり唄にて、追つ駆け入る。

吉野　お腹も立たうが文里さん、どうぞ今夜は私（わたし）らに、免じて（私達の顔を立てて）泊まつて、おくんなんし（下さいまし）。

初瀬　その内には九重さんが、一重さんに言ひなんせう。

花の　一とりわけ私（わたし）が内証の手前、笑つてお帰し申したいから、どうぞ泊まつて、

皆々　おくんなんし。

文里　さう皆（みんな）に言はれると、帰るにも帰られず。とあつて居れば、〔ここに〕未練の二種（一重への思いが断ち切れぬ）。

ト、思入（よし飲もう）あつて、三茶碗を出し（差し出し）、

吉野さん、一つ、ついでくんな。

吉野　オヤ、これでかへ（こんな大きなもので）。

文里　二階の名残りだ（廓とのお別れだ）、いいからつぎな。

吉野　それだといつて（それはそうでしょうが）。

文里　ハテ、酒でも飲まねば、ゐられねへわな。

ト、これにて（こう言われて）吉野、是非なくつぐ（仕方なくつぐ）。この見得（この形のまま）、はやり唄にて、

道具回る。

本舞台、やはり平舞台（舞台は前場同様床に直に装置を飾る）。向ふ（正面は）、廊下を見たる（廊下を隔てて）、遠見の座敷（向うの座敷が見える背景）。上下、折り回し（左右とも鉤の手に）、塗り骨障子屋体。九重〔の〕部屋の体。上手に、九重、煙管を持ち、下手に一重、うつ向きゐる。この見得（この形で）、合方にて、

道具、止まる。

ト、誂の合方にて、

九重　コレ、一重さん。お前、なんと思ひなんすか（どう思っていらっしゃるのか）。文里さんの今の言葉、人に知らせもしなさんすまいが（本心は誰にもおっしゃらないでしょうが）、お前の胸に覚えのある事（あなたの身）。もつたいないほど深切に（には過ぎるほど親切に）、しなさんすほど（なさればなさるほど）意地を張り、ふり通すのを（拒み続けるのが）この（吉原の）

一 金蒔絵の煙草盆に、紋散らしの銀の延べの煙管というのが、花魁の、通常の喫煙具といわれる。

九重の部屋の場

吉原の遊女の意気地と義理を説く九重の言葉に、一重は、命に替えても文里の心に報いようと決心する。

二 体は売っても心は売らぬというのが、遊女の「意気地」の根底にある考えであって、金で身を売る商売ではありながら、意志を持たぬ商品として自分を貶しめることを、吉原の遊女、殊に、花魁級の遊女は潔しとしなかった。

三 血筋、子孫。血統を伝える子供。

四 身にしみて（深く心に感じて）、しみじみ（心から、本当に）と掛かる。

五 廓の祝祭日。紋日・物日、ともに同義。モンビはモノビの撥音便で、「モンピ」とも読む。「紋」の字を当てたのは、五節句を、

里の、意気地[二]と思つてゐやしやんすか。そりや大きな了見違ひ。初手は嫌でも真実の、心に惚れるが遊女の習ひ。とりわけてまた文里さんは、一座をせぬ者までが、悪く言ふ者は一人もおつせん。ちつと足が遠くなれば、待ち遠がつて噂ばかり。お前も聞いてゐなんしたらうが、吉野さんの今の話。今宵限りもう来ぬと、愛想の尽きたお前の兄さん、吉三さんの難儀をば、救ひなさんすその深切。人の事でももつたいなく、私や涙が止まりイせん。お前も以前は武士の胤[三]、よく思案してみなさんせ。

一重　九重さんのそのお言葉、身にしみ[四]〴〵とうれしうおつす。ほんに久しう来なんす内も、つひにいやらしい事もなく、紋日物日[五]の苦労もさせず、私が気儘を柳に受け[六]、帰らしやんしたその跡では、アア気の毒なと思ひしても、ついうか〳〵と今日までも。

九重　サア、悪くした[七]のを済まぬ事と、お前の心が付いたなら、文里さんに謝つて、呼びとげ[八]なんすやうになさんせ。つらい勤めのその中で

着物の五つ紋になぞらえてのことといわれている。官許の遊廓で、五節句をはじめ、特に定められた晴れの日。吉原では、この日、店の飾り付けを改めたり、花魁は盛装を新調したり、諸事、晴れの日にふさわしい仕度を整えて客を迎える。花魁や新造達の衣裳代はすべて客の負担、おまけに、その日の揚代は平日の倍になるのが通例であったから、馴染み客は大きな出費を強いられた。遊女もまた、紋日に客がなければ必ず身揚がり（一六九頁注六参照）することを義務付けられていたし、衣裳代も自費で賄わねばならなかったので、必死になって客を求めた。紋日は、寛政（一七八九～一八〇一）ごろまでは非常に多く、そのため、客足が吉原から次第に遠退き、さらに寛政の改革の影響もあって、以後、紋日は大幅に削減され、遊興の簡略化が推し進められた。

六「柳に風（と受け流す）」とか、「柳、風にしなう」などといわれるように、相手の意志に従って、逆らわぬこと。

七 冷遇すること。「悪しくする」とも。

八「呼び通す」ともいう。遊女が、誠意をもって客に接し、通い続けさせること。身揚がりして、間夫（情人）を呼び続ける意に用いる場合もある。

も、姉といはるる私ゆゑ（姉女郎といわれる私だから）、妹（いもと）と思うてこの異見、かならず悪く聞き（悪く取っては）なますな（いけませんよ）。

一重　なんの悪う聞きませう（どうして悪くとりましょう）。お前（まへ）の異見に気を取り直し（心を改め）、呼び申す（おいでいただくつも）心なれど（りですが）、いまさらどうもこの顔が。

九重　合はされぬと思ふなら、なぜあのやうにしなさんした（したのですか）。浮気な里（一 浮わついた廓）にも契情（二 けいせい）の、意気地（遊女の意地）と義理（三 お客に尽す道があるのですよ）がありんすぞへ。

ト、九重、鼻紙を顔へ当て、泣く。一重、思入（こみ上げてくるものを抑えて）あつて、

一重　九重さん、堪忍して下さんせ（許して下さい）。いまさらなんと言ひ訳も（今になって何と言い訳をしてよいか）、言ひ遅れたが（言い訳しそこなったのが）身のつらさ（この身の辛さ）。顔をぬぐうて（恥をしのんで）文里さんへ、私（わたし）や謝りにまゐりィす。

九重　そんなら私（わたし）の異見に付き（従って）。

一重　サア、済まぬ事と気が付けば（［いったん］申し訳ないと気づいてみれば）、今も今とて（たった今）兄（あに）さんの、難儀を救うて下さんした、お情深い文里さん。（［これからは］）命に代へて取り止めて（引きとめて）、お呼び申すやうにしィす（通っていただくように致します）。

九重　オォ、それでこそ誠の契情（けいせい）。異見を言うた私（わたし）を初め、朋輩衆もさぞ（仲間たちもきっと喜）

一　遊女の勤めは、誰彼の別なく、愛情を装っては次々と客に身を委ねること。それを「浮気」といい、廓を「浮気な里」といった。客が浮気をしに来る里の意ではない。

二　遊女。多く高級な遊女をさす。「契情」は「傾城」（その色香で、城をも国をも傾け滅ぼすほどの美人）の当て字だが、情を契る女とはいかにも遊廓にふさわしい。

三　ここでは、客に対する勤めの道。

喜び（ぶでしょう）。

　ト、この時、初瀬路、飛鳥野、下手より出て来（きた）り、

初瀬　九重さん、さつきからのお前（まへ）の異見、障子の外で聞いてをりイした。

飛鳥　よく一重さんも気を取り直し（心を改め）、謝るやうになりなんした。

初瀬　善は急げといふなれば（四 良いことは早くしろと言う以上）、

飛鳥　帰らしやんせぬその内に（お帰りになってしまわぬうちに）、

九重　少しも早う文里さんへ。

一重　あい（素直に頷き）〇

　ト、目をぬぐひ、

謝りにまゐりイせう。

　ト、唄になり、一重、しほ〳〵と（五 力なく立って）立つて、下手（しもて）へ入る。

九重　ほんに（本当に）、あんな困る子はないぞ（あんな世話のやける子はいないよ）。

初瀬　しかし、九重さんのお骨折りで、

飛鳥　どうか（どうやら）今宵は仲直り。

四　良いことは、躊躇（ちゅうちょ）せずに急いでせよ。「善は急げ、悪は延べよ（悪いことは延期せよ）」と続けることもある。

五　気持が沈んで、元気のない様子を表す副詞。

九重　やうやく安堵いたしィした（安心いたしました）（やれやれ）◯アイタタタタ。

ト、癪（しゃく）[一]の痛き思入（おもいれ）。

初瀬　モシ、九重さん、

両人　どうなさんした（どうなさいました）。

九重　あんまり文里さんの事で気をもんだゆゑ、支（つか）[二]へがおりたらまた（今度は）癪が（ほっと息をつき）◯ほんに苦界（くがい）でござんすなァ。

ト、はやり唄にて、よろしく（適当に）、道具回る。

本舞台、元（もと）の一重の部屋の道具。真ん中に、六枚屏風を立て回しある。よろしく、はやり唄の合方にて、道具止まる。

ト、誂（あつらへ）[三]の独吟になり、下手より、一重、出て来（きた）り、思入（気持を取り直し）あつて、屏風を開ける。床の上に（敷蒲団の上に）、文里、向ふ向き（背を向けて）に寝てゐる。一重、

一　胸や腹に起る発作。激痛を伴う。「差し込み」ともいう。医学的には、胃痙攣（けいれん）や腸神経痛、滲出性肋膜炎、心筋梗塞などが考えられるといわれている。心因性のものもあるらしい。楊梅皮末・胡椒末・蕎麦粉（そばこ）を等量にして酢に溶いたものを飯粒で紙に付け、胸に貼れば、癪を起さなくなるといい、また、癪を起したときは、背中を押してやると良いとされている。

二　悲しみや悩みによる、胸が詰るような苦しい思い。そのような苦しみが晴れることを、「支えが下りる」という。

再び、一重の部屋の場

一重は、心中立てに指を切るが、かえって文里を怒らせ、悲しみの余りに自害しようとする。しかし、その小刀から、一重は安森源次兵衛の娘と知れ、文里の心も解けて、二人は契りを結ぶ。

三　一人で歌う唄。囃子の唄は大勢で歌うのが常であるが、中には、立て唄（唄歌いの首席）が一人で歌う場合があり、それを「独

吟」と呼ぶ。独吟には、主に「めりやす」が用いられる。「めりやす」は長唄の一種で、静かな曲調のものが多い。

四 動作や状態が急に変る様子を表す副詞。急に、突然。

五 泣き声を押し殺す動作。

傍(そば)へゆかうとして、ゆき兼ねる思入あつて（行くのをためらう気持を表し）、傍へ来て、

一重 モシ、文里さん〳〵、さぞ腹が立ちなんしたらうが（きっとお腹立ちのことと思いますが）、どうぞ今までの事は堪忍して（お許し下さい）、機嫌を直しておくんなんし（そしてお怒りを収めて下さいまし）。モシ、文里さん〳〵（様子を窺う） ○

ト、揺り起こしても起きぬゆゑ、はつと泣き（泣き出し）[四]、袖を口へ当てる[五]。これにて（これをきっかけに）、また、独吟になり、物を言つても無駄といふ思入あつて（［それが丁度］）、独吟の切れ（独吟の切れ目）。合方。

二年このかたお出でなんすに（二年にわたって通っておいでになりましたのに）、つひに一度機嫌良う（ただの一度も気分よく）、お帰し申した（帰っていただいた）事もなく、いまさら私(わたし)が謝つたとて、心の解けぬは無理ならず（気の晴れぬのはごもっともです）。なぜ今まではあのやうに、人が（［あなたのことを］）誉(ほ)めれば逆らうて、つまらぬ意地を張り通し、悪くしたのがもつたいない（冷たくしたことが申し訳ない）。考へみりやァみるほどに（思い返せば思い返すほど）、主(あな)には済まぬ事ばかり（たには申し訳のたたぬことばかり） ○（後悔の気持を示す）

ト、文里を見て、はつと思入あつて（涙のこみあげる気持を表し）、

ハアァ。

ト、泣き伏す。これにて（この泣き声で）文里起き上がり、

文里　アァ、吃驚（びっくり）した（一重をちらと見て）○

ト、煙草を飲みながら、

また癪でも起こつたのか。

一重　モシ、文里さん、これまで長の（これまで長い間の）私（わたし）が我儘（わがまま）、さぞお腹が立ちましたらうが、どうぞ堪忍しておくんなんし（許して下さいまし）。

文里　ナニ、腹を立つものか（怒ってなんかいるものか）。嫌がられるを知りながら、やつぱりお前（めへ）の顔が見たさ、べん／＼[一]と来たはこつちが誤り（未練がましく通って来たのは私の間違い）。

一重　エヽモ、そのやうに言はんすほど（そのようにおっしゃればおっしゃるほど）、私（わたし）やいつそ、死にたうおつす（死にとうございます）。

文里　つまらねへ事を言つたものだ（下らないことを言うものじゃない）。いま仲の町[二]で指折り[三]のおいらん、文里ふぜい[四]へ義理立て（ぎりだて）に、死なうなぞとは悪（わり）い了見。嘘（うそ）[五]にもそんな事は言ひなさんな。

一重　いまさらなんと言はうとも（いまさらどうお詫びしてみても）、しよせんお心は解けまいが（どうせお怒りは消えないでしょうが）、せめて私（わたし）が身の言ひ訳（覚悟を表す）○

一　徒（いたずら）に時間の経つ様子、だらだらと時間を費す様子を表す形容動詞。

二　元吉原の時代から、吉原の遊廓は一方口で、北端に大門を構え、そこから南に向って一直線に道を設け、左右に遊女屋や揚屋・茶屋を配した。その南北に伸びる大通りを、「仲の町」と呼ぶ。寛保元年（一七四一。一説に、もう少し後のことともいう）、そこに青竹で柵を作り、桃や梅を植えたのが先例となり、その後、毎年三月一日に、箕輪（三の輪）辺りの植木屋を入れて、数千本の桜を植え、文字通り、「花の吉原」を現出させるようになった。

三　数多くのものの中でも、指を折って数えるに価するほど優れたもののこと。

四　～ていどの。人名ないし代名詞の後に付けて、人を卑しめたり、自分がへりくだったりする意を表すための接尾語。

五　本気でないにしても。また、「嘘にも～ない」と打ち消しを伴った形で、仮にも、決して、の意。

ト、また、独吟になり、一重、箪笥(たんす)の小引き出しより、堆朱(ついしゅ)[六]彫りの小刀(こがたな)を出し、枕[七]へ小指を当て、小刀で切る。文里、これを見て、思入(心を動かす表情)。一重、痛みをこらへ、件(くだん)の指を(その指を)紙へ載せ、

いま改めて主(ぬし)への心中(しんぢゅう)[八]。これで心の疑ひを、どうぞ晴らしておくんなんし(晴らして下さいまし)。

文里　おいらん、こりやァ指かへ。

一重　あい。

文里　イヤ、お志はかたじけないが(お気持は有難いが)、こればかりはもらひたくねへ。

ト、指を取つて放り出す。

一重　エェ、

ト、吃驚(びつくり)なす。誂(あつらへ)の合方になり、

文里　女郎(ぢょうろ)の指をうれしがつて、もらふ気ならば二年越し(二年にわたって)、振られに(振られるために)ここへ来やァしねへ(何といっても)。さすが年端(としは)[九]がゆかぬゆゑ(年若いから)、欲を知らねへおいらんと、子供のやうに思ふから、悪くされてもいとはずに(冷たくあしらわれるのも嫌と思わず)、無駄な金を

六　朱漆を塗り重ね、それに模様を彫った漆工芸。刀の柄と鞘にそれが施されている。

七　木枕。箱枕ともいう。木製の四角い枕。

八　「心中」というと、一般に情死を連想するが、情死ばかりが心中ではない。「心中」とは、自分の心の中の真情を、形にして相手に示すことである。殊に、偽りの多い廓においては、遊女が自ら進んで、あるいは客に求められて、誠意を見せるために、心中という手段を用いた。心中の方法には、爪はがし(小指の爪を切りはがして贈る)、起請(熊野牛王(ごおう)の誓紙に愛の誓いを記し、血判する)、髪切り(髪を切って贈る)、入れ黒子(ぼくろ)(＝入れ墨、男の名を腕に彫る)、指切り(小指の先を切って贈る)、相対死(あいたいじに)(情死)などがあって、起請と相対死とを除き、他は、遊女から客へと一方的に行われるのを原則とした。なお、誠を示すべき心中も、しばしば、誠と見せかける手段として利用される場合があった。

九　「年端」は年齢の意。多く、「年端も行かぬ」と用いる。年をとっていない。幼少である。年若である。

遣ひに来たが、かういふ図太い仕打ちをされちやア（ずうずうしい振舞いをされては）、持つて生まれ（心の底から）た癇に障らァ（一 腹が立つ）。そうたい苦界といふものは（だいたい苦界というところには）、三つ蒲団のおいらんでも（立派な花魁でも）、菰一枚の夜鷹でも、己が勝手に身を売つて（自分から好きで身を売って）、勤めをする者は一人もねへ。親兄弟や夫のため、せつない義理に沈める体（どうにもならぬ義理で売った体）。それを思へば不便さに（可哀そうなので）、気随気儘も里の習ひと（我儘をいうのも廓の常だと思って）、柳に受けて気に入らぬ、風も素直に通してやつた（二 気にさわることも柳に風と受け流し好きなようにさせてやった）。つらくするなら（辛く当るなら）一筋に、なぜつらくはしねへのだ（どうしてその態度を押し通さないのだ）。なまじ（三）情の空涙（四）、今になつてなんの事だ ◯（自分を励まし） 言ひてへ事も数々あれど、言へば言ふほどこの身の恥。若い者でもある事か（若い者でもあるまいし）、四十に近い文里ゆゑ、恥を思つてなんにも言はねへ。痛い思ひのこの指は、どこぞへ売つて金にしろえ（五 どこかへ売って金に換えろ）。

ト、文里、きつと言つて（厳しく言いきって）、煙草を飲みゐる。この内、一重、始終泣きゐる。

一重　なるほど腹も立ちィせう（お腹も立ちましょう）。それも私が心柄ゆゑ、身を恨んでをりイすが（自業自得ですので自分を恨んでおりますが）、せめて一言堪忍したと（許したと）、言ひなんすを聞いた上では（言って下さりさえすれば）、命も私

一「癇」は、激しやすい性質、神経が過敏で、興奮したり、苛立ったりしやすい性質。「癇に障る」は、そのような性質を刺激されること。腹が立つこと。

二「柳に受けて気に入らぬ、風も素直に通してやった」。「柳に風と受け流す」を散らした文章。「気に入らぬことも、柳に風と受け流し、好きなようにさせてやった」の意。

三「なまじい」の約。「なまじっか」ともいう。中途半端な様子を表す。「なまじなさけのそらなみだ」と音を重ねて、文に趣きを与えている。

四 偽りの涙。悲しくもないのに、悲しんでいるように見せかけるための涙。

五 古くは、爪はがし・起請・髪切り・入れ黒子は、偽りにもできる心中であるが、指切りのみは、生涯我が身を片輪にする行為ゆえに、誠の心がなくてはできない心中だといわれた。しかし、時代が下ると、他人が切った指や、焼き場の女の死体から切り取った指を買ったり、中には、糝粉細工の指を使ったりして、心中に擬する者も現れた。「どこぞへ売つて金にしろ」というせりふは、指が売り物になることを前提としているのである。

や惜しう（惜しくはありません）おつせん。

　ト、文里は脇を向き、煙草を飲みながら、

文里　いまさら言つても無駄な事。己（おれ）もなんにも言はねへから、お前（めへ）もなんにも言ひなさんな。

一重　そんならどうでも。（どうしても〔お許し下さいませんか〕）

文里　言へば言ふほど互ひの恥だ。[六]

一重　ハアア（激しい悲しみ）◯

　ト、泣き伏す。また、独吟になり、一重、以前（さつきの）の小刀を取り、

　独吟の切れにて、

さうぢや。（そうだ〔この小刀で死のう〕）

　ト、死なうとする。（〔喉を突いて〕）文里、慌て[七]てこれを止め、

文里　アァコレ危ねへ、なにをするのだ。

一重　どうぞ死なしておくんなんし。（どうぞ〔止めずに〕死なせて下さいまし）

文里　エェ、怪我（けが）でもするとならねへわ。（怪我でもしたら大変だ）放せと言つたら放さねへか（叱りつける気持）◯

六　ここにいたる文里の心の流れは複雑である。一重の詫び言と心中立てという行動を受け止めながら、初めて、一重に言いたいことをいう。愛情と腹立ちと。強い言葉とは裏腹に一重へのいとしさが募り、また、いとしさが募れば募るほど、素直には一重の情を受け入れかねて、かえって辛く当る。誠に皮肉な役である。

七　第一番目二幕目の花水橋材木河岸の場では、身投げしようとする寸前に、伝吉が十三郎を助け、それがきっかけとなって、二人の運命は変る。ここでは、小刀を喉（のど）に当てようとする寸前に、文里が一重を助け、それがきっかけで二人の運命が変る。『東海道四谷怪談』においても、お梅が自害しようとするのを止められたのが契機となって、お岩をはじめ、人々の運命に大きな変化がもたらされる。歌舞伎の常套手段ではあるのだが、人の死の意味の重さに対する認識が、このような戯曲作法の基盤をなしていたものと思われる。

ト、小刀を無理に引ったくる。一重は、はっと泣き伏す。文里、この小刀を見て、

一重　ヤヤ、この小刀は我が親父、文蔵さまが秘蔵(ひさう)[一](秘蔵の品で)にて、そのころ花[二](生け花)の友(の友達に)達に、たつて望まれ譲りし(譲った)は、(「その友達とは」)たしか安森源次兵衛(やすもりげんじべゑ)さま。

一重　エ。

ト、一重、思入(驚きの表情)。

文里　そんならもしや(ひょっとすると)安森の。

一重　あい。恥かしながら、娘でござんす。

文里　エェ(息をのむ)◯　すりや(それでは)、源次兵衛さまの娘御なりしか。お家盛んのその折は、この文蔵は二十四、五。その後(のち)打ち絶え(連絡もなくなり)知らざりし(知らなかった)が、どういふ訳でこの里へ(この廓へ)。

一重　まだその時は子供ゆゑ、後々(のちのち)(後から)聞けば爺(ぢぢ)[三]さまが、頼朝さまより預かりの、庚申丸(かうしんまる)といふ短刀を、盗み取られし落ち度にて(盗み取られた責任を問われて)、御切腹ゆゑ(御切腹の上)家(いへ)断絶。それから長(なが)の浪々中(長い浪人暮しの内に)、母の病気に苦界の勤め[四]。

一　「ひざう」と発音することもある。

二　「花」とは、生け花のこと。宝暦・明和(一七五一〜七二)のころ、上方から諸流の宗匠達が下ってきたのをきっかけに、江戸の町人の間に生け花が広まり、料亭や茶屋を会場として、生け花の会が盛んに催された。小刀は、立花の「継ぎ」や「留め」に必要な道具で、生け花にも用いられた。

三　「父(とと)」の誤記と思われる。『狂言百種』本には「爺様(とと)」。

四　おもとが、何歳で廓に身を沈めたのかは明確でないが、この場面での年齢は十八歳(翌年、十九歳で死ぬ。四〇九頁参照)。一重と名乗って突き出しになってから、間もなく文里が通い始め、すでに二年経つのだから(一六八、一六九頁参照)、突き出しになったのが十六歳。そのための準備や見習い期間を三年と見て、身売りは十三歳位のときのことと推察される。ちなみに、庚申丸を盗まれて安森家が没落したのは十年前(四二頁参照)、おもとが八歳のときである。

文里　すりや（そうすると）、研屋（とぎや）与九兵衛が、（与九兵衛の手から買った）世話にて買ひし庚申丸。あの短刀ゆゑ没落（あの短刀が原因で没落なさったのか）ありしか。知らぬ事とて（そんな事情とは知らなかったので）その短刀も、お得意[五]海老名軍蔵（えびなぐんざう）さまへ、（与九兵衛を介して）百両に売つたが、その代金を受け取りし、十三（じふざ）はそれより行方（ゆくへ）知れず。聞けば買ひ主（ぬし）軍蔵さまも、人に殺され死んだとやら。なんにしろ短刀は、研屋に聞いたら行方も知れよう（ちょっと考えて）○　ハテ、[六]とんだ話に（大変な話になってきた）なつて来た。

一重　そんなら失うた短刀が（なくなった短刀が）、お前（まへ）のお手に[七]あつたるとか。

文里　それもお得意へ売つたゆゑ、今ではどこの手にあるか（誰が持っているのか）。

一重　その短刀をお上（かみ）へ上げれば、[八]末の弟で（末弟を跡継に）家再興。昔馴染とあるからは、ただこれまでを（これまでのことは）[九]水にして（水に流して）、力となつて下さんせ。

文里　いや、知らぬ先から（なにも知らぬ内から）ゆく末を（［お前の］将来を）、案じた己ゆゑ（気にかけていた私だから）かうなれば（こうなった以上）、どこがどこまで（でも）力にならう。

一重　すりや（それでは）、アノ、ほんまに（本当に）。

文里　ハテ、[一〇]見る影もねへ男だが（みすぼらしい男だが）、[一一]江戸の気性に後（あと）へは[一二]引かねへ。

五　得意先。商人や職人などが、特に見込まれて、いつも取り引きや出入りをさせてもらっている客。

六　順を飛ばした、飛び離れた、の意から出た言葉とも、「とんでもない」の約ともいわれる。大変な、驚くべき、意外な。

七　廓言葉から武家言葉に変っている。黙阿弥の細かい心遣いである。

八　序幕に出た森之助のこと。

九　「水に流す」ともいう。過去のいきさつを、すべて無かったことにする。過去の過失などを、とがめないようにする。

一〇　見ていられないほど、みすぼらしい、あるいは、やつれた様子であること。

一一　「江戸気」「江戸気質（かたぎ）」とも。金銭に執着しない、物事にこだわらない、侠気がある、意地を張るなど、江戸っ子独特の気性。小団次は江戸の出身。

一二　「後へ引く」は、譲歩する、人と妥協して、自分の主張を引っ込めたり、いったんやり始めたことや、引き受けたことを、途中で放棄する意。

一重　エエ、うれしうござんす。

ト、一重、手を合はせ拝む。この時、風の音[一]〔吹き込む風に〕になり、行灯のあかり消える。

文里　筑波おろし[二]（北風なのか）か肌寒く、（肌に冷たく）

一重　庭をこしての一吹きは、（庭越しに吹くこの風は）

文里　灯火（ともしび）消えし閨（ねや）[三]の内、〔に〕

一重　風が運ぶか憎からぬ[四]（嬉しい）〔闇を〕、

文里　闇（やみ）[五]になつたら　○（微笑）

ト、この内、一重、上着（うはぎ）[六]をぬぎ、寝る心にて（文里に抱かれる気で）、暗がりを幸ひ探り寄り、煙草盆[七]につまづき、文里の膝へ思はず手をつく。これを道具替りの知らせ（きっかけにして　柝）、

梅がかをるわ。[八]

ト、文里、梅の匂ひをきく思入（梅の香を楽しむ思入）。一重、そのままもたれかかり、文里の顔を透かし見る。この仕組よろしく、「あれまた憎や[九]」

一　こういう風の音の使い方を「行灯の吹き消し」という。今までの固い雰囲気から、一転してなまめかしい色模様へ移行。

二　筑波山の方角から吹き下ろしてくる風。また、関東では、冬の北風をいう。

三　寝所。殊に、情事の行われるべき寝室。

四　いとしい。可愛い。

五　風のもたらした闇は、一重はもとより、文里にとっても「憎からぬ」闇。この偶然のチャンスがなければ、二年越しのこだわりは、容易に解消されなかったであろう。

六　胴抜きを脱いで、長襦袢の姿になる。

七　火入れ、灰吹き等の喫煙具を収める容器。

八　「闇になつたら、お前を抱いて」といおうとするが、その気持を隠し、余裕を示す。

九　「あれまた憎や鳥の声、口説しらけて明けの鐘」。廓の場面の幕切れなどに用いる。

一〇　茶屋や遊女屋で、商売繁昌を祈るために設けた一種の神棚。模造の男根などを祭る。

一一　招福のための、頭の大きな裃姿の人形。

一二　縁起小判。寺社で、縁起物として売られる土製の模造小判。

一三　守り札を入れる箱。

一四　上が仏壇、下が戸棚になっている押入れ。

一五　下の方を板やふすまで貼った障子。

の唄にて、道具回る。

本舞台、三間の間、常足の二重。向ふ、暖簾口。上手、縁起棚[一〇]。神棚内に、よろしく、福助[一一]、土の金[一二]など飾り、この脇、鼠壁。神棚に、札箱[一三]、供へを飾り、下手、仏壇[一四]付きの押し入れ戸棚。上の方、一間、障子屋体。下の方、一間、台所口。三尺の腰障子[一五]、提灯[一六]の側のれんじ窓。いつもの所、門口。すべて、葛西[一七]が谷、夜鷹宿の体。ここに、夜鷹の婆ァおはぜ、小さな箱に化粧道具を入れ、自惚れ鏡[一八]で、顔をしてゐる。傍に、虎鰒おてふ、半分[一九]顔を塗りて、煙管を持つて、たたき立て、下手に、うで蛸おいぼ、擂[二〇]り鉢の火鉢へ股火[二一]をして、傍に、五合徳利、皿に、うで蛸の足二本あり。茶碗にて酒を飲みゐる。四つ竹節[二二]、通り神楽にて、道具、止まる。

一六 障子の代りに、提灯の紙を竹ごと貼っている。貧乏暮しの様子がうかがえる。

一七『狂言百種』本では、「割下水伝吉内」。

一八 ガラスの裏に水銀を塗った懐中鏡。江戸時代には、通常、金属鏡が用いられていた。

葛西が谷、夜鷹宿の場

おとせが帰って来ない。心配の余り、飯も喉へ通らぬ伝吉。そこへ、八百屋久兵衛が、おとせを助けて連れて来る。伝吉の家にかくまわれていた十三郎との、久々の親子の出会い。久兵衛の言葉から、十三郎は捨て子で、実の親は伝吉、おとせとは双子の兄妹だということが分る。もっとも、二人はそれを知らない。久兵衛が帰った後、伝吉の長男、和尚吉三が訪れ、百両の金を土産にと差し出す。だが伝吉は、十三郎のために必要なその金を、突き返す。和尚吉三は、仏壇に、そっと金を置いて行く。

一九 白粉はまず首と顔の下半分――鼻から下を塗り、湿気を取った後、顔全体を塗る。

二〇 貧乏で、火鉢の代りに擂り鉢を使用。

二一 股火鉢。女のすることではない。

二二 貧乏長屋などの場面で使う。四つ竹（竹の小片を二枚ずつ両手に持って打ち鳴らす楽器）を入れた合方。唄入りもある。

はぜ　エヽ、耳やかましい（うるさい）。なに（なぜ）をそんなに大きな声をするのだ。
てふ　さう言ふ汝（うぬ）が聾（つんぼ）だから、小さな声ぢやア分からねへ。
いぼ　なんだか知らねへが、静かに言つても分からうぢやァねへか（分るだろうに）。
てふ　コウ（オイ）、おいぼさん、聞いてくんな（聞いておくれ）。顔をしようと思つたら（お化粧をしようとしたら）、白粉（おしろい）[一]が足らねへから（足りないから）、貸せと言へば貸さねへと言ふゆゑ、そんなら（それなら私が）私（わっち）が貸してやつた銭（ぜに）を、返してくれと言ふのだ。
いぼ　さうでもあらうが（そうかも知れないが）親方[二]も、おとせさんが帰らねへので、気をもんで（いらいらしてい）ゐなさらァな（らっしゃるのだ）。
てふ　それを私（わっち）ア知つてゐるから、言ひてへ事も言はねへのだ。
はぜ　言ひてへ事があるなら、おもいれ言ふがいい（思い切り言うがいい）。なんぞ（何かと）といふと返せ〳〵と、こつちこそ貸しがある（こっちには貸しがあるにしても）。そつちから借りた覚えはねへ。
てふ　ナニ、ねへ事があるものか、一昨日（をとつひ）の晩蕎麦（そば）が二杯（へい）、帰りがけに夜[三]明かしで、きらず[四]汁に酒が一合。今朝（けさ）も漬物屋[五]の沢庵（たくあん）を、八文（はちもん）買ふ

一　どうせ、安物の白粉であろう。夜鷹は年を隠す為に厚化粧をしたといわれるが、安物の白粉ほど鉛分が多くて、付きも延びも良い少量で済む。白粉は、「はらや（水銀粉）」で製した「伊勢白粉」を極上とし、他は主に、鉛を酢につけ、煮沸して得た酸化鉛の粉末を原料とした。それを水に溶かし、上澄みの鉛分の少ない部分で作ったのが上製、底に沈んだ鉛分の多い部分を用いたのが粗悪品。

二　遊女屋の抱え主、職人の主人、商家の主など、奉公人の雇用者の呼称。もとは、身分階層の上下を問わず、成人するとともに、労働力の提供を前提として特定の有力者を親と頼み、その庇護（ひご）を受ける社会制度、つまり、「仮り親制度」に基づく名称。庇護者を「親方」、労働力の提供者を「子方」と呼んだ。

三　一晩中、営業をしている店。

四　おからをすって入れた味噌汁。葱や浅蜊（あさり）の剝き身などを加える。「きらず」は、「切らず」に調理し得るものとの意で、おからのこと。から汁、卯の花汁ともいう。

五　桶を担いで売り歩く、漬物屋のことか。

時四文貸し、ちやうどそれで百ばかりだ。

はぜ　そりやァ手前がこのあひだ、和田の中間[六]に立て引く時（自分持ちで遊ぶ時）[七]、七十二文貸しがあらァ。まだその上に四文屋[八]の、十二文といふ棒鱈[九]を、手前に二つ食はしたから、こつちも百貸し[一〇]があるのだ。

てふ　篦棒め、あの棒鱈は〔お前が〕歯がなくつて、食へねへと言ふから、それで己が食つてやつたのだ。

はぜ　なんでもいいから己が方へ、百返しておいて（百文返しておいてから文句を言え）理屈を言へ。

てふ　汝に返す銭があるものか、こつちへ百取らにやァならねへ。

はぜ　いくら取らうとぬかしても（言いやがっても）、やらねへと言つたらどうする（どうする気だ）。

てふ　どうするものか、腕づくで取る（ただ腕力で取るだけだ）。

はぜ　面白い。取れるものなら取つてみろ。

てふ　取らねへで（取らずにおくものか）どうするものだ。

ト、獅子[一一]の鳴物になり、おてふは長煙管、おはぜはあり合ふ（傍にある）薪を持つて、打つてかかる。おいぼ、これへ割つて入り（その中に割って入り）、双方を（二人を）

六　鎌倉幕府侍所別当、和田義盛をいうか。時代を鎌倉に取っているので、名高い武将の名を借りたものと思われる。

七　遊女が、真心を見せて、客の遊興費を負担すること。

八　両国や柳原などに屋台店を出した食い物屋。四文均一で売ったための呼称。明和五年（一七六八）、新しく鋳造された四文銭（波銭）の流通に伴って生れた。

九　鱈を三枚におろし、頭や背を取って日干しにしたもの。干鱈。

一〇　七十二文＋（十二文×二）＝九十六文。これを「百（文）」と数えるのは、「省百」の勘定による。「省百」とは「九六」ともいい、九十六文を百文とする計算法で、これに従えば、百文は、実際には百四文となる。その起原や理由については定説がないが、二と三を含む約数の数が百よりも遥かに多く、使用上、便利であったからだろうといわれている。この「省百」に対して、百文を百文として数える数え方を、「丁百（長百・調百）」といった。

一一　九六頁注六参照。

止める。

いぼ　[一]これさ／＼（オイオイ）、いい加減にしねへのか（ほどほどにしないか）（仲裁しようと決心する）○

ト、おいぼ、袢纏（はんてん）を脱いで、両人（両人が）たたき合ふ煙管（きせる）と薪（まき）を押さへ、

待てといつたら、マア／＼待つた。

てふ　いらぬ止め立て、

両人　のいた／＼（引っ込んでいろ）。

いぼ　いやのかれぬのきませぬ（引っ込むものか引っ込みません）。危ねへ煙管と薪の中、〔を承知の上〕見兼ねて（見ていられずに）止めに入つたは、[二]三十振り袖四十島田（それぞれ不似合いな若づくりの）、いま一対（いっつい）の二人（ふたアり）は、[三]名におふ（名にふさわしい）関の婆（ばば）アおはぜに、外（ほか）（今一人は）[四]に嵐（あらし）の虎鰒（とらふぐ）おてふ。互ひに争ふ百の[五]銭（ぜに）、この貸し借りは[六]夜鷹湯（よたかゆ）の、[七]下湯（しもゆ）に流してさつぱりと、[八]きれいに預けてくんなせへ（いさぎよく私に任せて下さいよ）。

ト、袢纏を取る。両人別れて、

てふ　オォ、さういふ事なら預けもせうが（任せてもいいが）、

はぜ　さうして百の借り貸しは（貸し借りの〔始末は〕）。

一　以下、一八九頁の「三人　義を結ばうか」まで、稲瀬川庚申塚の場で、和尚吉三が二人の喧嘩を止めに入って（一二〇頁）から幕切れまでのもじり。見物を嬉しがらせる場面。

二　女が三十歳になってもまだ振袖を着ている。女が四十歳になってもまだ島田を結っている。――いずれも、年かさの女が、不似合いな若作りをしていることの譬え。

三　婆アおはぜを演じたのは関孫六。その名字を読み込んで、「名におふ関の」とした。もちろん、『百人一首』で名高い三条右大臣の古歌、「名にしおはば逢坂山のさねかづら人にしられでくるよしもがな」を下敷きにしている（逢坂山→日本三関の一、逢坂の関）。

四　虎鰒おてふを演じたのは嵐吉六。その名字を読み込んで、「外に嵐の」とした。親鸞上人の歌と伝える、「明日ありと思ふ心の仇桜夜半に嵐の吹かぬものかは」を下敷きにした語呂合せである。

五　お嬢吉三達が争ったのは「金百両」。ここは「百の銭」。もじりの面白さである。

六　夜鷹が入る、夜遅くまで営業する銭湯。

七　「水に流す」を、「夜鷹湯」の縁で「下湯に流す」。「下湯」は、下半身を洗うこと。殊に、売春婦が、ぬるま湯で陰部を洗うこと。遊女屋には、浴室に隣接して「下湯場」が設

いぼ　中へ入つた私（わつち）が不肖（ふせう）[九]、夕べお信（しな）[一〇]の床花（とこばな）[一一]に、小銭（こせん）[一二]（一文銭をまぜて）交じりでもらつた百、二つに分けて五十づつ。足らぬところは両腕[一三]の、代はりに二[一四]本の蛸（たこ）の足、高いものだが五十として（ずいぶん高い買物だが五十文と考えて）、これで百に〔合わせて〕してくんねへ。

ト、桔梗袋（ききやうぶくろ）[一五]へ入れし銭と、蛸（たこ）の足を二本出す。

てふ　さすがは名代（だい）（さすが名高いいな）のうで蛸おいぼ、両足だしての扱ひ（仲裁）を、

はぜ　まさかこのまま取られもしめへ（取るわけにもゆくまい）、

いぼ　そんならここに二合ばかり、残つた酒で仲直り、

てふ　物は当たつて砕けろか（とにかくやるだけやってみろか）、

はぜ　鼻[一六]は腐つて落ち（おつこ）ろと、

いぼ　これから兄弟同様に、

てふ　三人寄つて、

三人　義を結ばうか（義兄弟の縁を結ぼうか）。

ト、四つ竹節、通り神楽になり、三人、酒を飲みゐる。向ふ（揚幕から）より、妓夫（ぎふ）のけんのみ権次（ごんじ）、出て来（きた）り、すぐに門（かど）へ入り、

けられていたらしい。

八「さっぱりと、きれいに」は「夜鷹湯」の縁。銭湯に入って「さっぱりと、奇麗になる」と「きれいに＝いさぎよく」を掛けた。

九「不肖ながら」、あるいは、「不肖なれど」の略。愚かではあるが。至らないが。

一〇冬、信濃や越後から、江戸に出稼ぎに来る百姓達に対する蔑称。勤勉だが、頑固の上に大食で、嫌がられる場合もあったらしい。

一一寝床の中で与える花（祝儀）の意。遊客が、女郎と馴染みになった印しとして渡す。

一二一文銭のこと。それに対して、四文銭を「大銭（おおせん）」という。

一三庚申塚の場で和尚吉三が差出した両腕。

一四「うで蛸おいぼ」が「うで蛸の足」を出す。和尚吉三のもじりのおかしさと同時に、新しい滑稽が用意されている。

一五底を桔梗の花の形にし、五枚の布を縫い合せて五角形に作った袋。銭入れ等に用いる。

一六「物は当たって……」は、庚申塚の場の、お坊吉三のせりふを借りたのだが、おはぜは、「物」（男根）と取り、「物の善悪は、寝てみなければ分らぬ」の意にそれを解して、そこから、「性交→梅毒→鼻っかけ」と連想、「鼻は……」と、対句仕立ての洒落を飛ばした。なお、夜鷹には、梅毒患者が多かった。

権次　コウ（オイ）、お前（めへ）たちはまだ仕度（したく）をしねへのか。（商売に出る仕度をしないのか）

いぼ　ナニ、しねへどこか、とうに身仕舞ひもしてしまつて、（とっくに身なりもととのえて）

てふ　お前（めへ）の来るのを待つてゐたのだ。

権次　己（おら）アまた遅くなつたから、場所［一］（いつもの）へ小屋を掛けて来た。（用意してきた）

はぜ　そりやアいい手回しだの。（手回しがいいことだ）

権次　さうして親方（おやかた）は、奥かへ。（奥の部屋かい）

三人　あい、奥に居なさるよ。

ト、奥にて、

伝吉　オォ、権次が帰つたか（待ちかねた様子）◯

ト、四つ竹の合方になり、奥より、前幕（まへまく）の土左衛門爺（ぢぢ）イ伝吉、行灯（あんどう）を持ち、出て来（きた）り、

権次　ヤレ〳〵、おほきに（大変）御苦労だつた。
つい先（さき）から先を歩いて（次々と尋ね歩いて）、思ひの外（ほか）遅くなりました。

伝吉　どうだ、娘の居所（ゐどころ）は知れねへか。

一　夜鷹の妓夫には、客を遊ばせるための、仮小屋を用意する仕事があった。「場所」とは、所定の営業区域の意。

権次　あい。少しでも当たりのある所を（少しでも心当りのある所を）、方々尋ねて来やしたが、どうも居所が知れませぬ。これが身性（みじやう）［二］でも悪けりやァ（身持の悪い娘なら）、逃げでもしなすつたと（駆け落ちでもなさったのかと）思ひやすが、親分［三］の娘にしちやァ堅過ぎる（生真面目な）おとせさん、そんな気遣（きづけ）へもあるめへし（心配もあるまいし）。それにここにゐる三人なら、おつぱなしておいても（放ったらかしておいても）大丈夫だが、野玉（のだま）［四］に過ぎた容貌（きりやう）ゆゑ、引つ担がれでもしやァしねへか（［五］かどわかされたのではないだろうか）。

伝吉　サア、それを（その点が）己（おれ）も案じられ（俺も心配で）、今日はろく〳〵飯も食へねへ。こんな気ぢやァなかつたが（弱気な人間ではなかったはずだが）、ここが（それが）だんだん取る年で、先（さき）から先を（先を先をと）考へるので、ほんに（本当に）余計な苦労をするよ。

権次　しかしこんなに案じるものの（心配してはいるけれど）、夕べどこぞへ〔客と〕泊まりなすつて、昼間帰（かへ）るも間（ま）が悪く（きまりが悪く）、すぐに場所へ（直接稼ぎの場所へ）ゆきなすつたかも知れねへ。

伝吉　なんにしろ（いずれにせよ）手前（てめへ）たちは、これからすぐに場所へゆき、おとせが居たら誰（たれ）でもいいから、先へ〔知らせに〕一人帰（かへ）つてくれ。

はぜ　あい。居なすつたら（いらっしゃったら）年役（としやく）に、私（わつち）が先へ帰つて来よう。

二　身持。素行。
三　頭として上に立つ人。「親方」と「親分」とは、本来、ともに仮り親の意。
四　「夜鷹にはふさわしくないほどの器量よしだから」。「野玉」は夜鷹の異称。外に客を求め、野玉宿に連れ込んで売春する娼婦。「玉」は遊女・娼婦の意。
五　誘拐される。かどわかされる。

権次　エヱ、おつかァ[一]、楽な方へ逃げたがるな。

はぜ　ナニ、逃げる気もねへけれど（逃げるつもりはないが）、夕べ、ちつとばかり怪我[二]をしたから。

いぼ　それぢやァ夕べ梶原[三]の、馬屋別当[四]に出逢つたのか。

てふ　あいつァなか〳〵[五]、只ぢやァいけねへ（人並には扱えない）。

権次　サァ〳〵、仕度が良けりやァ出舟[六]としようぜ（出かけようぜ）（促す）◯

　ト、この内（せりふを言いつつ）、権次、縁起棚に盛つてある塩[七]へ切り火[八]を打ち、門口へまき（〔塩を〕[九]）、後を（残りを）三人にやる（渡す）。皆々、塩をふり（〔体に〕[一〇]）、権次、縁起棚にある銭箱[一一]を風呂敷にて（〔包んで〕）背負ひ、

　そんなら親方、いつて来ます。

伝吉　ゆく道も（〔おとせに〕）気を付けてくれ。

権次　合点（承知しました）でござります。

　ト、三人、鼠鳴き[一二]をして、おはぜ、おいぼは、黒のお高祖頭巾、おてふは頬被りをする。伝吉、向ふへ思入あつて（揚幕の方を見ておとせを案じる様子を見せ）、

伝吉　只ならいいが、[一三]からみでねへゆゑ（大金を持っているから）。

一「おかか」の転。中流以下の家庭の子供が用いる、母親の呼称。また、妻を呼ぶ語。転じて、老婆を呼ぶときにも用いられる。

二 客との性交によって性器に受けた怪我の意か。

三 梶原平三、景時父子。あるいは、嫌な奴の総称。

四 馬屋中間ともいう。主人の馬の飼育や口取りをする中間。「梶原の馬屋別当」とは、巨根の持主に関する比喩か。未詳。

五『横本』には、「あいつァ素股でなけりやァいけねへ」とある。

六「出掛けようぜ」の洒落。女性の性器を「船玉（船の守護霊）」と呼ぶところから、「船玉が出掛ける→船出」といったのか。なお、「船おろし＝女子が初めて性交を行うこと」、「船後光＝女性性器」、「入船帳＝客の氏名・職業・遊興時間などを記録する遊女屋の帳面」、「水揚げ＝船の積み荷の陸揚げ→遊女の初寝」など、船と女性、船と遊里に関する隠語は少なくない。

七 塩には、浄めのための具という呪的意味がある。禊ぎに要する海水が得られぬ際、塩で代用した習俗の名残りである。

八 火打ち石と火打ち金を打って発火させ、その火花を、浄めるべきものにかけること。

権次　エ。

伝吉　イヤサ、[一四]から傘を持つてゆけばいい。

権次　ほんに悪(わり)い雲行きだ。（悪い天気だ）

いぼ　[一五]水(すい)ばれは、真つ平だ。（雨降りはいやだ）

てふ　[一六]ばれねへ内に、（降らないうちに）

権次　道を急いで、

三人　[一七]さいで〳〵。（さあおいでおいで）

ト、四つ竹節、通り神楽にて、皆々(みなみな)、向ふ（揚幕へ）へ入る。後、（伝吉は）見送り、

伝吉　アア、案じられるは娘の身の上（心配なのは娘の運命）。大枚(たいまい)百両といふ金ゆゑ（百両という大金だから）、ひよつと間違ひでもある時は（万一よくないことが起った場合は）、己(おれ)はともあれ(ともかく)奥に居る、夕べ助けた木屋の若い衆、内へ帰す事もならず（わけにもゆかず）、どうしたら良からうか。なるほど[一八]道に落ちた物を、拾ふなとはよく言つた事だ（うっかり物を拾うととんだ目に遭うとは）。とんだ金を拾つたばつかり（とんでもない金を拾ったばっかりに）、余計な苦労をしにやァならぬ（心配げな様）◯アァ、早く便りを聞きてへ（連絡がつくといいのに）ものだ。

九　出口もしくは通り道を浄める行為。

一〇　海水で身を浄める（禊ぎ・塩垢離）代りに、塩を体に振りかける。

一一　金銭を入れる木箱。壊れないように、鋲(びょう)や四方鉄で補強されている。

一二　「ねず鳴き」ともいう。口をすぼめてチュウチュウと鼠の鳴き声を真似ること。遊女などが客を呼び入れたり、吉事を願ったりするときに行う。鼠が、厄除けや招福に縁のあるところから生じた、呪的な行為であろう。

一三　「からみ」は空身。身に何も持っていないこと。おとせは、百両という大金を持っているので、「からみでねへ」。

一四　おとせが百両持って出たことを権次は知らない。伝吉は独り言のように「からみでねへゆゑ」といったが、権次に聞きとがめられ、「から身→から傘」と誤魔化す。

一五　香具師(やし)などの隠語。雨降りの意。

一六　雨などが降ること。

一七　「さあ、おいで」の約言。

一八　「道に落ちたるを拾わず」。うっかり物を拾って、迷惑や災難を被ることを戒めた諺。もともとは、厄年に厄を避けるため、身に付けた櫛(くし)や財布などを辻に落す習俗があり、それを拾った人に厄が移ると考えた。

ト、やはり右の鳴物(同じ鳴物で)にて、向ふ(揚幕から)より、八百屋[一]久兵衛、袢纏、股引、尻端折り、八百久(やほきう)といふ(と記した)弓張り[二](ゆみは)提灯(ぢやうちん)を持ち、前幕のおとせを連れて、出て来(きた)り、

久兵　コレ、娘御(娘さん)。お前(まへ)の内はどこらだな(どのあたりだい)。

とせ　はい、向ふに見えますが(向うに見えますのが)、私(わたし)の内でござります。

久兵　アア、そんなら向ふでござるか　(ほっとして)　○　これから内へ帰つても、死なうなぞといふ無分別[三]は(無茶な気持を決して起してはいけませんよ)、けつして出さつしやるな。

とせ　御深切にお止め下され(お助け下さって)、有難う存じます。

久兵　さぞ親御[四]が案じてござらう　(きっとそうだと頷く)　○　ササ、少しも早くゆきませう　(促す様子)　○

ト、本舞台へ来り、門口にて、

はい、ちよつとお頼み申しまする[五](ごめん下さい)。

伝吉　あい、どこからござりました(どこからおいでございますか)。

とせ　父(とと)さん、私(わたし)でござんす。

ト、内へ入る。

一　『横本』には貼り込みがあって、八百屋久兵衛は登場せず、代って「八百屋女房お久三十余り世話女房の拵へ」が登場する。役者は同じ市川米十郎。男を女に変更した理由は明らかでない。

二　竹を弓のように撓(たわ)め、その上下両端に引っ掛けて張り伸ばした提灯。

三　「分別」は、物事の是非・善悪・損得を弁えること。「無分別」は、そのような分別に欠けること。無考え、無思慮。

四　四行目にも「娘御」とあった。「御」は、軽い敬意を表す接尾語。「父御(ててご)」、「殿御(とのご)」などと使う。「御前(ごぜん)」の省略形。

五　他人の家を訪れたときに、案内を求める言葉。武士などは、「頼もう」の形で使う。

六　もうちょっとのところで。「すんでに」とも、「すんでのことに」ともいう。

七　期待がかなえられなかったり、思わぬ衝撃を受けたりして、力を落し、がっかりしてその場を離れる様子を表す副詞。

八　八百屋お七の衣裳には必ずこの紋を付ける。もっとも、お七の家の紋ではなく、お七を演じて大当りを取った名女方、初世嵐喜世三郎（?～正徳三年〈一七一三〉）の紋。

伝吉　オォ娘か。ヤレ、よく帰つて来た。

とせ　夕べとんだ災難に遭うて、[六]すでに死んでしまふところ（もう少しで死んでしまうところを）、このお方（かた）に助けられ、お蔭で帰つて〔無事に〕来たゆゑに、ようお礼を言うて下さんせ。

伝吉　コレハ〳〵、どなたさまでござりますか。娘が命をお助け下され、有難う存じます。

久兵　イヤモ、すでの事に危ふいところ（もうちょっとで危険な目にあうところを）、やう〳〵の事でお助け申しました（やっとの思いでお助け致しました）。

伝吉　してマァ、夕べの災難とは、どんな目に遭つたのだ。

とせ　サア、金を落としたそのお人を、尋ねに場所〔稼ぎの〕へ行（い）たところ、お目に掛からずすご〳〵と（[七]がっかりして）、帰る途中の稲瀬川。〔での出来事〕道から連れになつたのは（途中で道連れになった人は）、年の頃十七、八で、振り袖着たる良い娘御（上品な娘さん）。夜目（よめ）にも忘れぬ紋所は、[八]丸（まる）の内（うち）にふうじ文（ぶみ）。その娘御が〔実は〕盗人にて、持つたる金を取られし上、川へ落とされ死ぬところを、このお方（かた）に助けられ、危ふい命を拾うたわいな。

ト、これを聞き、伝吉、吃驚（びつくり）なし、

伝吉　エヱ（十三郎に思い至り）　すりや（それでは）、拾つた金を取られしとか。

とせ　あいな（はい）ァ。

伝吉　ハテ、是非もない事だなァ（やむをえないことだなあ）。

ト、当惑の思入（途方にくれた様子）。久兵衛、前へ出て、

久兵　イヤ、その後（あと）はこの私（わし）が、かい摘（つ）まんでお話し申さう。イヤ、私（わし）は八百屋久兵衛というて、百姓半分青物商ひ（百姓半分の八百屋です）。夕べお猿畑（さるばたけ）[一]から、舟に[二]牛房（ごばう）や菜を積んで、通り掛かつた稲瀬川[三]、水におぼれて苦しむ娘御。やう／＼上げて介抱なし（やっと〔舟に〕引き上げて手当をし）、我が家（や）へ伴ひ帰りしところ（連れて帰ったところ）、御覧のとほりの貧乏暮らし、着替への着物もないゆゑに、紡太（ばうた）[四]を着せて夜通しかかり、やうやく火箱[五]で着物を干し上げ（乾かし）、今朝（けさ）連れてまゐらうと、思ふ出先へ[六]ひよんな事。私（わし）が倅（せがれ）が奉公先で、金を百両持つたまま、行方（ゆくへ）が知れぬと主人より、人がまゐつて（使いが来て）吃驚（びつくり）なし、取る物も取りあへず（なにはさておき）、まづ先方（さきかた）へ顔を出し（御主人の方へ顔を出し）、それから方々心当たりを、尋ね捜せど

一　神奈川県逗子市久木にある法性寺の麓の地名。法性寺は日蓮ゆかりの霊場で、山号を「猿畠山」という。『狂言百種』本では「東葛西」。東葛西は、武蔵国葛飾郡東葛西領。小合・金町・柴又・小岩・小松川・船堀・一之江・一色・篠崎・長島・宇喜田などの諸村を含む、中川の東部地域。現、葛飾区・江戸川区一帯。

二　葛西は、小松川周辺の菜（小松菜）を始め、野菜の産地として名高く、百姓達は、それらの野菜を船で江戸に運び、肥料にする糞尿を買い、その肥桶を積んで帰って行く。この種の船を、俗に葛西船と呼び、行徳の船着場（現、千葉県市川市行徳四丁目）から下今井・桑川・一之江を経て中川船番所を通り、小名木川（釜屋堀）を西に進んで隅田川を越え、小網町寄り詰めの行徳河岸（中央区日本橋小網町三丁目）に到る、三里八丁の行徳船の航路をたどった。このような野菜の販売と肥料の買い付けとは、別に葛西に限ったことではなく、近世の城下町と近郊農村との間に、広く見られる現象であった。しかし、それによる収入は極くささやかなもので、運搬に要する諸経費や肥料代を差し引くと、純益はおよそ二割ほど。久兵衛の場合は、船も小さな借り船であろうし、江戸に着いてからは

行方知れず、それゆゑおほきに遅なはり（たいそう遅くなり）、余計に苦労を掛けました（必要以上に御心配をおかけしました）は（ことを）、どうぞ許して下さりませ。

伝吉　ソレハ〳〵。お前（まへ）さまの御苦労の中で（〔お子様の事で〕御苦労の最中）、[七]いかいお世話（〔娘が〕大変お世話になり）。なんとお礼を申さうやら　○（頭を下げ）　それについてこつちにも（それに関して私の方にも）、似寄つた（似通った）話がありますが、シテ、息子どのの年格好（年や姿）は。

久兵　今年十九でござりますが、私（わし）と違つて色白で、目鼻立ちもぱつちり（はっきりした）と、親の口から申しにくいが、良い男[八]でござります。

とせ　どうか（どうやら）様子をお聞き申せば、金を落としたお方（かた）のやう。

久兵　それゆゑもしや言ひ訳なく（申し開きも立たず）、ひよんな事でもしはせぬかと（不吉なことでもしでかすのではないかと）、案じられてなりませぬ（心配でたまりません）。

伝吉　そのお案じは御尤も（御心配は無理もない）。誰（たれ）しも同じ親心。したが（けれども）その息子どのは、別条ない（無事だから）[九]から安心なさい。

久兵　エ、すりや（それでは）、達者でをりますとか（元気でおりますか）。

伝吉　いまお前（まへ）に逢はせませう　○（助けてよかった）　オイ、十三どの〳〵。

「肩へ棒をあて」（第一番目二幕目九八頁参照）て売り歩く程度の荷しか運んでおらず、極めて零細な商いを営んでいたのである。

三　『狂言百種』本では「両国川」。両国川は隅田川の別名。

四　紡太布子の略。木綿の綿入れ。「紡太」は、太い木綿糸で織った織り物で、主として自家用に製する。

五　行火（あんか）のこと。土製の火入れを、小さな木箱に入れたもの。

六　出掛けようとする寸前に。「先」は、行動の行われる直前の意。

七　「いかい（たいそう）お世話になりました」の後略。他人の尽力に対して感謝の気持を表す言葉。もっとも、「いかいお世話だ」といい切れば、「余計なお節介だ」の意になる。

八　十三郎に扮した十三世市村羽左衛門は美男子だった。それに掛けたせりふ。

九　常と異なったこと。異状。

十三　はい、ただいまそれへまゐります。

　ト、合方にて、奥より、前幕の木屋の手代十三郎、しほしほと[一](元気なく)出て来る(きた)。久兵衛見て、吃驚(びっくり)なし、

久兵　ヤ、倅か。よくまめでゐてくれた[二](元気でいてくれたな)。

十三　アァ、面目次第[三]もござりませぬ。

　ト、うつむく顔を、おとせ見て、

とせ　ヤ、お前(まへ)はどうしてこちの内へ。

十三　サァ、金を失ひ言ひ訳なく(申し開きのしようもなく)、川へ身を投げ死なうとせしを、伝吉さまに助けられ、夕べから御厄介(お世話になっているのです)。

とせ　それはよう来て下さんした（嬉しさを表す）〇これにつけても今の今まで、私(わたし)や死にたう思つたは、どうした心の間違ひやら(どんな心の迷いからか自分でも分らない)。死んだらここで逢はれぬもの、もう〳〵死ぬ気は少しもない。アァ、つるかめ〳〵[四]。

　ト、おとせは、十三に惚れてゐる思入(表情)。伝吉、さては[五]といふこなし(動作)。

一　気持が沈んで、元気のない様子を表す副詞。

二　「忠実」と当てる。誠実、勤勉、几帳面などの意から、さらに、体の丈夫なさま、健康な状態を表す。

三　人に合わせる顔もない。「面目次第」は面目＝顔、体面、世間体を丁寧にいう語で、もっぱら否定に使われる。

四　不吉なこと、縁起の悪いことを祝い直すために唱える語。鶴は千年、亀は万年と、ともに長寿で、めでたい、縁起の良い動物とされている。ただし、実際には、亀（象亀）は二百年、鶴は四十年位しか生きない。

五　さては、おとせは十三郎に、と二人を見る。

久兵　そんなら死ぬ気はなくなりましたか。ヤレ〳〵、それは良い了見（よい考え）

（頷く）○　アァ、思へばいかなる（どういう）縁づくか（六 縁によるのだろうか）、

伝吉　此方（こなた）の息子は己（おれ）が助け、

久兵　お前（まへ）の娘は私（わし）が助け、

十三　捨てる命を拾へども、

とせ　拾うた金は盗まれて、

伝吉　今となつては、

久兵　互ひの難儀（お互いの苦しみ）、

十三　こりやどうしたら、

四人　よからうぞ。

ト、四人思入（各々行末を案じる心）。

伝吉　マァ、なんにしろその百両、娘が拾つて盗まれたら（娘が拾って盗まれたからには）、こつちも逃れぬ係り合ひ（こちらも知らぬ顔はできない 七）、死に身になつて（八 必死になって）とも〴〵に（一緒に）、金の調達（てうだつ）しようから（金を作るつもりだから）、マァそれまでは（金が調うまでは）息子どのの、行方の知れねへ体（てい）にして（行方不明ということにして）、私（わし）に預けてく

六　縁尽く。縁の有無によって事の成り行きが決ること。縁次第。

七　関係。ある人物や事柄に対して、特定の関係を持つこと。また、他人の惹（ひ）き起した事件や、犯した罪に巻き込まれて、迷惑や損害を蒙ること。巻き添えにされること。

八　死ぬ覚悟で。必死になって。

んなせへ。悪(わり)いやうにはしめへから。

久兵　それは〱有難い。御深切なそのお言葉〔に〕、あまえて〔息子の世話を〕お願ひ申すのも、[一]そでない事ではございますが(筋違いなことではありますが)、なにをお隠し申しませう(実を申しますと)、実の親子でないゆゑに、〔気持の上で〕こつちにへだてはなけれども、〔義理の親に〕難儀を掛けて(苦しい思いをさせて)気の毒なと(はと)、〔家には〕居にくい事もございませうかと、それが案じられまする(それが心配でございます)。〔ですから〕お願ひ申したうございますが、しかし馴染もない(お付合もない)貴方(あなた)へ、[二]お気の毒でございまする(御迷惑をかけて恐縮でございます)。

伝吉　ナニ、その気兼ねには及ばねへ(そんな遠慮は不必要だ)。こんな商売〔をしていれば〕、年中人の一人や二人、[三]ごろついてゐる(居候がいる)私(わし)が内、けつして案じなされねへがいい。

久兵　それは有難うございまする。

十三　そんなら私(わし)はこちらの内に。

とせ　これからいつしよに居なさんすのか。

伝吉　[四]オォサ、なくした金のできるまでは(なくした金が調うまでは)、己(おれ)が預かり内へ置くのだ。

とせ　そりやマァうれしい。

一　「そうでない」の約言。不都合な、正当でない、理に外れた、そっけない。

二　他人に迷惑や苦労を掛けることに対し、恐縮していう語。

三　特定の仕事もなく、よその家に寄食してぶらぶらしていること。

四　そうだとも。相手の言ったことを肯定する感動詞。「おお」を強めたいい方。

五　お嬢吉三のこと。

伝吉　ヤ。

とせ　イヤサ、内(いえ)（家の中が賑やかになって）がにぎやかで、ようござんすな。

ト、おとせ、十三郎、顔見合はせ、うれしき思入（嬉しそうな様子）。

伝吉　そりやァ（ところで）さうとこの息子どの、義理ある仲と言ひなさるが、もらひ（貰い子と）でもしなすつた（でもいうのですか）のかへ。

久兵　いえ、拾ひましたのでござります。

伝吉　エ（不審そうに）○　そりや、アノ、どこで。

久兵　忘れもせぬ十九年跡（十九年前）、実子が[五]一人ありましたが、〔それまで〕[六]子育てのないところから、名さへお七(しち)[七]と付けまして、女姿で育てましたが、ちやうど五つでかどはかされ[八]（誘拐され）、行方(ゆくへ)の知れぬを処々方々(あちらこちら)、捜して歩く帰り道、[九]竜口寺(りゅうこうじ)の門前で、拾つてまゐつたこの倅。こりや失ふ倅のその代はり、祖師さまからのお授け（日蓮上人からの授かりものと思って）と、内へ連れて帰つてみれば、守りの内（守り袋の中に）に入れてあつた、[一〇]土細工(つちざいく)の小さな犬に、十月十三日の誕生と、書き記してあつたので、戌(いぬ)の年の生まれと知れ、十三日（誕生日の十三日という日は）の生まれ日は、

六　「子育て」とは、いうまでもなく、子供を生み育てることだが、子供が生れなかったり、生れてもすぐ死んでしまったりする場合に、「子育てがない」という。

七　子供が健康に育たない家では、福分のある夫婦を拾い親（取り上げ親）に頼み、生れた子を捨てたあと、すぐ拾って仮り親になってもらうという習俗があった。また、子育てのない家に子供が生れたとき、男子ならば女の子として、女子ならば男の子として育てると健康に育つという俗信があった。この俗信を利用して、お嬢吉三が八百屋のお七と名乗り女装する筋道を付けたのである。

八　第二番目三幕目（四四五頁）で、お嬢吉三は、自分は五歳のときに誘拐され、旅役者の中で女方として育てられたと語っている。

九　藤沢市片瀬三丁目に現存する、日蓮法難の旧跡で名高い寺。ただし『狂言百種』本では法恩寺。法恩寺は、山号を平河山(へいかざん)という日蓮宗の大寺。南本所出村町（現、墨田区太平町一丁目）にある。

一〇　十二支に配当された動物神、例えば、子(ね)＝鼠、丑(うし)＝牛などは、いずれもその年の守護神と考えられてきた。江戸時代には、それを象(かたど)った土人形に誕生の月日を記して、お守りとする風習があった。

すなはち祖師[一]の御縁日ゆゑ、すぐに十三(じふざ)と名を付けて、育てましたるこの倅。実の親はなに者か(〔分りませんが〕)、どうで(どうせ)我が子を捨てるからは、ろく(まとも)な者ではござりますまい(な人間ではございますまい)。

ト、これを聞き、伝吉、ぎつくり[二](激しい驚きの様子を示し)思入あつて、おとせ、〔と〕十三郎を見て、愁(うれ)[三](辛い気持を表す)ひの思入。

伝吉　すりや、竜口寺の門前で、息子どのは拾つたのか。ハテ、思ひ掛けねへ事だな。

ト、よろしく思入(心の動揺を隠す気持)。久兵衛も、こなしあつて(何かを感じここにいるべきでないと察し)、

久兵　いや、勝手ながら(身勝手ですが)私(わたくし)は、主人方(かた)へ言ひ訳に(その後の様子を知らせに)、これから回つてゆきますれば(今から寄って行きますので)、もうお暇(いとま)いたしまする。

伝吉　それぢやァ息子どのの身の上は(息子殿のことは)、私(わし)に任せておきなせへ。

久兵　なにぶん[四]お願ひ申しまする(なにとぞよろしくお願い申します)。

ト、十三郎、前へ出て、

十三　ア、思ひ回せば(考えてみれば)私(わたくし)は、いづく(どこの)の誰(たれ)が胤(たね)なるか(誰の子なのか)、実の親は名さへも知

一　祖師、つまり日蓮上人は、弘安五年（一二八二）十月十三日に入寂。月の十三日は「お祖師さま」の縁日として、日蓮宗の各寺院は参詣者で賑わい、また、祥月命日(しょうつきめいにち)には、会式＝御影供(みえいく)が盛大に行われた。なお、「縁日」とは、何らかの縁で、神仏がこの世にかかわりを持つとされる日。平安後期に生まれた信仰で、特定の仏菩薩との結縁観念に支えられて普及し、近世に入って、門前市の発達とともに盛んになった。

二　「ぎつくり」は、心に激しい衝撃を受けて、驚き、動揺する様子を表す副詞。久兵衛の話に、伝吉は大きなショックを与えられる。かつて十三郎を捨てたのは、外ならぬ伝吉であったからだ。だが、それだけならばまだ良い。問題は、伝吉と十三郎が「実の親子」である以上、十三郎とおとせは「実の兄妹」であり、その二人が愛し合っているという点にある。だが、その事実を二人に知らせる訳には行かない。伝吉は苦しむ。因果に支配された運命の恐怖におののく。

三　惚れ合った二人は兄妹か、かわいそうにこれも自分のせいだと辛い表情をする。

四　人に物を頼むとき、その方法や処置を相手の判断に任せる気持を表す副詞。強めて、「なにぶんともに」とも使う。

らず。まだ[五]当歳のその折から（生れたばかりの時から）、この年までの御養育。大恩受けし親（おや）仁（ぢ）さまへ、なに一つ御恩もおくらず（御恩返しもせず）、御苦労掛ける不孝の罪。どうもそれが[六]済みませぬ（心苦しゅうございます）。

ト、久兵衛、立ち掛かる（立ち上がる）。

久兵　ハテ、それとても[七]約束事（前世の因縁）。かならず（決して）[八]きな／＼思はぬが良い（くよくよ悩まぬがいい）。

とせ　そんならもう、お帰りでござりますか。

久兵　はい。またお礼に上がりますが、なにぶんともに（どうかよろしく）、倅がお世話を。

とせ　[九]そりやもう、私（わたし）が　◯（十三郎を見る）

ト、うれしき思入にて（嬉しそうな表情で）、

どのやうにも。

久兵　それは有難うござります　◯（ほろりとして）　さやうなれば（それでは）、伝吉どの。

伝吉　久兵衛どの。

ト、久兵衛、門口へ出て、

久兵　倅。

五　生れたその年、一歳。「たうさい」とも、「たうざい」とも読む。

六　気持が晴れない、申し訳がない。

七　前世から定まっている運命。因縁。

八　何かにこだわって、あれこれと思い悩む様子を表す副詞。

九　久兵衛の言う「倅がお世話を」は、「倅の面倒を見てやってくれ、倅のために力を尽してやってくれ」の意。それを、おとせは、「身の回りの世話をする」と取り、おままごとのような夫婦生活を夢見て喜ぶのである。

十三 はい。

ト、門口に来る。久兵衛、顔を見て、

久兵 患はぬやうにしやれ。〔体に気をつけろよ〕

ト、ほろりとして〔涙ぐんで〕、門口を閉(し)める。唄になり、久兵衛、涙をぬぐひ、向ふへ入る。

伝吉 せつかく娘が帰つたらと、思つた金も〔娘が帰ってきたら渡せると思った金も〕鶍(いすか)[一]となり〔当てが外れ〕、いまさらしやうもねへ訳だが、しかし金は世界の湧(わ)き物〔[二]思いがけず手に入る物〕、明日(あす)にもできめへものでもねへ(い)〔明日にでも手に入らぬとも限らない〕。マア、案じずと〔心配せずに〕二人とも、夕べからの心遣ひ[三]〔心労で疲れていようから〕、奥へいつて寝るがいい。

とせ そんなら父(とと)さん、十三さんと奥[四]へいつても良うございんすか。

伝吉 アア、いいとも〳〵。若い者は若い者がいい〔若い者同士がいい〕。年寄りぢやァ話が合はねへ。

とせ サァ、十三さん、父(とと)さんのお許しゆゑ、これから奥でしつぽりと

(赤面して)○いえ、今宵はしつぽり[五]降りさうなれば、寝ながら話を。

一 「鶍の嘴(いすかのはし)」の略。鶍はアトリ科の鳥で、「交喙」とも書くように、上下のくちばし(嘴・喙)が湾曲して交差している。そのくちばしの状態から、物事が食い違って、思うようにならぬことを表す。

二 「金は湧き物」。水が湧き出るように、金銭も思いがけず手に入ることがある。だから、金がなくともくよくよするな、の意。

三 伝吉は、「奥へいつて寝るがいい」という。「夕べからの心遣ひ」で身も心も疲れ切った二人を休ませるためである。もちろん、伝吉は、その結果、「寝る」が「休む・眠る」に止まらないことを予測している。本来ならば、親として、「寝る」が性行為に及ぶことを、伝吉は止めるべきであろう。だが、そのためには、二人が兄妹であることを告げなければならない。伝吉にはそれはできない。捨て子という行為を告白することに、ためらいがあるからではない。「捨て子」は、彼の場合、習俗に則した行為であったから、良心の呵責にひどく苦しむということはなかったはずだ。それよりも、不幸な星の下に生れた二人が見出だした唯一の幸福=愛を、伝吉は、妨げたくはなかったのである。伝吉は、我が身の因果を思う。二人の哀れを思う。そして、すべてを運命の手に委ねるのである。

ト、うれしき思入（おもいれ）にて、十三の袖を引く[六]。

十三　いえ、まだ私（わし）は眠うございませぬ。

とせ　眠うなくとも、私（わたし）といつしよに。

十三　では（それはそうですが）ございまするが。

ト、ゆきかねる（行くのをためらう気持）思入。

伝吉　眠くなくば炬燵[七]（こたつ）へでも、当たりながら話しなせへ。

とせ　アレ、父（とと）さんもああ言はしやんすりや（そう言って下さるので）。

十三　そんなら御免下さりませ（失礼いたします）。

伝吉　どうで（どうせ）夜具も足りめへから、眠くなつたら娘といつしよに、炬燵へ
[八]すぐに寝なさるがいい。

十三　有難うございまする。

とせ　ほんにこのやうなうれしい事が。

ト、うれしき思入。これを見て、

伝吉　ア、[九]なんにも知らず。

四　おとせは、「奥へいつて寝るがいい」という伝吉の言葉を、十三郎に抱かれて寝る、即ち十三郎と性の交わりを持つことに直結させて喜ぶ。おとせは夜鷹である。男に抱かれる経験を夜毎重ねてはいるものの、愛する男に「無償で」抱かれる経験は、今夜が初めて。その喜びを伝吉も、察している。

五　おとせは、十三郎との性の交わりに濡れることを期待して、思わず「しつぽり」と口にするのだが、十三郎の手前恥ずかしく、「しつぽり」雨が降りそうだと誤魔化す。

六　「袖を引く」は、十三郎を奥へ連れて行こうとする、ごく普通の行動だが、それが同時に、夜鷹が客の「袖を引く」、つまり、遊んでお行きと誘う習慣的な行動に重なる。

七　炬燵には、床を切って炉を設け、上に櫓を置いて蒲団をかける「掘り炬燵」(「切り炬燵」ともいう)と、底のある櫓の中に炉を入れて持ち運ぶ「置き炬燵」、それに、「浪人炬燵」と呼ばれる「行火（あんか）」(「火箱」)とがある。ここの炬燵が、そのいずれかは不明。

八　じかに。蒲団を敷かず、炬燵に足を入れたまま、畳の上にじかに、の意。

九　二人は兄妹であること、そして、兄妹姦を犯す宿命にあることを知らぬ。おとせの嬉しそうな顔を見て、伝吉の胸は痛む。

両人　エ。

伝吉　早く寝やれよ(寝ろよ)。

　ト、唄になり、おとせ、いそ〳〵(心のはずむ様子で)と、十三郎の手を取り、奥へ入る。時の鐘。伝吉、跡(〔二人の〕)見送り、[一]溜め息(たいき)つき、じつと思入(苦しみに堪えている様子)。四つ竹節、通り神楽になり、向ふより(揚幕から)、和尚吉三、前幕の形(なり)、頬被り(ほほかむ)にて出て来り(きた)、すぐに門口へ来て、

和尚　あい、御免なせい。

　ト、門口を開ける。

伝吉　誰(だれ)だ。

和尚　とつさん、己(おれ)だよ。

　ト、手拭ひを取り、内へ入る。

伝吉　オォ、吉(きち)か。なにしに来た(どうして家に来たのだ)。

和尚　なにしに内へ来るものか(用もないのに来たりするものか)。お前(めへ)もだん〳〵取る年だから(年をとるから)、変はる事(何か別状でも)でもありやァしねへかと(ありはしないかと)、ちよつと見舞ひに寄つたのだ。

一　伝吉の深い心痛・苦悩を示す。

二　非常に珍しいこと。感心なこと。その行為が、人の胸を打つほど、稀な性質や程度のものであることをいう。

三　金品をねだること。

四　家の中や、人知れぬ土地などに引きこもって、陰気に暮すこと。

五　塩と味噌。転じて、日々の食物、毎日の

伝吉　そりやァ奇特(きどく)（二 感心なことだが）な事だつたが、己(おら)ァまた、無心（三 金をねだりにでも来たのかと思った）にでも来たかと思つた。

和尚　とつさん、そりやァ昔の事だ。今ぢやァどこにくすぶつて（四 引っこんでいても）ゐても、塩噌(えんそ)（五）に困るやうな事はねへ。寝てゐて（あくせく働かなくとも）人が小遣ひを、持つて来てくれるやうになつた。これといふのも親のお蔭、これまでたび〳〵無心を言ひ、あげくの果てに三度まで、引きとり（六）をさせたから、なんの中でも義理（七 親子の仲にも）とやら。小遣ひ（八）でもあげてへと、思つたつぼに目がたつて、夕べちつとばかり勝つたから（少しばかり博打で勝ったから）、それ（その金を）を持つて来やしたのさ。

伝吉　イヤ、その志（その気持は有難いが）はかたじけねいが、勝つたといふその金も、噂の悪い（評判のわり）手前(てめへ)ゆゑ、己(おら)ァどうも安心ならねへ。おほかた（多分）十か二十（十両か二十両）だらうが、もう十両（九）からは首に係(かか)る。そりやァ手前(てめへ)の事だから、己(おれ)に難儀も掛けめへ（迷惑もかけないだろうが）が、はした金(がね)でその時に（一〇 いざという時に）、苦労をするのは己(おら)ァいやだ。志は（気持だけは受け取ったから）もらつたから、金は持つて帰(かへ)つてくれ。

ト、これにて（これを聞いて）吉三、むつと（一一 不機嫌になり）したる思入にて、

和尚　そりやァお前(めへ)が言はねへでも、百も承知（一二 よく分っている）二百も合点。エェ、幾つに

生活の意。

六 刑の執行を了えて放免される受刑者は、無宿者以外は、必ず宿元や町役人に引き渡された。その受刑者の身柄を引き取ること。

七 「親子の仲にも義理」をぼかしていった言葉。どんな親しい人であろうと、義理を欠いてはいけないという意。

八 「小遣いでも上げたいと思ったので、昨夜賭場に行ったところ、思った通りに骰子(さいころ)の目が出て、少しばかり儲けたから」。「思つた」は、「小遣ひでも上げてへと思つた」、「思つたつぼに目がたつて」と両方にかかる掛け言葉。「つぼ」は「壺皿」の略、骰子博打で骰子を入れて伏せる容器のこと。「目」は骰子の目（六面に打った一〜六の点）。「たつ」は現れる、出る。

九 十両盗めば死罪。「首に係る」は、首に関する、の意。

一〇 いざとなったとき。ここは罪に問われたとき。

一一 機嫌を損ねたり、腹を立てたりして、不快な気持になった様子を表す。

一二 「百も承知」の強調。十分に知り尽している、よく分っている。さらに強めて、「百も承知、二百も合点、三百懐、四百は水甕の中にある」ともいう。

なつても小僧のやうに、己を思つてゐなさるだらうが、[一]三年たちやア三歳になりやす。久し振りで訪ねて来て、まさか私も十や二十の、[二]はした金は持つて来ねへ。

伝吉　ナニ、はした金は持つて来ねへ。

和尚　ちよつとしても、[三]一本だ。

ト、懐から、前幕の百両を出し、伝吉の前へ放り出す。伝吉、取り上げ、

伝吉　すりや、アノこれを。

ト、吃驚なす。

和尚　また要るなら持つて来やせう。

ト、和尚吉三、構はず煙草入れを出し、煙草を飲みゐる。伝吉は、この金が欲しき思入あつて、どうで盗んだ金だらうからよさうといふこなし。

伝吉　ムム、十か二十のはした金と、思ひの外にこりやァ百両。ちやうど

一　諺「三年たてば三つになる」。時の経つにつれて、どんなものでも変化し、成長し、徒に歳月を空費しはしない、の意。

二　僅かな金。

三　ここでは金百両。一包みともいう。なお、外に、緡に通した銭貨――百文（一文銭百ないし九十六枚）、二百文（四文銭五十枚）、五貫文（天保銭＝百文銭五十枚）をも、一本と呼んだ。

四　ある一つの物事に没頭すること。

五　正しくは「見継・見次」。金銭を供給して、人の暮しの世話をすること。

六　このせりふは、多分、本作上演に先立つ十一年前、弘化二年（一八四五）に、八世市川団十郎（お坊吉三を勤めた権十郎の兄）が受けた表彰の例を想起して書かれたものであろう。八世は、父七世団十郎が奢侈の廉で、天保十三年（一八四二）に江戸を追放されて以来、薄給にもかかわらず仕送りを続け、茶断ちをして、毎朝、浅草蔵前の成田不動の出張り所へ日参しては、父の赦免、無事帰国を祈り、絶えず手紙によってその様子を伺い、また、母親が病気の際には水垢離をとって平癒の祈願を続け、看病に心を尽し、兄弟を慈しみ、養うもののない弟子を引き取って死に

こつちに入り用が、あれどもこりやァもらへねへ。以前と違つて悪事をやめ、今ぢやァ信者講の世話役に、〔なって〕お題目と首つ引き[四]（お題目を欠かさず唱える毎日だ）ゆゑ、そでねへ金（から悪い金は）はもらへねへ。

和尚　なぜもらへねへと言ひなさるのだ。親の難儀を貢ぐ[五]（親の苦労を助けるため）がため、子が金を持つて来るのは、言はずと知れた親孝行。お上（かみ）[六]へ知れりやァ辻々へ、張り札[七]が出て御褒美だ（〔おまけに〕御褒美を頂ける）。なんでそでねへと言ふのだらう（どうして悪いと言うのだろう）。

伝吉　イヤ、御褒美が出て辻々へ、張り札が出りやァいいけれど、もう（もはや）[八]百両とまとまれば、鎌倉中[九]を引き回し、その身の悪事を書き記した、捨て札[一〇]が出にやァならねへわ。はした金でも取るめへと、思つたところへこの百両。なほ〳〵こりやァもらへねへ。早く持つて帰つてくれ。

ト、百両を吉三の前へ、突き戻す。

和尚　そりやァ父（とつ）さん、分からねへといふものだ（物わかりが悪いというものだ）。たとへこの金で（たとえこの金が原因で）くれへこみ[一一]（牢獄へ入れられ）、明日（あす）が日、首を取らるるとも（明日にでも首を切られようと）、お前（めへ）に難儀を掛けるものか（迷惑をかけるものか）。

水まで取ってやるなど、その「奇特之儀」がお上に知れ、弘化二年五月八日、北町奉行所に呼び出されて、鍋島内匠頭から「申し渡し（表彰状）」を受けるとともに、褒美として、鳥目十貫文を与えられたのであった。その「申し渡し」は辻々に掲示されたらしく、それを写して版行した摺り物が売り出され、江戸はもとより、京・大坂にまで評判が伝わったといわれている。

七　人々に告知すべき内容を紙や板に記し、人目に触れるところに張り出す札。

八　十両盗めば死罪というのが常識だったから、百両の盗みが死罪に価することはいうまでもない。しかし盗みの方法や回数、金額の如何によって牢屋敷内の切り場（土壇場）で処刑される場合もあれば、引き廻しの上、牢内で斬首、獄門になったり、引き廻しの上、牢外の御仕置場で磔刑（たっけい）に処せられたりした。

九『狂言百種』本では、「この江戸中を」とある。

一〇　罪人の氏名・年齢・罪状・刑罰を記した木札で、「科（とが）書きの捨て札」ともいう。獄門台の傍に三十日間立てて置くのが定めで、五か所引き廻しの場合には、日本橋・筋違橋・赤坂御門・両国橋・四谷御門にも立てた。

一一「食らひ込む」の訛り。逮捕される意。

[一]堅気な人なら怖からうが（まともな職業の人なら恐ろしかろうが）、根が（もともと）悪党のなれの果て[二]、びく〳〵せずと取つておきねへ（取っておきなさい）。

伝吉　いや〳〵、こりやァ取られねへ。と言ふのは若い時分にした（犯した）、悪事が（悪事が）だん〳〵報つて（むくはね返って）[三]来て、今も今とて（今もやはり）[四]現在の[五]○（恐ろしいことだ）まだこの上にこの金を、取つたらどんな憂き目（辛い目にあうことか）[六]を見よう。アァ、恐ろしい事〳〵。

和尚　なんだな（なんだい）、そんな愚痴を言つて。取る年とはいひながら、お前（めへ）もけち[七]な心になつたの（弱気になったなあ）。それぢやァどうでも（どうしても）この金は、要（い）らねへと言ひなさるのかへ。

伝吉　サア、いまも己（おれ）が言ふとほり、なくてならねへ百両に、唾（つ）の出るほど欲しいけれど（喉から手の出るほど欲しいけれども）[八]。

和尚　欲しけりや取つておきなせへな。

ト、また、金を、伝吉の前へ置く。

伝吉　いや〳〵、この金ばかりは（この金だけは）取られねへ、早く持つて帰（かへ）つてくれ。

ト、金を取つて、吉三に放り付ける。吉三、むつとなし（腹を立てて）、

一 水商売や博徒のような、投機性の濃い職業に対し、一般の商人や職人など、まともで堅実な職業のこと。注九参照。

二 「成り果てる」の名詞。最終的に到達した状態。概して、落ちぶれた状態をいう。

三 「報うて」の促音便。

四 「今」の強調、ちょうど今、たった今。

五 「実の兄妹があのように」。「現在の」は、紛れもない、正真の。血縁や主従などの人間関係が、現に間違いのない事実として存在していることを表す。

六 悲しい思いをする。辛い目にあう。

七 ここでは、気が小さい、勇気・胆力に欠ける、の意。「怪事（けじ）」の音が変化した言葉という説もあるが不詳。多く、金銭や品物を出し惜しむ状態をいい、「吝嗇」の字を当てる。

八 食べたい食物を前にして、唾液の分泌が盛んになる意から、欲しくて欲しくてたまらない様子を表す。「涎（よだれ）が出る程」「涎八尺流す」「喉から手の出る程」などともいう。

＊ 犬の報い――犬は古くから家畜として飼育され、主人のためには身を捨てて忠節を尽す動物と認められてきた。従って、犬に関する伝説には報恩譚が多い。たと

和尚　エエ、要らざア（いらなければやめな）よしねへ、上げやすめへ（あげないよ）。悪党ながら一人の親（悪党とはいいながらたった一人の親）、ちつとも楽をさせてへから（少しでも楽をさせたいから）、わざ〳〵持つて来た金も、気に入らざァよしやせう。

ト、吉三、取つて、金を懐へ入れる。

伝吉　サア〳〵、外に用もねへ事なら、手前（てめへ）がゐると目障りだ（不愉快だ）。ちつとも（少しでも）早く帰つてくれ。

和尚　帰れと言はねへでも帰りやす。いつまでここに居られるものか。

伝吉　その根性が（その心根が）直らずば、この後内（ご）（今後）へ来てくれるな。

和尚　ナニ、来いと言つたつて来るものか。

ト、言ひながら、腹を立ちし思入にて（腹の立った表情で）、門口へ出る。

伝吉　オォ、来てくれぬ方が孝行だ。

ト、吉三、門口へ出て、思入あつて（ちょっと振り返り）、

和尚　以前は名うての（有名な）悪党だつたが、ああも堅気になるものか（九 真面目になるものか）（感心した表情）◯

ト、門口より、

えば、山中で疲れて木の下に眠った武士が、連れてきた飼い犬のしきりに吠えるのに目を覚ますと、今にも自分に向って襲いかかろうとする様子。そこで抜き打ちに切りつけると、犬の首は梢に飛び上がり、上からその武士を狙っていた蟒（うわばみ）の喉に食いついてそれを殺した。武士は、犬の心を深く感じ、懇ろに埋葬して塚を築き、後生を弔ったなどというのが、それである。だが逆に、そのような忠誠心や闘争心、あるいは鋭い嗅覚などの属性から、犬の呪力や、恐ろしい犬の念を想定する場合もある。強力な呪霊を持つ蠱（みこ）の害を防ぐために、犬を呪禁に用いた古代中国の習俗、犬の念は犬神となって人に災いをもたらすと信じて、中国・四国・九州の一帯に広まった犬神憑きのそれ。犬神は歌舞伎の題材にも取り上げられ、長唄の『犬神』を今に伝えている。黙阿弥の発想は、報恩と念の恐怖とを、合したものといえよう。

九　実直で浮わついたところのないこと。品行が正しく真面目なこと。律義。

それぢやア父(とつ)さん。

伝吉　なんだ。

和尚　首[一]にならにやア、逢はねへよ。

ト、門口をぴつしやり[二]閉める。時の鐘、誂(あつら)への合方にて、吉三、花道へゆきかけ、懐の金を出し、どうぞしてやりたいといふ思入あつて、（どうにかして渡したいという気持を表し）頬被(ほほかむ)りをなし、門口へ帰る。この内、伝吉も思入あつて、（伝吉も二人の行末に気持を移し）暖簾口[三]より、奥をうかがひ、

伝吉　二人ながら（二人とも）昨日(きのふ)からの、疲れでぐつすり[四]寝入つた様子　〇（仕方ないとの表情で）

ト、平舞台へおり、良き所へ住まひ、（適当な位置に座り）思入あつて、（溜息を吐く）

アア、寝てゐる姿を見るに付け、思ひ出(いだ)すはこの身の悪事　〇（後悔の表情）

ト、誂(あつら)への合方になり、門口の吉三、[五]これを聞き、うかがひゐる。（この言葉を聞き中の様子を窺っている）

可哀(かあい)や（可哀そうに）奥の二人は、知らずにゐるが双子(ふたご)の兄妹(きやうだい)。産まれたその時世[六]間をはばかり、（世間体を恥じて）女の餓鬼(がき)は末始終[七]（将来）、金にしよう[八]と内へ残し、藁(わら)[九]の上から（るとすぐ）片瀬[一〇]へ捨てた、男の餓鬼(がき)があの十三。巡り巡つて（長い時を経た後に）兄妹同士(どし)、枕（同衾）

一　死罪の上、獄門に処せられ、胴から切り離された首となるまでは逢わない、というのである。

二　戸などを、手荒く閉める音を表す副詞。

三　「暖簾」とは、仕切りのために部屋の出入り口に掛けたり、日除けのために軒先などに垂らす布。通常、二、三、四枚の切れを横に並べ、上部を縫い合せて作る。暖簾を掛けた出入り口を「暖簾口」という。

四　熟睡している様子を表す副詞。

五　和尚吉三は伝吉の述懐を立ち聞きし、二人の弟妹の因果な運命を知る。それが、彼が後に（第二番目三幕目）二人を殺す原因となる。

六　双子は忌むべきものであった。殊に、男女の双子は、俗に「夫婦子(めおとご)」と称し、兄妹姦・姉弟姦を犯す可能性が大きいと考えられたり、心中者の生れ替りであると信じられたり、また、一度に多くの子を生む動物になぞらえて、「畜生腹」と蔑まれたりした。

七　行く行くは。のちのちには。将来。

八　遊女屋に売る、妾に出す、美人局(つつもたせ)をやらせるなど、娘は、商品としての価値が高い。

九　生れ落ちるとすぐ。「藁」は、産褥に敷く藁のこと。転じて、産褥・赤児の意。

一〇　竜口寺のあるところ。藤沢市。

を交はし畜生[一一]の、交はりなす（性の交わりをするのも）も己（おれ）が因果（悪事の報い）。〔思い出せば〕しかも十年跡（あと）の事（十年前の事）、以前勤めた縁により（以前奉公したその縁で）、海老名軍蔵さまに頼まれ、安森源次兵衛が屋敷へ忍び、頼朝公から預かりの、庚申丸の短刀を、盗んで出たる塀（へい）の外、ほえ付く犬に仕方なく、その短刀でぶつ放（ばな）した[一二]が（その犬を殺したが）、はづみに（〔切った〕弾みで）それて短刀を（手から飛んだ短刀を）、川へ落として南無三宝[一三]。その夜は逃げて明くる日に、素知らぬ振りでいつてみりやァ、切つたはめいたの孕（はら）み犬[一四]。つひに短刀の行方も知れず。考へてみりや一飯（いつぱん）[一五]でも、もらふ恩を忘れずに、門戸を守る犬の役（家を守るのが犬のつとめ）、殺した己（おれ）は大きな殺生[一六]。その時嚊（かか）ァがはらんでゐて（女房が懐妊していて）、産まれた餓鬼（がき）は斑（ぶち）のやうに、体中に痣（あざ）のあるので、初めて知つた犬の報い。一部始終を（事の成りゆきを）女房に、話すとすぐに血が上がり[一七]（逆上して）、産まれた餓鬼（がき）を引つ抱へ（抱いて）、川へ飛び込み非業な最期[一八]。それから（それを契機に）悪心発起（あくしんほつき）[一九]して（心を入れ替え）、罪滅ぼしに（罪の償いに）川端へ、流れ着いたる土左衛門を（水死体を）、引き上げちやァ葬るので（引き上げては葬ってやるので）、綽名になつた土左衛門伝吉（土左衛門と綽名のついたこの伝吉）。今ぢやァ仏になつたゆゑ（今では仏のような慈悲深い人間になったので）、死ぬる命を助けたる、十三が双子にまたぞろや（命を助けたはいいがその十三が双子の兄妹と知らずまたしても）、犬の報いに畜[二〇]（犬のために犯した）

一一 兄妹姦を含み、近親相姦はタブー。古く母子相姦は「国つ罪」の一つに数えられ、また、同母兄妹の交わりも禁じられていた。江戸時代には、近親相姦に関する法的規制は存在しなかったが、一般に、鳥獣の類は近親相姦を行うものと観念されていたところから、近親相姦は畜生のような行為と考えられ、現世でそのタブーを犯したものは、来世では畜生道に生れ、痛苦を受けると信じられた。

一二 「打（ぶ）ち放す」。首を打つ。斬殺する。

一三 「三宝（仏・法・僧）に帰依し奉る」という、仏の救いを求める言葉から転じて、不意の出来事に驚いたり、失敗を悔んだりしたときに発する語。略して「南無三」ともいう。

一四 獣の牝（めす）。多く、犬の場合に使う。

一五 一椀の飯。一日の食事。

一六 生き物を殺すこと。殺生戒（仏教における五戒の一）を犯すこと。

一七 産褥時に大きな精神的衝撃を受け、目眩（めまい）や逆上など、身体に異常を起すこと。

一八 寿命を全うせずに死ぬこと。異常な死に方をすること。

一九 悪心を改めて、菩提の心を起すこと。

二〇 六道もしくは三悪道の一。生前の悪業によって、来世では畜生に生れ変り、苦しみを受けるという世界。

生道(兄妹姦)。悪(わる)い事はできねへと、思ふところへ吉三が来て、己(おれ)へ土産(みやげ)の百両は、なくてならねへ金なれど、手に取られぬはだん〳〵と(一受け取ることもできないのは次から次へと)、この身に報ふこれまでの(身にはね返ってくる今までの)、積もる悪事の締め高に(総計として)、算用される閻魔の(二加えられる閻魔の)帳合ひ(帳面)。ハテ、恐ろしい事だなァ。

ト、伝吉、よろしく思入にて言ふ(恐怖の表情を交えて言う)。この内(この間)、門口の吉三〔よしと〕、うなづき、下手(しもて)、台所の口より忍び込み、二重へ出で(二重舞台へ上がり)、仏壇へ、件(くだん)の(例の)百両包みを載せ、思入あつて(伝吉を見て頷き)、また、元の門口へ出て、これでいいと思入あつて、向ふへ(揚幕の方へ)ゆきかける。やはり、右の合方に(同じ合方で)て、向ふより(揚幕から)、釜屋武兵衛、羽織、ぱつち、尻端折り、頬被(ほほかむ)りにて、出て来(きた)り、花道にてゆき合ひ(三すれ違い)、吉三は、向ふへ入る(揚幕へ入る)。

武兵　ハテ、いますれ違つていつた奴(やつ)は、伝吉が倅の確かに吉三(吉三に間違いない)。おとせを女房にもらひてへが、あいつが兄ゆゑ玉に瑕だ(四それが欠点だ)。

ト、揚幕の方を見て、吉三を見送る思入。伝吉、思入あつて(今さら仕方がないという表情をして)、

一　以下、「受け取ることもできないのは、今までの積もる悪事の報いが、次々と我が身にはね返ってきて、これを受け取れば、それがさらに加算されて、閻魔の帳面にしっかりと付けられてしまうと思うからだ」。「締め高」は、総計。すべてを合わせた金額。

二　「算用」は、収支の決算。勘定。「閻魔」は、六道もしくは三悪道の一つである地獄の王。死者が生前に犯した罪の審判者。その「帳＝帳面」には、人間の生前の罪が記録されているという。「帳合ひ」は、ここでは、帳簿に記入すること。「締め高」「算用」の語を受け、「帳」を掛け言葉のように使って「帳合ひ」とした。伝吉は、「悪心発起して、……今ぢやァ仏になつた」けれども、かつて数々の悪事を働き、その報いで、女房は非業の最期をとげるし、双子の子供達は兄妹姦のタブーを犯すし、ぜひとも必要な金を手に取ることさえできぬ。こうなったのも、「これまでの、積もる悪事」の「締め高」を「算用」した結果が、「閻魔の帳」に記入されて、生きながら堕地獄の苦しみを味わわされているからだ、というわけである。

三　偶然に出会う。

四　美しい、立派なものに、その価値を下落させるような一つの欠点があること。

伝吉　アア、これを思ふと非業ながら、死んだ嬶ァがまだしもだ。
　　ト、言ひながら、仏壇へ線香を上げる。
武兵　ドレ、伝吉に逢つて、掛け合はうか。
　　ト、武兵衛、本舞台へ来る。この内、伝吉、仏壇の金を見付け、取り上げて、
伝吉　ヤ、こりや今の百両 ◯
　　ト、これにて、武兵衛、頰被りをしたまま、そつと、門口を開ける。伝吉、これを見て、
　　汝、まだここに居やァがつたか。
武兵　エ。
　　ト、吃驚なし、後へ体を引く。
伝吉　この金持つて ◯
　　ト、武兵衛に金包みを打ち付け、門口を、しやんと閉める。これを、木の頭。

五「掛け合ふ」は、交渉する、の意。ある要求の実現について、相手方と談合すること。

六 家の傍にうろついているのは、出て行ったばかりの和尚吉三だという先入観、開けられた門口の隙間の狭さと頰被りとのために、武兵衛の顔が見えなかったという偶然、そして、何よりも伝吉自身の落着きを失った心。そのために、伝吉は、武兵衛を吉三と見誤って百両の金包みを投げ付ける。この人違いが、次の幕で大きな波瀾を巻き起す。

七 きちんと。しっかりと。

をとつひうせろ。(一 二度と来るな)

ト、門口を押さへ〔開けられぬよう〕たまま、きつと思入(厳しい表情をする)。武兵衛は、百両包みを拾ひ、吃驚思入(びっくりする)。この見得、よろしく(適当に)、四つ竹節、通り神楽にて、拍子幕。

一 とっとと帰れ。二度と来るな。「一昨日来い」ともいう。蚰蜒(げじげじ)や蜘蛛(くも)など、嫌な虫を捨てるときの呪語から転じて、嫌な人間を追い返す場合に使う罵り(ののし)の言葉。

第一番目　大詰[二]

地獄正月斎日の場[三][四]
小磯宿化地蔵の場[五]

役人替名

一　閻魔大王[六]	河原崎権十郎
一　紫式部	岩井粂三郎
一　賽の河原の地蔵[七][八]	関三十郎
一　地獄の十王　五官王	[九]関花助
一　地獄の十王　素帝王	市村羽左衛門
一　鬼一	坂東橘之助
一　鬼二	市川小半次
一　鬼三	嵐吉六

二　一番目狂言の最後の幕。正月の曾我狂言では、曾我兄弟と敵工藤祐経との、対面の場を中心に構成される約束になっていた。

三　六道の一。この世で悪をなした者が、死後、その審判と処罰を受けるという他界。

四　賽日。旧暦の一月と七月の十六日。閻魔堂に参詣する日。地獄の釜の蓋が開き、亡者が責め苦から解放される日とされていた。

五　東海道の、大磯・小田原間の宿場。江戸の小塚原を示唆。

六　閻羅王とも。死者の罪を裁く地獄の法王。『十王経』はこれを十王に分ち、死者は三年間にわたって審判を受けるとした。初七日＝秦広王、二七日＝初江王、三七日＝宋帝王（ここは素帝王）、四七日＝五官王、五七日＝閻魔王、六七日＝変成王、七七日＝太山王、百箇日＝平等王、一年忌＝都市王、三年忌＝五道転輪王。

七　子供が堕ちる地獄。懐かしい父母のために小石を積み、石塔を作ろうとしても、鬼に妨げられる。そこへ地蔵が来て救うという。

八　地蔵菩薩。本来は、六道の一切衆生の救済を発願した菩薩であるが、特に、子供を守り、夭折した子供を救うものと信じられた。

九　花助と羽左衛門の役名は、役割番付及び絵番付による。

一 鬼　四　　　　　　　　　　　坂東三太郎[一]
一 小林の朝比奈[二]　　　　　　市川小団次
一 和尚吉三　　　　　　　　　　市川小団次
一 研師　与九兵衛　　　　　　　松本国五郎
一 合ひ長屋[三]の男　○　　　　若い衆
一 丁子屋長兵衛　　　　　　　　関　三十郎
一 丁子屋の一重　　　　　　　　岩井粂三郎
一 鷺の首の太郎右衛門　　　　　坂東村右衛門
常磐津[四]連中[五]

本舞台、一面の浅黄幕[六]。ここに、頭取[七]、下立役[八]の頭、上下[九]にて、三宝[一〇]へ浄瑠璃触れ[一一]を載せ、控へゐる。通り神楽にて、幕明く。

一 底本の本文による。
二 朝比奈三郎義秀。和田義盛の三男。母は巴御前という。「小林の朝比奈」は俗称。なお「朝比奈」は「あさいな」と発音する。
三 相店。同じ長屋の家を借りていること。
四 常磐津節。豊後節の創始者宮古路豊後掾の高弟文字太夫が、延享四年（一七四七）、常磐津姓を名乗って一流を立てたに始まる。
五 音曲などの一座。また、一座の人々。
六 浅黄色の木綿の幕。奥に飾った装置を隠したり、昼の戸外を表したりするのに使う。
七 楽屋内の世話や取締りをする、古老の役者。当時、市村座の頭取は、下立役の頭、坂東橘十郎。
八 男の役を勤める最下級の役者の称。
九 裃とも書く。上＝肩衣、下＝袴とを対にした紋付きの礼服。袴の裾を引くものを長上下、裾の短いものを半上下、また、上下の布地や染色を異にするものを継ぎ上下という。
一〇 三方とも書く。檜の白木で作った角形の折敷に、三方に穴（挟間）のある台を付けたもの。晴れの場で、物を載せるのに用いる。
一一 浄瑠璃名題や出演者名等を記したもの。
一二 見物に対して口頭で述べる諸種の挨拶。
一三 口上の最後にいう極まり文句の一。

ト、口上[一二]、浄瑠璃触れ、よろしくあつて、「[一三]そのため口上、さやら」と、大どろ〳〵[一四]になり、下より、心[一五]といふ字を上へ引いて取る。どろ打ち上げ[一六]、切[一七]つて落とす。

本舞台（舞台中央）、三間の間（幅三間の）、高二重（高足の二重）。朱の高欄[一八]付き。向ふ（揚幕から）、金張り[一九]、五色の雲の模様。破風[二〇]造り。欄間[二一]に、閻魔王宮といふ額。上の方、後へ下げて、針の山[二二]の張物（パネル）。この前に、浄玻璃[二三]の鏡、業の秤[二四]、大釜[二五]など飾り、日覆より（天井から）、墨隈[二六]の雲の張物下ろし（を吊り下げ）、下の方、同じ針の山［を描いた］の浄瑠璃台[二七]。ここに、常磐津連中居並び、道具、納まる。

ト、すぐに浄瑠璃になる。

一四「どろ〳〵」の内、様式性の強いもの。
一五「心」という字を、大きく板に切り抜いて作った大道具。「夢の場」の表示。
一六 大どろどろの最後を、きっぱりと打つ。
一七 浅黄幕や黒幕は、多く、簡単にはずれるように吊る。その幕を振り落すこと。
一八 橋や廊下などに付ける手摺り。
一九 金色の紙を張り、様式的な形の雲の模様を、五種の色彩で描いた壁。
二〇 切妻造りの屋根の、切妻の部分に、蟇股や懸魚などを付けたもの。貴人の家を表す。

地獄、正月斎日の場

地獄の休日に、閻魔も地蔵も無礼講でくつろぐ中へ、大力豪勇の朝比奈が……。閻魔の庁は、てんやわんやの大騒ぎ。

二一 鴨居や内法長押と、天井の回り縁との間の開口部。
二二 地獄にあるという、針を植えた山。
二三 閻魔の庁にあって、死者生前の行為をすべて映し出すという鏡。
二四 五官王の許にあって、生前の悪業の程を計るための秤。
二五 黒縄地獄や焦熱地獄の、罪人を煮る釜。
二六 墨で陰影や濃淡を付けた様式的な雲。
二七 豊後節系浄瑠璃の、出語りのための台。

浄瑠璃 〽一それ（そもそも）、〔地獄も正月休みで〕地獄も斎日に、十王はじめ鬼の留守、閻魔も今日は二洗濯と、三作る笑顔の朱（あけ）奪ふ、〔紫式部と互いに惹かれ合う様子で〕紫式部もろともに、なまめく色の出立（でた）ちばえ。

ト、誂（あつらへ）の鳴物（なりもの）になり、舞台上手（かみて）に、紫式部、四喝食（かつしき）。五瓔珞（やうらく）のやうに見える六花櫛（はなぐし）。七十二単（ひとへ）、八緋の袴（はかま）。紫式部の拵（こしらへ）。九檜扇（ひあふぎ）、源氏物語の本を持ち、〔立っている〕立ち身。下手（しもて）に、閻魔大王、赤塗り一〇冠（かんむり）装束。閻魔の拵。一一笏（しやく）を持ち、〔座っている〕下（した）に居る。〔内裏雛に見立てた形で〕雛と見たる見得にて、よろしく一二せり上げ、一三唐楽（たうがく）のやうな鳴物になり、

閻魔 今日は正月十六日、〔昔からの先例に従い〕古例によつて斎日には、〔罪人を責め苦から解放し〕罪人（ざいにん）どもの呵責を許し、飲めや歌への大騒ぎ。それゆゑ〔源氏物語を書いて〕源氏物語の、〔一四 嘘つきの罪に問われた紫式部〕妄語の罪ある紫式部、［を］この王宮へ呼び寄せしは、〔地獄でも〕地獄も酌は〔一五 女の仕事だからだ〕たぼの事。

式部 〔毎年〕年々、〔一六 七月と正月の〕盆と正月の、この斎日を〔指折り数えて〕指折りて、〔今日か明日かと〕今日よ明日よと待つ罪人（ざいにん）。思へば去年（きよねん）の七夕（たなばた）は、年に一度の〔逢う機会だけれど〕あふせなれど、〔斎日は〕これは一歳（ひととせ）〔年に二度〕二度の

一 節記号。「ふ・し」の二文字を続け書きしたもの。

二 「鬼の留守」を受け、「鬼の留守に洗濯」（主人など、うるさい人のいぬ間に、存分くつろぐの意）という諺を下敷きにした句。

三 以下、「閻魔顔から恵比須顔、無理に笑顔を作っても、朱（あけ）の顔まで変りはしない。とはいえ今日はまた格別。内の思いが色に出て、恋に紅葉を散らすのか。朱にもまさる紫の、紫式部と連れ立って、心を寄せるその様子。見た目に映える晴れ姿」。「朱奪ふ、紫」は、『論語』陽貨の、「悪二紫之奪一レ朱也」による。本来は、正邪を弁別し、似而非（にてひ）なるものを批判する譬（たと）えであるが、ここでは紫を讃える意。「朱」は、閻魔の忿怒（ふんぬ）の顔色、「紫」は、掛け言葉。「なまめく」は、懸想の素振りを示す。「色の出立ちばえ」の「出」は、色に出ると、出立ち映え（装いによって一段と見映えがすること）とを掛ける。

四 髪を左右に分け、襟の所でまとめて、後ろに垂らした髪。髪鉢巻で高貴さを表す。

五 宝玉や貴金属を連ねて作った装身具。

六 梅や菊の造花で飾られた華麗な櫛。

七 五衣（いつつぎぬ）に唐衣（からぎぬ）と裳を着用した晴の女房装束の俗称。

八 裾の長い、張りのある、緋色の打ち袴。

閻魔　楽しみ（の楽しみ）。

閻魔　十王はじめ鬼どもも、極楽[一七]の芝居でも見に行ったか。いや、芝居といへば久しい跡（随分前のこと）、大太夫[一八]がした（演じた）八百屋お七、夢の浄瑠璃は面白かつた。

式部　それはお七吉三をば、雛に見立てし狂言綺語[一九]、

閻魔　ちやうどお主と己が形、

式部　似たる姿（〔内裏雛に〕）の冠装束、

閻魔　とりも直さず（そっくりそのまま）、

両人　女夫雛。

浄　〽十二単に緋の袴（〔の式部と〕）、冠は着れど赤塗りの（かぶっていても顔が赤く）、似気なき姿一対に（内裏様と似てもいぬ閻魔とを雛に見立てるとはあきれた）、雛の見立てはおやつかな、人の見る目[二〇]や嗅ぐ鼻も、いとはず（人目も厭わず）迷ふ大王が（〔式部の色香に〕迷う閻魔が）、涎流して余念なく（物欲しそうに正体もなく）[二一]、親の譲りの大目玉、潮の目[二二]（細めているのも滑稽だ）するぞをかしけれ。

九　細長い檜の薄板を連ねて作った扇。
一〇　法官の着用する衣冠装束。
一一　象牙や木の板で作った礼装用の持ち物。
一二　迫りを用いて、舞台の床下から人物や大道具を出現させること。迫りは、舞台中央の床を四角く切って作った昇降装置。
一三　神仏の出現や唐人の出に用いる鳴物。
一四　五悪の一。虚偽の言辞を弄すること。
一五　女性、殊に、若い女性の称。
一六　盂蘭盆会。旧暦七月十五日の仏事。
一七　西方十万億土の彼方にあって、阿弥陀仏が親しく法を説いている世界。
一八　大太夫＝五世岩井半四郎がお七を勤めた文政六年八月市村座の浄瑠璃所作事『新嫚房雛世話事』、ないし、天保十年七月、河原崎座におけるその再演を指すか。
一九　狂言＝理に合わぬ言行と、綺語＝偽りのある言葉と。小説や戯曲などを卑しめていう。
二〇　「見る目・嗅ぐ鼻」は、閻魔の庁にある、男女の頭を載せた人頭幢のこと。男を「見る目」、女を「嗅ぐ鼻」といい、死者の罪を凝視し、罪の臭いを嗅ぎ出す。「見る目」に「人の見る目」を掛け、「嗅ぐ鼻」と続けた。
二一　閻魔を勤める河原崎権十郎の実父七世市川団十郎のこと。父子ともに目が大きい。
二二　目を細めた、愛敬のある目付き。

ト、この内、雛のふりあつて（この浄瑠璃の間に仲のよい夫婦の踊りがあり〔それを利用して〕）、閻魔、紫式部の袖をとらへ（閻魔は式部の袖を捉え）、惚れたるこなし（動作）。をかしみ（滑稽な）のふり[一]よろしく、とど（結局）、紫式部に抱き付く。紫式部、向ふを見て（揚幕の方を見て）、

式部　ア、モシ、お待ちなされませ。誰（たれ）やら向ふへまゐりますわいな（誰かがあそこにやってきます）。

ト、閻魔、飛びのき、

閻魔　かかる姿を（こんな格好を）罪人（ざいにん）に、見せては閻魔の押しが利かぬ[二]（権威が失われる）。向ふへ来るは、何奴（なにやつ）だか（何者だろう）○（ハテ）

ト、向ふを見て、

式部　賽（さい）の河原（かはら）へ迎ひにやつた、地蔵菩薩が出掛けて来た。地蔵さまは洒落人（しやれにん）[三]ゆゑ、ちやうど貴方（あなた）のお話し相手に。

閻魔　オォ、待ちかねてをつたところだ　○（頷く）　オォイ〳〵。

ト、合方、松虫の鉦（かね）[四]の入りし鳴物になり、向ふより、賽の河原の地蔵、白茶錦（しらちやにしき）[五]の衣に、同じく錦の袈裟（けさ）[六]を掛け、誂の錫杖（しやくぢやう）[七]を持ち、五官王、冠装束[八]、十王の拵（こしらへ）。出て来（きた）り、花道に止まり、

一　日本舞踊における動き、身ぶり。

二　「押しが利く」は、他人に対して、自己の意志を押し通す力があること。

三　洒落た人。酸いも甘いも嚙分けた粋人。

四　小さな、三つ脚の伏せ鉦。寺院の場や、念仏を唱える場などで用いる。

五　白っぽい茶色の錦。錦は、さまざまな色糸を組合せて、模様を織り出す絹織物。縦糸で地も模様も織る経錦（たて）と、横糸で地も模様も織る緯錦（よこ）との別がある。経錦は早く廃れ（すた）、緯錦は、絵緯（ぬき）（地の横糸以外の、模様を表すための横糸）を用いる技法を発達させて、多彩な織物を生み出した。

六　僧が、左肩から右脇下に、斜めに懸けて着る法衣。大中小の別があり、それぞれ、九条・七条・五条の袈裟と呼ぶ。

七　菩薩が頭陀行をするときや、僧が遠出をするときに携帯する杖。杖頭の環に小環を付け、揺すって鳴らすように作られている。

八　閻魔の衣裳に類似した法冠・法服。

九　以下は、「一つや二つや三つや四つ、十よりうちの幼子が、母の乳房を放れては、賽の河原に集まりて……小石を拾ひて塔を積む、一重積んでは父の為、二重積んでは母の為……」という、『賽の河原地蔵和讃』をもじって、毬突きの数え唄に作り変えたもの。

浄　⌒賽の河原へ積む石よりも、一ィ二ゥ御代の春遊び、良い斎日[九]にいつ〳〵よりも、六ツむつましなん仲良しの、六道道化の地蔵尊、毬ならねども突き合ひに、八ツ約束九ツここへ、十で十王打ち連れて、はづみきつてぞ来りける。

ト、花道にて、地蔵、五官王、ふりの内（踊りながら）、[一〇]手毬を突く思入（動作）。[一一]地蔵の頭を毬に使ひ、よろしくあつて、舞台へ来る。

閻魔　ヤア、地蔵菩薩か。待つてゐた〳〵。

地蔵　コレハ〳〵、閻魔王。遅くなつたは許して下され。

式部　ほんに最前から、閻魔さまのお待ちかねであつたわいな。

五官　イヤ、モ、地蔵さまの仕度の長さ（仕度の長いこと）。お迎ひも二度むだ足[一二]（を踏んで）。ちやうど[一三]三度目で出掛けてござつた。

閻魔　めかしばえもしないのに（お洒落をしても見映えしないのに）、なんでそんなに長かつたのだ。

地蔵　いや、早く来ようと思つたが、此間から風を引いて、[一四]月代を生やし（剃らなかっ）

――「賽の河原の石積みも、今日は休みで地蔵も暇よ。めでたい御代の正月に、一ィ二ゥ三ィと毬遊び、四ォは良い良い斎日に、五ッいついついつもより、六ッ睦まじ隔てなく、七ッ仲良し閻魔に逢いに、六道能化の気軽な地蔵、毬突きならぬ付き合いと、八ッ約束違えぬように、九ッここへ足を向け、十で十王と連れ立って、息をはずませやって来た」。「御代」の「御」は、数取りの「三ィ」、「良」は「四ォ」、「いつ」は「五ッ」、「なん」の「な」は「七ァ」に通わせる。「むつまし・仲良し」は、閻魔と地蔵の関係をいう。閻魔は地蔵菩薩が姿を変えて冥土に出現したものとされる。「六道道化」は「六道能化（六道の衆生を教化する師）」のもじり。「突き合ひ」は、毬の突き合いと閻魔との付き合いの掛け言葉。「はずみきつて」は毬の縁語で、毬がはずむと息がはずむとを掛ける。

一〇 綿を丸めて芯にし、色糸でくるんだ毬。

一一 地蔵の、剃髪した丸い頭を毬に見立て、それを五官王が突く、おかしみの振り。

一二 足を運んでも一向に役に立たぬこと。

一三「地蔵（仏）の顔も三度」という諺をもじった洒落。

一四 成人男子が髪を剃る、額から頭頂にかけての部分。

てゐたゆゑ(たので)、一いがぐり天窓(あたま)では地蔵めかぬゆゑ(地蔵らしくないので)、そつて来ただけ遅くなつた(剃るのに時間がかかってその分だけ遅れた)。

閻魔　色を捨てたる身の上で(女との交わりを断った出家なのだから)、そらずとも良い事を(何も剃る必要はないのに)。

五官　ナニ、色を捨てたる身ならいいが、地蔵さまのめかすのは(地蔵様がおしゃれをするのは)、見せる人があるゆゑさ(いい格好を見せたい人がいるからだ)。

閻魔　して(そうして)、地蔵菩薩が見せる人とは。

五官　ソレ(ほら)、そこにゐる式部どのに。

式部　ア、二みづからに(私に)地蔵さまが。

地蔵　面目ないが(お恥ずかしいが)、三首つたけ(惚れこんだ)。

浄　〽四姿見そめし恋風に、ぞつと思案の外目(ほかめ)から、地蔵馬鹿にといはれても、救ひとらんの大誓願。

浄　〽五衆生があげる塩さへも(人々が供える塩でさえ)、なめぬ(なめようとせず)六三度の七塩だちは、ほんに因果ぢやないかいな(本当に困ったことではないか)。

一　毬栗(いがぐり)のように、髪の伸びた坊主頭。

二　身分の高い女性が用いる、一人称単数の代名詞。

三　首っ丈。首まで深くはまり込んでいる意から、多く、異性にすっかり参っていること。

四　以下二行、「姿見るより一目惚れ、恋の切なさ身にしみて、思案の外の思い込み、人の目からは地蔵尊、馬鹿になったと見られても、地蔵も元は凡夫の身、必ず縁を結ぼうと、心に立てた大誓願」。「見そめる」は一目で異性に恋を抱くこと。「恋風」は、切ない恋の思いを、身にしみる冷たい風に譬えた語。「ぞつと」は、体が震えるような感じのする状態を表す副詞。「思案の外目から」は、「恋風」を受けて、諺「恋は思案の外」と続け、「外」を掛け言葉に、「外目から」(他人の目から見ると)と転じた句。「救ひとらんの大誓願」は、釈迦の滅後、弥勒の出生まで、六道の衆生を教化し、救済しようという、地蔵菩薩の誓願。衆生を済度するためには、衆生と仏・菩薩との間の結縁を前提とするところから、紫式部と縁を結ぶ意を匂わせた。

五　生きもの。迷いの世界にあって、仏の救済を必要とする一切の生類。

六　諺に、「三度目の正直」とか「三度目は定の目」という。占いや勝負事で、最初のう

ト、地蔵、石地蔵の思入（石地蔵の形をする）。五官王、参詣の心にて（その石地蔵に参詣するつもりで）、よろしくふりあつて、

地蔵　イヤ、八親にしてもいいやうな者を（親にしてもおかしくない年の者を）、詰まらぬ事でへこましをつた（やりこめやがった）。いかさま（なるほど）、こりやァ地蔵尊、石でも金でも（石仏でも金仏でも）九へこまざァなるまい。ハ

閻魔　ハハハハ。

ト、閻魔、笑ふ。風の音になり、五官王、思入あつて（不審そうな表情）、向ふを（揚幕の方に視線を移し）見やり、

五官　ハテ、今日は斎日で、地獄の休みは知れてゐるに（分りきっているのに）、一〇娑婆から誰か（現世からたれ）まゐると見える。

浄　〽鏡へなんぞ映らぬかと（浄玻璃の鏡に何か映っていないかと）、見やる向ふへ素帝王。

ト、一一修羅太鼓へ一二きんをかぶせ、ばた〳〵にて（つけが入って）、向ふより（揚幕から）素帝王、十王の拵にて、花道へつくばひ（膝をつき）、

素帝　ハッ、大王へ申し上げまする。

ちは当てにならぬが、三度目は確実だとの意。

七 神仏に願を掛け、その願が成就するまでは塩気のあるものは何一つ口にしないとの誓を立てること。塩は、生命を維持するための重要な食品であるから、「塩断ち」は、極めて重い断ち物であった。ここでは、紫式部に対する恋の成就を願っての塩断ち。

八 地蔵を演じた三世関三十郎と、五官王を勤めた四世関花助とは親子（ただし養子）。

九 地蔵の、「へこましをつた」というせりふを受けて、「へこむ」を、原義通り、「表面がくぼむ」意に使った洒落。

一〇 衆生が、煩悩に苦しみながら生きる世界。

一一 「どろ〳〵」の一種か。現在は使われていない。

一二 「磬」。漢音でケイ、唐宋音でキン。ケイと読む場合は、石や玉、のちには鉄や銅製の蝶形ないし雲形の板を枠（磬架）に吊り、誦経や梵唄などの際に打ち鳴らす楽器、キンと読む場合は、一般に磬子をさし、禅宗で看経などの折に打つ銅製の、大きな鉢形の楽器（銅鉢）をいう。現在、寺院の場面で囃子方が打つのはキン。鳴物用語として、キンに「鏧」の字を当てることがあるが誤用。

閻魔　なに事なるぞ。（何事だ）

素帝　ただいまこれへ娑婆よりして、小林の朝比奈と申す、新亡者がまゐります。（ここへ現世から／新しい死人がやって来ます）

閻魔　それはかねて聞いてをるが、弱い奴か強い奴か、仔細はどうぢや。（そのことは前から知っているが／「その男は」／詳しい様子はどうだ）

素帝　ハツ。

浄　へまづ出立ち[一]のあらましは、顔に三筋の春霞[二]、今日を初日[三]の朝比奈と、言はねど知れし鎌髭[四]は、またとは[五]一人長刀、わい〳〵[六]鬼ども立ち掛かれば、虚空はるかに投げ上げて、手玉[七]に取つての一曲に、素袍[八]の紋の鶴の丸[九]、もし太神楽ではあるまいか、剣[一〇]の舞のない内に、用心あつて然るべしと、息つぎあへず来りける。（だいたいの扮装は／初日の朝の朝比奈だと言わずともすぐ分る／空高くに投げ上げて／長い刀を振り回さぬうちに御用心なさるが良い／息をつく間もなく来てしゃべった）

ト、この内、のりあつて[一一]、素帝王、注進[一二]のやうなふりあつて、本舞台へ来る。皆々、思入。（驚く）

閻魔　さほどの奴とは思はなんだが、鬼を取つて手玉にする、力があつて（それほどの奴とは思わなかったが／「ほどの」）

一　朝比奈の扮装は、猿隈、糸鬢、鎌髭、鶴の丸の紋の素袍、大刀というのが定型。朝比奈像を創始した初世中村伝九郎以来のもの。

二　猿隈を棚引く春霞に見立てた。朝比奈の猿隈は、油紅で三本の横筋を額にとる。

三　「初日」は、正月元旦の朝日。「初日」の縁で「朝」。「朝」を掛け言葉に「朝比奈」。なお、「朝比奈」はアサイナと発音するので、「初日→朝比（日）」の関係は生じない。

四　鼻の下から両頬にかけて、鎌の刃を逆にしたような形にはね上げた、太い髭。

五　「(あのような鎌髭の男は)、外には一人としていない上、長刀を差して」。「長刀」の「な」は、「一人もいない」と「なが刀」との掛け言葉。「長刀」は、荒事固有の小道具。

六　「わいわいと囃し立てながら、鬼たちが掛かって行くと」。「わい〳〵鬼ども」は、旧暦六月、天王祭りのころ、羊羹色の紋付き羽織に破れ袴、大小を差し、天狗の面をかぶり、「天王さまは囃すがお好き、わい〳〵と囃せ」といいながら、牛頭天王と刷った赤い札を配り、一文ずつ貰って歩く、「わいわい天王」という乞食の神道者がいた、そのもじり。

七　手玉のように投げ上げて遊ぶ。同時に、「手玉」はまた太神楽の演じる、毬を投げて籠で受ける曲芸＝籠毬のこと。なお、次行の

は油断がならぬ。

式部　その朝比奈がまゐつたら、自(みづか)らはどうしませう。（私はどうしましょう）

素帝　いや、式部どのは気遣ひなし。（大丈夫）女がきつい嫌ひゆゑ、（〔朝比奈は〕たいそう女嫌いだから）手出しをする（掛かってくるはずは）事ではない。（ない）

五官　さう聞いてはなほの事、（ますます）我々どもは（〔男の〕）油断がならぬ。

地蔵　地蔵もまきぞへ食はぬ内、（地蔵もかかり合いにならぬうちに）すこしも早く。

ト、行き掛けるを、閻魔、止める。

閻魔　アァコレ、地獄にも知る人だ。[一三]一人も余計に居て下され。（一人でもたくさんここにいて下さい）

素帝　とやかういふ内、（何だかんだといっているうちに）

皆々　アレ〳〵、向ふへ。（あすこへ）

浄　〽アレ〳〵向ふと夕べから、[一四]年越し酒の[一五]持ち越しに、（宿酔で）一杯機嫌の朝比奈が、時を恵方(ゑはう)の年男(としをとこ)。[一六]

ト、ばた〳〵になり、鬼の一、縫ひぐるみの鬼にて（縫いぐるみの鬼の衣裳で）走り出て来(きた)

「剣の舞」も、やはり太神楽の芸。

八　単(ひとえ)の、麻などで作った直垂(ひたたれ)の称。胸緒も菊綴(きくとじ)も直垂より簡素で、古くは、身分の低い武士や庶民が用い、礼装の際には、長袴を着けた。江戸時代になると、上層の武士もこれを着用。やがて、幕府の式服となった。上衣に五か所、袴に二か所、家紋を付ける。

九　(一)初世中村伝九郎の替え紋。芝居では、朝比奈の紋に使う。(二)太神楽の一座の名称。

一〇　以上、「投げ上げて→手玉→一曲→鶴の丸→太神楽→剣の舞」。すべて太神楽の縁。

一一　糸（三味線のリズム）に乗った振り。

一二　戦闘や事件の状況を、舞踊的な動きをまじえて報告する演技・演出。

一三　諺。どんな所でも知人にめぐり逢うものだ、の意。

一四　「いふ内に、夕べから」。掛け言葉。

一五　正月十六日は小正月の翌日。十四日の夜から十五日の朝にかけて飲んだ、年越しの祝い酒の酔が、まだ残っているのである。

一六　「意気揚々と、恵方の方から、年男としてやって来た」。「恵方」の「恵」は、「時を得る」（時めく）と、「恵方」との掛け言葉。「年男」は、朝比奈を演じた市川小団次が、申の生れで、本作上演時の年男であったことにちなむ褒め言葉。

り、ぽん[一]と返る。これをきっかけに出[二]の鳴物になり、向ふ（揚幕から）より、鬼の二、三、四、いづれも縫ひぐるみの鬼にて、逃げて出て来（きた）る。後（あと）より、朝比奈、吉例猿隈[三]（さるぐま）、着流し、丸ぐけ[四]、一本差し、鶴の丸の紋付きし素袍の上（かみ）を引つ掛け（上衣だけを着て）、三宝（さんぼう）に、豆の入（い）りし升[五]を乗せ、これを持ち、出て来（きた）る。花道にて、ちよつと立回つて、上下[六]（かみしも）へ二人づつ別れ、朝比奈を取り巻き、

鬼一　朝比奈、

四人　やらぬ[七]。

ト、朝比奈思入（一つ頷いて）あつて、

朝比　年越し酒に〔酔って〕ぐつすりと、寝たか死んだか（寝たのか死んだのか分らぬが）冥土へ来たゆゑ、地獄の宿[八]六閻魔どんに、わざ〳〵逢ひに来た朝比奈、なぜ止め立て（制止するのだ）をしやァがる。

鬼一　今日は正月十六日、年（とし）に二日の斎日ゆゑ、

鬼二　鬼も仏も打ち交じり（仲間になって）、鬼仏一如[九]（いちにょ）の無礼講[一〇]、

一　朝比奈に投げられた心でとんぼを返る。なお、「とんぼを切る」というい方は誤り。「返る」というのが正しい。

二　どのような曲を用いたか、定かではないが、『鵜之真似』（うのまね）には、朝比奈の出には「人寄せ」を大・小で打つと記されている。

三　昔から受け継がれて来ためでたい約束。

四　丸ぐけ帯。中に綿などの芯を詰めて、棒状にくけた帯。

五　米や酒などの容量を計る、正方形の箱型の道具。

六　花道での演技であるから、この「上下」は、上手・下手のことではなく、朝比奈を挟んで、舞台寄り及び揚幕寄りの位置をいう。

七　これ以上、先へ行かせない。

八　一家の主人を卑しめたり、親しみを込めたりして呼ぶ呼称。宿のろくでなし（役に立たぬ、のらくら者）の約という。

九　神仏一如のもじり。神仏一如とは、神と仏・菩薩とは一体のものであるとの考え方。ただし、ここは、「鬼も仏も一緒になって」の意。なお、地獄の鬼のイメージは、常世神や祖霊・地霊のような、民俗的な祝福神の系譜上にはなく、仏教で説く、羅刹（らせつ）――人肉血を食う悪鬼の系統を引いている。

10　身分の別に基づく隔りや礼儀を捨てて行

鬼三　いかなる亡者が来るとも、呵責[一一]の休みに地獄へは、
鬼四　通す事はならねへから（通すわけにはいかないから）、後へ帰つて（後戻りして）きり〳〵と（ぐずぐずせずにさっさと）、
鬼一　極楽往生（極楽で）[一二]、
四人　しやァがれ（生れ変れ）。
朝比　いィや、己ァ（俺は）仏は嫌ひだ。豆蒔き[一三]に出たからにやァ（出た以上）、鬼でなくちやア相手にならねへ。
四人　そんならどうでも（ではどうしても〔地獄へ入るというのか〕）。
朝比　片つ端から（手当り次第やっつけるから）、覚悟しろ。
浄　〽鬼打ち豆も小林も〔ともに〕、[一四]小粒ながらも師匠[一五]から、譲り受けたるこの升[一六]に、誰だと思ふ[一七]、アァつがも、馴染み重ねし御贔屓[一八]に、赤鬼さへも青鬼に、なつて逃げるを鬼は外、豆もろともに打ち連れて、閻魔の庁へ来りける。
ト、この内、朝比奈、鬼を相手に、所作[一九]立て模様のふりあつて、

われる宴。
一一 厳しく責めさいなむこと。
一二 死後、極楽に生れ変ること。
一三 年男が、豆を撒いて鬼を打つ習俗は、今日では、節分の行事とされているが、大晦日や七日正月にも行われていた。豆撒きは、もともと、散供による厄払いの方法と見られるから、別に、節分に限る行事ではなかった。
一四 小団次は、ごく小柄な役者であった。
一五 七世市川団十郎。
一六 三升の紋。豆撒きの升に掛けていった。大中小の升を入れ子にした三升の紋は、市川の紋所。ただし、小団次は、その中に「小」の字を書き入れて使用した。
一七「誰だと思ふ、アァつがもない（ねえ）」（俺を誰だと思うのだ。アァ馬鹿馬鹿しい）。歴代の団十郎が、荒事の中で用いたせりふ。「師匠から……」の縁で、お家のせりふを持ち出したのである。「つがも、馴染み」は、「つがもない」と、「馴染み」との掛け言葉。
一八「私を贔屓にして下さる御見物衆の御威光によって、赤鬼さえ青くなって逃げる。その鬼を、〝鬼は外〟と追い立てながら、豆を持って、連れ立って」。「青」は掛け言葉。
一九 所作事（舞踊）で行われる、リズムと様式性とを重視する立回り。

本舞台へ来（きた）り、鬼掛かるを（立ち向ってくる鬼を）、左右へ投げのけ、きつと見得（きっぱりと見得をする）。

四人　ドツコイ。[一]〔やらぬ〕

ト、よろしく納まる。[二]

閻魔　ヤヤ、己（おのれ）はなんの罪もなく（お前は何の罪もないのに）、この地獄へ推参なすは（この地獄へ押しかけてくるのは）、無礼なるぞ。

皆々　帰りをらう。[三]（帰りやがれ）

朝比　いィや、罪[四]があるゆゑ、地獄へ来たのだ。この朝比奈が子供の時から、ねぢり切つたり引つこ抜いたり、持ち遊びにした首ばかりも（おもちゃにした首だけでも）、千か二千か数が知れねへ（数えきれない）。それも虚言（うそ）だと思ふなら、いま目前[五]に閻魔の首、引つこ抜いて見せべいか[六]。

ト、閻魔、吃驚（びつくり）なし、冠の上から天窓（あたま）を押さへ、

閻魔　けつしてそれには及ばぬぞ。（決してその必要はないぞ）

素帝　いや、汝（なんぢ）は罪があると申すが（お前は自分に罪があると言うが）、見よ〳〵（見てみろ）、あれなる（あすこにある）浄玻璃（じやうはり）[七]の、鏡へ（鏡には）なにも映らぬわ（何も映っていないぞ）。

五官　これがなにより確かな証拠。罪がなければここへはかなはぬ（地獄に来ることは許されない）。

一　相手の行動を阻止するときに発する感動詞。

二　今までの一連の演技——ここでは鬼の登場に始まる——に終止符を打ち、次の局面を展開させるために、目に見える形で一つの区切りを付けること。

三　「をる」は、動詞の連用形に付いて、相手を罵（ののし）ったり、卑しめたりする補助動詞。

四　朝比奈は、五悪の内、殺生の罪を犯して来たことを主張する。

五　目の前＝至近距離という、空間的な隔りの概念から、今すぐという、時間的な隔りの概念に転用される。

六　「べい」は、話者の意志を表す助動詞。本来は、助動詞「べし」の連体形「べき」の音便。後、殊に関東で、もっぱら終止の意に用いられるようになり、「関東べい」「べいべい言葉」と呼ばれて、関東方言を代表する語とみなされていた。

七　一点の曇りもない、水晶ないし硝子で作られた鏡の意。古く、鏡には、霊魂を引き寄せたり、霊魂を映し出す呪力があると信じられていた。

八　当時は主に銅鏡が用いられており、時が経つと、それに曇りが生じる。その鏡を、水

朝比　そりやァ鏡が曇つたのだ。鏡磨ぎ(かがみと)[八]の亡者もあらうに(いるだろうに)、なぜとがしちやアおかねへのだ(どうして磨かしておかないのだ)。

閻魔　それも承知してゐるが(それも分ってはいるが)、閏年(うるふどし)[九]ゆゑとがせぬわ。

朝比　エヱ、[一〇]負け惜しみな事をぬかしやァがるな。これから己(おれ)が地獄の主人(あるじ)、我(われ)に替はつて(お前に代って)成敗(せいばい)[一一]するわ。

皆々　[一二]イヨウ。

ト、吃驚(びつくり)なす。

朝比　マア、なんにしろ(とにかく)座[一三]が高い。高座[一四]を下りて三拝[一五]しろ。

閻魔　ヤア　○(驚く)　すりや(それでは)、アノ、閻魔に。

朝比　きり〱(さっさと)と、下りやァ(下りろ)がれ。

浄　〽情容赦(なさけようしや)[一六]もあらけなく、襟(えり)がみ取つて(首筋をつかんで)引きおろし、高座の上に[一七]朝比奈が、羽(は)を伸(の)[一八]す鶴の勢ひに、(閻魔は)もう堪忍が(もう我慢ならぬ)と立ち掛かり、

ト、朝比奈、閻魔を引きおろし、下手へ突き倒し、高座の上へ

銀や梅酢などで磨き直すことを職とする人。加賀の出身者が多く、また、冬によくやってきたという。

九　閏年は平年より月の数が多いから、下手をすると、年内にまた磨かせねばならぬ、それでは損だ、との強弁か。本作上演の安政七年は、三月に閏があった。

一〇　負けたり失敗したりしても、それを素直に認めず、無理な理屈をこねたりすること。

一一　罰すること。殊に、死罪のような重罪に処すること。

一二　驚きを表す感動詞。

一三　座る場所。座る位置。

一四　身分の高い人が座る、一段と高くしつらえた座。『吉例寿曾我（曾我の対面）』では工藤祐経のために特に高座が設けられる。

一五　三礼(らい)ともいう。三度、礼拝(らいはい)すること。深く敬意を表するための、丁寧な礼拝。

一六「情もかけず遠慮もなく、荒々しく首を摑(つか)んで」。「あらけなく」の「あら」は、「情容赦もあらばこそ」と、「荒気なく」との掛け言葉。「襟(えり)がみ」は、首筋の髪、首筋。

一七「高座の上にアがるアサ比奈が」。掛け言葉。

一八　鶴の丸の紋の縁から出た句。「羽を伸す」は、勢力を伸ばす。威張り返る、の意。

上がる。この内、鬼、[一]アリヤ〳〵の掛け声。皆々あきれし思入（あっけにとられた表情）。

闇魔、起き上がり、立ち掛かつて（掛かってゆく）、

闇魔　[二]鬼の敵（かたき）、朝比奈観念（覚悟しろ）。

ト、これを地蔵、止める。

地蔵　ア、コレ、せいては事を仕損ずる（慌てると失敗する）。ただなに事も（とにかく万事を）地蔵に任して。

闇魔　それだといつて（だからといって）

地蔵　[三]ハテ、じつと辛抱しやいの（じっと我慢をしていなさいよ）。

ト、闇魔をじつと（静かに）止める。

朝比　アア、[四]いま一吹き（ひとふ）の娑婆の風に、二日酔（ゑ）ひがさめてしまつた。[五]迎ひ酒に一杯（いっぺい）やりてへ（そうだ）　○　ヤア〳〵、[六]誰（たれ）ぞあるか（誰かいるか）。銚子盃（てうしさかづき）もて。

素帝
五官　かしこまりましてござりまする（承知いたしました）。

ト、[七]三保（みほ）神楽になり、素帝王、三宝（さんぼう）に大盃（たいはい）、五官王、[八]長柄（ながえ）の銚子を持つて出て来（く）る。

朝比　抱いて寝るのは嫌（いや）だが、酒の酌（しゃく）は女がいい。式部どの、ついで下せ

一　化粧声という。荒事役者の登場や、力を入れた動きに対して、舞台に並んでいる端役の役者たちが掛ける掛け声。最後を「デッケー」と結ぶ。「アーリャコーリャ」を繰り返すときと、「アーリャアーリャ」と連ねるときとの二通りがある。『対面』の場合は、必ず前者。神霊の威力を発動させるための、呪的な囃し言葉に発したものと思われる。

二　以下五行、『対面』のせりふのもじり。闇魔が曾我五郎、地蔵が十郎、先に高座に上がった朝比奈が工藤祐経の役に該当する。

五郎　親の敵、祐経観念。

ト、立ち掛かるを、十郎、止めて、

十郎　ア、コレ、立ち騒いで尾籠な弟、せいては殊に大事の身、只、何事も兄に任して、

五郎　でも、

十郎　じっと辛抱しやいのう。

三　軽い打消しや反対の気持を表す感動詞。

四　「今、ひとしきり吹いて来た浮き世の風のために」。五郎のせりふ、「今、吹き返す天津風」を転用したものと思われる。

五　迎え酒の訛り。悪酔いや二日酔いを直すために飲む酒。

六　以下十一行、『対面』のもじり。素帝王が近江小藤太、五官王が八幡三郎、紫式部が

十郎の思い者大磯の虎の役に該当する。

工藤　コリャ、銚子土器(かわらけ)持て。

近江
八幡　かしこまってござりまする。

ト、三保神楽になり、近江、三宝に土器、八幡は長柄の銚子を持ち出て、工藤、土器を取り上げ、飲んで、

工藤　兄(このかみ)なれば、祐成へさし申そう。

十郎　頂戴いたすでござりましょう。

ト、十郎、すり寄る。近江、三宝をすえる。虎、酌をして、よろしくあって、また、工藤、飲んで、

工藤　五郎ヤイ。

五郎　なんだ。

工藤　盃くりょう。

七　大太鼓と能管で演奏する鳴物。『対面』の盃事などに用いる。

八　酒を入れて盃に注ぐための、長い柄の付いた金属製の酒器。

九　古風な言い方だが。「時代」は、古風で堅苦しいこと。大袈裟なこと。

一〇　注文。芸を催促するときにいう言葉。

一一　紙扇の一種。親骨の両端を外に反らせ、畳んでも、半ば開いたようになっているもの。

へ。

式部　心得ました(承知いたしました)。

ト、式部、銚子を取って、つぐ。朝比奈、飲んで、

朝比　閻魔やい。

閻魔　なんだ。

朝比　盃くれう(盃をやろう)　○(極まってみせる)　といふところだが(という場面だが)、まず四、五杯重ねてから(飲んでから)、酒の肴(さかな)に閻魔をはじめ、なんぞ(何か)芸尽くしをして見せろ。

閻魔　ナニ、閻魔に芸があるものか。

地蔵　ア、コレ、せずにゐては面倒だ(何にもしないとうるさいぞ)。ここはさしづめやはらかに(ここはさしあたり穏やかに)、式部どのから遣ったり〱(始めろ始めろ)。

式部　なんで(どうして)マァ、自ら(みづか)が(私が)。

地蔵　ハテ、妄語の罪で地獄へ落ちた、〔その原因となった〕源氏の話でもしたがいい。

朝比　サァ〱、時代[九]に、所望(しょもう)[一〇]だ〱　○(促す)

ト、これにて、式部、十二単を脱ぎかけ、中啓(ちゅうけい)[一一]を持ち、

浄　〽そもそも源氏物語は、誓ひ[一]も堅き石山の、観音堂に参籠(さんろう)なし、頃(折しも)しも秋の最中(もなか)にて、琵琶(びは)湖に月の光る君、心も須磨を書き初(ぞ)めに、作りし罪の深くして（物語を作った妄語の罪は深く）、身は浮かまれぬこの地獄（成仏できずに地獄堕ち）、哀れと思ひたまはれと（可哀そうだと思って下さいと）、かこち涙にくれたまふ（涙を流して悲嘆にくれた）。

ト、この内、式部、五官王を相手にふりあつて、

朝比　サア〳〵、これからは閻魔の番だ。

閻魔　そんならどうでもやらねばならぬか。こんな事なら今戸にゐる、金[二]八でも呼んでおけば良かつた。

朝比　なにを愚図(ぐづ)〳〵〔芸を〕。早くしねへか。

閻魔　早くと言つても芸がなければ（芸がないので）、地獄[三]へ出来た五丁町(まち)、廓の話でもいたさうか。

式部　こりや面白うございませう。

朝比　サア〳〵、も一つ、所望だ〳〵（見たい見たい）。

一　以下二行は、『源氏物語』執筆に関する伝説的な経緯を踏まえた文。「衆生済度の堅い誓いを立てられた、観音様を本尊とする石山寺の、観音堂に私はお籠りをした。時は仲秋、八月十五夜の月が、琵琶湖に光る。その美しい光を借りて、主人公の名も光君。心澄むままに物語の風情心に浮び、まず、須磨の巻を書きとどめた」。「堅き」は、「誓ひも堅き」と「堅き石」の掛け言葉。「堅き」の縁で「石山」。「石山」は石山寺（大津市）。「観音堂」はその本堂。「秋の最中」は、仲秋。それに、最中の月＝十五夜の月を示唆。「光る」は、「月の光る」と、『源氏』の主人公「光君」とを掛ける。「須磨」の「須」は、「心も澄み」と「須磨の巻」との掛け言葉。

二　幇間(ほうかん)の名か。今戸は三五六頁注二参照。

三　「地獄にも廓が出来て、五丁町がある」。五丁町とは、元吉原以来の、江戸町一・二丁目、京町一・二丁目、角町(すみ)をいう。新吉原移転後、揚屋町・伏見町・堺町が新設された。

四　以下、「地獄も今は華やかな色好みの世になって、五色の鬼が五丁町で色を売る」。「色」は、色彩の意と情事の意と。「色」の縁で「五色」（青・黄・赤・白・黒。また、とりどりの色）。「五色」の縁で「五丁町」。

五　厭離穢土(えど)の江戸(えど)町。穢(けが)れた現世を厭(いと)い、

ト、これにて閻魔、装束(装束を脱ぎ)を取り、好み(好みの)の拵(こしらへ)(衣裳で)になつて、

浄 〽地獄[四]も今は色の世に、五色の鬼の五丁町(まち)、厭離江戸町(えんりえどちやう)[五]、阿鼻(あび)[六]京町(きやうまち)、亡者[七]を客に揚屋町(あげやまち)、さて[八]角町(すみちやう)を角町(つのちやう)と、鬼の仲間で夕まぐれ、長屋[九]をそそるおどけぶし[一〇]。

ト、閻魔、ふりあつて(踊って)、冠の上から手拭ひを吉原被(かぶ)[一一]りにかぶり、

浄 〽月[一二]の八日(やうか)はお薬師さま(薬師如来の縁日)よ、薬師参りの下向の道(帰りの道で)で、ちらと見初めし(一目惚れした)大振袖に、どうで(どうせ)晩には忍ばにやならぬ、さまよ(かの君さまよ)[一三]、〽さまとエー、おもしろや。

ト、閻魔、ふりあつて、素帝王、出て、

素帝 オヤ、聞いたやうだよ(どこかで聞いたことがあるようだね)。

浄 〽ちよつといつぷく縁起(縁起直しにと)にと、袖[一四]引き煙草に引きとめられ、

娑婆を離れてやって来る江戸町の意。吉原はしばしば極楽浄土に、遊女は多く歌舞の菩薩に譬えられた。「江戸」は、掛け言葉。

六 阿鼻叫喚の京町。阿鼻地獄（無間地獄）は、親殺しなどの大罪を犯した者の堕(お)ちる地獄。叫喚地獄は、飲酒(おんじゅ)の戒を犯した者の堕ちる地獄。「京」は、掛け言葉。

七 亡者を客にして、遊女を揚げて遊ばせる揚屋町の意。「揚」は、掛け言葉。

八 以下、「さて、吉原では角町(すみ)というところを、鬼の仲間では、角町(つの)という。夕暮れになると」。「夕」は、掛け言葉。

九 お歯黒どぶに沿って並ぶ下等の女郎屋。

一〇 天保ごろ、酒席ではやった小唄。

一一 二つ折りにした手拭いで月代(さかやき)を覆い、後ろの両端を髷(まげ)の後ろで一つ結びにする。

一二 文政五年、松井譲屋筆録『浮れ草』に原歌を収録。「月の八日はお薬師様よ、薬師参りの下向の道で、ちらと見そめし大振袖よ、どうで一度はしのばにゃならぬ、忍びそこねてつい見付けられ、長い刀でぶッきらりょと儘(まま)よ」。原歌は「大振袖」つまり大名か旗本の娘を見そめた歌。

一三 客と遊女の間で用いる二人称の代名詞。

一四 切見世の遊女などが客を誘うために、格子先などで、吸い付け煙草を差し出すこと。

ト、素帝王、女郎の思入にて（女郎になったつもりで）、閻魔を止める（閻魔を誘う）。

閻魔　おぬしの所へ上がり[一]たいが、なにを隠さう（実を言うと）この己（おれ）は、苦しがり[二]の亡者ゆゑ、〔金といえば〕六道銭（ろくだうせん）[三]があるばかり。

素帝　なんだな（なにさ）、そんな事をいつて。勤めがなくば立て引くわな（お金がなければ私が出しておくよ）。

浄　〽いはれて上がる三つ見世[四]に、襖（ふすま）[五]を明けて隣から（隣の部屋から）、一本角（づの）[六]の切り禿（かむろ）。

ト、閻魔、客の思入（客らしい様子）。五官王、隣の女郎のこなしにて（隣の部屋の女郎の動作で）、出て、

五官　お角（かく）[七]さん、お楽[八]しみだね。

素帝　アイ、まことに今夜は、嬉しいのだよ。

閻魔　あの子も暇なら（あの子も客がないのなら）、しまつて[九]やんねへ。

五官　そりや、有難うございますよ。

閻魔　コウ（おい）、六つまへ[一〇]に（夜が明けぬうちに）酒を一本、早くさういつてやつてくんねへ（早く届けるように言ってやってくれ）。

素帝　アイ、そりや承知だよ。

一　「上がる」は、遊女を買って遊ぶこと。
二　貧乏で苦しんでいる人。貧乏人。
三　死人を葬る際に、身に付けさせる六文の銭（せん）。三途の川の渡し賃とも、地蔵菩薩への賽（さい）銭ともいう。
四　一棟を三戸に区切った長屋。下等な女郎屋。――前頁の袖引き煙草といい、この三つ見世といい、場面は吉原でも、東のお歯黒どぶに面した羅生門河岸の、下等な長屋風景を描いている。羅生門とは、いうまでもなく、渡辺綱が鬼の片腕を切った伝説にちなむ呼称で、腕ずくで客を引き込むからの名とも、鬼神茨木童子の名を想わせる、茨木屋という店があったからの名ともいう。ここに羅生門河岸を持ち出したのは、地獄の鬼の縁による。
五　切見世の、一戸一戸の間は、襖で仕切られていた。
六　人型裸形牛角虎褌という鬼の形姿は、近世に固定したもの。中には、一角の鬼もいたし、また、髪は剛毛で、禿髪（かぶろがみ）のような状態。
七　鬼の角（つの）を読み換えて、女郎の名にした。
八　男女が睦じくしているのをひやかしていう吉原詞。
九　あげる。女郎を買う。
一〇　明け六つ。午前六時ごろ。
一一　しゃがれ声。かすれたような声。――閻

魔を勧めた権十郎は、決して悪声ではなかった。それを「塩辛声」といっているのは、謙遜というよりはむしろ、黙阿弥が彼に余興をやらせないための口実ではなかったか。というのも、養父母の厳しい躾(しつけ)で、幼少の時から稽古事にのみ明け暮れていた彼は、三十歳になるまで吉原を知らなかったという位で、洒落(しゃれ)た余興など出来なかったのではないかと思われるからである。

一二 心底。また、心中の思いを表す歌。

一三 素帝王を演じた市村羽左衛門自身が、この都々逸(どどいつ)を歌ったのであろう。「どど一」はどどいつ節。文政ごろ、潮来節(いたこぶし)をもとに、尾張国熱田の宿場女郎の間で成立、江戸に伝わって流行し、さらに、落語家船遊亭扇橋の弟子扇歌が、天保九年、都々一(逸)坊と名乗って、それに新風を吹き込んだのに始まる。

一四 女の魅力に堪えがたくなったときや、他人の情事を羨(うらや)んだりした時に発する感動詞。

一五「親はねへか」のもじり。「親は無いか」は、親はここにいないか、親がいたら見てやってほしいの意で、芸などを褒める言葉。

一六「とても我慢できないと思っていると、門口から」。「表」は、「たまらぬおもひ」と、「おもて」との掛け言葉。

一七 胸もと。着物の襟(えり)の合わさっている辺り。

五官　モシ、なんぞおやんなさいよ。(何か芸をおやりなさいよ)

閻魔　己(おら)ア、一一塩辛声(しほからごゑ)でいかねへ。(しゃがれ声なのでできないよ)

素帝　それぢやア、私(わっち)が心いき一二を、聞いておくれよ。

　ト、五官王、三味線を弾く。

一三どど一　〽鬼の証拠(鬼であることを証明する)の大事の角(つの)も、ぬしなら一本切る心。(貴方のためなら一本切る気)

五官　さう〳〵。(そうだそうだ)

素帝　モシエ、(〔私の気持を〕)察しておくれよ。

　ト、素帝王、いやらしきこなしにて(みだらな動作で)、閻魔に寄り添ふ(体をすり寄せる)。

閻魔　エヽ、一四畜生め、鬼はねへか一五。(たまらぬ)

浄　〽一六てんとたまらぬ表から、女房(にようば)の亡者が尋ね来て(やってきて)、それと見るより(その様子を見るや否や)一七胸づくし(胸ぐらつかみ)。

　ト、地蔵、手拭ひをかぶり、女房の思入にて(女房の様子で)出て、閻魔の胸づ

くしを取り、

地蔵　コレ、頓四郎（とんしらう）[一]どの。

[二]くどき　〽いまさら言ふも愚痴ながら、去年の八月二年目の、[三]コロリ（「ころりと」）なに（特に出）に二人（お前と私は）新亡者、念仏一遍（念仏一遍すら言う暇もなく）いはぬ身に、地獄へ落ちて裏屋[四]住み、商売（来る商売もないので）も知らざれば、お前は鬼の面付けて（お前は鬼の手下になって）、十万億土[五]へ町飛脚[六]、私（わたし）は内で洗濯も（洗濯するのも）、三途（さんづ）[七]の婆（ば）さまの下仕事（下請け仕事）、経帷子（かたびら）[八]のけふあす[九]に、困る中にて色狂ひ（女狂い）、いつその事（思い切って）のつら当て（あてこすりに）に、死んでやらうと思へども、死んで来たゆゑ死なれぬかと（婆婆で死んでここに来たのだから二度と死ねないのかと）。

浄　〽訳[一〇]も涙（なんだ）にかきくどかれ（激しく泣きながら愚痴を並べたてる女房に亭主をはじめ鬼女郎も困り切って）、亭主をはじめ鬼女郎、困り果てたるそのところへ（いるところへ）。

ト、この内、地蔵、閻魔を捕らへ、よろしくふりあつて、

浄　〽喧嘩（けんくわ）と聞いて路次番[一一]が。

一 頓死（急死）をもじった名。
二 浄瑠璃の中の聞かせどころ。恋の悲しみ、恨みなどを、かきくどくように訴える部分。
三 コレラのこと。コロリと死ぬところからの名。日本にコレラが流行した最初は文政五年。次いで安政五年から万延元年にかけて、第二次の流行を見、多くの死者が出た。
四 裏店（うらだな）とも。露地や裏通りに建てられた家。
五 この世から極楽浄土へいたるまでの間にあるという無数の仏土。転じて、極楽浄土。
六 一定の賃銭を取って、市中の手紙を集配する飛脚屋。安政元年冬に始まったという。二九三頁＊印参照。
七 三途の川の脱衣婆。三途の川は、死の世界に行く途中の川。緩急を異にする三つの瀬があり、生前の罪業によってどの瀬を渡るかが決められる。川辺には、鬼形の奪（脱）衣婆がいて、亡者の衣を剝ぎ、それを懸衣翁が受け取って、傍の衣領樹に懸けるという。
八 白麻などで作った、死者に着せる一重の着物。名号や題目、経文などを書き記す。
九 「今日も明日も、経帷子を洗って働いていても、今日明日の暮しに困るような生活の中で」。「経帷子」の音から「今日」。
一〇 「訳もなく涙にかきくれる女房にかきくどかれて」。「涙」の「な」は、「訳もなく（無

ト、朝比奈、肩へ手拭ひを掛け、路次番の思入にて（路次番の様子で）、地蔵の錫杖（しゃくぢゃう）を鉄棒（かなぼう）にして出て、

詞 一二 〽コレ〳〵、おかみさん、様子は門（かど）で聞きました（表で聞きました）。

浄 〽腹も立たうが（腹も立つだろうが）見えの場所（一三 ここは男が見栄を張る所）、亭主に恥をかかせても、あんまり出来た事でもない（ほめられたりはしないでしょう）、さう浄玻璃にいつたなら（一四 強情張って文句をつけると）、業の秤に掛けくらべ（一五 外の女と比べた末に）、一六 牛鬼（うしおに）よりも馬鬼（うまおに）と、乗りかへられまいものでもない（ひょっとすると乗り替えられてしまうよ）、愚痴な心は一七 血の池へ、さらりと流して（さらりと水に流して）おかみさん、一と口飲んで帰らんせ（帰りなさい）、〽一八 酒と台とにうかれだち（料理で陽気にさわぎたて）、飲めやうたへの仲直り、〽わけもなや（たあいのないことよ）。

ト、この内、朝比奈、よろしくあつて納まる（踊り終る）。

朝比 ヤイ、閻魔、女は嫌ひだが不便（ふびん）ゆゑ（可哀そうだから）、紫式部は朝比奈が、これから娑婆へ連れてゆくぞ。

閻魔 娑婆どころか極楽へも、遣る事ならぬ妄語の罪（妄語の罪がある以上行かせることはできない）、式部は地獄へ置かねばならぬ。

性に）」と「なみだ」との掛け言葉、「かきくどかれ」の「かきく」は、「涙にかきくれる」と、「かきくどく」との掛け言葉。

一一 吉原の、長屋が並ぶ狭い露地の入り口には木戸があった。その木戸口から内を、鉄棒を持って回りながら、客の整理をしたり、女郎が客を引っ張り込むのを手伝ったりした番人。女郎の抱え主などが勤めていたらしい。

一二 語り手が、節を付けずせりふのように語る。

一三 人に良く見られようと、体裁を繕うこと。

一四 情張り（強情を張ること）に通わせる。以下「業の秤・牛鬼・馬鬼・血の池」と、地獄に縁のある語で文を綴っている。

一五 秤に掛ける。損得や利害を判断する。

一六 牛を馬に乗り換える。損な方を捨てて、得な方を取る。ここでは、外の女に見替える意。「牛鬼・馬鬼」は、牛頭人型・馬頭人型の地獄の獄卒。牛頭（ごず）・馬頭（めず）ともいう。

一七 血の池地獄。四四六頁注一参照。「水に流す」を地獄の縁で「血の池に流す」といった。

一八 以下「酒と料理が運ばれて、夫婦喧嘩の仲直り、その盃が糸口で、飲めや歌えの大騒ぎ。たわいもない」。

地蔵　それとも地獄が悪いなら、賽の河原へ伴はう。

朝比　なんでも娑婆へ連れてゆく。

閻魔　どうでも地獄へ置かねばならぬ。

　　ト、両人、式部の手を取り、引つ張る。地蔵、割つて入り、

地蔵　ア、コレ、二人とも待つた〳〵。一人の式部を三人で、三つ割りにも出来ぬから、それは一番狐拳で、[一]おつ付けようではないか。

閻魔　なるほど、これは良からうが、[二]年々歳々浄瑠璃の、狐拳も古めかしいが、なんぞ新しい拳はあるまいか。

朝比　オツト、ある〳〵。この三人を拳にしよう。まづ己が閻魔に勝ち、閻魔が地蔵に勝ち、地蔵が己に勝つとはどうだ。

素帝　閻魔に負ける弱い地蔵に、

五官　小林どのが負けるとは。

朝比　その不審はもつともだが、己がお袋の[三]巴御前が、[四]子安の地蔵へ願掛けして、己が丈夫になつたから、地蔵ばかりにや負けにやァならねへ。

一　押し付ける。引き取らせる。

二　春の趣向を取り入れた浄瑠璃には、弘化四年正月の『笑門俄七福』、嘉永元年正月の『色品替拳酒』などがある。

三　源義仲の寵妾。信濃守中原兼遠の娘。一騎当千の兵、古今の勇婦であったが、粟津が原の合戦で、和田義盛に捕えられ、義盛の妻となった。義盛滅亡後は、越中に赴き、尼となり、九十一歳で死んだと伝える。捕えられたとき、義仲の子を懐妊していて、それが朝比奈であったとも、また、義盛との結婚後に受胎、出産したのが朝比奈であったともいう。

四　安産と、子供の成長とを守護すると信じられた地蔵菩薩。十一世紀末から十二世紀にかけて、地蔵は、地獄であると娑婆であるとを問わず、若き僧・小僧・童として示現するとの信仰が生れ、その結果、地蔵は、子供の救済者と見なされるにいたった。子安地蔵の信仰も、その線上に成立したものである。

五　振付師、初世花柳寿助（後、寿輔）のこと。この幕のふりは、寿助が付けたものか。

六　好い加減。出まかせ。

七　終助詞。文末に付けて上の内容を確認。

八　如意宝珠。単に宝珠とも摩尼ともいう。心の望むがままに、さまざまな宝を降らし、衆生に与えるための玉。

素帝　それで負ける訳が分かつたが、

五官　して（ところで）、三人のその形（なり）（姿は）は。

朝比　娑婆なら[五]花柳（花柳に振付けを頼むところだが）といふところだが、[六]出鱈目（でたらめ）ぶりにかうしよう。まづ、己（おれ）がからにらむわ。[七]そこで閻魔が笏（しやく）を構へ、地蔵が錫杖（しやくぢやう）と[八]玉を持つとしよう。

閻魔　オツト、よし。飲みこんだ（分った）〳〵。

地蔵　そんならここで、出たらめに。

朝比　[九]地獄拳の、

三人　始まり〳〵。

浄　〽今度娑婆から朝比奈が、[一〇]地獄回りに[一一]鬼殺（おにごろ）し、酒が過ぎてか腹立ち（腹立ち上戸）に、ナント[一二]塩辛なめたより、えん〳〵閻魔泣き出せ（泣き上戸）ば、傍（そば）でお地蔵が笑ひ出し（笑い上戸）、[一三]三人上戸（じやうご）の酒盛りに、一つ重ねて（さらに一杯）[一四]一ィ二ゥ三。

ト、三人、ふりあつて、拳になり、

九　地獄拳は、多分、歌拳（うたけん）を土台にして作り替えたものか。歌拳とは、極めて緩やかな打ち方をする拳で、最初は、「今度打つ拳は新手（あらて）と新手」というような歌を歌いながら手拍子を取り、歌い終ると、すぐに狐拳にかかる。

一〇　朝比奈は、和田合戦に一族が敗れた後、安房に赴き、消息を断った。俗に、以後の生涯を、島巡りに過したと伝える。その島巡りが終って、今度は「地獄回り」。

一一　以下、「鬼をも殺す勢いの朝比奈も、鬼殺しを飲み過ぎたためか、酔った挙句の腹立ち上戸」。「鬼殺し」は地獄の縁語。朝比奈の勇猛を形容し、かつ、多くは三河産の、度の強い安酒、「鬼殺し」に掛ける。その縁で「酒」。

一二　以下、「塩辛をなめた顔どころの騒ぎではなく、えんえんと閻魔は泣き出す泣き上戸」。酒の縁で、肴になる「塩辛」。諺に、「閻魔が塩辛をなめたよう」という。苦虫を嚙（か）みつぶしたような顔の意。「えん〳〵」は、泣き声を表すと同時に、「えん〳〵エン魔」と、音を重ねて「閻魔」を導く。

一三　怒り（腹立ち）上戸・泣き上戸・笑い上戸。上戸は、酒に酔ったときに現れる癖の状態を示す語。

一四　拳の掛け声。「一つ（盃を）重ねて」から導かれる。

朝比　[一]ドツコイ、[二]互角(あひこ)だ。

浄　〽今度娑婆から……

ト、また、三人〔ふり〕あつて、

閻魔　また〳〵、互角(あひこ)だ。

地蔵　[三]早めてやつたり。（スピードをあげてやろう）

浄　〽今度娑婆から……

ト、三人、早きふりあつて、朝比奈、勝つ。

朝比　サア〳〵、己(おれ)が勝つたれば、約束通り、〔紫式部を〕連れてゆくぞ。（俺が勝ったから）

式部　[四]思はず地獄の苦艱(くげん)を逃がれ、エェ、嬉しうござりまする。（意外にも）

閻魔　いィや、式部は遣られぬぞ。（式部をやるわけにはいかぬ）

ト、引き止める。

朝比　エェ、うるせへ。放しやァがれ。

一　何かに弾みを付けたり、相手の言動を遮ったりするときに発する感動詞。
二　同じ拳を出して、勝負がつかないこと。
三　拳の緩り(ゆつく)した速度、つまり、曲とふりの速度を早める。
四　紫式部が妄語の罪で地獄に堕ちた話は、例えば川柳に、「宝物に紫女が浮名の地獄沙汰」とあるように、『宝物集』を通じて、人口に膾炙(かいしゃ)していた。
五　以下、二四五頁まで、曾我五郎と朝比奈が、鎧(よろい)の草摺(くさずり)を引き合って互いの力を競う、『正札附根元草摺(しょうふだつきこんげんくさずり)』を下敷きにしている。
六　以下三行、『正札附』の五郎のせりふ、「時こそ来れ十八年、天津神風葺屋町、正月双蝶々の、羽掻に取っつく奴凧(やっこだこ)」を、巧みに利用している。
七　地蔵一人では朝比奈の勢いを止められないので、五官王が、地蔵の腰を支えて、加勢するのである。
八　以下二行、『正札附』の長唄の歌詞、「別足踏みしめ時致は、時こそ来れ嬉しさよ、蛙(かはづ)の声も身にぞ知る、今や遅しと夢の間も、忘れぬ父の仇敵、討たんずものと飛び上がり、走り行かんとするところを、又もやらじと引きとむる」による。「別足」は人や馬等の股。
九　相手をひどい目に合わせる。相手に、自

浄[五]　〽勝ちに乗つたる[六]朝比奈が、紫式部伴ひて、ゆくを遣らじととどむる地蔵、激しき風の勢ひに、十王ともに切り爪を、追ふがごとくに慕ひゆく。

ト、朝比奈、式部の手を取り、ゆき掛かる。閻魔、立ち掛かるを、素帝王止め、地蔵止めるを、[七]五官王ともに、地蔵の腰を引つ張る。ちよつと立回つて、朝比奈、式部を連れて、上手へ走り入(はひ)る。地蔵、五官王、跡追ひかけて入(はひ)る。閻魔、素帝王を払ひのけ、きつとなる。

浄　〽[八]別足(べつそく)踏み出し閻魔王、憎(につく)き朝比奈引き捕らへ、[九]目にもの見せんと駆け出(いだ)す、向ふへ回つて十王が。

ト、閻魔、よろしく身拵(みごしら)へして、ゆき掛ける。この内、素帝王、朝比奈が置いてゆきし、[一〇]鶴(つる)の丸(まる)の素袍(すはう)の上(かみ)を引つ掛け、閻魔を

己の非を痛切に感じさせる。

一〇　ここで、素帝王を朝比奈、閻魔を五郎に見立て、次頁四行目まで『正札附』のもどきとなる。すなわち、

五郎　いけ面倒な。そこ放せ。
朝比　留めた。
五郎　放せ。
朝比　留めた〳〵、おッ留めた。

なお、相撲で止めるという趣向は『曾我物語』による。『曾我物語』には、奥野の狩の酒盛りの折に、曾我兄弟の父河津三郎が、股野五郎と相撲を取ったという話が記され、歌舞伎では、寛延二年（一七四九）十一月、市村座の『頼朝軍配鑑』にこの場面を脚色、二世大谷広次の河津、初世中村助五郎の股野が大当りを取って以来、曾我物の一局面として定着した。また、相撲の四十八手にちなんで、閨房態位四十八手が考えられたように、相撲の話は、しばしば、色事の話に転化する。その代表的な例は、安永四年（一七七五）、中村座で初演された、富本の浄瑠璃所作事『四十八手恋所訳』である。『正札附』でも、朝比奈が女に扮して、五郎と色模様を演じてみせるところで、「枕の土俵化粧紙、間夫に逢う夜の力水」と、相撲と色事との交錯した文句が使われている。

止め、

素帝　止めた。

閻魔　放せ。

素帝　止めた〳〵、おつ止めた（押し止めた）。

浄　〽とても（どうせのことに）止めるなら勢ひよく（威勢よく）、一番（一つ）、角力（すまふ）で止めてくりよ（止めてやろう）。

ト、これにて閻魔、[一]床几へ掛かる（床几に座る）。

浄　〽[二]思ひ出（いだ）せば、オオそれよ。[三]此方（こなた）の顔の赤沢山（あかさはやま）、股野を投げし[四]河津（かはづ）掛け、恋にやつして言はうなら（相撲の話を恋の話に変えてみれば）、[五]まづ三つ布団の土俵入り、二つ枕を西東、色の手取り（てと）の取り組みに。

ト、素帝王、よろしくふりあつて、[六]角力太鼓。同じく[七]角力太鼓のやうな合方になり、素帝王、素袍の上（かみ）を取り、閻魔、出て、[八]しこを踏み、角力立ち合ひのふりあつて（角力の勝負の動作をして）、

一 『対面』の工藤になって高座に着く心。
二 以下、『対面』のせりふのもじり。
工藤　思い出せば、オオそれよ……。
十郎　赤沢山の南尾崎……。
工藤　河津が乗った駿足の……。
三 「貴方の顔色のように、その名も赤い赤沢山で」。「赤」は、閻魔の「顔の赤」と「赤沢山」との掛け言葉。なお、世俗、相撲が行われた柏崎を赤沢山と伝える。
四 相撲の技の一。股野との勝負で、河津が用いたための名とされているが、俗説。『曾我物語』によれば、河津掛けよりは、呼び戻しに近い手であったと考えられる。
五 以下二行、「まず花魁との床入りは、力士の豪華な土俵入り、並べた枕は東と西と、色の手取りに相撲の手取り、くんずほぐれつ取り組んで」。「土俵入り」は、化粧回しを付けた力士たちが、土俵上で行う儀式。「西東」は、力士の所属を示す方角。「手取り」は、㈠相撲の技に、㈡色の道の手練手管に長じている人。「取り組み」は、㈠力士の組み合せ。㈡男女の情交。夜相撲ともいう。
六 相撲の櫓（やぐら）太鼓を模した鳴物。
七 角力太鼓に加えて弾く本調子の合方。
八 足を上げて踏み下ろす、相撲の基本動作。
九 以下、「おっと残ったと行司の掛け声、

浄 〽[九]ドッコイ残つた口舌（くぜつ）から、つい物言ひの痴話喧嘩。

閻魔
素帝
鬼 イヤ、ドッコイ。

ト、これまで（ここまで）、閻魔、素帝王、ふりあつて、以前の鬼四人、出て掛かる。

浄 〽新造禿（しんぞかむろ）や[一〇]内芸妓（うちげいしゃ）、〔喧嘩の果に〕帰るといふを引き止めて、（帰ろうとするのを引き止めて）仲直りすりや（仲直りする頃は既に夜）明け近く（明け前）、ごんと撞（つ）き出す鐘の声（暁の鐘の音に）、[一一]別れともなき引き分けに、またの御げんの晴れ勝負、アリヤ〳〵〳〵、ヨイヤサ、〽いさましや。

ト、この内、四人の鬼、両人に掛かり、所作立（しょさだ）て模様のふり、よろしくあつて、〔両人〕四人を投げのける。

浄 〽[一二]優り劣らぬ紅白の、若木（わかき）の梅の花角力（はなずまふ）、[一三]曾我へ取り組む堕地（だぢ）獄（ごく）も、これなん（これこそ）[一四]胡蝶（こてふ）の夢にして（胡蝶の夢であって）、覚めて跡なく（覚めれば跡形もなく）。

勝負はもつれて物言いに。こちらも残った口舌から、言い争って痴話喧嘩」。「残った」は掛け言葉。「口舌」は嫉妬から起る男女間の口論。「物言ひ」は行司の判定に対する異議の意と口論の意とを掛ける。「痴話喧嘩」は睦言（むつごと）が昂じて起る他愛ない喧嘩。

一〇 吉原の小見世で抱えていた芸者。自分の店の座敷にのみ出る。

一一「別れたくない二人の別れ、またのお出でを楽しみに、互角の力引き分けに、またの機会の晴れ勝負」。「またの御げん」は、次にお逢いすること。御見は御見参の略。

一二「いずれ劣らず美しい、若木の梅の紅と白、いずれ劣らず花やかな、若手二人の技競べ」。河原崎権十郎（閻魔）と、市村羽左衛門（素帝王）との、若手二人の競演を称える。前注「引き分け・晴れ勝負」の縁で「優り劣らぬ（優劣をつけ難い）」。「紅白の、若木の梅の花角力」は、紅梅・白梅の若木の枝を持って、敵味方に分れて打ち合う花軍（いくさ）の遊戯。「若木」は、若手役者の譬喩。「花」は、梅の花と花角力との掛け言葉。「花角力」は相撲の縁語。花軍（いくさ）の別称。花やかな二人の競演。

一三「曾我狂言として脚色した、朝比奈の地獄堕ち」。「取り組む」は相撲の縁語。仕組む。

一四 夢と現実が定かでないこと。

ト、この内、立回つて、閻魔、上手へ走り入る。素帝王、続いて追ひ駆け入る。[一]三重。大どろ〳〵にて、[二]太夫座を植ゑ込みの張物で消し、この道具、[三]居所替りにて、石地蔵の道具に替はる。

本舞台、真ん中に石の大地蔵。松の立ち木。同じく釣枝。左右、[四]藪畳。後ろ、黒幕。すべて、小磯宿、[五]化け地蔵の体。この地蔵に、和尚吉三、[六]網代笠、[七]鼠木綿の着付、[八]手甲、脚半、草鞋、[九]墨の衣、[一〇]鼠の頭陀袋を掛け、[一一]地獄変相の掛け物を竹に結ひ付け、これを持つたるまま、居眠りゐる。この見得、よろしく道具納まる。

ト、どろ〳〵にて、心といふ字を、和尚吉三の後ろへ引いて取

一 唄を伴わぬ三味線の曲。三八五頁注一五参照。
二 浄瑠璃太夫の座。浄瑠璃台のこと。
三 見物の眼前で、しかも回り道具を用いずに、その場の装置を他の装置に替える技法。
四 茂った笹藪を表すための大道具。葉の付いた本物の竹を三、四尺に切り揃えて、幅四、五尺の木枠に並べて打ち付けたもの。
五 小磯橋の先の切通しの傍にある石地蔵。首切り地蔵とも。夜毎化けては往来の人を悩ませていたが、ある夜、女に化けて武士に言い寄ったところ切り付けられた。近寄ると石地蔵の首が落ちていたという。

小磯宿、化け地蔵の場

地獄の対面は、実は、和尚吉三の夢であった。和尚は、立ち聞きした伝吉の因果話に発起して、悪事と縁を切り、元の坊主に戻ったのだが、研師与九兵衛から、伝吉が金の工面に苦しんでいると聞き、再び悪の道に返る決心をする。

六 僧尼の笠。薄く削った竹を網代に編んで作る。多くは生地のまま使用されるが、中には、渋を刷き、漆で止めたものもある。
七 鼠色の粗末な法衣。
八 手の甲から腕を覆って保護する、筒形の衣類。紺や浅黄の木綿で袷に縫う。主に旅用。

り、どろ〳〵打ち上げ、和尚吉三、目を覚まし、四方(あたり)を見て、

和尚　さては、今のは夢であったか（辺りを見回す）◯

ト、本釣鐘、誂(あつらへ)の合方になり、

ここは小磯の化け地蔵、修行帰りの足休め(休息のため)、臂(ひぢ)を枕にとろ〳〵と、まどろむ夢に掛け物の、地獄[一三]の様を目(ま)のあたり。前後(前後の筋は)は忘れてしまつたが、朝比奈が出てりきんだは(威勢よく振舞った所は)、さつき芝居の看板[一四]を、見たのを思ひ出したのか。なるほど夢は見た事で、なけりやァ見ねへものだなァ（軽く頷き）◯

ト、思入あつて、(回想する気持を表し)

この小磯の無縁寺(むえんじ)[一五]に、去年切られた(死刑になった)己(おれ)が友達、小猿七之助[一六]の墓があるゆゑ、水でも一杯(いつぺえ)手向け(たむ)てやらう(供えてやろうと)と、思つたばかり(思ったためにとるに足りない夢を見て)詰まらねへ夢でたうとう日を暮らした。彼(あれ)が親父(あいつの親父)[一七]の七五郎も、与四郎といふ店者(たなもの)(奉公人)の、死霊の祟りで親子とも、つひに仕舞ひ(最期は惨めな死にざま)は非業な死にやう。己(おれ)が親父も犬の祟りで、現在双子の兄弟が(実の双子の兄妹が)、畜生道の交はりも(畜生道に堕ちるような情交をするのも)、悪

九　墨染め（黒色）の僧衣。
一〇　鼠色の頭陀袋。頭陀とは、現世の欲望を捨てて修行に打ち込むことで、殊に、行脚をいい、その僧が、経や布施物などを入れて首に懸ける袋を、頭陀袋という。
一一　地獄絵。亡者が地獄で受ける責め苦の様子を描いた絵。
一二　掛け地。書画を軸物に仕立て、床の間などに掛け、鑑賞や礼拝の対象とするもの。
一三　底本「地蔵」。誤植とみる。
一四　立者の役者を組み合せて、内容を一目で分るように描いた、絵看板。
一五　回向院(えこう)の異称。ただし、この回向院は、本所の回向院ではなく、小塚原刑場の北隣りにあった、その別寮。刑死者の菩提を弔うために建立された。荒川区南千住五丁目に現存する。その傍にある石の延命地蔵は、首切り地蔵と呼ばれた。ちなみに、回向院の東南、松吟寺の地蔵を、俗に、お化け地蔵という。
一六　『網模様燈籠菊桐(あみもようとうろのきくきり)』の主人公。
一七　『網模様燈籠菊桐』で、七五郎は、酒屋の手代与四郎から、七十両の金を奪う。与四郎は、主人の金を失った言い訳に、隅田川に投身自殺。その怨念のために、七五郎は病にかかり、娘のおなみ（七之助の妹）は盲目となって悲惨な生活を送る。

事の報（むく）いと恐ろしく、そこから［それが原因できっぱりと悪事をやめ］ふつつり思ひ切り、元の坊主へ立ち返つて、この世で悪をする時は［この世で悪いことをすると］、死んで地獄の苦艱（くげん）を受けると［苦しみを］［いう］、仏の教へを人に見せ［〔絵図で〕］、善を勧むる［善を奨励するのも］一罪滅ぼし［〔の為〕］。己（おれ）がかういふ姿になつた［俺がこんな坊主の姿になった］を、二人の吉三が聞いたなら［ことをお坊とお嬢が聞いたなら］、しみつたれた二根性［意気地のない奴だと］と、笑ふであらうがどうぞして［何とかして］、三彼（あい）ら［あいつら］二人も［二人にも］盗みをやめさせ、誠の人［真人間にしたいものだ］にしてへものだ。

ト、思入（おもいれ）［考え込む］。四一つ鉦（がね）の合方になり、向ふより［揚幕から］、研師与九兵衛（とぎしよくべゑ）、五四立目（たてめ）の形（なり）、尻端折（しりはしよ）りにて、若い衆の合ひ長屋［同じ長屋の男と］と差し担ひ［六二人で］に、誂の七早桶（はやをけ）を担ぎ、出て来（きた）り、花道にて、

与九　イヤ、八太つちようとはいひながら、べらぼうに重い仏［ばかに重い仏で］、肩がめりめりいふやうだ（うだ）［肩の骨が折れそ］。

○　三十貫もありますから、担ぎつけないお方［担ぎ慣れていない人には］にやァ、さぞ［本当に］重うござりませう。

与九　イヤモウ、重くつてたまらねへ［〔溜息をつく〕］○

ト、言ひながら、本舞台へ来（きた）り、

一 善行を積むことによって、過去に犯した罪をつぐなうこと。
二 狭量な。浅ましい。けちくさい。
三 あいつら。彼ら。三人称複数の代名詞。「あれら」の訛りという。
四 一つ鉦とともに演奏する本調子の合方。「一つ鉦」は、三つ脚の伏せ鉦。
五 第一番目二幕目のこと。四六七頁注一一参照。
六 一つの荷物を、二人で担ぐこと。
七 粗末な棺桶。早速の間に合うからの意という。大一号、一号、二号……など、大小の別があった。一種の座棺で、死体を座らせて収めた。「誂の」とあるから、後で役者が入れるように、潜り戸式の出入り口が設けられているのであろう。
八 早桶の中には、坂東村右衛門扮する鷺（さぎ）の首の太郎右衛門が、入っていることになっている。以下の、「太つちよう、重い仏、三十貫」は、いずれも、大男の村右衛門を修飾する語。これだけの遣り取りで、見物は亡者の名前を知り、かつ、後でその亡者が何かを演じることを予測し得たはずである。

[九]ここは下ろしてもしかられねへ（ここなら死体を置いても文句は言われない）。ちよつと一息、つかして下せへ（入れさせて下さい）。

ト、良き所（適当な所に）へ早桶を下ろし、

○ この間(あひだ)に私(わし)が[一〇]一と走り、跡へ帰つて長屋の衆(しゅう)を、引つ張つて来ませうか。

与九 いつまで[一一]蕎麦(そば)を食つてゐるか。御苦労ながら、いつて下せへ。

○ [一二]てつきり（きっと）[一三]五んつく（五合ほど）[一四]掛けましたらう（つけで買ってきたでしょう）。

与九 イヤ、〔俺の金で〕酒を飲まれてたまるものか。

○ ドレ、いつて来ませう。

ト、若い衆、向ふへ走り入(い)る。和尚吉三は、この内、地蔵の台(だい)[一五]石(いし)へ腰を掛け、[一六]摺(す)り火打(び)ちで火を打ち（火を作り）、煙草を飲みゐる。与九兵衛、これを見て、

与九 オヲ、いいところに坊さんが居た（そうだ）○ モシ、火を一つ貸して下さい。

和尚 お安い御用だ。お付けなせへ（火を付けやすいように煙管を持ち替え）○

九 小塚原の回向院は、刑死者の遺体を埋めるところ。死罪になったものの骸(むくろ)は、葬ることを許されなかったので、夕方、俵に詰めて回向院まで運んだのである。

一〇 急いで。実際に走らないまでも、使いなどを手早く片付けに出かける意を表す。

一一 年越し蕎麦や引っ越し蕎麦で知られるように、蕎麦は晴れの食物とされていた。赤味を帯びた茎が血を連想させるのと、三稜の実の形が異常性を感じさせるためだという。そういうところから、弔いにも蕎麦を食う習慣があったのだろう。

一二 きっと。必ず。判断や推測の確かさを示す副詞。

一三 酒五合。

一四 「掛け」は、一定期間の後に代金を支払う約束で、物を買うこと。掛けで買う。ここでは、与九兵衛の名前で、酒屋から、つけで買うこと。

一五 石碑などを据えるための、土台の石。

一六 火打ち石と火打ち金。火を作るために、打ち合せて火花を出す道具。

ト、煙管(きせる)を出す。両人、煙草[一]を吸ひ付けながら、顔見合はせ[二]、

ヤ、お前(めへ)は研屋の与九兵衛さんぢやァねへか。

与九　オォ、さう言ふは和尚吉三か(軽く驚く)[三]　○　ヤレ、久しく逢はなんだが、変はつた姿になつたな。

ト、同じく台石へ腰を掛ける。

和尚　私(わつち)[四]もだん〳〵取る年に(年を取って)、悪事をしたを後悔なし、元の坊主に立ち返り、百や二百(百両や二百両は)は端(はし)た金と(とるに足らぬ金だと思っていた時とはがらりと変り)、思ふ心に引き替へて、今ぢやァ人の門に(今では他人の家の門口に立って)立ち、一文二文の銭(ぜに)をもらひ、二十四文の屋根代(やねだい)[五]に、五十[六]が米を粥(かゆ)に炊き、ほんの命をつなぐばかりさ(死なないでいるという程度だよ)。

与九　そりやァよく思ひ切つたが(決心したが)、世の譬へにも言ふとほり(世間でよく言う)、三日坊主[七]ぢやァねへかへ。

和尚　いえ、只ぢやァ思ひ切れませぬが(普通なら決心はつきませんが)、小猿親子が身の果てを(小猿親子の最期を)、現在見たので発起しました(現にこの目で見たので出家になる気を起しました)。

与九　なるほど、今の若い者は、気の付きやうがよつぽど早い(自分の非に気の付くのがずいぶん早い)。己(おら)[八](俺が)が若い

一　二本の煙管の、火皿と火皿とをかぶせるように合わせて、火を移すこと。

二　煙草や提灯の火の貸借がきっかけで、久しく逢わなかった者が再会する。よく使われる方法である。たとえば、『東海道四谷怪談』(新潮日本古典集成本、二一四頁)には、以下の件りがみえる。

伊右　火を借りませうか
直助　おつけなされませ　○
　ト両人吸ひ付ける事。直助、笠(かさ)の内をよく〳〵伺ひ
　もし、伊右衛門様、お久しうござります
　トこれにて、伊右衛門、思ひ入れあつて
伊右　ヤ、さう言ふ手まへは直助か

三　驚いたり、ほっとしたり、嬉しさが急にこみあげてきたときなどに使う感動詞。

四　身分の低い者が、男女ともに用いる、一人称単数の代名詞。

五　家賃、ないし、木賃宿の宿泊料。ここの場合は家賃。当時の家賃(店賃)は、裏店の長屋で、月六百文程度。しかも、一度に払えないものは、それを日掛けにする。二十四文はその日掛けの値段。明和五年(一七六八)五月一日以降、四文銭が通用し始めてから、

和尚　時分までは、白髪首(しらがくび)[九]の獄門が、たび〳〵[一〇]ここへ掛かつたものだ。

与九　イヤ、白髪首と言へば親父(とつさん)は、なにも変はりはござりませぬか。〔別に異状はございませんか〕

和尚　此方(こなた)は内へゆかねへか。〔お前さんは自分の家に行かないのか〕

与九　久しく便りも聞きませぬが〔長い間連絡がありませんが〕、やつぱり野玉(のだま)の宿をして〔夜鷹の宿をして〕、苦しがつて〔貧乏に苦しんで〕をりますかね。

和尚　久しくゆかにやァ知るめへが〔長い間行っていないのなら知らないだろうが〕、三月ほど跡の事だが〔三月ほど前のことだが〕、娘(おとせ)が金を百両拾ひ、それを途中にて取られたところ、落とした者が知れたゆゑ、ぜひ返さねへけりやァならねへと〔返さなければならないといって〕、詳しい話は聞かねへが、親子(伝吉・おとせ)ともに死に物狂ひ。可哀さうに親父(とつさん)も、以前と違つて百の銭も難しく〔銭百文でさえ工面できず〕、この頃ぢやァとぼ〳〵[一一]と〔しょんぼりして〕、あんな人ぢやァなかつたが〔ああいうたちの人ではなかったのに〕、愚痴ばかり〔言っても仕方のないことをぐずぐずこぼしているよ〕言つてゐるよ。

与九　それぢやァ〔それでは〕親仁(おやぢ)はその金を、こしらへるので困つてゐますか。

和尚　此方(こなた)の前ぢやァ言ひにくいが〔お前さんの前では言いにくいが〕、出来ねへ物は金づくゆゑ〔作ろうとしても作れないのが金だから〕、とどの詰まりは〔結局は〕突き詰めて〔思いつめて〕、身でも投げにやァいいと思ふよ。〔投身自殺でもしなければいいがと思うよ〕

二十四文を単位とする勘定が多くなった。

六　庶民が米を買うのは、通常、百文単位。俗に「百相場」といって、百文で何合という小売り相場が立つ。安政六年が四合七勺、七年が五合二勺。五十文ではその半分だから、平均して二合強。一般に、男一日五合というのが常識だから、粥(かゆ)にして量をふやさなければ、到底、やって行けなかったのである。

七　何事にも、すぐ飽きてしまう人。「三日」は、僅かの間の意。相手が坊主姿の和尚吉三だけに、この語句は生きて聞える。

八　一人称単数の、主に男が用いる代名詞。女が使うこともある。野卑な言葉である。

九　前行の「若い者……」との対比。年をとって白髪になるまで、自分の非に気付かず、改心しないので結局、死罪に処せられてしまう。

一〇　鈴ケ森同様、小塚原のお仕置き場にも、首の晒(さら)し場があった。

一一　疲れたり、気力を失ったりした様子を表す副詞。

ト、これを聞き、和尚吉三、思入（不審顔をして）あつて、

和尚　いつぞやいつた（先日行った時に）その時に、金が要ると聞いたゆゑ、百両門（かど）から投げ込んだが、そんなら手にやァ入らなんだか（では手に入らなかったのかい）。

与九　そんな話は聞かなんだの（聞かなかったな）。

和尚　それぢやァあれも水の泡[一]、誰（だれ）がその時拾つたか。いめへましい[二]事をした。

与九　此方（こなた）（お前さんも）も悪事を止めにして（悪事はよして）、堅気になつたとあるからは（真面目な生活に戻ったというのだから）、どうか金の都合して（何とか金の工面をして）、親に孝行[三]するがいい。

和尚　さう聞いちやァ（そうと聞いては）一時（いっとき）も（少しでも早く）、早く金をこしらへて、難儀[四]を救つてやりてへが、しかし親仁（おやぢ）も偏屈[五]（頑固だから）ゆゑ、身性（みじやう）（みもち）の悪い己（おれ）が手から（俺の手で）、持つていつちやァ（持って行ったら）受け取るめへ。どうぞ（どうか）お前（まへ）（貴方）、その時は。

与九　いいやうに（適当に）取りなして[六]（取り計らって）、己（おれ）が届けてしんぜよう（届けてあげましょう）。

ト、和尚吉三、思入（難しい顔をして）あつて、

和尚　こいつァ思案を、しにやァならねへ（こうなると考え直さなければならない）。

一　泡は、出来てもすぐ消えてしまうところから、努力や苦心の甲斐がないことをいう。
二　忌（い）ま忌ましい。癪（しゃく）にさわる。腹が立つ。
三　親に良く仕え、親を大切にすること。
四　難しい問題を抱え込んだり、困難な状況に直面したりして、苦しみ悩むこと。
五　素直でないこと。頑固に意地を張り通そうとすること。
六　仲に立って、巧く取り計らうこと。

ト、腕を組み、思入（考え込む）。与九兵衛は向ふを見て（揚幕の方を見て）、

与九　アァ、長屋の衆はどうしたか（長屋の連中はどうしたか）、早く来てくれればいいに。

ト、和尚吉三、早桶を見て、

和尚　モシ、その仏は近所かへ（その死人は近所の人かい）。

与九　オォ、こりやァ一つ長屋内（同じ長屋に住む）で、鷺（さぎ）の首の太郎右衛門（たろゑもん）といふ烏貸しの親仁（おやぢ）よ。いつぞや己（おれ）が口入れ（俺の世話）で、海老名（えびな）さまへ百両貸し、七あこぎな（ひどい利子）利を取り子を生まさうと（利を取って金を増やそうと思ったところ）、八思ひの外に先が死に（思いがけずも先方が死に）、その百両が損となり、それを九気病みに患ひ付き（気に病んで病に伏せり）、寝てゐながらも（寝ていたのだが）一〇腎張りゆゑ（精力だけは衰えず）、夕べ一一出でも掛けたかして（女でも抱いたのか）、頓死のやうにころり往生（頓死同然にころりと死んだ）。日頃非道な利を取るので（ひどい利子を取るので）、誰（だれ）も一二焼き場へ行き人（ゆきて）がなく、せう事なしに（仕方なく）一三送つて来たのだ（担いできたのだ）。

和尚　ヤレ〳〵、それは可哀さうに。金ゆゑ命を捨てたのか　〇一四　アァ、これに付けても親仁（おやぢ）が身の上（親父の運命）、案じられる事だなァ（心配だなあ）。

与九　いつまで酒を飲んでゐるか、馬鹿〳〵しい一五手合ひだな。

和尚　なんならそこらへいつてみねへ。仏は己（おれ）が番をしよう（俺が見張っていよう）。

七　非道。無体。貪欲。

八　「思ひ」は、掛け言葉。「子を生まさうと思ひ（しに）、思ひの外に」。

九　何事かを気にする余りに起る病気。

一〇　性欲旺盛な人。好色な人。腎張り＝腎（腎臓）に腎水（精液）が張っているさま。

一一　「出を掛ける」。女が客席に出るのを催促する意か。あるいは、女を抱いて性欲を発散させる意か。「出」は、「出事（房事）」の略か。「掛ける」は、交接させる意か。あるいは、作用を他に及ぼす意か。

一二　小塚原の刑場の西、荒川区南千住五丁目の辺りにあった火葬場。死体の焼却は夜間に限られており、風向きによっては、その異臭が吉原にまで漂って来たという。

一三　死者を、焼き場などの死体を処理する場所（捨て墓）まで送って行くこと。

一四　俺も結局同じ道を辿るのだろう、との思入。

一五　連中。奴ら。ある種の人間の集団を、軽蔑していう語。

与九　それぢやァどうぞ〔頼みます〕、気の毒ながら。

和尚　しかし、長くは（長い間はいやだよ）御免だよ。

与九　ナニ、ぢきに（すぐに）帰つて来ます。

ト、右の合方にて（同じ合方で）、与九兵衛、足早に向ふへ（揚幕へ）入る。時の鐘。和尚吉三、思入あつて（ちょっと考えて）、

和尚　アァ、生まれ付いた宿業か（前世からの因縁か）。親仁の因果に発起して（親父の不遇を見て仏の道に帰り）、悪事をさつぱり思ひ切り（悪事は絶対にするまいと心に決め）、かかる姿になつたゆゑ（こういう坊主姿になったので）、たとへ道に金があつても（仮に道に金が落ちていても）、人の物は取るめへと（他人の物である以上取るまいと）、思つてゐたが与九兵衛から、思はず聞いた親仁が難儀（偶然聞いた親父の苦労の話）、金の出来ねへその時は、身でも投げて死なにやァいいと、聞いてはどうも捨てておかれぬ（聞いた以上は放っておくわけにはいかない）。とあつて（といっても）金の的（あて）はなし、つづまるところは（結局は）また元の、悪に返つて一と働き（ひと稼ぎして）、親の難儀を救つた上〔で〕、我と（われ）我が身の罪科（つみとが）を、名乗つて刑罪受けるが言ひ訳（自首して刑に服するのがせめてもの世間へのお詫び）。どうで来世は親子とも（どうせあの世では親父も俺も）、この掛け物の地獄の苦しみ〔を味わう身〕。アァ、せつかく仏の姿になつた〔衣を着て〕に、金ゆゑ（金のために）鬼[一]にならにやァならねへ（再び悪者にならなければならない）。

一　鬼のような、無慈悲な者。

二　一本差しとは、二本差しであるべき武士が、横着にも、脇差しだけで外出することをいう。その場合の脇差しは、多く、大刀(刀)と小刀（中脇差し）との中間、長さ一尺七、八寸から一尺九寸九分までの、大脇差しとも

ト、きつと思入〔決意を表す〕。

時の鐘、端唄(はうた)の合方、かすめて〔音を弱くして〕、通り神楽(かぐら)になり、上手(かみて)より丁(ちやう)子屋(じや)の亭主長兵衛、脚半、尻端折り、一本差し[二]、麻裏草履[三]、肩へ羽織を掛け[四]、丁子屋の一重(ひとへ)、他所行(よそゆ)きの拵(こしらへ)[五]、草履にて、長兵衛に手を引かれ、出て来(き)る。これにて、和尚吉三、思入あつて〔あの懐をと頷き〕、地蔵の陰へ小隠れする[六]。

長兵　コレ、おいらん、道が悪いよ。

一重　はい、有難うござんす。

ト、舞台真ん中へ来て、

長兵　この駕籠の者はどうしたか〔この駕籠かきはどうしたのだろう〕、先へでもゆきやァしねへか〔先に行ったのではなかろうか〕。なんにしろ〔いずれにせよ〕和泉(いづみ)屋[七]へ、こぶ巻き[八]を買ひにやつた喜介が、もう来さうなものだ。

一重　ちつとの内〔少しの間〕、ここで待つたら、追つ付くでござんせう〔追いつくことでしょう〕。

長兵　跡から人が来るやうだが、おほかた〔多分〕あれが喜介だらう。

一重　ほんに〔本当に〕、話に聞いてゐたより、西新井(にしあらゐ)[九]の大師(だいし)さまは、道が遠うござ

長脇差しとも呼ばれるものであった。帯刀を禁じられていた百姓・町人も、脇差しを差すことは許されていた。

三　草履の裏に、麻縄を付けたもの。

四　羽織を袖畳みにして、左の肩に掛けるのである。

五　吉原の遊女は、芝居見物や親の病気などといった特別の場合以外には、廓外への他出を禁じられていた。また、他行の場合には、必ず遣手が従って、その行動に目を光らせていたという。なお、「他所行きの拵」といっても、別に特定の風俗があった訳ではなく、却って、遊女ということを目立たせないような衣類であったと思われる。

六　少しの間、物陰に隠れること。

七　新場（中央区日本橋一～二～三丁目）の魚問屋か。未詳。

八　鯡(にしん)を昆布で巻いて煮た食物。

九　西新井村にあった五智山遍照院総持寺。足立区西新井町一丁目に現存。弘法大師の草創にかかり、自作の大師像を本尊とする。南の川崎大師とともに名高く、厄除大師として人々の信仰を集めた。吉原からは、刑場の横を通り、中村町・小塚原町を抜け、荒川に架かる千住大橋を渡り、千住堤から西荒井大師薬師道を辿って行くのである。

んすな。

長兵　おいらんなぞにやァ〔外歩きに慣れぬ〕遠道(とほみち)だが、己(おれ)なぞにやァなんでもねへ。

ト、一重、四方(あたり)を見て、気味悪き思入(おもいれ)。

一重　モシ、旦那さん、ここはなんといふ所でござんす。

長兵　ここは小磯〔小塚原〕のお仕置き場だ。

一重　エ。

ト、吃驚(びつくり)。飛びのく拍子に、早桶にゆき当たり、

アレ、ここに誰(たれ)やら〔誰かが〕。

ト、長兵衛、透かし見て〔暗い中でよく見て〕、

長兵　アァ、こりやァ焼き場ゆきの早桶だ。

一重　アレ、気味の悪い。

ト、長兵衛にすがる〔長兵衛にしがみつく〕。この時、一つ鉦(がね)を打ち込み、和尚吉三、うかがひ〔そっと〕出る。長兵衛、これを見て、一重の手を取り、

長兵　サア、おいらん、ゆかう。

一　日本堤の異称。元和六年（一六二〇）、荒川の洪水による被害を防ぐために、聖天町から三の輪（台東区三ノ輪一・二丁目）まで、山谷堀に並行して築かれた、長さ十三、四丁の堤防。うち、聖天町から新吉原の衣紋坂（五十間道）に至る距離が約八町あり、俗に土手八丁と呼ばれた。

二　新吉原の廓。

三　灯火がついている様子を表すため、パネルの一部を切り抜いて紙を張り、後ろから蠟燭の光を当てた遠景。

四　「だんまり」は、「黙り」の変化。歌舞伎の演出用語で、登場人物が、暗中、無言のまま、互いに相手の存在を探り合いながら行う、様式化された立回りのこと。「時代だんまり」と「世話だんまり」の別がある。時代だんまりは、主に顔見世の一番目狂言で、盗賊や修験者、若侍、姫などが、宝物や旗を奪い合うというもの。世話だんまりは、『東海

ト、長兵衛、ゆきかかる。和尚吉三、うかがひ寄つて（忍び寄って）、長兵衛の懐へ手を入れる。長兵衛、［その手を］振り払ひ、上下へ分かれ（上手下手へと分れ）、一重を囲ひ（かばい）、和尚吉三をうかがふ（和尚吉三の様子を見る）。これをきつかけに、後ろの黒幕、切つて落とし（振り落すと）、向ふ（正面は）、［と］八丁堤［一］、［との］化粧坂の廓［二］、灯入りの遠見［三］。誂、一つ鉦の入りし世話だんまり［四］の鳴物になり、探り合ひの立回り。良きほどに（適当な時に）、件の（例の）早桶を引つ繰り返す。［早桶の］縄、切れて、内より（中から）鷺の首の太郎右衛門、亡者の拵［五］。胡麻塩［六］を当て、蘇生なしたる思入にて（生き返った様子で）、ひよろ〳〵と一重の前へ出る。［一重は］これを見て吃驚なし、アレエと下に居る（悲鳴をあげてそこに座る）。長兵衛、太郎右衛門を突きやる。和尚吉三、太郎右衛門を捕らへ、頭陀袋を切りたくりて［七］（乱暴に引きちぎって）、突き倒す。太郎右衛門、だち〳〵として（ふるえて）、どうとなる（尻餅をつく）。和尚吉三、頭陀袋を探りみて（［の中身］を探り）、舞台へ打ち付ける（叩きつける）。この間、長兵衛は、一重の手を引き、花道へゆく。この音に（叩きつける音に）吃驚。双方（和尚・長兵衛）、見合はせて（互いに相手の様子を窺うのを）、木の頭。太郎右衛門、ひよろ〳〵と、和尚吉三の傍へ来る。これを引き（手許に引）

道四谷怪談』の隠亡堀の場にみられるように（新潮日本古典集成本、二二四〜五頁）、原則として二番目狂言の、殺し場や亡霊出現の場の後などに設けられる。なお、「世話だんまりの鳴物」という特定の曲がある訳ではなく、ここでは、一つ鉦を入れて小塚原の陰気な印象を与えようとしているように、その場の雰囲気に適した楽器や鳴物を用いながら、その都度作曲ないし、構成したものと思われる。

五　亡者の扮装は、通常、左前に着た白の帷子（経帷子）、手甲、脚絆、足袋、草鞋。首に頭陀袋を掛け、額には、三角の布ないし紙を当てる。なお、経帷子は、生誕時の産帷子に対応する死者の晴れ着。

六　亡者の額に当てる三角の布ないし紙。その形態が、胡麻塩を包む紙の形に似ているからの名。一般には、額隠し・身隠しなどといい、仏教では布帽と呼ぶ。本来は、喪に服する生者の服装の一つであり、花嫁の角隠しや綿帽子、出陣する兵士の鉢巻などと同様、物忌みの期間中、俗世の穢れを避けるための、晴れ着であった。

七　頭陀袋の紐を、手荒く引きちぎる。「たくる」は、動詞の連用形に付き、事を強引に行う意を表す。

付け（寄せ）、向ふを見送る（揚幕の方を見る）。長兵衛、一重は、足早に向ふへ入（はひ）る。この仕組み（趣向で）、一つ鉦の刻みへ（一つ鉦を細かく打ち続ける内に）、通り神楽をかぶせ（同時に演奏し）、よろしく（適当に）、拍子幕。

第二番目　序幕

化粧坂八丁堤の場[一]
同丁子屋二階の場
平塚高麗寺前の場[二]

役人替名

一　地回り[三]の仕出し三人（□、○、△）	若い衆
一　損料屋[四]　利助	市川米五郎
一　研屋　与九兵衛	松本国五郎
一　八百屋　久兵衛	市川米十郎
一　文蔵（文里）女房　おしづ	吾妻市之丞
一　紅屋の息子　与吉	関　花助
一　土左衛門爺イ　伝吉	関　三十郎

一　『狂言百種』本では「新吉原八町堤の場」。二五六頁注一、注二参照。

二　平塚に隣接する神奈川県中郡大磯町の古刹。神仏分離令によって高麗神社と改称。『狂言百種』本では「廓裏大恩寺」。大恩寺は、通常、大音寺と書く。正覚山と号し、吉原の西、下谷竜泉寺町（台東区竜泉一丁目）にあった浄土宗の寺。三の輪の浄閑寺、聖天町の西方寺とともに、吉原の遊女の投げ込み寺で、大音寺前とは、その門前の地域をいう。なお、樋口一葉の『たけくらべ』で名高い。大恩寺と書く日蓮宗の寺が根津にあり、今は北区赤羽西六丁目に移転しているが、それとは関係がない。

三　遊里や盛り場の付近に住み、そこを縄張りにして出入りしたり、遊女をひやかして歩く若者。多くはならず者だったが、用心棒として抱える店も、吉原にはあったという。

四　諸道具や衣服、蒲団、蚊帳などを賃貸しする商売。貸し物屋。利助の「利」は利益の「利」で、利にさとい男、の意をこめた。

一 釜屋武兵衛　市川白猿
一 丁子屋の一重、実はお坊吉三妹お安　岩井粂三郎
一 番頭新造花の香　岩井米次郎
一 新造花琴　岩井辰三郎
一 新造花鶴　岩井扇之助
一 茶屋の若い者忠七　市川小半次
一 遣手おつめ　坂東又太郎
一 新造花巻　嵐吉六
一 浪人お坊吉三　河原崎権十郎
一 丁子屋の吉野　元品川の女郎お杉　中村歌女之丞
一 伝吉娘おとせ　中村歌女之丞
一 木屋の手代十三郎　市村羽左衛門

一 序幕の、弥作のせりふでは、「おもとさま」(二八頁)。どこでどう変ったものか。もっとも、一重は、本名では一度も登場しないのだから、どうでも良いことなのかも知れない。

二 葭簀で囲った出茶屋。

三 『狂言百種』本では、「新吉原日本堤」。日本堤の名の由来には三説ある。㈠六十六日間で築かれたので、日本六十六か国にちなんだ。㈡全国の大名に出資させたので、日本諸大名の勢を示すために命名。㈢元は二本堤。昔、堤がもう一本あったための呼称。それが無くなった後も名のみ残った。

四 揚代四百文の河岸女郎と、寝巻に着替えもせずに寝ること。吉原の周囲には、通称お歯黒溝がめぐらされ、その東西の地を俗に羅生門河岸・西河岸といい、局見世とも切り見世とも呼ぶ下級の遊女屋が並んでいた。

五 吉原遊廓のこと。「お町」の略とも、「五丁町」の略ともいう。「なか」ともいう。

六 「一枚」とは、紙花一枚のこと。祝儀を小菊紙で渡し、後で、それを現金に換えるのが紙花。吉原では、通常、一枚を一分と計算するが、河岸見世あたりでは、それを一本(四百文、四文銭の百枚つなぎ)としたのだろう。

化粧坂八丁堤の場

金百両——十三郎が落しておとせが拾い、お嬢吉三が強奪、次いで和尚吉三の手に渡り、父親の伝吉へ、さらに、釜屋武兵衛の懐に納まった百両が、人生の明暗を分ける。文里は廓通いで財を傾け、妻おしづは、正月の晴れ着をも損料屋から借りる有様。しかも、その借り賃すら払えず、返済を迫られ、散々な目に遭うところを弟与吉に救われる。文里の子を孕んだ一重を、見舞いに行く途中の出来事であった。八百屋久兵衛も伝吉も、ともに百両に泣いている。

＊かつて、新吉原に行くには、㈠浅草寺の裏から中田圃を抜ける。㈡浅草寺の東の、馬道を通る。㈢上野方面から、大音寺前を経て裏田圃を抜ける。㈣舟で隅田川から山谷堀に入る、という、四通りの道筋があったが、いずれにせよ、必ず日本堤を通らねばならなかったので、この土手を、吉原土手ともいった。

七 小塚原。江戸四宿の一、千住宿下宿に属し、現在の荒川区南千住六・七丁目北部。日光街道を挟んで、飯盛女を抱えた旅籠が並んでいた。「コツ」は通語で、「骨」とも書く。

八 喜三郎の略。

本舞台、三間。後ろ、小高き土手（舞台中央正面に幅三間の高い土手）。向ふ（その後ろは）、土手下の遠見（遠景）。日覆より（天井から）、柳の釣枝。上下に二葭簀張りの出茶屋。すべて、三化粧坂八丁堤の模様（景色）。良き所に（適当な所に）床几を直し（置き）、ここに若い衆（若い衆三人が）、地回りの仕出し（地回りの仕出しの役で）三人、立ち掛かりゐる（立ち話をしている）。通り神楽にて、幕明く。

□ コウ（おい）、手前たちは知つてゐるか。このごろたいそう安い店ができたぜ（〔吉原に〕大層遊び代の安い店ができたらしい）。四四百のごろ寝で湯豆腐に酒一本、おまけに湯に入れるといふのだ（四百文で転寝をさせ湯豆腐で酒一本つけた上　風呂までサービスしてくれるらしいのだ）。ナント（どうだい）、すてきぢやァねへか（素晴らしいじゃないか）。

○ そいつはめつぱふ安いものだが（ものすごく安いことは安いが）、しかし五廓となると（吉原となると）、気が張つていけねへ（やはり肩がこっていけない）。ゆきやァまんざらそればかりでも帰られねへから、ぜひ六一枚一本と来るから（遊びに行けば結局四百文だけで帰るという訳にもいかないしぜひチップにもう四百と言って取られるに決っているから）、やつぱり馴染みの七こつがいいのよ（七小塚原がいいということさ）。

△ こつといやァ（小塚原といえば）この間、五人一座で押し上がつたところが（五人連れで威勢よく押しかけたのはいいが）、皆酔つて大騒ぎ。その中で八喜三の野郎が嫌味をしやァがつて（いやみきざな真似をしゃがって）、忌めへましい野郎よ（癪にさわるやつだよ）。

□　そりやァさうと、これからどこぞへ(どこかへ)泊まりを付けようぢやァねへか(一泊りに行こうじゃないか)。

○　手前(てめへ)、勤めはあるのかへ(二金はあるのかい)。

□　馬鹿を言へ(冗談じゃない)。女が本ものだ[三]。

両人　こいつは大笑ひだ(四けっさくだ)、ハヽヽヽ。

三人　サァ〳〵、ゆかう〳〵。

ト、やはり、右の鳴物にて(同じ鳴物で)、若い衆、上手へ入る(舞台上手へ入る)。通り神楽、鳥追(とりお)ひ唄(うた)になり、向ふより(揚幕から)、研屋与九兵衛、羽織、ぱつち、尻(しり)端折(はしょ)りにて、出て来(き)る。少し後(あと)より、利助、損料屋にて(損料屋の役で)、縞(しま)の風呂敷を(風呂敷包みを)肩に掛け、出て来り、花道にて、

利助　モシ〳〵、そこへゆきなさるは(そこにいるのは)、研屋の与九兵衛さんぢやァないか。

与九　オォ、誰(だれ)かと思つたら、損料屋の利助さんか。お前(まへ)どこへゆきなさる(どこへ行くところだ)のだ。

利助　どこへゆくも(どこへ行くとは)気がなくていい(五いい気なものだ)。お前(めへ)をどんなに捜したか知れやァしねへ(分らない)。

一　遊女を買って泊る意。

二　揚代。

三　未詳。女が本気になっているために、揚代は女持ち（身揚がり）となるから、ただで遊べる、の意か。

四　大笑いに価する、滑稽な話や出来事。

五　気がすすまない。気に入らない。

与九　アア、この間借りた代物(しろもの)[六]の事でかへ。

利助　さうさ。今日で五日(いつか)になるが、料銭(れうせん)[七]〔借り賃は払ってくれないし〕はよこしなさらず、内へゆけば〔家を訪ねればいつも留守で埒があかず〕留守で分からず。お前(まへ)[八]、また例(いつも)の度胸[九]〔図々しく品物を〕で、代物を曲げ[一〇]〔質屋に入れたんじゃないのかい〕なさりやァしないかへ。

与九　コレサ(これこれ)、なんぼ(いくら)己(おれ)が悪い顔[一一]〔強欲でも〕でも、年中人の物を預かる研屋商売。人の代物を曲げるやうな事では〔質入れするようなことをしていては〕、家業ができない〔商売が勤まらない〕。そんなやけな事は[一二]〔無茶な事は〕しない。

利助　そりやァモウ、なんぼ(いくら)お前(まへ)が悪い人でも、商売が商売だけ[一三]、よもや[一四]〔まさか〕とは思ふけれど〔そんなことはあるまいが〕、貸してから今日で五日、沙汰なし[一五]〔黙って放っておかれては〕にしておかれては、己(おらア)[一六]だつて案じようぢやァないか〔俺だって心配になってくるじゃないか〕。

与九　なるほどそれは尤もだ〔無理もない〕。なにしろ(とにかく)向ふの茶見世へいつて、話をしよう。

　　ト、やはり、右の鳴物にて〔同じ鳴物で〕、両人、舞台へ来(きた)り、床几(しやうぎ)へ掛け、

利助　さうしてあの代物は、いつたいどうなつてゐるのだ。

六　品物。商品。

七　損料。借り賃。

八　「お前(まえ)」。「かへる（帰る）→かいる」、「さざえ（栄螺）→さざい」のように、江戸言葉では、しばしば、「アエ」の音が「アイ」に変化する。

九　事に当って動じない心。胆力。

一〇　質に入れる。「質」に、音の通じる「七」の字を当て、その「七」の字が、「十」の先端を「曲げて」書くところから出た言葉。

一一　たちの悪い男。因業で欲張りな男。

一二　「自棄」の字を当てる場合が多い。無法な、また、捨て鉢な態度をとること。

一三　商売が商売だから。「だけ」は、体言や活用語の連体形を受けて、前提となる条件に相応するとの意味を表す副助詞。

一四　まさか。とても。通常、下に否定の語を伴って文を構成する。

一五　連絡がないこと。便りがないこと。二八七頁注一六参照。

一六　「おら」の長音化。二五一頁注八参照。

与九　あれはかういふ訳だ（あれを借りた理由はこうだ）。実は己（おれ）が借りたのではない。なにを隠さう（実をいうと）、今では森戸（もりど）[一]に逼塞（ひっそく）[二]をしてゐる、雪の下の小道具屋、以前己（おれ）が得意先で（で）、木屋文蔵といふ人に頼まれたのだが（その人は）、今では以前に変はる（昔とちがって）貧乏暮らし。実は己（おれ）も不安心なれど（不安ではあったのだが）、昔の誼（よしみ）[三]に嫌とも言はれず、よんどころなく（やむを得ず）貸した訳よ（ず貸したという次第だ）。

利助　アァ、そりやァ（それは）いま吉原で、文里〳〵と人のいふ（みんなが呼んでいる）、丁子屋の一重といふおいらんの、間夫（まぶ）[四]（彼氏だと噂されている）だといふ噂の、名高い人の事ぢやァないか。

与九　それに、その文里の女房（にょうぼ）が、年始に出るに困るといつて頼むから（年始回りに出かけるのに困るといって頼んだので）、それでお前（めへ）に借りたのだが、己（おれ）も気掛かりだから（心配だから）如才[五]なく、今日（けふ）も催促にいつたところが留守さ。なんでも（ぜひとも）見掛（みが）[六]かりに（貸した着物を）脱がせようと、うろ〳〵と捜して歩くところさ（最中だ）。

利助　さう〳〵（そういえば）、その文里といふ男も、今のやうな噂があつてみると、もしや里の金に詰まつて（廓遊びの金に事欠いて）、ばつたに[七]でも売りはしないかしらぬ（売りとばしてしまうのではないか）。

与九　己（おれ）もさうも思つて、未来[八]にでもなりはしないかと（ひどいことになったら大変だと）、内々心配だが（内心びくびくものだが）、

一　神奈川県三浦郡葉山町の地名。『狂言百種』本では「下谷」。下谷は、上野や、湯島、本郷の高台の下に広がる低地の汎称。通常、東は浅草、西は上野・湯島、南は神田川、北は千住に及び、現在の台東区全域と荒川区の南部を含む、広大な地域をさす。文里が逼塞（ひっそく）していたのは、その東の外れ、隅田川に接した今戸であった。

二　落ちぶれて隠れ住むこと。

三　親しく付き合っていた間柄。

四　「真夫」とも書く。遊女の情夫。『助六由縁江戸桜（すけろくゆかりのえどざくら）』で、遊女揚巻は、客と間夫との違いを、「深いと浅いは間夫と客、間夫がなければ女郎は闇」と説く。商売ずくの客ではなく、女としての愛情をもって、遊女が身も心も捧げる男。もっとも、間夫が金持であったためしはなく、「傾城が自腹を切るの面白さ」と川柳にもあるように、遊女が身銭を切って逢い通すので、店のためにならず、主人や遣手に嫌われるのが常であった。

五　抜け目なく。気を利かして。

六　見掛けたらすぐ。見付け次第。

七　「ばったりに」ともいう。たたき売る。

八　物事の最後。与九兵衛は損料物を又貸しした訳だから、文蔵がそれを売りとばせば、弁済の義務はすべて与九兵衛が負わなければ

利助　しかしまだそれほどの、度胸はあるまいの。（軽く溜息をつく）なんにしろ、そいつァとんだ者に貸した　○　しかしながら与九兵衛さん、先の相手は見ず知らず、お前を見込んで貸した代物。私に損は掛けまいね。

与九　[九]なんのつけ、貴様に損を掛けるものか。[一〇]なんでも、こつちの方へその女房が来たといふから、お前もちつとは掛かり合ひだ。[一一]土手下の[一二]吉本で一杯やつて、いつしよに捜して下さい。

利助　吉本もいいが、亭主が道具を見せたり、詰まらねへ[一三]唐桟を売り付けたがるには弱るよ。

与九　なか〳〵、大概な道具屋は[一四]はだしさ。この間も、[一五]とつけいべいに飴三本、立ぜへといふ小刀を、[一六]金花山だとか金竜山だとか名を付けて、己におつかぶせるつもりさ。

利助　またそれ〳〵の商売向きへ、[一七]端口を分けるうちが憎いぢやァないか。

与九　お互ひに、素人はあれが怖いよ。

ならない。そうなったら、最後である。
九「なんの付けに」の略。何の理由で。
一〇 聞くところによると。判断の根拠が不確かな場合に用いる副詞。
一一 日本堤の下、ことに、東の土手下には、掛け茶屋などが多く並んでいた。
一二 居酒屋の名か。未詳。
一三 寛永ごろ、印度のサントメ地方から渡来した、平織り、縦縞の綿織物。唐桟留の略。享保ごろから国内でも生産されるようになって、幕末には、町人たちに広く用いられた。
一四 その道に達した人でさえ、かなわぬと見て、裸足で逃げ出すほど見事である。
一五「取り換えるとしても、せいぜい飴三本位の値打ちしかないような小刀」。「とつけいべい」は、「めげたらしょ、煙管の古いと取っ換えべにしょ」と呼びながら、煙管のつぶれた雁首や古釘などを白玉飴と取り換えて歩いた行商人。「とつけいべいに飴三本」も、その呼び声の一種か。「立ぜへ」は「立精」(せいぜい、精一杯)の意。
一六 勝手に付けた、刀の銘。金花山、金竜山、ともに飴の縁。金花山は、金花糖(有平糖の一種)のもじり。金竜山は浅草寺の境内にあった、名高い黄粉餅。
一七 歯口とも書く。好み。嗜好。

利助　ほんに（本当に）、違ひなしさ（その通りだ）。

両人　サア、ゆきませう。

ト、右の鳴物にて（同じ鳴物で）、両人、上手（かみて）へ入る（舞台右手へ入る）。向ふより（揚幕から）、文里女房おしづ、人柄の良き（品のよい）世話女房の拵（こしら）へにて（扮装で）、出て来（く）る。続いて、四立（よたて）[一]目（め）の八百屋久兵衛、付き添ひ、出て来（きた）り、花道にて（花道［の中ほど］で）、

久兵　モシ、御新造（しんぞ）さま、貴方（あなた）は今日（こんにち）、どちらへお出（い）でなされるのでござりまする。

しづ　今日（けふ）はよんどころない（やむをえない）用事があつて、廓の（吉原の）丁子屋までまゐるわいの（行くのですよ）。

久兵　さうでござりましたか。ちやうど幸ひ、私（わたくし）もこの近所までまゐりがけ（行く途中ですので）、そこらまで（その辺まで）お供いたしませう。

しづ　オォ、さうであつたか（そうですか）。それは良い所で逢ひましたわいの。

久兵　まづなんにいたせ[二]、往来中（なか）で（道の真ん中では）ろく／＼に（満足に）、御挨拶もいたされませぬ（ご挨拶もできません）。向ふの茶見世へいつて、御休息をなされませ（お休みなさいませ）。

しづ　ほんに（なるほど）、さうしてゆきませうわいの（一休みしてから行くことにしましょう）。

一　五立目（第一番目三幕目）の誤り。

二　とにかく。それはそれとして。余計なことは、ひとまず措（お）いておいて。

三　濃い浅黄の無地など、野暮ったい手拭い

ト、右の鳴物(同じ鳴物で)にて、おしづ先に、久兵衛付き(久兵衛は後ろから)、舞台へ来(きた)り、久兵衛、手拭ひ[三]にて、床几(しやうぎ)の塵(ちり)を払ひ、

久兵　御新造さま、これへ(ここへ)お掛けなされませ。

ト、おしづ、会釈[四]して、床几へ掛ける。この内(その間に)、久兵衛、自身(自分で)に茶を酌(く)み、持ち来(きた)り、

あいにく(折悪しく)茶屋の者も居(を)りませず、おぬるう(ぬるいかと思いますが)はござりませうが、お息[五](お休)継ぎ(みがてら)にお茶一つ、お上がりなされませ。

しづ　もう私(わし)に構はず[六]、其方(そなた)も休息(お休みなさいよ)した[七]が良いわいの。

久兵　へい／＼、さやうなら(それならば)、御免下さりませ(失礼させて頂きます)　○(お辞儀する)

ト、久兵衛、下手(しもて)の床几へ住まふ(座る)。合方になり、

さて、改めましてまだ御挨拶もいたしませぬが(まだちゃんと御挨拶にも伺っておりませんが)、旦那さまお子さま[や]がたにも、お変はりはござりませぬか。ただ陰ながら(ひそかに)お案じ申して(ご心配申し上げて)をるばかり(おりますだけで)、手前(てまへ)[八]にかまけまして(仕事に追われて)、存じの外[九](心ならずも)の御無沙汰を、いたしましてござりまする。

を使うのであろう。歌舞伎は、実に巧みに手拭いを利用する。多種多様な模様や色彩、被(かぶ)り方、持ち方によって、人物の性格や立ち場が表されるだけではなく、神経の行き届いたその扱い方に、人物の心理や置かれた状況が的確に表現される。手拭いは歌舞伎の命とさえ、いえるかも知れない。それだけに、物資の乏しかった第二次世界大戦中、刻み煙草や和紙や釘の欠乏とともに、手拭いの材料である純綿の欠乏は、歌舞伎の上演に大きな支障をきたした。純綿の代りに、人々はスフ（ステープルファイバー、一種の化学繊維）を用いたが、頗(すこぶ)る腰が弱く、糊を付けても、握っている内に汗で糊が落ちて、へなへなになってしまったり、姉さん被りをしても、うまく頭の上に止らなかったりして、役者は、随分泣かされたものだという。

四　軽く礼をすること。

五　仕事などの途中の休憩。一休み。

六　「構ふ」は、気を遣う。世話をする。もてなす。

七　動詞を受け、下に「良い」を伴って、その行動を人にすすめるための格助詞。

八　かかりきる。あることにのみかかずらわって、他を疎(おろそ)かにすること。

九　「存の外」。思いの外。思いがけないさま。

ト、久兵衛、丁寧に辞儀をなす。

しづ　深切にかたじけなう（有難うございます）ござる。仕合はせと（幸せなことに）、皆（みな）、息災でござんす（一 元気でおります）。その内にも（中でも）、私（わし）などは（二 殊に私は）知つてのとほりの病身なれど、今の身の上になつてからは（体が弱いのだけれど今の境遇に）、ほんに（本当に）どことも言ひませぬが（三 病気ひとつしませんが）、これが御方便とやらであらうわいの（四 世に言うみ仏の御方便なのでしょうね）。

久兵　さやうでござりますか。昔に変はり（昔と違って）只今では、お内の事は貴方の手一つ（五）。もしもお前（まへ）さまにお患ひでもござりましては（お前様がご病気でもなさいましたら）、それは〳〵（六）大変でござりまする（一大事でございます）。そのやうにお達者におなりなされたは（お元気になられたのは）、やはり信心をなさるる神仏（かみほとけ）の、御利益（七 ごりやく）でござりませう（「神仏の」お恵みなのでしょうね）。

しづ　ほんに（なるほど）其方（そなた）の言やるとほり（言うとおり）、御利益でもあらうかいの。

ト、少し愁ひのこなし（八 悲しそうな動作）。

アア、その神仏の御利益なら（と言えば）、私（わし）が身はいとはぬが（九 どうなっても構わないが）、今の貧苦に引き替へて（一〇 うって変って）、昔の身分に立ち返り、早う其方衆の（早くお前たちの）、喜ぶ顔が見たいわいの。

一　無事で健康な状態。
二　外ならぬ私は。「など」は、あるものを、特に他から区別していう副詞。
三　「どことも言はず」は、どこも悪くない意。病気一つせず、元気な様子をいう。
四　「方便」は、仏が衆生を教え導くために取る、便宜的な手段。そこから一般に、「嘘も方便」などと、ある目的を達成するために用いられる一時的な手段をいい、さらに転じて、有難いこと、都合の良いさまの意に使われる。しかし、ここでは、「生活状態が悪化し、病気のことなど忘れているうちに、いつしか元気になった」という結果論を、「私を元気にするために、逆境を与えて下さった。これも御仏の御方便か」と逆転させ、方便の語を、比較的原義に近く使用している。おしづの優しい、信心深い性格を示す、言葉の使い方である。
五　「女手一つ」の略。すべてが、女一人の働きにかかっている、との意。
六　恐縮する気持を表す感動詞的表現。
七　仏が衆生に恵みを与えること。また、その恵み。
八　この「愁ひ」には、夫に対する心遣いや、一家の境遇を気遣う気持が含まれている。
九　「いとふ」は、体をいたわり、大切にすること。
一〇 がらりと変って。全く異なった状態になること。他動詞であるが、しばしば、自動詞のように用いる。
一一 先行の事柄に関連して。ここでは、おしづが「今の貧苦」（前頁一二行目）といったことに関連して。
一二 後の処理に困るような行動。人に迷惑をかけるような取り返しのつかぬ失敗。
一三 「えんにん」は、「えんいん」の連声（れんじょう）。所定の期日や時刻より遅くなること。
一四 いつも心にかけていて、それに対する気遣いの絶えることがないさま。
一五 うっかり。思わず。心ならずも。悪気はなかったのだが、結局、好ましくない結果を生じてしまう様子や、成り行きで、また、無意識に何かを行った状態を表す副詞。
一六 都合がつき次第。都合のついたときには直ぐ。「都合」は、金の工面。何とかして必要な金品を調えること。「次第」は、名詞や動詞の連用形について、「その行動が終ったら直ぐに」の意を表す接尾語。
一七 悩み。苦しみ。
一八 人の情で金品を借りること。

久兵 おつしやるとほり、さうなりましたら、どのやうな喜びでござりませう（どんなに嬉しいことでございましょう） （目頭を押えて）◯

　ト、思入（涙ぐむ様子で）あつて、

[一一]それにつけても申し訳なきは、（お詫び致さねばならぬのは）倅（せがれ）十三郎が不始末[一二]にて、失ひました百両の金。（お返しするのが）だん〳〵と延引（えんにん）[一三]いたし、（延び延びになって）只今にては、以前に変はる御身分（御境遇）ゆゑ、（だから）どうぞして一日も早くと存じますれど、（何とかして一日でも早くお返しせねばと思っておりますが）御存知のとほりの貧乏暮らし。なにを言うても大枚百両、（何と申しましても百両という大金）心に絶え間はござりませねど、[一四]（いつも気にはしておりますが）つい[一五]延引いたしまして、申し訳もござりませぬ。

　ト、涙ながらに詫びる。

しづ それはもう言はいでも、（そのことはわざわざ言わなくても）其方衆親子の心をば、（お前達親子の気持を）主（ぬし）も良う知つてござんすゆゑ、（主人もよく知っておられますので）けつして悪くは思ひませせぬほどに、（悪意があるとは思っていませんから）都合次第[一六]、（都合がついたら）持つて来たが良いわいの。（持って来てくれればいいのですよ）

久兵 有難いそのお言葉。お主（しゅう）さまが貧苦に迫り、（貧苦に追い詰められ）御艱難（かんなん）[一七]あそばすを、（苦しんでいらっしゃる）見捨てておくは倅が不忠。（のを放っておくのさえ倅の不忠）それさへあるにお金の恩借[一八]。（それに加えて〔百両の〕）

ト、術（一 切なそうな動作）なきこなし。

しづ　これはしたり（二 これはまあとんでもない）。そのやうな事をきな〳〵（三）と思ひ続け、患ひでも出ようなら（〔お前が〕病気にでもなれば）、常から（ふだんから）孝行な十三郎、案じるは（心配するのは）知れてある（四）。かならず苦労せぬがよいぞや（決して心を煩わせてはいけませんよ）。

久兵　そのやうにおつしやるほど（そう言って下されば下さるほど）、なほ〳〵どうも済みませぬ（ますます気持が晴れません）。

しづ　ハテ、済まぬというて、しやうがないわいの（仕方がないではないか）。

ト、通り神楽、鳥追ひ唄になり、上手（かみて）より、与九兵衛、利助、出て来（きた）り、おしづを見て、

与九　モシ、木屋の御内儀（五 ごないぎ）、お前（まへ）の行方（ゆくへ）をいつぺんと尋ねました（六 そこらじゅう捜しました）。

ト、言ひながら、前へ出る。おしづ見て、

しづ　お前（まへ）は研屋の与九兵衛さま。

与九　オォ、良い所で逢ひました。今日も内へいつたところ（お宅へ行ったところ）、錠（七 ぢやう）が下りて（かかって）誰も居（いて）ず、たつた一日と言はつしやるゆゑ（ただ一日だけ借りたいとおっしゃったので）、借りてあげた（八）身の回り（九 晴れ着一切）、今日が日までも（一〇 今日という日まで）音沙汰なしで（一一 何の連絡もなく）、こりやァいつたい、どうさつしやる（どうなさる気だい）

一　悩みや心配などで心が苦しめられること。

二　事の意外さに驚いて発する感動詞。

三　くよくよと。あれこれと心を悩ませ、憂える様子を表す副詞。

四　分りきっている。目に見えている。動詞の連用形・音便形に接続助詞「て」と補助動詞「ある」のついた形で、行動や作用が終了した後も、その状態が今に持続していることを表す。

五　町家の妻を敬っていう語。おかみさん。

六　心当りをあちこちと。一通り。

七　錠前ともいう。門や戸などに取り付けて開かないようにする金具。その錠の穴に差し込んで、開閉する金具が「鍵」。

八　「借りられるように私がお世話した」。「あげる」は、動詞の連用形＋接続助詞「て」を受けて、人のためにある行為をすることを、丁寧にいう補助動詞。

九　衣類や被り物などを含め、身に着けるものの総称。

一〇　「今日」を強調した。外ならぬ今日。

一一　「音沙汰」は、便り。連絡。

つもりだへ。

ト、与九兵衛、ずつと[12]床几（しやうぎ）へ腰を掛け、居丈高[13]に（偉そうに）いふ。おしづ、与九兵衛に向ひ、

しづ　御催促（ごさいそく）を受けまして、面目（めんぼく）[14]次第もござりませぬ（誠にお恥ずかしゅうございます）。わづか一日のお約束で（一日だけというお約束で）、拝借をいたしましたれども（お借りしたのですが）、ふだん出つけぬ[15]女子（をなご）の事ゆゑ、出ますついでにそれからそれ（次から次へと）、御無沙汰の廉（かど）[16]を（御無沙汰を詫びようと思いまして）済まさうと存じまして、つい〳〵[17]（心ならずも延び延びになりましたが）延引になりましたが、まつたく疎略[18]にいたす心では（いい加減にするつもりは全く）ござりませぬ（ございません）。申して[19]あげぬはこちらの不念（ぶねん）、どうぞもう一両日の内（もう一日二日（にち）の間）。

ト、言ひかけるを、

利助　アア、モシ〳〵、それぢやァ（それでは）お前（まへ）が借り主（ぬし）かへ。私（わし）やァ損料屋の利助といふ者で、そりやァ幾日（いくか）でも貸すのが商売だが（何日でも貸すのがこの商売だが）、料銭も入れず（借り賃も払わずそんなに）、さうべん〳〵[20]と引つ張ら[21]れては（〔期日を〕引きのばされては）、商売になりません。

与九　お前（まへ）がたの口入れを（世話をやいたために）、したばかりで己（おれ）までが、面皮（めんぴ）[22]を欠いて（恥をかいて）、こんな馬鹿〳〵しい事はない。

一二「ずいと」ともいう。無遠慮に、ためらわずに、勢いよく行動する様子を表す副詞。
一三 ぐっと身をそらして座り、人を威圧するような態度を取ること。「居丈」は、座ったときの身の丈。
一四 合わせる顔がないさま。
一五 滅多に外出しない。「つける」は、動詞の連用形に付いて、その行動に慣れている意を表す。
一六 連体修飾語を受けて、〜の件、〜の問題の意を表す。
一七「つい」を重ねて強めた副詞。心ならずも。不本意ながらも。二六九頁注一五参照。
一八 疎かにする。ないがしろにする。
一九 以下、「お断りしなかったのは私の不行き届き、どうぞもう一、二日の間（お貸し下さいまし）」。「不念」は、心配りや注意が足りないこと。
二〇 だらだらと。「べん〳〵」は、はっきりとした決まりがつかず、いたずらに時間が長引いたり、解決が延び延びになっている様子を表す形容動詞。
二一 時間や期限を引き延ばすこと。
二二 恥をかく。面目を失う。

両人　サア〳〵、脱いでもらはう〳〵。〔〔着物を〕脱いでくれ〕

ト、大きく〔大声で〕言ふ。この内〔この間〕、始終（ずっと）、おしづは久兵衛へ〔に対して〕、面目なき〔面目ないと〕思入〔の気持を示す〕。久兵衛も、気の毒なるこなし〔心を痛める動作〕。

しづ　貴方（あなた）がたのおつしやるところは、御尤もでござりまするが〔当然のことと思いますが〕、さやうなれば〔それならば〕今日（けふ）一日〔一日だけ〕、お貸しなされて下さるやう〔貸して頂けますよう〕、お前（まへ）さまからあのお方（かた）へ、どうぞお頼みなされて下さりませ。

ト、手を突き、与九兵衛に頼む。

与九　二どうして〳〵〔とんでもない〕。たとへこの人が貸さうと言つても、もう己（おれ）が不承知〔聞き入れない〕だ。貸す事はなりませぬ〳〵〔貸すわけにはいきません〕。

利助　私（わし）アお前（まへ）は見ず知らず〔お前とは一面識もなく〕、与九兵衛さんに貸した代物（しろもの）。当人が〔その与九兵衛さんが〕ああ言ふから〔ああ言う以上〕、もう三片時も貸されねへ〔少しの間でさえ貸すことはできない〕。

両人　サア〳〵、脱ぎなせへ〳〵。四

ト、両人、おしづに立ち掛かる〔手をかける〕。おしづは脱ぐまいと、三人争ふを、久兵衛支へて〔久兵衛がさえぎって〕、おしづを囲ふ〔おしづをかばう〕。両人見て、

一　大声で。あるいは、偉そうに。前者の意に取れば、人通りのある往来で、おしづに恥ずかしい思いをさせるための、憎々しさのみを強調した演技が考えられるし、後者の意に解すれば、偉くもない二人の小人物が、弱者を相手に威張り散らしている、いささか滑稽味を帯びた演技が想定される。後者は前者の態度を含み得るが、前者は必ずしも後者の態度を含まない。ここでは、後に続くせりふの調子や、二八一頁にまでつながる端敵（はがたき）の位置付けから勘案して、前者の意。

二　常識の程度を越えた事柄を否定する気持を表す感動詞。いやはや。とんでもない。疑問副詞「どう」＋動詞「する」の連用形「し」＋接続助詞「て」を合わせて作られた副詞。

三　一時（ひととき）（約二時間）の半分。僅かな間。ちょっとの間。

四　動詞「なさる」の命令形「なさい」の変化。「なせへ」と記すのが普通だが「なさへ」と書くこともあり、「さへ」と「せへ」の表記は揺れ動いていた。いずれにしても、発音は「なせえ」。

与九　コレ〳〵爺（とっ）[五]さん（じいさん）、貸した物を取らうといふに（いうのに）、邪魔をしてはいけませぬ。

利助　お前（まへ）がたの知つた事ぢやァない（お前さんには関係のないことだ）。往来の者なら通らつせへ（通行人なら行ってしまいなさい）。

両人　サア〳〵、のいてゐな[六]〳〵（退いていろ）。

ト、また、おしづへ掛かるを、久兵衛支へて（向って行こうとするのを久兵衛がさえぎって）、

久兵　マア〳〵、待つて下さりませ。なにか様子は存じませぬが（どんな事情か知りませんが）、女義（にょぎ）[七]（女性）の事なりことには往来（のことといい殊に人目のある道路ゆえ）。どうぞ待ちにくうもござらうが、今日一日のところ[八]を、待つてあげて下され。私（わたくし）がお願ひ申しまする〇（懇願する動作）

ト、これにて（これを聞いて）、両人、どうしようといふ相談のこなし。この内（この間）、久兵衛は、おしづを介抱（かいはう）[九]（面倒をみながら）しながら、

御新造（ごしんぞ）さま、私（わたくし）が悪いやうには計らひ[一〇]ませぬほどに（あなたに不利になるようには致しませぬから）、落ち着いてお出でなされませ（いらっしゃいまし）。

しづ　久兵衛どの、面目なうござる（お恥ずかしいことです）わいの。

ト、うつむきゐる。与九兵衛、久兵衛に向ひ、

五　父の意から派生して、老人の男子の意。親しみを込めたり、いささか馬鹿にしたりして呼ぶときに用いる。本来は父親に対する呼称。母親に対する「かかさん」と対をなす語で、「父（とと）さま」の変化。発音は、「とっさん」か「とっつぁん」か不明だが、後者の表記法がまだ広く行き渡っていなかった時代だから、「とつさん」と書いて「とっつぁん」と読んでいた可能性もある。

六　「〜なさい」の省略形。動詞の連用形ないし撥音便形を受けて、口汚なく命令する意を表す補助動詞。

七　「女儀」と書くのが普通。女性。婦人。

八　連体修飾語を受けて、ある時間や時期を限定するための語。

九　世話をする。面倒を見る。

一〇　ことを処理する。扱う。

与九　モシ、お前(まへ)がたつて頼みなさるものだから（一 強いて頼むことだから）、損料屋さんに待つてもらふやうに言ひませうが、只はどうも言はれない（ただただで待てとは言えない）（久兵衛の様子を見て）○　今日で五日の損料を（今日を含めて五日分の借り賃を）、残らずここで払ひなせへ（全額この場で払いなさい）。さうした事なら（そういう条件でなら）頼んでやらう。

久兵　そりやモウ、ずいぶん（二 できるだけ）払ひませうが、してその損料は、なにほどでございますかな（ところでその損料はいくらぐらいでございますか）。

利助　さうさ（そうだな）、身ぐるみいつしよで（三 着ているもの全部で）一日が（一日あたり）、三分と言ふのを二朱引いて二分二朱づつ（四 三分と言うところだが二朱おまけして）、五日でちやうど三両二朱、たつた今（今すぐに）もらひませう。

久兵　それは高い物だなア。

利助　悪くすりやア（五 下手をすると）着逃げ（六）を食ふ（七）から、そこら（そんな場合）の差し引き勘定（八 予め考えて）して、たんと（たくさん）取らにやア（取らなければ）商売にならねへ。

与九　サア、待つてやるから（〔返すのは〕）、料銭を払ひなせへ（借り賃を払いなさい）。

久兵　サア、その料銭は、

　ト、久兵衛、当惑の思入にて（途方にくれた表情をして）、もぢ〳〵（九）してゐる。

与九　お前(めへ)、金はねへのかへ。

一　強いて。強引に。

二　十分にとはいえないが、今の力でできる限り。

三　身体をくるんでいるものすべて。着物。着類。

四　一両＝四分＝十六朱（一分＝四朱）で計算すると、三分マイナス二朱＝二分二朱。それの五日分で、二分二朱×五＝十分十朱＝三両二朱。

五　事がうまく運ばなかった場合には。

六　借り着などを、着たまま逃げてしまうこと。

七　被害や損害などを受けること。

八　損得の計算。

九　困惑や遠慮のために、行動に移るのをためらっている様子を表す副詞。

久兵　はい、ここに持ち合はせ[一〇]は、〔余りなく〕しかも小銭(こせん)で二百四、五十より外はございませぬ。（一文銭で二百四、五十文ばかりしかございません）

ト、言ひながら、懐より財布を出し、中より銭(ぜに)を出して見せる。

与九　エエ[一一]、なんの事だ（何ということだ）。すつ込んでゐやァがれ[一二]（引っ込んでいろ）。

ト、久兵衛を突き倒す。

利助　とんだまぜつけへし[一三]で暇[一四]がいつた（腕をまくる）〇サア、この上（こうなったら）はお神(かみ)さん、湯もじ[一五]一つになつて下せへ。

ト、利助、おしづに立ち掛かる（おしづの傍に寄ろうとする）。

しづ　そこをどうぞ（何とか）。

ト、利助にすがつて頼む（取りついて頼む）。

利助　それぢやァ勘定しなさるか（それならちゃんと払って下さるか）。

しづ　今というては（今すぐといわれても）、どうもここに（ここには〔持ち合せはなし〕）。

与九　ただしは（それとも）着物を脱ぎなさるか。

しづ　サア、それは。

一〇　所持金。現に今、たまたま所持しているもの、殊に、金。

一一　気負っていたものがはぐらかされたような場合や、複雑に見えていたことが、実は単純なことだと分ったような場合の、拍子抜けした気持を表す。

一二　「やがる」の長音化。「あがる」の変化した語で、動詞の連用形に付け、相手の行動をさげすんだり、悪しざまに罵ったりする意を表す助動詞。

一三　人の話に口を出して混乱させること。また、その差し出口。

一四　時間の無駄をした。

一五　腰巻。女性が下半身にまとう下着。もともとは、入浴時に腰に巻く布、つまり、湯巻のことで、「湯文字」はその女房言葉。かつて、成人式の折に、一人前の男になった象徴として、男子が初めて褌(ふんどし)を締めたように、女子は、成女式の際に初めて腰巻をまとい、一人前の女になった印とした。

両人　サア。

三人　サア〳〵〳〵。

両人　エヽ、面倒な（〔押し問答も〕面倒だ）。脱ぎなせへ。

ト、両人、また、おしづに立ち掛かるを（おしづに向って行こうとするのを）、久兵衛文へる（久兵衛がさえぎる）。与九兵衛は久兵衛を引き付け（手元に引き寄せ）、利助はおしづを引つ立てる（手荒に引っ張って行こうとする）。この以前より（少し前から）、上手（かみて）へ、[一]三立目（たてめ）の紅屋の倅与吉出て、うかがひゐて（様子を見ていて）、

与吉　イヤ、その勘定は、私（わし）がして進ぜませう（私が払ってあげましょう）。

与九・利助　どうしたとへ（何だって）。

ト、これにて（これをきっかけに）、[二]皆々（みなみな）ほぐれ（ばらばらになり）、与吉、床几へ住まふ（座る）。おしづ、与吉を見て、

しづ　其方（そなた）は弟　◯（〔顔を赤らめて〕）　アア、面目ない（恥ずかしい）〳〵。

ト、おしづ、そのまま控へる（その位置に座る）。与九兵衛、利助は与吉に向ひ、

与九　[三]モシ〳〵、お前（まへ）、どこのお方（かた）か知らないが、外の（普通の）貸し借りとは違ひますよ。[四]悪く（へたに）口を利きなさると、[五]目串（めぐし）は抜けませんぜ（ぐるだと思われますぞ）。

一　第一番目の序幕。

二　「与九兵衛は久兵衛を引き付け、利助はおしづを引つ立てる」という、絡（から）み合った行動を中止して、与九兵衛も利助も手を放し、それぞれの人物がばらばらな状態になる。

三　以下の与九兵衛および利助のせりふは、かなり脅迫じみている。二八〇頁の、「そつちになけりやァこつちにある」と、与吉が開き直る場面への伏線となっているせりふで、それだけに、かなり嫌味で、しかも、凄味（すごみ）のきいた表現が必要となろう。

四　仲裁に入る。争いの調停や貸借の仲介など、第三者として、双方の間を取り持つ意。

五　「目串」は、目当て、目星の意。多く、事件や犯人についていう。「目串が抜けぬ」とは、目を付けられる、あるいは、確実な容疑者とされる、の意。

利助　大概な事なら見ぬふりで（たいていの場合なら見なかったことにして）、ゆきなさるのが（お行きになるのが）上分別（じやうふんべつ）[六]。それともお前（まへ）が料銭を（借り賃を）、見事この場で（[七] ちゃんとここで）払ひなさるか。

ト、与吉、思入（おもいれ）[八]あつて、

与吉　なるほど、私（わし）が年がゆかぬから（私が若いものだから）、とんだ口を利き出して（余計な差し出口をして）、後で後悔しようかと（後で後悔するに違いないと）、お前（まへ）がたのその御意見（［ご親切な］）。しかし御念[九]には及びませぬ。まんざら（[一〇] それほど）お前（まへ）がたに損も掛けまいから（損をさせないつもりだから）、マァ、落ち着いてゐなさるがいい。

与九　そりやァおほきに（たいそう）、有難うござります。

利助　お礼から先へ申しておきます（先にお礼を申しておきます）。

ト、与吉、こなしあつて（おしづに向い改まって）、

与吉　モシ、姉（あね）さま。とうから（ずっと前から）返さうと、思うてゐたれど（思いながら）ついそれなり（ついそのまま）。いつぞや（先日）お借り申したこの紙入れ（この財布）　○（目顔で納得させる）

ト、懐中（懐から）より、紙入れ[一一]を出し、

長々（長い間）、おほきに（たいへん）有難うござりました。これはお前（まへ）にお返し申します

六　最も良い考え。的確な判断。「分別」とは、物事の善悪や損得を弁えること。

七　ちゃんと。立派に。上手に。すっかり。

八　与吉は、ちょっと考えて、借りた財布を返す形で姉を救おうと考える。

九　お気遣いは御無用です。御安心なさって下さい。「念」は、心遣い。配慮。確認。

一〇　必ずしも。それほど。通常、下に否定を伴った場合、消極的な肯定を示す。ここでも、「損をさせるつもりはないが、といって、得をさせる気もない」という消極的な気持から、この言葉を使ったものと思われる。

一一　この「紙入れ」は、一見、序幕でおしづが与吉に渡した紙入れ（七四頁）のように思われるが、そうではない。これは、与吉自身の紙入れである。与吉は、咄嗟（とっさ）の機転から、おしづの顔を潰（つぶ）さないようにして金を用立てるために、自分の紙入れを、「いつぞやお借り申したこの紙入れ」といって渡し、納得しないおしづに、「借りた物を返すのに、要らぬ御遠慮なされますな」と、目顔で「飲み込ませ」る。このやりとりの中に、姉を気遣う与吉の真心が表されているのであって、その心情を象徴しているのが、「紙入れ」なのである。従って、それは、与吉の紙入れでなければ絶対に意味がない。

る。その中には、お前(まへ)から小遣ひに[一]下さつた、お金も入つてをりまする。それで勘定しておやりなされませ。

ト、与吉、思入(意味深長に)に言ひ、紙入れを、おしづへ渡す。

しづ　それ(でも)ぢやというて、其方(そなた)にこれを。〔もらっては〕

与吉　ハテ、借りた物を返すのに、要らぬ御遠慮なされますな。

ト、おしづへ飲み込ませ[二](納得させ)、

少しも早く、それで勘定なされませ。

ト、おしづ、紙入れを頂き(おし頂き)、

しづ　弟(おとと)、なんにも言はぬ[三](お礼の言いようもない)。うれしいわいの　◯（目頭を押える）

ト、おしづ、手早く紙入れより金を出し、紙に包み、

サア、与九兵衛どの、三両二朱、確か(間違いなく)にお渡し申しますぞへ。

ト、与九兵衛、金を受け取り、

与九　これはおほきに(たいそう)、有難うございります。

ト、金を改めみて(金額を確認して)、

一 序幕（七四頁）では、別に、「小遣ひに」とはいっていない。おしづの立場を良くするための、与吉の配慮である。

二 「飲み込む」とは、嚥下(えんか)する意から転じて、事の内容を理解する、納得すること。

三 いうべき言葉もない。深く感謝するときに使う言葉。

四 「耳」とは、大判・小判の縁のこと。その縁をそろえる意から転じて、必要な金を全

額ととのえることをいう。

五 そのままにして置く。

六 略して「御召」ともいう。練り糸を用い、表面に皺（しぼ）を織り出した絹織り物。十一代将軍徳川家斉（いえなり）が好んで着用したところから、将軍の「お召し物」と同種の織り物という意味で名付けられたといわれている。

七 下総国（しもうさ）（茨城県西部）結城地方で織られる紬（つむぎ）織りの一種。藍（あい）染めの縞柄や絣（かすり）が多い。紬とは、真綿をつむいだ糸で織った織り物をいい、軽くて保温に適した。

八 それにしても。何とまあ。あきれたり、改めて感動した気持などを表す感動詞。

九 「薄情」は、一般には、情に欠ける、思い遣りが乏しいの意だがここでは、前後の状況や「テモ」という感動詞の使い方、また、次の「あきれしこなし」というト書きから見て、「現金な＝利害の変化によって態度をがらりと変える」の意味に使われているようだ。もちろん、久兵衛の心には、利助・与九兵衛の「現金な」態度の前提となる、「料銭が払えなければ着物を脱げ」とおしづを責めた「薄情な」行動が、強く印象付けられていたのであろうが……。

一〇 行動を起す時期が近付いてきたことを示す副詞。

思ひ掛けない料銭（貸し賃）が、耳をそろへて〔四〕（全額そっくり）三両二朱（顔をほころばせ）○ 利助さん、結構（申し分）な（のない）お得意ぢやァないか。

利助　イヤモ、これなれば（こんな風に払って下さるなら）いつまでも（いつまでも）、お置きなされませ〔五〕（借りておいて下さいまし）（お世辞笑い）○ モシ、縞（しま）柄（がら）がお気に入らずば（お気にいらなければ）、御召〔六〕（おめし）縮緬（ちりめん）でも結城紬〔七〕（ゆふきつむぎ）でも、良い物と（お好きな品と）取り替へて差し上げます。

与九　実は私（わし）も、お世話になつた文里さまが、お困りなさるとの事ゆゑ、お口入れを（お世話をしました）いたしました。もしまた御用がござりましたら、なんなりとお口入れをいたしますから、旦那へよろしく、おつしやつて下さりませ。

久兵　テモ〔八〕、薄情〔九〕な人たちだなァ。

ト、あきれしこなし。与九兵衛、久兵衛に向ひ、

与九　これはお前（まへ）さん、只今は、おほきに失礼をいたしました。

利助　皆さんへよろしく、おつしやつて下さりませ。

与九　そんなら（それでは）利助さん、そろそろ〔一〇〕（ぼつぼつ）と出掛けませう。

両人　こりやァおほきに、おやかましうござりました。[一]（お騒がせいたしました）

　ト、ゆきかかる。

与吉　アァ、モシ／＼、ちよつと待つておくんなさいまし。（ちょっと待って下さいまし）

両人　まだなんぞ、御用でござりまするか。（まだ何か）

与吉　お前がたの方は、勘定取れば言ひ分はありますまいね。[二]（文句はないのでしょうね）

両人　なに言ひ分がござりませう。（どうして文句などございましょう）

与吉　そつち〔言い分は〕になけりやァこつちにある　○（ちょっときまる）　とサァ、親父[三]なれば言ひませうが、見なさるとほりの若輩者[四]。（仮にまた若者の無分別から）よしまた若気の向ふ見ずに、お前がたを打擲[五]したら、この場の花は咲くにもしろ、[六]達衆[七]の真似をするやうで、いづれもさま[八]の思し召し。（お客様方のお気持にも叶いますまい）から言ふとをかしいが、（自分から言うのも妙だけれど）物に構はぬ気質ゆゑ、（何事にもこだわらぬ性分だから）お前がたも私で仕合はせ。（相手が私でよかった）怪我のないのを儲けにして、（怪我がなくて助かったと）少しも早く、（一刻も早く）帰りなさるがいい。[九]

両人　へい／＼、帰りますとも[一〇]／＼。

　ト、両人、良き所までゆく。（適当な位置へ）

一 別れるときの挨拶の言葉。
二 言いたいこと、文句、不平。
三 与吉を演じた関花助の養父、三世関三十郎のこと。三十郎は、当時、江戸の実悪の第一人者で、本作では、土左衛門爺ィ伝吉と丁子屋長兵衛に扮している。下手に出ていた者が、態度を改めて居直るといった手強い演技は、三十郎の得意とするところであった。お坊吉三に対する伝吉の態度の変化（三三九頁）は、その典型的なものである。
四 年が若く、人生経験の浅い未熟者。
五 殴ること。
六 格好の良い、派手な見せ場は作れるにしても。
七 通常、「たてし」と読む。侠客。男伊達。
八 観客のことを尊んでいう代名詞。
九 以上、関三十郎のための見せ場の作り方を前提にして、若手の立役である息子の花助に、父のやり方の裏を行くような形で見せ場を作っている。黙阿弥の、役者を生かし見物を喜ばせる、見事な作劇術の一端がうかがわれる。なお、冒頭の「そつちになけりやァこつちにある」というせりふは、恐らく、三十郎の声色で演じたものであろう。
一〇 前の語句を受け、その行為を「必ず」実行するという、強い意志を表す終助詞。

与九　なるほど、さつぱり気が付かなんだ。[一一] 言はれてみると違ひない（その通りだ）。[一二] いつでもいぢめたその後は、打(ぶ)たれるのが当たりまへの（お定まりの）仕組(しぐ)み[一三]だ（筋運びだ）。

利助　そこを一番新しく[一四]（一つ目先を変えて）、このまま入る（ぶたれずに退場したそのあとで）その上に、この料銭の（この貸し賃の）儲(まう)けの金で、重箱(ぢゆうばこ)[一五]へいつて鯰(なまづ)でも食ひませう。

与九　ナニ、鯰とはかたじけない。

両人　これはおほきに、有難うございました。

ト、通り神楽、鳥追ひ唄になり、両人、足早に、向ふへ入(はひ)る。
跡、合方(あひかた)になり、

しづ　これ弟(おとと)、いかに親身[一六]であればとて（身内だとはいっても）、面目ない今の始末（合わせる顔もない先ほどの有様）。どうしようと思つたところ、其方(そなた)が見えたばつかりに（来てくれたおかげで）、さのみに恥もかかずに（それほど恥もかかずにすんで）しまひ、このやうなうれしい事はないわいの。

久兵　御新造(ごしんぞ)さまのおつしやるとほり、良い所へ貴方(あなた)さまが、お出で下されましたゆゑ、じつに（実際）私(わたくし)まで、安心をいたしてござりまする。

しづ　ほんに（本当に）、この恩は忘れませぬ。かたじけない（有難く思っています）わいの。

一一　全く。少しも。一向に。

一二　「端敵(はがたき)」と呼ばれる安手な軽い敵役の役には、弱い者いじめをした後、その弱者を救う人物によって殴られたり、投げ飛ばされたりする行動のパターンが、往々にして見受けられる。『東海道四谷怪談』の四幕目、「小塩田隠れ家の場」で、小塩田又之丞と仏孫兵衛とをいじめた古着屋庄七、米屋長蔵の二人が、赤垣伝蔵に投げ飛ばされるのも、同様のパターンである（新潮日本古典集成本、三二七〜九頁）。この種の演技には、滑稽味を伴うことが少なくない。

一三　芝居全体の、あるいは各場面の、構造ないし展開。

一四　一つ。一度。試しに、思い切って。

一五　浅草山谷町（台東区東浅草二丁目）にあった蒲焼き屋。鯰の鼈煮(すつぽんに)が有名だった。

一六　肉親。身内。

与吉　ナニ、そのお礼に及びませう（お礼だなどととんでもありません）（気の毒がる）◯　とは言ふものの、その以前は、雪の下で指折り[一]の小道具商売。ふとした事から文里どのが、廓通ひに身上（しんしやう）[二]もつれ[三]（財産が傾き）。それからつひには（その後とうとう）見世を仕舞ひ[四]（店をたたみ）、逼塞（ひつそく）なしてかすかな暮らし（世間から隠れて細々とした生活）。今も今とて（たった今も）往来中（なか）で、恥をかくのも（恥をかくのも）おいとひなされず[五]（構わずに）、文里どのへ操を立て[六]（文里殿を大切にして）、いかい御苦労なさるのが（ひどいご苦労をしていらっしゃるのが）、おいとしうござりまする[七]（おいたわしゅうございます）（目頭を押える）◯

ト、ほろりと思入（涙のこぼれる様子）。

しづ　なぜそのやうな事なれば（そんなことならどうして）、内へ（私の家に）言うてはお出でなされませぬ。便りない[八]貴女（あなた）なれども（貴女から何の連絡もないけれど）、紅屋といふ里がありながら（実家があるにもかかわらず）、見捨てておきさうもないものぢやと（見て見ぬふりをしているのだろうか、まさかとは思うがと）、世間の人に言はれれば、内の（家の）暖簾（のれん）[九]に傷が付きます（信用に傷がつきます）。ことさら親身の弟へ（とりわけ肉親の弟に対して）、なに（どうして）御遠慮がござりませう。なぜそのやうに隔てて[一〇]は（私をおうとみなさいますのか）下さりまする、お恨みに存じます（恨めしく思われます）。私（わし）がやうな者でも（私のような者でも）、姉と思へばこそ深切に、良う言うてたもつた（よく言って下さった）。さりながら（けれども）私（わし）の身は、いつたん木屋へ嫁入るからは（嫁いだ以上）、たとへどのや

一　屈指の。多くのものの中で、五指に入るほど立派な。
二　身代。財産。暮し向き。
三　悪化すること。左前になること。
四　廃業する意。
五　「いとふ（厭ふ）」は嫌がる。
六　遊女狂いで家を潰した文里殿に愛想もつかさず、夫大事と家計を切り盛りし、夫の体面を慮（おもんぱか）り、借り着までして年賀を欠かさず、といった意をも含む。
七　いたわしい。可哀そうだ。
八　以下四行、「何の便りも寄越さずにやっておられる貴女は良いかも知れませんが、世間は口さがないもの。紅屋という立派な実家がありながら、あんな暮しをさせておくとは、何と薄情なことだろう。普通なら見捨てておくはずはないものを、迷惑がかかるのを恐れて、見て見ぬふりをしているに違いない、などと人にいわれては、店の信用が失われます」。「便りない」は、便りをせぬ意。
九　「暖簾」は、家督相続の対象となる商家の家産で、扱っている商品の質や価値を保証する店の信用を象徴する。「暖簾に傷が付く」とは、従って、「店の信用を失う」の意。
一〇　親しくしないで遠ざける。心の中に壁を作る。

うな難儀をしても、夫[一一]に従ふが女房（にょうぼ）の道（女房の定め）。またこのやうな悪い耳[一二]を、親父（とと）さんにお聞かせ申すは不孝ゆゑ、それで内へは言うてはやらぬ（家へは何も知らせないのです）。かならず（決して）其方（そなた）を隔てるのではないほどに（あなたを疎んじているのではないのだから）、悪う思うてくれぬが良い（悪意に取らないでおくれ）ぞや。

ト、この内、久兵衛、思入あつて（心を痛める様子で）、

久兵　その御苦労を聞くにつけ（その苦労話を聞くにつけても）、少しも早く調達して（少しでも早く工面をして）、お返し申したい百両の金。私（わたくし）ども親子ゆゑ（親子のせいで）、御苦労をなさるるかと、思へば生きてはをられませぬ。

しづ　これはしたり（これはまあ）、またそのやうな事をいやる（言う）。いま弟（おとうと）が言ふとほり、里へ言うてやればどうかなれど（実家へ知らせれば何とかなるけれど）、言うてやらぬは（知らせないその理由は）今も言ふ（先程言ったとおり）、親へ悪い耳を（親へ悪い話を）聞かせぬため。まさかの時は[一三]（いざとなれば）言うてやれば、少しも困る事はないほどに（ないのだから）、その事は案じぬが良いわいの（その点については心配することはありませんよ）。

ト、この内（この間に）、与吉、紙入れ[一四]より（財布から）金を出し、紙に包み、

与吉　姉（あね）さま、これは少しばかりなれど、お遣ひなされて下さりませ。

一一「女は三界に家なし」「女に三つの家なし」「女は三つに従う」などという。いずれも、「女の三従」（家にあっては父に従い、嫁（か）しては夫に従い、夫の死後は子に従う）を説く、儒教の道徳を表すもの。

一二「悪い耳を聞かせる」。「耳」は噂、伝聞の意。悪い噂や便りを聞かせる。

一三 事がさし迫った場合には。

一四 この「紙入れ」は、さっき与吉がおしづに渡した紙入れと同一のもの。ト書きにはないが、おしづがそれを返す機会は、(一)与九兵衛と利助の退場直後、ないし、(二)今のせりふ、「その事は案じぬが良いわいの」というときに、得られるはずである。どちらかといえば、(二)の方が無理がない。すなわち、

しづ　その事は案じぬが良いわいの。

ト、いひながら、おしづ、与吉に紙入れを返す。与吉、それを受け取つて、中より金を出し、紙に包み、

となる。

ト、出すを、おしづ、そのまま突き戻し、

しづ　いや〳〵これは受けにくい。[一]今も今とてあのやうに、世話になりしその上にて、これまでもらうては済まぬわいの。

与吉　只今も申すとほり、その御遠慮が悪うござります。他人にもらふといふではなし、弟の私が上げますもの、納めてお置きなされませ。

しづ　そんなら其方の言葉に任せ、これはもらうておきませうわいの。

ト、おしづ、金をしまふ。

与吉　モシ、お前さまには、今日、どこへお出でなされまする。

しづ　サア、聞いてたも。其方も知つてゐるとほり、丁子屋の一重といふ傾城に、文里どのが馴染み[二]を重ね、身重でゐると聞いたゆゑ、明け暮れ案じる女子の大役[三]。ことには勤めの身の上なれば、身二つ[四]になつたとて、手塩に掛けて[五]育てもならず。さいはひ私に乳もあれば、産み落としたらその子[六]は、私が引き取り世話しようと、その事[七]で廓へゆき、いま、戻り道ぢやわいの。

一　受け取り難い。もらい難い。

二　おしづは固い町家の女性だから、この「馴染み」を、「親しくなること」という、ごく普通の意味に使っているのだろうが、「馴染み」には別に、客と遊女との親しい間柄を示す、遊里語としての特殊な意味があった。すなわち、吉原では、客が初めて登楼することを「初会」といい、高級な遊女は、肌を許さぬのみならず、客の前では決して飲食しない。初会に遊んだ遊女目当ての、二度目の登楼が「裏」。遊女は前回よりも親しく付き合うが、まだ体は与えず、水菓子を食べる程度である。このとき、若い者などに祝儀を出す。次が三会目。遣手に祝儀をやり、遊女には床花を付ける。床花は馴染み金ともいい、二朱の女なら三分ほど、一分女郎なら一両二分から二両、三分女郎なら三両というのが標準であった。床花が済むと、初めて「馴染み」となる。客は、「主さん」などという代名詞ではなく、名前を呼ばれるようになり、また、専用の箸が、箸紙に入れて保管されるようになる。もちろん、遊女の態度も変り、「三会目心の知れた帯を解き」と、床入りするようになるのである。

三　「産は女の大役」という。出産は、女にとって重大な仕事である、の意。

ト、これを聞き、与吉、久兵衛、感心のこなし。

与吉　悋気（りんき）は女の慎みなれど（嫉妬は女の慎むべきことだが）、〔八〕現在夫を〔九〕寝取られし、女郎（ぢようろ）の元へわざ〱と。

久兵　世間に女子（をなご）も多けれど、貴方（あなた）のやうには（あなたのような）〔一〇〕気が持てますまい（気にはなれないでしょう）。

しづ　これも夫のためなれば、〔一一〕ねたむ心はござんせぬ。

ト、時の鐘。

もはや〔一二〕入相（いりあひ）。そんなら私（わし）は、暮れぬ内にまゐりませう。

与吉　ずいぶん（できるだけ）道を、気を付けてお出でなされませ。

しづ　其方（そなた）内へ帰つても、今日の事は親父（とと）さんへ、〔一三〕沙汰なしにして下さりませ（黙っていて下さい）。

与吉　それはお案じなされますな（その点はご心配なさいますな）。申す事ではござりませぬ（決して申しませぬ）。

久兵　御新造さま、私（わたくし）も、これでお別れ申しまする。

しづ　久兵衛どの、おほきに御苦労でござんしたわいの（たいそうお世話になりました）。

与吉　〔一四〕さやうなれば（それではこれで）、お姉（あねエ）さま。

四　出産すること。

五　親しく手をかけて世話をすること、自分自身の手で養育すること。

六　「ややこ」ともいう。赤子、赤ん坊。

七　以下のせりふによれば、おしづは廓からの帰りということになるが、逆で、二六六頁に「今日（けふ）はよんどころない用事があつて、廓の丁子屋までまゐるわいの」とあるように、廓へ行く途中なのである。『狂言百種』本には、「その事で、いま廓へ行くところぢやわいのう」とある。

八　まぎれもない、外ならぬ。血縁や主従関係が、疑いのない事実として存在することを確認し、強調する語。

九　「寝取る」は、他人の夫や妻を、情交を通じて奪い取ること。他動詞。

一〇　気持や考えを、ある方向に向けること。

一一　憎らしく思う。嫉妬する。

一二　「日没＝酉刻（とりのこく）＝暮れ六つ」以後の、しばらくの間の時間。一月初旬の江戸の暮れ六つは、現在の午後五時十七分に当る。

一三　口を閉ざして、知らせないこと。

一四　別れるときの挨拶の言葉。「さようならば」とも、「さようなら」ともいう。

しづ　そんなら弟（おとうと）。

久兵　お二人さま。

三人　一またお目に掛かりませう。

ト、唄になり、おしづは上手（かみて）〔右手〕、与吉は向ふ〔揚幕へ〕へ入る。久兵衛残り、〔〔舞台に〕〕思入あつて、〔ほっと溜息をついて〕

久兵　いかに（いくら）浮き世とは言ひながら、二移れば変はるお身の上〔時が移れば変ってしまう境遇〕。木屋文蔵といはれては、三一〔四この上もない大金持〕といふて二のない分限（ぶげん）五。その御新造が今のお恥辱（ちじょく）。六それも仕様がないならよけれ〔七打つ手がないのなら仕方がないが〕、紅屋といふ立派なお里がありながら〔〔奥様には〕御実家がおありなのに〕、あの御様子では〔から察すると〕今日が日まで〔今日まで〕、たとへ貧苦をあそばしても〔どんな貧乏をなさっても〕、御無心もおつしやらぬ〔助けを求めようともなさらぬ〕。堅い気性〔実直で律義な〕の文里さま御夫婦。八まだその上に慈悲深い〔それだけではなくお情深い方々〕。私（わし）（十三郎）が不埒にて〔九不届きなことをして〕、失ひし〔失くした〕百両さへ、御催促もあそばさず〔催促一つなさろうとせず〕、いつでも良いと情のお言葉〔思いやりのある〕。一〇それにつけても〔文里様ご夫婦だけでなく〕、一一世界に鬼はないもので〔世の中には外にも情深い人がいて〕、伝吉どのが親切に、私（わし）が倅十三郎を、身に引き受けて〔責任をもって面倒をみて下さり〕お世話をなされ、実の娘子（むすめご）おとせどのを、一二釜屋武兵衛といふ人が、己（おれ）〔自分の〕が女房

一　別れるときの挨拶の言葉。

二　「移り変るは浮き世の習い」、ないし「移れば変る世の習い」——時代が移れば、世の有様も変るという諺を下敷きにした文章。「浮き世」は、憂き世。有為転変、栄枯盛衰の激しい世の中。

三　～といえば。「～といっては・～と申しては」の敬語。動詞「いう」の未然形に、敬意を表す助動詞「れる」を付け、それに、条件を提示する接続助詞「ては」を添えた。

四　特にずば抜けて優れていて、それに続くようなものがない。

五　大金持。資産家。

六　「それも」は、前文を受けて、後にそれに反することを述べる際に使う。代名詞「それ」に助詞「も」の接続詞的用法がついたもの。

七　「しやう」。手段、方法。

八　「堅い気性」というだけではなく。

九　人に迷惑を及ぼすような、怪しからぬ行動。不届き。不始末。

一〇　以上のことに関して。

一一　諺。「渡る世間（世界）に鬼はない」。世間には、鬼のような無慈悲な人ばかりではなく、情に厚い、慈悲深い人もいるものだ。

にくれるなら、望みのとほり金をやらうと、深く執心してゐるゆゑ（思いをかけているので）、娘を〔嫁に〕遣つてその金で、主人方（文里さまに）を一三済まさうと（金を返そうと）、一四今日もその武兵衛どのが、この廓へ来たというて、伝吉どのも後を追ひ、ぜひ今日中に一五取り引き（話を）を、決めねばならぬと（つけるつもりだと）聞いたゆゑ、早く一六沙汰（さた）が聞きたさに（結果が知りたいので）、うか〳〵（それに気を取られて）ここまでは来てみたが、どうか都合が出来れば（何とか金の工面がつけば）良いが（心配だ）〇アァ、かういふ内も〔伝吉どのに〕お目に掛かり、早う一七安否（様子を）を聞きたいものぢやなア。

ト、一八道具替（が）はり。時の鐘になり、久兵衛、下手（しもて）へ入（はひ）る。通り神楽、鳥追ひ唄になり、向ふより（揚幕から）、釜屋武兵衛、羽織、ぱつち、尻端折（しりはしよ）りにて、出て来（きた）る。後（あと）より、伝吉、袢纏（はんてん）、股引（ももひき）、尻端折（しりはしよ）りにて、出て来（きた）り、花道にて（花道の中ほどで）、

伝吉　武兵衛さま、良い所でお目に掛かりました。ちよつと向ふの茶見世まで来て下されませ。

武兵　どんな用か知らないが、ちつと（少し）今日は一九心のせく事がある（急いでいる用事がある）。明日（あした）では

一二 釜屋武兵衛が、おとせを嫁に所望する。これは、火事で焼失した八百屋の家の普請の用にと、武兵衛が二百両を提供、その代償として娘お七を求めるという、お七狂言の定型を変化させた設定である。

一三 返済する。借りた金を返す。

一四 以下、武兵衛と伝吉の行為に関する予告。予め、主要な事件の内容を客に知らせておくのは、歌舞伎の常套手段であった。

一五 取り引きとは、いうまでもなく、商品の売買に伴う金銭の授受のこと。花魁（おいらん）であれ夜鷹（よたか）であれ、抱え主にとっては、あくまでも商品でしかなかった。身請けという、遊女を廓から解放する制度も、要するに、一種の商行為に外ならない。

一六 物事の処理。また、その結果についての知らせ、情報。

一七 安らかか否か。人の消息や、事の成り行きについていう。

一八 この「道具替はり」の意図不明。削除すべきものと思われる。『狂言百種』本には、この指定なし。

一九 気がせく、あせる、急ぐ。

悪いのかへ。

伝吉　ナニサ、手間は取らせません（一 それほど時間はかかりません）。ぢき（すぐ）分かる事でござります（二 済むことでございます）。

ト、言ひながら、両人、舞台へ来（きた）り、床几（しやうぎ）へ腰を掛ける。武兵衛、気のせくこなし（苛立つ動作）。

武兵　サア親父（とつ）さん、気がせいてならぬ、早く言はつせへ（早くお言いなさい）。

伝吉　その用といふのは、外の事ではござりませぬが（例の話でございますが）、かねて（以前から）お前（めへ）さまが、私（わたし）どもの女つちよ（三 あま）をくれるなら、望み次第（ほしいだけ）金を出さうと言ひなすつたが、四［だが］金を取つてもなくなりやすく、彼女（あいつ）さへありやァ（あの娘さえいれば）その日〳〵を、楽にして暮らせるから（安楽に暮していけるから）、今までは〔売らずに〕辛抱しましたが、この節ちつと金が入り用だが（最近少し金のいることができたので）、なんと（どうだろう）娘を百両で、買つておくんなさらねへか（買って下さらないか）。

武兵　そりやァちつと（少しばかり）遅蒔き唐がらしだ（五 時機遅れだ）。このあひだうちは（先ごろは）、貴様（きさま）の娘おとせに惚（ほ）れて、百両が二百両でも出す気だつたが（百両はもちろん二百両でも出すつもりだったが）、くれぬと言ふから（売らぬというから）ぐつと癇癪（かんしやく）で（腹がたち）、一晩付き合ひで廓（なか）へいつたところ（吉原へ遊びに行き）、丁子屋の一重といふ女郎（ぢようろ）を買つたが、また食ひ味は六別なものよ。そこから己（おれ）も乗七

一　あることのために費やす時間。

二　納得が行く。理解ができる。

三　娘。卑称にも謙称にも用いる。女の子の髪を「尼削（あまそ）ぎ」（肩の辺りで切りそろえた髪型）にしたところから、幼女のことを「尼」と呼び、それがさらに、女性に対する卑称となった。「ちょ」は、〜である人を意味する接尾語で、卑しめる気持や、いとおしむ気持を表す。

四　以下、「どんな大金をもらっても、金というものは簡単になくなってしまう。その金に比べて、女は使いべりのしない稼ぎの種」。——「女の餓鬼は末始終、金にしようと内へ残し」という、第一番目三幕目の言葉（二一二頁）につながる。

五　手遅れであるという意の洒落。遅蒔きの唐辛子は、花は咲いても実は結ばぬことからきた言い方とも、辛味に乏しく気が抜けているための表現ともいう。

六　（おとせのような夜鷹とは）違ったものだ、の意。

七　乗り気になる。釣り込まれて、熱を上げる。

りが来て（熱をあげて）、今ぢやァ馴染んで（今では馴染みになって）末始終（ゆくゆく）は、女房（にょうぼ）に持たう、〔女房に〕ならうといふ仲さ。

伝吉　モシ〳〵、〔その話は〕もうようござります。そののろけ[八]は、またゆつくり聞きませう。年寄りは気が短けへ。〔役にも立たぬ話をしないで〕どうぞ、しんけんの話にしておくんなせへ。（真面目な話にして下さい）

武兵　こりやァしんけんの話さ。まだ（さらに）聞いてくんねへ。先度（この間）も〔一重が〕己（おれ）に無心を言ふから（金をねだるから）、これ見さつせへ（見なさい）（からかうような様子）○

　ト、懐より、胴巻きの百両を出し、

これをその一重にやつて、いよ〳〵女房約束をして、内へ引き取るつもりだ（結婚の約束をして嫁に迎えるつもりだ）。かうならねへ前ならば（こういう話になる前なら）、また話し合ひもあつたれど（また相談の余地もあったけれど）、今ぢやァ（今では）百両はさておき（ともかくも）、一両も出せねへ。

　ト、百両を見せびらかして[九]、〔胴巻きに〕しまふ。

伝吉　[一〇]人じらかしな事をしちやァいけません。無いものなら仕方がねへが、それほど持つてゐなさるぢやァございませぬか（そんなにたくさん持っていらっしゃるではありませんか）。

八　のろけ話。男なら女、女なら男、要するに、自分の惚（ほ）れている相手について、また、その相手との関係や情事について、得意げに話すこと。「のろい（鈍い）」（異性に甘い、鼻の下が長い）より出た語。

九　見せつけて、人を羨ましがらせたり、欲しがらせたりすること。ここで大切なことは、前幕の幕切れに、相手を武兵衛と知らずに伝吉が投げ付けた百両の、あの強烈な印象を見物に想起させること、そして、伝吉が、結局その金に苦しみ、外ならぬ武兵衛に借金を申し込んで、断られるという皮肉な状況を呈示し、伝吉の運命についての、ある種の不吉な予感を見物に抱かせることにある。従って、「見せびらかして、しまふ」というこのト書きは、単に、武兵衛の嫌味な性格と伝吉の苦境を描くだけではなく、今後の筋の展開にかかわる重要な意味を持っている。

一〇　人を白けさせる。「人じらし」に同じ。「かし」は、「かす（五段活用）」の連用形の名詞化。「かす」は、「走らす→走らかす」「通わす→通わかす」のように、多く四、五段活用動詞の未然形に付き、その、他動詞としての意味を強める接尾語。

武兵　イヤサ、(一とんでもない)あつても(［金は］あっても)これはいま言つた、丁子屋の一重といふ女郎(ぢよらう)にやる金。どうして貴様(きさま)に貸される(二貸せるものか)ものか。

ト、これにて(これを聞いて)、伝吉、少しむつとしたる(三)こなし(動作)。

伝吉　いい加減になされますな(話をはぐらかしてはいけません)。私(わつち)も(私も外ならぬ)土左衛門伝吉だ。なければならぬ(どうしても必要な)百両の金。よくせきな事だから(四切羽つまったことだから)、さつきから手を下げて(五頭を下げて)、頼むぢやア(頼んでいるでは)ございませぬか(ありませんか)。

ト、武兵衛も、少し腹の立つこなし。

武兵　いくら頼んでも無駄だから、よさつせへ(六およしなさい)。

ト、武兵衛、知らぬ顔をしてゐる(知らぬ様子をしている)。伝吉、思入あつて、(ここで怒ってはならぬという気持)

伝吉　訳をお話し申さねば、私(七わたくし　私のような)ふぜいの貧乏人が、どうしてそんな大金が要るだらうと、お疑り(うたぐ)もござりませうが(お疑いも尤もですが)、お前(まへ)さまは御存知の、養子にやつた倅(せがれ)めが、奉公先の引き負ひで(八負債を引き受けな)、済さねば(九)ならぬせつない(苦しい義理に)義理ぜめ(責められています)。今日この金ができぬ日には(作れない場合には)、(［私は］)首でもくくつて死なにやア(死ななければな)なりませぬ(りません)。それも尤(もっとも)年寄りの事だから、死ぬのはいとひはしませぬ(一向にかまいませんが)

一　自分の意志を主張するために、相手の意見を否定する感動詞。

二　「貸すことができる」。「れる」は、可能を表す助動詞。

三　相手の言葉や行動に腹を立てながら、それをあからさまに表さず、抑制した状態。

四　よくよくの。余程の。事を解決するに当り、もはや他に取るべき手段がなく、最後の手段に頼らざるを得なくなった状態をいう。

五　両手を下につけること。へりくだった態度を表す。

六　「さっしゃる（尊敬の助動詞）」の命令形「さっしゃれ・さっしゃい」の変化。

七　「ふぜい（風情）」は、謙遜の気持を表す接尾語。

八　売り掛け金の焦げ付きなど、責任上、身に引き受けなければならなくなった負債。

九　返済する。支払うべきものを完全に支払う。

一〇　あちらこちら。「四方」は、東西南北。「三方」は、そこから一方を欠いた方角であるが、その一方は何処(どこ)か。「天子南面」という点からすれば北方を欠くことになる。しかし、定かではない。

一一　「浮かばれませせぬ」というべきところ。五段活用の自動詞「浮かぶ」を、可能の意を

が、さうなる日には（そんなことにでもなったら）[一〇]三方四方、難儀の上に難儀を掛け（ますます迷惑をかけることになり）、じつにそりやア（全くそれでは）浮かべませぬ（[一一]成仏できません）。これもやつぱり（これも世にいう）子ゆゑの闇[一二]。無理な事だが（無理な事とは思いますが）このお願ひ、どうぞかなへてやつて下さりませ。

ト、武兵衛の袖[一三]をひかへ、頼む。武兵衛、袖を振り払ひ（引いた手を振り払い）、

武兵　エヽ、しつつこい（くどい）。できぬと言ふに（できぬと言っているじゃないか）。

ト、言ひながら、武兵衛、ずつと立つ（勢いよく立ち上がる）。これにて（その拍子に）、床几返り[一四]、伝吉、下へどうとなる（[一五]どっと倒れる）。武兵衛はついと（足早に）、上手（かみて）へ入る。伝吉、下に居たまま（座ったまま）、ほつと[一六]溜め息をつき、

伝吉　こりや思案をせにやアならぬわへ（よく考えなければならないなあ）。

ト、腕を組み、きつと思入（厳しい表情を見せる）。時の鐘にて、この道具、ぶん回す。

本舞台三間（舞台中央三間）。向ふ（正面の）、上（かみ）の方（かた）（右手に）、三尺の床の間。真ん中に、違ひ棚。下手（しもて）（左手）、ゆとう[一七]を掛けし夜具棚（やぐだな）。この下（した）、黒塗りの箪笥（たんす）。上下（かみしも）、

含む下一段活用にした語法。

一二 子を思うゆえに判断力が狂い、物の道理が分らなくなること。藤原兼輔の「人の親の心はやみにあらねども子を思ふ道にまどひぬるかな」（『後撰集』雑一）による。

一三 袖（袂（たもと））を引いて、注意を促す。

一四「床几がひっくり返って」。床几の両端の、いわゆる刎（は）ね出しに人が座っている。一人が不意に立つ。すると、その端が急に軽くなって浮き上がり、他端の人が滑り落ちる。よく用いられる演出手法である。

一五 人が倒れたり、尻餅をついたりする状態を指示する正本用語。「どうと」は、重いものが落ちたり倒れたりする様子を表す副詞。

一六 深い悩み事に胸を痛めたり、逆に、悩みや気遣いや、激しい緊張から解放されたときに、思わず、大きく息をつく様子を表す副詞。

一七 油桐（油紙）。あるいは、油単の誤りか。『狂言百種』本では「油単」。油単は箪笥や長持ちに被せる布。緑・紺・鼠などの木綿地で、定紋や唐草模様を染め抜いたものが多い。

丁子屋の二階、一重の部屋の場

おしづは、初瀬の観音様で頂いた腹帯を一重に渡し、生れた子供は自分が引き取って育てようという。一重は喜ぶ。そこへ、一重が顔

一間の障子屋体。花道の付け際[一]へ、二階(階段の)[二]の手摺(てす)りを出し、すべて、一重部屋の体(様子)。ここに、一重、胴抜(どうぬ)き、女郎(ぢよろう)部屋着の形(なり)。以前のおしづに(先程のおしづに)、煙草を吸ひ付け[三]、出してゐる(渡している)。下手(しもて)に、花の香、番頭新造(しんぞ)の拵(こしらへ)(この様子で)。花琴、花鶴、新造にて、火鉢にて、茶を拵へゐる(茶の用意をしている)。この模様、はやり唄(うた)にて、道具止まる。

一重　ほんに(本当に)お神(かみ)さん、よう来て下さんした(よく来て下さいました)。久しう(ずいぶん)お見えなさらぬゆゑ、おあんばい[四]でも悪いかと、この中(ぢゆう)からお噂ばかり、申し暮らしてをりましたわいな(この間から毎日そのお噂ばかりしておりました)。

しづ　私(わたし)もとうから(ずっと前から)、ちよつと間(ま)を見て(折を見て)、来(こ)ようとは思うてゐたれど、なにやかや(何だかんだと)せはしなく(忙しく)、それゆゑもう存じながら[五](申し訳なく思いながらも)、御無沙汰をしましたわいの。

花の　ほんに(本当に)おいらんも、毎日〳〵、貴女(あなた)の事ばかりお案じ申して(心配なさって)、ちよつと人でも上げてくれろと(誰かに様子を見に行かしてくれと)、おつしやつてでござりましたが(おっしゃっておいでしたが)、物(もの)(物日が)

を出さないので、武兵衛が苛立っているとの知らせ。一重は腹を立てながら、座敷に行く。百両の無心をするために……。

一　花道が舞台に接する所。第一番目三幕目の、吉野の部屋の場の舞台書き（一三三頁）では、階段の上がり口は「いつもの所」となっている。

二　階段の昇降口の手摺り。なお、前幕の、一重の部屋の傍には、階段はなかった。

三　煙草を馳走する際に、予め火を吸い付けて差し出す。

四　塩梅。体の具合、健康状態。

五　承知の上で。

六　町飛脚。賃銭を取って、江戸市中や近郊の、手紙（便り）の集配を業とした者。

七　とんでもない。相手の申し出や謝罪に対し、恐縮して、それを丁寧に断る挨拶の言葉。

八　私もあなたも、お互いに同じようなことをやっている、あるいは、同じような状況に置かれている、だから、負担に思わないで欲しい、の意。一種の挨拶の言葉。

九 身拵え、身仕度。化粧をしたり、身なりを整えたりすること。

＊ 便り屋――江戸市中や近郊に手紙を届ける町飛脚は、以前からあった。しかし、個人的な雇われ仕事とでもいおうか、もっぱら一件ごとの配達を、それらは取り扱っていた。それが、一定の値段で、書簡の集配を行うようになったのは、嘉永・安政（一八四八〜六〇）のころといわれている。その種の町飛脚を、人々は、便り屋とも便利屋とも、チリンチリンの町飛脚とも呼んでいた。小さな張り籠に渋墨を塗り、「町飛脚・所・名前・屋号」を朱書きした挟み箱を担ぎ、担い棒の先に風鈴を吊って市中を行く。「チリンチリン」というのは、その風鈴の音。この風俗は、初期の新聞配達に受け継がれた。定値段は、日本橋を起点として、芝大門ないし浅草の芝居町までが六十四文、芝大門から品川、山谷から千住、麹町から新宿、本郷から板橋、浅草田町から吉原までが、それぞれ三十二文。返事をもらって来る場合には、さらに五十文を加えた。

日〳〵で私が忙しく、それゆゑ人も上げませぬが、堪忍してくんなまし。

花琴　このあひだもおいらんが、お文を上げるとおつしやつて、便り屋[六]どんに頼みましたら、あいにくお宅の辺に便りがないと、それで御無沙汰になりましたわいなア。

しづ　[七]どういたしまして。その御無沙汰はお互ひの事[八]でござんす。

ト、花鶴、茶を酌み、持ち来り、

花鶴　お茶一つお上がんなんし。

しづ　どうぞもう構うて下さんすな。

ト、花鶴、湯飲みへ茶を酌み、一重の前へ置く。

一重　もうお前がたはよいほどに、早う見世の仕度をしなんし。

花琴　さうしておいらん、貴女、身じまひ[九]は良うござんすかへ。

花の　それは私がしてあげるほどに、早う見世へゆきなさんせ。

花鶴　そんなら花の香さん、頼みんしたぞへ。

花琴　さやうなれば〔それでは〕お神(かみ)さん、ゆるりと〔どうぞごゆっくり〕これに。

両人　おいらん、お先へ。

ト、やはり、はやり唄(うた)にて、両人、階子(はしご)の口へ入(はひ)る。後、三人残り、

しづ　ほんにマァ〔本当に〕、にぎやかな事〔何と賑やかな事でしょう〕。苦界(くがい)とは言ひながら〔辛い勤めの世界とは言うものの〕、このやうな所で暮らすは[一]一生の徳。女子(をなご)でさへかう思ふもの〔女子の私でさえそう思うのだもの〕、殿御たちの来たがるは〔男の人達が吉原に来たがるのは〕、これを思へば〔考えてみればもっともなことですね〕無理ではないわいなァ。

一重　それにつけても〔殿御たちが来たがるといえば〕文里さんは、久しうお見えなさらぬが〔ずいぶんおいでになりませんが〕、お変はりはござんせぬか〔お元気でいらっしゃいますか〕。この間から[二]夢見の悪さ〔見た夢の不吉さ〕、お案じ申してをりまする〔心配いたしております〕。

しづ　有難う[三]ござんす。べつに変はる事はなけれども〔元気は元気なのですが〕、[四]なにを言ふにも今の身の上〔境遇〕。人に顔を見らるるも面目ないと〔恥ずかしいと〕、内に〔家に〕ばかり居(ゐ)られます〔引きこもっておられます〕。

花の　それにこちらの方(はう)も〔払いが溜っていて〕、茶屋へ遠慮で〔茶屋へ気がねして〕、お出でなさんせぬか知らぬけれど〔お出でにならないのかも知れませんが〕、ちよつと[五]格子までも来て下さんすりや〔店先までで来て下さればよろしいのに〕、良うござんすなァ。

一　「一生」は、生涯。前世における善行や悪行の結果としての、この世での生。「徳」は、恵み、仕合せ。

二　「悪い夢を見たので、何か不吉なことが起らねば良いがと心配しています」。「夢見」は、夢を見ること、また、見た夢。夢の内容の如何によって、起るべきことの吉凶を判断することを、「夢占(ゆめうら)」という。

三　「ござります」の変化。「ある」の丁寧な言い方。男女ともに用いる。

四　何といっても、どう考えてみても。

五　遊女屋の表にはめた格子。店先。

六　「只」は、常。普通。体の状態が普通ではない。妊娠している。

七　算段、工面。あれこれと工夫して、必要な金や物品を調えること。

八　「ひよつと」は、万一。もしも。起るはずはないと思いながらも起ることを期待したり、起らないことを願いながらも起る可能性を予測したりする場合に用いる副詞。「これぎりに」は、これを最後に。事の成り行きに終止符を打って、爾後の進行や展開を切り捨てる意。――一重の死の予感は、不幸にも的中する。歌舞伎の常套的な筋運びで、見物もそのことを予測している。何一つ波瀾の起り得ないような予定調和の世界。だが、それで

しづ　少しでも都合がよくば（〔お金の〕都合がつけば）、茶屋の方へも少々なりとも勘定して（たといわずかでもお払いを済ませて）、それにまた、お前(まへ)も六只ならぬ身の上（妊娠している体なので）ゆゑ、逢ひたいと言うてぢやけれど、自由にならぬはお金の才覚。七

ト、少し涙ぐみて（目に涙をためて）言ふ。一重も愁ひの思入（心配そうな表情）。

一重　産は女子(をなご)の大役なれば（大事な役目なので）、八ひよつとこれぎりになつたなら（万一これが最後で死ぬことにでもなったら）、この世で（二度とこの世で）お目に掛かれぬゆゑ、一目(ひとめ)逢ひたうござんすわいなア。

ト、九言ひさして（言いかけて）、泣き伏す。

しづ　エヱモ、そんな忌まはしい事（不吉なことを）（目頭を押える）○　アア、つるかめ〳〵（首を振りいやいやをする）○

ト、一〇袖を払ひ（袖を振り）、こなしあつて（不吉を払う動作をして）、懐中より一一守りを出し、

これ見やしやんせ（これをご覧なさい）。お前(まへ)の産に（お産が）一二怪我のないやうに（無事にすむようにと）、今日も初瀬(はせ)の観音様で、一三お腹帯を頂いて来たほどに、これさへあれば、心丈夫に思うてゐやしやんせ（これさえあれば大丈夫だから安心していらっしゃい）。

ト、一重、涙ながら（泣きながら）、顔をあげ、

一重　御深切に有難うござんす。ほんに、お前(まへ)さまのやうな良いお方(かた)が、ま一四

は、一人の遊女の悲しい運命の軌跡を語ることはできても、その運命をめぐる劇的な葛藤を描くことはできないし、また、一重・文里の情話を、舞台に取り上げる意味もない。何らかの方法で、そこには、劇的な局面が設定されなければならない。その場合、歌舞伎は、また、黙阿弥はどうするか。解決は、次の幕に委ねられる。

九 生理的な事情や意志的な判断などによって、いいかけた話を、途中で打ち切ること。

一〇 右袖を顔の前で左右に振る。不吉なことを払いのけるための、縁起直しの動作か。

一一 すぐ次のせりふから察して、この「守り」は、腹帯のこと。腹帯を紙に包み、「御守」とでも表書きしてあるものか。

一二 間違い。過ち。

一三 岩田帯。妊婦が、妊娠五か月目の戌(いぬ)の日に着ける帯状の布。今は、白木綿が使用され、また、胎児の位置を正常に保つためなどと、医学的な解釈がなされているが、昔は避邪の色と信じられた赤い綿布が用いられ、腹帯には、目に見えぬ災いから胎児を保護し、丈夫に生育することを祈る呪的な目的があった。

一四 「またと」は、類似の人物や事態が、他に存在しないことを強調する語。

一 妻が夫を呼ぶ、三人称の代名詞。
二 かわいがる。「いとほしい」の倒語。
三 見限ること。それまで抱いていた好意や親しみの気持を捨て、縁を切ってしまうこと。
四 心が行き届かない。気働きに欠ける。
五 遊女同士、姉女郎・妹女郎と、肉親の姉妹のように親しむ習慣から生じた感じ方。
六 「本当に、考えてみれば時機が悪く」。当時流行した唄の一句か。

たと一人ござんせうか（この世に二人といらっしゃいましょうか）。言はば憎まにやならぬ（普通なら憎まれねばならぬ）私（わたし）を、それほどまでに思うて下さんすお志（お気持）、忘れはいたしませぬわいな（決して忘れはいたしません）。

しづ　なんのマァ（どうして）、憎い事がござんせう。一こちの人を二いとしぼがり、世に（羽振り）ある昔は知らぬ事（のよかった昔ならともかくも）、今はこの身になり下がれば（今のような身分に落ちぶれてしまえば）、三愛想づかしは遊女の常（縁を切るのが遊女の習い）。それを（それなのに）お前（まへ）に限りては、以前にまさる今の真実（真心）。褒（ほ）めてこそゐれ（ほめこそすれ）悪うは思はぬ（誰が憎く思おう）。ほんに（本当に）私（わたし）や、妹（いもと）のやうに思うてゐますわいの。

一重　四ふつつかな私（わたし）をば、そのやうに思うて下さんすお志。五女郎（ぢよらう）の心か知らねども、私（わたし）やお前（まへ）の心に惚（ほ）れ、実の姉（肉親のあね）さまのやうに思うてをります。

しづ　六ほんに思へば折悪（わる）く、でござんす（ですね）〇（微笑む）またお前（まへ）が身二つになつた（出産したら）なら、その児（やや）は私（わたし）に預けて下さんせ。まだ乳（ちち）も沢山出れば（たくさん出るので）、どうぞ（何とかして）私（わたし）が育てたいわいなァ。

一重　有難うござんす。どうせ私（わたし）も勤めの内は（遊女奉公の間は）、手塩に掛けて育てもならず（自分の手で育てるわけにもゆかず）、他人の乳（ちち）を頼まねばならぬところ。お前（まへ）さんなら私（わたくし）も、安心し（安心して）

てをりますわいな。

花の　おいらんもその事ばかり、いつそ[七]苦労[八]にしてゐなさいましたが、それではマア、おうれしうござんせう。それにまた、私どもはなんにも知らず、お産の時はどうしたら良からうと、今から苦労になりまする。

しづ　[九]案じるより産むがやすいと、その心遣ひには及ばねど、[一〇]なんでも産み月までは身体が大切。食べ物に気をつけて、けして高い所へなぞ、手を上げては悪いぞや。

花の　それはお案じなされますな。[一一]内証のお神さんが、それは〳〵良く気を付けて下さいます。この間も私を呼んで、腰[一二]へ灸をするゑてやれ、かならず軽はずみな事をさせてはならぬと、たび〳〵私へおつしやつてでござんする。

しづ　ハハア、それではお前の身重の事は、内証[一三]とやらでも知つてゐやしやんすのかへ。

七　大層。随分。本当に。

八　心配。気苦労。

九　通常、「予め心配していたことも、いざとなってみれば、思いの外、たやすく解決されるものだ」と、無益な取り越し苦労を戒める諺として使われるが、ここではその元の意味。文字通り、出産の心配を慰める言葉として用いられている。

一〇　是非とも。いかなる場合でも。

一一　御主人のおかみさんが。

一二　腰の中心となる命門とその左右にある腎兪、および、志室、三焦兪、上膠、次膠、中膠、下膠の、それぞれの壺への灸をいうのであろう。いずれも、ホルモンの分泌を順調にするための壺である。

一三　不確実なものをさす場合や、対象をぼかしていう場合に使う。

一重　旦那さんもお神(かみ)さんも御存知にて(ご承知で)、産み月になつたなら、稲村が崎[一]の別荘[二]へ、病気の体(てい)でいつてゐろと(病気という名目で行って産めよと)、おつしやつてでござんす。

しづ　それはマア、良い御主人で、一つの安堵ぢやわいなア(その点は安心ですね)。

　ト、また、はやり唄(うた)になり、下手(しもて)より、忠七、茶屋の若い者にて、出て来(きた)り、

忠七　モシ、おいらん、武兵衛さんがやかましくて(うるさくてなりません)いけませぬ。ちよつと、顔をお出しなされて下さりませ。

　ト、これを聞きて、一重、じれしこなし(苛立つ動作)。

一重　エェ[三]、もう[四]うつたうしい[五]ぢやァないかの(わずらわしいじゃないか)。なんとか言つておいてくんなましな(適当になだめておいて下さいな)。

忠七　どうして(とんでもない)。なんと言つたつて(何と言おうと)、帰る／＼と言つて、なか／＼[六]聞きやしません。ああいふ甚介(じんすけ)[七]な客にやア、消し炭[八](若い者は)は[九]じつ困りますよ(本当に困りますよ)。

一重　帰るといふなら、帰し申すがいいぢやァありませんか(帰らせればいいじゃありませんか)。

花の　アァ、モシ、おいらん、それでは悪うござんす(それでは済みませんよ)。それに今夜は、か[一〇]

一　鎌倉市の、七里ヶ浜に面した地名。『狂言百種』本では「根岸」。根岸は、現、台東区根岸一～五丁目。吉原の西に当り、田地の中に寺社が点在するような鄙(ひな)びた所であったが、上野山の眺望と音無川の清流に恵まれた景勝の地として人々に愛(め)でられ、幕末から明治にかけて、この一帯に住む文人も少なくなかった。

二　遊女を保養させるための別荘。寮とも控え屋ともいう。浅草田圃や入谷田圃、根岸の辺りには、所々に、この種の別荘があった。

三　立腹や驚き、喜びなどを表す感動詞。

四　状態を強調する副詞。

五　気が晴れない。陰気である。わずらわしい。うるさい。

六　どうしても聞き入れません。「なか／＼」は、下に否定を伴って、事が思い通りに行かぬ状態を表す副詞。どうしても、到底。「聞く」は、聞き入れる。承知する。

七　「甚助」とも書く。性欲が盛んで嫉妬深い男。助平。焼き餅焼き。腎張り＝腎（腎臓）に腎水（精液）が張(みなぎ)っている男を指していう言葉。

八　引き手茶屋の若い者。引き手茶屋では、夜中の仕事は若い者の務めとされていた。だから若い者は、眠っていても、呼ばれればす

のを持つてぢやァありませんか。（例の物を持ってきているはずじゃありませんか）

ト、一重へ、金を持つて来たらうといふこなし。一重、うなづき、

一重　エヽ、いまゆきませうわいなア。

ト、花の香、立つて、鏡台[一一]を持つて来て、一重の前へ直し（置き）、衣桁[一二]の襠[一三]を取つて、着せる。この内（この間）、忠七、おしづを見て、

忠七　オヤ、貴女は文里さまの、御新造ではござりませぬか。

しづ　忠七どの、大目に見て下さんせ[一四]（見逃して下さい）。

忠七　これは良くいらつしやりました。久しくお目に掛かりませぬが、文里さまにも、お変はりはござりませぬか。

しづ　有難うござんす。いつもお前の噂をしてゐなさんすわいな。

忠七　悪くでござりますかへ。（悪口でございましょう）

しづ　なんでお前を。（どうして　あなたのことを〔悪く言うものですか〕）

花の　ほんに、忠七どんのやうな人はござんせぬ。（本当に　〔良い〕人はございません）

ぐに起きて用をしなければならない。その、「起せばすぐに起きる」若い者を、「熾せばすぐに熾る」消し炭にたとえた洒落。

九「実」。実に。実際。本当に。

一〇 例の物、例の人。人または事物について、遠回しに、それとなく指示するための代名詞。代名詞「彼」に格助詞「の」が付いた形。ここでは、先に武兵衛が伝吉に話した百両のこと。

一一 交差させた脚に、手鏡（合せ鏡）を立て掛けて使う鏡台であろう。

一二 衣服を掛けておくための道具。衝立形のものと、二枚折りの屏風形のものとがある。ここの衣桁は前者であろう。

一三 吉原で、打ち掛けのことをいう。帯を締めた着衣の上から着る、裾の長い衣服の称。

一四 罪や過失などを寛大に処理すること。先におしづが「茶屋の方へも少々なりとも勘定して」（二九五頁）といっているように、文里は、茶屋に不義理をしたままになっている。その馴染みの茶屋の若い者に声を掛けられたので、おしづは、借金を返しもせずに、自分が廓にやって来たことを許してほしいと頼んでいるのである。

忠七　モシ、花の香さん、そんな事をいつて下さいますな（そんな言い方をしないで下さい〔貴女との仲を疑われて〕）。[一]二階を止められると困ります（出入りを禁じられては困ります）。

花の　オヤ、きつい（すごい）自惚（うぬぼ）れだねへ。

ト、この内（この間に）、一重、仕度（したく）を仕舞ひ（終り）、おしづに向ひ、

一重　お前（まへ）さん、ぢきいつて来るほどに（すぐに戻って来ますので）、少し待つてゐて下さんせ。

しづ　いイえ、私（わたし）ももう（そろそろ）、お暇（いとま）しませうわいなア（帰りましょう）。

ト、一重に向ひ、少し小声になり、

花の　まだ良いではござんせぬか。ちやうど御時分時（ごじぶんどき）[二]でござんす（どこに頼もうか）〇モシ、おいらん、梶田屋（かぢたや）[三]へでも、さういつてやりませうか（出前を頼みましょうか）。

ト、一重、頷き、

一重　さうさ（そうだね）、それが良うござんせう。

ト、花の香、立ち掛かるを（立とうとするのを）、おしづ、引き止め、

しづ　なにか知らぬが（何の相談か知りませんが）、私（わし）はもうさうしてはゐぬほどに（ゆっくりしてはいられませんので）、かならず心配して下さんすな（決して御心配なさいませんよう）。

一　遊女屋への出入りを禁止する意。借金などの不都合によって、客の登楼を差し止めること。忠七は、なぜこのようないい方をしたのか。「消し炭にくつつき二階大騒ぎ」。茶屋の若い者はもとより、遊女屋の主人でも、遊女に手を出すことは厳しく禁じられていた。忠七は、「忠七どんのやうな人はござんせぬ」という花の香の言葉を、自分に気があるための発言と受け取る。そして、万一、そのような言葉が元で、自分と花の香との間に関係ができているような噂が広まったら、出入りを止められてしまうというのである。それに対して、花の香は、自分の言葉を恋の告白と取るとは、「きつい自惚れだねへ」とやり返す。もちろん忠七は、本気でいっている訳ではない。お互いにからかい合っている、軽い冗談の応酬である。

二　お夕飯時でもございますし。「時分」は、ちょうど良い時期、の意。

三　仲の町の引き手茶屋。

＊　遊女と妊娠――「産んだのを片輪のやうに五丁町」「余の客がきつぱり切れて乳が出る」。遊女に妊娠は禁物である。妊娠し、出産するとなると、客を取ることができなくなり、商売に差し支えるからである。従って、客と接する際、遊女は

ト、これにて(これを聞いて)、花の香、下(した)に居て(座って)、

花の　マア、良いではござりませんか。

一重　今宵はこちらへ、お泊まりなさんせいなァ。

しづ　いえ〳〵、子供が内で待つてゐるわいなァ。

忠七　モシ、お子さんがたより、旦那さまがお待ち兼ねぢやァ、ござりませんかへ。

しづ　ホホホホホ　(少し淋しげな様子)○　そりや昔の事ぢやわいなァ。

忠七　しかしこりやァ、おいらんの前では、禁句[四]でござりましたねへ。

一重　忠七どん、あんまりなぶつて[五](からかわないで下さい)下さんすな。

ト、少しつんと[六]する。

忠七　これは粗相(これは失礼致しました)、真つ平(ぴら)、御免なすつて下さいまし(どうかお許し下さいまし)　(お辞儀する)○　モシ、御新造さん、どうぞ旦那へ、よろしくおつしやつて下さいまし。

しづ　主(ぬし)がお前(まへ)の内へ(主人もあなたの店に対して申し訳がないと言っておられますが)、済まぬと言うてゐやしやんすが、いづれ[七]その内(近いうちに)、少しなりとも(たとい少しでも)入れる[八](払うつもりだから)ほどに、お前(まへ)も内へよく言つて下さんせ(お店に謝っておいて下さい)。

膣(ちつ)に「詰め紙」をして避妊に努めた。詰め紙のことを、別に「用心紙」という。しかし、その用心にも拘(かか)わらず、妊娠してしまった時には、早速、中条流の医者にかかって堕胎することとなるのだが、中には、出産にまでいたる者もあった。その際、廓内で出産することは稀で、大抵は保養という名目で別荘に行き、出産する。生れた子供は、里子に出すのが常であったが、女子の場合には、禿(かむろ)として育て、長ずるに及んで、母子二代の遊女勤めをさせることもあったという。

四　口にしてはならない言葉。避けるべき話題。文里がおしづの帰りを待ち兼ねているなどと、夫婦仲の良いことを話題にして、一重の気持を刺激したことを指している。

五　忠七が、わざわざ「禁句でござりましたねへ」といってからかったので、一重は、機嫌を損じたのである。「なぶる」は、からかう。馬鹿にする。

六　不機嫌になったり立腹したりして、取り澄ました様子を表す副詞。

七　「いづれ」も「その内」も同義。近い将来。近い内に。

八　金銭などを相手に渡すこと。払う。納める。

ト、これを聞き、一重、思入あつて（何事か決心した様子で）、

一重　その事ならお案じなさんすな（ご心配には及びません）。今夜少し、心当て[一]がござんすゆゑ、首尾[二]よくいつたら、忠七どんの方は、私（わたし）が道を明け[三]ませうわいなア。

ト、おしづ思入（済まなさそうな様子）。

しづ　お前（まへ）にもこれまでは、いろ〳〵世話になりながら（世話になったその上に）、苦労を掛けては済まねども（申し訳ないけれど）、できる事なら良いやうに（できればよろしくお願いいたします）。

ト、この内（この間に）、一重、花の香にささやく（耳打ちする）。花の香、立ち上がり、菓子簞笥[四]と人形を持ち来（きた）る。一重、菓子をあり合ふ[五]紙に包み、

一重　これは詰まらぬ物なれど（つまらない物ですが）、子供衆へ（お子さんたちに）お土産（みやげ）に上げて下さんせ。

ト、件（くだん）の人形と（その人形と）菓子を出す。

しづ　これはマアなによりな［ものを］。さぞ（きっと）喜ぶでござんせう。

ト、おしづ、人形と菓子を仕舞ひ、身繕（みづくろ）ひ[六]して、立ち上がる。

一重　しかし、夜道をお一人では。

ト、心遣ひの思入（案じる気持）。

一　当て。心づもり。心だのみ。

二　都合良く事が運んだら。うまく行けば。

三　「道を明ける」は、手を打つ。ここでは、借金を返す。

四　衣裳簞笥のような具合に拵（こしら）えた菓子器。漆塗りで、美しく飾ったものが多い。

五　たまたまその場にある。あり合せる。

六　身仕度。身なりを整えること。この場合は、ちょっと鬢（びん）の乱れをおさえたり、襟元をかき合せたりするのであろう。

＊　茶屋の払い――おしづは、茶屋の払いが滞っていることをさかんに気にしている。ここでいう茶屋の払いとは、単に、茶屋での遊興費だけをさしているのではない。茶屋を通して登楼する客は、遊女屋でかかった一切の費用――揚代、飲食費、お定まりの祝儀――を、茶屋に払い込むことになっていたから、茶屋の払いの中には、それらの金額も、当然、含まれていた。月の十四日ないし晦日に、茶屋は、その費用をまとめて遊女屋に支払う。そうしないと、客の案内を差し止められる。従って、客の払いが悪ければ、茶屋は、立て替え払いをせねばならなかった。

忠七　いィえ、お案じなされますな（ご心配なさいますな）。私（わたくし）が大門（おほもん）七までお供いたし、お駕籠（かご）八でお帰し申しまする。
一重　九どうぞさうしてあげて下さんせ（同じことならそうしてあげて下さい）。
しづ　一〇ナンノ、それには及びませぬわいの（とんでもない　そんな必要はありませんよ）。
忠七　一一情のこはい事を言はないで（強情なことを言わずに）、さうなさいましよ。
一重　さやうなれば（それでは）、御機嫌よく（お元気で）。
しづ　お前（まへ）も寒さをいとひなさんせ（寒さに気を付けて下さいね）。
花の　どうぞ、文里さまへよろしく。
しづ　おほきに、おやかましうござんした（たいそうお騒がせをいたしました）。
忠七　一二ドレ（さあそれでは）、御案内いたしませう。
　ト、やはり、はやり唄（うた）にて、忠七、先（さき）に、おしづ、階子（はしご）の口へ入（はひ）る。一重、花の香、残り、
花の　モシ、おいらん（念を押そうとの思入）◯
　ト、一重にささやき（何事か耳打ちをし）、

七 吉原の入り口に設けられていた門。日本堤を折れて衣紋坂を下り、五十間道の尽きたところに、屋根付きで両開きの、黒塗りの門が立っていた。引け時になるとその門を閉ざし、以後は、左手の潜り戸から客を出入りさせる。大門を入った右手には会所（管理事務所）があって、遊女の逃亡に目を光らせていた。そこの番人は代々四郎兵衛と名乗ったので、その会所を「四郎兵衛番所」と呼んだ。

八 吉原には、平松や三州屋など、著名な駕籠屋があった。

九 いずれにしても。同じことなら。

一〇 ナント。とんでもない。相手の言葉を否定するときに用いる感動詞。

一一 強情である。意地を張って、人の言に耳をかさない。

一二 一つの行動を終えて、次の行動に移る際、周囲の状況や、自分の気持にけじめを付けたり、はずみを付けるために発する感動詞。

一重　ようござんすかへ(いいですね)。それも文里さんのためでござんすぞへ(ためなのですよ)。

一重　承知してゐるわいなア(分かっていますとも)。

　ト、やはり、はやり唄にて、下手(しもて)より、以前の花琴、出て来(きた)り、

花琴　モシ、おいらん、武兵衛さんがやかましくつて(うるさくて困ります)いけません[一]。花巻さんが困つてゐなさるから、早くお出でなされて下されまし。

　ト、一重、腹の立つこなし。

一重　エヱモ、せはしない(気ぜわしい)。いまゆくわいなア。

　ト[二]、一重、ずつと立つて(思い切って立ち上がり)、襠(しかけ)[三]をさばく(整える)。花の香は、一重の後ろより、襠の襟(えり)を直してゐる。花琴は、上草履(うはざうり)[四]を良き所へ直し(然るべき所に揃える)、三人、この模様(この様子で)、よろしく(適当に)、はやり唄にて、この道具回る。

本舞台三間(ほんぶたいさんげん)、向ふ、通しの襖(ふすま)(正面三間の間襖)[五]。上の方(かみのかた)、一間(いつけん)、襖にて(襖を使って)、見切り[六]。この上(その右)(かみ)、隣座敷の心(つもり)。下手(しもて)、折り回し(鉤の手に)、一間の障子屋体。すべ

一　困る。仕方がない。可能動詞「行ける」の未然形に打消しの助動詞「ない」を伴った連語もしくは形容詞「いけない」の丁寧語。

二　底本は、この「ト」を欠く。『狂言百種』本によって補った。

三　乱れて脚にまといつく打掛けの長い裾を、足で綺麗に整える。

四　吉原の遊女が家の中で履く草履。位の高い遊女は、九枚重ね、十三枚重ねのような分厚い重ね草履を、新造は、三～五枚重ねの薄いものを用いた。また、引け過ぎになると、花魁も、五、六枚か七、八枚の、「忍び草履」と呼ばれる低い上草履に替えるのが定めとなっていた(ただし、すべての遊女にその使用が認められていた訳ではなく、内証の手を離れて一本立ちした者に限られていたし、店によっては、ごく一部の遊女にしかそれを許さなかったという)。

五　正面全体を、襖だけで飾った舞台装置。

六　舞台裏を隠すための、パネル状の道具。

丁子屋の二階、回し部屋の場

釜屋武兵衛は、持参した百両と引き換え

て、回し部屋[七]の模様〔様子〕。良き〔適当な〕所（ところ）に床を敷き〔寝床を〕、台の物など、取り散らしあり〔散らかしてある〕。ここに、以前の武兵衛（ぶへゑ）、立ち掛かりゐるを〔立って帰ろうとしているのを〕、花巻、新造にて、抱き止めてゐる。おつめ、遣手の拵（こしらへ）。以前の与九兵衛、下着（したぎ）[八]の形（なり）。新造花鶴、みな〳〵、武兵衛を止めてゐる。この見得〔形で〕、所作（しよさ）〔演技が一段落ついたところで〕の切りにて、道具止まる。

皆々　マア〳〵、お待ちなさいまし〳〵。

武兵　いィや止めるな。帰るぞ〳〵。

　　ト、立ち騒ぐを〔騒ぎたてるのを〕、おつめ、止めて、

つめ　お前（まへ）さんをお帰し申しては、遣手[九]の私（わたし）が済みませぬから〔私の責任が果せませんから〕、どうぞ待つて下さいまし。

与九　皆（みんな）からして止めてゐるから、もういゝかげんに〔もうほどほどにして〕、了見しなさい〔勘弁してやりなさい〕〳〵。

花巻　お待ちなんしと言つたら〔お待ちなさいと言ったら〕、待つてくんなましよ〔待って下さいよ〕。

花鶴　花巻さんが困りんすから〔困りますから〕、待つてあげてくんなましよ。

に、「文里二世の妻」という腕の入れ墨を、「武兵衛二世の妻」と彫り替えて、心中を見せろと一重に要求する。一重はそれを断り、百両の金を突き返す。

七　遊女は、「回し」といって、一夜に数人の客と接するため、客の間を次々に回って行くことがある。そのために使う部屋を「回し部屋」という。自分の座敷ないし部屋には先客を招じ入れ、後から来た客は回し部屋に通した。また、新造など、自分の部屋を持たぬ遊女は、回し部屋で客の相手をした。

八　床入りの姿。次頁の与九兵衛のせりふに、「己（おれ）も宵から枕と首っ引きだ」とある。

九　遣手の仕事は遊女の監督が第一。その遊女が、金回りの良さそうな客の席に現れず、客は怒って帰ろうとする。それでは自分の職責が果せない。

武兵　[一]花巻でもひつぽこだも、かう言ひ出しちやァ了見ならぬ。[二]どこの国にか宵から、己（おれ）を揚げ干しにしやァがつて、面（つら）も出さねへで済まうと思やァがるか。

ト、また立ち掛かる（帰ろうとするのを）を、与九兵衛、止めて、

与九　それは（揚げ干しは）お前（まへ）ばかりぢやない。己（おれ）も宵から[三]枕と首つ引きだ。仕方がね（どうしようも）へから（ないのだから）、了見しなさる（勘弁してやりなさい）がいいわい。

つめ　かう申しては（こんなことを言って）済みませぬが（申し訳ありませんが）、あいにく（折悪しく）お客が[四]落ち合ひましたものだから（一度に混みあったものですから）、つい御粗末になりまする（心ならずも客扱いがおろそかになります）。どうぞ御免なすつて下さいましよ（どうかお許し下さいまし）。

与九　[五]込み合ひの節は前後御用捨は（と言うのは）、なに商売でもお定（さだ）まりだ（どんな商売でも同じだ）。

つめ　ほんに、おいらんはどうしたのだらう。いい加減に来なさるがいいぢやァないか（いいかげんに来ればいいのに）。

武兵　来てもらはなくても困らねへ（別に来てくれなくてもかまわない）。もう帰（かへ）るから、止めるな〳〵。

ト、また、立ち掛かる（帰ろうとするのを）を、花巻、止めて、

花巻　[六]お前はん（まあなたも）も聞き分けがないぢやァ（物の道理が分らない人ですね）ありませんか。そりやァおいらん

一　以下、「花巻だろうとしっぽくだろうと、俺が帰るといい出したからには、誰が止めようと勘弁できない」。「ひつぽこ」は「しつぽく」の訛り。椎茸や蒲鉾（かまぼこ）などの具をのせた蕎麦（そば）や饂飩（うどん）の称。「花巻さんが困りんす」という花鶴のせりふを受け、武兵衛は、新造花巻の名を料理の名に転じ「しっぽく」を導き出した。「だも」は「でも」の誤植か。『狂言百種』本には「でも」。

二　以下、「宵から俺に待ち呆けを食わせておいて、顔も出さずとも済むだろうなどと思う奴が、どこの国にいるものか」。「揚げ干し」は、客が遊女に待ち呆けを食わされたり、すっぽかされたりすること。本来は逆の意味で、客が揚代を先払いし、遊女を拘束しておきながら、何らかの理由で行けなくなったため、その遊女が、定めによって外の客を取る訳にもいかず、干された状態に置かれること。

三　枕と二人きり。早々と寝床に入って待っているのだが、女は一向に現れない。「首つ引き」とは、二人で向い合い、輪にした帯や紐（ひも）を互いの首にかけて引っ張り合う遊び。

四　多くの客が一時に訪れて混み合うこと。

五　混み合っている際は、順番の狂うことがあります、お許し下さい、の意。「前後」は順序が入れ違うこと。

に[七]当たり（文句はあるでしょうが）はありませうが、なにも私（わたし）に科はありんすまいぢやァない（私に罪があるわけはないでしょう）か。

武兵　篦棒（べらぼう）め。[八]かうなつて、どいつこいつの用捨があるものかへ。

花巻　それだつて（だからといって）、[九]私（わたし）も名代（みやうだい）で、お前（ま）はん（あなた）をお帰し申しては（あなたを帰してしまっては）、あんまり（あまりにも）手[一〇]がないやうで、外聞が悪うざます（廓中に顔が立ちません）。この中低（なかびく）[一一]な鼻が（低い鼻が）、なほ〳〵（ますます）低うなりますからさァ。

ト、花巻、少しじれて（少し苛立って）、泣き声になつていふ。

つめ　この子が骨を折つてをりまするし（一所懸命やっておりますし）、内証（ないしょ）へ知れても済みませぬから（主人の方に知れても具合が悪いので）、どうぞ待つておくんなさいましよ。

武兵　済むも済まねへもあるものか（具合がいいも悪いもあるものか）。なんといつても（誰が何と言おうが）帰（かへ）るのだ。放せ〳〵。

ト、また立ち掛かるを（帰ろうとするのを）、皆々（みなみな）、捨てぜりふにて（適当にせりふを言いながら）止める。この時、一重、花琴付いて（花琴を連れて）、出て来（き）り、一重、武兵衛の後ろより抱き止めながら、

一重　外聞の悪い（みっともない）、お前（ま）はん（あなた）、どうしたといふのだねへ（いったいどうしたのですか）。

六「おまへはん」の約。遊女などが客に対して用いた、二人称の代名詞。「はん」は「さん」の訛りで、敬意の接尾語。関西の方言。

七「当たり」は、怒り。不満。

八 以下、「こうなったからには、相手が誰であろうと、どうして区別などするものか。誰一人、許す訳には行かないのだ」。

九「私も花魁の代りに出て」。「名代」は、ある花魁に客が重なった場合の代りの遊女のことで、多くは妹女郎の新造を出す。ただし、名代の遊女に手を出すことは禁じられていた上、当の花魁と同額の揚代を取られたから、客は極めて不満であった。

一〇「手」は、客扱いの技術。

一一 花巻に扮した嵐吉六の、鼻が低くしゃくれたような顔についての冗談と、腕が良くて客を引き止められれば「鼻が高い」が、その反対で「鼻が低い」という洒落とを重ねた。

ト、これにて（このせりふを聞き）、武兵衛、一重の顔を見て、ぐにや〳〵[一]となり、

武兵　どうするものか（別にどうということはない）、帰るのよ（帰るんだよ）。

ト、柔らかに[二]言ふ。

一重　マア、良いではござんせぬかいなァ。

ト、一重、武兵衛を抱いたまま下（した）に置く（座らせる）。これにて（これをきっかけに）、皆々、下（した）に居る（座る）。おつめ、一重に向ひ、

つめ　お前（まへ）さんもマア、どうなすつたのでござります。なんぼお客が落ち合つても（いくらお客が混み合っているからといって）、ちよつと（少しは）顔でもお出しなさるがいいぢやァありませんか。お馴染みの武兵衛さんだからよけれ[三]、外（ほか）[四]のお方でごらうじまし、遣手（やりて）の私（わたし）が済みませぬわいなァ（私の責任が果せません）。

ト、たたき立つて[五]言ふ（まくしたてるように言う）。

一重　堪忍して下さんせ（許して下さい）。じつ、かうする訳ぢやァないけれど[六]、あちらの座敷の長酒（ながざけ）[七]で、つい遅うなつたのでござんす。かならず悪く思うて（悪意にとらないで）下さんすな（下さいね）。

一　骨を抜かれて、身を支える力を失ったかのように、だらしなく、締まりのなくなった状態を表す副詞。体についてはもとより、心についてもいう。

二　穏やかに。さんざん突っ張っていた武兵衛が、「一重の顔を見て、ぐにや〳〵となり」、「どうするものか、帰るのよ」という、一見強硬なせりふを、「柔らかに言ふ」おかしさ。急変するその態度は、笑いを誘う。

三　「武兵衛さんだから良いけれど」。「けれ」は、形容詞「良し（良い）」の已然（仮定）形で、「武兵衛さんだからこそよけれ」という、係り結びの乱れた語法と見られる。

四　「外のお客であってごらんなさい」。「ごらうじる」は、いうまでもなく「見る」の敬語で、ここでは補助動詞。「試みに〜する」の意。動詞の連用形（音便形）＋助詞「て（で）」＋「ごらうじる」とするのが通常の語法だが、この場合は動詞が略されている。

五　まくし立てる。息もつかせず、激しい調子でいい続ける。

六　「本当にこんなことになるはずではなかったのだけれど」。

七　長時間かけて飲む酒。

与九　なんぼ〔いくら〕流行子(はやりつこ)[八]のお前(まへ)だといつて、さう勿体(もつたい)[九]を付けて〔格好をつけて〕客をじらすものぢやアない。罪になるわな〔人を泣かせるなよ〕。

花巻　ほんに〔実際〕おいらん、どんなに困りんしたらう。モウほんに〳〵〔本当に〕甚介で〔助平で〕〇(フン)

ト、言ひ掛けて、口を押さへ、

いイえ、サ、尋常[一〇]で優形(やさがた)[一一]な、武兵衛さんのやうな客人(きやくじん)だと、私(わちき)なら命でもやりますわ。お前(ま)はん〔そんな客を放っておくとは〕はマア、あんまり馬鹿らしい[一二]ぢやアありまへんか[一三]。

ト、花巻、脇を向いて[一四]〔そっぽを向いて〕、舌を出す[一五]。一重は、武兵衛に寄り添ひ、

一重　主(ぬし)も〔あなたも〕マア、大概[一六]ぢやアありませんか〔ひどいじゃありませんか〕。宵にあれほどまで、今夜は茶屋のお頼みで、義理一遍の客人だから[一七]〔やむをえぬお客だから〕、少し手間が取れませうが〔少し時間がかかるかも知れませんが〕、あちらの座敷を仕舞つてから〔あちらの座敷をすませてから〕、しみ〳〵[一八]話がありますと、申しておいたではありませんか。

ト、これにて〔これを聞いて〕、武兵衛、心の解けしこなし〔気持の和らぐ動作〕。

八　売れっ子。最もよく売れている遊女や芸妓などをいう。

九　いかにも大袈裟に振舞う。わざとものものしく振舞う。偉そうに格好を付けてみせる。

一〇　物静かなこと。温和(おとな)しいこと。素直なこと。上品なこと。思わず「甚介」といって、しまったと気付き、「ジン」という音の通うところから「尋常」といい換えた。

一一　容姿や人柄、気持などが優しくて優雅なこと。

一二　一種の通語。馬鹿馬鹿しい。下らない。

一三　助動詞「ます」の未然形「ませ」が、下に打消しの助動詞「ん」(「ぬ」の変化)を伴う場合、「まへん」となることがある。ただし、江戸言葉としては一般的ではなく、専ら、遊女や芸妓が用いた。

一四　横を向く。そっぽを向く。相手の視線から顔を背けたり、相手の存在を無視したりするときに取る態度。

一五　人を馬鹿にしたり、嘲(あざけ)ったりする動作。

一六　酷(ひど)いじゃないか。あんまりじゃないか。

一七　止むを得ぬ付き合い。上辺だけの、しかし、適当に済ます訳には行かぬ交際関係。

一八　しんみりと。打ち明けて。

武兵　それだといつて（だからといって）宵から、少しも顔出しをせずに（一度も顔を出さないで）ゐて、こんな者を（こんな女を）名代(みやうだい)に、押つ付けておかれては（代りに押しつけっ放しにしておかれては）、なんぼ己(われ)でも、腹が立つぢやァねへか。

ト、これを聞き、花巻、腹の立つこなし。

花巻　オヤ、武兵衛さん、大概にしなましな（いい加減にして下さいよ）。さん〴〵私(わちき)に（さんざん私に）気をもませ（心配させておいて）ながら、こんな者も（こんな者とは）すさまじい[一]。なんぼ（いくら）私(わちき)の顔が足の裏に似てゐる[二]といつて、あんまり踏み付けにして[三]（馬鹿にしないで下さい）くんなますな。いけ[四]馬鹿〳〵しい、しやァつくやァ[五]（図々しい人だよ）。

一重　これはしたり（これはまあ）。花巻さん、良うござんすわいなァ。

花巻　それだつて[六]（でも）、あんまり悔しからう[七]ぢやァありまへんか。

ト、大声にて泣き出す。

つめ　この子はどうしたといふのだ。座敷へ出て泣く奴があるものか。おいらんの前でふざけた事をしやァがつて[八]（失礼なことを言いやがって）、どうするか見やァがれ（ひどい目にあわせてやるから）。

ト、おつめ、煙管(きせる)を持つて立ち掛かる（打とうと立ち上がるのを）を、与九兵衛止めて、

一　あきれて物がいえぬ。人を馬鹿にしている。「〜も（〜というのも）凄まじい」「〜とは（〜というとは）凄まじい」の形で用いる。

二　嵐吉六の、額と顎(あご)が出て、鼻の低い顔の形を、土踏まずの凹んだ足の裏にたとえた。

三　馬鹿にすること。顔を潰(つぶ)すこと。「足の裏」の縁で、「踏み付けに」と洒落た。

四　非難の気持を表す接頭語。

五　「洒(しゃあ)つく」。恥知らずな図々しい奴、厚かましい奴。「洒」は、厚かましい様子、また、厚かましい人。非難の的となるような、破廉恥なことをして、しかも、平然としていることをいう。「つく」は、人を軽蔑する意の接尾語。なお、「しやァつくやァ」の「やァ」は、呼び掛けの助詞「や」の長音化した語。

六　だって。だからといって。「それだと言って（も）」の略。前の言葉に反する事柄を述べるための接続詞。

七　「悔しいに違いはないじゃありませんか」。「〜からう」は形容詞の未然形＋推量の助動詞「う」。

八　人を甘く見て、愚弄(ぐろう)すること。無礼なことをすること。

与九　コウ〳〵（おいおい）、せつかく（せっかく座敷の雰囲気が穏やかになって）座敷が静かになつたから、面白く飲み直さうと（これから愉快に酒を飲もうと）思つたところ（思ったところで）、[九]折檻（せっかん）されては酒がうまくない。どうぞ了見してやつて下せへ。

ト、おつめ、[一〇]つぶやきながら下（した）に居る（座る）。

武兵　こりやア己（おれ）が悪かつた　○（頷く）

ト、紙入れ（財布から）より金を出し、紙に包み、

仲直りに、煙草でも買つて下せへ。

ト、花巻の前へ、投げてやる。

つめ　およしなさいましよ、[一一]癖に（味をしめますから）なりますわね。

ト、花巻、金を見て、

花巻　オヤ〳〵、これはおほきに有難う（たいへんありがとう）　○（しめた）　ホホホホ。

ト、笑ひながら、金をしまふ。

与九　イヤ、あきれたものだ。[一二]泣いたと思へばぢき笑ふ、まことに（本当に）重宝（ちょうほう）な顔だなア（便利な顔だ）。

九　懲戒のために体罰を加えること。お仕置き。遊女の折檻は、遣手の仕事の内。

一〇　ぶつぶついう。はっきりとは聞き取れないような声で、不平や不満を洩らすこと。

一一　悪い習慣がつく。味をしめる。

一二　「大声にて泣き出」した花巻が、「金を見て」、途端に泣き止み、笑みをこぼす。現金な、あるいは、身勝手な、けれども、憎めない人物といえよう。同じ新造でも、花琴や花鶴にはこれといった特徴がない。しかし、花巻には、演じがいのある性格が与えられている。それだけ、黙阿弥は、嵐吉六に目を掛けているのである。吉六の顔が、ちょっとした変化で、笑い顔にも泣き顔にも見えるような顔であったのかどうか、定かではない。だが、再三再四、その顔をからかいながら、黙阿弥は吉六の役を、良い役に仕立てている。

花巻　いえ、私ァ泣くのは癖でござんす（私は泣くのが癖なんです）。それだから、アノ、少しの事でも、ぢき泣きますわ。

花琴花鶴　オヤマァ、どうしたらよからう。

花巻　おいらん、武兵衛さんへよろしく。

　ト、おつめ、花琴・花鶴に向ひ、

つめ　お前がたはもう良うござんす（もうここはよろしい）、早う見世へゆきなさんせ（早く店に出なさい）。

花琴　そんならおつめどん、頼みんしたぞへ（あとは頼みましたよ）。

花琴花鶴花巻　ドレ、見世へゆきませうわいなァ。

　ト、三人、立ち上がり、

花巻　モシ、私は上部屋に居るほどにかのが格子へ来たら（あの人が店先に姿を見せたら）、ちよつと知らしてくんなましよ（ちょっと知らせて下さいよ）。

つめ　花巻さん、見世で買ひ食ひはならないよ（買い食いをしてはいけないよ）。

花巻　オヤ、おつめどん、恋知らずだねへ（恋の気持の分らない人だね）。

与九　なんだかちつとも訳が分からない。

一 ふてくされたような、拗ねたような言い方である。もっとも、次の幕でも、一重の病を悲しんで泣きながら、「私なぞは泣き虫だから、すぐに涙が流れて困りんす」（三四八頁）と花巻はいう。泣き虫という性格も、花巻には与えられているのである。

二 「私ァ泣くのは癖でござんす」と拗ねた花巻を見て、「手がつけられないねえ」と、二人はあきれて顔を見合せる。

三 新造も店へ出て、客を取る。揚代は二朱。ただし、呼び出しの花魁についている番頭新造は例外で、客を取らない。新造には自分の部屋がないから、回し部屋などの空き部屋を、適宜利用した。

四 髪部屋。「かん部屋」ともいう。遊女屋の一階の、遊女達の髪を結うための部屋。遊女達の溜まり場としても利用された。鏡台が並び、油を溶かしたり鏝を焼いたりするための大火鉢が据えられており、廓外に住む女髪結い（古くは男もいたという）が、二、三人の弟子を連れて、日髪を結いに訪れる。もっとも、花魁は、そこでは結わず、自室に髪結いを呼んだ。

五 子供や奉公人が、親や主人に無断で、菓子などを勝手に買って食べること。

六 花巻は、「かのが格子へ来たら」とか、

「恋知らずだねへ」とか、いかにも恋しい間夫の来るのを待っているような言い方をしている。けれども、実は、「かの」とは、店に出入りする菓子売りのこと、「恋知らず」（恋の心を解さぬ人）とは、ちょっとした遊女の楽しみさえ大目に見ようとしない喧（やかま）し屋のことで、「色気より食い気」を自認する（一三八頁）花巻が、菓子の買い食いを、いかにも「食い気より色気」のように語るところに、この会話のおかしさがある。

七　右手の親指を長煙管の先端にかけて、他の四指で吸い口を握り、雁首を下にして畳に突き立てた形。大見世の花魁がゆったり構えた様子を表す。通常、銀の延べの長煙管を使うときに取る形とされている。

八　ここでは、新造たちの意。

九　身が入ること。一所懸命に心を尽すこと。

花巻　じれつたいんだよー（もどかしいんだよ）（与九兵衛を見る）〇

　ト、おほきく（大声で言う）言ふ。

皆さん、おやかましう（お騒がせしました）。

三人　さやうなれば（それでは）、御機嫌よう（失礼いたします）。

　ト、三人、下手（しもて）へ入（はひ）る。跡、合方になり、この内、始終（ずっと）、一重思入あつて（一重を見て頷き）、は煙管を〔畳に〕突き（七）、じつとうつむいてゐる。おつめ、

つめ　モシ、おいらん、お前（まへ）さんはさつきから、なにをさうしてふさいで（憂鬱そうにし）ゐなさいます（ておられます）。私（わたし）も遣手の役目だから、〔叱言を〕言ふのは知つてをりますが（言うべきだとは思っていますが）、外の子供（がき）（八）どもの見る前で、お前も私（わたし）に言はれたら、あんまり巾が利くまいと（権威が落ちるだろうと）思ふから（思うから）、大目に見ておけば（黙っていれば）いいかと思つて、ふてるのも（不満げにすねているが）、大概になさいましな（いいかげんになさいよ）。

与九　コレサ／＼、そりやア言ふだけ野暮だ（そんなことを言えば言うほど不粋になる）。なぜと言ひねへ（その訳はな）。この女は文里といふ、悪足（わるあし）のある事は（性悪の情夫がいることは）、この廓（さと）は（吉原はもちろん）言ふに及ばず、世間の人も（廓の外の人まで）知つてゐる仲だもの。どうして外の客が（外の客に）手に付くものか（九 心を尽すものか）。

武兵　それをば[1]馬鹿のろくなつて来るのは、言はばこつちが間抜けといふのだ。とても嫌がられるくらゐなら、ここばかり女郎屋といふではなし、この広い廓うち、外へ[2]巣を替へて遊ばうよ。

一重　モシ、武兵衛さん、人をうたぐるも大概にしなさんせ。[3]二言めには文里さんの事を言はしやんすが、[4]切れてしまへば[5]未練もなし。また一人の[6]男を守れぬは、[7]替はる枕の勤めの習ひ。それを[8]とやかう言はしやんすは、あんまり[9]分からぬではござんせぬか。

つめ　それほど文里さんの事について、思ひ切りのいいお前さんなら、なぜふさいでゐなさいます。替はる枕が常ならば、もう少し、客を大事になさいましな。

一重　お前までがそのやうに言はしやんすが、勤めばかりが苦労にはなりませぬ。私ぢやとても、親もあり、兄弟もござんすりや、ふさぐ事もあるわいなア。

与九　こいつは[10]大笑ひだ。高い金を出して遊びに来て、親兄弟の[11]述懐を、

一　非常に女に甘いさま。「馬鹿」は、著しく度を過している意を表す形容動詞。

二　店を替えて。「巣」は、酒を飲んだり遊んだりするための行きつけの店。

三　何かというと。何かにつけて。「二言目には〜いう」の形で用いる。「二言目」は、挨拶の次にいう言葉の意か。

四　別れる。男女間の親密な縁が切れる。

五　心残り。諦めようとしても、どうにも諦め切れない気持。

六　「男を守る」とは、一人の男に操を立て通すこと。一人の男に貞節を尽し、身心ともに、他の男とは一切関係を持たないこと。

七　夜ごとに、また、一夜の内でさえ、寝る相手の男が次々に替ること。

八　何のかのと文句をつけること。

九　物分りが悪い。察しが悪い。「分かる」とは、人の立ち場や心情を察して、充分に理解すること。

一〇　甚だしく滑稽であるさま。お笑いぐさ。物笑いの原因や対象。

一一　あれこれと泣き事をいう。気にかかる事を一々列挙して、くどくどと愚痴をこぼす。

並べ立(たて)つて言はれては、こんな埋まらねへ事はねへ[一二 割に合わぬことはない]。あんまり色気のない話だ。

ト、この内、武兵衛、思入(おもいれ)[一三]あつて、

武兵 いや／＼、こりやこつちが悪かつた。その親兄弟の話については、先度(先日)一重が己(おれ)への無心。一人の弟(おとと)が道楽[一四 身持ちが悪く]で、なにか難しい訳のある(こみいった事情のある)金を遣(つか)ひ(使いこみ)、ぜひ済(な)さねばならぬ(どうしても償わねばならないと)といつて、お袋[一五]がいろ／＼気をもむ(母親があれこれ心配する)との事。それについては手前(てめへ)の体、年季を入れねば[一六]ならねへと、よんどころなく(仕方なく)己(おれ)への無心。じつは百両持つて来たが、手前(てめへ)の心をうたぐつて、今までは出さずにゐたが、さう事が分かるからは(替る枕は勤めの習いと知っているのなら)、この百両は手前(てめへ)にやらう（軽く笑う）○

ト、懐より、胴巻きの百両を出し、

つめ これほど思ふ己(おれ)が心、なんと心中(しんぢゆう)[一七]ものぢやアねへか(誠意のある男じゃないか)。ほんにマア(本当に)、御親切な。よく／＼に思へばこそ[一八]。誰(だれ)が百両といふ金を、下さるお方(かた)がござりませう。これほど実(じつ)[一九]のある武兵衛さんを(誠意のある武兵衛さんを)、

一二 割に合わないさま。損であること。

一三 「親兄弟」という言葉を聞いている間に、武兵衛は、何かに気付いた表情を示す。

一四 身持ちが悪いこと。酒や女や博奕などで身を持ち崩すこと。放蕩。

一五 自分および他人の母親の呼称。本来は、敬意や親愛の情を表す語であるが、近世には、他人に対して、自分の母を卑下していう使い方も現れた。確かな語源は不明。

一六 「年季（年）を書き入れる」とも、「年季（年）を切り増す」ともいう。年季契約の期限を延長して、借金を重ねること。幕末の吉原では、年季は二年から十三年、年明き（年明け。年季の終了）は、二十五歳から二十七歳というのが標準だった。

一七 変らぬ愛情を抱き続けている人。

一八 以下二行、「お前さんのことを、大層思っていらっしゃるからこそ、百両というお金を下さるのだ。そうでなければ、誰がそんな大金を下さるものか。そのようなお方のあろうはずがない」。「思へばこそ」の後には、「下され」とか、「下さるというもの」といった言葉が続くべきところ。それを省略した語法。

一九 誠意。真心。情。

一重　粗末にすると（大切にしないと）罰が当たりますよ。有難うござんす（有難うございます）。お前さんへこのやうな事を、お願ひ申しては済みませぬが（お願いするのは）、知つてのとほり（ご存知のように）これぞといふ[一]（とりたてていうほど）、為になるお客はなく（利益になるお客はおらず）、よく〳〵な事だと推量して下さんせ（よほどのことだと察して下さいまし）。

与九　しかし、その百両は結納代はり[二]、今日からして[三]（今日からのち）お前の体は、勤めの内でも（遊女勤めの間でも）女房同然（女房と同じ）。武兵衛さんの言ふ事は、これからなんでも聞かずばなるまい（聞かなければならないぞ）。

武兵　そりやァかりにも大枚百両、このまま只はやられねへ（只でやる訳にはいかない）。そつちからも（お前の方も）己にまた、確かな（しっかりした）心中、立つて見せやれ[四]（愛の誓いを立てて見せてくれ）。

一重　心中立てろと言はしやんすが、浮気らしい事をするよりも[五]（形ばかりで愛のない誓いを立てるより）、互ひに心と心の誓ひ。これに上越す事はないではござんせぬか（これ以上の心中はないのではありませんか）。

与九　それは胡乱[六]なものだ。その頼みにする心と言へば、嘘[七]をつくのが商売だもの、なに（どうして）当てになるものか。

一重　お前までが私の心を、まだこの上にうたぐつてゐなさんすは、なん（何か）

一　これという。取り立てていうほどの。めぼしい。「ぞ」は、強意の係助詞。

二　婚約が調った印として、男女双方の家の間で取り交わされる金品。もともとは、婚姻の成立を機として、双方の家が、農作業などの労働を助け合う「ゆい」の契約を結ぶために催す宴の酒肴、つまり、「ゆいのもの」に始まるという。

三　「からして」は格助詞「から」に連語「して」がついた形。「して」は、「から」の意を確認するための語で、特に意味を持たない。

四　愛情に偽りなく、他に心を移さぬという証拠を見せること。

五　「形ばかりの誠を示し、その裏に多情な心を包むよりは」。当てにならぬことを、「女郎の千枚起請（起請＝愛を誓う証文）」というように、命を捨てて愛の誠を貫く情死以外、遊女の心中立ては偽り多きものとされていた。「浮気らしい」とは、多情なこと。

六　疑わしい。怪しい。「ウ・ロン」、それぞれ「胡・乱」の宋音。五胡が中華に侵入してこれを乱したとき、人々が慌てふためいて兵火を避けたとの故事による。

七　「卵の四角と女郎の誠」というが、遊女に嘘は付きもので、客の心を操る手練手管は、遊女にとって不可欠の処世術であった。

ぞしろと言ひなさんすのかへ。

武兵　いイや、それも手前（てめへ）が不承知なら［お前が嫌だと言うなら］、かれこれは言はねへが［別に注文を付ける気はないが］、ちつと［少しばかり］己（おれ）もきざな事があるから［気に入らぬことがあるから］、かう言ふのだが、よもや（まさか）手前（てめへ）忘れはしめへ。野暮な事を言ふやうだが、手前（てめへ）が腕の入れぼくろ八、ちよつと見せろと手を取つても、いや、そんな嫌みな［そんな不愉快な］事は嫌ひと、けんもほろろの挨拶ゆゑ［とりつく島もない返事をしたから］、それなりに済ましたが［そのときはそのまま済ませたが］、九今夜は一番流れの身にも、塵芥（ちりあくた）のねへ所（とこ）をそそぎ上げ、水際を立つてもらひたい。

つめ　なるほど、それぢやァ武兵衛さんが、気に掛けなさるのは御尤もで［心配なさるのも無理はありません］ござんす。おいらん、そりやァ［こうなったら］お前（まへ）さん面晴れ（めんば）一〇［疑いを晴らすために］に、さつぱりした［すっきりとした］心中を［誓いの証拠を］、お立てなさらずばなりますまい［お見せなさらなければいけますまい］。

一重　それほどまで私（わたし）の心を、疑つてゐやしやんすなら、良うござんす［分りました］。確かな心中〔を〕、お目に掛けませう　◯（ちょっと目をつむる）

ト、ありあふ［傍にあった］鏡台の引き出しより、剃刀（かみそり）を取り出し、煙草箱一一に小指を当て、

八　入れ墨。彫り入れ。心中の一方法。遊女が客の名を、剃刀や針で、二の腕に彫りつけること。男に字を書かせ、その筆蹟を遊女自身が彫る場合もあった。多くは、「命懸けで〜様を愛します」という意味で、男の名の一字を取り、「〜サマ命」と彫った。

九　以下二行、「今夜は一つ、過去の汚れを綺麗さっぱり洗い落し、流れの身でも、汚れてはいないということを、はっきりと見せてほしい」。「流れの身」とは遊女のこと。「塵芥」は、（流れに浮ぶ）ごみ屑。「そそぎ上げ」は、汚れを、水で充分に洗い清める。「水際立つ」は、はっきりと目に立つようにする。すべて、「流れ」ないし「水」の縁語。

一〇　疑いを晴らすこと。

一一　刻み煙草を入れる小箱。

さうぢや。[一]

ト、切らうとするを、武兵衛、あわてて止め、

武兵　こりやア手前（てめへ）、どうするのだ。（そんな事をしてお前はどうしようと言うのだ）

一重　私（わたし）が心の一筋を、お目に掛けるのでござんす。（私の一途な心の誠を見て頂くのでございます）

武兵　[二]そんな事で指は切れねへ。しら〴〵しい野暮をするな（嘲笑う）◯（そんなやり方で／見えすいた不粋なことをするな）

ト、剃刀（かみそり）をもぎ取り、

一重　可愛い手前（てめへ）に指を切らせ、片端にしてつまるものか。（片端にしてたまるものか）
さうしてその心中は、どうすれば良いのでござんす。（それでは愛の証はどうやって示せばよいのですか）

武兵　己（おれ）が望みは、外（ほか）にある（薄笑いを浮かべ）◯（俺の望みは）

ト、誂（あつらへ）の合方になり、武兵衛、一重の手を取り、袖をまくり、
サア、この文里二世の妻[三]を消し、明らかに己（おれ）[四]が名を、そのとほり彫りかへてもらひたい。（ここにある「の文字」／はっきりと／俺の名を入れ／同じ文句で彫り直してもらいたい）

ト、きつと言ふ。一重、思入あつて、（強く言う／あっと驚き）

一重　なるほど、腹の立つのは尤もでござんす。今まで隠したは私（わたし）が誤り。（無理もございません／今迄見せなかったのは）

一　何かを思い付いたり、何かを思い出したりして、行動を起すときに発する語、あるいは、せりふ。

二　一重は、文里への心中立てに、一度指を切っている（第一番目三幕目一七九頁）。そのときに使用した刃物は小刀。ここで使おうとしたそれは剃刀。剃刀で指を切るときは、台に指をのせ、剃刀を当てて、上から鉄瓶などで強く叩かなければならない。もちろん、一人でやれる仕事ではない。武兵衛はそれを知っているから、「そんな事で指は切れねへ」というのである。

三　「文里さまの、あの世までもと契った妻」。入れ黒子（ぼくろ）の文句である。「親子は一世、夫婦は二世、主従は三世」。文里と一重の契りは、誠の夫婦同様、この世だけで終るものではなく、あの世までも続く、との意。

四　「武兵衛二世の妻」と彫り直せ、というのである。

これにはだん〳〵（いろいろと）訳のある事。あの文里さんといふ人は、お前さんのお出でなさんせぬ（廓においでになるよりも）、その前より年久しく（ずっと前から長い間）、世話になりし私が身の上（私の面倒をみて下さったお方なのです）。その義理ゆゑに嫌とも言はれず、深く見せたはほんの付き合ひ（馴染みとは見せかけだけの義理付き合い）。それも今ではしがない暮らし（貧しい生活）、とうから（とっくに）私や（わたし）愛想が尽き（私は嫌になり）、たとへ格子へ（店先にこられても）来なさんしても、病気と言うて顔も出さず、それゆゑ今ではあちらでも（文里さんの方でも）、私に愛想が尽きたかして（私が嫌になったらしく）[五]、音信（おとづれ）もござんせぬ（何の連絡もありません）。これが切れた証拠ぢやわいなア。

武兵　いくら言つても（どんなに言い訳しても）一つ筋[六]（同じこと）、切れたと言ふのも表面（うはべ）ばかり。おほかた今夜ら（今夜あたり）は、その文里が、来てゐるのかも知れやアしねへ。

つめ　それは私（わたし）が受け合ひます（保証します）。以前とは違つて文里さんも、今では茶屋の方はふさがつてゐる[七]（出入り禁止で）、内証へは義理の悪い事があるし（御主人には払う金がたまっているし）、なんでも（ぜひとも）それが済まぬうちは（借金を返さない限り）、なか〳〵（決して）［店に］顔出しは出来ませぬ。それにもう、じつ（実際）、あんな素寒貧（すかんぴん）[八]な客は（懐の寒い客は）、二階の風（ふう）が（評判が）悪くなつて、嫌でござんす。けして上げる事ではございません（店に入れることはありません）。そこは遣手（やりて）の役でござんすから、

五「〜（の）ためか」。疑問の終助詞「か」＋格助詞「して」。活用語の終止形、ないし、名詞を受け、不確かな事柄に基づいて、判断を下す場合に用いる連語。

六　一つのこと。つながりのある筋。

七　出入りを差しとめられること。門戸を閉ざされること。

八　以下、「あんな貧乏な男を客にすると、店の格が落ちますから、嫌なのです」。「素寒貧」は、無一文。貧しくて何も持っていないこと。「風」は、外聞。世間体。

かならずお案じなされまするな。

与九　たとへ呼ばう(招かれたところで)と言つても、本当の人間なら(真人間なら)、一どの面(つら)さげて来(こ)られるものか。あれほど(あんなに莫大な)立派な身代を(財産を)、女郎(ぢようろ)の元へ突つ込んだ阿呆野郎(つぎ込んだ大馬鹿者)。良く乞食にならずにゐる。あれを見ては色恋も、さめさうなものだ(あれを見たら誰だって色事はいやになるよ)。

ト、これを聞き、一重、悔(くや)しき思入(おもいれ)あつて、気を変へ、

一重　じつにしみ〴〵(本当につくづく)嫌になり、それにつけても(そう思えば)この彫り物(入れ黒子)、いまさら(今になってみる)後悔でござんすわいなァ(と悔まれてなりません)。

武兵　サア、それほど嫌な彫り物なら、望みのとほりにしてしまやれ(〔俺の〕望みどおりに彫り直してしまえ)。

一重　それぢやといふて(そうは言っても)。

与九　やつぱり文里に心があるか(文里のことが思い切れないのか)。

一重　サア、それは。

両人　サア、

三人　サア〳〵〳〵。

武兵　二きり〳〵(さっさと)と、返事をしろ。

＊遊女の嘘と心中と――畠山箕山(はたけやまきざん)という人がいた。寛永三年(一六二六)に生れ、宝永元年(一七〇四)に七十九歳で死んだ貞門の俳人である。京都の人で、若いころから遊里に馴染み、やがて、全国の廓について研究しようと思い立ち、各地の遊所を歴訪、その成果を、『色道大鏡』全十八巻にまとめた。中に、「心中」について述べた箇所がある。「遊女というものは、誰にでも肌を許しながら、情の厚薄を男に悟らせないのが定めである。世の男性は、それをはっきり知りたいと思って廓に通い、贈り物などして、何とか本心を聞き出そうと頭を悩ますが、どの程度自分に心を寄せているのか、誠の愛情か見せかけなのかを知ることはできない。だから、廓に遊ぶ人々はすべて、遊女の心に疑いを抱いている。遊女の仕事は、その疑いを晴らさせること、愛情に偽りはないと信じ込ませることにある。そのために、心中という愛の印を見せて、男の心を引き付ける。心中にも、誠のものと嘘のものとがあり、心から男に惚れて心中を立てるのは十に一つ。後は、男に心を許させ、無心をするための計略なのだ」。

ト、きつと言ふ(断固として言う)。一重、当惑のこなし(途方にくれた動作　しかしすぐ決心がついた表情で)。

一重　もう金は要りませぬ。

武兵　どうした(何だと)と。

一重　たとへ今は切れたにせよ(かりに今は別れてしまったにしても)、いつたんお世話になつた文里さんのお名を、なんぼ(いくら)卑しい私(わたし)でも、[三]金に転んで(金のために)消したと言うては、[四]世間の手前がござんす。それぢやに(ですから)よつてこの金は、要りませぬわいなア。

ト、件(くだん)の百両を突き戻す。

つめ　そりやアお前、なにを言ひなさいます。お客へそのやうな事を言うて(お客にそんな口をきいて　それで万事片付くと思うのですか)、済まうと思ひなさんすか。〔お前さんはともかく〕遣手(やりて)の私(わたし)が済まぬわいなア(納得できませんよ)。

一重　エエモ、済むも済まぬも(済もうと済むまいと)、要らぬわいなア。

ト、脇を向き(そっぽを向き)、[五]知らぬ顔をしてゐる(知らんぷりをしている)。

つめ　マア、あきれたものだねへ。

ト、武兵衛、[六]思入あつて、

武兵　それほど(そんなに)要らぬ金なれば、[七]ドレ〱、持つて帰りませう。

＊腕の入れ黒子を消す――「二の腕の火葬でお客を熱くさせ」。腕の入れ黒子は、お灸で焼き消すのである。

一　どんな顔をして。図々しく。鉄面皮に。

二　さっさと。ぐずぐずせずに。行動の仕方にたるみがなく、引き締った様子を表す副詞。

三　金のために行動の目標や方向が変る。

四　世間体。世間に対する体面。見得。

五　知らんぷり。素知らぬ顔。人の心情や事の内情を知っていながら、何も知らぬ様子をすること。わざと人を無視すること。

六　武兵衛は、百両の金を巡って、いわば、一重に肘(ひじ)鉄砲をくらわされた。しかも、人前においてである。ばつが悪い。腹も立つ。優位な立場を取り戻して、格好をつけることも必要だ。この「思入」には、そういう複雑な感情の動きが含まれている。

七　「ドレ」の強調。三〇三頁注一一参照。

ト、金を懐へ入れ、立ち上がるを（立とうとするのを）、おつめ、止めて、

つめ　マア〳〵お腹も立ちませうが、私（わたし）の方からまたお詫（わ）びのいたしやう（お詫びの方法もありますので）もございますから、どうぞ待つて下さりませ。

武兵[一]　コウ〳〵（おいおい）、止めなさんな〳〵。帰すも帰さぬも、あの女の了見にある（判断にかかっているのだ）る事だ。

一重　おつめどん、帰ると言ふなら帰し申す（お帰しすればよいのです）が良うございます。

武兵　[二]帰らなくつて（帰らずにおくものか）どうするものか　〇（立腹して）

ト、立ち蹴[三]（げ）に（立ったまま料理を蹴とばして）、台の物を引つくり返し、

女（あま）め、覚[四]えてゐやァがれ。

ト、枕を取つて（木枕を取って）、立ち掛かるを（打とうとするのを）、与九兵衛、これを止める。一重、脇を向き（そっぽを向き）、煙草を飲みゐる。おつめは、散乱したる（散らばった）皿小鉢[五]を片付けゐる。この模様（この様子で）、はやり唄にて、道具回る。

一『狂言百種』本は、これを与九兵衛のせりふにしている。しかし、与九兵衛は、武兵衛の尻馬に乗って一重を責める一方、武兵衛をなだめる立場にもある人物であって、あながちここで口を出す必要は、彼にはない。それよりもむしろ、「持つて帰りませう」、「止めなさんな」と、強いて心を落ち着けていた武兵衛が、「あの女の了見にある事だ」と、口調を少し改め、さらに、「帰し申すが良うござんす」と一重に悪態をつかれて、自制心を完全に失い、「帰らなくつてどうするものか」と、荒々しい調子に変って行く経過を見るべきであろう。

二「帰らずにおくものか、帰る以外、外にどうすることができるというのか」。

三 下に置いてあるものや座っている人を、立ったまま足蹴にすること。

四「今、お前が俺にどんなひどいことをしたか、忘れるなよ」。喧嘩に負けて逃げるときなどにいう、仕返しの意思表示。負け惜しみの場合が多い。

五 皿や小さな鉢。陶製の食器類のこと。

六 床の間の脇に設けた棚。

七 塗り回し床のことか。塗り回し床とは、床の内側を壁で塗り、床柱と落し掛け以外の木部を、すべて塗り隠した床の間。

丁子屋二階、隣座敷の場

隣座敷の争いを、聞くともなく聞いていたお坊吉三。妹一重の無心が、没落した文里の窮状を救うためと知った彼は、妹も自分もともに世話になった身、何とか文里に恩返しをしたいものだと考え込む。金持らしい武兵衛から、金を借りる訳には行くまいか。いや、淋しい帰り道で……。何事かを心に決めて、彼は武兵衛の跡を追う。

八　小さな袋棚。なお、床(ゆか)の方にあるものを「地袋」というのに対し、天井の方に取り付けたものは「天袋」と呼ぶ。ここは「上に地袋」とあるから、天袋の意であろう。

九　以前の部屋の隣座敷、つまり、前の「回し部屋の場」の舞台書きに、「この上(かみ)、隣座敷の心」(三〇四頁)と記されている、その「隣座敷」のこと。やはり回し部屋であろう。

一〇　少し月代をのばしたさまをいう。

一一　曲目は何か分らないが、ある端唄の、合方のみを弾くのである。

一二　何かの事情や理由について、理解できないこと。納得できないこと。

一三　人を慰めたり、喜ばせたりすること。

本舞台三間。向ふ(正面)、上(かみ)の方(かた)、三尺の床棚(とこだな)[六](右手に)。真ん中に塗り床[七]。下(しも)手(て)、上(かみ)に地袋(ぢぶくろ)[八]のある違ひ棚。上下(かみしも)、一間の障子屋体。すべて、以前[九]の部屋〔の〕、隣り座敷の模様。(その座敷の適当な場所に寝床を敷き)良き所へ床を敷き、ここに、お坊吉三、中月代(ちゆうざかやき)[一〇]、寝巻き形(なり)にて、腕組みをしてゐる。吉野、胴抜き、女郎の拵(こしらへ)。吉三の膝へもたれ、煙草を吸ひ付けてゐる(煙草を吸い付け勧めている)。この見得(形で)、端唄の合方にて[一一]、道具止まる。

お坊　さつきから隣の様子(隣座敷の様子)、馴染みの客へ一重が無心。その金高(かねだか)も大枚百両(金額も大金の百両)。なんであんなに金が要るか。

ト、合点のゆかぬ[一二]こなし(納得できぬ動作)。

吉野　ナニ、ありやア(あれはこういうわけなのです)からざます。お前(まへ)も知つてゐなさんす、文里さんといふお方(かた)が、今ではしがない暮らしになりんしたゆゑ(今では貧しい暮しにおなりになったため)、方々(あちこち)はふさがるし(あちこち出入りを差止められるので)、その道も明けたり(その借金を返したり)、また、文里さんに貢ぎなさんす気で(文里さんの暮しを助けるつもりで)、あの嫌な武兵衛の機嫌を、取つてゐなさんすのでござんす[一三](気に入るようにしていらっしゃるのです)。

お坊　そりやァなにしても（とにかく）気の毒な事だ。さういふ身分になり下がる（落ちぶれたのも）、元はと言へば（その原因は）妹一重。己も以前は妹の縁で、お世話[一]になつた事もあつた。及ばずながら（できないまでもどうにかして）どうかして、恩返しをしてあげたいものだ。

ト、吉三、思案のこなし（考える動作）。

吉野　私も都合ができるなら（できることなら）、どうぞしてあげたいが（何とか工面してあげたいが）、南と違つてこつちへ来ては（品川と違って吉原へ来てからは）、これぞといふ客はなし（めぼしい客はない）。人の事より私の身の上（自分の境遇）、[二]物前ごとに困るゆゑ（物日の前になる度に苦しむほどで）、心に思ふばつかりで（「一重さんのことは」心の中で悩むばかりで本当にはがゆい気持です）、ほんにじれつたいやうでござんす。

お坊　己だつてもそのとほり（俺にしても同じようなもの）。[三]いい目が出りやァ（ついてくれれば）どうでもなるが（どうにでもなるが）、知つてのとほり[四]間が悪く（運が悪く）、[五]出るとはまるで取られてしまひ、手前の世話でかうやつて（お前の世話になって）、くすぶつてゐる始末だから（引きこもっている有様だから）、実は手前にも気の毒だ（悪いと思っているのだ）。

吉野　なんだね（なんだい）、[六]他人行儀な事を言ひなますな（よそよそしい言い方をして）。[七]好きで求めた苦労だもの（自分から進んで求めた苦労だから）。お前の事はどうでもいいが（問題にならないが）、一重さんの事が気になつてならないわね。

一　第一番目三幕目の一四八〜一五三頁参照。

二　物日の前。紋日物日に金がかかることはすでに述べた（一七三頁）。遊女は盛装をこらさねばならず、それには莫大な費用が必要で、すべて、馴染み客の負担となる。おまけに、物日の揚代は平日の倍。誰しも敬遠したくなるであろう。客がつかまらず、衣裳が調わなければ、その遊女は仲の町にも出られないし、おまけに、身揚がりをしなければならない。だから、遊女は、必死になって客に訴え、客はまた、何とかしてその負担を免れようとする。手練手管が最大限に発揮されるのも、物前の時期である。「美しい首の回らぬ節句前」。

三　博奕で、思い通りに骰子の目が出ること。そこから、比喩的に、幸運に恵まれる意。ここは前者の意味で使っていると思われる。

四　ついていないさま。お坊吉三は、博奕で負け続けているのであろう。

五　以下、「たまに良い目が出て金を手にしても、すぐに負けてそっくり巻き上げられてしまい」。「出るとは」の「は」は、強意の係助詞。「まるで（丸で）」は、丸ごと。そっくりそのまま。全く。

六　他人に対するように、隔てのある、よそ

ト、吉野、じつとなる[八]。吉三、思入（諦めたような表情で）あつて、

お坊　それも可愛い男のため（一重の苦労もいとしい人のため）。どうなるものか（どうにもならないではないか）、仕方がねへ。

吉野　苦労するのも（〔好きな男のために〕苦労するのも遊女としての楽しみ）、苦界の楽しみ。

お坊　やつぱり手前（てめへ）と己（おれ）のやうなものよ。

吉野　ほんに、さうでありますねへ。

お坊　思へば（考えてみれば）どうした悪縁か[九]（腐れ縁か）。

吉野　ほんに、久しい仲で（長い付き合いです）ござんす。

ト、吉野、吉三に寄り添ふ。この時、上手（かみて）にて、

武兵　帰る〳〵。止めるな〳〵。

新造[一〇]　それでは、悪うございます（申し訳がありません）わいなア。

一重　帰りなんすなら帰し申しなよ（お帰りになるならお帰しするがいい）。

武兵　帰らねへでどうするものか（帰らずにおくものか）。止めるな〳〵。

ト、はやり唄になり、上手（かみて）より（右手から）、武兵衛、腹の立つ思入（立腹した表情で）にて、[一一]畳を蹴立て出て来る。後より、花琴、花鶴、捨てぜりふ（適当にせりふを言って）にて、

よそしい態度を取ること。

七　自分の勝手で。物好きで。

八　深く考え込む様子を表す。

九　別れるに別れられないような男女の結び付き。

一〇　底本には「新造」とのみあって、役者名の指定がない。次のト書きから見て、花琴か花鶴の声と思われる。あるいは、二人が同時にいうせりふか。『狂言百種』本にも「新造」。

一一　怒って、畳を蹴るように荒々しく立つ。

止めながら出て、下手(しもて)〔左手〕、階子(はしご)の口へ入(はひ)る。この内、吉三、吉野、ほぐれて〔一 離れて〕、吉三、武兵衛の後を見送り、

お坊　吉野、一重の客はあれか〔あいつか〕。

吉野　あい、あれが武兵衛といふのでござんす。

お坊　なるほど、生聞(なまぎ)[二]きらしい野郎だなァ。

吉野　あれでも、れこ[三]はしつかり持つてゐるぞへ。

ト、金はあるといふこなし〔親指と人差指で輪を作る〕。

お坊　さうだらうよ。ちよつとの無心に百両も〔ちょっとした無心に対して百両も〕、手放さうといふ客だから、よつぽど(ずいぶん)の分限(ぶげん)とみえる〔金持だとみえる〕　○〔畜生〕　アァ、こりや、どうぞ仕様はねへかしらぬ〔何とか方法はないものかな[四]〕。

ト、吉三、腕を組んで思入〔考える様子〕。

吉野　どうして〱〔とんでもない〕。恐ろしい強情だから〔大層頑固な人だから〕、ああ言ひ出しては〔ああ言い出した以上〕、なか〱聞く事ではござんせぬ〔めったに聞き入れることはありません〕。

ト、吉三、思入あつて〔そうだと頷き〕、

一　寄り添っていた二人が、部屋の外の騒ぎに気分を壊され、離れる。

二　「生利き」とも書く。半可通。通ぶった客。知ったかぶり。廓遊びの作法や常識を、さも心得ているかのように振舞うが、生半可で、すぐ底が割れるような客。廓では、最も嫌われ、軽蔑された。

三　「これ」の倒語。金や情人などをいう一種の陰語。親指と人差し指で輪を作り、「れこ」といえば金、親指を立てて「れこ」といえば情夫、小指を立てていえば情婦を意味するといったふうに、多く、簡単な動作とともに使用された。

四　〜かしら。体言や活用語の連体形に付いて、疑いや問い掛けを表す連語。

五　「南無三宝」の略。一一三頁注一三参照。

六　近親や縁者が、遺体の傍で、夜通し回向すること。近親が、遺体とともに忌み籠りした喪屋の習俗に発するという。

七　お坊吉三は、武兵衛から百両を強奪しようと決心する。そして、「これよりすぐに跡

お坊　五南無三（しまった）、己（おら）ァとんだ事をした（とんでもないことをした）。今夜は友達の民（たみ）（民の母親の）がお袋の、六通夜（つや）をしてやるつもりだつた。さつぱりと忘れたが（すっかり忘れていたが）、今からいつて、ちよつと顔を出して来（こ）よう。

ト、吉三、言ひながら立ち上がるを、吉野、引き止め、

吉野　お前（まへ）、今宵は遅いほどに（今夜はもう遅いから）、明日（あした）にしなさんせいなァ。

お坊　いや、今夜いかにやァ（今夜行かなければ）、友達の義理が済まねへ。

ト、帯を締めながらゆき掛かるを（行こうとするのに対して）、

吉野　そんならどうでも（どうあっても）、ゆきなさんすのかへ（お行きになるのですか）。

ト、言へど（言うけれども）、吉三は、始終、向ふへ思入あつて（ずっと気持を武兵衛に通わし揚幕の方を見つめて）、

お坊　七これよりすぐに（今からすぐに）跡をつけ（「武兵衛を」尾行して）。

吉野　エ。

ト、思入（驚いて吉三を見る）。吉三、心付き、気を変へ（我に返って吉野のいることに気付き調子を変え）、

お坊　イヤサ、八後を（俺が出て行った後）気を付けろよ（注意しろよ）。

ト、九言ひ捨て、階子（はしご）の口へ入る。吉野も一〇心ならぬ思入にて（不安げな表情で）、

をつけ」、大音寺前の淋しい場所で脅迫、場合によっては切り殺しても……と、独り言をいう。そのとき、「吉三は、始終、向ふへ思入あつて」、つまり、吉三の気持は武兵衛に集中していて、傍に吉野がいることを忘れている。しかし、彼の独り言を聞きとがめた吉野の、「エ」という発言によって我に返り、「跡をつけ」を打ち消して、「跡を気を付けろよ」と誤魔化すのである。なお、吉原から本郷・上野方面に帰るには、廓の西に当る裏田圃から大音寺前を通らねばならない。その辺りは、極めて淋しい場所であった。

八 何について「気を付けろ」というのか。曖昧なせりふである。「近頃は、物騒な客がいるから」というのか、「一重のことを頼むぞ」というのか。あるいは、自分自身が物騒な行動をしようとしている、その意識に引きずられて、たまたま口をついて出た言葉なのか。吉野が、「心ならぬ思入にて、後を追う」というのであるから、口調はもとより、言葉の内容にも、何か不安を感じさせるものがあったと考えられる。となると、たまたま口をついて出た言葉か。

九 相手の応答を待たず、一方的に言い切って、次の行動に移ること。

10 不安を感じて落ち着かない状態をいう。

丁子屋の二階、元の回し部屋の場

一重は、自分の体から、心から、文里の存在を抹殺しようとした武兵衛への腹立ちと、愛する文里の窮状を救おうと思いながらも、そのために自己のすべてを犠牲にすることのできなかった、自分に対する怒りとにさいなまれている。

吉三の後を追うて、階子の口へ入(はひ)り、この道具、ぶん回す。

本舞台、元の回し部屋の道具へ戻る。

ト、一重、片手にて、癪(しやく)を押さへながら、湯飲みにて、酒を飲みゐる。花琴、花鶴、一重を介抱(かいはう)してゐる。

花琴　モシ、おいらん、癪の起こるにお酒は悪うござんすぞへ（癪の起っているときにお酒は良くありませんよ〔飲むのは〕）。もうよしにしなさんせ（もうおよしなさい）。

花鶴　お心持ちが悪ければ（ご気分が悪ければ）、玉屋[一]へ、袖(そで)の梅[二]でも取りにやりませうかへ。

ト、いろ／＼心遣ひのこなし（心配する動作）。

一重　もう良うござんす（もう大丈夫ですから）ほどに、構うて下さんすな（気を遣わないで下さい）。ほんにお前(まへ)がたも（お前達も）、私(わたし)[三]のやうな者に使はるるゆゑ（〔妹女郎として〕使われるために）、いろ／＼な苦労をしなさんす（いろいろな苦労をしますね）。堪忍して下さんせ（許して下さいね）。

一　仲の町の引手茶屋かと思われる。当時仲の町には、玉屋長吉、同そよ、同いは、同清次と、玉屋を名乗る引手茶屋が四軒あった。
二　酔いざましの薬。丸薬とも、振り出し薬ともいう。吉原名物の一つで、正徳年中（一七一一～一六）、吉原に住む天渓という隠者が、酒客のために製して広めたといわれる。
三　花琴・花鶴、ともに一重付きの新造。

花琴　おいらんとなされた事が、[四]私どもへ、その御遠慮には及びませぬ。

花鶴　お心遣ひをしなさんすと、かへつて悪うござんす。気を静めてお出でなさいませ。

　ト、下手より、吉野、出て来り、

吉野　一重さん、詳しい様子は残らず部屋で、聞いてをりましたが、せつかく辛抱しなさんしたも無駄となり、ほんにお前はんの心の内は。推量してをりますわいなァ。

一重　それも主のためなれば、少しもいとひはせぬけれど、あんまりな武兵衛の言ひ条、[五]実に悔しうござんすわいなァ。

　ト、[六]身をもんで、悔しきこなし。

吉野　尤もでござんすが、そのやうに気をもむと、お前体に当たるほどに、かならず気をもみなさんすなへ。

一重　[七]なまなか生きてゐるより、いつそ死にたうござんすわいなァ。

吉野　これはしたり。短気な事、言はしやんすな。

四　～ともあろうものが。

五　言い分。取り立てていう個々の事柄。

六　悔しさや悲しさに、いても立ってもいられず、激しく体を揺り動かす。

七　なまじっか。中途半端に。

ト、一重を介抱する。

一重　エヽ、じれつたい（いらいらする）〔唇をかみしめ〕○

ト、湯飲みを打ち付け（叩きつけ）、

どうしたら良うござんせう（どうすればよいのでしょう）。

ト、ハアツと泣き伏す。吉野はじめ、花琴、花鶴、立ち寄り（傍に寄って）介抱する。はやり唄（うた）にて、道具回る。

本舞台三間（舞台中央三間にわたって）、後ろ、一面の藪畳（やぶだたみ）。この奥、向ふ[一]へ廓を見せたる田圃（たんぼ）の遠見（遠景）。日覆（ひおほひ）より、松の釣枝。上下（かみしも）に、藪畳。すべて、平塚高麗寺前（ひらつかかうらいじまへ）、夜の体（夜の様子）。時の鐘にて、道具止まる。

ト、やはり、時の鐘。向ふ、ばた〳〵（つけが入って）になり、以前の（先ほどの）お坊吉三、尻端折り（しりはしより）、一本差し[二]にて走り出て〔揚幕から〕、すぐに舞台へ来（きた）り、向ふを（揚幕の方を）

一　吉原の景色を遠景にして、一面に田圃を描いた背景。

二　二本差しであるべき武士が、脇差しだけで外出すること。二五四頁注二参照。しかし、その脇差しが、後には「差し添へ」（四二五頁）と記されており、首尾一貫しない。

高麗寺前の場

お坊吉三に脅されて、武兵衛は、あっさりと百両の金を渡す。その様子を見ていたのが土左衛門爺ィ伝吉。立ち去ろうとする吉三に、「今の百両を貸してくれ。実は倅が、主人の金を失った。その御主人が逼迫。早く返して、難儀を救いたいのだ」と、彼は、事を分けて頼む。しかし、吉三は耳を藉（か）さない。「こっちも、義理ある人に貢ぐ金」。言い争った末、吉三は伝吉を切り殺す。互いに、文里の名を出してさえいれば……。おとせと十三郎が通りかかって、伝吉の死骸を見付け、吉三の落した刀の目貫きを拾う。

うかがひ、頷いて[三]、頬被りをなし、下の方の藪[四]へ忍ぶ。すぐに禅[五]の勤めになり、向ふより、以前の釜屋武兵衛出て、すぐに本舞台へ来り、

武兵　アノ与九兵衛はどうしやァがつたか。察するところ己をまいて[六]、どこぞへ上がつた[七]と見えるわい　◯（うまいことを）　それにしても、面の憎いはあの一重。この百両で文里の手を、すつかりと切らせようと思ひの外、やつぱり野郎に未練が残り、たうとう己を突き出しやがつた　◯（畜生）　こりや一番河岸を替へて[八]、伝吉の娘のおとせにしようかしらぬ　◯（はて）

ト、ちよつと思案のこなし。

なんにしろ、夜道に百両、剣呑なものだ。

ト、この内、お坊吉三出て、後ろにうかがひゐて、

お坊　剣呑なら己が預かつてやらう。

武兵　エ。

ト、ぎよつと[九]せしこなし。

三　先回りできた、これでよし、と頷くのである。

四　通常、藪畳の裏に隠れたあと、すぐ下手の舞台裏に入り、次に出る切っ掛けを待つ。

五　禅囃子とも黄檗ともいった。寺院や僧のいる場面などで用いる鳴物。今は大太鼓と銅鑼。昔は太鼓と木魚で演奏したらしい。

六　一緒にいる人の目をうまく誤魔化して、いつの間にか姿を消してしまうこと。

七　遊女屋に行って、遊女を揚げて遊ぶことをさす。

八　男女関係において付き合う相手を変えること。

九　不意に、恐ろしいものに出遭ったり、思いもかけぬことをいわれたりして、心臓も止るほど驚く様子を表す副詞。

お坊　いイや、ヨ[一]、いま吾(われ)がぬかした[二]百両を、預からうといふ事よ。(〔俺が〕預かろうというのだよ)

　ト、お坊吉三、一腰(ひとこし)を抜き(刀を抜き)、武兵衛の目先へ突き付ける(目の前に突きつける)。

武兵　ハハア、噂に聞いた高麗寺前の藪際(やぶぎは)、物騒だといふ事だが、そんならお前(めへ)は物取り[三](盗人かい)かへ。

お坊　まんざら(必ずしも)むき[四]の盗人(ぬすびと)でもねへが、ふとした事の出来心で(ちょっとした心のはずみで)、吾(われ)[五](お前が百)が百両持つてゐるを(両持っていることを)、確かに知つてつけて来た。隠さずここへ、出してしまやれ(出してしまえ)。

　ト、これにて(こう言って)吉三、頰被りを取る。武兵衛、是非がないといふ(仕方がないという表情を)思入(する)。

武兵　なるほど。さう見抜かれりやァ仕方がねへ。いかにも(確かに)百両は持つてゐる。しかし己(おれ)も[六]四年目で、せつかくここへ帰り早々(この市村座に帰った途端に)、ただ(素直に)この金を渡すのは、あんまり(余りにも)知恵がない[七]やうだが(気が利かないようだが)、さういふお前(めへ)は当時[八](今の世の人気役者)の利き者、己(おれ)は知つての(御存知の通り)不器用[九]ゆゑ、どうせお前(めへ)に歯[一〇]は立たねへ(勝てっこない)。素直に百両上げませう。

一　この「ヨ」誤植か。誤植でないとすれば感動詞。『狂言百種』本にはなし。

二　いう、しゃべる。話相手、もしくは、第三者の「言う」行為を卑しめて表す語。

三　盗人。強盗。追い剝(は)ぎ。

四　向き。本気。お坊吉三は、実は博奕によって稼いでおり、強盗はしない。後で彼は、「盗みは言はば内職」だと言っている（三三八頁）。

五　貴様。二人称単数の代名詞で、相手を卑しめたり、罵(ののし)ったりするときに用いる。

六　武兵衛を演じている市川白猿は、安政元年（一八五四）から三年間、市村座を勤めたのち、上方へ行き、六年一月帰東して中村座に出勤。同年十月、四年振りに市村座に姿を現した。

七　時に応じた工夫や、臨機の対応能力に欠けている。馬鹿みたいだ。

八　お坊吉三を勤める河原崎権十郎に人気が出たのは、安政二年三月、河原崎座の『鏡山(かがみやま)比翼容姿視(ひよくのすがたみ)』で幡随長吉を演じ、前年に自害して果てた、兄八世市川団十郎追善の文句をせりふに入れて、大評判になって以来のことといわれている。

九　白猿は、不器用というより、とにかく下手な役者で、自分でもそのことを認めていた。

ト、言ひながら百両を出し、吉三へ渡す。

お坊　さうまた奇麗に出られちやア（そんな具合にさっぱりとした態度を取られては）、取りにくいのは人情だが（取りにくいのが人情だが）、一二命を元手（命がけで）にするからにやア（仕事をしている以上）、さうかといつても返されねへ（だからといって返すわけにもいかない）。こりや（これは）一三己（おれ）にもらつておかうよ（俺がもらっておくよ）。

ト、金を懐へ入れる。

武兵　金は渡したその代はり（のだから）、命と着物は私（わし）に下せへ。なんぼ（いくら）不器用な体でも、まだ〳〵己（おれ）も死にたくねへ。ことには着物をふんばがれ（剝ぎ取られ）、道化（な）た（滑稽な）形（なり）をした時は（姿になったなら）、一四冥土の親父へどうも済まねへ（あの世のおやじに申し訳が立たない）。お前（めへ）も非道（道に外れた）な盗人だが、一五まんざら縁のないでもなし（必ずしも赤の他人ではない）。ここは一番（一つ）一六大負けに（大サービスで）、己に一七花を持たしてくんねへ（俺の顔を立てておくれ）。

お坊　外の者ならお定（さだ）まり、一八身ぐるみ脱げといふ所だが（何もかも脱いで置いて行けと）、己（おれ）もお前（めへ）を裸にしては、一九あんまり出来た話でねへ（感心したことでもない）。それぢやア（それでは）そつち（お前の）が望みどほり、命と二〇着類（きるい）は土産（みやげ）にやらう。

武兵　それはかたじけねへ（それは有難い）。これがほんの（本当の）二一地獄に知る人。命のあるのを元（助かった命を元手に）

一〇 自分の手にはおえない。自分の力では対抗することができない。——役者としての演技力や人気の問題と、役の上での性格と。
一一 いさぎよく。さっぱりと。
一二 命がけで体を張って何かをすること。
一三 「己の方に」。「に」は方角を示す格助詞。
一四 白猿は七世市川団十郎の妾さとの子で、父団十郎は、安政六年三月に没した。
一五 白猿と権十郎とは異母兄弟である。

七世団十郎┬長男八世団十郎（母すみ）
　　　　　├三男白　　　猿（母さと）
　　　　　└五男権　十　郎（母ため）

一六 商品の売り値を大幅に引いたり、値打ちのある別の品を添えて売ったりすること。
一七 相手を立てて、勝ちや功名を譲ること。
一八 「身ぐるみ脱いで置いて行け」は、追い剝ぎの決まり文句。
一九 誉めた話ではない。感心できることではない。
二〇 衣類。着物。
二一 諺。「どこへ行っても、誰かしら知る人はいるものだ」の意。ただし、ここは、「相手が弟の権十郎でよかった」という、楽屋落ちの洒落（しゃれ）である。

手にして、私（わつち）も[一]これからしんみりと（落ち着いて）、骨を折つて稼ぎませう（一所懸命稼ぎましょう）（やれやれ）◯

そんならこれで、お別れ申します（失礼いたします）。

お坊　今夜はおほきに、気の毒[二]だつたなア。

武兵　ナンノお前（めへ）、これしきな（たかがこれくらい）事。

お坊　気を付けてゆけよ。

武兵　御深切、有難うございます（お辞儀）◯

ト、悠々[三]と花道の良き所まで（適当な所へ行き）ゆき、

お坊　いつか[四]一度はこの意趣を（この恨みを晴らさねば）。

どうしたと（何だと）。

ト、きつと思入（強い表情をする）。武兵衛、気をかへ、

武兵　石[五]があつて、歩きにくいといふ事さ。

ト、時の鐘にて、武兵衛、向ふ（揚幕へ）へ入る。吉三、後見送り、

お坊　どうして（いやはや）、よつぽど（相当に）手ごはい奴だ（短い間）◯ドレ、更けねへ内に（夜が更けないうちに）、そろ〳〵（ぼつぼつ）ゆかうか。

一　江戸で落ち着かずに上方へ行き、上方でも旅の多かった、過去二年間に対する、白猿の自己反省。

二　「悪い役回りで、気の毒だった」と、権十郎＝お坊が、白猿＝武兵衛に、同情していう。それに対して、白猿＝武兵衛は、権十郎＝お坊に、「ナンノこれしき」と挨拶。

三　これは、金を取られた武兵衛の態度ではなく、役を勤め終って楽屋に帰る、白猿という役者の、私的な、あるいは、日常的な態度である。といっても、もちろん、日常そのものではない。白猿が白猿を演じているのである。このように、役者が自分自身の日常性を演じる演技ないし演出を、「白化（しらば）け」という。

四　三三二頁一〇行から続いて来た、公的な役の立場と、私的な役者の立場との混淆（こんこう）に終止符が打たれ、ここで、お坊吉三対武兵衛の、葛藤の基本線に戻るのである。

五　「この意趣を」と、思わず口にした言葉を、「どうしたと」と咎められ、武兵衛は、「イシュ」→「イシ」（があって）と誤魔化す。

六　「返し」とは、ここでは、「八丁堤の場」から「丁子屋二階の場」に転換すること。従

ト、ゆき掛かるを、この以前より、返し前の[六]土左衛門爺ィ伝吉、
後ろに出掛かり（姿を現し）、うかがひゐて、

伝吉　モシ、お侍さま、ちよつと待つて下さりませ。

お坊　エ（はっとして立ち止まる）◯

ト、吃驚（びつくり）なし、月影に（月の光に）伝吉を透かし見て、
己（おれ）を呼んだは、なんぞ用か。

伝吉　へい。ちつと（少しばかり）お願ひがござりまする。

お坊　ナニ、己（おれ）に願ひとは。

ト、誂（あつらへ）の合方になり、

伝吉　マア、[七]下にお出でなされて（お座りになって下さい）下さりませ（伝吉も座る）◯

ト、吉三、思入（訝しげな表情をして）あつて、下に居る（座る）。

さて、お願ひ申しますは、外でもござりませぬが、ただいまお手に入（はひ）つた百両を、なんと（どうか）お貸しなされては下さりませぬか。

坊　ヤ（驚く）◯[八]すりや今の様子をば。［聞いていたのか］

って、「返し前の伝吉」とは、「丁子屋二階の場の前に登場した伝吉」の意。「返し」は、舞台転換に関する歌舞伎用語で、「引返し幕」「返し道具」の略。「早幕」ともいう。現在では、一度幕を引いて装置を換え、その間を柝(拍子木)や鳴物でつなぎ、すぐ次の場面に移ることを、もっぱら「返し」と称しているが、昔は、回り舞台を用いず、しかも、幕を引かないで行う転換をも、同様に「返し」と呼んでいた。黙阿弥がここに、「返し」という語を使った理由は定かでない。「八丁堤」から「丁子屋二階」への転換には、「この道具回る」(三〇四頁)とあって、たとえば、『東海道四谷怪談』の序幕、「地獄宿」から「裏田圃」への転換に見られる、「禅の勤めにてつなぎ、引つ返し」(新潮日本古典集成本、九二頁)のような指定がないからである。江戸時代には、回り舞台の利用をも含め、すべての舞台転換を「返し」と呼ぶ習慣があったのか。

七 「下に居る」は、座る、しゃがむ、ひざまずくなど、位置を低くした状態をいう。

八 そうすれば。してみると。それでは。先行する事柄や行動を導くにいたった理由・原因を推量する際に用いる接続詞。

伝吉　後ろで残らず、聞いてをりました。

お坊　ムム。

　ト、じつと思入(じっと考え込む様子)。

伝吉　なにをお隠し申しませう(実を申しますと)。あの百両は私(わたくし)が、昼から借りよう／＼と、付けてをつた金でござりまする(目を付けていた金でございます)。それがお前(まへ)さまのお手に入(はひ)りまして、私(わたくし)も望みを失ひ(〔借りる〕望みを失い)、よんどころなく(やむをえず)御無心を、申すのでござりまする。

お坊　コウ／＼(オイオイ)親父(とつ)さんや。そりやァ只取つた金ゆゑ(ただで取った金だから)、只貸せといふのだらうが、命を元手に取つた金(命がけで手に入れた金)。それも余儀無い入り用[一]ゆゑ(やむをえぬ必要があってのことだから)、気の毒ながら、こればつかりは(これだけは)お断わりだよ。

伝吉　サア、さうでもござりませうが(それはそうかも知れませんが)、私(わし)が方にも切ない訳(辛い事情があるのです)。マア一通り[二]、聞いて下さりませ(お辞儀をする)◯

　ト、合方、きつぱり[三]となり、

私(わたくし)の実の倅が、養子先から(養子に行った家から)奉公に出まして、主人の金を百両失ひ、(〔それで〕)

一　ぜひとも必要なもの。必要な金品。

二　あらまし。始めから終りまでの概略。

三　弾き出しの部分を際立たせること。音を大きくすることによって、処理する場合が多い。舞台の流れに一つの区切りを付け、次のせりふや動作を引き立たせるための技巧。

私(わし)が所へ(私の家に)[四]引き取つてあるところ(預かっているのですが)、見なさるとほりの貧乏人(しかし私の身なりからもお分りのように貧乏で)、大枚(だいまい)百両といふ金ゆゑ、[五]盗み騙(かた)りをしたら知らず、しよせんできぬ金なれど(どうせ工面の当てもない金なのですが)、その御主人といふ人が、それは〳〵良い人で、今ではかすかな暮らしなれど(今ではみすぼらしい生活をしておいでですが)、失うたは是非がないと(失くしたのは仕方ないと言って)、[六]その日の煙に困る身で(日々の暮しにもお困りになりながら)、[七]つひに一度、催促さつしやつた事はござりませぬ。それゆゑなほさら(それだけにますます)一日も、早くと思へどできぬは金(一日でも早く返さねばとは思っても)。主人(文里)の難儀養父(久兵衛)の当惑、見てゐられぬが実の親(黙って見すごせぬのがこの実の親)。どうぞ(どうか)不便(ふびん)と思し召し(哀れとお思い下さり)、無理な事だがお侍さま(無理を承知でお願いします)、私(わし)に貸して下さりませ。娘を売つてもこの金は、きつとお返し申しまする。どうぞ貸して下さりませ。

ト、手を合はせ、吉三へ頼む。

お坊　そんな哀れつぽ[八]い事を言ひなさるが、こつちも義理あるその人[九]に、貢ぎたいばつかりに(差し上げたい一心で)、彼奴(きやつ)を脅(おど)して取つた金。いくら言つても無駄だから、[一〇]できねへ昔とあきらめなせへ。

伝吉　御尤もではござりますが(当然のこととは思いますが)、そこをどうぞ(そこを何とか)お慈悲をもつて(お情けで)。

四　手許に預かって面倒を見ること。

五　盗みや騙りをすればともかくも。

六　今日の暮し。日々の生活。「煙」は、飯を炊く竈(かまど)の煙。

七　未だかつて。一度として。下に否定を伴い、ある行為について、全く経験のないことを表す副詞。

八　「ぽい」は、ク活用の形容詞を作る接尾語。名詞や動詞の連用形などに付き、その性質や要素、特徴を多分に具えていることを表す。

九　ある人。

一〇　以前、金を作ろうとしてもできなかった状態が今も続いていると仮定して諦めろ、という意。

ト、吉三へすがつて頼むを、振り払ひ、あり合ふ石[一]へ腰を掛け、

お坊　コレ親父さん、見りやァ此方も年寄りだが、眉間[二]の傷を見るに付け、堅気[三]と見えぬぐれ[四]仲間。貸してやりてへものなれど、素人ならば不便と思ひ、小遣ひぐらゐはくれもしようが、こつちも盗みは言はば内職。拵へ事の哀れな話、そんな甘口[五]な筋立て[六]ぢやァ、鐚[七]一文でも貸されやァしねへ。

ト、これを聞き、伝吉、当惑の思入。

伝吉　そんならこれほどお願ひ申しても、どうでも貸しては、下さりませぬか。

お坊　知れた事だ。己を只の者だと思やァがるか。十四の年から檻へ入り、禁足[八]なしたも幾度か。悪い事なら親譲り[九]。己らにけちめ[一〇]を食ふやうな、そんな二才ぢやァねへのだ。人を見そこなやァがつたか、はつ[一一]つけ親仁め。

ト、この内、伝吉、このままぢやァゆかぬといふ思入あつて、

一　腰を掛けるに適した高さの土台を木で作り、紙や布を張って鼠色に塗った大道具。

二　伝吉は、賭場の喧嘩で負傷（次頁参照）。

三　博徒や的屋などの病理集団や水商売に対し、収入の安定した、堅実な職業をいう。

四　「ぐれ」は、不良行為や悪事を働くこと。また、その人。「はまぐり」（蛤）の倒語「ぐりはま」から転じた「ぐれはま」（物事が食い違うこと）の略という。

五　人を騙したり、気を引こうとして、上辺ばかりを尤もらしく飾り立てた様子。

六　話。筋書き。手段。

七　ごく僅かな金。「鐚」は「鐚銭」の略で、一文銭、殊に粗悪な鉄銭のこと。銑鉄（ズク）よりも質の良い軟鉄をビタと呼ぶらしく、ズク銭という呼称もあるところから見れば、もとはビタで作った銭貨の意か。

八　罰としての外出禁止。「押し込め」や「戸メ」「預け」の刑をいうのであろう。

九　「親」は七世市川団十郎。このせりふは一四七頁にもあった。

一〇　他の人と区別して、卑しい扱いを受ける。

一一　「はつつけ」は「磔」の変化。磔に処せられるべき親父。人を罵っていう語。

一二　若い男や、年下の男を卑しめて呼ぶ語。

一三　以下二行、「人を脅す凄味な文句を並べ

吉三を見て、せせら笑ひ（あざ笑い）、

伝吉　[一二]小僧、もうせりふはそれぎりか（もう言い分はそれだけか）。

お坊　なんだと。

伝吉　[一三]こんなせりふも幾度か、もう言ふめへとこのごとく、数珠を掛けて信心するが、貸さぬとあればもうこれまで（貸さぬと言うなら信心もこれで最後）、

ト、数珠を出し、二つに切って〔吉三に〕投げつけ、

いかにも（なるほど）己（うぬ）が推量どほり（お前が察したとおり）、己（おれ）も以前は悪党だ。若い時から性根が悪く（根性がねじけ）、[一四]あるいは[一五]押し借（が）りぶったくり。[一六]暗い所（とこ）へもゆきあきて（さんざん行って）、今度いきやア百年め（今度行けば運のつき）。[一七]命の蔓（つる）の算段に、[一八]風を食らって旅へ出て、[一九]長脇差し（博奕打ち）の付き合ひに（とのつき合いに）、[二〇]盆の上での（博奕の為の）[二一]立て引きにやア（喧嘩では）、[二二]一六勝負の（一か八かの）命のやり取り。その時受けた[二三]向ふ傷、悪事に掛けちやァし飽きた体（さんざん悪事をしてきたこの体）。己（うぬ）らが（お前の様な）やうな駆け出しの（未熟な成り立ての）、すり同様な（すり程度の）[二四]小野郎とは（若僧とは）、また悪党の立てが違ふ（筋がちがう）。それほど悪い身性でも（それほど身持ちが悪くても）、ふとした事から後生を願ひ（ちょっとした出来事から極楽往生を願い）、片時放さぬ肌の数珠（少しの間も肌身離さぬ数珠）、切つたからにやァ以前の悪党（〔それを〕切った以上は昔どおりの悪者）。[二五]すべよく（素直に）己（おれ）に渡さにやァ（渡さなければ）、

立てたことも幾度か。だがそんな言葉はもう吐くまいと心に決め、後生を願ってこのように肌身離さず数珠を肌に、信心の道に入っているが」。一念発起した理由は二一三頁参照。

一四 同類の事柄を列挙する接続詞。

一五「押し借り」は、貸す意志のない金銭を、無理に借りること。「ぶつたくり」は、引ったくり。強奪。

一六 牢屋。牢屋には、格子から入る自然光以外に明りがなかったので、大層暗かった。

一七 命の蔓の工面のために。「命の蔓」は、入牢の際、囚人が隠し持っている金。

一八 悪事が露顕したような場合、身の危険を感じて、さっさと逃げてしまうこと。

一九 大脇差しともいう。これを帯用する風が博徒にあったため、その異称とされた。

二〇 骰子（さいころ）を入れた壺を伏せる場所。昔は、備後表（びんごおもて）の盆茣蓙（ござ）を敷いて、その場所とした。また、その賭場の意。

二一 喧嘩。意地を張り合うこと。

二二 一個の骰子で行う賭博。一が出るか六が出るかを賭けて争う。博奕の異称でもある。

二三 顔の正面に受けた傷。相手に立ち向ったための傷で、勇気のある証とされた。

二四 若い男を軽く見て、罵っていう語。

二五 素直に。手際良く。

お坊　腕づくでも取らにゃァならねへ(腕力にものを言わせても取らねばならない)。己(うぬ)、さうぬかしやァ(貴様そんなことを言うと)命がねへぞ。

ト、きつとなつて(厳しい様子で)、立回る[一]。

伝吉　まだ顖門(ひよむき)[二]も、固まらねへぶんざい[三]で、ふざけた事をぬかしやァがるな(人をなめたようなことを言うな)。

お坊　なにを小癪(こしやく)な(生意気な)。

ト、切って掛かるを、伝吉、身をかはし(素早くよけて)、

伝吉　[四]おとなそばへをしやァがるな(見くびったまねをするな)。

ト、垣根の卒塔婆[五]を抜き、打つて掛かる。ちよつと立回つて、きつと(きっぱりと)見得。誂(あつらへ)の鳴物になり、両人、よろしく(しかるべく)立回りの内、吉三、小柄(こづか)[六]を落とす事。とど(結局)、伝吉、卒塔婆を打ち落とされ、一(ひと)刀(かたな)切られる。伝吉、のり紅(べに)になり(糊紅をつけ)、

人殺しだ〳〵。

ト、言ひながら逃げるを、吉三、追ひ回して切り付け、とど(結局)、伝吉を切り倒し、伸し掛かつて[七]、止め(とど)[八]を刺し、吉三、ほつと(息をつく様子)思

＊命の蔓——囚人達は、着物や帯の縫い目や折り畳んだ鼻紙の中などに金を隠して牢に入り、牢名主にそれを渡して待遇を良くしてもらう。額は、十両程度が常識で、それより多ければ優遇され、また逆に、命の蔓を持参せぬものは、命の惜しくない意思表示だと言いがかりを付けられ、残酷な私刑を加えられて殺されることもあったらしい。

一 「立ち上がる」の誤りか。『狂言百種』本には「立上る」。

二 「ひよめき」の変化。おどりともいう。赤ん坊の頭頂の、骨がまだ完全に固まらず、動脈の振動につれて、ぴくぴくと動く部分。

三 「分際」。身。身分。身の上。

四 大人を甘く見て馬鹿にすること。

五 供養のために、墓場に立てる細長い板。

六 「目貫き」の誤り。『狂言百種』本には「目貫」。しかし、小柄、たとえば手裏剣に打った小柄が証拠となって、後に犯人が明らかにされるというのは、歌舞伎の常套手段の一。なお、小柄とは、刀や脇差しの鞘の、副(まえ)子(こ)の櫃に差して携帯する小刀。

七 上から覆いかぶさること。

八 相手の死を確実なものにするために、その喉(のど)を刺し貫くこと。

入。伝吉、仕掛け[九]にて、喉(のど)へ刀の通つたまま（刺さったまま）、ぬつくと立ち上がり、ひよろ〳〵（よろめき）となり、吉三[一〇]をきつと見て（怖い顔で見つめ）、ばつたり倒れ、落ち入る[一一]。吉三、刀ののり（血を）をぬぐひ、

お坊　思ひ掛けねへ殺生（人殺しをした）した。

ト、言ひながら、刀を鞘(さや)へ納める。この時、人音(ひとおと)[一二]する（足音が聞えるので）ゆゑ、吉三、下手(しもて)の藪(やぶ)へ小隠れする（ちょっと隠れる）。時の鐘、合方になり、向ふより（揚幕から）、五立目(いつたてめ)[一三]の木屋の手代十三郎、提灯(ちやうちん)を持ち、後より、五立目のおとせ出て来(きた)り、

とせ　私(わたし)やきつう（私はひどく）胸騒ぎ[一四]がしてならぬが、親父(とと)さんはどうなさんしたか、案じられる（心配だなあ）わいなア。

十三　もうそこらまで行(い)たら（もう少し行ったら）、お目に掛かるであらう（逢えるでしょう）わいの　◯（おとせを見て頷く）

ト、提灯にて辺りを見て、

なんにしろ（とにかく）道が悪い。滑らぬやうにするが良いぞや　◯（おとせを気遣う様子）

ト、言ひながら、両人、舞台へ来(きた)り、おとせ、のりに滑る（血で滑った動作）。

九　喉に刀が通る仕掛けには、「鍋鉉(なべづる)」を用いた。それは、刀身の一部を鍋鉉の形（⊂）に湾曲させ、その部分を首にはめるように作った刀である。——吉三が伸し掛って止めを刺す。そのとき、吉三の刀を、素早く鍋鉉に替える。伝吉が、それを首にはめて立ち上がり、ばったり倒れる。そこで鍋鉉を元の刀に替え、吉三はその血を拭う。刀の取り替えには、黒衣(くろご)（後見）を使ったのであろう。

一〇　吉三に対する、あるいは、吉三の持つ百両の金に対する、伝吉の執念の表現。

一一　絶息する。息を引き取る。——死んだはずの人物が、断末魔に立ち上がってよろぼい回り、倒れて絶息する。執念を抱くものの、このような死の表現は、『東海道四谷怪談』のお岩にも見られる（新潮日本古典集成本、一八四頁）。

一二　人のやって来る気配。足音。

一三　第一番目三幕目。

一四　何か凶事の起りそうな予感。

それ見た事か《ほらごらん》。それだから《だから》言[一]はぬ事ではない。気を付けて歩くがよい（おとせに近寄る）◯

ト、提灯の明かりにて、死骸《しがい》を見付け、

なにやら人が倒れてゐるが（不審そうに）◯

ト、よく〳〵見て、吃驚《びっくり》なし、

ヤ、こりや親父《とと》さんが。

ト、両人、駆け寄つて、死骸に取り付き《死体にすがりつき》、

両人　親父《とと》さまいのゥ[二]〳〵。

ト、呼[三]び生けながら、十三郎、涙をぬぐひ、

十三　エヽ、こりや、むごたらしう《残忍にも》親父《とと》さんを、なに者が殺せしか《いったい誰が殺したのか》（正面を見）◯

ト、思はず《ふと》辺《あた》りを見て、吉三の落とせし以前《さっきの》の目[四]貫きを見付け、

取り上げて、提灯の明かしに《明かりで》透かし見て、

死骸の傍に落ちたるは《落ちているのは》、吉[五]の字彫りの目貫きの片《かた》[六]し。

ト、この時、上手《かみて》の藪《やぶ》を押し分け、以前《先ほどの》の武兵衛出て、

一　言っておいた通りだ。予め注意しておいた通りではないか。

二　終助詞「い」と「の（のう）」の複合。文末に付けて、人に呼び掛けたり、感動を表したりする語。

三　大声で呼んで、生き返らせようとすることをいう。身内のものの生命が気遣われて胸騒ぎする内に、血を見付け、その人の死体を発見。それに取りすがって、呼び生けようとする。『東海道四谷怪談』の序幕にも見られたパターンである（新潮日本古典集成本、一〇七～八頁）。

四　柄を飾る刀装具。ここは、貼り目貫き。貼り目貫きとは、柄糸で巻き込んだ目貫きではなく、漆で、白鮫《しらさめ》着せや籐巻き、ないし、柄糸を平巻きにした柄に貼り付けた目貫きをいう。腰刀や合口《あいくち》（匕首）、小脇差しの類に多く見られる形式で、漆が接着力を失った場合には、落ちることもあったらしい。

五　吉の字菱を彫った目貫き。吉の字菱とは、吉三郎の「吉」の字を、そのまま押し潰して菱形にした文様。お坊吉三の紋。

六　一対で一組になっているものの片方。

七　目貫きの誤り。『狂言百種』本には「目

武兵　そんならさつきの盗人が、落とした小柄[七]は後日の証拠。

ト、この内（この間に）、吉三はそつと[八]花道へゆき、これを聞き（このせりふを聞いて）、エイ、と礫[九]を打つ。この礫、提灯に当たり（その灯が）、明かし、消える（これをきっかけに）。これにて十三郎、文[一〇]をくはへ、おとせを囲ひ、きつと思入（きっぱりと極まる）。藪の中より、武兵衛、片足踏み出すを（武兵衛が片足を踏み出すのに合わせて）木の頭。吉三はいつさんに（一目散に）、向ふへ走り入る（揚幕へと走って入る）。舞台は（舞台では）、武兵衛、十三郎、向ふを見送る（揚幕の方を見送る）。このとたん、時の鐘、忍び三重[一一]にて、よろしく（適当に）、拍子幕。

貫」。

八 人に気付かれずに、その場を立ち去ろうと足音を忍ばせて。

九 小石を投げつける。実際には、ただ小石を拾って投げ付ける形をするだけである。それに対して、十三郎は、持った提灯に礫が当った心で、中の灯を吹き消す。

一〇 目貫きの誤り。『狂言百種』本には「目貫」。ただし、小柄同様、落した文が犯罪の証拠になるというのも歌舞伎の常套手段。

一一 淋しさや凄味の場面に用いられる三味線の曲。蜩の鳴く声を模したものという。弾き出しの頭に、「時の鐘」を入れるのが慣例。

＊ 数珠を切る伝吉——悪党といわれるような人物が、心を入れ替えて後生を願い、数珠を手離さない。しかし、窮地に陥った恩人や、義理ある人を救う必要に迫られて誓いを破り、元の悪党に戻る。その飛躍を、数珠を引き千切ることによって表す。数珠を切るとは、信仰を捨てることであるが、同時に、悪を封じ込めた心の注連縄を断ち切って、再び悪の力に身を委ねることでもある。このパターンは、『夏祭浪花鑑』の六段目で、侠客釣船の三婦によって典型的に示されており、黙阿弥は、それを踏襲した。

第二番目　二幕目

丁子屋別荘の場[一]

役人替名

一　禿[二]　ゆかり[三]　　山崎権内
一　禿　たより　　山崎長太
一　丁子屋の飛鳥野　　関三之助
一　新造　花琴　　岩井辰三郎
一　新造　花鶴　　岩井扇之助
一　丁子屋の初瀬路　　市川源之助
一　新造　花巻　　嵐　吉六
一　丁子屋の吉野　　中村歌女之丞
一　医者[四]　山井養仙　　関　孫六

一　所在地は「稲村ヶ崎」(二九八頁注一参照)。『狂言百種』本では「根岸」。

二　「かぶろ」ともいう。部屋持ち以上の遊女のもとで、食事の給仕や廓内の文使いなどの雑用を勤める少女。幼い時期に、おかっぱ風の髪型＝切り禿にしているための名。禿は、七歳ごろ、二両ほどの金で売られ、七、八年勤めた後、十三、四歳で振袖新造になる。その間、姉女郎の負担で養育されるのだが、花魁候補と見込まれたものは、「引込み禿」といって主人の手許に引き取られ、琴・三味線などの遊芸を仕込まれた。なお、座敷持ちの花魁には二、三人、部屋持ちの遊女には一人の禿が付くのが定めで、花魁付きの二人禿を、俗に「対の禿」と呼んだ。

三　禿の名は、底本にはなく、『狂言百種』本による。禿には、仮名三字の可愛い名を、主人が付ける。対の禿には、多く、互いにかかわりのある名が与えられた。「ゆかり・たより」は、音が似通っている上、ともに「縁」を意味する語で、対の禿にふさわしい。なお、引込み禿は、本名ないし俗名で呼んだ。

四　本道(内科)の町医という設定か。山井は「病」、養仙は「良うせん」(滅多にしない)の洒落。医者の役名として、よく使われる名前である。

一 供の者[一] 八助　　若い衆
一 丁子屋 長兵衛　　関三十郎
一 丁子屋の若い者 喜助　　山崎国三郎
一 番頭新造 花の香　　岩井米次郎
一 丁子屋の一重　　岩井粂三郎
一 木屋文蔵 俳名 文里　　市川小団次
一 文蔵娘[二] おたつ　　河原崎国太郎
一 文蔵女房 おしづ　　吾妻市之丞
一 文蔵倅 鉄之助　　中村栄蔵

花園連中[三]

本舞台四間、通し[四]、常足の二重。雪[五]の積もりし本庇[六]、本縁[七]付き。向ふ（正面）、床の間（［脇に］）の地袋戸棚。腰張りの茶壁（茶色の壁）。三尺口[八]、（［に］）太鼓張り[九]の

丁子屋別荘、座敷の場

産後の肥立ちが悪く、一重は明日をも知れぬ病。丁子屋の主人長兵衛

一 医師山井養仙の供。
二 『傾城買二筋道』では、文里の妻がお時、長男が鉄吉、その妹がお初となっている。
三 浄瑠璃新内節の一派。芝神明前の茶屋岡本の主人、通称薩摩常が、二世吾妻路富士太夫と名乗って新内を語り安政四年（一八五七）以後は劇場にも出勤し、好評を得て栄えた。しかし、それが他派の嫉妬を買い、裁判沙汰の末、吾妻路の姓を剝奪されたため、花園派を継いで花園宇治太夫と改名。その一門の改名披露の出演が、本作だった。
四 四間なら四間の幅一ぱいに。
五 この雪は、胡粉で道具を白く塗った後、綿をはりつけて、量感を出したのであろう。
六 二重を用いて組み上げた家屋で、客席の側が屋外になっている場合、通常、屋根を軒先の部分だけつける。本庇は、その一種で、実物の庇に似せて作られたもの。
七 所定の寸法に作られた台で、二重の高さに揃え、必要な幅だけ横につなぐ。
八 間口三尺の出入り口。
九 両面に上張りの襖紙を張った襖。

襖、[一〇]出入り。この前側、一面に塗骨障子。上の方、雪の積もりし梅の台実木[一一]。この前に、石の井筒[一二]。いつもの所、枝折戸。下の方、浄瑠璃台[一三]の隣の二階家、伊予簾[一四]、上げ下ろし[一五]。この下、建仁寺垣。舞台、花道とも、雪布[一六]を敷き、すべて、初音[一七]の里、丁子屋別荘の体。ここに、五立目[一八]の初瀬路、飛鳥野、新造花琴、花鶴、花巻、禿ゆかり、たより、皆々、こより[一九]の百度ざしを持ち、跣足にて、庭の内を百度[二〇]を踏みゐる。この見得[二一]。

皆々　南無妙法蓮華経〳〵。

ゆか　早くおいらんの良くなりますやう。

たよ　御利益をお願ひ申します。

飛鳥　ほんに、この子たちは感心だよ。さぞ一重さんが聞きなんしたら、うれしい事でありんせう。

花琴　話してお聞かせ申したいが、病のせへ[二二]かこのごろは、すぐに涙をこ

は、年季証文を一重に与え、自由の身にした上、文里を招いて、最後の対面をさせる。

一〇 絵に描いた装置でなく、役者が出入りできるよう、開閉可能な状態にする。

一一 大道具の、立ち木の一種。三四九頁参照。

一二 石造りに似せて作った、井戸の囲い。

一三 常磐津や清元などが、出語り（舞台に出て語ること）の際に座る台。それが、隣家の二階という装置の一部に組み込まれている。

一四 伊予国（愛媛県）に産出する御器竹（伊予竹）を編んで作った簾。

一五 必要に応じて、巻き上げたり、下ろしたりすることができるようにしておく。

一六 雪を表すために、舞台に敷く白い布。

一七 根岸の別称。鶯の名所だったための名。

一八 第一番目三幕目。

一九 こよりを百本束ねて、根本をくくったもの。お百度参りなどの、数取りに用いる。

二〇 通常は寺社の境内で、所定の場所から仏前・神前まで百往復して祈願する信仰形式。

二一 底本には、囃子に関する指定なし。ただし、三五一頁に「やはり、鞠唄の合方」とあるところを見ると、幕明きにも「鞠唄の合方」が用いられていたものと思われる。

二二 所為。事の原因を示す形式名詞。

ぼしなんすゆゑ。

花鶴　この子たちの事を話したら、どんなに泣きなんすか知れんせん。

初瀬　そりやもう、一重さんばかりぢやない。私らまでもあのやうに、二人が真にお祖師さまへ、お願ひ申す心根を、思ひやると悲しくなりんす。

飛鳥　泣き顔をするは悪いから、泣くまいと思ひしても、つい涙が出て[一]なりんせん。

花巻　もう〳〵、そんな事をお言ひでないよ[二]。私なぞは泣き虫だから、すぐに涙が流れて困りんす。

花琴　オヤ、お前、涙が流れるかへ。

花巻　私だつて流れなくつてさ[三]。

花琴　私やァ散り蓮華[四]のやうに、たまつてゐるかと思ひした。

花巻　花琴さん、大概におしよ。なんぼ私が中低だつて、涙が水溜めのやうにたまる[五]ものかね。

一　甚だしく涙が出る。活用語の連用形+接続助詞「て」に「ならない」のついた形。活用語の示す内容が、甚だしいことを表す。

二　言うものではありません。言ってはいけません。接頭語「お」+動詞の連用形+「でない」。親愛の情を含む禁止命令。

三　流れないどころでなく。止所なく流れます。形容詞「ない」の連用形「なく」(促音「なくっ」)+接続助詞「て」+間投助詞「さ」。反語表現。

四　蓮華状の、陶器の匙。転じて、中低の、しゃくれた顔。また、そのような顔の人。散り蓮華とは、いうまでもなく、津藤が嵐吉六につけた渾名であり、以下、二頁にわたって、吉六の顔をからかう場面が続く。吉六は、舞台に出てきただけで見物を笑わせるおかしな容貌と、生真面目で、わざとらしさのない演技で、垢抜けした道外振りを発揮、江戸歌舞伎最後の道外役者と呼ばれた。黙阿弥は、その吉六の表現力にすべてを任せて、幕明きに、からっとした笑いの場面を設定し、以後の物悲しい話の展開を、より強く印象付けようとする。見事な作劇法である。

五　溜まるはずがないでしょう。活用語の連体形+「もの」+終助詞「か」。反語表現。

六　現、中央区日本橋横山町、東日本橋二・

初瀬　たまらない事はありんせんよ。このあひだ、花巻さんが仰向け(あふの)に寝(ねて)てゐなさんした時(いなさったとき)、横山町(よこやまちゃう)[六]の若旦那がお出でなすつて、なるほど花巻は中低な顔だ、どのくらゐ低いか、酒をついでみろとおつしやつて、低い所(とこ)へ酒をついだら、ちやうど二銚子(ふたてうし)[七]半(はん)、五合(ごんがふ)入りんした(はいりました)。

花巻　エエも、黙つてゐれば良い(いい気になって)かと思つて。五合入るといふ顔が、どこ(ある)にあるものかね(訳がないでしょうに)。

初瀬　外にはないが、ここにありんすよ。

花巻　私(わたし)やもう、聞く[八]事(こつ)ちやアないよ(絶対に承知しないよ)。

ト、花巻、立ち掛かるを(向って行こうとするところを)、初瀬路、突く。これにて(それで花巻は)、仰向け(あふむ)に後ろへひつくりかへる。禿、これを見て、

ゆか　ソレ、お開帳(かいちゃう)[九]だ。

禿両　なむ妙法れん華経。

ト、花巻の前[一〇]を拝む。花巻、起き上がり、

花巻　エエ、子供たちまで馬鹿にするか。

三丁目。繊維・衣料品問屋が並んでいた。なお、「若旦那」とは広岡幸助のことか。未詳。

七　二合入りを二銚子半で五合。ここの銚子とは、徳利のことであろう。

八　「聞く」は、聞き入れる。「事(こつ)ちやァ」は、「事では」。「事」は、活用語と、断定の助動詞「だ」とを結ぶ形式名詞。

九　秘仏や神体を納めた厨子などを特に開扉して、人々に拝ませること。転じて、女性の着物の前がはだかって、性器が見える、ないし、着物の前をはだけて、性器(ほ)を見せること。昔の女はパンティの類を穿いていないから、容易に見えるのである。もっとも、ここで着物の前をはだけるのは嵐吉六。見えるのは、せいぜい、褌(ふんどし)であろう。

一〇　一重の回復を祈り、題目を唱えながら、皆がお百度を踏んでいる。その芝居の流れを利用して、開帳された秘仏＝はだけた裾から覗(のぞ)く秘所を、やはり題目を唱えながら拝む。挿入された笑いの場を、全体との関係の中で締めくくる、誠に巧妙で洒落た手法である。「前」とは性器のこと。男女ともにいう。

＊台実木——蒲鉾(かまぼこ)形の台の中央に穴をあけ、そこに、木枠に紙を張って作った幹を差し込み、それに実物又は造花の枝を打ちつけて作った立ち木。

ト、雪〔一 雪をつかんで〕を取つて、ゆかり・たよりに打ち付ける〔投げ付ける〕。右の合方にて〔先程の合方で〕、
奥より、吉野、前幕[二]の形（なり）〔姿で〕にて出て来り（きたり）。

吉野　コレサ（もし）、お前（まへ）がたはどうしたのだ〔お前達は何をしているのさ〕。一重さんが昨日より、今日は悪い〔具合が〕と言ひなさんすに〔言っていらっしゃるのだから〕、ちつと静かにしなんしな〔少し静かにしなさいよ〕。

花巻　それでも（だって）私（わたし）の事を皆（みんな）が寄つて〔寄ってたかって〕、中低だと言つて。

ト、花巻、泣きながらいふ。

吉野　なにも（別に）中低でないものを、中低だと言ひはしまいし〔言うはずはないだろうし〕、そんなに泣かずとも、いいぢやァありんせんか〔泣かなくてもいいではありませんか〕。

花巻　それだつて（でも）、私（わたし）や悔しくつて／＼なりんせんものを〔私は悔しくてなりませんから〕。

吉野　悔しいと言つたとて、仕方がないわね。マァ窪溜り（くぼたまり）[三]の涙でもおふきよ。

花巻　エェも（もう）、吉野さんまで同じ（おんな）じやうに。覚えてお出でなんしよ〔覚えておいでなさいよ〕。

ト、右の合方にて〔同じ〕、花巻、上手（かみて）へ入る。

吉野　ほんに、花巻さんのやうに〔本当に花巻さんのような〕気を持つと〔四 気の持ち方をしていると〕、苦労がなくて良うありんす〔苦労がなくていいですね〕。

一　降る雪には三角形の紙の小片を、積もる雪には綿や胡粉を用いた。この雪は胡粉か。衣裳や鬘の汚れを考えると、やはり紙の雪か。

二　第二番目序幕。

三　くぼんでいて、水などが溜まりやすいところ。吉六の顔をからかっているのである。

四　物の考え方や感情の処理の仕方など、気持の動きに一定の方向を与えること。

五　あの世では安楽に暮せると信じて、安心していること。転じて、何事にもくよくよせず気楽に生きていること。また、その人。

六　「右の合方」「右の合方」「やはり、鞠唄の合方」。これから溯って、幕明きにも「鞠唄の合方」が使われていたと推測する。

七　世話物の、正月の場面の幕明きなどに用いる合方。「鞠唄」とは、〽一つとや」の歌詞で始まる、二上がりの鞠つき唄のこと。

八　着物全体を覆う、丈長の袖合羽。袖合羽とは、袖を付けて着物のように仕立てた、防寒・防水用コート。丈の短い半合羽もある。

九　脇差し一振りを差すこと。帯刀を許されていない普通の町医者でも、短い脇差しを、見栄で差すものがいた。

一〇　慈姑頭（くわいあたま）に絹服というのが、通常の町医者

飛鳥　あれがほんの、後生楽といふのでありますね。

　ト、障子の内にて、

養仙　ア、いや〳〵、送るには及びませぬ。

　ト、やはり、鞠唄の合方にて、障子を開け、養仙、長合羽、一本差し、医者の拵にて出て来り。

吉野　これは養仙さま、雪の降りますのに御苦労さまでござります。

養仙　いや、雨と違つて雪が降ると、いつまでも道が悪くて、医者などにははなはだ迷惑だて。

花琴　モシ、お供さん、お帰りでござりますよ。

八助　はい〳〵、かしこまりました。

　ト、下手より、若い衆、紙合羽を着たる供、爪掛け付きの下駄、と、渋蛇の目の傘を持ち、出て来り、足駄を直す。

養仙　さやうなら、大事になされい。

皆々　有難うござります。

の姿。しかし、中には、幕府の医官の真似をして、坊主頭に十徳を着るものもあった。

一一 舗装道路の普及した今日では想像もつくまいが、雪の後はいつまでも道がぬかるみ、誠に歩きにくく、かつ、汚らしかった。

一二 町医者には、往診の際に駕籠を用いる乗り物医者と、供に薬箱を持たせ、徒歩で往診する徒医者との別がある。養仙は徒医者。

一三 桐油紙で作った、袖のないマント風の合羽。桐油合羽、袖なし合羽、坊主合羽ともいう。桐油紙とは、桐油ないし荏油を引いて防水した厚手の和紙。

一四 下駄や足駄の先端の部分を、台・鼻緒ともに覆って、足の爪先が水で濡れたり、泥で汚れたりするのを防ぐもの。黒漆や青漆を塗った皮革、もしくは、厚手の油紙で作る。

一五 次行には「足駄」とある。

一六 柿渋を塗った蛇の目傘。蛇の目傘とは、傘の中心と周囲とを青土佐や黒色の紙で、中間を白紙で張った大振りの雨傘。防水のために、荏油を引く。渋蛇の目は、その紺紙や黒紙の代りに、中心と周囲に、弁柄（黄味がかった赤色顔料）を混ぜた渋を塗ったもの。

一七 高下駄ともいう。桐の台に、欅や樫の二枚歯を差し込んで作った下駄。雨天の折などにはく。高さは、台ともに三寸三、四分。

養仙　ドリヤ（一さあ）、藤寺（二ふぢでら）へ回つて行かうか（寄って行こうか）。
ト、合方（〔鞠唄の〕）にて、養仙、花道へ。三後より、吉野、付いて来て、
吉野　モシ、養仙さま、お待ちなすつて下さいまし。
養仙　ハァ、なんぞ用でござるか。
吉野　外の事でもござりませんが、一重さんは（一重さんの容態は）どうでござりませう。
養仙　あれはしよせん（あの病気は結局）、四むづかしいて五。
吉野　エ、むづかしうございますとえ（助かる見込みはないのですって）六。
養仙　七されば（さよう）。産後の八血の納まらぬところへ（血が止まらぬ上に）、なにか心配な事があつて、気から出た病で（心労が原因の病気で）、俗に言ふ九血労（ちらう）と言ふのぢや。一〇愚老も（私も）旦那からのお頼みゆゑ、いろ〳〵と骨を折つて配剤をしてみたが（薬を調合してみたが）、どうも薬が届一一かぬて。一二ところへ（そこへ）、この寒気を受けて（この寒さがきて）、なほ〳〵むづかしくなつた（いっそう病状が悪化したようだ）て。
吉野　それぢやア、どうも（どうしても）治りますまいか。
養仙　どうして〳〵（なんともはや）。治るどころか、今晩あたりがむづかしうござる（危ないのです）。

一　さあ。では。自分が何か行動を起したり、相手に行動を促す場合に用いる感動詞。
二　藤寺と俗称される寺は二軒あるが、ここは、根岸に現存する（台東区根岸三丁目）、臨済宗宝鏡山円光寺のことと思われる。
三　この幕は、近松門左衛門の『夕霧阿波鳴渡（ゆうぎりあわのなると）』を下敷きにしている。以下の場面は、その「下之巻」の、「梅庵さまお帰りと、表へ出れば、遣手（やりて）杉、家内の上下ついて出で、病気はどうでござります。梅庵、頭（かぶり）を振つて、耆婆（ぎば）、扁鵲（へんじゃく）でもかなはぬ……今日の日中（ひなか）か、遅うて初夜限り」に拠っている。
四　助かる見込みはない。回復不能と判断されるほど、病状が悪化している様子をいう。
五　軽い詠嘆を表す終助詞。
六　〜というのですか。体言ないし活用語の終止形＋格助詞「と」＋感動詞「え」。「と」の後に、「いうのか」を略した文形。
七　さよう。そうだ。相手の発言が問題の核心をついているとき、それを受ける感動詞。
八　弛緩出血。胎盤剝離の後、子宮が正常に収縮せず、血が止まらないこと。出産直後に起る場合も、数日後に起る場合もある。
九　肺結核ないし気鬱症。養仙が「気から出た病」といっているから、本当の結核ではなかったのだろう。江戸時代には、結核菌によ

吉野　エヽ◯（息が止まる）

ト、吃驚（びっくり）なし、

こりやマア、どうしたら良うございませう。

養仙　どうというて（どうしたらといっても）、[一三]寿命ばかりは[一四]耆婆（ぎば）扁鵲（へんじゃく）でも仕方がない（手の打ちようがない）。愚老（私も）も帰りに廓（ちゃう）へ回つて（寄って）、内証へ（御主人に）詳しくお話し申すが、もし[一五]身寄りでもあるならば、知らしてやるが良うござる（知らせてやった方がよい）。

吉野　有難うございます。

ト、泣きゐる。

養仙　もし[一六]変がまゐつたら（容態が急変したら）、さつそくにお人を下さい（すぐに使いの者を寄越して下さい）。[一七]お見舞にまゐるでござらう（往診に参りますから）。

吉野　[一八]なにぶんお頼み申します（なにとぞよろしくお願いします）。

養仙　さやうなら（それでは）、お暇（いとま）申す（これで帰ります）。

吉野　これは御苦労さまでございました。

養仙　サア、八助、まゐらう（行こう）。

る純粋な結核の外、心労や消化機能の減退、房事過多による衰弱も、結核と見られた。

一〇 私。老人が自分のことを謙遜していう。

一一 薬も効かない。薬効も及ばない。

一二 そこへ。ちょうどそういうときに。先行する事柄に続いて起る出来事を述べるのに使う接続詞。

一三 運命によって定められている命の長さ。また、その長さが尽きること。

一四 天下の名医。耆婆は、仏弟子で、釈尊の病気を治療したと伝えられる名医。扁鵲は、中国の戦国時代、鄭（てい）の人。虢（かく）の太子を死から蘇生させたという名医。

一五 親類・縁者などの身内の者。

一六 容態が急変すること。病勢がにわかに改まること。危篤に陥ること。

一七 医者の往診をいう。

一八 何とぞ。しかるべく。事後の処理を相手に委（ゆだ）ねながら、物事を頼むときに使う副詞。

ト、鞠唄(まりうた)になり、養仙さきに、供(八助)付いて、向ふへ(揚幕へ)入る。吉野、涙をぬぐひながら、舞台へ来(きた)る。皆々(みなみな)も傍(そば)へ寄り、

初瀬　モシ、養仙さまはなんと言ひなんしたへ。

吉野　しよせん(結局)一重さんは治らないとさ[一](治らないって)。どうしたら良からうね。

ト、泣く。

飛鳥　なんぞ(何か)いい薬はありませんかね。

花琴　明日(あした)、お張り[二]御符(ごふ)の張り替へだから、堀の内さん[三]へお参り申し[四](お参りして)、

花鶴　良くお祖師さま[五]へ(日蓮さまに)お願ひ申してまゐりんせう(参りましょう)。

吉野　あした、お願ひ申されれば良いが(お願いに行けるほどなら嬉しいが)。

初瀬　そんなら今宵が(それでは今宵辺りが)。

皆々　ハアア。

ト、泣く。

吉野　アア、モシ。静かになんし(静かにしなさい)。一重さんへ聞こえると悪うざます(良くありません)。

ゆか　おいらんが死なしやんしたら(亡くなったら)、

一 ～だそうだ。格助詞「と」＋間投助詞「さ」。誰かに聞いた話を、さらに人に伝えるときに用いる語法。

二 妙法寺が発行した護符（守り札）。柱などに張って拝むための名。一所懸命お題目を唱えて、二十一日間それを拝めば願が叶うといわれ、殊に、病人が、病床の傍の壁や柱に張って拝めば、二十一日目には全快すると信じられた。その間に治癒しない場合には、再び護符を申し受けて、張り替えるのである。

三 堀の内（杉並区堀ノ内三丁目）に現存する、日蓮宗、日円山妙法寺の俗称。

四 遊女が廓外に出られるのは、芝居見物や親の病気などの折に限られていた。だから、新造たちが、一重のために妙法寺に参詣するのは異例のこと。丁子屋の主人が、いかに一重を大切にしていたかが分る。

五 妙法寺は、俗に、「厄除け(やくよ)祖師」と呼ばれる。境内の祖師堂には、日蓮が伊豆に流されたとき、弟子日朗が別れを惜しんでその姿を刻み、赦免後、日蓮自ら開眼したという祖師像が祭られている。その赦免および開眼の年が、ちょうど日蓮四十二歳の厄に当っていたので、厄除け祖師と称された。

六 大太鼓で、雪の降る感じを表す鳴物。

七 〽雪は巴に降りしきる。屏風を恋の仲

たよ　私らはどうしませう。

　　ト、同じく泣く。

吉野　ほんに（本当に）、この子たちが可哀さうだねェ。

　　ト、[六]雪下し。[七]「雪は巴」の端唄になり、向ふより（揚幕から）、丁子屋の亭主長兵衛、[八]毛織りの半合羽、ぱつち、尻端折り、[九]山刀を差し、若い者喜助、股引、尻端折り、[一〇]下駄がけ、風呂敷包みを背負ひ、[一一]番傘をさし、出て来る。日覆より（天井から）、[一二]雪を降らす。花道へ止まり（花道「の中ほど」で止まり）、

長兵　いましがた（たった今）、いいあんばいに（良い具合に）[一三]雲切れがしてやみさうだつたが（雲に絶え間ができて「雪は」やみそうだったが）、また強く降つて来たな。

喜助　これでは今夜は積もりませう（この様子では今夜は積もるでしょう）。お帰りは、お駕籠でなくてはいけませぬ（駕籠をお使いにならなくてはなりません）。

長兵　日が暮れたら迎ひに来いと、[一四]油屋へ言ひ付けておいた。〇そりやアさうと（（喜助を見て）それは）、[一五]今日文里さんの所へ使ひに行つたは手前か（お前か）。

喜助　いえ、私ではございませぬ。与助でございます。

立ちで、蝶と千鳥の三ツ蒲団。元木に帰るねぐら鳥、まだ口青いじゃないかいな」。本調子の、しっとりとした曲。安政六年（一八五九）刊行の『改正哇袖鏡』には、すでに収められている。当時、愛好されていた曲か。

八 毛織り物。袖合羽には、多く、ラシャが用いられていた。また、半合羽の丈は、羽織よりも五分ほど長いのを良しとした。

九 木樵りや猟師など、山仕事をするものが差す刀。遊女屋の主人が、なぜ山刀を差すのか分らない。あるいは、廓者の異装か。

一〇 下駄履き。「掛け」は、名詞に付いて、それを着用した状態を表す接尾語。

一一 白紙を張って荏油を引いた粗末な傘。屋号や店の印などを書くことが多かった。「番」とは、粗末なものの意。

一二 この雪は、いわゆる「三角の雪」。元結を作るとき、端切らずという紙の両端を三角に裁つ。その裁ち屑を買ってきて焙じ、目の粗い籠（雪籠）に入れ、舞台の天井の簀の子に吊り、それを呼び綱でゆすって降らせる。

一三 雲に切れ目、絶え間ができること。

一四 吉原の駕籠屋か。

一五 三七五頁には、「昨日」とある。

長兵　ぜひお出でなさるやう、さう申したかしらぬ（申し上げただろうか）。

喜助　確か（間違いなく）、お預け申してある、一重さんの小さいのもお連れなさるやう（一 赤ちゃんもお連れなさるようにと）に、さう申してまゐつたさうでござりまする。

長兵　わづかな内に零落なされ（ちょっとの間に落ちぶれられ）、お困りなさるといふ事だが（［暮しに］困っておられるそうだが）、今ぢやァど（今では）んなお暮らしだしらん（生活をしておられるのだろうか）。

喜助　与助から承りましたが（聞きましたが）、今ぢやァ森戸の瓦屋の裏で、しがないお暮（貧しい暮し向きだぞ）らしださうでござります（うでございます）。

長兵　それぢやァ、お駕籠ともゆくまいかの（お駕籠という訳にもゆかないだろうな）。

喜助　どうして（お駕籠どころか）、お傘があれば良うござります（お傘さえあるかどうか分りません）。

長兵　アァ、それはお気の毒な事だなァ。

ト、右の唄にて（先程の唄で）、両人、平舞台へ来り、

喜助　はい、旦那さまがいらつしやいました。

ト、門口を開ける（枝折戸を開ける）。長兵衛、内へ入る。皆々、見て、

吉野　これはマァ、お寒いのに、

＊合羽――ポルトガル語のカッパ（マント）から出た外来語。宣教師の法服などを模して袖のない上衣を作り、防寒・防水に用いたのが最初という。この種の袖なし合羽には、桐油紙製の坊主合羽と、木綿製の引き回し（回し合羽）があり、前者は防水用、後者は防寒用に用いられた。寛文年中（一六六一～七三）、丈長の袖合羽＝長合羽が江戸の富民に着用され、正徳（一七一一～一六）ごろから、半合羽が流行。長合羽は、上級の武士や医者、僧侶、富商など、絹物を着る人々の、半合羽は、中級以下の武士や庶民など、綿服を着る人々の用に供せられた。武士の奴僕は、雨天の折、赤い豆蔵合羽を用いたので、中間を赤合羽と異称した。桐油紙製の袖合羽を豆蔵合羽という。

一　子供。赤ん坊。「小さい」は、幼い。年齢の少ないことをいう。「の」は、形容詞の連体形に付き、人・者の意を表す格助詞。

二　神奈川県三浦郡葉山町の、相模湾に面した一帯の地名。『狂言百種』本には、「今戸」。今戸、殊に、現、台東区今戸二丁目の、隅田川沿いの一帯には、瓦を焼く窯が多く、土人形などと共に、今戸焼きと呼ばれた。

皆々　良うお出でなさんしたな。（良くおいでなさいましたね）

長兵　あい〳〵（はいはい）、悪い物[三]が降つたな。いや、悪くもねへが、皆跣足（みんなはだし）で寒いのに、雪ぶつけ[四]（雪合戦か）か。

ト、言ひながら、縁側へ上がる。

初瀬　いイえ、一重さんのあんばい（病気が）が、ちつとも早く（少しでも早く）治るやうにと、

飛鳥[五]　堀の内さんへお願ひ申し（願をかけて）、庭の内でさつきから、

花琴　お百度を上げたのでございます。（お百度参りをしたのでございます）

長兵　そりやァ（それは）良くしてやつてくれた[六]。（よく尽してやってくれた）

喜助　モシ、旦那、子供ら[七]（禿たちもいっしょですよ）もいつしよでござりますぜ[八]。

ゆか たよ　旦那さん、お出でなさいまし（いらっしゃいまし）。

長兵　オォ、手前（てめへ）たちもいつしよか（お前たちもいっしょか）。ヤレ、奇特（きどく）[九]な事だ（感心なことだ）。その一心[一〇]ぢやァおいらんも、いまに（近いうちに）全快するだらう。

ト、奥へ聞こえるやうに（奥にいる一重に聞えるように）[一一]大きくいふ（大声で言う）。

吉野　その全快があれば良いが。（あなたのおっしゃる全快が期待できればよいのだが）

三　嫌な、好ましくないもの。ここでは雪。

四　雪打ち。雪合戦。

五　底本には「三十（長兵衛）」とある。「三之（飛鳥野）」の誤植。

六　良く世話をする。優遇する。

七　吉原で、禿（かむろ）のことをいう。

八　感動を表したり、自分の意志を人に強いたりするときに使う終助詞。「ぞえ→ぜえ→ぜ」と音変化して成立した語という。

九　感心な、珍しい、不思議な。

一〇　ただ一つのことに心を集中し、思いをこめること。

一一「全快する」という言葉を大声で一重に聞かせ、一重を励まそうとするのである。

長兵　ア、コレ[一]（しいっ）。その事は養仙さまに、

吉野　[二]（それでは）そんなら様子を、

長兵　いま道で（途中で）聞いて来た。

ト、思入（愁いの表情）。やはり、右の合方にて（同じ合方で）、奥より、花の香、番頭新造の拵（こしらへ）にて（扮装で）、出て来（きた）り。

花の　旦那さん、お出でなさいまし（いらっしゃいまし）。

長兵　オォ、花の香か。どうだへ（どうだい）、おいらんは（花魁〔の具合〕は）。

花の　[三]とかく、同じ事でございますよ。

長兵　[四]さぞ手前（てめへ）も心配だらう（お前も心配だろう）。

花の　いつぞお目に掛かりたいと、言つてゐなさいました（大層旦那さまにお逢いしたいと言っていらっしゃいました）。

長兵　己（おれ）もこのあひだから逢ひたかつた　◯（目頭を押える）

ト、この内（この間に）、花の香、障子を開けに掛かる（障子を開け始める）[五]。

アァ コレ、障子を開けたら寒からうよ（寒いだろうよ）[六]。

花の　いえ、雪の降るにしては（雪が降る割には）[七]、寒くありませんよ。

一 人に注意を促したり、人の行動を制止したりするときに発する感動詞。長兵衛が、「全快する」と「大きく」いうのにつられて、吉野も、「その全快が……」と「大きく」いう。長兵衛はそれを制止する。

二 それでは。そういうことなら。「それなら」の変化。

三 とにかく。ともかくも。いずれにせよ。

四 本当に。きっと。定めて。

五 取りかかる。事を始めようとする。

六 文末にあって、微妙な感動や不満を表す間投助詞。

七 ～にとってみれば。～の割には。

八 ここでは、病人を外気から守る実用上の目的、見物の目から一重を隠す演出上の目的、および、忌み籠りのために人物を隔離する民俗上の目的で立てられている。

九 周囲を取り囲むように立てる。

10 先ず、見物の目を遮っている障子を、次いで、屏風を開く。すると漸く、やつれた一重の姿が現れる。重体だというが、あの美しい一重はどうなってしまったのか。早く一重を見たいという見物の気持をじらしながら、

ト、この内、皆々も、足をぬぐひ、上へ上がり、障子を残らず開けて、良き所に、[八]六枚屏風、[九]立て回しあるを、花の香、[一〇]開ける内に、[一一]二つ蒲団、[一二]本夜具。ここに、一重、[一三]鉢巻、[一四]病気の拵にて居る。

長兵　おいらん、どうだ。少しはいいかの。

一重　旦那さん、良く来ておくんなんした。

長兵　アァ、起きるには及ばねへ、寝てゐればいいに。

一重　いえ、さつきから寝てゐるゆゑ、起きた方が良うざます。

ト、[一五]夜着に寄りかかり、起き直る。

長兵　どうだ。薬は飲んだらうの。

一重　あい。

ト、思入。

花の　いえ、とかく嫌だと言ひなんして。

長兵　そりやァ悪いこつた。薬を飲まにやァ良くならねへぜ。

一重を出現させる。物忌みの内に新しい霊を得て変身するという、民俗の発想を介して成立した、極めて効果的な演出。

一一 敷き蒲団を二枚重ねて敷くこと。

一二 本物の夜具。「夜具」は、就寝時に用いる敷き蒲団や掛け蒲団の総称。

一三 病中、または、それに類する状態を表すために、頭に巻く鉢巻。紫の縮緬や塩瀬、黒八丈を用い、色気や優しさの必要な役は結び下げ、武張った堅い役は箱結びにし、結び目は左（向って右）になるようにする。鉢巻は、もともと、忌み籠りのときなど、世俗の日常生活から隔離されて、神に接する状態にあることの徴しであった。それを左に結ぶのは、左臼や左前など、忌むべき行為としての「左」にかかわるものと思われるが、問題は、左に結ぶというよりも、むしろ、左巻きに巻くという点にあったのではなかろうか。ちなみに、高知県の一部では、魔おどしの呪法として、野葡萄（葡萄葛）の蔓で左巻きの輪を作り、それで墓石を囲んだり、新墓の笠石にそれを巻きつけたりするという。

一四 寝巻に前帯、病鉢巻というのが、通常の病人の扮装である。

一五 就寝時に、上に掛ける衾。掛け蒲団や掻巻の類。それを畳んで、体の支えにする。

一重　どうで[一]良くはなりませんから、薬は堪忍して（許して下さいまし）おくんなんし。

ト、長兵衛、思入（ちょっと考えて）あつて、

長兵　ムム、それぢやァ（それなら）マァ、気まかせに[二]（好きなようにするがいい）するがいい。

一重　モシ（ねえ）、花の香さん。なぜこんなに皆（みんな）が、寮[三]へ来てゐなんすのだへ（いらっしゃるのだい）。

花の　おいらんが寂しからうと（寂しいだろうと）、旦那さんの言ひ付けで（御命令で）。

一重　それはうれしうおすが（それは嬉しゅうございますが）、お気の毒でありんすねェ。

長兵　ナニサ[四]（いや）、多く（たいてい）病は気から[五]出るもの。そこで（だから）お主（ぬし）が気を晴らさう[六]と、仲のいい者をよこしておくのだ[七] ○（そうそう） コレ、その風呂敷包みを。

喜助　かしこまりました ○（軽くお辞儀）

ト、風呂敷包みを出し、

おいらん、いかがでござりまする（お加減はいかがですか）。つい忙しいので、お見舞も申しませぬ。

ト、長兵衛、風呂敷より、杉折[八]を出し、

長兵　こりやァ（これは）おいらん、養生糖[九]（やうじやうたう）といつて、桐山三了[一〇]（きりやまさんれう）で売る薬菓子（くすりぐわし）だ。病

一　どうせ。ある事柄を既定の事実と認め、それを認めたり、あきらめたりする気持を表す副詞。

二　好きなように振舞うこと。思い通りに行動すること。

三　遊女屋の別荘の別称。

四　いいえ。相手の言葉を抑えたり、軽く否定したりするときに用いる感動詞。

五　諺に、「病は気から」とある。病気は、気の持ち様で起るものであり、また、気の持ち方次第で、重くもなれば軽くもなる。

六　落ち込んだり、憂鬱になったりしている気持を解放させること。心の負担などを発散させること。

七　来させる。送りこむ。

八　杉のへぎ（薄板）で作った折り箱（小型の容器）。菓子や料理を入れるのに用いる。

九　固形の飴（あめ）のようなものか。

一〇　室町三丁目浮世小路角（中央区日本橋室町二丁目）にあった薬屋。地黄丸の本家として名高い。地黄丸は、地黄など六種ないし八種の薬種を粉末にし、蜂蜜で練り固めた補精薬。養生糖も、同様の製法で拵えたものであろう。本作の上演ごろに新しく売り出され、その宣伝に黙阿弥が一役買ったものと思われる。

人の食ひ物にやァ（には）いつちいい（二一番いい）。益（二二えき）になるから食ひなせへ（体にいいから食べなさい）。

一重　有難うおす（有難うございますが）が、どうも食べたくありんせん。

吉野　せつかく旦那さんがお持ちなさんしたのだから（わざわざ旦那がお持ち下さったのだから）、一つ嫌なら半分で（一つが嫌なら半分でも）も。

ト、一重へ勧める。

長兵　ア、コレ（お待ち）。嫌なら無理にはよすがいいが（無理に食べなくても良いが）、さう物を食べねへぢやァ（そんなに物を食べないでいると）、薬の回りが悪いから（薬が体に行きわたらないから）、治る病も治らねへぜ。それに付いて（治る治らぬということに関して）お主（ぬし）にも（お前にも）、言つておきてへ事がある（も言っておきたいことがある）。皆（みんな）もここに居るこそ幸ひ（ちょうどいい具合に皆もここにいる）、聞き役に聞いてくりやれ（聞き役になってくれ）　○（ちょっと改まって）

ト、誂（あつら）へ一三尺八の入りし合方になり、

いまさら（耳新しく）言はねへでもの事だが（一四言わなくても良いことだが）、勤め一五の身にて子までなした、文里さんの事なれば、毎日顔の見たいのを（毎日顔が見たいだろうと思うものの）、だん／＼たまる勘定に（次第に勘定が滞るので）、外の者へ（外のお客に対し）しめし一六にならねば（良い模範とはならないから）、よんどころなく二階をせき一七（止むを得ず出入りを断り）、久しく（長い間）足を一八止めた内も（寄せつけなかったその間も）、アァ、文里さん〔お前が〕は突き出し一九から（店に出た日から）、二年この方通ひつめ（それ以来二年間も通い続け）、

二一　一番。最も。「一」を強めた語という。

二二　ためになる。効き目がある。

一三　昔の囃子方は、尺八を使わず、調子の低い篠笛でそれらしい音を出していたというから、ここの尺八も、篠笛で処理したのであろう。なお、しんみりした長ぜりふに合方を入れるのは、歌舞伎の常套手段。『東海道四谷怪談』（新潮日本古典集成本三四七頁）でも、自害した直助の述懐に「竹笛入の合方」を使っている。

一四　「ないでも」の転訛。仮定の条件を示す接続詞「ても」の打ち消し。

一五　「妊娠や出産を避けるべき廓勤めの身でありながら、あえて子供を生む、生ませるほど愛しあった仲の文里さんのことだから」の意。「まで」は、程度を示す副詞。「なす」は生む。

一六　示し。模範。見本。

一七　せき止める。妨げる。

一八　近づかせない。来させない。

一九　本来は、十四、五歳以上の年齢で売られてきた女、つまり、禿育ちでない女を、その器量に応じ、昼三、座敷持ちなどと位を定めて廓内に披露したり、初めて店に出したりすること。後には、禿が振袖新造となって店に出る「新造出し」や、その振袖新造を花魁にして披露することをも、突き出しと呼んだ。

内証のためにもなつたお方(随分もうけさせて下さったお方)。(〔そのお客をせくとは〕)いかに商売とは言ひながら(いくら算盤高い商売とはいえ)、不実な者[一]と思はつしやらう(お思いになるだろう)(涙を押え)○また(〔お前の方は〕)、女の狭い心[二]から、無分別[三]でも出しはしめへかと(自殺しようなどという気を起すのではと心配したのも)、案じたのも四年跡[四](四年前)、中万字屋(なかまんじや)の玉菊(たまぎく)が、新之丞といふ客ゆゑ(客のために)、義理にせまつて非業な最期(義理と情とに追いつめられて哀れな自害)。「あつぱれ遊女の鑑(かがみ)ぞ」[五]と、世の人ごとに[六]褒めれども[七](褒めるけれど)、ならう事なら(できることなら)そのやうな、憂き目を見まい(悲しい思いをしたくない)、見せまいため(させたくないので)、病気の体(てい)で(病気という口実で)この寮で、産(さん)をさせたも(出産させたが)有りやうは[八](それも実は)、廓(なか)と違つて人目も無ければ[九](世間の目も届かないので)、(〔人知れず〕)文里さんに逢はせるため(文里さんに逢わせるためだ)。産まれた子をば深切に、内儀が引き取り世話すると[一〇](〔文里さんの〕奥さんが引取って育てているという話を耳にはしても)、聞いても聞かぬ顔をして(知らぬ顔をして)、(〔実は〕)寝物語に女房と、喜んでゐる[一一](をしながら女房とともに喜んでいた)己(おれ)[一二]が心は、無分別を出させまいため。

ハテ、人間の一生は、七転び八起き[一三]とやら。文里さんもまた元の、身分になつたらその時は、てかけ妾もある習ひ[一四](遊女を妾にするのも世間によくあること)。お主も引き取り世話もなさらう(お前を引取って世話もなさるだろう)。己(おれ)も男、さうなれば(そのときには)、立派に仕度[一五]をしてやらう。とにかく(とにかく)命が物種[一六]だ。そりやアもう(それはもちろん)、朋輩はじめ子供らまで(仲間の遊女を初め禿たちまでが)、この雪の中を跣足参り(はだしまゐり)[一七]。その一心でもお主が病は、治るは知れた事なれど(その一途な気持だけでもお前の病気が治るのは当然のことだけれど)

一 真心がない。情がない。無情な。

二 気持や考え方に、ゆとりがないこと。

三 思慮のないこと。転じて、後先の弁えもなく、死のう、自殺しようと思い詰める意。

四 四年前――『網模様燈籠菊桐』(あみもようとうろのきくきり)の四幕目に、遊女玉菊が、自分の許に通う稲木新之丞への情、新之丞の養父治左衛門と妻お民とに対する義理、また、店の主人弥兵衛への義理から、剃刀で、見事に自害する場面がある。玉菊は実在の遊女。新吉原角町(すみちょう)の、中万字屋勘兵衛抱えの名妓であったが、大酒のために、享保十一年(一七二六)三月、二十五歳で死去した。その三十二年後、同じ店の立花という遊女が自害。黙阿弥は、両者を合わせて、新しい玉菊像を作ったのである。

五 「でかした、遊女の模範だなあ」。『燈籠菊桐』の中でいう、弥兵衛のせりふ。

六 世間の人は皆。どんな人でも。

七 いささか耳馴れない語法だが、誤記でも誤植でもない。接続助詞「ども」は、文語において、用言の已然形に接続する。しかし、江戸時代には、「なけれども」とか、「ござりますれども」のように、口語の用言の仮定形にも接続し、逆接の意を表した。「褒めれども」も、その例の一つである。

八 あるがままをいえば、率直にいえば。

(一重の顔を見て)◯

ト、思入あつて、(可哀そうにと愁い顔　しかし言うべきことを言おうと腹をきめ)

ここがまた人の覚悟(覚悟のしどころ)。(死なないのは分っているが)命は限りのある(寿命には限度がある)物だ。己(おれ)などはついちよつと(ほんのちょっと)、風を引いても死ぬかと思ひ、己(おれ)が死んだらかう〳〵しろ(こうしろああしろ)と、遺言をするとすぐに治り、後で女房(にょうぼ)に笑はれるが、ナントめでてへ事ぢやァねへか(〔笑い話で事が済むとは〕本当にめでたいことではないか)。それだによつて(それだから)お主(ぬし)(お前)もまた、言ひおく事でもあるならば(も俺にならって言い残したい事でもあれば)、なんなりとも(どんな事でも)己(おれ)に言(い)やれ　◯(いいね)　ハテ、良くなつたその時に(もちろん治った暁には)、お主(ぬし)(お前は)はこんな事を言つたと、どうぞ(どうか)己(おれ)に笑はしてくれよ　◯(涙を笑いで紛らす)　かういふのもお主(ぬし)をば、娘と思ふ心からだ。世間の人は遊女屋の、亭主は鬼かなんぞのやうに(鬼でもあるかのように)、無慈悲な者に思へども、鬼ばかり世界にやねへ(世間には鬼のような亭主だけがいる訳ではない)。心おきなくなんなりと(遠慮せずにどんな事でも)、言ふ事あらば(言うことがあれば)言つたが良い(言っておきなさい)。ナウ(なあ)、吉野、そんなものぢやァねへか(それが当然というものじゃないか)。

ト、長兵衛、よろしく(適当に)、思入あつて(吉野に同意を促す)言ふ。一重はじめ、皆々泣(泣い)きゐる(ている)。

九 世間の目。他人の目。遊女屋の寮は、人里離れた場所にあり、往来も少なかった。

一〇 行動の対象を示す格助詞「を」の強調。「ば」は係助詞、「は」の濁音化した形。

一一 夜、蒲団に入って、寝ながら話をすること。また、その話。

一二「知らぬ振りをしながら、実は喜んでいる俺の心。その、俺の心は、お前が文里さんと自由に交際して、無分別を起さないことを願っているのだ」の意。

一三 挫折を繰り返しても、それに屈せず、その都度奮起して、立ち上がること。

一四 二号、三号……。囲われもの。正妻以外に養っている女。「手掛け」、「妾」(目掛け)とともに、世話をする、面倒を見るの意。

一五 妾奉公に出すための、一種の嫁入り仕度。

一六「命あっての物種」ともいう。何事につけても、命がすべての元である。

一七 裸足で神仏に参詣、祈願すること。裸参りの裸同様、裸足も清浄無垢の姿とされ、履き物は不浄なものと見なされた。

吉野　アア、有難い旦那さんの御意見。みんなお前（まへ）の為なれば、悪う聞い〔一 悪意に受け取ると〕ては済まぬぞへ〔二 申し訳がありませんよ〕。

一重　なんの悪う聞きませう〔どうして悪意になど取りましょう〕。その御深切を仇〔三〕にして、かうしてゐるが〔休んでいるのが〕勿体〔四〕ない〔申し訳ない〕。少しも早く良くなつて、御恩送り〔五 ご恩返しがしたいものです〕がしたうざます。

長兵　良くなつたら稼いで〔六〕くりやれ。［しかし］寝てゐる内は要らぬ心配〔心配は無用〕。それが病〔気を遣うことこそ〕の大毒（だいどく）〔七〕だ（目頭を押える）○

ト、懐中（ふところ）から年季証文（しようもん）〔八〕を出し、

その心配をさせぬため、お主へ土産の年季証文〔お前の土産に持ってきた年季証文〕。これをやつた上か〔九 これを返した以上は〕らは、身儘（みまま）〔一〇〕な体に遠慮はねへ〔気兼ねはいらない〕。一年なりと二年なりと〔一一 一年でも二年でも〕、良くなるまでは寝てゐやれ〔寝ていなさい〕。

一重　なんと申さうやうもない〔一二 お礼の申しようもないほどの〕、

吉野　旦那さんの思し召し〔御配慮〕、

初瀬　私（わたし）らまでも、

皆々　有難うござりんす〔有難うございます〕。

一 悪意に受け取る。相手の意図を悪く推測する。曲解する。

二 申し訳ない。義理が立たない。

三 正しくは「徒」。いい加減にして。おろそかにして。

四 恐れ多い。身に余るほど有難い。

五 「御恩返し」「御恩報じ」ともいう。相手から受けた恩に報いること。

六 稼いでおくれ。稼いで下さい。「くりやれ」は、「くれ」を丁寧にしたいい方。

七 「たいどく」と清音に発音することもある。大変な有害物。大変毒になるもの。

八 契約書。特定の形式はなかったらしいが、内容はほぼ一定している。すなわち、女の身許が確かなこと、身代金の額とその支払い方法、および、契約期限を明記すること、女に不届きなことがあっても、遊女屋には一切迷惑をかけないこと、女の取り扱いについては、決して文句をいわないこと、そして、一般の「奉公人請状（うけじょう）」同様、宗旨と檀那寺の名とを記載し、キリシタンではない旨を明らかにすること、親権者と保証人、場合によっては本人の連印で締めくくること、である。

九 年季証文を返してやるというのは、年季明けや身請けの場合と同じく、一切の契約の効力の消滅、つまり、遊女を、自由の身にす

長兵　オォ、まだ肝心(大切な)の事を忘れた。文里さんのお内が知れて(住所が分って)、今日お出(い)でなさるやう、お約束を申しておいた。

一重　そんなら(それでは)文里さんが、お出でなんすとかへ(おいでになるとおっしゃるのですか)。

花の　さだめて(きっと)お主(ぬし)も逢ひたからうし、また文里さん[一三]も一生の〇(はっと気付き)イヤ

長兵　サ(いや)、いつしよに[一四]今夜はここへ寝て(この寮に寝てもらって)、ゆつくり話をするがいい。

一重　エェ(ああ)、なにから[一五]なにまで。

長兵　ハテ(いや)、己ァ(おら)娘と思つてゐれば(俺はお前を娘だと思っているから)、その礼にやァ及ばねへ(礼をいう必要はない)。

ト、この時、奥より、以前の花巻(さっきの花巻が)、走り出て、

花巻　アァ、どうしたら良うざませう(いいでしょう)。香煎(かうせん)[一六]と間違へて、振り出し[一七]の粉唐がらしを、お湯へ入れて飲んだので、口がひり〳〵[一八]してなりんせん。

吉野　花巻さんのまたお株[一九]で、そそつかしい[二〇]事ばかり。

花の　ちつと(少しは)性(しやう)[二一]をつけなんし(気をお付けなさい)。

花巻　オォ辛い〳〵。なんぞ(何か)甘い物をおくんなんし(下さい)。

ることを意味する。

一〇 すべての拘束から解放されて、自由に行動すること。また、その状態。殊に、遊女の場合についていう。

一一 〜でも〜でも。〜だろうと〜だろうと。

一二 何といえば良いのか、いうべき言葉もないほどの。

一三 長兵衛は、一重を別荘に移し、文里と自由に逢えるようにした。しかし、義理堅い文里は、遠慮して訪れないのである。

一四 「一生の別れ」といいかけて、長兵衛ははっと気付き、「一生」の音を転じて、「一緒に」と誤魔化すのである。

一五 何事も余すところなく。すっかり。

一六 米や麦の煎り粉に、蜜柑の皮や山椒、紫蘇などの粉を混ぜたもので、湯に入れて、お茶代りに飲む。その湯を、香煎湯(ゆ)という。

一七 振って中身を出す、小孔をあけた容器。

一八 刺激物を口に入れたときに、いつまでも感じられる、刺すような感覚を表す副詞。

一九 その人の得意とするところ。ともすれば出てくる、その人の癖。

二〇 思慮や落ち着きに欠けること。不注意で軽率なこと。

二一 「性を付ける」はしっかりする。気を確かにする。

長兵　おいらんの見舞に持つて来た、養生糖(やうじやうたう)はどうだ。

ト、長兵衛、折を出す。

花巻　そりやァちやうど、良うざます。

ト、花巻、一つかみ取らうとするを、喜助、止めて、

喜助　オツト[一]、花巻さん、待ちなせへ。養生糖[二]に唐がらしは、煤掃(すすは)き[三]に鰒(ふぐ)[四]を食ふやうなもので、大敵薬(だいてきやく)[五]だ。

花巻　ナニ、敵薬でもいいよ。

喜助　お前(まへ)は良からうが(良いだろうが)勤めの身、旦那[六]さんが詰まらねへ[七](たまらない)。

花巻　いえ〳〵、敵薬でも死にやァしない(死にはしない)。実は、唐がらしを食べないの(食べてはいない)だよ(のだよ)。

長兵　それぢやァ、養生糖はやられねへ(養生糖をやる訳にはいかない)。

ト、折を片付ける。

花巻　エヽ、忌(い)ま〳〵しい[八](畜生)。食べそこなつたか。

喜助　見出(みだ)[九]してやつた(ばらしてやった)。

一　相手の言動に素早く反応して、それを止めるときなどに発する感動詞。

二　いわゆる「食い合せ」である。食い合せとは、鰻(うなぎ)と梅干（青梅）、蕎麦(そば)と猪(いのしし)、西瓜と天麩羅(てんぷら)、胡麻(ごま)と韮(にら)のように、同時に食べると毒になると信じられていた食物を食べること。もっとも、「養生糖と唐辛子」が食い合せで毒になるというのは嘘で、喜助が、花巻をからかったまでである。三七三頁＊印参照。

三　煤払いともいう。大晦日に、家中の煤を払い落す年中行事。江戸城では、例年、十二月二十日に行われていたが、その日は三代将軍家光の命日に当るため、四代将軍家綱の時代から、十三日に改められたといわれている。しかし、民間習俗としては、もともと、そのころに行われていたものと思われる。というのも、煤掃きは、単なる大掃除ではなく、新しい年を迎える事始めのための祓除の儀式であり、同時にその日は、正月の門松を山から迎える日でもあって、民俗の上で、極めて重要な日であったからである。

四　「鰒売りも十三日は黒日なり」（黒日とは、大凶日、受死日(にち)）と川柳にもあるように、煤と鰒とは食い合せだとされていた。

五　大変な毒。敵薬は、配合次第で毒になる薬。転じて、食い合せによって毒となる食物。

皆々　ホホホホ、ハハハハ。

　ト、みな〳〵笑ふ。これにて（それにつられて）、一重もにつこり笑ふ。[一〇]

長兵　イヤ、思ひ掛けなくおいらんの、笑ひ顔を見て己（おれ）もうれしい。しかしこれが、〔笑顔の見納めだ〕

一重　エ、

長兵　イヤサ（いや）、[一一]こんな事でなくつちやァ（こんな事でもなければ）[一二]気が晴れねへ（気持がさっぱりとしない）。

吉野　晴れるといへばこの雪は、いつまで降るのでありんせう。

長兵　イヤ、もう今にやむだらう（そのうちやむだろう）。さうしたら文里さんも、出掛けてお出（こちらへおいでに）なさらうから（なるだろうから）、冷えねへやうに寝てゐるがいい。

一重　あい（はい）。ちつと横になりんせう。

長兵　ドレ、己（おれ）も[一三]笹の雪で、[一四]一口やらう。

　ト、長兵衛、立ち上がる。

皆々　そんなら（それでは）旦那さん。

長兵　気を付けてやりやれ（やれよ）。

また食い合せのこと。

六 遊女が年季を残して死んでしまったら、身代金の元が取れず、主人はたまらない。

七「詰まる」は、決まりがつく、承服できる。多く下に打消しを伴ったり、反語として用いられたりする。

八 忌わしい。癪に障る。残念である。

九 嘘や陰謀をあばくこと。

一〇 花巻が飛び出してきて、粉唐辛子を口実に菓子をねらう。それと察した喜助が、食い合せだとからかって、花巻の邪魔をする。菓子食べたさに、花巻は本音を洩らす。長兵衛が、わざと折をしまう。花巻はがっかり。喜助は得意顔。一同笑う。一重も笑う。――吉六の使い方、一重を笑わせる運びの巧さ。

一一「これが笑顔の見納めだ」といいかけ、一重が「エ」と聞きとがめるので、長兵衛ははっとして、「これが」の「こ」音を転じ、「こんな事」と誤魔化すのである。

一二 憂いや悩みが去って、気持がさっぱりとすること。

一三 根岸に現存する豆腐料理屋（台東区根岸二丁目）。

一四 酒にも料理にもいう。ここは、雪の寒さをしのぐために、豆腐を肴に一杯やること。

花巻　喜助づら[一]、覚えてゐろよ。

ト、花巻、喜助の背中をたたく。この時、〔花巻〕懐中(ふところ)から口上の文(ふみ)[二]を落とす。

長兵　イヤ、食ひ物の意趣[三]（食いものの恨みは）は、ひどいものだ。

ト[四]、唄になり、長兵衛、〔三尺口から〕先に、初瀬路、飛鳥野、花琴、花鶴、花巻、ゆかり、たより、奥へ入る。喜助、残り、件(くだん)の文を取り上げ、

喜助　花巻さんが文を落としたが、どんな事を書いてやるか（どんなことを書いて出すのか）。おほかた（多分）落[五]とし話でよくいふ、あばい[六]が悪い類(るい)だらう（軽く笑う）○

ト、言ひながら、開き見て、

浄瑠璃名題(じやうるりなだい)[七][八]——

ト、よろしく、浄瑠璃触れを読んで、

アァ、こりやァ今度吾妻路(あづまぢ)が、花園と改名した、浄瑠璃の触れ書きだ。それぢやァ（そうすると）ここに浄瑠璃があるか（ここに浄瑠璃が入るのか）、さつぱりと知らなんだ（全然知らなかった）。し

一　人名に付け、憎み、罵(ののし)っていう語。
二　文(ふみ)、実は浄瑠璃の触れ書き。
三　諺に、「食い物の意趣は怖い」という。
四　このト書きは、吉野と花の香の行動について、何も記していないが、二人は、一重の周りを屏風で囲いその中に入るのである。
五　広義には、落ち＝人を笑わす結末の付いた話。落語。狭義には、落語の中の滑稽話。
六　「でたらめな文章だろう」の意。体の具合が悪い。——女郎が客に文を出す。「具合が悪いから来ておくれ」。もちろん客を呼ぶための口実であるが、無教養の悲しさ。字も文も拙く、「あんばい」を「あばい」と書き誤る。
七　浄瑠璃の題名。
八　ここの浄瑠璃は、角書(つのがき)が、「文里一重が子ゆゑの闇に」。名題が、『夜鶴姿泡雪(よるのつるすがたのあわゆき)』。——一心に子を育てる夜鶴の姿を思わせる文里も哀れなら、すぐ融ける泡雪のように、若い命の消えかかっている一重も哀れ、の意。「夜鶴」は、夜、巣籠りをする鶴。転じて、親が子を懸命に育てる意。「姿泡雪」は「アワ」を掛け言葉に、「姿哀れ」「哀れ泡雪」と、文里・一重の状況を記す。「泡雪」「淡雪」は、淡く薄く、すぐ融ける春の雪。
九　以下、口上の常套句。
一〇　隣家で語る浄瑠璃が聞えてきて、人物の

かし、黙つても引つ込まれまい　○　九いよ〳〵このところ浄瑠璃始まり。そのため口上、さやう。

〔〔このまま〕何も言わず退場する訳にゆくまい（よし）　お待ちかねの浄瑠璃が今から始まります　そのための御挨拶　では〕

ト、知らせに付き、下手（しもて）、一〇二階家の伊予簾（いよす）を巻き上げる。内に、花園連中、羽織、袴（はかま）にて居並び、浄瑠璃になり、喜助、この内、奥へ入る。

〔知らせの柝が入って　この間に〕

浄　〽一一立つ春に、景色（けしき）替はりて枝ながら、恵みの雪に花の園、色音（いろね）優しき鶯（うぐひす）や、一二哀れ文里は去年（こぞ）のまま、ほころぶ梅の裾（すそ）に綿（わた）、変はらぬ姿しよんぼりと、

ト、本釣鐘、合方、雪下し。雪、しきりに降り、向ふより、文里、やつし形、頬被（ほほかむ）り、尻端折り、安下駄を履き、破れし番傘を差し、懐に一三誂（あつらへ）の抱子（だきご）を入れ、出て来（きた）り、花道へ止まり、

〔さかんに降りしきり　揚幕から　みすぼらしい姿で　安物の下駄を　赤子を入れ　花道の中ほどにとまり〕

文里　アァ誰（たれ）やらが一四雑俳の句に、一五「鶯や同じ垣根の幾曲り」と、初音の里ほど同じやうな、垣根のある所（ところ）はない。只でさへ知れにくいに、こ

〔そうでなくても分りにくいのに　一面〕

行動や心情の表現を助ける。このような設定を、余所（よそ）（他所）事（ごと）浄瑠璃と呼ぶ。

一一 以下二行、「立春になって、自然の様子も変化し、枝ながら見よと古歌に詠まれた露にも似て、手に取ろうとすればたちまち消えてしまうが、しかし、豊作の瑞兆である雪の中に、花が咲き乱れ、まるで花園のようだ。（花園連中様、改名御披露、おめでとうございます）。その枝に鳴く、声も優しい鶯よ」。「枝ながら」は、『古今集』秋歌上の、「萩の露玉にぬかむと取れば消（け）ぬよし見む人は枝ながら見よ」を下敷きにする。「恵みの雪」は、雪は豊年の徴しという考え方。「花の園」は、花園連中への、黙阿弥の祝儀の心を含む。

一二 以下二行、「哀れにも文里は、去年のままの変らぬ姿。梅のほころぶ春だというのに、ほころびた裾から綿が顔を覗（のぞ）かせているような、着たきり雀のみすぼらしい姿で、元気なく」。「ほころぶ」は、掛け言葉。

一三 役者の注文で作った、乳飲み子の人形。

一四 本筋の俳諧に対して、冠付けや折り句などの、遊戯的要素を持った俳諧。

一五「鶯の声を求めて、根岸の里にやってきた。ここは鶯も多いが、何とまあ、同じ垣根の沢山あることか。四つ角を何度曲っても、出るところは、いつも同じ垣根」。

の雪でまつ白ゆゑ（この雪で真白なので）、どこがどこやらさつぱり分からぬ（どこがどうなっているのか全く分からない）。いま跡一の酒屋で聞いたら、角から二軒目とあるからは（言うからには）、ここの寮に違ひない

◯（頷く）

ト、この時、抱子二泣くをいぶり三付けながら、

オォ、泣くな〳〵、内でしつかり（十分）飲まして〔乳を〕来たが、一里余り抱いて来たゆゑ、飲みたくなつて来たとみえる ◯（どうしよう） ヤレ、泣くな〳〵。こりや（これは）しい四がしたくなつたのか知らぬ（おしっこがしたくなったのかなあ）。アァ、ぐつすり五と抜い六たわへ ◯（困ったな）

浄 〽野辺七の緑子（ふどりご）懐に、吹雪いとうて差す傘も、ぬれじと横に人の目を、忍ぶが岡の山の陰、心細くも水枯（か）れし、流れに沿うて来（きた）りける。

ト、雪下し、文里、よろしく思入（降る雪をよける等の表情身振り）あつて、本舞台へ来（きた）り、

はい、お頼み申します〳〵（ごめん下さい）。

一 さっきの酒屋。跡月（先月）、十年跡（十年前）のように、江戸言葉では、「先」「前」の意を表すのに、多く「跡」を用いる。
二 赤ん坊の泣き声は、赤子笛という笛で表す。当時は、小道具方の仕事であった。
三 揺さぶって寝かしつける。
四 小便を意味する幼児語。
五 ぐしょぐしょ。ぐっしょり。濡れ具合の甚だしい様子を示す副詞。
六 （おしめや下着の布を）貫く。幼児が小便を洩らすこと。
七 以下三行、「緑芽生える野の道を、緑子を懐に抱いて行く。吹雪をよけるためとはいえ、傘を横に傾けるのは、濡れまいとする気持から、また、顔を隠す心から。そうして人目を忍びつつ、忍ぶが岡の山ほとりを、心細い思いを胸に、水の流れも心細い、涸（か）れた音無川に沿ってやってきた」。「野辺」は、野のほとり。野原。「緑」は、新芽。新芽のように生れたばかりの子＝「緑子」との掛け言葉。「ぬれじ」の「じ」は、打ち消しの意志を示す助動詞。「傘も横に」は、横吹雪をよけるためと、顔を隠すためと。「忍ぶ」は、「人目を忍ぶ」と「忍ぶが岡」の掛け言葉。「忍ぶが岡」は、上野台の別称。上野山ともいう。現在の上野公園を中心とする丘陵地帯。「山

の陰」は、上野山の山陰。「心細くも」は、文里の心境と、渇水期の水流とに掛ける。「流れ」は、音無川。

八 人の家を訪ねて、案内を乞うこと。

九 良いなどという程度ではない。「どころか」は、その程度にとどまらず、それを遥かに越えた段階にあることを強調する副助詞。

一〇 お母ちゃん。「おかか」の訛り。江戸末期、中流以下の子供が使った、母親の呼称。

浄 〽音なふ[八]声は聞きなれし（案内を乞う声は聞きなれた）、恋しき人に（恋しい人の声［それを聞いて］）吉野は立ち出で、

ト、屏風の内より、吉野出て、

吉野 どうやら（何となく）今のは聞いた声（聞き馴れた声）（一寸表を確かめるように）◯

ト、言ひながら下駄を履き、枝折戸（しをりど）の傍（そば）へ来て、

モシ、そこへお出でなんしたは。

文里 吉野さん、文里だよ。

ト、手拭ひをとる。吉野見て、

吉野 オォ、良くお出でなんした（よくいらっしゃいました）。さつきからお待ち申してをりんした。

文里 入つてもいいかへ。

吉野 良いどころか[九]。サア〳〵ここへ。

文里 アア、お前（まへ）がたに逢ふのも面目ない（お前たちに逢うのも恥ずかしい）、このざまだ（この姿だ）（恥ずかしそうに）◯

ト、言ひながら内へ入る。抱子泣く。

オォ、いまに（そのうち）おつ母[一〇]（かア）に逢はせるから（お母ちゃんに逢わせてやるから）、泣くな〳〵。

吉野　一重さんの産みなんした（お産みになった）、[一]梅吉さんとはその子かへ。ちよつと抱かしておくんなんし。

文里　[二]手が変はつたら泣くだらうが（抱く人が変ると泣くかもしれないが）、それぢやァ足をふくうち頼まう（それでは足を拭いている間頼もうか）。

ト、懐から出して、吉野へ渡す。吉野、抱いて、

吉野　オヤ、こりやしいをしなんしたのかへ（これはおしっこをなさったのですか）。

文里　〔梅吉が〕冷たからう。これを当ててくんな（これをあてがって）[三]。

ト、袂（たもと）より、[四]しめしを出し、渡す（おしめを出して渡す）。

吉野　でも、[五]親子とて一重さんに、良く似てゐなさんすねェ（それにしても親子のせいか一重さんに良く似ていらっしゃいますね）。

ト、吉野、泣く子をいぶり付けゐる（揺すって寝かしつけている）。文里、足をふきながら、

文里　[六]ホンニ（そうだ）、お前（めへ）に逢つたら、礼を言はうと思つてゐた。このあひだ吉三さんが深切に、金を持つて見舞ひに来てくんなすつたが（慰めに来て下さったが）、大枚百両といふ金を（大金を百両という）、おもらひ申す訳がないゆゑ（頂戴する理由がないので）、お断り申したが、なん[七]とか思ひなさりやァしねへか（気を悪くしてはいらっしゃらないだろうか）。[八]良くお前（めへ）から来なすつたら、言ひ訳をしてくんなせへ（謝っておいて下さい）。

一　一重桜の子に梅吉。『傾城買二筋道』の三編『宵の程』に、一重の実の妹で八重梅という新造が登場する。それから取った名か。
二　抱く人が変ったら。「手」は、労力を提供する人。抱き手。
三　他者が、自分に利益をもたらすことを示す補助動詞「くれる」の連用形「くれ」は、敬意を表す補助動詞「なさる」が下に付く場合、「くん」と音変化をすることがある。「な」は、「なされ」（なさい）の略。
四　湿し。おしめ。
五　親子のせいか。親子だけあって。〜だけに。〜なので。「とて」は、原因や理由を表す格助詞。
六　そうだ。何事かを思い出したときに発する感動詞。
七　ある事柄について、気を回してあれこれ推測する。「なんとか」は、どのようにか。
八　「お前の所においでになったら、お前から、良く言い訳をして下さい」の意。
九　相手の話を引き取って話し始めるときに用いる感動詞。
一〇　「悪い身性に」という吉野の言葉につられて、うっかり「気味悪く」といってしまったが、吉野に「エ」と聞きとがめられ、「気の毒」といいい直して誤魔化した。

吉野　オヤ、さうでありんしたか（そうでしたか）。久しくこつちへもお出でなんせんから（［あの人も］随分廓へはおいでにならないから）、一重さんの病気も知らしたし（知らせたいし）、また、私（わたし）も逢ひたく思へど（私も逢いたいと思っているけれど）、どこにどうしてゐなんすか、悪い身性（みじやう）に（身持ちの為に［ひょっとして］）。

文里　九サ、それゆゑこつちも気味悪く（それだから私も何となく不安で）、

ト、ふさぐ思入（憂鬱になる様子）。

吉野　エ。

文里　イヤサ（いや）、二〇気の毒だから、お返し申した。

ト、文里、足をぬぐひ、上へ上がる。屏風の内より（中から）、花の香出て、

花の　文里さん、良く来ておくんなんした（よく来て下さいました）、二一待ちきつてをりんした（待ちくたびれておりました）。

文里　そつちより（お前よりも）己（おれ）がまた（俺の方が）、どんなに逢ひたかつたか知れねへ（どれくらい逢いたかったか分らない）。

吉野　花の香さん、一重さんは。

花の　二二すや／＼二三寝入つてゐなさんすよ（よく眠っていらっしゃいますよ）。

ト、この時、抱子、しきりに泣く。

二一「〜きる」は、動詞の連用形に付いて、その程度の甚だしい様子を表す補助動詞。

二二 安らかに眠っている様子を表す副詞。

二三 眠りに入る。熟睡する。

＊食い合せ――食い合せの知識は、宋から、医薬の知識とともに伝わったといわれているが、それを受容する背景には、日本人の、毒に対する感覚の変化があったものと思われる。すなわち、採取経済の時代、食生活を維持するために、人々は、毒に関する経験的知識と直感的判断力、抵抗力を身に付けている。しかし、文明の度が進み、自然との日常的な接触が稀薄になるにつれて、それらの諸能力も退化し、逆に、毒に対する不確かな恐怖感が増大する。そういう条件の中で、医薬の、毒についての知識がもたらされ、食い合せの観念が成立したのであろう。食い合せは、時を接して食べると消化に悪いとか、香りや味が相殺されるとか、高血圧に悪いとか、実利的なものを少なからず含んでおり、単に迷信として片付ける訳には行かない。

吉野　オオ、たがよ〳〵[一]（どうちたどうちた）。なぜこんなにお泣きだね（どうしてお泣きになるのかしら）。

文里　そりやァ（それは）乳（ちち）が飲みたくなつたのだ。

花の　ちやうど幸ひ（よい具合に）、寮番[二]の神（かみ）さんに乳があれば（お乳が出るから）。

文里　そんなら一杯、もらつてくんな（それならちょっともらって下さい）。

花の　あい（はい）、たんのうさせて上げんせう（[三]満腹するまで飲ませてあげましょう）。

ト、花の香、抱子を抱き、奥へ入る。吉野、屏風の傍（そば）へ来て、

吉野　モシ、一重さん、文里さんがお出でなんした（おいでになりました）。モシ、一重さん〳〵。

浄　〽[四]開くる屏風にやつれたる、互ひの姿にふさがる胸。一重は恋しきその人に、飛び立つ思ひも病の床。

ト、吉野、屏風を開ける。文里、一重を見て、こなし（胸の詰まる動作）。一重はうれしく、起きようとして、起きかねる[五]。文里、抱き起こす。

一重　文里さん。逢ひたかつた、〳〵わいな。

一　誰（た）がよ誰（た）がよ。「誰が泣かせたの。本当に悪い人だねえ、お前を泣かせるなんて」と、泣いている赤ん坊をあやす言葉。

二　別荘の番をする人。

三　堪能させる。満足させる。満腹するまで飲ませる。

四　以下二行、「開ける屏風に隔てもなく、二人は互いに見詰め合う。やつれた姿。一重は病に、文里は貧に。そして、逢われぬ苦しみに。二人の胸は塞がるばかり。一重は恋しいその人に、身を投げようと飛び立つ思い。重い病にさもならず」。「開くる（屏風）」は、「ふさがる（胸）」と響き合う。「やつれたる」は、逢いたいと思う心の苦しみと、病と貧困とに憔悴したさま。「ふさがる胸」は、喜びや悲しみ、悩みなどで、胸が詰まること。「飛び立つ思ひ」は、嬉しさのあまりに、その場を飛び去ろうとする気持。「オモヒ」はまた、「重い病」に掛かる。

五　起きられない。「かねる」は、動詞の連用形を受け、その行動を起そうとしても、どうしてもできない有様を表す補助動詞。

浄 〽逢ひ[六]たかつたとばかりにて、顔も涙に取りすがれば、文里も背中をなでさすり、

ト、一重、すがり付く。

文里 己(おれ)も患つてゐると聞いて(お前が病気だと聞いて)、逢ひたく思つてゐたけれど、来るに来られぬ今の身の上(現在の境遇)。ところへ(そこへ)御亭主から迎ひゆゑ(迎いがあったゆえ)、飛び立つ思ひで逢ひに来たが、昨日[七]若い衆(与助)に聞いたより(聞いた以上に)、お主(ぬし)はたいそうやつれたな(お前はひどくやせ衰えたな)。

一重 お前(まへ)もわづか逢はぬ内(あなたもちょっと逢わぬうち)、みすぼらしい(見るかげもない)形(なり)にならんしたな(姿におなりになりましたね)。

吉野 ほんに(本当に)、以前の文里さんの面影はありんせん。

文里 それゆゑなんぼ逢ひたくても([八]だからいくら逢いたくても)、どうも逢ひに来られねへ(どうしても逢いにこられない)。

一重 さうして今日はおしづさんも、いつしよにお出でなんしたのかへ(おいでになったのですか)。

文里 あれにも来いといつたれど(あいつにも来いと言ったけれど)、雪で頭痛がするとか言つて、いつしよに来ぬ(来ない)は久しぶり(それというのも久々に)、お主(ぬし)に話もあらうと思ひ、粋[九]を通して(気を利かせて)来ぬ様子。それゆゑ(だから途中で)道で坊主に泣かれ、どんなに困つたか知れねへ(どんなに困ったか分らない)。

六 以下二行、「逢いたかったというだけで、後は言葉にならぬ。涙で濡れた顔を拭こうともせず、文里にすがりつくと、文里はその背を優しく撫で」。

＊ 浄瑠璃――浄瑠璃とは、室町時代中・末期に流行した『浄瑠璃御前物語』の、女主人公の名に由来する。大坂で栄えた義太夫節、古曲と呼ばれる一中節や河東(かとう)節、薗八(そのはち)節、今も盛んに演奏される常磐津(ときわず)節、清元節、新内節など、すべて浄瑠璃に属する語り物である。

七 三五五頁には、「今日」とある。

八 暮しに困るほどの貧しさで、身なりを調えられなかっただけが理由ではない。文里をためらわせたのは、何よりも、借金を払えぬ心苦しさ、丁子屋長兵衛に対する義理であった。

九 気を利かして。「粋」は、人情、殊に男女間の情の機微や、遊里の事情に通じ、理解があること。また、遊び上手な人。

一重　そんなら（それでは）、連れて来ておくんなんしたか（連れてきて下さったのですか）。

文里　お主（ぬし）に見せようと、懐へ入れて来た。

一重　さぞ大きくなりんしたらう（きっと大きくなったことでしょう）。早う見せておくんなんし。

文里　いま、ひもじがつて泣いたゆゑ（一 乳を飲みたがって泣いたので）、花の香が寮番へ（寮番の内儀さんの所へ）、乳をもらひに抱いていつた。飲ましたら連れて来るだらう。

吉野　お前（まへ）に早く見せたうざます、どんなに太つてゐなんすだらう（どれほど丸々と太っていらっしゃることか）。

一重　オヤ、さうざますかへ（そうなのですか）。

文里　その太つたに引き替へて（赤子の太ったのとは 二）、お主（ぬし）はたいそうやせたなァ。

一重　それゆゑ体が痛うざます（ですから体が痛みます）。

文里　さぞこれぢやァ痛からう（本当にこの様子では痛いだろう）。ドレ（では）、己（おれ）がさすつてやらうか。

浄　〽三いたはる手さへ柔らかに、積もる傍（かたは）ら消えてゆく、春の習ひに泡雪も、軒のしづくと鳴る鐘に、哀れを添ふる相（あひ）の山。

ト、この内（この間）、文里、一重の介抱をしながら、吉野と、しよせん（到底助からぬ）

一　盛んに空腹を訴えて、食物をほしがる。

二　～とは全く反対に。～とは替って。

三　以下二行、「慰める手も心地良く、痛みはすぐに消えるけれど、消えて行くのは一重の命、積もるや否や消えて行く、春の泡雪同様に。瞬く内に雪は融け、雫となって軒から落ちる。上野の山に鳴る鐘の、無常の響きに哀れを添える、相の山の親子連れ」。「いたはる」は、優しく慰める。「積もる傍（かたは）ら」は、積もるとすぐ。「春の習ひに」は、春の常として。「泡雪」「鳴る鐘」と、雪と鐘とを対にするのは、『白氏文集』の、「遺愛寺鐘欹枕聴、香炉峰雪撥簾看」による。もっとも、『文集』を引き合いに出すまでもなく、大抵の戯作者が知っているはずの名句。「鳴る鐘」は、上野寛永寺の鐘。「ナル」は、「雫と成る」と「鳴る鐘」との掛け言葉。「哀れを添ふる」は、一重の死を目前に、鐘の音に諸行無常の響きを聞き、その哀れさに、さらに相の山が哀れを添える意。近松門左衛門の『傾城反魂香』中之巻に、「哀れ催す相の山、我に涙を添へよとや」とあるによるか。「相の山」は、正しくは「間の山」。寛文（一六六一～七三）ごろ、三重県伊勢の間の山に、簓（ささら）をすったり三味線を弾いたりして唄を歌い、子供を踊らせ、参宮客に物乞いする乞食芸人たちがいた。その唄や曲節が都市に伝わり、間の山節として流行。歌詞は哀切で、また、鐘の音に、『涅槃経(ねはんぎよう)』の四句の偈(げ)の響きを聞くという文句が、良く用いられている。

四　円板を二つ折りにしたような、頂きが平らで、「一」の字の形をした編み笠。編み笠は、菅の葉や藺草(いぐさ)や竹の皮を編んで作る。

五　三味線を小型にした、三絃ないし四絃の擦絃楽器。楽器を立て、馬尾を張った弓で演奏する。音色は悲しい。

六　子供の髪型の名。芥子坊主の基本形は、頭頂にのみ毛を残して、あとは剃った形。変形に、後頭部の毛だけを残すもの（権兵衛・盆の窪）、耳の上ないし揉(も)み上げの毛のみ残すもの（奴(やつこ)）、それらを合わせたものなどがある。女児には、それぞれ大き目に残した上、さらに前髪を残す場合が多く、七、八歳ごろからは、その前髪を立て、周囲はおかっぱで髷を結う。その髷が島田なのであろう。

七　「おとっつぁん」に対応する母親の呼称。

八　卑しい。食い意地が張っている。

九　往来で物を食うのは、犬か乞食。町なかの良家の、子供に対する躾(しつけ)の一つである。

助からぬといふ思入あつて、涙をぬぐふ。浄瑠璃の切れ、時の鐘、合方、雪下しにて、向ふより、おしづ、一文字[四]の編み笠をかぶり、安下駄を履き、胡弓(こきゆう)[五]を持ち、出て来(きた)り、後より、娘おたつ、絹やつし、芥子(けし)[六]坊主の島田、手拭ひを頬被(ほほかむ)りにして、弟鉄之助、芥子坊主、同じく絹やつし。おたつ、これを背負ひ、破れたる番傘をさし、出て来(きた)り、花道にて、

たつ　モシおつかさん[七]、鉄がなにか食べたいと言ひますわいな。

しづ　なんの鉄がそのやうな、さもしい[八]事を言やるものか、お主(ぬし)がおほかたいふのであらう。行儀の悪い。往来中(わうらいなか)[九]で物を食べるといふがあるものか。ナウ(なあ)、鉄、姉(ねえ)さんが言うたであらうの。

鉄之　己(おい)らぢやない、姉(ねえ)さんぢや。

たつ　エェこの子は。なんで私(わし)がそのやうな、さもしい事を言ふものかいの。

しづ　ハテ、其方(そなた)の言うたにしておきやいのゥ。

浄 〽[一]おしづは夫(をつと)の跡を追ひ、ここへきぎすの小鳥さへ、十(とを)と五つにまだ春も、二十日(はつか)を越さでさえ返る、寒さ忍びてやう／＼と、枝(し)折(をり)の外にたたずみて、

ト、この内(この間に)、おしづ、おたつ・鉄之助をいたはるこなし(気遣う動作)、よろしく(適当に)あつて舞台へ来(きた)り、

浄 〽確かにここと差しのぞく、内には尋ぬる文里の声。(間違いなくこの家だと中をのぞいてみると　家の中には探し求めてきた文里の声がする)

文里　コレ(さあ)一重、ちつと横になればいい。(少し寝れば良い)

一重　いえ、この方が良うざます。(身を起している方が気分が良いのです)

吉野　ちつと替はつて、さすりんせう。(少し私が交替して　さすりましょう)

文里　まだ、くたびれねへからいい。(疲れてはいないから替らなくて良い)

ト、この時、おたつ、文里を見付け、

たつ　アレ、親父(おとつ)さんが。

一　以下三行、「おしづは夫の跡を追って、ここへきた。焼け野の雉子(きぎす)ではないけれど、二人の子供をかばいつつ。その子もすでに十と五つ。まだ十五日小正月、明けの二十日も越さぬ内、厳しい寒さに耐えながら、やっとのことで辿りつき、枝折戸の外にたたずんで」。「ここへきぎす」の「き」は、「きた」と「きぎす＝雉子」の掛け言葉。「きぎすの小鳥」は、「焼け野の雉子、夜の鶴」――雉子は野原に巣を作り、野火でその原が焼かれると、雛を守って自分は死ぬという、子を思う親の情を説く諺による。雉子は、もちろん、おしづの意。名題の「夜鶴＝文里」と対照的に用いた。「小鳥」は、二人の子。「十と五つ」は、二人の子の年齢から、さらに、小正月の十五日をさす。「二十日」は、小正月が明けると同時に、旧臘以来の一切の正月行事が終る日。「さえ返る」は、寒さが著しく厳しいこと。「たたずむ」は、じっと立ち止っていること。辺りをさまようこと。

二　ここは役者自身が歌うべきところ。ただし、演出によっては、初句のみ役者が歌い、後は囃子方に取らせることも考えられる。

三　『夕霧間の山』(『新投節』所収)の一節。

しづ　ア、コレ(しいっ)。静かに言やいのゥ(言いなさいよ)。

ト、おたつを止め、胡弓をしやんと(きちんと)構へる。二これにて(これをきっかけに)、相の山節(間の山節)になり、

相　〽三夕べ朝(夕方あした)の鐘の声(朝に鳴る鐘の音は)、寂滅ゐらくと響けども(寂滅為楽と響くのだけれど)、聞いて驚く人もなし(それを聞いて目覚める人もいない)。

ト、この内(この間に)、一重、苦しき思入(苦しむ様子)。文里、いろ〳〵介抱する。吉野は口の内にて題目を唱へ(口の中で南無妙法蓮華経と唱え)、四盆の米を数へゐる。おたつは眠がる鉄之助をいぶり付けながら(寝かし付けながら)、寒い思入(寒さに震える)、よろしく(手に息を吹きかける等の動作)。

文里　コレ一重、だいぶ息遣ひが悪いが(呼吸の調子が悪いが)、五差し込みでもするのか(胸が痛みでもするのか)。

ト、一重、思入あつて(頷いて)、

一重　あい、久し振りで来なんした(おいでになった)、お前(まへ)に案じさすまいと(あなたに心配させまいと)、こらへてゐたけれど(ただもう我慢していましたが)、しよせん(到底)私(わたし)や助からぬぞへ(私の命は助かりませんよ)。

文里　ナニ(何をいう)、助からねへ事があるものか(きっと助かるさ)。己(おれ)が六欲目か知らねへが(俺のひいき目かも知れないが)、顔の色(顔色)

原文は、「花は散りても、春咲きて、鳥はな古巣に帰れども、行きて帰らぬ死出の道」。「寂滅為楽」は、『涅槃経(ねはんぎょう)』の偈(げ)、第四句。煩悩の世界を脱し、悟りの境に入ってこそ、真の安楽を得る。「聞いて驚く人もなし」は、それを聞いて目覚める人もなく、皆、煩悩の闇にさまよい続ける意。この場面には二つの典拠がある。㈠近松門左衛門作『夕霧阿波鳴渡(ゆうぎりあわのなると)』。明日をも知れぬ遊女夕霧のもとに、落ちぶれた藤屋伊左衛門が、二人の中にできた息子源之介を連れ、乞食姿で訪れて相の山を歌う。→文里・一重・梅吉という人物設定。おしづが相の山、それも外ならぬ『夕霧間の山』を歌う。㈡近松半二、他作『奥州安達原(おうしゅうあだちがはら)』。安倍貞任(さだとう)の妻袖萩が、盲目の乞食に落ちぶれ、娘お君に手を引かれて、雪中に、勘当を受けた親の家を訪れ、破れ三味線を弾きながら、悲しい唄を歌う。→おしづが、やつれた姿で、二人の子を連れて雪中に寮を訪れ、相の山を歌う。

四　題目を何度唱えたか、米粒で数取りをしている。

五　癪。胸部の激しい痛み。

六　親しい人に対する好意や愛情から、その人の性格や行動などが、客観的な評価以上に良く見えること。また、そのような見方。

などは不断のやうだ（などはいつもと変らないように見える）。そんな弱い気を出しちやァ いけねへ（そんな弱気を起してはいけない）。

一重　いえ〳〵、助からぬといふ事は（駄目だということは）、とうから（ずっと前から）覚悟をしてをりんす。

吉野　そんなら（それでは）お前(まへ)は、アノ、とうから（以前から）。

一重　三度の食も見たばかり（食事もただ見るだけで）（涙を押え）◯

浄　〽御洗米(ごせんまい)[一]さへただ一粒(りふ)（ただの一粒も）、喉(のど)[二]へ通らぬ病ゆゑ（食べられない病気ですので）、この世を中(さる)[三]の御縁〔に頂いた〕日、帝釈(たいしやく)[四]さまのお水[五]をば、末期(まつご)[六]の水と心にて、頂いて飲む私が覚悟（心の中で有難く思いながら飲む私の心構え）。

吉野　アレ、あのやうな事言うて、

浄　〽妙法蓮華(めうほふれんげ)[七]けふ明日(あす)と、（日蓮上人）繰(く)る数珠(じゆず)よりも玉の緒の、今にも切れるかなんぞのやうに、祖師さん願ふ死に急ぎ、傍(そば)で聞く身の私(わたし)が悲しさ。

浄　〽推量して（察して下さいと）[八]とも〳〵に、涙[九]は雪解(ゆきげ)のにはたづみ。

一　神仏に供える、洗い清めた米。また、供えることによって神仏の恵みが宿っていると信じられる、お下がりの米。

二　食べようとしても、物が食べられない病気。血労（労咳）の典型的な症状の一。

三　この世を去る覚悟で。「世を去る」と、「申（の日）」との掛け言葉。

四　柴又（葛飾区柴又七丁目）にある帝釈天（日蓮宗、経栄山題経寺）。日蓮作と伝える、帝釈天の忿怒(ふんぬ)像を刻んだ板本尊が発見されたのが、本堂を再建した安永八年（一七七九）の庚申の日。かつて、大坂の四天王寺に帝釈天が降臨したのも庚申の日。それで、庚申の日を縁日と定めた。また、その板本尊の片面に「病即消滅」の文字が刻まれていたところから、除病延寿の利益ありと信じられた。なお、帝釈天は仏教の守護神。

五　庚申の前夜、人々は本堂にお籠りをし、翌朝、庭前の御神水を頂いて帰ったという。

六　死期（臨終）に、口に含ませる水。

七　以下、吉野の言葉の一部。「妙法蓮華経とお題目を唱えながら、今日こそは良くなりますように、明日こそは治りますようにと祈って、数珠を爪繰るそのそばから、命が今にも絶えるかのように、極楽往生をお祖師さまに願って、一時も早く死のうとする」。「妙法

ト、この内、一重、吉野、よろしくあつて、

文里　お前までが同じやうに、春早々一〇縁起でもねへ。つるかめ〳〵。

浄　〽いふ表には相の山、寒さに声も震はれて。

相　〽一一花は散つても春は咲く、鳥は古巣へ帰れども、いつて帰らぬ死出の旅。

ト、これを聞き、一重、思入。文里、吉野は、悪いものが来たといふこなし。おしづは、内の様子をうかがひゐる。おたつはこの内、袂より、一二銭独楽を出し、一三雪釣りをして、鉄之助に見せ、始終、口にて手を温め、寒さをこらへるこなし、よろしく。

一重　文里さん、聞かしやんしたか。折も折とて相の山。アレ、あの文句にあるとほり、いつて帰らぬ死出の旅　〇

相　〽一四野辺よりあなたの友とては、けちみやく一つに数珠一連、こ

蓮華けふ」の「けふ」は、「経」と「今日」との掛け言葉。「繰る」は、数珠の玉を、爪先で一つずつ送って行く。数珠玉の縁で「玉の緒」＝命。「緒」の縁で、「切れる」＝絶える。

八　一重と吉野が、二人一緒に。

九　「二人の涙は雪融け水のようにとめどなく流れる」。「にはたづみ（行潦）」は、雨などのために、地上にたまりあふれ流れる水。

一〇　凶事を感じさせて、不吉である。「縁起」は、あることに関する、吉凶の前兆。

一一　『夕霧間の山』の一節。原文は「夕べ朝の、鐘の声、寂滅、為楽と響けども、聞きてな驚く人もなし」（三七八頁注三参照）。「死出の旅」は、死の世界に赴くこと。

一二　銭の孔に軸を通し、糸で回す独楽。

一三　糸に木片などを結びつけ、それを軒端の雪に引っかけ、落さずに釣り寄せる遊び。

一四　『夕霧間の山』の一節。原文は「野辺よりあなたの、友とては、胎蔵、界の曼荼羅と、血脈、一つに数珠一連、是がな冥途の友となる」。「野辺」は、野辺送りの略。火葬場などの捨て墓に、遺体を送って行くこと。弔い。「けちみやく（血脈）」は、在家信者に与える、仏の教えを受け継いだという系譜の書き付け。その信者が死んだときには、棺の中に入れてやる。

れが冥土の友（冥土への道連れになる）となる。

ト、この内、一重、枕元の数珠を取り、文里、吉野に見せ、よろしくあつて、

一重　ハアア。

ト、相の山の切り[一]に泣き伏す。吉野、介抱なす。

鉄之　母（かか）さま、寒いわいの。

しづ　オォ、寒からう（寒いだろう）〳〵、良うおとなしうしてゐやつた（〔相の山を歌っている間〕よくお利口にしていましたね）。

文里　悪い所（ところ）へ相の山、哀れな文句につまされて[二]、余計に涙をこぼさせる[三]（一層涙がこぼれてくる）。ドレ（それでは）、手の内[四]をやつて、いつてもらはう　（頷く）○

浄　〽連れ添ふ[五]妻や我が子とも、思ひ掛けなく白雪（しらゆき）に、文里は枝折（しをり）の傍（そば）へ来て、

ト、文里、懐中（ふところ）より財布を出し、内より小銭（こせん）を出し、これを持

一　哀傷に満ちた浄瑠璃の文句の終りとともに、主人公が大泣きに泣く。よく使われる手法である。

二　心が引きつけられる。心を動かされて、切ない気持になる。

三　一重の命が旦夕（たんせき）に迫り、ただでさえ泣けてくるのに、あの「哀れな文句」が、さらに一層、私に涙をこぼさせる。

四　乞食や巡礼などに与える金銭や米。

五　以下二行、「相の山の乞食が、実は、連れ添う妻や子供だとは思ってもいないので、それと知らずに、思い掛けない春の白雪の降る中を、文里は庭に下り立ち、枝折戸のそばに来て」。「連れ添ふ」は、結婚して、人生を共にすること。「思ひ掛けなく」は、上の「妻や我が子とも」を受けると同時に、下の「白雪」に掛かる。「白雪」の「シラ」は、「知らず」と、「白雪」との掛け言葉。

ち、枝折の傍へ来る。おしづ、おたつ[六]・鉄之助を後ろへ隠し、
　編み笠にて顔をそむける(顔を隠すとともに横を向く)。
コレ〳〵(おいおい)相の山どの、ちつと(ちょっと)内に取り込み[七]があるから、早く隣りへ
いつて下せへ。
浄 〽差し出す銭(ぜに)におしづははつと[八]、顔を隠せば頑是(ぐわんぜ)[九]なき、子供は
傍(そば)へ駆け寄つて、
　ト、文里、銭を出す。おたつ、傍(そば)へ来て、
たつ　ヤ(やあ)、おとつさんが。
　ト、文里見て、
文里　ヤ(おっ)、其方(そち)[一〇]は、
　ト、吃驚(びつくり)なす。
しづ　文里どの。
文里　ア、コレ(しいっ)。

六 おしづは家に残り、ここには来ないことになっているから、子供の姿はもちろん、自分の顔を見られても具合が悪いのである。
七 冠婚葬祭などで、人の出入りが多く、ごった返していること。
八 思い掛けない出来事に不意を打たれて、驚いたり、緊張したりする様子を示す副詞。
九 無邪気な。何事にも聞き分けのない。
一〇 お前。方向を示す代名詞が、対称の人称代名詞に転用されたもので、主に武士や男性が、下輩のものに対して用いる語。

浄 〽文里は辺り[一]はばかりて、そこにしばしと目[二]で教ゆれば、おしづは我が子（鉄之助）の口に袖［を当て］、[三]頷き[四]あうて傍（かたへ）なる、松の木陰[五]に忍びゐる。

[六]ト、文里、思入（頷いて）あつて、そこに待つてゐよと教へる。おしづ、鉄之助の口を袖で押さへ［声が洩れぬよう］、おたつにささやき［さあ行こうと］、両人（おしづおたつは互いに）、思入あつて（頷いて）、下手（しもて）へ忍ぶ。文里、元へ来る（元の庭先に戻る）。

吉野 モシ、文里さん、今の相の山は、子供を連れて来（き）いしたの。

文里 ムム、[七]なんぞ様子のあるかは知らぬが、この雪も構はずに（降りしきる雪もいとわずに）、可哀さうに子供を連れて。

吉野 袖乞ひをして歩くとは、御亭主[八]でもない人か（ご亭主などのない人か）。

文里 いや、あつてもどうで腑甲斐（ふがひ）[九]ない、己（おれ）のやうなものとみえる。

ト、[一〇]ほろりと思入（思わず涙をこぼす）。

一重 さぞ寒い事でありんせう（きっと寒いことでしょう）。

ト、言ひながら、一重、泣き伏す。

一 一重に気兼ねして。「辺り」は、辺り近所。ここでは家の中の人々、殊に一重。「はばかり」は、気兼ねして。遠慮して。

二 声を立てるのを、目遣いで止め、そこに身を潜めて、しばらく待っているようにと、指示する。

三 声を立てぬよう、袖で口を塞ぐ。

四 無言の内に意思が通じ合ったことを示す動作（しぐさ）。

五 身を隠すとともに、降る雪を避けて、茂った松の下陰に宿るのである。

六 以下のト書きの内容は、浄瑠璃のそれとさして違わない。浄瑠璃の文句の大部分が、このように、ト書きと重なり合っており、当然、ト書きに指定されている行動は、浄瑠璃が語られている間に、ほぼ同時に進行する。

七 何かは知らぬが事情があるらしい。

八 夫や親などがいない人なのだろうか。「亭主」は、夫、主人。「でも」は、例をあげて、同種の事物を漠然とさす副助詞。

九 頼りない。意気地がない。

一〇 心を動かされて、思わず涙を流す様子を表す副詞。

一一 「お主より俺の方が（死んで行くお主より、後に残る俺の方が）」といいかけ、聞きとがめられて、「お主の体へ」と誤魔化す。

文里　アア、また泣くのか。

一重　なにを聞いても悲しくなつて。

文里　その悲しいはお主（ぬし）より、（お前よりも）

一重　エ、

文里　一一お主（ぬし）の体へ開け放しで、（部屋が開け放しで）一二雪風が一三染みては悪い。ちつと（暫くの間）障子を閉めておかう。

吉野　ほんにそれが良うざます（ございます）。

浄　〽一四立つる障子の紙一重、薄き縁（えにし）の別れとは、後（のち）にぞ思ひ白妙（しらたへ）の、雪はしだいに。

ト、文里、一重を見て、助からぬといふ思入（悲しみの気持を表す）。吉野、障子を立（閉め）てる（る）。一五三重、雪下しにて、この道具、一六半分回し、一七下手（しもて）の枝折（しをり）の上手（かみて）になる。

一二 雪まじりの風。

一三 体に刺激を与える。体にこたえる。

一四 以下二行、「閉める障子の、僅か紙一重の隔りが、この世とあの世の生死の境。一重との、紙同様に薄い縁。その縁が切れ、永の別れとなろうとは、後で思い知られること。雪はだんだん」。「立つる」は、戸や障子を閉めること。「紙一重」は、「障子の紙」「紙一重＝物と物との隙間が極めて僅かなこと」、遊女「一重」という重層的な表現。「薄き」は、紙の縁語。「縁」は、人と人とのつながり。一重との、紙のように薄い縁。「思ひ白妙」の「シラ」は、「思ひ知られける」と、「白妙の」（雪の枕詞）との掛け言葉。「雪はしだいに」は、次頁の浄瑠璃の冒頭、「降りしきる」につながる。

一五 唄を伴わぬ三味線の曲で、対面三重・忍び三重など、さまざまな種類がある。ただ「三重」とのみ記す場合は、一般に、役者が花道を入るときに用いる曲をいうようだが、それはまた、舞台転換にも使用されたらしい。

一六 「半回し」とも。舞台を半回転すること。

一七 下手の枝折が上手になる。「枝折の」の「の」は主格を示す格助詞。あるいは誤植か。『狂言百種』本には「下手の枝折上手に成る」。

本舞台、向ふ一面（正面全体は）、雪の積もりし建仁寺垣（けんにんじがき）、後ろ、見越し[一]の松、前の屋体（さっきの）の屋根を見せ、日覆（ひおほひ）（天井から）より、同じく雪の積もりし松の釣（つり）枝（えだ）を下ろし、ここに、おしづ、鉄之助を抱き、おたつ、傘をさし掛けゐる。三重、雪下し（ゆきおろし）。雪、しきりに（盛んに降っている）降りゐる。よろしく（しかるべく）、道具納まる。

浄 〽降りしきる[二]（盛んに降る）、風も激しく親と子[三]が、さす傘よりも破れ衣（やぶれぎぬ）に、寒さは骨に染み渡り、こらへるおたつは歯の根も合はず。

たつ モシ母さん（おつか）、雪で痞（つかへ）[四]が起こつたと言はしやんした（おっしゃいましたが）が、どうぢやぞえ（具合はどうですか）。

しづ オオ（ああ）、良う尋ねてくりやつた（よく訊いてくれました）。きつい事はないけれど（ひどいというほどではないけれど）、この寒さゆゑ（この寒さだから）どうもまだ（まだどうもよくありません）。

鉄之 寒くば（寒ければ）[五]坊が温（あたた）めて上げよう。

一 塀越し、垣根越しに、外から見える松。

丁子屋別荘、表の場 雪に凍える思いのおしづ親子を、それと知らぬ喜助が、邪慳（じゃけん）にも追い払おうとする。再び出てきた文里から、一重の死は今夜あたりと聞かされ、心痛の余り、おしづは癪を起す。そこへ、容態悪化の知らせ。妻と一重の間に挟まれ、子供にまといつかれて窮する文里を、健気にもおしづは、一重のもとに行かせる。長兵衛が戻り、おしづたちを座敷に伴う。

二 前頁の浄瑠璃の文句「雪はしだいに」に続く。以下、『奥州安達原（おうしゅうあだちがはら）』三段目の以下の場面による。「次第次第に降りつもる、寒気（かんき）に肌（はだへ）も冷え切れば、持病の癪（しゃく）の差し込んで、かつぱとまろべばお君はうろ／＼、さする背中も釘氷。涙片手に我が着る物、一重を脱いで母親に、着せてしよんぼり白雪を、すくうて口に含ますれば、やう／＼に顔を上げ、オオお君もう良ござる。このまた冷えることわいの。そなたは寒うはないかや。イエ／＼私は暖うござります。良う着てゐやるか、ドレ／＼、ヤア、そなたはこりや裸身（はだかみ）。着る物はどうしやつた。あんまりお前が寒からうと思うて。ヘツエ親なればこそ子なればこそ」。

ト、おしづの手を取り、〔自分の〕顔へあてる。

しづ　オヽ(ああ)、温(あたた)かになつたわいの。〔温かくなりましたよ〕

たつ　お寒ければ私(わたし)の袢纏(はんてん)、肩へ掛けてあげませう。

しづ　ア、いや〱、私(わたし)よりは其方(そなた)が、さぞ寒い事であらうわいの。〔お前が本当に寒い事だろうね〕

たつ　いえ〱、私(わたし)や寒くはござんせぬ。

しづ　ナニ、ない事があるものか。〔寒いにきまっている〕歯の根も合はぬ胴震ひ[六]。〔がたがた震えているではないか〕

浄　〽不便(ふびん)[七]の者やと右左、伏見常盤(ときは)[八]の悲しみも、かくやとばかり泣きしづむ。〔こんな具合であったかと〕折からここへ若い者、〔ちょうどそこへ若い者の喜助が〕門(かど)[九]の掃除に目に角(かど)立て。

ト、おしづ、おたつ・鉄之助を抱き、よろしく思入。〔子供を哀れむなど複雑な気持を表す〕下手より、喜助、竹箒(たけばうき)[一〇]を持ち、庭を掃除に出て来(きた)り、

喜助　コレ〱(おいおい)、いつまでそこに休んでゐるのだ。たんと降らねへうちに〔降り積もらないうちに〕いきなせへ。

しづ　はい、積が起こつて困りますれば、〔困っておりますので〕どうぞもう少々。〔どうぞもうしばらく〕

三　以下二行、「親子が差す傘も破れてはいるが、それよりひどく破れている着物を通して、寒さは骨にまでしみこみ、それに耐えるおたつは、歯ががちがち鳴るほど震えて」。

四　積のこと。急激に襲う胸の痛み。

五　幼児が、自分のことをさしていう一人称の代名詞。男女ともに用いる。また、幼児の称。

六　寒さや恐怖のため、全身が震えること。

七　「可哀そうな者たちよと、二人の子を左右に抱え」の意。

八　源義朝没後、妻の常盤が三人の幼な子を連れ、余寒の激しい二月、伏見を出て木幡山に行き悩んだという『平治物語』の話を典拠に、それを雪中のこととした幸若舞曲『伏見常盤』が成立。その悲話は近世にも受け継がれ、近松の『源氏烏帽子折』や、常磐津の『恩愛瞶関守(おんあいひとめのせきもり)(宗清)』を生んだ。

九　「表の掃除に出てきて、目に角を立て」。「門」と「角」と、音を合わせた。「目に角立て」は、怒りの余り、目付きも鋭くなる意。

一〇　葉を落した竹の小枝を束ね、竹の幹の柄をつけた箒。

喜助　いや、置く事はならねへの（置いておくことはできないよ）。[一] このあひだも先（さき）[二]の寮へ、そんな事をいつて（似たような事を言って）子を一人、置いていつた（捨てて行ったそうだ）といふ事だ。

しづ　いえ、さやうな者ではござりませぬわいなァ。

喜助　誰（だれ）[三]もさやうな者だと、言つてゐる奴（やつ）があるものか。サア／＼早く、いつたり／＼[四]。

たつ　どうぞさう言はずと（どうかそう言わないで）、もうちつと（もう少しの間）。

喜助　エヽ、しつこい[五]。ならねへといふに（駄目だと言っているのに）。

ト、おたつをむごく突き倒す（情容赦なく突き倒す）。

たつ　アレ（あっ）、痛いわいの（痛いよお）。

しづ　エヽ、可哀さうに、科もないものを（何も悪いことはしていないのに）。

喜助　ナニ、ねへ事があるものか（しているじゃないか）。いけと言ふに（行けと言っているのに）いかねへからだ。

しづ　いえ、いかぬとは申しませぬわいな（申してはおりません）。

喜助　エヽ、きり／＼と、ゆきやァ[六]がらねへか。

一　軽い感動を表す終助詞。
二　もう少し行ったところにある。
三　「誰も、お前たちを、そのような者だといっている訳ではない。お前たちを、そのような者だといっている奴がいるものか」の意。この、おしづ母子を喜助が邪慳に扱う場面は、『夕霧阿波鳴渡』上之巻、および、『奥州安達原』三段目の、左記の件を下敷きにしている。『阿波鳴渡』——藤屋伊左衛門が落ちぶれて、廓を訪れるところ。「冬編み笠も垢（あか）ばりて、紙子の火打ち膝の皿。風吹き凌ぐ忍ぶ草……男ども……こんな目に遭はせてくりようと、竹箒持つてかかるを」。『安達原』——娘を連れた袖萩が、親の邸を訪うところ。「様子知らねば腰元ども、さつても慮外な。物貰ひなら中間衆には貰はいで、お庭先へむさくろしい。とつとと出やとせり立てられ、ハイ／＼、どうぞ御了簡なされて、まちつとの間。ハテしつこいと女中の口々」。
四　行った行った。行け行け。「たり」は、完了の助動詞。終止形の終助詞的用法で、勧誘の意を含む命令を表す。
五　言動がくどくて、うるさい。
六　行かないか。二七五頁注一二参照。

浄 〽箒おつ取り（箒を手に取り打とうとすると）[七]立ち掛かれば、折よく文里が一間を立ち出で（い）、そ（その）れと見るより（様子を見るや否や）押しとどめ。

ト、喜助、箒を持つて立ち掛かる（打とうとする）。この時、文里、障子屋体より出て、喜助を止め、

文里 アァコレ喜助、可哀さうに、むごい事をするな。

喜助 いえ、子でも捨てられると（捨て子でもされると 厄介なことになります）、掛かり合ひになります。

文里 さうでもあらうが（それはそうかも知れないが）一重が病気（一重の病気を考えて）、マァ静かにしたがいい（とにかく静かにした方が良い）。

喜助 それだといつて（そうは言っても）。

文里 ハテ、待てといつたら（待てと言う以上待ちなさい）、待つたがいい。

ト、喜助を止める。

鉄之 親父（とと）さま、なんぞ下されや（何か［食べる物を］頂戴）。

しづ ア、コレ（しいっ）。

ト、（［鉄之助の］）口を押さへる。喜助、吃驚（びっくり）して、

七 急いで手に取る。奪うようにして取る。ここでは、手にしている箒を持ち直す意であろう。

＊三度の食——今日では、一日に三度食事することが常識になっている。けれども、昔の日本人の食事は、朝・夕の二食制が普通で、その習慣は、近世にも及んでいたらしい。しかし、激しい肉体労働に従事するものの間には、その間に間食をとって空腹を満たす習わしが古くからあり、それが昼食として固定。やがて、重労働に携わらぬ人々にもその風習が広まり、三食制が成立したといわれている。吉原でも、「三度の食も見たばかり」とあるように、世間並みに三食制をとっていたが、遊女屋によっては、二食制のところもあった。遊女の待遇の悪さとも解されるが、案外、二食制の遺風を、生活形態の中に止めていたのかも知れない。

喜助　ヤア（えっ）、そんならもしや（それではひょっとすると）。

文里　喜助、面目ないわい（恥ずかしいよ）。

たつ　もうおとつさんと言うても良うござんすかへ（お父さんと呼んでも構いませんか）。

文里　ムム（一 うん）、知れたる上は仕方がない（知られた以上やむを得ない）。

ト、喜助、吃驚（びっくり）なし（びっくりして）、下に居て手を突き（その場に座り手をついて）、

喜助　これは（これはこれは）とんだ粗相をいたしました（二 大変失礼をいたしました）。御新造さま、御免なすつて下さりませ（お許し下さいまし）。オォ、お嬢さまといひ（お嬢さまも 三）お坊さんといひ（お坊っちゃまも）、

浄　〽良いお子さまと若い者（（喜助））、追従（ついしょう 四）たら〳〵（五）雪の中（六「だというのに」）、汗をぬぐうて（流れる汗をふいて）入りにけり（入って行った）。

ト、喜助、気の毒なる思入にて（七 きまりの悪い表情をして）、こそ〳〵（八 そっと）と下手（しもて）へ入る。

浄　〽後見送りて（その後を見送って）親と子が、三筋四筋に相の山（九）。

ト、誂（あつらへ）の合方。

一 相手の意志や要求に理解を示したり、それを受け入れたりするときに発する感動詞。

二 失礼。無礼。過誤。

三 ～といい、～といい。格助詞「と」で受ける言葉を取り立て、並列する語法。

四 お世辞。おべっか。人に気に入られるよう、御機嫌を取ること。

五 文句や不平、お世辞などを、くどくどと述べ続ける様子を表す副詞。

六 「寒い雪の中だというのに、流れる汗をふいて」。もちろん、この「汗」は冷や汗で、暑さに流す汗とは何の関係もないが、文飾のために、あえて対照させた。

七 きまりが悪い。恥ずかしい。

八 そっと。心にやましさを感じて、何事かを、人に隠れるように行う様子を示す副詞。

九 以下、「親と子が三人四人（みたりよったり）晴れて逢う、三筋四筋の糸に合わせる、身過ぎ世過ぎの相の山」。「三筋四筋」は、相の山の伴奏に用いる三絃の楽器（三味線もしくは三絃の胡弓）、ないし四絃の楽器（四絃の胡弓）を本意として、それに、㈠三、四の数に合わせた親子三人（おしづ・おたつ・鉄之助）、文里を加えて親子四人の意と、㈡ミスジ、ヨスジの音に合わせた、身過ぎ世過ぎ（生活、世渡り）の意とを掛けた表現。また、その三重の掛け言

葉を受ける「相の山」は、「三筋四筋に合わせて歌う」を本意として、それに、㈠を受けて、おしづ母子と文里の四人が晴れて「逢う」意と、㈡を受けて、身過ぎ世過ぎの手段にする「相の山」の意とを、やはり三重に重ねた。なお、「筋」は、糸の単位呼称。

一〇 そして。そうして。先の事柄に続けて、その事情などを問うときに用いる接続詞。

一一 烏の鳴き声が、どこか普段とは違っているように聞える場合、それを、死や火災や病気、天候の急変などの凶事が起る前兆とする俗信。多く、死の予兆と考えられる。

一二 偶然の出来事で、吉凶を判断すること。

一三 激しく泣く。ひどく泣く。

一四 万一。もしも。

一五 疳(かん)の虫。ひきつけのような、子供の病気の原因と考えられていた虫。また、その種の病気。

一六 冬、顔に当る寒気を避けるためにかぶる編み笠の意。特に材料や製法に、他と区別があった訳ではないようだ。強いていえば、菅笠であったかと思われる。

鉄之　親父(とと)さん冷たい、抱いて下され。

文里　オォ、抱いてやりませう(抱いてあげましょう)。サァ、おたつもここへ、手を出しやれ(手をお出し)。

たつ　あい(はい)／＼。

ト、文里、鉄之助を抱き、片手に(片手で)おたつの手を取り、懐へ入れ温めながら、

文里　一〇してマア其方(そち)(お前は)はこの雪に(この雪の中を)、なんで(どうして)そんな形(なり)をして(格好をして)、どういふ訳で(なぜ)ここへ来たのだ。

しづ　サァ、一重さんがむづかしい(重態だ)と、知らせの人に(知らせの人の言葉を聞いてあなた以上に)お前より、私が(私の方が)逢ひたく思へども(逢いたいとは思いましたが)、久しぶりでゆかしやんすに(逢いに行かれるというのに)、女房がゐては良い仲でも、話のしにくい事もあらう(あるに違いない)と、癪を幸ひ(癪を良い口実にして)内にゐたれど(いたけれど)、気にするせへか(色々な事が気になる為か)一一烏鳴き(鳥の鳴き声も)、聞く一二辻占(つじうら)も良い事なく(不吉に聞え胸騒ぎして)、一重さんが悪いのか、ただし(あるいは)は梅(梅吉)が一三泣き入つて(ひどく泣いて)、一四ひよつと一五虫でも出はせぬか(ひきつけでも起しはしないか)と、心に掛かつて(気になって)内に居られず(内に落ち着いていられず)、せめて門(かど)からよそながら(門口からそれとなく)、様子を見ようとこのおたつが、踊りに使うた(踊りの小道具に)一六冬編み笠(「があったのを」)、これ幸ひ(天の恵み)と(「に姿を変えて来たのです」)相の山。大概様子も聞いた(聞いて分っ)

文里　ゆゑ（たので）、早う帰れば良い事を（さっさと帰れば良かったのに）、長居をしたで［一］（長居したので）お前（まへ）にまで［二］、女房（にようぼ）が袖乞（そでご）ひするやうに、恥をかかせし私（わたし）が誤り。なんというたら良からうぞ（何といってお詫びをしたら良かろうか）。

文里　ムム（うん）、そんなら（それでは）梅吉を案じて（梅吉の事を心配して）、其方（そなた）はこの雪もいとはず（お前はこの雪も構わずに）、ここへ来やつたのか（来たのかい）。

しづ　あい（はい）、悪い心でせぬ事なれば（悪意からやったことではないので）、どうぞ堪忍して下さんせいな（どうか許して下さい）。

文里　ア、いや（いや）、その詫び言（こと）［三］は此方（こなた）より（お前より）、己（おれ）が方から（俺の方から）詫びねばならぬ（軽く目を閉じて）◯

浄　〽ふとした事［四］から二年越し、廓へ通ふその内も（その間も）、男の高下（かうげ）［五］（特権）とあきらめて（諦めて）、只の一度悋気もせず（焼き餅など一度も焼かず）、［俺が］内へ帰れば水雑水［六］［やら］、迎ひ酒にささ一つと（もう一杯お酒をと）、かゆい所へ手の届く［七］（いたれり尽くせりの）、そなたの世話にその時は、

アア、いかに（いくら）亭主は女房を、養ふものとは言ひながら（養っているからといって）、己（おの）が勝手に（自分勝手に）夜泊まり日泊まり［八］（家を外に廓遊び）。もう（もう）〳〵ふつつり［九］（二度と）廓へは、足をばけして向けまいと（決して足を向けるものかと）、思つた事は幾度（いくたび）か（何度思ったことか）（目頭を押える）◯

一　同じ所に、長時間とどまっていること。

二　「女房が袖乞いをしているように（女房にさせているように）人に思われて、お前にまで恥をかかせたのは、私の過失」の意。

三　詫び。詫びる言葉、ないし、行為。

四　思い掛けない。ごく些細な。

五　「こうけ」と、清音で発音することもあり、また、「後見」とも表記する。主人が奉公人に、父が子に、男が女にと、目上のものが目下のものに対して持つ権力や意識。

六　水の量の多い雑炊（増水）。酔い覚しに良いとされている。

七　こまかい所にまで配慮が行き届くこと。

八　酒や女遊びに夢中になり、家に帰ろうとしないこと。

九　きっぱり。全く。ある行為や関係を、完全に断ち切る様子を示す副詞。

一〇 経済的に、あるいは、精神的に行きづまること。
一一 売り払って金銭に代えること。
一二 見ていられないほどみすぼらしい。

一三 「夏には暑さをしのぎ、冬には寒さを防ぐために、あれこれと心を痛めることもなく」。

一四 我が子を犠牲にして。たとえば、次頁に、「梅を私が抱いて寝るので、鉄がお前に馴染んだこと」とあるのが良い例。鉄之助は、五歳といっても数え年。梅吉がくるまで、おしづに抱かれて寝たのは鉄之助なのである。
一五 いい加減。疎そか。
一六 以下二行、「許してくれと、文里は雪の中に手をついた。その手の跡が、紅葉の葉のような形に、くっきりと雪の中に残る。おしづはそれを見て、夫の心を嬉しくも、また悲しくも思って泣く。何かにつけて流す涙こそ女の真心の表れである」。「花紅葉」は、紅葉の形容。花のように鮮やかな色の紅葉。

浄 〽それも互の悪縁に［けれども俺と一重の腐れ縁のため］、つひには［結局］その身の詰まりとなり［経済的に一〇行きづまることとなり］、家蔵(いへくら)［家も蔵も］までも売り代(しろ)なし［一一 売り払い］、今ではかかる姿となり［こんなみすぼらしい姿になり］、見る影もない［一二 見るに堪えない］かすかな暮らし［貧乏ぐらし］。

聞けば其方(そなた)の親たちも、己(おれ)にあきれて縁を切り［離縁して］、別れて帰れといふ［実家に帰って来いと］との事［言う話］。里へ帰れば［実家に帰れば］らく〱と［気楽に］、一三暑さ寒さの苦労もなく、暮らされる［暮せる身なのに］のをとも〲に［俺と一緒に］、三度の食も二度食うて［二度に減らして］、苦労するのも一重ゆゑ［一重のため］。

浄 〽それを恨まずその子まで［それを恨むどころか一重の子供まで］、一四我が子に替へて世話する深切、あ一五だに思はば女房(にょうぼ)の罰［が当る］。

今日といふ今日［今日こそは］、手を下げて［手をついて］、其方(そなた)に己(おれ)が詫びるぞよ。

浄 〽一六許してくれと雪の中、残る手形の花紅葉［夫の心を］、うれしいにつけ［嬉しく思っては泣き］悲しいにつけ［悲しく思っては泣き］、涙は女子(をなご)の誠なり［女の真心を表している］。

　ト、この内、文里、子役を使ひ（相手に）、よろしくあつて（適当に演技をして）、おしづも思（涙を）入（ふき）あつて、

しづ　アァ勿体ない（恐れ多い）女房に、なんの礼に及びませう（女房にどうして礼をいう必要がありましょう〔あなたに手をつかせては〕）。私に罰が当たるわいな（私に罰が当りますな）。

鉄之　コレ親父（とと）さま、眠たうなつたわいの。

文里　オォ、眠くなつたら寝るがいい。

しづ　梅を私が抱いて寝るので、鉄がお前（まへ）に馴染んだ（なついた）こと。

文里　世帯（しょたい）[二]の苦労を忘れるのは、今の身では子供ばかり。

しづ　それはさうと（それはさておき）一重さんは、どういふ様子でござんすぞへ（どんな具合でございますか）。

文里　労[三]といふ字の付く病は、見たところはさのみでないが（それほどでもないが）、いま朋輩（友達）の吉野に聞いたが、さつきお医者さまのおつしやるに、今夜あたりと（〔がいけない〕）いふ事だ（ということらしい）。

　ト、文里、ほろりと思入（涙をこぼす）。

しづ　エェ、スリヤ（それでは）、アノ、一重さんには、ハァァァ。

一　嘆きや悲しみの場面に子供をからませると、哀れさが一層深まる。よく使われる手法である。

二　「現在の境遇で、生活の苦しさを忘れるのは、あどけない子供の顔を見る（子供を抱いている、子供と遊んでいる）ときだけ」の意。

三　血労、労咳、労瘵（ろうさい）、労嗽（ろうそう）、肺労などともいう。

浄 へ[四]はつとばかりに[五]差し込む癪（しやく）。

ト、おしづ、癪にて[六]取り詰める。文里、吃驚なせども（びつくりするが）、鉄之助を抱いてゐるゆゑ、起こされぬ思入（起されずうろたえる様子）。おたつ、介抱なす。

文里 コレ〳〵（おいおい）おしづ、どうしたのだ。

しづ 今朝（けさ）から雪で[七]癪気のところ（癪を起しているところへ）、一重さんの事を聞いて、はつと思つたら（びつくりしたら）、アイタタタタ。

たつ モシ、私（わたし）が[八]押して上げませうか（背中を押しましょうか）。

ト、おたつ、おしづの介抱する。

文里 おたつが力ぢやァ利くめへが（効き目はないだろうが）、押してやりたいにもこの[九]坊主（鉄之助）。アァ困つた物だなァ。

しづ アァ、このやうに強く差し込んでは（激しく痛んでは）。アイタタタタタ。

ト、おしづ、苦しむ。文里、片手にて押さへてやる。

鉄之 親父（とと）さん、だつこして下され。

四 息もつまる程の驚きに。「はつと」は、予期しない出来事に遭って、呼吸ができなくなるほど驚く様子を表す副詞。「ばかり」は、ほど、ぐらい。上の言葉の及ぼす、大体の範囲や程度をいう副助詞。

五 癪を起すこと。

六 逆上する。気絶する。容態が急に悪くなる。危篤に陥る。

七 癪。癪の病気。

八 癪の応急手当としては、胸をきつく締め、背中を押してやると良いとされている。

九 幼児、殊に男の幼児を呼ぶ語。

文里　エヽ、抱いてゐるといふに。（抱いているではないか）

浄　〽一足手纏(あしでまと)ひの幼子(をさなご)に、いかがはせんと立ちつ居つ、（どうしたら良いかと立ったり座ったりして）二気をもむ折から一間(ひとま)の内。（［より］）

ト、この内、（この間）雪下(ゆきおろ)し、誂(あつらへ)の合方。文里、よろしく、（あれこれと）気をもむ思(おも)入(いれ)。この時、上手(かみて)にて、（右手の家の方で）

吉野　モシ〳〵文里さん、一重さんが取り詰めなさんした。（一重さんの容態が急に変りました）ちよつと来ておくんなんし。（ちょっと来て下さいまし）

花の　おいらん、気をしつかりと持ちなましよ。（気持をしっかりお持ちなさいよ）

浄　〽聞くに吃驚(びつくり)、三どきつく胸。

文里　スリヤ、（それでは）一重には取り詰めたとか。（一重の容態が急変したと言うのか）

しづ　モシ、早くいつてあげて下さんせ。（早く行ってあげて下さい）

ト、文里、上手(かみて)へ思入あつて、（家の方が気になる様子）ゆきかねるこなし。（行くに行けないという動作）

＊三角の雪——歌舞伎の、雪の降る場面は大層美しい。溜め息の出るような美しさとでもいおうか。その、夢のような美しさを作り出しているのが、「三角の雪」である。もっとも、経費の関係から、今日では「四角の雪」を使うことが多いと聞く。紙を切る手間も、従って値段も、四角の方が半分で済むというのだ。その上、見た目の美しさにも、さして違いはないらしい。昔通りに和紙を焙(ほう)じて使ったら、その趣きは、また変ってくるのかも知れないが……。もともと三角の雪も、元結の三角形の裁ち屑を利用したまでで、いわば偶然の所産であった。安あがりの材料を求める道具方の苦心は、今も昔も同じなのである。ただし、江戸時代にも、四角の雪を降らせたことはあるようだ。川柳に、「大雪も芝居で降るは四角なり」というのがある。「大雪」と断わっているところを見ると、大量に雪を用いる場合、裁ち屑が足らず、四角の紙片を混ぜたのであろうか。芝居の雪は三角に降り、花は四角に散るとの説もあるから、四角の紙片も、すでに花吹雪で経験済みだったに違いない。

文里　ナニ、あつちやァ（あっちは）大勢居るから（人が沢山いるから）、己（おれ）が居なくつてもいい。

しづ　いえ〳〵、たとへ幾人（いくにん）居ようとも（何人いても）、頼りに思ふはお前一人（頼りにしているのはあなただけ）。四私（わたし）が身に覚えがある（私には分っている）。早ういつてあげて下さんせ（早く行ってあげて下さい）。

文里　それだといつて（だからといって）、これを見捨て五て、どう己（おれ）がゆかれるものか（どうして俺が行けるものか）。

たつ　いえ〳〵、私（わたし）が押してをりますから、おとつさんは構はずに（気にしないで）。

文里　アァ、さすがはおしづが仕込みほど（おしづの躾だけあって）、年もゆかねへ（まだ幼い）お主（ぬし）までが（お前までが）。

しづ　サア〳〵、少しも早う。

　ト、鉄之助、目を覚まし、

鉄之　親父（とと）さん、ここに居ておくれよ。

しづ　これはしたり（これはまあ）。そのやうな聞き分けのない事言うて（分らないことを言って）。

文里　オォ、案じるな（心配するな）。どこへもゆきはしねへ（どこへも行かないよ）。

　ト、また、上手にて、

吉野　文里さん〳〵、早う来ておくんなんしよ。

文里　六アァ、あちらも気遣ひ（あっちも心配）、こちらも気遣ひ（こっちも心配）、こりや（これは一体）どうしたら良から

一　手足にまといついて、行動の自由を束縛すること。邪魔になること。

二　いらいらする。あれこれと心配して、心を痛める。

三　どきどきする。激しく動悸（どうき）が打つ。

四　自分の経験で知っている。過去の体験を振り返ってみて、思い当る節がある。

五　お前のこの癪を放っておいて。癪を起しているお前を打ち捨てて。

六　このような板挟みの局面は、『東海道四谷怪談』にも見られる。すなわち、宅悦が、お岩・赤子・小平の三者の間で右往左往するところ（新潮日本古典集成本一五〇～一頁）。

　赤子泣き入る。お岩、苦しむ。宅悦、あちこちとしてゐる内、押入れの戸をやう〳〵あけて、吹きかへの小平、出さうにするを見つけ

どつこい〳〵。逃がしはせぬぞ〳〵。○

　ト戸をたてゝ、思ひ入れあり

一方ふせげば二方三方。イヤ、とんだ留守居を頼まれたわへ

　ト思ひ入れ。

一　以下二行、「行こうとは思っても、行くこともならず、桓山の四鳥の別れとは、条件は違っても、ともに同じ親子の別れ。子供に対する情愛は、血筋の親子だけになお深く、それを振り捨てて行く気持は、身から血を絞り取られるよう。恩愛の絆は、千筋の縄となって我が身を縛る。きっぱりとふんぎりも付かず、ただぼんやりと、どうして良いか分らなくなっていた」。「桓山の四鳥の別れ」とは、親子の悲しい別離の意。孔子が、悲哀に満ちた泣き声を耳にして、弟子の顔回に訳を尋ねた。顔回は、生き別れのためですと答えて、昔、桓山の鳥が四羽の雛を産み、その雛が成長して四海に飛び立とうとしたとき、母鳥は悲しみ鳴きながらそれを見送ったという話をした。その故事に基づく。「恩愛」は情愛。慈み。「縛らるる」は、「血をしぼらるる」と「縄でしばらるる」との掛け言葉。「血筋（血のつながった人）」は「千筋（糸や縄などが数え切れないほど沢山あること）」との掛け言葉。「縄」は、「千筋の縄」を意味するとともに「血筋の絆」の意を含む。

二　以下三行、「家の方に行こうとする後ろから、鉄之助が袖にすがる。文里は振り返って、鉄之助を見ようとする。その視野の中に、おしづとおたつの姿が飛び込む。文里は、思うな。

浄　〽[一]ゆくにゆかれず桓山（くわんざん）の、四鳥（してう）の別れ恩愛（おんない）に、身を縛らるる血筋の縄、思ひ切られず呆然（ばうぜん）と、しばし途方にくれにける。

ト、この内（この間に）、文里、上手（かみて）へ[二]ゆかうとする（家の方に行こうとするのを）。鉄之助、止めるゆゑ、ふり返り見ると、おしづ、苦しみゐる。これにて（それで）、ゆきつ戻りつ（適当に行ったり来たりして）、よろしく、切なき思入（胸がしめつけられるような気持）。時の鐘。

しづ　アア、おたつが押してくれたので、おほきに（たいそう）私（わたし）や良うござんすから（私は具合がよろしいから）、早くいつてあげて下さんせ。

ト、おしづ、苦しみをこらへる思入（おもいれ）（苦しみをこらえる表情）。文里、ゆきたき思入にて、

文里　そんならいつても良からうか（それなら行っても構わないか）。

しづ　アア、良うござんすから（構いませんから）、鉄をここへ〔連れてきて下さい〕。

鉄之　いイや、[三]己（おい）らはおとつさんといつしよに寝たい。

文里　オォ、おとつさんはお医者さまへいつて、[四]お灸を[五]すゑて来る（据えてくるから）ほどに、

ちつとの内待つてゐや。（少しの間待っていなさいよ）

鉄之　あい〳〵。（はい）

しづ　サ、これに構はず。（ここは気にしないで）

文里　オォ、いつて来るぞよ。

浄　〽妻子（つまこ）[六]に心残んの雪、消えぬ内にと急ぎゆく。

ト、文里、よろしく（両方を気にする様子）思入あつて、上の方へ入る（右手に入る）。おしづ、後見送り、苦しき思入（表情）。

しづ　アイタタタ。

たつ　また差し込んでまゐりましたか（また痛んできましたか）。

しづ　おとつさんを上げようと（[七]行かせようと）、我慢をしたがもうどうも（どうにも）。（こらえられない）

ト、雪下し、雪、しきりに降る（さかんに降る）。おたつ、さすりながら、

たつ　アレ（ああ）、お天道（てんたう）[八]さまも意地の悪い。またたいそう降つて来た。

鉄之　坊（ばう）が傘をさしてやらう。

わず、二人の方に行きかける。すると、家の中から遊女たちの泣く声が聞える。文里は、踵（きびす）を返して、そちらに足を向ける。今度は、おしづの呻（うめ）き声。文里は、再びその方へ。この、板挟みになった行動の繰り返し」。

三　主に男が使う、一人称単数の代名詞。「おれら」の転訛といわれている。

四　奈良時代に中国から伝わった医術。経穴（ツボ）と呼ばれる所定の刺激点に、艾（もぐさ）を置いて火をつけ、皮膚を焼き、熱の刺激を体内に及ぼして、衰えた諸機能を回復させるとともに、崩壊した皮膚組織の一部を血管に吸収させて、血液中に諸種の免疫物質を作ることを目的とするという。

五　灸をすること。艾を据える＝置く意。

六　以下、「妻子に心を残しながらも、融け残った雪が消えてしまわない内にと、急いで行く」。「残ん」は、「残り」の音変化で、「心」と「雪」の両方に掛る。

七　行かせる。一種の敬語的表現といえようが、本来は、「御奉公に上げる」など、敬意を表すべき者の許に行かせる意。

八　『奥州安達原（おうしゅうあだちがはら）』三段目。「早、暮れ過ぐる風につれ、折からしきりに降る雪に、身は濡れ鷺（さぎ）の芦垣（あしがき）や。中を隔つる白妙も、天道様のお憎しみ」。「お天道さま」は、神様。太陽。

たつ　オォ、さうしてくりやい（そうしておくれ）の。

しづ　コレおたつ、肩を貸してたも（肩を貸しておくれ）。ここに長く居たならば、おとつさんの心掛かり（心配の種）、[一]そろ〳〵（ぼつぼつその辺りまで行こうよ）そこらまでゆかうわいの。

浄　〽[二]おしづは我が子を力竹（ちからだけ）、杖と頼みて立ち上がる。姿は野辺に冬枯れし、案山子（かかし）の蓑（みの）の総毛立（そうけだ）つ、いとど哀れに始終をば、後ろにうかがふこの家（や）の主（あるじ）。

ト、おしづ、おたつの肩へすがり（おたつの肩を支えにして）、立ち上がり、苦痛の思入に（大層苦しい様子で）て、ゆきかねる（行くことができない）。この時、後ろへ、長兵衛出て、これを見て、

長兵　ア、いや、おしづさまとやら、[三]まづ〳〵（とにかく）お待ち下されませ。

しづ　さうおつしやるは（そうおっしゃるのは）一重さんの〔お店の御亭主〕。

長兵　文里さまには御恩になつた、長兵衛でござりまする。

しづ　して、私（わたし）をお呼びなされしは（お呼びなさいましたのは何か）。

長兵　いや、別の事でもござりませぬが（外でもございませんが）、この雪降り（この雪といい）に[四]持病のお悩み（持病のお苦しみといいど）、い

一　苦痛をこらえながら「静かに、ゆっくりと行く」意とも、「ぼつぼつ行きましょう」の意とも取れる。文脈から考えて後者をとる。

二　以下三行、「おしづは我が子を支えとも杖ともして、立ち上がる。その姿は、冬になって草木の枯れ果てた原に立つ、木枯らしに侘しくやつれた案山子同然。しかも、その案山子の蓑（みの）の、古びた藁（わら）が寒風に逆立つように、おしづは、あまりの寒さに鳥肌立ち、ますます哀れに見える。その姿を哀れみながら、事の経過を後ろで見詰める、この寮の主人長兵衛」。「力竹」は、数寄屋造りの建て物の、軒の出し桁（げた）を支える竹柱。また、何かの支えとなる竹の棒。「杖と頼む」は、頼りにする。「冬枯れし」は、冬になって草木の枯れる意で、「野辺」と「案山子」の両方に掛かる。「案山子」は、鳥獣の害から田を守るための、笠や蓑を着せた一種の人形。「蓑」は、藁などを編んで作った雨具。「総毛立つ」は、おしづが鳥肌立って震える様子を、蓑の藁の、風に逆立つさまに譬えた。「いとど」は、一段と。「哀れに」は、おしづの様子と同時に、長兵衛の心の動きをいう。

三　不確実なものをさす場合や、対象をぼかしていう場合に使う。

四　その人の身に宿った病気。

づれへ（こへ行こうとなさるのですか）お出でなされますか。まんざら（全然）知らぬ所(とこ)でもなし、文里さま（文里様もいらっしゃいますので）もお出でなされば、むさくるしく（汚ならしくはございますが）ともこの寮で、マア、お休みなされませ（お休み下さいまし）。

しづ　お志は（お気持は）うれしいけれど、以前に変はる今の身の上（昔とは違う今の境遇）、御覧のとほりの姿ゆゑ。（〔遠慮させて頂きます〕）

長兵　その御遠慮には及びませぬ（御辞退の必要はございません）。綾羅錦繍(りようらきんしう)[五]身にまとひ（美しく着飾り）、綺羅(きら)[六]を飾つた（花やかに装った）お人でも（お方でも）、汚(けが)れた心でござりましては（心が汚れておりましたら）、襤褸(つづれ)[七]に劣る（ぼろにも劣る）やうなもの（それは）。たとへ（仮に）以前に変はればとて（お姿は昔とは違うといたしましても）、変はらぬあなたのお心は（昔に変らぬあなた様のお心は）、じつに錦でござりまする（本当に錦のようなお美しさでございます）。

しづ　それぢやというて（だからといって）、どうもお内へ。（〔は入りにくい〕）

長兵　ハテ、一重もどうやらこの世の別れ。逢つてやつて下さいまし。

しづ　サア、その一重さんには逢ひたいけれど。

長兵　逢ひたく思し召すならば（思うお気持なら）、ちつとも早く（できるだけ早く）。

しづ　そんならこのまま（それではこのまま〔の格好で〕）。

五　美しく着飾る。花やかに装う。次の「綺羅を飾る」も同意。綾＝あや。広義には、錦と平織り（縦横の糸を一目ごとに交差させる普通の織り方）とを除く、絹織物の総称。狭義には、縦横ともに糸の目を飛ばして織る、斜文組織（斜めの線が見える糸の組み合せ方）の絹。羅＝うすもの。綟(もじ)り織り（横糸を打ち込むときに縦糸をからめる織り方）による、薄く、透けた絹織物。模様があるのを籠綟り、ないのを網綟りという。錦＝きん。にしき。さまざまな色糸を組み合せて、模様を織り出す絹織物。縦糸で地も模様も織る経(たて)錦と、横糸で地も模様も織る緯(よこ)錦との別がある。経錦は早く廃(すた)れ、緯錦は、絵緯(えぬき)（地の横糸以外の、模様を表すための横糸）を用いる技法を発達させて、多彩な織物を生み出した。繡＝ぬいもの。刺繡。多様な色糸を用いて、布地に模様を縫い表すもの。

六　き。おりもの。かむはた。大化（六四五〜六五〇）ごろに、錦よりも高級とされていた、薄い模様織りの絹布のことども、飛鳥・奈良時代（七、八世紀）に作られた、光沢のある絹布のことともいう。中国では、古く、模様を織り出した素（白絹）を、綺と呼んだ。

七　破れた部分をつづった、ぼろの着物。

長兵　サア、〔こちらへ〕お出でなされませ。

浄　〽一さすが廓の主人（あるじ）とて、粋（すい）も甘いもかみわけしは、色香も失せぬ梅暮里（うめぼり）の、谷峨（こくが）が作の二筋道、四方（よも）にその名や香るらん。

ト、おしづ、ゆかう（立ち去ろうとするのを）とするを、長兵衛、引き止め、いつしよに来いといふ思入（目顔で示す）。これにて是非なく（仕方なく）、おしづ、長兵衛の後へ付いて、おたつ、鉄之助を背負ひ、下手（しもて）へ入る。これにて、太夫座へ、伊予簾（いよすだれ）を下ろし、連中を消し（花園連中を隠して）、この道具回る。

本舞台、元の二重の道具。床の上に、文里、一重を抱き、吉野とも〴〵（一緒に）、介抱してゐる。上下（かみしも）に、初瀬路、飛鳥野、花琴、花鶴、ゆかり、たより、泣きゐる。花の香、同じく泣きながら、二薬をせんじゐる。この見得（この形で〔浄瑠璃の〕）。跡へ三しつぽり（しっとりとした）とした合方にて、

一　以下二行、「やはり、廓の主人だけあって粋な計らい、人情の機微に通じている。人情の機微といえば、色香も消えぬ梅に似て、梅暮里谷峨の『傾城買二筋道』も、人情の機微を穿った作品で、その名声は、四方に漂っていることだろう」。「スイ」は、「粋」と「酸い」との掛け言葉。「粋も甘いもかみ分けし」は、多様な人生経験を介して、世相や人情の機微に通じていること。「色香も失せぬ梅」は、「梅」と「梅暮里」の掛け言葉であり、「香るらん」を修飾する。「梅暮里谷峨」は、本作の粉本となった『傾城買二筋道』の作者。

二　煎じ薬を作るために、薬草の根や皮や葉などを水で煮ること。

三　静かで、心に沁み入るような。

元の座敷の場

一時の小康状態を保つ一重は、梅吉を抱いて別れを告げ、この子が成長したら渡してくれと、おしづに書置を託す。養父母への報恩・孝養を説き、長じても決して廓遊びなどせぬようにと訓すその書置に、人々は胸を打たれる。

道具止まる。

一重　文里さん、私(わたし)やもう死にますよ。

文里　オォ(ああ)、助かると言ひたいが(必ず治ると言いたいが)、この様子ぢやァ難しい(駄目だろう)（ほろりとして）◯　言ひおく事でもあるならば(言い残すことでもあれば)。

一重　命は限りのあるものと、聞いてはゐれどいま死ぬのも、前の世(まへ)[四]から(前世からの)の定まり事[五]（泣く）◯　心に掛かるは〔身持ちの悪い〕兄さんばかり。

文里　そりやァけして案じねへがいい(そのことは決して心配しなくてもよい)。身持ちの悪いも(品行が悪いのも)いつか一度は[六]、根(本性)が馬鹿でねへ人だから(は馬鹿ではないのだから)、直るには違ひねへ(直るにきまっている)。また〔お前の〕話に聞いてゐる末(ばっ)[七]子(し)どのも、堅気な若党(わかたう)[八](しっかりした)が預かつてゐれば(預かっているから)、やがて尋ぬる短刀も(そのうち尋ね求める短刀も)、手に入(い)つて帰参ができよう[九](再びご奉公ができるだろう)。及ばずながら己(おれ)もまた(できないまでも)、〔彼らの〕相談相手になる(相談相手になるから)ほどに、かならず〳〵案じねへがいい(決して心配しないが良い)。

一重　それで私(わたし)や心残りは[一〇]（そうだ）◯　オォ、この世の別れ、梅吉に、どうぞ逢(わ)はしておくんなんし(せて下さいまし)。

四　この世に生を受ける前の時期。

五　宿命。前世において、すでに決定されている運命。

六　その内にきっと。次行の、「直るには違ひねへ」を修飾する。

七　安森森之助。

八　弥次兵衛・弥作父子。

九　敵討ちを認められてお暇を賜ったり、落ち度があって勘当を受けたりした家臣が、再度の奉公を許されて、主家に帰ること。

一〇　「心残りはない」といいかけて、梅吉のことに気付く。——心残りの対象として、まず比重の軽い兄のことを、次いで、大切な梅吉のことを持ち出す。歌舞伎の常套手段であるが、それにしては、一重の情にふさわしくない、ずさんな運び方である。あるいは、家の再興を第一と考え、家督相続人の身を案じる公的な意識が、自分の子という私的な存在に対する意識に優先したのだと言えなくもないが、その解釈にはやはり無理があろう。

花の　寮番さんに預けてあるから、誰ぞちよつと。

花琴　あい、お連れ申してまゐりんせう。

ト、この時、奥にて、

長兵　いや、迎ひに来るにやァ及ばねへ。いまそこへ連れていから。

吉野　あの声は、

皆々　旦那さん。

ト、やはり、合方にて、長兵衛、先に、おしづ、抱子を抱き、おたつ、胡弓と編み笠を持ち、鉄之助の手を引き、出て来る。

文里　ヤ、其方はどうして。〔ここへ〕

しづ　長兵衛さまのお勧めゆゑ、一重さんの顔が見たく、それゆゑまゐりましたわいな。

長兵　さて文里さん、その後は久しくお目に掛かりませぬが、いつもながらお変はりなく。

ト、文里、一重を吉野へ抱かせ、前へ出て、

＊梅暮里谷峨――初世梅暮里谷峨は、本名反町三郎助、後、与左衛門。上総国久留里藩黒田家の臣で、江戸勤めの大目付という役職にあった。藩邸が埋堀（墨田区横網二丁目）にあったところから、その音を取って筆名を梅暮里とつけ、藩名久留里に音の通う、暮里の字を当てた。そして、藩の役人という意味で国衙の語を用い、その音を借りて谷峨と名乗った。

一　「変はり」は異状。「お変はりなく」は、異状がない、お元気だという挨拶の言葉。

二　どうして恥ずかしいのです。恥ずかしい訳などないではありませんか。「なに」は、副詞。どうして。どういう訳で。

三　以下五行は、『夕霧阿波鳴渡』の藤屋伊左衛門になぞらえて、文里を慰めるせりふ。「七百貫目……」は、『阿波鳴渡』上之巻の、次の文による。「冬編み笠も、垢ばりて、紙子の火打ち膝の皿……紙子の袷一枚で、七百貫目の借銭負うて、ぎくともせぬは、恐らく藤屋の伊左衛門、日本に一人の男」。「七百貫目」は、銀貨七十万匁。この浄瑠璃が初演されたと推定される正徳二年（一七一二）の、大坂の貨幣相場によれば、当時通用の宝字銀七六～八〇匁が元禄金一両だから、金貨に換算して約九千両。また、同年、大坂の米相場

文里　イヤもう、変はり[一]がなければ良うござりますが、変はりはてたる（すっかり変ってしまった）この姿。お目に掛かるも面目ない（恥ずかしい）。

長兵　なに[二]、面目がない事がござりませう。七百貫目[三]の借銭（借金）した、藤屋伊[四]右衛門がこの編み笠　（頷いて）　○

　　　ト、おたつが持つて来た笠を見せる。

文里　手前勝手（てまへがつて）[五]を言ふやうだが、遣ひ果たして（財産を潰して）紙子[六]を着ねば、粋（すい）の粋とは（本当の粋と）言はれませぬ（は言えません）。

長兵　イヤ、余事（よじ）な話はマア後で（外の話はまた後で）　（おしづを見て）　○　サア、お神（かみ）さん、一重に逢つてやつておくんなせへ。

文里　いえも[七]、そのお言葉で肩身を広う[八]（気持よく）、これに（ここに）夫婦が居（ゐ）られます。

しづ　はい、有難うござります　（お辞儀をして）　○

　　　ト、一重の傍（そば）へ来て、

一重さん、私（わたし）でござんす（私ですよ）。

一重　オォ、お神さんか（お上さんですか）。良う来ておくんなんした（よく来て下さいました）。

では、米一石が銀八一・五～九〇匁だったから、米に換えれば約八千二百石。一石は一四一キロとみて、百十五万六千二百キロ。大変な借金である。

四　伊左衛門の誤植。『狂言百種』本には「藤屋の伊左衛門」。

五　自分に都合の良いように話をするようだが。――伊左衛門は廓遊びで零落し、あなたも廓遊びで落ちぶれた。遊女屋の主人である自分がいうのもおかしいが、廓遊びで財産を失い、ぼろを着て初めて誠の粋といわれるのだ。

六　紙衣とも書く。㈠元は、律宗の僧が、防寒のために自製したものという。厚手の和紙に渋を塗り重ね、揉みほぐし、夜露にさらして渋の臭味を抜いたもので仕立てた着物。安いので、貧者に用いられ、元禄（一六八八～一七〇四）ごろには、冬になると、これを売り歩く紙子売りの姿が、盛んに見られたという。㈡紙布という。細く裁って、糸のように縒（よ）った紙で織った織り物。経に、木綿糸や絹糸を使うこともあり、小紋に染めて、裃などを製するに用いた。伊左衛門の紙子は㈠。

七　いえ、もう。「も」は副詞。もう。もはや。間違いなく。

八　世間に対して面目が保てる。良い気持で、世人に対することができる。

しづ　アア、たいそうやつれなさんしたな（衰えてしまわれましたね）。

たつ　[一]をばさん、お安排（あんばい）は良うございますか（御病気はよろしいですか）。

一重　あい（はい）、有難う　○（そうだ）　モシ、花の香さん、[二]子供衆になんぞ（子供さんたちに何か）。

花の　あい〳〵（はい）。

文里　アア、苦しい中でそんな事まで。

長兵　これがやっぱり病の種だ（病気の原因だ）。

しづ　サア一重さん、梅を連れて来ましたよ。

一重　ドレ、どこに　○（辺りを見る）

ト、おしづ、吉野、[三]介錯して（手伝って）、抱子（だきご）を抱かせる。一重、顔を見て、

オオ、梅かよ（梅かい）。

ト、顔をじつと見て（見詰めて）、泣く。みな〳〵も、これを見て、愁ひの（辛い思いに）思入（悲しむ様子）。

長兵　アレ、親子とて（親子だけに）[四]争はれぬ。一重におとなしく[五]抱かつてゐる（抱かれている）。

吉野　モシ、文里さん、ちよつとお見なんし（ご覧なさいまし）。乳（ちち）が飲みたうありんすか（乳を飲みたそうにしています）。

一　小母さん。血のつながらない、よその年輩の女性をいう語。

二　一重が、良く気の付く性格の持ち主だということは、前幕（三〇二頁）で、やはりおしづに、子供への土産を持たせてやることでも分る。

三　傍にいて世話をしたり、何かの行動に手をかしてやること。

四　争う余地がない。隠しても無駄である。

五　「抱かれて」の促音便。

紅葉[六](もみぢ)のやうな手を広げ、いつそ胸を探しなさんす。（しきりに乳を探っていらっしゃいます）

ト、文里、これを聞き、たまらぬ[七]（堪えがたいという表情で）思入にて、わざと顔を背けゐる。（強いて脇を向いている）

一重　コレ、梅、私(わたし)やお前(まへ)の親ではないぞえ。（親ではないのだよ）[八] お前(まへ)の親は、おしづさまぢやぞ。（おしづさまだよ）

ト、一重、抱子を見て泣く。

初瀬　アレ、一重さんが（〔赤ちゃんの〕）顔を見て、あのやうに泣きなんすに、（泣いていらっしゃるのに）

飛鳥　なんにも知らず、にこ〱と、笑うてゐなんす（笑っていらっしゃる）梅吉さん、

花の　ほんに、（本当に）仏[九]さまでありんすねへ。（仏様なのですね）

一重　その仏[一〇]さまになる私(わたし)、良う顔を見ておかうぞよ。（おくのだよ）ハアアアア。

しづ　よみぢの障り[一一]（この世の心残りは）はこの子であらうが、今日袖乞ひの姿となり（乞食の姿となり）、逢ひに来たが前表(ぜんぺう)[一二]で、（今後たとい乞食になろうとも）この末乞食になればとて、我が子を捨てても（我が子は捨てるにしても）この梅は、私が立派に育てるほどに、（わたし私が立派に育てるから）かならず案じなさんすな。（決して心配なさいますな）

一重　それで迷はず[一三]（心置きなく死んで行きます）死にまする。

しづ　なんぞ外に言ひおく事は。（何か外に言い残すことは）

六　幼児や娘の、小さくて可愛らしく、血色の良い手の形容。

七　堪えられない。ある状態を持続することが、極めて辛い。

八　「ぞ」は、感動や、相手に強く働きかける意志を表す終助詞。さらに、「い」「え」「や」「よ」のような助詞を伴って、その内容を強調することもある。

九　「子供と仏は無欲なもの」という。子供は、その清純さと無欲さのゆえに、仏にたとえられる。

一〇　花の香の「仏さま」という言葉を受け、「仏さまになる＝死ぬ」と転じた。

一一　冥途に赴く妨げ。安らかに成仏することを妨げる、この世への心残り。

一二　前兆。何事かが起る前に、それに先立って現れる兆候。

一三　煩悩に妨げられずに、心残りもなく。

一重　言ひおく事はなけれども、この子が大きくなつたなら、この書き置[一]きを。〔渡して下さい〕

ト、蒲団の下より文(ふみ)[二]を出し、おしづへ渡す。

しづ　この書き置きを読んでみたけれど(読んでみたいけれども)、私(わたし)や涙で読めかねる[三]。モシ、お前(まへ)さん、読んで下さんせ(読んで下さいまし)。

ト、文里、これまでしめ泣き[四]に泣いてゐて、涙をぬぐひ(涙をふき)、これ(その手紙を受け取って)を取つて、

文里　アア、己(おれ)も涙で読めればいいが（目頭を押え）〇

ト、誂(あつらへ)[五]、竹笛入りの合方になり、書き置きを開き、

「書き残す教訓の事[六]。一つ[七]、そもじ[八]の母わが身事[九]は(お前の母の私は)、化粧坂(けはひざか)の遊女、丁子屋の抱へ[一〇]にて、一重と申し候。文里さまに馴染みを重ね、つひにそもじ(お前を)を身籠りて、産み落とし候ところ(懐妊して出産したところ)、文里さまお内(うち)[一一]さまが(奥様が)、他人の手しほに掛け候ふより(〔里子に出して〕他人の手で育てるよりも)、我ら引き取り世話いたし候と(自分が引きとって世話をしますと)、幸ひ(運よく)乳(ちち)も沢山に候へば(たくさん出るので)、藁の上より御養育下され候(生れたときからずっと育てて下さいました)。しかるにその頃は(ところがその時分は)、文里

一　遺書。遺言状。巻紙に記されている。
二　文字を使って書き記したもの。書き物。
三　読もうとしても読めない。「読みかねる」とあるのが普通。五段活用「読む」は、下一段活用「読める」となって、可能動詞に転じる。その連用形に「かねる」を接続した形。あるいは、「読めない」と「読みかねる」との混用か。『狂言百種』本には「読兼(よみかね)る」。
四　締め泣き。忍び泣き。人に聞かれないように、声を立てずに泣くこと。
五　「篠入りの合方」とも。切腹などの愁いの場面に用いる。竹笛は篠竹で作った横笛。
六　文末に付けて、文全体を体言化する形式名詞。命令や願望を表したり、文章の題名を作ったりする。
七　「一つ書き」とも「一打(いち)ち」ともいう。箇条書きの文書に頻用される書式で、他の箇条と区別するため、文の冒頭に記す記号。箇条が一つしかない場合にも用いられる。
八　主に女が使う、二人称単数の代名詞。同等のものや、目下のものに対して使用。男が女に対して使う場合もある。
九　一人称の代名詞に添えて、その、主語としての位置付けを明らかにする形式名詞。接尾語に分類する場合もある。
一〇　年季契約で、遊女屋に雇われた女。

さまも以前（昔と違い）に変はり、まづしきお暮らしなされ候（貧乏な生活をなさっていらっしゃいました）。これみな（これはすべて）、廓通ひ（廓通いの結果なので）より起こりし事なれば、我が身をお恨みあるべきはずを（私をお恨みになるのが当然なのですが）、[一二]実（本当）の兄弟も及びなきやう（の姉妹にもできないほど）、御深切になし下され候（御親切にして下さいました）。その御恩の程（その御恩の程度）は、[一三]海山（海よりも深く山よりも高く）にも尽くし難く、長く御恩送りと存じ候（末長く御恩返しをと思った）[一四]甲斐もなく、産後の大病にて、わづか[一五]十九歳を一期（ご）として、この世を短く相果て候まま（短命で死んで行きますので）、そもじ（お前）は我が身になり代はり（私の代りとなって）、文里さまは言ふに及ばず（もちろん）、大恩のある（大恩を受けた）おしづさまへ、孝行尽くし申すべく候（孝行を尽すのですよ）」○（泣く）モシ、[一六]丁子屋の（丁子屋さん）。どうぞこの後を読んでおくんなせへ（どうか続きを読んで下さい）。

ト、長兵衛に、書き置きを渡す。長兵衛開き見て、

長兵　[一七]ナニ〳〵（内容を確かめるように）○「また、丁子屋の御夫婦さまは、突き出しのその日（［私が］突き出しになった日）より（から）、一方（ひとかた）ならず（格別に）お世話なし下され候（お世話をして頂きました）。御恩送りいたさず（その御恩返しもせず）、あまつさへ（その上）、[一八]年（ねん）のある内御損を掛け、相果て候へば（死んでしまいますので）、暑さ寒さには御機嫌伺ひ（お見舞に伺って下さい）にまゐるべく、しかしながら（しかし［廓に行く折があっても］）、文里さま御夫婦が大切なれば（文里様御夫婦が大切ですから）、たとへ野暮者と言はれるとも（仮に不粋な男と言われても）、おとつさま（お父様）が手本なれば（良いお手本ですので）、廓通ひな（廓通いなどす）

一一 他人の妻を敬っていう語。

一二 「兄弟（キョウダイ）」は、男女の性別に関係なく、同じ両親から生れた子供についていう場合が少なくない。比較の対象に「実の兄弟」を持ち出したのは、お坊吉三のことが念頭にあったからだろうし、また、おしづを姉のように思っている（二九六頁）ため。「及びなき」は、とてもかなわないの意。

一三 深い海や高い山にたとえても、なお、いい尽せぬぐらい、深く、高い。「海山」は、海のように深く、山のように高いとの意で、恩や恵みの大きさをたとえていう語。

一四 努力や祈りなどにふさわしい、満足すべき結果。効果。

一五 十九歳を一生の終りとして。十九歳は、女の厄年に当る。

一六 丁子屋の御主人。「の」は、体言と体言とを結ぶ格助詞。下につく、人を表す名詞を省略した語法。

一七 何だって。手紙などを読み始める際、内容を確かめるような気持で発する感動詞。

一八 「年季を残したまま死んでしまうので、御損をかけることになるから、そのお詫びのためにも、私に代って、暑中寒中には必ずお見舞に伺って下さい」の意。「べく」は、「べく候」の下略。

どいたすまじく候。もし御苦労掛け候と、我が身事、草葉の陰にて（るのではありませんよ　もし〔文里様御夫婦に〕御苦労をおかけ申すと　私は　一お墓の中で安らか）
浮かみ申さず候。くれぐ\このこと、忘れ申すまじく候。まだ〳〵書（に眠っていられません　二必ず　このことを忘れてはいけません）
き残したき事、山々ござ候らへども、病に筆も回り兼ね候まま、十（沢山ありますが　病気のため筆も思う様に動きませんので　三ことを）
が一つ教訓に、書き残しまゐらせ候。あら〳〵めでたく。梅吉どの（僅かながら教訓として　四おきます　五）
へ。母、一重」〇（溜め息をつく）

ト、読みしまひ、文里と顔見合はせ、（読み終って）

文里　さすがは以前が以前だけ、遊女に稀なこの書き置き。（やはり　六昔は武家の娘だけあって　遊女には珍しい立派なこの遺書）
そんならとうから死ぬ覚悟で。（それでは早くから）

一重　アア、書いておいたその教訓。（はい）

長兵　まだ生ひ先の長い身で、思ひ切つたるこの書き置き。立派な覚悟を（七将来のある体で　八決意のほどがしのばれる　〔この〕）
世間の人に、話して自慢がしたいわい。

ト、長兵衛、よろしく思入。本釣鐘。（励ましの気持で一重を見る）

一重　これで思ひおく事なし。

ト、一重、うれしき思入（おもいれ）。

一　草の葉に覆われた墓の下。墓所。
二　返す返す。よくよく。自分の気持を、相手に繰り返し伝えるために用いる副詞。
三　十の内の一つ。沢山ある内の一部分。
四　主に女が、手紙の中で用いる補助動詞。
五　女性の手紙に用いられる結びの言葉。「あら〳〵（粗々）」は、ざっと。充分に意を尽してはいない。
六　以前の身分にふさわしく。一重は武家の出身で、その躾や教養が遺書に反映しているというのである。
七　これから生きて行く将来の時間。「生ひ先の長い身」は、一重を励ましていう言葉。
八　しっかりした覚悟の。固い決意の。

吉野　モシ、風が寒くはありんせんか。

一重　屏風を立つておくんなんし（屏風を閉めて下さい）。

吉野　あい〳〵（はい）。

　ト、吉野、屏風を立て回しながら、〔吉野も〕中へ入る。文里、長兵衛、顔見合はせ、思入あつて（沈痛な表情で）、

文里[九]　男も及ばぬ一重が覚悟（男にもまさった一重の覚悟）。どうか達者にしてやりたいが（何とかして元気にしてやりたいが）、しよせんこれは（結局一重の命は）助かりませんぜ（助かりませんよ）。

長兵　明日（あした）来ようと思つたを、雪をいとはず今日来たは（雪にも構わず今日来たのは）、別れになるを（一重の死を）[一〇]虫が知つたか（虫が知らせたのか）。

しづ　[一一]相の山の編み笠を、この子（梅吉）に着せたくないものだ。

　ト、屏風の内より、吉野出る。

長兵　コレ、一重はどうだ。

吉野　あい、差し込みがありんせんから（痛みの発作が起りませんから）、良い方でござんす。

長兵　良いといふのはなによりだ。

九　大正十三年（一九二四）十月発行の、河竹繁俊校訂『黙阿弥全集』第三巻以来、これは長兵衛の、そして、次は文里のせりふと改められている。「明日来ようと……」のせりふの内容が、文里にふさわしいものと考えたからであろう。しかし「明日来ようと思」うのは、むしろ、長兵衛にこそふさわしい余裕であって、底本の記載を尊重すべきである。『狂言百種』本の記載も、もちろん底本と同じ。

一〇　古くから、虫は霊魂の化身とも、霊魂を運ぶものとも考えられてきたし、また、人々は、虫の行動や生態によって、天候の変化・作物の吉凶を予知した。そのような呪的信仰や生活体験を踏まえて、虫は、人間には窺い知れぬ霊界・自然界の意志を伝え得るものと信じられていたのだろう。

一一　「どんなに落ちぶれても、この梅吉だけは、編み笠を被せて相の山に連れて行くような目に遭わせたくないものだ」の意。先の「この末乞食になればとて……」（四〇七頁）のせりふに照応する。

ト、この時、獅子[一]の囃子になる。

鉄之　親父さま、お獅子[二]が来ましたよ。

文里　この雪降りに珍しい。どこか家例[三]でゆく所でも、あつておほかた来たのだらう。

長兵　なんにしろ縁起直し[四]に、獅子に悪魔を払つてもらはう。

吉野　ほんに、それが良うざます。

文里　今まで陰[五]に閉ぢられて、

しづ　雪より湿りしこのお座敷も、

長兵　獅子の囃子に陽気を招き、

文里　これで愁ひを　○

ト、立ち上がるを木の頭。

払ひました。

ト、皆々、愁ひを忘れし思入。獅子の囃子にてにぎやかに、拍子幕。

一　「獅子の鳴物」（九六頁）に同じ。

二　獅子舞。正月、魔を払うために家々を訪れる門付け芸。ただし、一文獅子と呼ばれる乞食の門付けではなく、砂村など、江戸近在の若い衆が道楽に行うもので、祝儀は十二文というのが相場であったらしい。染め模様の布をつけた、木彫りの獅子頭を被って舞う舞い手一人、太鼓一人、摺り鉦一人、篠笛一人の四人構成で、いずれも、紺の腹掛けに股引き、黒足袋、白鼻緒の麻裏草履、尻端折り。——獅子は、悪疫災禍を除く霊獣とされてきた。

三　この日に獅子を呼ぶという家の仕来り。

四　縁起が良くなるように祝い直すこと。

五　以下四行、「今までは陰気に支配され、静まり返って」、「雪よりも湿っぽく、沈みこんだお座敷も」、「獅子の囃子によって陽気を招き、明るい雰囲気となって」、「これで、愁いを忘れました」。「陰」は、陰気。相反する陽気とともに、万物を作り出す根元の力。「陰に閉ぢる」は、静寂になること。「湿りし」は、雪の水分で湿る意と雰囲気が沈む意とを掛ける。「陽気」は、陰気に対する陽気と、明るい雰囲気の意を併せ含む。

第二番目　三幕目

御輿が嶽吉祥院の場[六][七]

役人替名

一　堂守[八]　源次坊　　中村鴻蔵
一　お坊吉三　　河原崎権十郎
一　和尚吉三　　市川小団次
一　長沼六郎[九]　　松本国五郎
一　捕手　　嵐　島八
一　同　　関　松次郎
一　同　　市川新作
一　同　　市川麦蔵
一　木屋の手代　十三郎　　市村羽左衛門

六　鎌倉大仏、西方の連山。『狂言百種』本では「巣鴨在」。巣鴨は、現、豊島区巣鴨一～五丁目、西巣鴨一～四丁目、南大塚一丁目、文京区千石三～四丁目、本駒込六丁目の一帯。

七　架空の寺。八百屋の娘お七が火事で避難した寺は、俗説によれば、駒込の吉祥寺（文京区本駒込三丁目に現存）だとされているが、これは謬説で、お七一家が実際に入ったのは、小石川の円乗寺（文京区白山一丁目に現存）とも、吉祥寺に近い円林寺（駒込浅嘉町、廃絶）ともいう。しかし、お七と吉祥寺との連想は根強い。もっとも、お七と吉祥寺とは決して無縁ではない。というのも、お七が十一歳のときに額を奉納したという谷中感応寺の境内に、吉祥院という塔頭があったからである。黙阿弥が吉祥寺ではなく、吉祥院とした理由も、そこにあったのかも知れぬ。ただし、感応寺は巣鴨からは余りにも遠く、黙阿弥の念頭にはやはり、駒込の吉祥寺があったのであろう。（感応寺は、天保四年、天王寺と改名。台東区谷中七丁目に現存。また、吉祥院は、もと霊岸島にあって遍照寺といったが、寛永二年移転。明治初年、廃絶）。

八　お堂の番人。

九　罪人を逮捕する役人。捕方ともいう。

一 お嬢吉三　　岩井粂三郎
一 伝吉娘おとせ　　中村歌女之丞

本舞台三間の間、古びたる金欄巻の柱[一]、誂、天人の大欄間[二]、出入りあり。上下、蓮の画の杉戸[三]。正面、大机。上に三つ具足[四]。この後ろ、戸帳[五]の下りし厨子[六]。処々に、古びたる旛[七]を下げ、すべて、鎌倉、御輿が嶽、吉祥院、古寺、好みの道具。ここに、堂守源次坊、すいのばり[八]の坊主。鼠布子、丸ぐけ[九]、紋羽の頭巾をかぶり、大囲炉裏で、古びたる卒塔婆をたき、あたりゐる。
誂、禅の勤めにて、幕明く。

源次　今年は節が若い[一〇]せへか［春がきたというのに］、一夜明けたらなほ寒い。門松へ雪が掛かる[一一]（雪が降りかかると）と、七度降ると良くいふが（その年は雪が七回降ると世間ではいうが）、今夜はまた雪かしらん（雪が降るのだろうか）。暮れねへ内に

一 金欄を巻き付けた円柱。金欄は、金箔糸（金箔を紙に貼り、糸状に截断したもの）を緯にして、模様を織り出した織物。
二 天人像を彫った板をはめた大きな欄間。天人像をはずして、人が出入りできるように作る。「欄間」は、鴨居ないし内法長押と天井の回り縁との間に設けられた空間。

お坊吉三とお嬢吉三は、和尚吉三の住む吉祥院に隠れている。

御輿が嶽吉祥院、本堂の場

おとせと十三郎が和尚を訪ね、伝吉の殺害と百両を奪われた経緯とを語り、敵討ちの助力と金の調達を頼む。だが和尚は、義兄弟の契りを重んじ、逆に二人を身替りにして、お坊・お嬢を救おうと決意。我が身の罪の償いに、お坊・お嬢は自害しようとする。

三 太い黒塗りの框に、杉板をはめた戸。
四 仏前を飾る、香炉・燭台・花瓶。
五 斗帳。龕（厨子）などの前に垂らす帳。
六 仏像などを納める、開き扉のある仏具。
七 仏・菩薩の降魔の威徳を示すため、本堂などに飾る縦長の旗。ここの旛は白綸子製。
八 「水嚢張り」と書く。頭全体を覆う台金に紙を貼って青く塗り、上に黒紗を貼り付けて、僅かに髪の伸びた様子を表す坊主鬘。

卒塔婆をこなし（[一一]割って）、焚木（たきぎ）をしつかりこせへておかう（薪をたくさん作っておこう）。和尚が帰りに五んつくでも（酒を五合でも）、提げて来てくれりやアいいが（買って来てくれればいいのだが）。酒でなくちやアしのげねへ（酒でも飲まなければ〔この寒さは〕耐えられない）。アア、寒い〳〵。

ト、火にあたりゐる。やはり、右（同じ）の鳴物にて、向ふより（揚幕から）、お坊吉三、頬被り（ほほかむ）、大小、尻端折り（しりはしよ）にて出て来（きた）り、花道にて（花道の中ほどで）、

お坊　「[一三]天高しといへど背をくぐめ、地厚しといへど荒く踏まず」と、良く芝居で落人（[一四]おちうど）のせりふに言ふが、違へねへ（その通りだ）。その身にならにやア知れねへが（その立場になってみなければ分らないが）、じつに（本当に）だん〳〵（次第次第に）食ひ詰めて（追い詰められて）、かう忍んで歩いてみると（このように人目を避けて歩いてみると）、広い往来（広い道）が狭（せめ）へやうだ（狭く感じられる）。兄貴（[一五]あにき）がこの寺に居るといふから、暇乞ひ（いとまご）に（別れの挨拶に）酒でも飲んで、旅稼ぎ（[一六]たびかせ）に出にやアならねへ（頷く）◯

ト、本舞台へ来（きた）り、源次坊を見て（源次坊の姿を見付けて）、

お頼み申します（御免下さい）。

源次　あい（はい）、なんだへ（何だい）。

お坊　以前この寺に勤めてゐた、弁長といふ和尚[一七]は居（を）りますかへ。

九 綿などを入れて、円筒状に仕立てた帯。

一〇 早く立春になったためか。「節」は、季節。暦の上で、立春などの季節の変化が、例年より早く訪れること。

一一 歳神を招く依代（よりしろ）（媒体）として、門の傍らに立てる松。

一二 薪などを、適当な大きさに割ること。

一三 『詩経』小雅の「正月（せいげつ）」の句、「謂天蓋高、不敢不局、謂地蓋厚、不敢不蹐」による。原意は、「天を高いといわばいえ、今の人は政を畏れ憚って、背をかがめずにはいられぬ。地を厚いといわばいえ、抜き足せずにいられぬ」（目加田誠訳）。

一四 戦いに敗れるなどの理由から、安住の地を求めて、人目を忍びながら逃げて行く人。

一五 「貴」は接尾語。人を表す語に付き敬愛を示す。ここは和尚吉三のこと。第一番目二幕目で、お坊とお嬢は、和尚を兄貴分として義兄弟の盟約を結んだ。

一六 旅に出て見知らぬ土地で働くこと。お坊の場合、働くといっても博奕か何かだが。

一七 本来は、高僧の尊称。近世では、多く、住職を指していうが、僧侶の通称としても用いられる。また、医者や按摩など、頭を丸めた者をも和尚と呼んだ。

源次　いま湯へ入りにいきましたが（銭湯へ行きましたが）、用ならここへ来て待つてゐなせへ（用があるならここに来て待っていらっしゃい）。

お坊　それぢやァ、お邪魔ながら御免なせへ（お邪魔だろうが失礼します）。

源次　空(あ)〔一〕き寺で寒いから、ここへ来て当たんねへ（〔火に〕当りな）。

お坊　イヤ、あたれ〔二〕とは有難い（頷く）〇

　ト、手拭ひを取り、囲炉裏〔三〕の下手(しもて)へ住まひ（向って左に座り）、源次坊の顔を見て、

ヤ、手前(てめへ)は漁師(れふし)〔四〕の源次ぢやァねへか。

源次　ほんに(そういえば)、お前(めへ)は吉三さんかへ。思ひ掛けねへ所(とこ)で逢ふものだ（逢ったなあ）。

お坊　見りやァ、変はつた姿になつたな。

源次　私(わつち)〔五〕も網打ちの七五郎が、死霊〔六〕の祟(たたり)で親子とも、非業に死んだところから（惨めな死に方をしたのが原因で）、漁(れふ)に出るのも怖くなり、ちやうど体も悪いから（健康もすぐれないから）、御覧なせへ。

　ト、頭巾を取つて、坊主天窓(あたま)を見せ、

くり〳〵〔七〕坊主にそりこくつて〔八〕（剃り落して）、この空(あ)き寺の堂守(だうもり)さ（番人だよ）。

お坊　七五郎〔九〕にも世話になつたが（厄介になったが）、可哀さうな事をしたな。

源次　なんにしろ(とにかく)お前(めへ)さんにも、久し振りでお目に掛かつたから、お酒の

一　無住寺。住職＝寺の管理者のいない寺。

二　暖を取らせてもらう喜びと、「当たる」（物事がうまく運ぶ）という縁起の良い言葉を聞いた喜びとを、重ねているものと思う。

三　炉。床を正方形ないし矩形に切って火を焚き、暖を取ったり煮炊きしたりする設備。

四　『網模様燈籠菊桐(あみもようとうろのきくきり)』ではお坊吉三と顔馴染みの仲。『燈籠菊桐』の主人公小猿七之助の父親である、漁師網打ちの七五郎の子分。

五　「わたし」の転。下層の人々が男女共に用いる。

六　『燈籠菊桐』改訂版で、七五郎は、死霊の祟りで死ぬ。しかし、「親子とも」の「子」に当る七之助やその妹おなみまでが、死霊に取り殺されることにはなっていない。

七　髪の毛を全部剃り落した頭。

八　剃る。「こくる」は接尾語で、動詞の連用形に付け、その動作を強調する。

九　『燈籠菊桐』でお坊は、乳母の娘で品川の女郎になったお杉を連れて駈け落ち。三年後、七五郎の家に転がり込んで、厄介になる。

一つも上げてへが。〔一杯でも御馳走したいところだが〕

お坊　いや、己(おれ)が方で〔俺の方が〕和尚へ土産(みやげ)に、[一〇]樽(たる)でも提(さ)げて来るのだが、〔来るのが常識だが〕なにをいふにも〔何といっても〕勝手が知れねへ。〔様子が分らない〕源公、御苦労ながら二升ばかり買つてくれねへか。

源次　ナニ、御苦労な事があるものか。〔いや御苦労だなんてとんでもない〕酒と聞いちやア、〔酒という言葉が耳に入った以上〕すぐにゆきやす。〔すぐに行きます〕

お坊　ついでになんぞ、〔ついでに何か〕これで肴(さかな)を。

ト、[一一]びろうどの丼(どんぶり)より、[一二]一分銀(いちぶぎん)を出し、やる。〔渡す〕

源次　寒いから、[一三]しやもでも買つて来ませう　〇（ドレ）

ト、源次坊、立ち上がり、下手(しもて)より、[一四]鼠鼻緒(ねずみはなを)の草履(ざうり)下駄(げた)を出し、

それぢやア私(わつち)やアいつて来やすが、〔私は行って来ますが〕お前(めへ)ここに居なさつていいかへ。〔ここにいても大丈夫ですか〕

お坊　イヤ、このあひだから己(おれ)が行方を、〔俺の行方を〕捜してゐるといふ事だから、〔捜索しているらしいから〕うつかり人にやア逢はれねへ。〔不用意に人に逢うことはできない〕

源次　逢つて悪くば帰るまで、〔人に逢うのが悪いなら俺が帰るまで〕[一五]しゆみだんの下に隠れてゐねへ。〔隠れていらっしゃい〕

お坊　合点(がつてん)だ。

一〇　酒樽。白木の柄樽をいう。

一一　金や鼻紙を入れる、紺や黒のビロードで作った袋。ビロードは、平織りの一種で、地を織る経の外に毛経(けだて)という経を用い、一目ごとに針金を通してから緯を入れて輪奈（輪）を作り、織り上げた後に輪奈を切って毛羽(けば)を立てたもの。

一二　銀貨が定位貨幣とされたのは明和二年（一七六五）のこと。その後、さまざまな銀貨が作られ、天保八年（一八三七）には、初めて一分銀が鋳造された。額縁の意匠から、額銀とも額とも俗称され、極めて品位の高い貨幣であった。安政六年改鋳。外見や量目は変らなかったが、品位が落ちた。

一三　しゃも鍋にするつもりであろう。しゃもは江戸初期、シャム（タイ）から輸入した鶏。

一四　松で作った小判型の下駄に、袴を取った藁で編んだ草履を打ち付けたもの。一種の駒下駄で、下層の都市民が用いた。鼻緒は、大抵、散緒(ばらお)か真田紐(さなだひも)。それが鼠色なのである。

一五　須弥壇。仏・菩薩を安置する台座。古代印度の世界観で、宇宙の中心に位置し、天・地・地下の三界を結ぶとされる須弥山(しゅみせん)を象(かたど)ったもの。

源次　ドレ、一走りいつて来ようか。

ト、やはり、右の鳴物にて、源次坊、向ふへ入る。お坊吉三、辺りを見て、

お坊　以前は立派な寺ださうだが、久しいあひだ無住になつて、見る影[一]もなく荒れ果てたが、しかし、狐狸[二]やお尋ねもの[三]、昼間徘徊[四]できねへ者が、隠れてゐるにやァ妙な所[五]だ。

ト、向ふを見て、

ヤ、向ふへ誰か来る様子。うつかりここにやァ居られねへわへ。ドレ、しゆみだんの下に隠れてゐようか。

ト、また、禅の勤めになり、お坊吉三、しゆみだんの下へ隠れる。右の鳴物にて、向ふより、和尚吉三、いがぐり[六]、花色[七]の布子、鼠の帯、綸子[八]はぎ合はせ[九]の袢纏、草履下駄にて、出て来る。後より四人、いづれも黒の四天[一〇]、捕手、手に十手[一一]を持ち、うかがひ出る。この後より、長沼六郎、袢纏[一二]、ぶつさき[一三]、大小にて、

一　見ていられないほどみすぼらしい。
二　いずれも夜行性の動物。
三　人相書きが回って、指名手配された犯罪容疑者。ただし、主殺し・親殺しなど、極刑に処せられるべき者に限ったという。
四　うろつき回る。歩き回る。
五　絶好の。素晴らしい。素敵な。
六　毬栗頭の髪。
七　縹（花田）の略。藍の単一染めで、赤味を含まぬ、比較的浅い青色。
八　絹の繻子織りの変化織りで、裏組織に模様を織り出した白布。
九　綸子の端切れを継いで仕立てた袢纏。
一〇　黒無地の木綿で作った四天。四天は、裾脇を縫い合せない広袖の衣裳で、勇士や大泥棒、捕手などが着用。錦や金襴で作った唐織四天、繡をした繡四天、模様のある木綿地の花（色）四天、黒四天の別があり、唐織四天・繡四天には、馬簾＝飾り房を付ける。
一一　町奉行所所属（町方）の与力・同心・小者、火付盗賊改めの頭・与力・同心、関東取締出役（八州回り）の手付・手代、七里役所の人夫などが携帯する、鉤の付いた鉄製棒状の武器。長さは九寸ないし二尺一寸。八州回りの十手には紫房や浅黄房、他の十手には朱房が付く。ただし、町方小者の十手には房が

付き添ひ（捕手たちに付いて）、出て来(きた)り、花道にて（花道の揚幕より七三で）、

長沼　ソレ(そら)、召し捕れ（逮捕しろ）。

四人　はつ(はい)。捕[一四]つた。

ト、四人、上手(かみて)[一五]にて、和尚吉三へ打つて掛かる（攻めかかる）。身をかはして（〔和尚は〕それをよけて）左右へ投げのけ（〔二人を〕左右へ投げ飛ばし）、また二人掛かるを、立回りながら（うまくあしらいながら）、本舞台へ来(きた)り、ちよつと立回つて（立回りをして）、四人を投げのけ（四人を投げ飛ばし）、下に居て（その場に座して）、

和尚　こりやなんとなされます（これは一体どうしようとおっしゃるのですか）。

長沼　なんとするとは知れた事（どうしようとは分り切ったことではないか）。三人吉三と世に名高く（三人吉三と評判の）、悪事を働くその一人(ひとり)（悪事を働く三人組のその一人）。以前は当寺の所化(しよけ)弁長（昔はこの寺の）、ただいまにては和尚吉三（今の呼び名は和尚吉三）、逃れぬ旧悪（昔の悪事の罪を逃れることはできぬ）。

四人　縄、かかれ（縄にかかれ）。

ト、四人、十手(じつて)を振り上げ取り巻く（〔和尚吉三を〕囲む）。和尚吉三、思入あつて（頷いて）、

和尚　ただいまにては善心に（今では本来の善良な心に）、立ち返つたる和尚吉三（戻っているこの和尚吉三）、旧悪ゆゑに召し捕ると（以前行った悪事のために逮捕すると）、おつしやりますれば是非がない（おっしゃいますのなら仕方がない）。イザ(さあ)、縄をお掛け下され。

ない。町方同心が私的に使う手先（目明し・岡っ引き）は、同心と一緒のときか、令状持参のときに限り、房なしの十手を携行する。町方与力は十手を刀に添えて差し、同心は後ろ、小者は帯の結び目の辺りに差す。なお、往々にして、「じゅって」と発音されるのを聞くが誤りで、「じって」が正しい。

一二　服装から見れば町方与力のように思われるが、「縄目は掛けぬ」（四二〇頁）というせりふから考えれば、同心が想定される。なお、黒四天の捕手は、小者に相当する。

一三　「打っ裂(ぶ)き羽織」の略。背縫いの、腰から下の部分が縫い合されていない羽織。武士が野行の際に、また、平日の略服として着用した。勝色（濃紺）木綿の表地に、海気(かいき)の裏を付けたものが多い。

一四　捕手が犯人逮捕の際に発する掛け声。そこから転じ、名詞化して捕手の別称。また、芝居では、「捕ったり」と、完了の助動詞を加えた形で、捕手の役のことをいう。

一五　「十手」の誤植。『狂言百種』本には「十手」。

ト、和尚吉三、後ろ[一]へ手を回す。長沼、これを見て（その様子を見て）、

長沼　ハテ（うん）、あつぱれな（見事な）其方（そち）[二]が覚悟（お前の覚悟）。その心底[三]を見る上は（本心を見届けたからには）、縄目[四]は掛けぬ、許してくれる（許してやる）。

和尚　すりや（それでは）、このままに私（わたくし）を。〔許して下さるのですか〕

長沼　いや、只は許さぬその代はり（無条件に許すのではない条件がある）、そちが兄弟の義を結びし（お前が義兄弟の関係を結んだ）、安森源次兵衛が倅（安森源次兵衛の長男）、武家お構ひのお坊吉三（武家を追放されたお坊吉三）、また八百屋久兵衛が娘、お七と名のるお嬢吉三、種々の悪事を働くゆゑ（この二人がいろいろと罪を犯すので）、からめ捕らんと（逮捕しようと）この程より（先ごろから）、草を分けて[五]（すみずみまで）詮議[六]いたせど（捜索したが）、いつかうに行方知れず（さっぱり行方が分らない）。ことには[七]また彼らが（彼らの）面体（めんてい）[八]、身ども[九]しかと存ぜぬゆゑ（私は良く知らないので）、汝（なんぢ）に詮議を申し付ける（お前に捜索を命じる）。からめ捕れば（逮捕できれば）重畳（ちようでふ）[一〇]なれど、手に余らば[一一]打ちとつて[一二]（斬り殺して）、首になしても（首を斬っても）苦しうない（構わない）。手柄しだいで[一三]これまでの、汝（なんぢ）[一四]が旧悪許せしうへ[一五]（お前の罪を許した上）、褒美（ほうび）の金子（きんす）遣はすあひだ（金を与えるから）、命に懸けて詮議いたせ（命懸けで捜索しろ）。

和尚　すりや、私（わたくし）が旧悪を（私の犯した罪を）、お許しあつて（お許し下さった上で）両人の、詮議をなせとおつしやいますか（二人の吉三の捜索をしろとおっしゃるのですか）。

一　覚悟を決め、自ら縄に掛かろうとする。

二　二人称単数の人称代名詞。主に武士が、自分より身分の低い者に対して用いた。

三　本心。上辺を飾らぬありのままの心情。

四　縄は掛けない。「縄目」は縄の結び目の意で、「縄目の恥」などというように、縄を掛けて結ぶ、つまり、縄目を作るのが「縛る」こと。縄を掛けるのは同心の職務で、与力は縄の稽古をしなかったし、小者や手先にしても、同心の命令がなければ、人を縛ることはできなかったという。

五　「草の根を分けて」ともいう。すみずみまで。あらゆる手を尽して。

六　犯人を捜索すること。

七　殊に。「は」は、強意の係助詞。

八　容貌。顔の様子。

九　一人称単数の人称代名詞。主に男性が、同輩以下の相手に対して用いた。

一〇　この上もない満足。最高の喜び。

一一　自分の力で敵わなければ。手に負えねば。

一二　捕り物は逮捕を原則とするが、手に余る場合には、打ち果しても良いとされた。

一三　功績の如何では。働き具合によっては。

一四　嘱託（そくたく）といって、犯人を検挙するために密告者を求め、密告者にはその罪を許した上、褒美を与えるという方法があった。同心が私

的に使う手先も、そうした密告者や裏切り者が発生源だったといわれている。

一五 嘱託以外にも、犯した罪の許される場合があった。『公事方御定書(くじかたおさだめがき)』下巻の第十八条、「旧悪御仕置之事」の中に、主殺し・親殺しなどの逆罪、たちの悪い殺人、放火、徒党を組んでの強盗、追剝ぎや忍び込み、業務上押領を除き、いったん悪事を働いても、以後、悔い改めて他に罪を犯さぬまま、十二か月以上たった場合には、たといそれが発覚しても、「旧悪は咎めるに及ばざること」とされている。幕府の方針は、見せしめによる犯罪の防止を計るとともに、改悛(かいしゅん)を勧奨して、その予防に役立てようとしたのである。

一六 その通り。確かに。相手の言葉を肯定、それに同意するときに使う言葉。

一七 長沼の申し出を承知すれば、自分が二人を救ってやる可能性が生じる。

一八 同じ体の一部ではあっても、背中の代りに腹を当てることはできぬ。重大事に直面し、他の損害を顧る余裕のないことの譬え。

一九 同類。殊に、悪事を共にすること。

二〇 同類の者は、仲間の生活習慣や行動様式に通じていることの譬え。

二一 一人前五十両で請合うというのである。

長沼　いかにも。（一六その通りだ）

ト、和尚吉三、思入あつて、（一七ちょっと考えて頷き）

和尚　一八背に腹は代へられぬ。たとへいづくに隠るるとも、元が三人一つ穴。（たといどこに隠れていようと　もともと三人は一九仲間）

二〇蛇(じゃ)の道は蛇(へび)とやら。きつと尋ねて差し出しませう。（などと申します　必ず捜し出して連れて行きましょう）

長沼　万一以前の誼(よしみ)を思ひ、彼らを助けるその時は、汝(なんぢ)は罪は十倍だぞ。（もしも昔の　友情から　彼らを助けるようなことをしたら　お前の罪は重くなるぞ）

和尚　そりやァお案じなされますな。身の旧悪が消えたうへ、褒美の金になる事なれば、そこが元が悪党だけ、なに助けますものか　◯　して、御褒美はいくら下さいます。（その点は御心配なさいますな　自分の罪がなくなった上に　褒美の金が貰えるのですから　そこはそれ　悪党だからなおのこと　どうして助けるものですか（笑う）ところで）

長沼　まづ一人前(ひとりまへ)が五両づつだ。（まあ）

和尚　ナニ、たつた五両づつかへ。（なんだって　たった五両ずつかい）

長沼　五両づつでは不足と申すか。

和尚　言はねへでも知れた事さ。兄弟分の誼(よしみ)を捨て、人に悪く言はれるのを、承知で詮議を受け合ふのは、褒美の金が欲しいゆゑ。たんとも要らねへ二一一本なら、詮議を仕出して差し出しませう。（分り切ったことじゃないか　情を捨てて悪口を言われることを　覚悟の上で捜索を引き受けるのは　褒美の金ほしさのためだ　たくさんは　百両なら彼らを尋ね出して連行しましょう）

長沼　高いものだが仕方がねへ（高くつくが仕方がない）。望みのとほり（要求通り）遣はすあひだ（[一]百両やるから）、からめ捕つ（逮捕して）て差し出（いだ）せ。

和尚　金にさへなる事なら（[二]金儲けの種になると言うなら）、明日（あす）とも言はず（[三]明日どころか今夜のうちに）今夜中に。

長沼　しからば（それでは）其方（そち）が吉左右（[四]きつさう）（吉報を）を。

和尚　お待ちなすつてござりませ。

長沼　承知いたした（分った）　○（頷く）　家来、まゐれ（来い）。

捕手　はあァァァ（はい）。

ト、[五]時の太鼓になり、長沼、先に、捕手付いて、向ふへ入（はひ）る（揚幕へ入る）。

和尚吉三、後、見送り、

和尚　お嬢お坊二人とも、から詮議が厳しくなつちやちァ（こんなに捜索が厳しくなっては）[六]、もう[七]うか〳〵と[八]鎌倉に、足を止めちやァゐられねへわへ（[九]とどまっている訳にはいかないだろう）。

ト、この時、しゆみだんの下より、お坊吉三、出て来（きた）り、

お坊　兄貴（あにき）、[一〇]帰りなすつたか。

和尚　ヤ、[一一]こりァ[一二]お坊にやァいつの間に（お坊はいつの間に）。

一　やる。くれてやる。高位の者が、下位の者に金品を授与すること。

二　金儲けの種になる。相応の金銭的な利益が見込める。

三　～どころか。～を待たずに。

四　吉報。良い首尾を伝える知らせ。

五　問注所（法廷）の場面や、役人の登退場などに用いる鳴物。大太鼓を使う。城の太鼓櫓で、時を告げるために打つ太鼓を模した。

六　「なつちやァ」ないし「なつちやつちやァ」（なってしまっては）の誤植。『狂言百種』本には「成（なつ）ちやァ」。

七　ぼんやりと。不注意に。のんびりと。

八　『狂言百種』本では、「江戸」。

九　滞在する。一定の所にとどまる。

一〇　帰りなさったか。「なさる」は、動詞の連用形に付いて、敬意を表す補助動詞。ラ行五段活用の語であるが、連用形「なさっ（た・て）」は、しばしば、「なすっ（た・て）」の形をとることがある。

一一　「こりやァ」ないし「こりや」の誤植。『狂言百種』本には、「こりや」。

一二　お坊には。「にやァ」は、「には」の転訛。「には」は、本来、「～におかせられては」の意で、敬意を表すべき人物を、直接、主語として提示せず、一種の隔りをもって、

間接的に提示するための語。お坊吉三は、武家育ちという理由で、一目置かれているのであろう。しかし、ここではむしろ、主語を強調するというニュアンスが濃い。

一三 『狂言百種』本では、「江戸」。

一四 奉行所に連れて行かれる。連行される。出頭する。さらに、死罪に処せられて、あの世へ行く、の意。

一五 護送する。

一六 〜ていたか。「〜ている・いた」の「いる」「いた」を省略した、接続助詞「て」の特殊用法に、疑問を表す終助詞「か」を付けた形。一種の丁寧ないい方。

一七 物分りが悪い。物事の道理が分らない。

一八 捨てるとしても。捨てるからといって。活用語の仮定形に、接続助詞「ば」、格助詞「と」、接続助詞「て」のついた形。仮定の逆接を示す。

一九 隠れているところから出す。奉行所に突き出す。出頭させる。

二〇 お坊吉三を演じる河原崎権十郎の目玉。

お坊　さつき来たが人目があるゆゑ（人に見られるといけないから）、しゆみだんの下に隠れてゐた。

和尚　良く訪ねて来てくれた。久しく手前（てめへ）に逢はねへから（随分長くお前に逢っていないので）、逢ひたく思つてゐたところだ。二、三日泊まつていくがいい（行けば良い）。

お坊　いや、さうかうかしちやァゐられねへ（そんなにのんびりとしてはいられない）。己（おれ）もだん／＼食ひ詰めて（俺も次第に追い詰められて）、この鎌倉[一三]にも居られねへから、旅へでも出掛けようと、暇乞ひながら訪ねて来たが（別れの挨拶を言うついでにやって来たが）、どうでいつかは捕られる体（どうせいつかは捕えられる身）。他人の手に掛かつて（他人に捕えられて）ゆかうより（[一四]連行されるより）、兄弟分の手前（てめへ）の手に掛かつて（お前の手に捕えられて）己（おれ）もゆきてへから、縄を掛けて送つてくれ（[一五]連れて行ってくれ）。

和尚　ナニ、己に縄を掛けろとは、そりやァどうした事といふのだ。

お坊　手前（てめへ）の悪事を消した上（お前を無罪にした上）、褒美の金を取らせる気だ。

和尚　ハハァ、そんなら（それでは）今の話を聞いてか[一六]。イヤ、手前（てめへ）も分からねへものだぞ（[一七]物分りの悪い奴だ）。いつたん兄弟になつたからにやァ（一たび兄弟分の盃を交わした以上）、［たとい］己（おれ）が命を捨てればとて[一八]、手前（てめへ）たちを出すものか（[一九]突き出すものか）。そんなしみつたれな根性の、和尚吉三と思つてゐるか（けちくさい心を持ったこの和尚吉三だと思っているのか）。目玉が大きいが目が利かねへな（[二〇]目玉は大きいくせに物が見えないな）。

お坊　さうだらうとは知つてゐるが、どうで一度はゆく体、とても命を捨てるなら、いつたん兄と頼んだゆゑ、手前（てめへ）[一]の悪事を消してゆく気だ。
（お前が守ってくれるだろうと分ってはいるが　どうせ一度はあの世へ行く身　どうせ　一たび兄として頼った以上　お前を無罪にして死ぬつもりだ）

和尚　その志はかたじけないが、そんなそでねへ事はしねへ。褒美を百両くれるなら、捜し出さうと言つたのは、欲に迷つてするやうに、気[二]をゆるさしてその内に、どこへなりとも逃がす気だ。とても草鞋（わらぢ）を履くならば、近くに居ずと遠くへゆき、枕を高く寝る[三]がいい。聞きやア手前（てめへ）は武家育ち、安森源次兵衛が倅だとかいふが、それに違へはねへかへ。
（その気持は有難いが　薄情なことはしない　欲に目がくらんで仲間を売るのだと　油断させておいてその間に　どこへでも好きな所へ逃がしてやるつもりだ　どうせ　旅に出るのなら　［江戸の］近くにいないで　安心して寝るといい　噂に聞けば　お前は武家の出身　安森源次兵衛の息子だということだが　本当にそうなのかい）

お坊　いかにも己（おら）ア鎌倉昵近（ぢつきん）。親仁（おやぢ）は安森源次兵衛といつて、堅蔵（かたざう）[四]な人であつたが、そのころ名代の刀の目利き者（めききしゃ）[五]。頼朝公から預かりし、庚申丸といふ短刀を、盗まれたので言ひ訳なく、切腹なして家は断絶。浪人してからお袋の、長の病気に妹は、その身を売つて苦界の勤め。高い薬の甲斐もなく、つひに死なれて仕方なく、末子（ばつし）の弟森之助（もりのすけ）を、若党（わかたう）[六]の親仁に預け、それから気儘にぐれ出して[七]、していざんめへ[八]す
（確かに　おれは　まじめ一方の人だったが　生前は　盗まれたために申し開きも立たず　その身は切腹　所領は没収　母親の　長患いのために　吉原に身売りして　廓の勤め　［しかし］その金で買った高価な薬の効き目もなく　結局死んでしまったので　老人に預け　［俺は］　好き勝手に　身を持ち崩し）

一　俺を捕えればお前の旧悪は許されるのだから、そうして貰うつもりだし、その上、お前の罪も引っかぶって、お前の経歴から、なるたけ犯罪の跡を消して死ぬ気だ。

二　油断させる。警戒心をゆるめさせる。褒美をねだり、欲に迷って味方を売ると見せかけ、逆に味方を救おうとするのは、延享四年（一七四七）初演の浄瑠璃の名作、『義経千本桜』などにも見られるパターンである。

三　寝込みを襲われる不安もなく熟睡する。

四　物堅い人物を、固有名詞のように表した言葉。きまじめな人。品行方正な人。

五　有名な刀の鑑定家。

六　若党（若徒）である老人。弥次兵衛。

七　正道からそれる。不良化する。

八　したい三昧。したい放題。「三昧」は、ある事に熱中して他を顧みない意の接尾語。

九　それでは。してみると。他人の言動に、思い当る節があったり、事の真相に気付いたりしたときに用いる副詞。感動詞と見る場合もある。

一〇　疑惑や戸惑いを表す感動詞。

一一　意外なことに驚いたり、言葉に詰まったときなどに発する感動詞。もっとも、「ム」という子音を発音する訳ではなく、唇を強く結び、息を鼻へ抜いて、ウ音を出す。

る内にも、その短刀を尋ね出し(探し出し)、ふたたび家を興さうと(家を再興して栄えさそうと)、心に忘れはしねへけれど(いつも心に思ってはいるのだが)、いまに(今になっても庚申丸の)在所(ありか)(在り場所が分らぬ位だから)が知れねへから、己(おれ)が望みはかなふめへよ(俺の希望は遂げられないだろうよ)。

ト、これを(この話を)聞き、和尚吉三、九さては(それでは短刀のと思い当る様子)、といふ思入あつて、

和尚　それぢやァ(それでは)手前(てめへ)(お前は)は鎌倉昵近、安森源次兵衛といふ人の、倅であつたか。一〇ハテ、知らねへ事とて(知らなかったので)。

お坊　一一ムウ(おや)、手前(てめへ)、親仁を知つてゐるか。

和尚　己(おれ)が親仁が(俺の親父が)、

お坊　エ。

和尚　イヤサ(いや)、一二親仁が噂に(親父の噂話で)聞いてゐたが、その庚申丸といふ短刀を、己(おれ)も尋ねて(捜して)やりてへが、して(そして)短刀の格好(形)は。

お坊　一三相州(さうしう)ものの一四無銘にして(銘のない短刀で)、しかも一五焼き刃(やいば)に三匹の、猿の形の乱れ焼き。ちやうど長さは、このくらゐだ。

ト、一六出し目の差し添へを出す。和尚取つて(和尚はそれを手に取って)、

一二「己が親仁が、その短刀を盗んだのだ」と言いかけて、お坊に聞き咎められ、「親仁が噂に」と誤魔化す。

一三 相州は、相模国（神奈川県）。鎌倉幕府創建以来、諸国の刀工が相州に下り、土着。その子孫の内、十三世紀末ごろ、新藤五国光(しんとうご)が独自の作風を生み出し、弟子の岡崎五郎正宗などがそれを継承発展させ、地鉄(じがね)の鍛法や土取りに工夫をこらした刀作りの伝統を築いて、相州物・相州伝と呼ばれた。

一四 銘のない刀。銘とは、刀身の茎(なかご)（柄に差し込む部分）に彫り付ける、刀工の名。

一五 以下。刀の製作工程には、土取りと焼き入れという作業がある。刀の形に仕上げられた地鉄に、焼き刃土（耐火性粘土をもとに作った土）を、刃の部分には薄く、平地（刃以外の部分）には厚く塗るのが、土取り。それを乾かして高温の火で焼き、水で急激に冷却するのが、焼き入れ。すると、土の薄い部分と厚い部分との境界に化学的変化が起り、それを研ぎ上げると、「焼き刃（刃文）」が現れる。土取りの際、刃の部分に、模様を描くように土を塗って出る刃文を、「乱れ焼き（乱れ刃）」という。四二二頁参照。

一六 出し目貫き（貼り目貫き）の脇差し。「差し添へ」は、大刀に添えて差す刀。

和尚　ムウ、それぢやァ（それでは）長さは、この位（くらゐ）か（おや）〇

ト、見て、

ヤ、一吉の字菱のこの目貫きは、片しねへが（片方が取れているがどうしたのだ）どうしたのだ。

お坊　そりやァ（それは）このあひだ高麗寺前で。〔人を斬ったそのはずみに〕

和尚　エ。

お坊　二犬にほえられ追ひ散らす、はづみにどこぞへ落としたが、三差し裏だからそのままおいた（そのままにしておいた）。

和尚　そいつァ（それは）惜しい事をしたな。

お坊　アァ。なんだか話が理に四落ちた。早く一杯（いっぺい）飲みてへが、源次はどこまで（どこまで）いつた（行ったのだろう）しらぬ五。

和尚　ほんに（そういえば）源次はその以前（源次坊はその昔）、手前（てめへ）とは（お前とは知り合いだったらしいが）馴染みだそうだな。なんぞ買ひにやつたのか（何か買いに行かせたのか）。

お坊　あんまり寒いから、酒を買ひにやつた。

和尚　そいつァ悪い者に（それは悪い奴を）六買ひにやつたな（買いにやらせたな）。七口がもろいから〔お前のいることを〕しやべらにやァ（喋らねばいいが）

一　お坊吉三が第二番目序幕（三四二頁）で落す目貫きは、「一本差し」の大脇差しの目貫きである。しかし、ここで見る限り、それは庚申丸（短刀）と長さの似通った小刀、つまり、小脇差しか中脇差しでなければならない。ただし、実際の舞台では、立回りの様式を整えるために、前の幕では大脇差しを使い、ここではそれを、理屈抜きに、短い脇差しに取り替えているものと思われる。

二「高麗寺前で、人を斬ったそのはずみに」といいかけ、聞きとがめられて、「犬にほえられ……」と誤魔化す。「犬にほえられ……」は、伝吉が庚申丸を盗んだときの状況、「ほえ付く犬に仕方なく、その短刀でぶっ放したが」（二一三頁）を連想させる。

三　差した刀剣の、体に接する側面。

四　話が理屈っぽくなった。話が詰まらなくなった。――都合が悪いので、お坊は話題を転じる。

五　多く「しらんい」の形で用いられる。疑問の語（ここでは「どこまで」）を受けて、話し手の疑惑ないし不確定な気持を表す連語。疑問詞がない場合や、疑問詞があっても時代が下ると「～かしらん（ぬ）」の形が頻用される。

六　他動詞「やる（行かせる）」は、格助詞

いいが（ちょっと考えて）○ なんにしろ[八]日が暮れて（日が暮れてから）、ゆつくりと話さう（話をする積りだから）から、マァそれまで窮屈でも、今の所（ところ）へ隠れてゐろ。

お坊　それぢやァ（それでは）一寝入り[九]やつて待たう（一眠りして待つとしよう）。

和尚　寝るならこれを抱いて寝ろ。

ト、打敷（うちしき）[一〇]と辻番火鉢[一一]をやる（渡す）。

お坊　こいつは（これは）有難い。

ト、木魚入り[一二]の合方になり、お坊吉三、しゆみだんの下へ隠る。この鳴物にて、向ふより（揚幕から）、以前の（さっきの）源次坊、二升樽に、しやもと、ねぎを提げて出て来る（きた）。後より、前幕の木屋の手代十三郎、おとせ、付き添ひ（源次について）、出て来る。

源次　モシ、お前（まへ）がたが尋ねなさる（あなた方が探していらっしゃる）、吉祥院は向ふだよ（吉祥院はあそこだよ）。

十三　これは有難うござります。して（ところで）、弁長どのは居（を）られますかな（いらっしゃいますか）。

源次　さつき湯へいくと言つて出られたが（[一三]銭湯に行くと言って出掛けなさったが）、もうおほかた（多分）帰られましたらう。

「を」を要求し、それが使役に用いられる場合、動作主は「に」で表すのが原則。ここは、「〜を買ひにやつたな」と、「〜に買ひにやらせたな」の混用か。

七　口が軽い。何でも軽率にしゃべる。

八　とにかく。いずれにせよ。

九　一眠りする。仮眠する。

一〇　敷具（ふぐ）の俗称。仏前の前机などに敷く、金襴や錦で作った敷き物。密教系は四角、浄土教系は三角。上に供物や仏具を置く。

一一　略して「辻番」。辻番の老人などが就寝時に用いた暖房具。今戸焼などの小さな火鉢を、横向きの木箱に入れたもの。

一二　主に、寺に関係のある場面や、淋しい場面などに用いる合方。

一三　江戸時代、自宅に湯殿を設けるものは少なかった。市中に湯屋（ゆうや）が多く見られるようになったのは、宝暦（一七五一〜六四年）以後のこと。それは、井戸の掘削との関係によるもので、専用の井戸がなければ、風呂が立てられなかったからだといわれている。湯銭は、天保以前は大人十文、子供八文、天保以後は八文と四文に定められた。

とせ　一はばかりながら、妹(いもうと)がまゐりましたと、おつしやつて下さりませ。
源次　あい〳〵(はいはい)、承知しました(かしこまりました)（頷く）〇

ト、本舞台へ来(きた)り、十三郎、おとせは下手(しもて)に、源次坊、囲炉裏の傍(そば)へ来(く)る。

あい(はい)、いま帰りましたよ。
和尚　オォ、源次坊、なにを買つて来た。
源次　さつきお前(めへ)の留守に、お坊吉三が。
和尚　ア、コレ(しっ)。

ト、言つては悪いといふ思入(言ってはならぬと源次坊を制する)。

源次　酒を買つて来てくれと言ふから、寒さしのぎに(体を温めようと)、しやもと、ねぎを買つて来た。
和尚　そいつは妙だ(素敵だ)。しかし、二たれがなくつちやァいけねへが(味つけの汁がないと具合が悪いが)、源次の事だから、もらつて来たらうな。
源次　三ところを(それを)、すつかり忘れて来た。

一　恐れ入りますが。ぶしつけではございますが。
二　鍋物などの、料理の味付けに用いる汁。
三　そこのところを。先行する事柄を受け、それが当然の事と認めながら、しかも、それに反する結果を述べるときに用いる接続詞。

和尚　気の利かねへ奴(やつ)だな。[四]

源次　オオ(ああ)、忘れねへ内に(忘れないうちに)言つておくが、いまそこに、お前(めへ)の妹(いもと)だといふ(妹だという)のが訪ねて来たから(人がお前に逢いにやって来たから)、連れて来たよ。

和尚　ナニ(何だって)、妹(いもと)が来た(妹が来たって)。

とせ　兄(にい)さん、私(わたし)でござんす。

和尚　オオ(ああ)、おとせか、良く来た（十三郎を見て）モシ、こつちへお入(はひ)りなさい。

十三　御免下さりませ(失礼いたします)。

　ト、下手(しもて)[五]へ入り、住まふ(座る)。

源次　ドレ(さて)、忘れねへ内に[六]、しやもをこせへ[七]ようか。

和尚　手前(てめへ)にできるか(お前にしゃも料理ができるのか)。

源次　できなくつて(できない訳がないだろう)。しやも文[八]に二年居た(二年奉公していたんだ)○（軽く笑う）

　ト、酒としやも、ねぎを持つて、

源次　ドレ、こせへておかうか。

　ト、右の鳴物(同じ)にて、奥へ入る。

四　気が利くとは、事に応じて、機敏に心が働くこと。細かな点にまで、良く気持が行き届くこと。

五　前頁のト書きに、「十三郎、おとせは下手に」とあるが、おとせは、下手、本堂の片隅に、十三郎は同じ下手でも、遠慮して本堂の外に控えていたものと思われる。「下手へ入り、住まふ」とは、従って、本堂の中に入って、おとせの傍に座る意であろう。

六　料理するのを忘れてしまわない内に。早いところ。

七　料理する。準備する。

八　両国橋を渡った隅田川東岸の、俗に東両国（墨田区両国一、二丁目）と呼ばれる盛り場には、坊主および丸屋という、名高いしゃも料理屋があったが、「しゃも文」もその辺りにあったか。なお、江戸の人々がしゃも鍋を食い始めたのは、嘉永（一八四八～五四年）の初年ごろらしく、中間や相撲取りがよく食べたという。

和尚　サア妹（いもうと）、遠慮はねへ（遠慮はいらない）。ここへ来い。

とせ　兄（にい）さん、御免なさいまし（失礼いたします）（十三郎に目顔で合図）〇　サア十三さん、お前（まへ）もここへ（こちらへ）。

ト、十三郎、前へ出て、

十三　これは初めてお目に掛かりますが、私（わたくし）は十三と申します。

和尚　その挨拶には及ばねへ（そんな挨拶をする必要はない）。一友達から聞きましたが、二不思議な縁で妹（いもうと）と〇（痛々しい）

ト、和尚吉三、二人を見て、思入。〔可哀そうにと〕

十三　三たつた一人の妹ゆゑ（妹ですから）、可愛がつてやつておくんなせへ。

いえ、私（わたくし）とても頼りのないもの（私と致しましても頼る人もない身の上）。おとせを縁にこれからは、あなたを力にお頼み申します（おとせと結ばれたのをきっかけに今後はあなたを頼りにさせて頂けるようお願い申し上げます）。

和尚　そりやァ兄弟になるからは（それは兄弟になった以上）、言はねへでも（頼まれなくとも）お前（まへ）がたの、力にならねへでどうするものだ（お前たちの力にならないわけはないだろう）。

十三　それは有難うござりまする。

和尚　して（ところで）、爺（とう）さんにやァ変はりはねへか（親父さんは元気でいるかい）。

一　和尚吉三が二人の仲を知ったのは、第一番目三幕目で伝吉を訪ね、「可哀や奥の二人は……」（二一二頁）という、その述懐を立ち聞きしたときである。それを和尚は、「友達から」と、ぼかしていった。

二　和尚は、二人が双子の兄弟でありながら枕を交わし、畜生道に堕ちたことを知っている。しかし、そうなるにいたった経緯は知らない。だから、この「不思議な縁」は、伝吉のいう「畜生の交はりなすも己が因果」（二一三頁）ないし、「犬の報いに畜生道」（二一三頁）をさすものと思われ、「人間の思慮も及ばぬ恐ろしい因縁」の意と解される。従って、このせりふは、決して軽いせりふではない。恐らく小団次は、沈痛な気持をこめて、これを表現したものと察せられる。その気持が「〇」につながり、さらには、後に二人を殺そうと決意する、精神的な伏線ともなる。ここで充分に和尚の腹を作っておかないと、二人をお坊・お嬢の身代りに立てる今後の行動が、単なる手順に終始し、妹夫婦を思うがゆえに手に掛けるという、屈折した愛情の裏付けを欠いてしまう。

三　和尚は、二人の因果を痛ましく思うが、今さら、事実を打ち明けたところで、どうなるものでもない。そこで、気持を変えて、兄らしい挨拶をするのである。

四 「知りなさらぬか」の撥音便。ラ行音・マ行音の後にナ行音・マ行音が来ると、「取りなさい」→「取んなさい」、「あるまい」→「あんまい」、「頼みます」→「頼んます」のように、先行するラ行音・マ行音が撥音便化することがある。

五 はかない。無惨な。

六 誠に痛ましいさま。ぞっとするほど悲惨なさま。

七 伝吉が過去に犯した罪は死罪に値する。なまじ生きて捕えられ、犯罪者として首をはねられるよりは、むしろ、娑婆の空気の中で殺された方が仕合せかも知れぬ。また、妻の入水、双子の相姦という痛ましい結果を惹き起した自己の業にさいなまれて、苦しみながら生きて行くよりは、むしろ、一思いに、命を失った方が仕合せかも知れぬ。

八 殺した人。「主」とは、落し主、話題の主など、行為の主体となる人物や当事者をいう。

とせ　エ　◯（驚く）　そんなら（それでは）お前（まへ）、[四]知んなさらぬか（御存知ではないのか）。

和尚　ナニ（何だ）、知らねへかとは（知らないかと言うと）。

十三　親仁（おやぢ）さまはこのあひだ、人手に掛かって（誰かに斬られて）[五]あへない（無惨にもお亡くなりになりました）御最期。

和尚　エ、そりやア、マアどこで。

とせ　しかも先月（一月）三日の夜（よ）、高麗寺前で[六]むごたらしう（悲惨にも）、人に殺されなさん（誰かに殺されなさったの）したわいな（ですよ）。

和尚　エヽ　◯（驚く）　そんなら爺（とと）さんは死なれたか。ヤレ（ああ）、可哀さうに　◯（目をつむる）

ト、両人を見て、

和尚　しかし、[七]その方が仕合はせか。して（そうして）、殺した者は知れねへか（犯人は分らないのか）。

とせ　[八]主（ぬし）は誰（たれ）とも知れねども（誰やら分らぬけれど）、死骸の傍にあつたのは、

十三　吉の字菱の片しの目貫き（片方の目貫き）。これがすなはち（つまり）敵（かたき）の手掛かり。

ト、十三郎、紙入れより、吉の字菱の目貫きの片しを出す（片方を出す）。和尚吉三見て、

和尚　そんならこれが　◯（さてはお坊吉三が）

ト、しゆみだんへ思入。（一 気を通わす）

和尚　こりやァいい手掛かりだ　○（頷く）

ト、十三郎へ目貫きを渡し、

かくとは知らず（こんな事とは知らず）爺（とつ）さんが、金に困ると聞いたゆゑ、昔に返つて

○（まずい）イヤサ（いや）、昔に返つて（二〔弁長といった〕昔に返り）今では坊主。がきの折から苦労を掛けた、（三〔親への〕）

せめて不孝の恩返し（不孝に対するせめてもの恩返し）。来世の苦艱（くげん）を助かるやう（苦しみから救われるよう）、菩提は己（おれ）が（俺が）弔はう（冥福を祈ろう）　○（目頭を押える）

ト、ほろりとして、

それに付いて二人が身の上（そのことと関係するが二人の境遇や）、また百両の金の入り訳（百両という金の要る事情）、四 詳しい事を聞

十三　かねへが、どういふ訳か一通（ざっと）り、己（おれ）に聞かせて下せへな。

とせ　お尋ねなくとも（お尋ねがなくても）身の上を（境遇について）、お話し申しにまゐつた二人（話を聴いて頂こうと私たちはやってきたのでございます）。

金の入り訳（金の要る事情やら）五 段々の、せつない話の一通り（何やかやと辛い話のあらましを）、

十三　お聞きなされて、

両人　下さりませ。

一　いうまでもなく、その目貫きはお坊吉三のもの。和尚は、それを見て、お坊の生家＝安森家を没落させ、一家離散の原因を作った自分の父親が、義兄弟の堅い絆で結ばれたお坊の手で殺され、罪の報いを受けた事実に、皮肉な恐ろしい運命の巡り合せを感じる。

二　「昔に返つて物取りを」といいかけ、はっと気付き、「昔に返つて今では坊主」といい直す。「昔」の内容が、それぞれに異なっていることはいうまでもない。「根が吉祥院の味噌すりで、弁長（べんちやう）と言つた小坊主さ。賽銭箱からだん〳〵と、祠堂金まで盗み出し、たうとう寺をだりむくり、鼠白子もお仕着せの、浅黄と替はり二、三度は、もつさう飯も食つて来たが」（一二二頁）という第一番目二幕目のせりふの、後半が最初の「昔」、前半が二度目の「昔」に当る。

三　以下二行、「孝行のしたい時分に親はなしというが、子供のときから悪事を働き、さんざん苦労をさせ、不孝を重ねてきた親が死んだ今、せめてもの恩返しに、あの世での苦しみが少しでも減るように、俺が冥福を祈ってやろう」。「苦艱」は、死後、地獄で受ける苦しみ。「菩提を弔う」は、死者があの世で幸福になれるよう、さまざまな方法で祈ること。

十三　ト、誂（あつら）へ、六 笙（しやう）の入りし合方になり、

十三　元（もと）、私（わたくし）は雪の下、木屋文蔵が召使ひ（奉公人）。せんだつて（先頃）御昵近（〔将軍様に〕）の、海老名軍蔵さまといふお武家様へ、短刀を売りましたその代金、百両受け取り帰り道（途中で）、引かるる袖（袖を引かれ）に大事を忘れ（誘われるままに大切な仕事を忘れ）、七 これなるおとせの小屋の内（おとせの小屋に入りましたが）、八 語らふ間もなく（契りを結ぶ暇もなく）喧嘩の騒ぎ。慌てて逃げるそのはづみ（その拍子に）、取り落としたる百両金（きん）。

とせ　それを私（わたし）が拾ひしゆゑ（拾ったので）、おほかた尋ねてござんせうと（多分探しにおいでになるだろうと）、その明くる夜（次の日の夜）に金を持ち、小屋へ行（い）たれど巡り逢はず（行ったけれど再会できず）、九 すご〳〵帰る花水橋、一〇 道から連れになつたのは（途中から道連れになったのは）、年の頃（年齢が）十七、八で、丸の内に封じ文（ふうぶみ）の、一一 五つ所紋（ところもん）の振り袖着た、人柄向きの良い娘御（上品な娘さん）。油断のならぬは盗人にて（油断できないと思ったのは後のこと　その人は盗人で）、金を取られたその上に（金を取られた上）、私（わたし）や川へ突き落とされ、死ぬところをば一二 縁でかな（縁があったのでしょうか）、この十三さんの親御、八百屋久兵衛さまに助けられ、危ふい（危ない）命を拾ひました。

十三　また私（わたくし）はさうとも知らず（そんな事情も知らず）、身を投げ死なうといたしたところ（死のうとしましたところ）、伝吉

四　入りくんだ事情。こみいったいきさつ。
五　あれこれと続いて起る状態をいう。
六　笙は、長短十七本の竹管を縦に並べて作った一種の笛で、中国から渡来した雅楽の楽器。当時は、似た音を、篠笛で出したという。
七　ここにいる。「なる」は、場所を表す体言に付き、存在の意を示す「なり」の連体形。
八　この一言で、第一番目序幕の夜鷹小屋では、二人はまだ肉体関係を結ぶにいたらなかったことが分る。「語らふ」は、男女が契りを結ぶこと。性の交わりを持つこと。
九　「しょんぼりと小屋を立ち去り、帰る途中の花水橋、その北河岸で」の意。
一〇　以下の話を聞いて、和尚は、第一番目二幕目で起った百両をめぐる争いの原因がお嬢吉三にあり、それがもとで、義兄弟の盟約が結ばれる一方、実の弟妹が畜生道に堕ちるという、因果の恐ろしさを知る。
一一　五つ紋。前身頃の左右の乳の辺り、後ろ身頃の中央つまり背縫の上部、左右の表袖の中央上部の五か所に付けた紋。紋の直径は、通常、男物で一寸二分、女物で一寸一分。
一二　理由や根拠を示す格助詞「で」に漠然と例を示す副助詞「かな」がついたもの。

さまに助けられ、娘が金を拾つたゆゑ、我が家（や）へ来いと聞くうれし（聞いたときの嬉しさ）さ。まゐつてみれば（伺ってみると）右の始末（以上のような事情）。それから（それ以来）金のできるまで、こつちに（この家にいろという）居ろと御深切な、そのお言葉が縁となり、媒人（一 なかうど）なしの夫婦の約束。

とせ　それから（それ以来）金の才覚（二 工面）に、朝から晩まで爺（とと）さまは、処々方々（あちらこちら）へゆかしやんすれど（借金をしにお行きになるけれど）、なにをいふにも百両ゆゑ（何といっても百両という大金なので）、容易な事で手に入（い）らず（簡単には借りられず）、苦労苦艱（くげん）の甲斐もなく（無駄となり挙句の果ては）、高麗寺前でむごたらしう、人に殺され非業な御最期。かうしてゐてもその時の（こう話をしていてもそのときの）、姿が目先に（死に姿が目に）ちらついて（三 浮んで）、悔しうて／＼なりませぬわいな。

十三　[四]かてて加へて私（わたくし）の主人（私の主人の）、木屋文蔵さま。ふとした事から丁子屋の、一重といふ女郎に馴染み（馴染みを重ね）、[五]引くに引かれぬ意地となり（男の意地から廓通いを止める事もできず）、廓（六 さと）の金（廓通いの金）には詰まるの習ひ（は不足するのが当然）。だん／＼（次第次第に）家もしもつれて（家も七 傾いて）、今では森戸（八 もりと）にかすかな暮らし（貧しい暮しぶり）。どうぞして（何とかして）その金を、少しも早く上げたいと（少しでも早くお返ししたいと）、心に思へど（思ってはみても作れぬものは金）できぬは金。

とせ　爺（とと）さんのない上からは（父様が亡くなられた以上）、外に頼みにする人も〔無く〕、[九]ないてばかり二月越[一〇]

一　仲人（結婚の仲介者）の重要性が認められるようになったのは、村内婚制が衰え、村外婚や遠方婚が盛んになってからで、その風は先ず武家の間に定着、さらに庶民に及び、仲人を立てぬ結婚は「転び合い」として卑しまれた。『東海道四谷怪談』にも、「娘お岩めも、不所存にてころび合ひ、親のゆるさぬ夫婦仲。畢竟（ひつきやう）やらう貰ふと、きつと致した仲立ちもなけれども」（新潮日本古典集成本、四二頁）とある。
二　辛苦して、金などを得ようとすること。
三　ある事物のイメージが、目に見えたり隠れたり、ごく短い時間に交替する様をいう。
四　その上。おまけに。さらに。
五　退きたいとは思っても、周囲の事情や意地によって、それが許されなくなること。
六　廓遊びに使う金は、必ず不足するようになるものだ。「詰まる」は、欠乏する。
七　悪くなる。家産が傾き、没落する。
八　『狂言百種』本では「いま戸」。
九　「外に頼みにする人も無く、泣いてばかり」。掛け言葉。
一〇　時間の長さを示す語について「～の間」「～にわたって」の意を表す。

し、[一一]四十九日もたつたゆゑ、〔過ぎたので〕

十三　親仁さまの敵（かたき）[一二]をば、尋ねて討ちたうござりますれど、〔敵を探し出して討ちたいとは思いますが〕御覧のとほりか弱い[一三]体、助太刀（すけだち）[一四]なして下さるやう、

とせ　また二つには〔それに加えて〕文里さまの、御難儀ゆゑに上げたいお金、〔お金も返したく〕

十三　御迷惑ではござりませうが、頼みに思ふは〔頼りにできるのは〕お前（まへ）さま。〔あなたお一人〕

とせ　どうぞ二人が力となり、〔どうか二人のために助けとなって〕

十三　敵の助太刀、

とせ　金の調達（てうだつ）、

十三　ひとへに〔くれぐれも〕お頼み、

両人　申しまする。

ト、両人、よろしく思入あつて〔互いに心を通わせて〕言ふ。この内、和尚吉三も思入[一五]〔頷き〕あつて、

和尚　親仁（おやぢ）を殺した敵（かたき）うち。手前たちが頼まずとも、〔お前たちに頼まれるまでもなく〕己（おれ）にも〔俺にとっても〕親の敵なれば、討たねへでどうするものだ。〔討たずにおくものか〕またたつた一人の妹に、つながる縁の〔妹と夫婦になった〕

一一　喪の期間。小乗仏教では、人が死んでから新しい生を享（う）けるまでの間に、死者の行く先が不確かな期間（中有（ちゅうう）、中陰）があり、それは短かくて七日、長くて四十九日であると考えた。この考えに、死者儀礼の観念が結び付いた結果、死者のために、四十九日間の供養が営まれるようになった。その風が日本に伝わって古代の貴族社会に定着、次第に、庶民の間に及んだのである。四十九日が過ぎ、喪が明ければ、人々は日常生活に復帰する。

一二　敵討ちは、親ないし兄のために、子弟が行うのを原則とし、武士に限って公認された行為である。庶民は法の保護を受ける存在であり、犯人は司直の手で裁かれるべきものであるから、敵討ちは公認されず、討ち手は、殺人の容疑で逮捕され、敵討ちの事実が明白になった後、無罪釈放されたという。

一三　勝負に堪えない非力なもの。

一四　敵討ちは、子弟によって行われるのが原則。しかし、その子弟が婦女子などで、勝負する能力に欠ける場合は、予め助太刀を他に求めることがあった。けれども、助太刀はあくまでも補助者であるから、討ち手が危機に陥らない限り、手を出さぬのを本旨とした。

一五　この「思入」で、和尚吉三は二人を殺す決意を固める。

此方(こなた)の事、(あなただから)金も己(おれ)が一飲みこんだ。かならず〳〵案じるな。(決して心配するな)

十三　そんなら二人が頼みをば、(それでは二人のお願いを)

とせ　二聞き届けて下さんすか。(承諾して下さいますか)

両人　エヽ、(本当に)有難うござりまする。

ト、両人喜ぶ。和尚吉三、これを見て、愁ひの思入(物悲しい気持を表し)あつて、

和尚　三その喜びがこの世の。〔終り〕

両人　エ。

和尚　イヤサ(いや)、四これに付いて(このことに関し)二人(ふたアリ)に、話さにやならぬ事があるが、奥に今の坊主が居れば、(さっきの坊主がいるから)これから(今から)裏の墓場へゆき、五三つ鼎(がなえ)で(三人で)相談しよう。

十三　六それは〳〵(有難い)かたじけない。さぞや草葉の陰にても(きっと墓石の下で)、親仁さまのお喜び。(親父さまも喜んでいらっしゃるでしょう)

とせ　少しも早う(少しでも早く)裏の墓場へ。

和尚　〔俺は〕後からゆくから、二人は先へ。

両人　そんなら(それでは)兄(にい)さん。

一　承諾する。引き受ける。

二　承諾する。聞き入れる。

三　和尚吉三が二人を殺す理由は二つある。㈠二人の話を通して、彼は、百両の強奪→金の調達→伝吉殺し→敵討ちという、二人の身に降りかかった一連の災厄と責務の原因は、おとせが十三郎の袖を引いたことにあり、かつ、その事実の根底に、二人の負った宿命が潜んでいることを認識する。そして、この忌わしい宿命を、万一、二人が知って苦しむよりは、「なんにも知らずむつまじく」（次頁）愛し合った状態のまま死なせることの方が、兄として、せめてもの愛情ある行為だと考える。㈡盗人仲間という社会病理集団に、兄分として生きる彼にとって、果すべき第一の義務は、血の盟約を結んだ弟分、お坊吉三とお嬢吉三を庇護することである。その弟分が、今、官憲に追われ、妹夫婦からは父の敵および追い落しの犯人と恨まれている。従って、彼らを救うためには、官憲の手の届かぬところへ高飛びさせるとともに、お坊を討とうと狙う二人を殺して、禍根を断ってやることが必要だ。ところで、「手に余らば打ちとつて、首になしても苦しうない」（四二〇頁）と命じられている以上、二人を殺してその首を身替りに利用すれば、お坊・お嬢の存在はこの

世から抹消され、最も安全な立場に彼らを置くことができる。——この二つの理由が重なって、和尚吉三の行動は決定される。

四「この世の終り」といいかけ、聞き咎められ、「この世の」の「こ」の音を介して、「これに付いて」と誤魔化す。

五 三人で。「鼎」とは、三本脚の青銅器。転じて、その脚のように、三方に対座して話し合うこと。

六 恐縮する気持を表す感動詞的表現。

七 寺の墓地の傍らに設けられた、湯灌（死体の洗浄）をするための、一坪ほどの小屋。自宅での湯灌は、士分の者か地面持ちの町人以外には許されていなかったから、外の者はすべて、死体を湯灌場に運ばねばならなかった。死穢のかかった湯水を捨てることに、問題があったのだと思われる。なお、湯灌場を歩き回って死者の着物を買う商売があり、それを湯灌場買いといった（『東海道四谷怪談』新潮日本古典集成本、二三四～五頁参照）。

八 親しく。殊に、男女の関係についていう。

九 焼き方の粗雑な皿形の浅鉢。

一〇「悪い事はできねへなァ」→「ナニ、できねへ事があるものか」。和尚と源次の「できねへ」という言葉の意味は違う。しかし、和尚は、ひとり言を聞き咎められたかと驚く。

和尚　湯灌場（ゆくわんば）[七]で待つてゐやれ。

　ト、禅（ぜん）の勤（つと）めになり、十三郎、おとせ、下手（しもて）へ入（はひ）る。後見送り、

アァ、なんにも知らず〔殺されるとも知らず〕むつまじく[八]〔仲良く〕、連れだつて〔一緒に〕ゆく二人が身の上〔二人の運命〕。

これといふのも親の報い〔こうなるのも親が犯した罪の結果〕。アァ、悪い事はできねへなァ。

　ト、思入〔目頭を押える〕。奥より、源次坊、砂鉢（すなばち）[九]へしやもを入れ、上へ庖丁（はうちやう）を乗せ、持ち出て来（きた）り、

源次　ナニ、できねへ事があるものか〔できないわけはないだろう〕。

和尚　ヤ。

　ト、吃驚（びつくり）[一〇]なす。

源次　ソレ（ほら）、見なせへ〔見なさい〕。すつかりできた〔立派に料理できた〕。

　ト、しやもの皿を出し〔しゃもの砂鉢を出して〕、見せる。

和尚　ムム（うん）、こりやァ良くできた〔これは上手にできた〕。

源次　その替はり庖丁を〔これだけの料理をするには庖丁を〕、どんなに骨を折つて研いだか知れねへ〔分らない〕。

和尚　ムム（うん）、こいつァ切れさうだ。

源次　切れるどころか、人でも切れらァ。

ト、和尚吉三、庖丁を取つて、思入[一]あつて、

和尚　オォ、さつぱりと忘れてゐたが、御苦労ながら源次坊、腰越[二]までいつて下つしな。

源次　今つからかへ。

和尚　暮れねへ内に、いつてもらひてへ。

源次　ゆけならいきやすが、しやもを食つていきてへね。

和尚　道で食つていつてくれ　○　ソレ、よろづ[三]の鍋が二枚[四]に酒が五合、残りは使ひ賃だ。

ト、和尚吉三、二朱[五]を出し、やる。

源次　オヤ、赤つぺらかへ[六]。こいつァ有難い。さうして用はなんだへ。

和尚　腰越の早桶屋へいつて、経帷子に頭陀袋[七]、一式[八]そろへ二人前[九]、買つてきて下せへ。

ト、一分やる。

一　「こいつァ切れさうだ」という和尚吉三のせりふに、源次坊は何気なく、「人でも切れらァ」と自慢。この言葉に触発されて、和尚吉三は自ら庖丁の研ぎ具合を改め、凶器に使おうと決心する。そこには、切れ味の良い刃物を用いて、妹夫婦の苦痛を少しでも和らげる結果になるという配慮が働いていよう。それと同時に、彼は、二人を身代りにする現場を見られないよう、源次坊を使いに出す算段をする。

二　七里ヶ浜西端、鎌倉市腰越一～五丁目。『狂言百種』本では「駒込」。駒込は、吉祥寺を中心に、南北に広がる地域の総称。現、豊島区駒込一～七丁目、文京区本駒込一～六丁目、千駄木一～四丁目、向丘一～二丁目の一帯。

三　一枚百文のしゃも鍋。「よろづ（万）」は、青物商などが使う符牒で、「一」をさし、十、百、千に通わせて用いられた。なお、「万」を、巣鴨・駒込辺のしゃも料理屋とする解釈もあるが、取らない。

四　皿や鍋などを数える単位呼称。ただし、鍋料理には、一鍋、二鍋……と、「鍋」を用いるのが普通である。

五　天保二朱金。天保三年から万延元年まで通用の、粗悪な金貨。なお、二朱は一分の二

源次　エ（不審顔）○　なんにしなさるのだ。（何に使うおつもりだ）

和尚　亡者の拵(こしらへ)で、仕事があるのだ。（扮装で一仕事するのだ）

源次　それぢやァいつて来やすよ。

和尚　遅くなつても大事ねへよ。（ゆっくりしてくれて構わないよ）

源次　どうで(どうせ)一杯(ぺい)やりやァ、急にやァいけねへ。（酒を飲む以上急いで行く気はない）

ト、禅の勤めにて、源次坊、思入あつて向ふへ入(はひ)る。和尚吉三、庖丁の刃を見て頷き、手拭ひへ巻き[一〇]、

和尚　アァ、嫌ながら殺生を　○（嫌だけれども人殺しを）（目をつむる）

ト、両人を殺さうといふ思入(表情)。時の鐘。空を見て、

今夜は雪に、ならにやァいいが。

ト、やはり、禅の勤めにて、和尚吉三、下手(しもて)へ入(はひ)る。跡、誂(あつらへ)、音楽[一一]になり、しゆみだんの下より、お坊吉三、出て来(きた)り、思入(おもいれ)あつて、

お坊　[一二]知らぬ事とて（そうとは知らずに）このあひだ、高麗寺前で殺した親仁(おやぢ)、只の者[一三]とは思は[一四]

分の一。

六　赤っ片。天保二朱金の異名。赤二朱ともいう。

七　死者の首にかけてやる袋。

八　一揃い。一組。

九　一人前、五軒前などと、名詞に付けて、割り当てたり配当したりするときの分量を表す接尾語。貴人の「前」に据える意から派生した語という。

一〇　庖丁を手拭いに巻くのは、一つには、刃物の姿を人目から隠すため、二つには、それを懐に忍ばせる必要上、手拭いを鞘代りにして危険を防止するためである。

一一　天人の出現や寺院の場面で使う鳴物。現在は大太鼓・鈴(れい)（五鈷鈴(ごこれい)）・能管を使用するが、江戸時代には、笙（篠笛で代用）・篳篥(ひちりき)（能管で代用か）・太鼓を用いた。

一二　知らなかったので。次行の「和尚が親とは知らなんだ」を先取りした表現。「とて」は、三七二頁注五参照。

一三　普通の人。世間並みの人。下に打ち消しの語を伴って常人であることを否定し、褒めたり畏怖を表したりする場合が多い。

一四　思わなかった。「なんだ」は、過去の否定を表す助動詞。

なんだが、和尚が親とは知らなんだ（知らなかった）。その夜（よ）取つたる百両も、妹（いもと）が縁に文里どのへ（世話になっている文里殿に）、貢ぎのための恩返し（恩返しのために差し上げる金）。また伝吉がかの折（あのとき）に、一わつつくどいつ貸せと言つたも（事情を打ち明け訳を言って貸してくれと頼んだのも）、やつぱり同じ文里どのへ、落とした金（俺と同様相手も同じ文里殿へ〔十三郎が〕落した金）を償ふ百両（を返すための百両）。二明かしあつたら命をば、捨てずに事の済まうのに、言つて返らぬ互ひの因果。まだその上に百両も、噂の悪い己（おれ）が手で、できたと聞いて文里どのも、気味を悪がり受け取らず、重つたらし持つて来て、この入り訳を聞くといふは、ここで死ねとの知らせなるか。吉の字菱の目貫きが証拠に、和尚は己（おれ）が殺したと、推量したに違へねへ。三知らぬ先はともかくも、それと知つた上からは（事情を知った今となっては）、四未練に五影は隠されねへ。どうでこの身も食ひ詰めて（どっちみち俺は追い詰められて）、長く生きちやアゐられぬ体（長生きしようにもできない体だ）。とても死ぬなら（どうせ死ぬなら）この金を、親仁（おやぢ）（〔和尚の〕）を殺した言ひ訳に（その詫びに）、和尚へ渡して今ここで、死なにやア義理が済まぬわへ（死ななければ義理が立たない）。

ト、じつと思入（じっと思いに沈む）。やはり、誂（あつらへ）、変はつた音楽にて（普通とは違う音楽になり）、六欄間（らんま）の天人の彫り物を取り（はずし）、内より（中から）お嬢吉三、乱れたる島田（しまだ）かづら、振り

一「割りつ口説いつ」の音便化。割ったり口説いたり。事情を打ち明け、細かく訳を述べて訴える意。「つ」は、本来、意志的行為の完了を示す助動詞であるが、転じて、接続助詞として用いられ、動詞の連用形を受け、「〜つ〜つ」の形で、二つの行為が並列的に行われる様子を示す。

二 以下五行、「理由を打ち明けて話し合っていたら、当然、命を捨てずに事は収まったはずなのに……。今さらそんな愚痴をいってみたところで、状態が元に戻り、伝吉が生き返る訳もない。それも二人の因果というものだ。因果といえば、俺の方はそれだけでは済まず、殺しまでして手に入れた百両を、せっかく文里殿のところへ届けたのに、俺の評判が悪いゆえ、その俺が作った金だと聞いて、恐ろしがって受け取ってくれず、そのまま持ち帰り、重い思いをして持って来たこの場所で、事のいきさつを聞くというのは、ここで死ねとの暗示なのか」。「済まうのに」は、五段活用の動詞の未然形に推量の助動詞「う」の連体形と終助詞「のに」がついた形。「言つて」の「て」は、仮定の条件を表す逆接の接続助詞。「文里どのも……受け取らず」は、前幕（三七二頁）参照。「知らせ」は、予兆。暗示。

袖形(なり)〔振袖姿で〕にて、半身出し〔上半身を現し〕、

お嬢　オイ、吉三〳〵。

お坊　ハテ、誰(だれ)か呼ぶやうだが。

ト、辺りへ思入〔辺りを見回す〕。

お嬢　オイ、吉三〳〵。

お坊　また呼ぶやうだが、どこだしらん〔どこだろう〕。

お嬢　オイ、ここだよ。

ト、これにて〔これを聞いて〕、お嬢吉三を見て〔お嬢吉三を見付けて〕、

お坊　ヤ、そこに居るのはお嬢吉三か。

お嬢　コレ(しっ)。

ト、押さへ〔七 制止する〕、辺りをうかがひ〔辺りの様子を窺い〕、

お坊　そんなら(それでは)手前(てめへ)も〔お前も［この寺に］〕。

お嬢　二、三日跡から〔二三日前から〕ここへ来て、この欄間に隠れてゐた。

お坊　アア、手前(てめへ)にも逢ひたかつた。

三　そのことについて知らないときなら話は別だが。「ともかくも」――「とも」といえば必ず「かくも」と受ける。略すなら「とにかく」。「ともかく」とか「とにかくに」とはいわないのが、江戸言葉の原則。

四　何事かに対する執着が断ち切れぬこと。

五　姿をくらます。身を潜める。

六　お嬢吉三が、欄間の天人の彫り物の中に隠れる趣向は、黙阿弥の案出したものではない。俗に「天人お七」と呼ばれる『其往昔恋江戸染(そのむかしこいのえどぞめ)』（文化六年、福森久助作）の序幕には、すでに、八百屋お七が、吉祥寺本堂の欄間の天女と入れ替るという趣向が見られる。黙阿弥はそれを借用した。

七　壁に耳あり障子に目あり。辺りに誰がいるか分らないのに、潜伏している自分の名を大声で呼ぶなと制止する。

お嬢　己(おれ)もお前(めへ)に逢ひたかつたよ。

お坊　マア、なんにしろこの下へ。（とにかくここへ降りてこい）

お嬢　オォ、そこへゆかうか。

　ト、お嬢、傍(そば)に下がつてある旛(はた)を頼りに（手がかりに）、ひらりと飛び降り、傍へ来て、

お坊　手前(てめへ)に逢つたも、一いつだつけか、

お嬢　二明け暮れ思ひ出すけれど、

お坊　互ひに忍ぶ身の上に、（二人とも人目を忍ぶ境遇で）

お嬢　どこに居るやら、（どこにいるのか）

お坊　便りも知れず、（様子も分らず）

両人　アァ、懐かしかつたなァ。

　ト、両人、よろしく思入（嬉しそうな気持）。誂(あつら)への合方になり、

お坊　欄間の内に居たからは、（欄間の内にいたとなると）手前(てめへ)も今の。（お前もさっきの〔話を聞いていたのか〕）

お嬢　残らず聞いて吃驚(びつくり)なし、（何もかも聞いて驚き）生きてゐられず、（生きている訳にはいかぬと思い）いつしよに死ぬ気だ。（お前と一緒に死ぬつもりだ）

一　いつのことだったか。「だつけ」は、「だったっけ」の意。断定の助動詞「だ」＋促音化した終助詞「け」。「け」は、過去に起った事柄を回想したり確認したりする意を表し、助動詞「けり」より変化した助詞とされているが、「だっけが」のように、下に接続助詞が来る場合があるので、無活用の助動詞とされることもある。

二　朝に晩に。毎日。

三　まさにそのことだ。それ以外のことを、問題にしているのではない。

お坊　ナニ、手前(てめへ)が死ぬとはどういふ訳で(どういう理由からなのだ)。

お嬢　訳といふのは外(三)でもねへ。和尚吉三が妹の、金を百両取つたのは(和尚吉三の妹が持っていた百両の金を取ったのは)、娘姿のこの吉三。丸の内に封じ文の、紋が証拠に我が業(わざ)と(紋が証拠となって俺の犯罪だと)、和尚は知つたに相違ない(違いない)。つく〴〵(四)寝ながら考へれば、己(おれ)が金せへ取らねへけりやア(金さえ取らなければ)、落とした十三が手に入り(〔その金は〕落し主の十三郎の手に戻りはひ)、波風なしに納まるところ(五もめ事もなく万事無事に済んだところ)。盗んだばかりその金ゆゑ(なのに俺が盗んだのでその金のせいで)、和尚が親仁(おやぢ)も非業な最期(悲惨な最期をとげた)。己(おれ)が親父の久兵衛も、貧苦の中で(貧しく苦しい暮しの中で)苦労をさせ、義理ある弟(おとと)の十三が主人(十三郎の主人である)、文里どのへ御難儀掛けしも(迷惑をおかけしたのも)、元はといへば(そもそもの原因は)皆己(みなおれ)ゆゑ(俺のため)。済まねへ事と思ふ矢(六済まない事だと思っていた)先(ちょうどその時)、今もお前(めへ)が言ふとほり、どうで清くは死なれぬ体(どうせ刑場の露と消える体)。ここで死ぬのはまだしも死に花(せめても死に花というもの)。三方四方へ言ひ訳に(あちらこちらへのお詫びに)、己(おれ)もとも〴〵(俺も一緒に)ここで死ぬ気だ。

お坊　さう聞いてみると尤もだが(そのように訳を聞けばなるほどと思うけれど)、しかし手前(てめへ)は手を下(七)ろし、殺したといふ訳でなけりやア(自分の手で殺した訳でもないのだから)、いま死ぬにやア及ばねへ(いま死ぬ必要はない)。盗(八)んだ金も回り回つて(〔俺の手に入り〕)、和尚へ己(おれ)が返すから、手前(てめへ)は後に生きながらへ(俺が死んだ後も生き続けて)、詳しい訳を兄(〔和

四　寝ながらよくよく考えてみると。「つく〴〵」は、思考などに精神を集中する様子を表す副詞。

五　以下二行、「波風も立たず、すべては無事に済んだところなのに、俺が金を盗んだということだけのために、その金のせいで」。「波風」は、いざこざ。もめごと。「ばかり」は、ただ〜だけのために。原因や理由を限定して強調する副助詞。

六　以下三行、「申し訳ないことだと思っていた折も折、今、お前の言葉を聞いた。確かにお前がいう通り、どうせ刑場で死ぬ俺だ。それに比べて、とにかくここで死ねれば立派なものだ」。「済む」は、申し訳が立つ。「矢先」は、まさにそのとき。行動を起そうとしたり、何かが起ろうとする、ちょうどそのとき。「清くは死なれぬ」は、罪も犯さぬ汚れのない状態では死ねない。刑場で死ぬ外はない。「ここ」は、自由な世界であり、しかも、仏の前であるこの場所。「まだしも」は、他と比べて、良いとはいえぬまでも。「死に花」は、立派な死に方。

七　手にかける。直接、自分の手で行う。

八　以下二行、「お前が盗んだ金も、人手から人手へと移った挙句、漸く俺の手に入り、それを俺が和尚に返すから」。

尚）貴に話し、今日をこの身の命日に〔今日という日を俺の[一]（にして）〕、兄弟分の誼（よしみ）を思ひ〔情を考え〕[二]、水の一杯（ぺい）も手向（たむ）けてくれ〔供えてくれ〕。

お嬢　そりやァ〔それは〕お前（めへ）でもねへ[三]〔お前らしくもない〕事だ。手を下ろして殺さねへとて〔直接自分の手で殺さないとはいっても〕、それから〔それが原因で事件が起ったというなら〕事が起こつたら、己（おれ）が殺したも同じ事。人も死ぬ時死なねへけりやァ〔人間というものは死ぬべきときに死なければ〕[四]、余計な恥をかかにやァならねへ〔必要以上の恥を受けなければならない〕。生きながらへてゐろと言ふ〔長生きしろという〕、なぜその口で道連れに、いつしよに死ねと言つてくれねへ〔その同じ口でどうして一緒に連れ立って死ねといってはくれないのか〕。

お坊　なるほど言やァそんなもの〔いわれてみればそういうものか〕[五]。さうこころが据わつたからにやァ〔そういう風に腹が決ったら〕、くどく（しつこく）は言はねへ〔くいはしない〕。そんならここで〔それではここで〕、手前（てめへ）も己（おれ）といつしよに死ね。

お嬢　それでこそ兄弟の誼〔そういってくれてこそ兄弟の情〕。止められるより己（おら）ァうれしい〔死ぬのを止められるより〕。

ト、お坊吉三、思入あつて〔昔を回想するような気持〕、

お坊　アァ（ああ）、考へてみると勿体（もつてへ）ねへ〔申し訳ない〕。これでも産まれたその時は〔今日こんな有様でも産れたそのときには〕、惣領[六]〔長男〕ゆゑ〔だから〕に安森の、家名（かめい）[七]を継がす大事の倅と〔継がせる大切な息子だと〕、おかひこぐるみ[八]〔風にも当てず〕で育てられ、先祖の名だが源次兵衛は[九]〔先祖の名とはいえ源次兵衛という名は〕、若い者に似合はぬから〔若者にふさわしからぬ名だから〕、四十を越したら[一〇]〔過ぎてから〕名を継げと〔その名に変えろと〕、一百（いつぴやく）までも生かす心〔百歳までも生きさせる気〕。それをこの身の悪事ゆゑ〔それなのに自分が犯した罪のために〕、まだ

一　忌日。人が死亡した日。月ごとの忌日を月忌（がつき）、年ごとのそれを祥月命日という。

二　「せめて水でも」。水は、飲むと若返るという、古代の「をちみづ」の観念にも知られるように、衰えた霊魂に活力を与えるものと考えられた。死者供養に水を供えるのも、死者の霊魂を活気づけて、あの世での安らかな生活を願い、かつ、再びこの世に生れ変るまで元気に生き続けるようにと祈るのである。

三　お前らしくもない考え。お前にも似合わぬいい方。「でもない」は、断定の助動詞「だ」の連用形＋係助詞「も」＋「ない」。

四　諺に、「生き恥かくより死ぬがまし」。

五　「言へば」の拗長音化。そういえば。

六　家督を相続すべき者。多くは長男。

七　祖名。家の象徴。家名を継ぐことは、家督相続の要件であった。

八　「お蚕ぐるみ」。絹の衣服でくるみ、大切に育てること。

九　家の創設者。家系の初代。

一〇　「四十を越えた」年齢は、人生の一つの折り目であり、たとえば、若者組を脱して公生活から隠退する年であった。四十二歳を祝い年ないし厄年とするのも、それによる。

一一　二十五歳も人生の一つの折り目。男の祝い年ないし厄年とされている。

お嬢　二十五の暁(あかつき)[一二]も、越さずに死ぬを冥土にて、さぞ二親(ふたおや)が恨んでゐよう。それに引き替へ己(おら)ァまた、五つの時にかどはかされ、他人を親に旅[一三]役者、越後(えちご)[一四]粂三(くめさ)と名に呼ばれ、娘姿[一五]で歩いたを、女と間違ひ口説かれた、とこからふつと筒持[一六]たせ。悪い事は慣れやすく、人の物は我が物と、積もり〳〵し悪事の終はり。実の親仁も知つてゐれど、名乗りあつたらまさかの時、苦労[一七]を掛けねばならぬゆゑ、逢はずにゐたがこの事を、後で聞いたら嘆くであらう。

（越さぬうちに死ぬのをあの世で　両親　お前の育ちとは違って　誘拐され　他人に育てられて　［になり］　綽名され　娘姿で暮していたのを　女だと思って言い寄られた　そこで思い立ち　悪いことはすぐ身につくもので　他人の持ち物は　俺の所有物だと　重ねに重ねた罪の果て　実の父が誰か知ってはいるけれど　互いに親子と名乗ったらいざというとき　肩身の狭い思いをさせねばならぬから　今日まで逢わずに過したがここで死んだと　後で聞いたらきっと嘆くに違いない）

お坊　ただなに事も皆(みな)約束。いまさら言ふはほんの愚痴。なぜその了見があるならば、盗みをしたと人ごとに、悪くこそ言へ褒めはしねへ。

（この世のことは　みんな前世の約束　今になって言うのは愚痴以外の何物でもない　それだけ分別があるのなら　なぜ盗みなどしたのかと誰でも　悪くは言っても褒めてはくれない）

お嬢　ほんにそりやァ言ふとほり、これがお主(しゅう)か親のため、死にでもしたら若いのに、不便な事と言はうけれど、非業に死ぬもその身の科(とが)。

（本当にそれは　［お前が］　これが仮に　主人か親のために　死ぬのだとしたら　可哀そうなことをと言うだろうが　運に恵まれずに死ぬのも結局自分の罪）

お坊　これまで多くの金銀を、取られた人の了見では、逆磔(さかばつつけ)[一八]にも掛けてへ心。

（取られた人にしてみれば　逆磔にでもしたいだろうなぁ）

お嬢　畳の上で[一九]人らしく、身の言ひ訳に死んだと聞いたら、さぞや悔しく

（人間らしく　お詫びのために死んだと聞いたら　きっと悔しがるだろ）

一二　未明。当時の時刻観念では、「暁」は、九つから七つまで、つまり、午前零時ごろから四時ごろまでの間をいう。

一三　旅から旅へと芝居をして行く役者。

一四　江戸の岩井粂三郎に対し、越後の粂三郎ともいうべき女方。お嬢を演じるのは粂三郎本人。一種の楽屋落ち。お嬢吉三は、誘拐後、越路へ連れて行かれた（四七七頁）。

一五　女方は、かつて、日常生活の中でも振袖を着たり女湯へ行くなど、女性的な態度で暮した。殊に、三世岩井粂三郎は、女性的な生活を心掛けていた。

一六　女が、夫ないし情夫と共謀して男を誘惑し、情交に及ぼうとするとき、夫や情夫が現れ、誘惑の責任を相手の男に転嫁して、それを種に金品をゆする行為をいう。

一七　江戸中期以降、町人や百姓などに対しては、縁座の制（犯罪者の親族に連帯責任を負わせる制度）は、主殺し及び親殺しの場合以外には適用されなかった。従って、この「苦労」は、単に、肩身の狭い思いをさせる意。

一八　「さかばりつけ」の促音化。罪人を逆さに罪木に縛って行う磔刑。江戸初期、キリシタンなどの処刑に適用されたが、のち廃止。

一九　「畳の上で死ぬ」とは、事故死や刑死でなく、家の中で、天寿を全うして死ぬこと。

思はうが、

お坊　この世で苦艱(くげん)〔苦しみを〕を受けぬ替はり、来世は〔あの世では二人ともに〕二人地獄(ぢごく)へ落ち、

お嬢　アレ(ほら)、あの掛け地[一]に記しある〔描かれている通り〕、その身の罪は〔俺の罪はすべて〕浄玻璃(じやうはり)の、鏡に映つて〔鏡に映し出され〕明白に、〔何一つ隠しようもなく〕

お坊　血を吐く〔血を吐くほど辛い〕思ひ血の池の[二]、淵に望んで〔淵を前にして〕抱(いだ)く石[三]〔抱かされる石〕、

お嬢　天秤責め(てんびんぜめ)[四]に掛けられて、業(ごふ)の秤(はかり)に罪科が決まり、

お坊　畜生道の赤馬(あかうま)[五]に、修羅がき道[六]を引き回され、

お嬢　八寒地獄(はつかんぢごく)[七]の氷より、剣(つるぎ)の山の錆(さび)となり、

お坊　果ては〔最後は〕見る目や嗅(か)ぐ鼻[八]と、台に並んでさらす首。〔〔ともに〕獄門台に首を並べてさらされる〕

お嬢　いま(あと)一時(いつとき)か半時の、〔二時間か一時間かの〕

お坊　息ある内が〔生きている間が〕極楽世界、

お嬢　思へばはかない、〔考えてみればむなしい〕

両人　身の上ぢァなァ[九]。〔運命を嘆く〕

ト、両人、よろしく思入(おもいれ)。寺(てら)[一〇]の鐘(かね)。

一　ここの掛け地は、第一番目大詰で、和尚吉三が持っていた「地獄変相の掛け物」。以下、「引き回しの上、死罪、獄門」という彼らの受けるべき刑の苦しみが、地獄の様相になぞらえて語られる。両者を媒介するのは、罪人に刑を申し渡す牢庭改番所を俗に「閻魔堂」、死罪のための切り場に通じる埋み門を俗に「地獄門」と呼んだ、小伝馬町の牢屋のイメージである。

二　「血を吐く」の縁で「血の池」。地獄にあるという、血を湛えた池。――切り場には首を斬り落とし、かつ、斬り口から出る血を受けるための「血溜め（血溜まり）」という穴が掘ってあった。そのイメージを重ねる。

三　淵のように深い血の池に、石を抱いて突き落とされる。――自白を強いる牢問いに、三角状の木を並べた台の上に罪人を座らせ、膝に重い石を載せて責める、「石抱き」という方法があった。その石のイメージを重ねる。

四　「石抱き」から「天秤責め」。「天秤責め」は、「釣り責め（囚人を、秤皿のように釣って責める拷問）」の俗称か。それと、五官王が、「業の秤」に掛けて生前の罪業を計り、量刑するイメージとを重ねた。

五　畜生道では、赤い馬頭人身の獄卒が死者を責めるという。――引き回しの際に、罪人

お坊　とはいへ二人が今ここで、このまま死なばなにゆゑか、（このまま死んでしまったらどうして）

お嬢　命を捨てる子細が分からず、（命を捨てるのかその事情が分らない）

お坊　さいはひ（うまい具合にここにある）これなる白旛へ、

お嬢　せめて一筆、

両人　書き残さん。（死ぬ理由を書いておこう）

ト、誂へ独吟になり、お坊吉三は白綸子の旛を取り、お嬢吉三は硯箱を出し、墨をすりに掛かる（すり始める）。この見得、よろしく（このような演技を適当に）。独吟にて、道具回る。

本舞台三間の間、処々に石塔[一一]。上手（向って右手に）に、壊れかかりし（半ば壊れた）湯灌場。下手（向って左手に）に、同じく、崩れかかりし（半ば崩れた）井戸。柳の立ち木。同じく、釣枝（柳の）。後ろ（背景には）、藪畳、黒幕。日覆より（天井から）、朧月[一二]を下ろし、すべて（全体が）、吉祥院裏手、墓場の体（様子）。ここに、以前の（さきほどの）和尚吉三、出刃庖丁を振

を乗せる馬のイメージを重ねる。

六 引き回しに、六道の内の修羅道・餓鬼道へと追い立てられて行くイメージを重ねる。

七 「八寒地獄」は、寒さや氷で死者を苦しめる地獄。その氷よりも鋭い、剣を植えた地獄の山。――斬首のための刀のイメージを重ねる。「錆」は、刀の錆。斬殺されること。

八 閻魔の庁の人頭幢に獄門のイメージを重ねる。

九 「ぢや」ないし「ぢやァ」の誤植。

一〇 勤行の鐘の音。小型の釣鐘か銅鑼で表す。四六二頁には、「本釣鐘の寺鐘」とある。

一一 石造の塔婆。死者を供養するための、塔のような建造物で、板卒塔婆はその変型。転じて、墓石のことも石塔（石塔墓）という。

一二 雲や霞がかかって、薄ぼんやりとかすんだ月。灯入りの月かと思われる。

吉祥院本堂裏手、墓地の場

和尚吉三は、おとせ・十三郎を手に掛けていう。「お前たちが敵と狙うお坊・お嬢は、実は俺の義兄弟。悪党仲間の義理は極めて重く、彼らを守るためにはお前たちを殺さねばならぬ。その上で、敵は俺が討つ。悪い兄貴を持ったのが不幸、悪い親を持ったのが不運」。

り上げ、上手（かみて）に、十三郎、おとせ、手を負ひゐる[一]。この見得（この模様）。

独吟。風の音にて（風の音を加えて）、道具止まる。

　ト、ちよつと立回つて、独吟にて、

とせ　こりや兄さんには気が違つてか（狂われたのですか）。
十三　なにゆゑあつて[二]二人（ふたアリ）を、
とせ　お前（まへ）は手に掛け（自分の手で）、
両人　殺すのぢや。
和尚　オヽ、気も違はぬが（狂ったのではないが）二人（ふたアリ）を、生けておかれぬ[三]訳あつて（理由があるので）。
両人　すりや（それでは）、いかなる訳あつて（どんな理由のために）。
和尚　苦しからうが一通り（大体のことを）、苦痛をこらへ、聞いてくれ　〇（納得させる表情）

　ト、誂（あつらへ）、竹笛入りの合方になり、和尚吉三、石塔へ腰を掛け（倒れている）、

さつき二人が物語（二人の話を）、詳しく聞いていち〳〵[四]（一つ一つ）に、胸に当たりし[五]（思い当った）覚え[六]（心当り）の証拠（のある証拠）。おとせが金を盗んだる（おとせの金を奪った）、丸の内に封じ文の、五つ所紋（いつところもん）の振り

一　武器や刃物で、体に傷を受けること。
二　どんな理由があって。どういう訳で。
三　生かしてはおけぬ。「生ける」は、生存させる。「おかれぬ」は、ある状態を、そのまま放任していられない。動詞の連用形＋接続助詞「て」＋補助動詞「おく」の否定。
四　その一つ一つに。そのすべてに。
五　心に思い当る。話の内容が、自分の記憶や知識にぴったり符合する。
六　記憶。心当り。

袖で、娘と見せる盗人（ぬすびと）は、お嬢吉三といふ若衆。また親仁を殺してその場所へ、吉の字菱の片しの目貫き［片方の目貫きを］、落とした主（ぬし）［落した奴も］も同じ仲間、お坊吉三といふ浪人。この二人（ふたアり）はせんだつて［先頃］、義を結んだる己が兄弟［義理の関係を誓った俺の兄弟分］。しかも〔俺を〕頼つて来たゆゑに、欄間（らんま）の内としゆみだんの、下へ隠して泊めてある。さだめて二人が物語［きっとお前たちの話を］、敵（かたき）の二人も聞いたゆゑ、不便ながら［可哀そうだが］殺すのだ。七ここが素人（しろうと）と訳が違つて、悪党同士の交際（つきあひ）に、敵とねらふ手前（てめへ）たちを、殺しておいて〔彼らへの〕義理を立て、〔そのあとで〕お嬢お坊の二人の吉三〔を〕、討つて敵は己（おれ）が取る。悪い兄きを持つたばかり［持ったために］、八よしない命を［捨てなくともよい命を］捨てるのも、親のためだとあきらめて、無理な事だが命をくれ［無理な頼みとは思うが命をくれ］。コレ（なあ）、手を合はして拝むぞよ［拝むからな］。

ト、和尚吉三、よろしく思入にていふ［辛く苦しい気持を見せながら話す］。両人も、手負ひの思入［手負いの苦しい様子］にて（で）、

十三

さういふ事であるならば［そういう訳なら］、九なにしに命を惜しみませう［命を惜しみはいたしません］。思へばいつぞや［思い起せばいつでしたか］身を投げて［稲瀬川に身を投げて］、死ぬる命を助かつたも［死のうとしたのに死なずに済んだのも］、伝吉さまのお蔭ゆゑ［伝吉さまのお蔭でしたから］。

七 以下三行、「こういうやり方が、悪党仲間の付き合いにはぜひ必要なのだ。素人とは様子が違って、悪党は、何よりも仲間内の義理を大切にする。その付き合いのためには、敵と狙うお前たちの手から、まず、二人の吉三を守ってやらねばならぬ。つまり、お前たちを殺すことによって兄弟分への義理を果たし、その上で、彼らを討って、お前たちの敵を俺が取るのだ」。「素人」は、音読して「そじん」とも、また、「平人（ひらびと）」ともいう。常の人々＝良民の意。従って、「素人と違う者」とは、良民ではなく、泥棒のような、社会病理集団に属する者のこと。

八 由無い。理由のない。捨てるいわれのない。捨てなくても良い。

九 どうして命を惜しむものですか、決して惜しみはしません。「なにしに」は、なぜ。どうして。何として。反語的に使う副詞。

とせ　私(わたし)もその折死ぬところ（川に落ちて死ぬところを）、[一]今日の今まで生きたゆゑ（〔久兵衛さんに助けられて〕生きてきたから）、十三さんと夫婦(ふうふ)になり、あの世へまでも手に手を取り（手を取り合って）、いつしよにゆくがこの身の（私の）仕合はせ。

和尚　いつそその折死んだなら（むしろあのときに死んでいれば）、今の嘆きは見まいもの。[二]

十三　それも定まる前世の宿業(しゅくごふ)（それも生前に決められた）。[三] [四]ただこの上のお願ひは（更にお願い致しますが）、十(とを)の年より御恩になつた、文里さまへ失うた、金を済まして下さりませ（〔私が〕失くした金を返して下さいまし）。

和尚　その事ならば案じるな（心配するな）。命に懸けて（何としてでも）百両は、久兵衛どのへ己(おれ)が渡さう。

十三　それで思ひ置く事なし（それを聞けばもう思い残す事はない）。[五]迷はず[六]往生いたします（安らかに死んで行きます）。

和尚　妹(いもと)も敵(かたき)は己(おれ)が取るから、心残さず冥土へゆけ（思いを残さずあの世へ行け）。

とせ　なんの残らう（思いを残すことなど何もありません）十三さんと、いつしよにゆけばあの世にて（十三さんと一緒に行かれさえすれば極楽で）、

十三　[七]一つ蓮(はちす)に[八]二世かため（夫婦となり）。

和尚　その極楽へはゆかれぬ二人。

両人　ナニ、ゆかれぬとは（行かれないという理由は）。

一　「今」の強調。

二　見ないで済んだだろうに。「まい」は、打ち消しの推量を表す助動詞。「もの（ものを）」は、終助詞。文末に付けて、不満や甘えの気持などに、余情を持たせていう。

三　この世で一定の報いを受ける原因となった、前世における行為。「宿」は、以前からの。古くからの。

四　何はともあれ。とにかく。

五　「迷ふ」は、心がさまざまな妄念に惑わされて、悟り切れず、安らかに成仏できないこと。

六　死ぬ。この世を去る。

七　一蓮托生（死後、ともに極楽の同一の蓮華の上に生れること）の、「一蓮」を訓読した語。極楽には清らかな池があり、そこには、青・黄・赤・白の、車輪のように大きな蓮が、芳香を漂わせて咲いているという。

八　「一つ蓮」の「一」の縁で「二」。二世は、この世とあの世。現世と来世。夫婦の縁は来世まで続くという。「二世かため」は、固く、夫婦の契りを交わすこと。

和尚　[九]親の因果が子に報い（悪業が子供に禍をもたらし）、あの世へゆけば畜生道（ちくしやうだう）。〔に堕ちるのだ〕

両人　エヽ。

和尚　イヤサ（いや）、[一〇]犬畜生に劣つたる（犬にも劣った）、〔この〕和尚吉三も悪事をやめ、今は仏にあの世へ引導。〔を渡してやろう〕

十三　その[一一]功力（くりき）にて極楽へ、（有難い引導の力で極楽へ）

とせ　二人つれだつ旅立ちに、（二人一緒に旅立って行くのが）

和尚　いつて帰らぬこの世の別れ。（行ったら二度と帰ってこられぬこの世との訣別になる）

ト、和尚吉三、両人の頤（あご）へ手を掛け、顔をじつと見て、愁ひの（愁いの気持）思入（おもいれ）。両人は苦しきこなしにて、（苦しむ動作で）

十三　もはや近づくこの身の[一二]知死期（ちしご）、

とせ　苦痛を助けて、（苦痛を和らげるために）

両人　少しも早く。（少しでも早く死なせて下さい）

和尚　[一三]言ふにや及ぶ（言うまでもない）　◯（気を取り直し）

ト、独吟になり、和尚吉三、十三郎を引き付け（引き寄せ）、出刃庖丁を喉（のど）

九「狩人の子は（親が動物を傷つけた報いとして）片輪になる」など、親の犯した悪業の結果、何の罪もない子が不幸な禍を受けること。

一〇 以下二行、「獣にも劣るような、人の道を踏み外してきたこの和尚吉三も、今では悪事を止めて善心に立ち返り、仏同様の慈悲深い人間になっている。その俺が、仏になるお前たちに、あの世へ無事に行けるよう、引導を渡してやる」。「犬畜生」は、犬などの禽獣。転じて、人の道に外れた行いをするものを罵っていう語。ここでは前者をさすが、後者のニュアンスをも含めていう。「仏」は、掛け言葉。仏のような人の意と、仏＝死者の意と。「引導」は、悟りを得て、迷わず成仏できるようにと、死者に対して経文や法語を唱えること。

一一 功徳力の略。善行を積んだり、修行を重ねたりすることによって得られる力。

一二 俗説で、ある日の、人が死ぬとされている時刻。引潮の時刻に相当するという。たとえば、月の上旬の、一日・二日・九日・十日の知死期は、子・午・卯・酉の刻。

一三 いうまでもない。「や」は、反語を表す係助詞で、「いうに及ばず」（いう必要がない）を、反語的に強調した形。

へ突き込まうとして、突きかねる（なかなか突けない様子）思入。この内、独吟。とど（結局）、
思ひ切つて喉へ突き立て、
なむあみだぶつ〱。

ト、ゐぐり、十三郎、苦しむ。おとせ、はつと取り詰め（気絶し）、後ろへ倒れる。和尚吉三、両方（二人）を見て愁ひの思入（表情）。独吟へ寺鐘を[一]かぶせ（加え）、この道具、元へ戻る。

本舞台、本堂[二]の道具。ここに、以前の（さっきの）お坊吉三、お嬢吉三、書き置きを書きしまひたる（書き終えた様子）体（てい）。独吟にて、道具止まる。

ト、独吟[三]の合方になり、

お嬢　コレ（おい）お坊、お前（めへ）は武士の息子だから、腹の切りやう（切り方は）は知つて[四]ゐよう。
お坊　そりやァ（それは）話に聞いてゐるから、まさか（いくらなんでも）死に損（ぞこ）なふやうな事もしめへ[五]。

一　演奏中の囃子の曲に、他の曲を加えること。
二　本尊を安置する堂。寺の中心的建造物。
三　一時、唄をやめて、三味線の合方のみ聞かせる。
四　知っているだろう。「よう」は、推量の助動詞。
五　しないつもりだ。「めへ＝まい」は、否定的な意志を表す江戸時代からの助動詞。口語で「せまい・しまい」、文語で「すまい」の三様に接続した。

元の本堂の場

〈お坊吉三とお嬢吉三は、書き置きを残して死のうとする。そこへ、妹たちの首を持って和尚が駆け付け、伝吉の犯した罪と二人を殺した顛末とを語り、早くこの場を立ち退くよう勧める。お坊は懐の百両を香奠代りにと差し出し、お嬢は、今後悪事を働かぬ誓いの印にと、かつて鷺の首の太郎右衛門から奪った庚申丸を手渡す。求める二品は揃った。お坊には庚申丸を実家に、お嬢には金を久兵衛の許に届ける

ようにと、和尚は指図。そのとき捕手の物音が聞えてくる。

お嬢　己（おら）ァ切りやうを知らねへから（俺は切腹の仕方を知らないから）、[六]詰まらなく（突っ込み損なって）突つ込んで、[七]ひく〳〵す（苦しみ悶えて）るもみつともねへ（もしたら見苦しい）。お前（めへ）己（おれ）を先へ殺し、後で〔俺が死んだ〕死んでくれねへか。

お坊　[八]知らざァ己（おれ）が殺してやらう。なんの造作もねへ事だ（別に手間のかかる事でもない）。

お嬢　それぢやァ（それでは）和尚の帰らぬ内（和尚が帰ってくる前に）、

お坊　ちつとも（少しでも）早く（目顔で気持を通わす）

ト、また独吟になり、お坊吉三、机に敷いてある赤地の[九]錦（にしき）の打（うち）敷（しき）を、舞台良き所へ敷き、両人、身拵へして（身仕度をして）、

サア、覚悟はいいか。

お嬢　未練はねへよ（心残りはないよ）。

お坊　ドレ、一思ひに（それでは思い切って）。

ト、独吟の切れにて（独吟の終ったところで）、お坊吉三、脇差しを抜き、お嬢吉三の[一〇]胸づくしを取り（胸元をつかみ）、両人（互いに）、顔見合はせ思入あつて（目と目を見交わし息を詰めて）、突かうとする。ばた〳〵になり（つけが入り）、下手（しもて）より、和尚吉三、血のにじんだる白木綿（しろもめん）の風呂敷に、[一一]二つの首を包み、これを抱へ、走り出て、お坊吉

六「詰まらない」は、失敗する意。

七 恐怖や負傷のために、体の一部分が、断続的に、かすかに動く様子を表す副詞。

八 知らないのなら。「ざァ」は、打ち消しの助動詞「ず」の未然形「ず」＋仮定条件を示す係助詞「は」を、約言した形。

九 地に赤糸を用い、模様を金・銀糸で織り出した錦。

一〇 胸元。着物の襟が重なる辺りの位置。二人が向い合って、お坊吉三は左手でお嬢吉三の胸元をつかみ、心臓を突き刺そうと脇差しを構える。

一一 小道具の首。切り首。「切り首」には、「駄首」と「上首」の別がある。「駄首」とは、首状に縫製した木綿袋に詰め物を入れ、髪や顔を描いた雑な作りのもの。「上首」には、木彫りのものと張り子製のものとがあり、また、胡粉を下地に塗って彩色したものと、縮緬（ちりめん）を張って彩色したものとがある。ちなみに、役者自身が切り穴から顔を出して、首を演じることを「本首」という。

三の手を止め、（一 右手を押え）

和尚　ヤレ待つた（二 おい待て）。早まるな（あわてるな）。

お坊　いイや（いや）、死なにやアならねへ訳（死なねばならぬ理由〔があるのだ〕）。

お嬢　放して（〔手を〕）二人、死なしてくれ。

和尚　いイや（いや）放さぬ。殺しやアしねへぞ（三 死なせるものか）。

両人　それだといつて（でも）。

和尚　四エヱ、五待てといつたら待たねへか（二人を目で止める）〇

ト、お坊吉三の脇差しをひつたくり、

こりや二人は最前の（お前たちはさっきの）、話を聞いて死ぬ覚悟か。

お坊　いかにも（その通りだ）、生きてゐられぬその訳は、

お嬢　書き残したる（この書き置きに書いておいた）この書き置き。

ト、白幡（しらはた）の書き置きを出す。和尚吉三、ドレと取つてこれを読み、

和尚　六さすがは二人、死なうとは、よくぞ覚悟をしてくれたが（よくもまあ死ぬ覚悟をしてくれたが）、死ぬにや（死ぬ必要は）

一　脇差しを持った右手。

二　物に驚いたときなどに発する感動詞。

三　「殺す」は、死ぬがままにさせる。自分が手を下して「殺す」のではないにしても、自分の注意が行き届かなかったり、相手の死の意志を止め得なかったりして、自分が「殺す」のと同じ結果に感じられる場合にいう。

四　立腹や悔しさなどを表す感動詞。

五　以下、「待てといっているのに、分らないのか。待ってくれ」。「〜といったら」は、下に命令文を接続もしくは省略して、相手の物分りの悪さを咎める語。「ないか」は、否定の助動詞「ない」に、打ち消しの語に付いて願望・同意などを表す終助詞「か」のついた形。否定の疑問や婉曲な命令を示す。

六　「死ぬ覚悟を決めたとは、やはりお前たちだけのことはある」。

ア及ばぬ（なくなった）。マア、待つた。

両人　ナニ、死ぬに及ばぬとは（死ぬ必要はないというと）。

和尚　七子細を言ふから（事情を話すから）二人とも、マァ下に居て（そこに座って）、聞いてくりやれ　○（座り直し）

ト、誂へ八音楽の合方になり、

お嬢吉三が妹から、盗んだ金は三人が、出会つた時に己にくれ、思ひ掛けねへ金ゆゑに（思ってもいなかった金なので）、親父へ貢ぎに持つていつたを（親父にやろうと持って行ったその金を）、その時十三が（十三郎の）主人方へ（主人のところへ返せば）、戻せば九事の納まるに（万事無事にすんだのに）、そでねへ金は受けねへと（たちの悪い金は受け取らないと）、突き戻したは（突き返したのは）親仁が誤り（親父の間違い）。一〇さすればお嬢に科はねへ（罪はない）。お坊吉三も己が親父を、高麗寺前で殺したは（殺したのは）、すなはち（つまるところ）親の敵うち。子細は（理由をいえば）十年以前の事。お坊が屋敷へ忍び入り（安森の屋敷へ忍び込み）、庚申丸を盗みし盗賊（は親父なのだ）。その落ち度にて（過失を問われて）親御は切腹。一一取りも直さず親御は敵、非業な最期も悪事の報い（惨めな最期をとげたのも悪事の報い）。二人に恨みは少しもねへ（俺はお前たちを少しも恨んではいないよ）。かならず死ぬにやァ及ばねへぞ（死ぬ必要は全くないぞ）。

お坊　ヤヤ、一二すりや（それでは）庚申丸を盗みしは、お主が親であつたるか（お前の親父だったのか）。たとへ（仮に）敵に当たれば一三とて、一四現在己は殺せし敵（事実俺はお前の敵に当るのだ）。

七　詳しい事情。細かな理由。委細。

八　三味線の合方に、「音楽」をかぶせたものと思われる。現在では、「音楽の合方」、磬を入れた「替えの磬入り合方」、「寺音楽の合方」の三種が用いられている。

九　「事の納まる」は、すべてのことが、無事に解決されること。

一〇　そうなると。前文の内容を条件と「すれば」、当然後文の内容が結果する。接続詞。

一一　すなわち。改めていうまでもなく。「親御は敵」は、「親父は敵」ないし「親御の（が）敵」の、いずれかの誤植。『狂言百種』本には、「親仁は敵」。

一二　そうすれば。してみると。相手の発言に対して、その内容を確かめたり、真意を問い返したりするときなどに用いる接続詞。

一三　相当する。該当する。

一四　本当は。実際は。まぎれもない事実を言えば。副詞的用法。

お嬢　金はお前(めへ)にやつたれど、いつたん盗みし科あるこの身。
（お前にやったけれど　一度は盗んだ罪のある俺だ）

お坊　ことにはこれまで種々様々、尽くせし悪事の重なりて、
（殊に今まであれこれと　犯した罪が重なった結果）

お嬢　最前来たる詮議の役人、
（さっきやって来た捜索の役人たち［の手で］）

お坊　縄目の恥を受けるより、
（縄を掛けられるという恥しい目に遭うより）

お嬢　身の言ひ訳に、
（お詫びのために）

両人　死ぬのが本望(ほんまう)。[一]

和尚　その食ひ詰めた科(とが)を抜き、[二]世間を広く歩けるやう、[三]二人が身代はり、[四]こせへておいた。
（逃れられぬ罪を　世間で自由に生きられるよう　二人の　作っておいた）

両人　なんといやる。
（なんだって）

和尚　手に余つたら首にしろと、長銀(ちやうぎん)[五]からの言ひ付けに、お嬢お坊が身代はり首。
（手に負えなければ首を切っても良いと　長沼の命令通り切り殺した　お前たちの身代り用の　首）

ト、風呂敷を開(あ)け、内より、十三郎、おとせの切り首[六]を出す。

両人、吃驚(びつくり)なし、

お坊　[七]ヤヤ、こりや現在の妹(いもうと)に、
（これは実の妹と）

一　本来の望み。心からの希望。

二　消す。取り除く。

三　自由に。のびのびと。威張って。

四　他人の代りになること。――身代りは、近世演劇における重要な劇的要素であった。それは、神仏が、自分を厚く信仰する人間の不幸や危難を救うという霊験の奇蹟に始まり、やがて、人間自身が、他人の不幸や危難を救うために身代りに立つという劇的行為へと展開される。その発想の根源は、集団の運命にかかわる人身御供の伝承や、変身の可能性が想定される厳重な物忌みを、「ミカハリ」と呼ぶ習俗につながると考えられる。

五　「長銀」は「長沼」の誤りか。あるいは、同心が捕物出役の折に携行する長尺（二尺一寸）の十手（長十手）ないし、その携行者の異称か。『狂言百種』本では「長沼」。

六　四五三頁注一一参照。

七　驚いたときなどに思わず発する感動詞。

お嬢　[八]縁につながる義理ある弟(おとうと)、（夫婦になった義弟との）

お坊　清い体を汚れたる、なんで二人が身代はりに、（罪のない体を罪のある俺たちのために　どうして身代りに立て）

お嬢　首を切るとは無慈悲な事。（首を切ったのだ　何という無慈悲なことを）

和尚　いィや(いや)二人を殺したは、無慈悲にあらぬ兄が慈悲。（無慈悲ではなくむしろ兄としての慈悲のため）

両人　とはまた、なにゆゑ。（どういう訳で）

和尚　この二人は[九]畜生ゆゑ。（畜生だからだ）

両人　ヤヤ、なんと。（なんだって）

ト、〔和尚に〕両人詰め寄る[一〇]。合方替はつて、和尚吉三、愁ひの思入にて、（愁いの気持）

和尚　なにを隠さうこの二人は、親父が胤(たね)の双子にて、藁(わら)の上より捨てた十三。巡り〳〵て兄弟が、畜生道の交はりも、今も話した庚申丸、盗んだその夜塀を越し、逃げ出るところへほえ付く犬。声立てさせじと殺したが、犬の崇(たた)[一一]りと親父の懺悔(ざんげ)[一三]。今日が日までも知らざれど、いつかは知れる犬の思ひ。その時こそは二人とも、いかなる因果と（何もかも打ち明けて言うと　親父の実の子の双子で　十三郎というのは産れてすぐ捨てた二子　巡り合せた運命で兄弟が畜生道に堕ちるような関係になったのも　声を立てさせぬように思って殺したが　だと　彼らはそれを今日まで知らなかったが　犬の念の恐ろしさをいつかは知るだろう　何という因果な身かと）

八　親子・兄弟・夫婦など、血縁ないしそれに準じる関係にあること。

九　獣。畜生道に堕ちたもの。

一〇　詰問したり、覚悟を促したりするときなど、相手の役者の傍に、距離を詰めて、勢い鋭く迫る演技をいう。

一一　環をたどって行くように、次々と関係がつながって行く様子をいう。

一二　神の怒りや、死者の怨念などがもたらす災禍。報い。

一三　過去に犯した罪の告白。自分の犯した罪を後悔して行う打ち明け話。

一泣き明かし、果ては死ぬより外はねへ。その悲しさはどのやうと、(その挙句には死ぬ以外に道はない)(どんなにそれが悲しいことかと)
二思ひ過ごしに親のため、命をくれといつはつて、三情(なさけ)なれども現在の、(取り越し苦労をした末に親のため)(嘘を言って)(実の)
我が兄弟を殺すまで、己(おれ)が心の苦しさを、推量してくれこれ二人(殺すにいたった)(察してくれ)(なあ)(お前たち)
(泣く)

○

ト、和尚吉三、涙をぬぐふ。両人、愁ひの思入。(気持)

四せめての事に犬死にを、させねへために首を切り、詮議厳しき二人が身代はり。さいはひこれなる自筆の書き置き、五先非(せんぴ)を悔いて死んだるを、持つていつたら二人(ふたアり)の、詮議もそれまで世間晴れて、六どこへなりともゆかれる体。思へばかかる因果な縁も、これみな親父が悪事の報い。譬(たとへ)にもいふ八前車の戒め。九向後(きやうこう)己(おれ)も悪事をやめれば、二人も生まれ変はつたつもりで、一〇心を入れ替へ堅気になり、一一いづくの浦に居ようとも、こいら二人を不便(ふびん)なと、思ひ出す日があつたなら、すぐにその日を命日に、一二水でも手向けてやつてくれ。(厳しい捜索を受けているお前たちの身代り)(うまい具合にここにある)(［お前達の］書き置き)(以前の罪を後悔して)(死にましたと)(捜索も打ち切られ)(肩身も広く)(七行きたい所へ行かれるようになる)(今後俺も悪事を止めるから)(まじめな生活を送り)(どこにいようとも)(この二人を可哀そうだと)(思い出すときがあったら)(その日を命日だと思ってすぐに)(水か何か供えてやってくれ)

ト、和尚吉三、よろしく思入(おもいれ)。両人も愁ひの思入あつて、(悲しい気持)

一 泣き暮す。絶え間なく泣き続ける。

二 必要以上にあれこれと心配する。さまざまなことを考えて、思い悩む。

三 情からとはいうものの。情愛からしたことではあるけれども。

四 以下二行、「少なくとも犬死にだけはさせたくないと考えて、そうだ、厳しい捜索を受けているお前たちの身代りに役立てようと思い付き、それで首を刎(は)ねたのだ」。「せめての事」は、少なくとも。最小限、これだけは実現したいと切望すること。「犬死に」は、無駄な死に方。何の役にも立たぬ死に方。ここでは特に、犬の祟(たた)りで畜生道に堕ちた二人の死を、「犬死に」にさせたくないとの意が含まれている。

五 前非ともいう。過去に犯した過ち。

六 罪や疑いから解放されて、世間を自由に渡れるようになることをいう。

七 どこへでも。「なりとも」は、物事の範囲を漠然と、あるいは、無限定に示すのに用いる副助詞。

八 諺に、「前車の覆るは後車の戒め」という。先人の失敗が、後から行くものにとって戒めとなる、の意。

九 今後、今より後。

一〇 生き方や、物の考え方を改めること。

一一 どこにいようと。どんな辺鄙（へんぴ）なところにいても。「いづくの浦」は、いずくの果て。「とも」は、たとい〜でも。仮定の条件をあげて、その結果を指示する逆接の接続助詞。

一二 水か何か。「でも」は、特定の物事に限定せず、一例を示していう副助詞。

一三 以下、「それでは、二人がこの世から畜生道へ堕ちるに任せ、彼らの死を、無益なものにしてしまうのか。二人の首を身代りに役立てることが、せめてもの供養ではないか」。ここでも、犬の祟り→畜生道→犬死にというイメージの連関が保たれている。

一四 紀元前四五〇年ごろの晋の人。智伯に仕えて重んじられ、智伯が趙襄子（ちょうじょうし）に滅ぼされるに及んで、固く復讐を誓った。そして、失敗して捕えられ、殺されようとしたとき、彼は襄子の衣服を請い受け、それを剣で三度切った後、「これを地下の智伯に報告しよう」といって、自刃して果てたという（『史記』列伝篇第二十六）。

一五 真っ。「この・その」＋「ごとく・とおり」の頭に冠して、意味を強める接頭語。必ず、促音に発音する。

お坊　はじめて聞いた二人が身の上、兄の情（なさけ）にその事を、言はずに殺すは（言わないで殺したのは）

お嬢　尤もながら、（なるほどと思うけれど）現在敵の身代はりに（実の敵である俺たちの身代りに）、二人をしては心が済まぬ（二人を立てては気が済まない）。

お坊　我々（われわれ）二人も、

お嬢　冥土の道連れ（ともにあの世へ）。

ト、両人、脇差しを抜く。これを、和尚吉三、止めて、

和尚　一三そんなら二人をこの世から、畜生道の犬死にさすか。

お坊　それだといつて（それはそうだが）、

両人　どうも心が（気持が）、

和尚　心が済まずば（気が済まないのなら）、敵を討たう。

両人　なんと（なんだって）。

和尚　晋（しん）の一四予譲（よじやう）も古めかしいが（予譲の故事にならって）、この書き置きの二人が名を、一五まつこのやうに差し通せば（刺し貫けば）、これで敵を討つたも同然（討ったと同じことになる）。首を役に立つて下せへ（この首を役立てて下さい）。

お坊　これほどまでに（これほど俺たちの事を）二人（ふたアリ）を、思つてくれる志。

お嬢　いかにも言葉に従うて（言われる通り和尚の言葉に）、ひとまづ（とにかく）この地を立ちのかん（この場を立ち退こう）。

和尚　そんなら首を役に立て[一]、逃げてくれるか、かたじけない（有難い）。

ト、お坊吉三、思入（そうだと頷き）あつて、懐（ふところ）より、百両包みを出し、

お坊　忘れてゐたがこの百両、落とせし金の（［は］落した金の）償（つぐな）ひに（弁償のために）、死んだ二人へ（［供える］）己（おれ）が香奠（かうでん）[二]（俺の香奠）。

お嬢　向後（きやうこう）[三]悪事は思ひ切る、証拠は要らぬこの脇差し。これは兄きへ置[四]き土産。

ト、お坊吉三は百両包み、お嬢吉三は脇差しを、和尚吉三の前へ出す。

和尚　すりや百両にこの脇差し（それではこの百両と脇差し［を］）。

ト、和尚吉三、脇差しを取つて抜き[五]かけ、見る。これへ（それに）、お坊吉三、目をつけ（注目して）、

お坊　ハテ[六]、心得ぬ[七]その一腰（ひとこし）。似寄りし[八]寸に優れし金あぢ（長さも似ていれば出来栄えも見事）。

一 有効に使用する。「役」は労役、課役の意より派生して、果たすべき務めの意。「立てる」は、十分に能力を発揮させる。十分な働きをさせる。

二 香料。死者の霊前に、香の代りに供える金銭。

三 以下、「今後は、悪事を働くことをきっぱり止めるという心の証（あかし）は、悪事を止めれば要らなくなるこの脇差しだ」。「証拠」は、事実を証明するための、確かな拠り所。

四 出立に際して、後に残しておく贈り物。

五 刀身を鞘（さや）から全部抜かないで、少しだけ抜いて止める。

六 おや。何事かを怪しんだり、考え込んだりするときに発する感動詞。

七 理解できない。分らない。不思議だ。

八 良く似ている。似通っている。「寸」は、寸法。長さ。「金あぢ」は、鉄味とも書く。刃物の品質や出来具合。

和尚　ヤヤ、焼き刃にありく[九]、三匹猿（さんびきざる）。

お坊　それぞ（それこそ確かに）まさしく庚申丸。どうしてこれを。〔持っていたのか〕

お嬢　[一〇]いつぞや（いつだったか百両を盗んだとき）百両盗みし折、途中で手に入る（途中で手に入れたこの短刀）その一腰。

和尚　思ひ掛けなく今ここへ、

お嬢　落とせし金（落した金と）に、

お坊　失ふ短刀（盗まれた短刀）。

和尚　二品（ふたしな）[一一]そろふ上からは（二品ともに揃った以上）、お嬢は金を久兵衛どのへ（さあ）◯

　　ト、お嬢吉三へ金を出し、

お坊は刀を実家[一二]へ早く。

　　ト、お坊吉三へ短刀を渡す。

両人　そんなら（それでは今から）これより（互いに目くばせ）◯

　　ト、どん〱[一三]になり、

ヤヤ、あの物音[一四]は。

和尚　確かに捕手（大勢の捕手）の人数（にんず）[一五]ならん（に違いない）。ここへ来ぬ内、ちつとも（少しでも）早く。〔立ち退け〕

九　はっきりと。あざやかに。物事の状態が明確に目に見える様子を表す副詞。

一〇　第一番目二幕目の、「稲瀬川庚申塚の場」、一一一～一一二頁参照。

一一　二種類の品物。

一二　自分の生れた家。ただし、お坊の実家安森家はすでに断絶し、父母も死んでいるので、弟森之助を預けた若党弥次兵衛の家。

一三　捕り物（犯人逮捕）の雰囲気を、大太鼓で表現する鳴物。現在は、「三ツ太鼓」と呼んでいる。「どん」は、大太鼓の音を表す副詞。

一四　何か、物が立てる音。

一五　大勢の人。人々。

お坊　そんならこれより、

お嬢　一道を違(ちが)へて〔別の道から〕。

ト、お坊吉三は、短刀を持つて花道へ、お嬢吉三は、財布を持つて東の歩み〔仮花道〕へゆく。両人、良き所〔適当な所に〕へ止まる。和尚吉三は、二つの首を両手に持ち、

和尚　我(われ)はこれ〔今から〕よりこの首を。

ト、立ち上がり、首を見てほろり〔涙を落す〕と思入(おもいれ)。花道の両人も、これを見て、

両人　そんならこれが。〔永の別れか〕

ト、和尚吉三、両人に首を見せ〔首を差し上げて二人に示し〕、思入あつて〔二人の目を見詰めて頷く〕、

和尚　アア、思へば不便な〔可哀そうな（愁いの気持）〕◯身の上ぢやなア〔これも運命というものだなあ〕。

ト、和尚吉三、首を持つたまま、どうとなるを〔尻餅をつくのがきっかけで〕、木の頭(かしら)。

ト、首を見て泣く。両人も涙をぬぐふ。この見得。本釣鐘の寺〔を使って〕

一　二人がそれぞれ別の道を取って。

＊　忘れた切り首――七世市川団十郎が、『菅原伝授手習鑑』で松王丸を勤めた。若君をかくまう武部源蔵が、身代りに、松王丸の子供の首を打って差し出す場面。首の真贋(しんがん)を確かめようと、松王丸が首桶の蓋(ふた)を取ってみると、中に切り首が入っていない。「源蔵、改めて受け取ろう」と、団十郎は首桶を突き返した。この機転で、芝居は無事に進行。閉幕後、源蔵を演じた弟子の四世市川鰕十郎(えびじゅうろう)は、不始末を師に詫びた。すると団十郎は、「首を打ちに奥へ入った後、舞台裏で汗でも拭いていたのじゃないか」と尋ねた。「おっしゃる通りです。一息入れておりました」。団十郎は諭した。「だから、首の有無を確認し忘れたのだ。芝居だから良いが、もし本当だったらどうする。身代りとはいえ大切な若君の首。一休みしている場合ではない。休んでいる内に、お前は、源蔵から鰕十郎に返ってしまったのだ。それで首を忘れたのだ」と。

鐘にて、よろしく両人、向ふへ入るを、[二]きざみ、拍子幕。
（を打ち）（適当な間で二人は）（揚幕に）

雪下（ゆきおろ）しにて、[三]つなぎ、すぐに引[四]き返す。

二　二人の足取りに合わせて、小きざみに、柝を打つ。

三　場面転換の時間を、鳴物などでつなぎ、かつ、次の場の雰囲気を用意すること。

四　幕として区切るほど前後の場に飛躍がない場合、一旦幕を閉め、準備出来次第、すぐその幕を明けて、次の場に移ること。

第二番目　大切[一]　南郷[二]火[三]の見櫓の場

役人替名

一 蛇山の長次　中村鴻蔵
一 木戸番人[四]　時助[五]　市川米平
一 鷲の森の熊蔵　市川米五郎
一 狸穴の金太　坂東橘之助
一 長沼六郎　松本国五郎
一 捕手　市川米五郎
一 同　坂東橘之助
一 同　市川小半次
一 同　嵐　吉六

一 一日の芝居の、最後の幕ないし演目。「大」は、程度の甚だしさや重要さを表す接頭語。「切」は、段落の意。縁起を祝って、「大喜利」とも書く。

二 「南湖」とも書く。現、茅ヶ崎市南湖一～七丁目。『狂言百種』本では「本郷」。本郷は一～六丁目まであった。現、文京区本郷二、三、四、五丁目。

三 火事の際、火勢や風向き、遠近などを確かめ、状況を人々に知らせるための太鼓や半鐘を備えた櫓。十町に一か所位の割合で築かれた。高さは二丈六尺五寸が定寸。表を板壁で囲ったものと、骨組みだけのものとがある。なお、火の見櫓の外に、各町内の自身番（江戸自治制の最末端の役所）の屋根上や傍らに、半鐘を吊った「火の見梯子」が立てられていた。ちなみに、本郷の消火に当る町火消しは、八番組の中の「た組」であった。

四 正しくは町番人。町木戸の傍の番小屋に家族とともに住み、木戸の番と、夜間、拍子木を打って時を知らせることとを職とし、外に、町内の雑用を勤めた。北国の出身者が多く、給料は町費から出ていたが、金魚や焼き芋、鼻紙、蠟燭、渋団扇、駄菓子などを売り、小金を貯めていた。

五 町番人の、時を報じる仕事にちなむ名。

一　捕手　　　　坂東三太郎
一　同　　　　　嵐　島八
一　同　　　　　関　松次郎
一　同　　　　　市川新作
一　お坊吉三　　河原崎権十郎
一　お嬢吉三　　岩井粂三郎
一　和尚吉三　　市川小団次
一　釜屋　武兵衛　　市川白猿
一　八百屋　久兵衛　　市川米十郎
一清元連中
二竹本連中
三頭取　　　　坂東橘十郎

一　清元節。文化十一年（一八一四）、初世清元延寿太夫が語り出した江戸浄瑠璃。ただし、本文（四七三頁以下）には「清元」でなく「富本」となっている。清元節は、もともと富本節から分離独立したもので、現存曲にも、富本の語り物を流用したものがある位だから、清元・富本の名は混用されることがあったのかも知れない。

二　歌舞伎に出る義太夫節（チョボ）の称。

三　日々の芝居を支障なく上演するために、楽屋内の世話と取締りに当る責任者。内部の慣習に通じ、事務能力を持った古参の役者が、多くそれに任じられた。

四　警備のために、町々の境に設けた木戸。普段は四つ時（午後十時）に閉めるが、捕物があるときは随時閉ざし、火事など緊急の際には、夜中でも開けた。

五　本物の屋根のように作った大道具。

六　パネルの上半分に、もう一枚の、表裏に別の絵を描いた、半分の大きさのパネルを取り付け、それを前へ折り返すと、別の景色に変る仕掛け。ここでは、木材の書割の一部を長方形に切り、それを折り返すと、中の空洞が浄瑠璃台になっているのである。

七　左右に支柱を立て、白布を張った幕。

南郷二丁目、火の見櫓の場

和尚の苦心にもかかわらず、釜屋武兵衛の訴えで、届けた首は偽首と知れ、三人の吉三は窮地に追い詰められる。

本舞台、真ん中に、雪の積もりし誂の火の見櫓。この前に、町[四]木戸、触れ書きの板札掛け（お触れを書いた板の札を掛け）、上手（右手）、同じく、雪の積もりし本屋[五]根、戸の閉まりたる町家。下の方（左手）、材木の書割。打ち返しにて（それが打ち返しに）[六]、浄瑠璃台。上の方、雪幕を張りし（雪幕で隠した）[七]出語り台[八]。後ろ、黒幕。舞台、両花道[九]とも、雪布を敷き、すべて、南郷二丁目[一〇]、火の見櫓、雪降りの体、よろしく。時の鐘、雪下しにて、幕明く。

ト、ここに、蛇山の長次、鷲の森の熊蔵、狸穴の金太、五立目[一一]の浪人、頬被り、一本差しにて、木戸の傍に立ち掛かりゐる（立っている）。

長次　モシ、お頼み申します〳〵。

ト、上手より、時助、番太[一二]の拵、栗下駄[一三]を履き、火の番と記せしぶら提灯[一四]を提げ、出て来り、

時助　誰だ〳〵。

長次　はい、近所の者でございますが、いま女房が虫気[一五]づきまして（陣痛が起りまして）、取り[一六]

八 舞台に出て義太夫節を語るための台。
九 舞台下手の本花道と、上手の仮花道と。
一〇『狂言百種』本には「本郷二丁目」。
一一 第一番目三幕目のこと。江戸歌舞伎の一日は、早朝の「番立（三番叟）」に初まり、「脇狂言（御祝儀物）」上演後、第一番目に入る。その最初が「序開き」、次が「二立目」。ともに下級役者の修業の場で、本筋とは殆ど関係がない。次に重立った役者が出演する「三立目」。実質的には、これが第一番目の序幕に当る。以後、「四立目（二幕目）」、「五立目（三幕目）」、「六立目大詰」と展開し、第二番目につながって行く。ここで「五立目」の語を用いているのは、習慣によるものであろう。
一二「番太郎」の略。木戸番人の俗称。
一三 刳り下駄とも書く。駒下駄の一種。板を刳って作った下駄。粗製には栗材を用いた。
一四 細い竹の柄を付けて、ぶら提げる提灯。
一五 産気づく。陣痛が起る。
一六 産婆。産婦の分娩を助ける女性。

上げ婆ァ（産婆さんを）さんを呼びにまゐりますものでござります。どうぞお通しなされて下さりませ。

時助　そりやァさぞ困るだらうが、この木戸は通されぬから、早く取り上[一]げ爺ィ（ぢぢ）でも頼むがよい。

ト、言ひながら、上手（かみて）へ入る。

長次　[二]おほきに世話な事を言やァがる。

熊蔵　ドレ（よし）、今度は己（おれ）が頼んでみよう。モシ、お頼み申します〳〵。

ト、木戸をたたく。番太出て、

時助　エヱうつたうしい（うるさい）、また来たか。

熊蔵　モシ、[三]いま私（わたくし）のお袋（ふくろ）が、息を引き取り掛かつてをりますので（死にかかっていますので）、この先のお医者さまへまゐりますもの。ちよつとお通しなされて下さりませ。

時助　そりやァ気の毒な事だが、通す事はならねへから（通す訳にはいかないから）、医者さまを呼びにいくより、[四]お寺へ知らせにいくがいい。

一　取り上げるのは女の仕事。良い加減な口実と見抜いて、馬鹿にしてからかっている。

二　いらぬお節介。余計な口出し。大抵の場合は「大きにお世話」と丁寧語を用いる。

三　長次は女房の出産、熊蔵は母の危篤。いずれも火急の用件である。通常、町木戸は、町番人がそれを閉め切った後は、翌朝まで開かれないのが原則。しかし、緊急の用事があるものは、町番人に頼んで、脇の潜りから出入りさせてもらった。もっとも、捕物や騒動など、事件によって木戸が閉ざされた場合には、それが解決するまで、通行は一切許されなかった。

四　三行目の「取り上げ爺イ」同様、馬鹿にしてからかっているせりふ。なお、本郷には、旧四丁目に天台宗の真光寺、六丁目に浄土宗の法泉（真）寺、曹洞宗の喜福寺があった。

熊蔵　五おつう六ひやかしやがる（馬鹿にしやがる）。

金太　なんでこんなに七やかましくなつたか（ちょっと首を傾け）〇［南郷］モシ、どういふ訳で二丁目（二丁目）から、木戸を八打つて通さねへのだ。

時助　ソレ（ほら）、そこにもお触れが出てゐるが、三人吉三（三人吉三とその名も高い悪者）と名うての悪者。行方（ゆく）を御詮議なさるにつき（行方を捜索するために）、和尚吉三といふ者に、二人を捕らへて出したなら（突き出したら）、その身（和尚自身の）の科（とが）は許してやらうと（罪は許してやろうと〔いう〕）、お慈悲の言葉に（お情け深い命令を悪用して）残りの二人（ふた）（アリ〔つまり〕）、お嬢お坊の首を切り、長沼さまへ持つて来たところ、釜屋武兵衛といふものが、九その首を知つてゐて（その首の顔を見知っていて）、偽首だと（偽ものだと）一〇訴人（そにん）をしたので、和尚吉三はすぐに縛られ、後の二人も召し捕るために、木戸を打つて（木戸を閉めて通行止め）往来止め。一一首尾よく一二三人召し捕れば、一三合図に櫓の太鼓を打ち、木戸を開けて通すのだ（通すことになっている）。いくらなんといはうとも（どんなに理屈をつけて頼んでも）、太鼓が鳴らねば通されぬ（太鼓が鳴らなければ通されない）。

ト、三人、これを聞き、吃驚（びっくり）なし、

長次　それぢやァ（それでは）三人吉三の内、和尚吉三が一四食らひ込んだか（つかまったか）。

五　妙に。むやみに。上手に。
六　からかう。馬鹿にする。
七　煩わしい。うるさい。厳しい。
八　木戸や門などを閉ざすこと。
九　おとせの首。おとせの顔。武兵衛は、かつて、おとせに惚（ほ）れて、女房にする気だったから、その顔を良く知っているはずである（二一四頁および二八八頁参照）。
一〇　人を訴えること。訴え出ること。
一一　巧い具合に。うまく。
一二　「三人」は、正しくは「二人」。和尚吉三は逮捕されていて、まだ脱出していない。あるいは、「すでに逮捕された和尚を含め、三人組の全員」の意か。
一三　四七九頁の、お坊吉三のせりふに、「あれに掛けたる触れ書きに、我々二人を捕らへなば、合図に櫓の太鼓を打ち、四方の木戸を開けとある」とある。
一四　逮捕される。投獄される。

熊蔵　お坊吉三が捕へられると、一三人が身にもかゝはる事。うか／＼しちやァゐられねへ。

金太　なんにしろこの木戸を、どうかして通りてへものだ　〇（考え込む）

　ト、思入あつて、

モシ、ちよつと一合二買ひますが、三内証で通しちやァくれめへか。

　ト、木戸の間より、四百銭を出す。番太取つて、

時助　五通す事はならねへのだが、それぢやァこつそり一人づつ、潜りから通らつしやい。

三人　これは有難うございます。

　ト、長次、木戸の潜りより内へ入る。前幕の長沼六郎、先に、六中通りの捕手二人、出て、

長沼　怪しい者ども、ソレ、召し捕れ。

捕手　ハッ　〇（辞儀）　とつた。

　ト、長次を十手で打ち据ゑる。長次、吃驚なして逃げようとす

一　長次・熊蔵・金太の三人は、お坊吉三の悪仲間（一四一〜一四五頁参照）。殊に、狸穴の金太は、『網模様燈籠菊桐』以来の付き合いである。

二　おごる。振舞う。

三　内々で。こっそりと。

四　百文銭。天保六年（一八三五）六月から使われ始めた天保通宝（俗に、当百という）のことであろう。

五　賄賂がきいたのである。本作上演のころの、酒一合の値段は、上酒で四十文、中三十二文、下二十八文程度だったから、百文貰えば御の字。ちなみに、町番人の月給は、三貫文（三千文）というのが通り相場であった。

六　最下級の役者。

るを、縄を掛ける。（を）（七 早縄をかける）

長次　エヽ、いま〳〵しい。（癪にさわる）

ト、両人、これを見て、（長次がつかまったのを見て）

熊蔵　こいつはたまらぬ。（これはまずい）

金太　早く逃げろ。

ト、逃げにかかる。下手より、同じく捕手二人(にん)、出て、（逃げようとする）

捕手　とつた。

ト、立回つて、両人を打ち据ゑ、縄を掛ける。（立回りの末）（〔十手で〕）

熊蔵
金太　エヽ、食らひ込んだか。（つかまったか）

長沼　ソレ、懐中を改めい。（八 懐の中を調べろ）

捕手　はつ（辞儀）○

ト、長次が懐より、浄瑠璃の触れ書きを出し、

かやうな品がござりました。

長沼　それ読み上げい。（それを 九）

七　犯人を逮捕する際には、早縄ないし鉤縄(かぎなわ)が用いられた。捕縛用の縄には、外に、本縄がある。早縄と本縄とは、長さによって区別され、五・七・九・十一・十三尋(ひろ)のものを本縄、二尋半の短い縄を早縄と呼んだ。町方のものは、いずれも、三河産の麻で作られ、南町奉行所の同心は青、北町の同心は白の縄を使用。鉤縄とは、長さにかかわりなく、先に鉄製の鉤を付けたものをいい、その鉤を、着衣の襟や帯などに引っかけて、ぐるぐる巻きにするのである。犯人とはいえ、まだ裁判を受ける以前の容疑者であるから、縄に結び目は付けない。「縛る」のではなく、「からげる」、もしくは、「巻く」のであって、余った縄を縦に通し、とめるだけだったという。

八　逮捕から所持品の検査へと、状況を展開させると見せて、一転、浄瑠璃触れへ。第一番目の大詰では、冒頭に改まった口上を、第二番目二幕目では、女郎の落した文に見立て、そして、ここでは所持品検査と、三者三様に設定を異にし、趣向を変える。黙阿弥作品の面白さの一つである。

九　大きな声で読むこと。

捕手　はつ◯（辞儀）

ト、開き見て、

浄瑠璃名だい（浄瑠璃の題名）、初櫓噂の高島（はつやぐらうはさのたかしま）[一]◯（なんだって）

熊蔵　エヽ、こりやァ浄瑠璃ぶれだ。

ドレ、お見せなさい◯（なになに）　浄瑠璃太夫（たいふ）——（誰某）、三味線——（誰某）、相勤めまする役人（出演いたします役者は）、河原崎権十郎、市川白猿、岩井粂三郎、市川小団次。

長沼　コリヤ〳〵、そりや間違ひであらう（その役人というのは誤りだろう）。

熊蔵　いえ、間違ひはいたしませぬ。

長沼　いや〳〵、役人は身どもだわへ（[二]役人というのは私だぞ）。

熊蔵　いえ、この役人は（ここでいう役人とは）。

長沼　まだ〳〵申すか。控へをらう（出しゃばるな）◯（エッヘン）　相勤めまする役人、長沼六郎。

熊蔵　いよ〳〵（ようやく）このところ（今から）、

金太　浄瑠璃始まり。

長沼　エヽ、要らぬ口出し（お前が口を出す場ではない）。ソレ、引き立てい（連れて行け）。

一「初芝居の櫓めでたく、世評も高い。中でも噂に高いのは、舞台を飾る火の見櫓に、高島田のお嬢が登って打つ太鼓。響きに集う三人吉三の、主役の和尚は座頭役者、噂も高い高島屋」。「初櫓」は、正月初芝居の櫓。その櫓に、火の見櫓を掛けた。「噂高」は、噂＝世評が高い意で、「初櫓」を受けて、芝居が好評と祝福。さらに、その「高」を掛け言葉に、「高島」と続け、お嬢吉三の髪型高島田と、小団次の屋号高島屋とを通わせ、(一)お嬢吉三が太鼓を打つ場面を予祝、(二)座頭の小団次を祝った。なお角書（つのがき）に、「吉三〳〵の三人が　太鼓にめぐる　三つ巴」とある。「三つ巴」は、尾を引いた巴が三つ、互いに追い駆けるように回り合っている模様。転じて、三人が互いに絡み合うこと。

二　役人＝役者と、役人＝官吏とを取り違えて自己主張する滑稽。

三「(そのため口上) 左様（さやう）」という、口上の納めの文句のもじり。

四　太鼓を打ち終るとき、留めの手をきっぱり打って、最後の段落を明確にすること。

五　張ってある幕を瞬時に下へ落すこと。ただし、ここの幕は、出語り台を隠す小さな幕であるから、文柱ごと手早く片付ける意。

捕手　はつ。

長沼　そのため口上、（そのための御挨拶）

捕手　立[三]たう。

ト、時の太鼓になり、長沼、先に、（長沼を先頭に）捕手、三人を引き立て、（捕手たちは長次ら三人を連行し）時助付いて、（時助が後から従って）上手へ入る。時の太鼓、打[四]ち上げ、（打ち終ると）知らせに付き、（合図の柝で）上手（かみて）、（上手の）雪幕切つて落とす。（[五]雪幕を手早く外す〔すると〕）ここに、竹本連中居並び、（すでに並び）下手（しもて）、（下手の）材木の張物、（パネルを）打ち返す。（折る〔すると〕）ここに、富本連中居並び、すぐに浄瑠璃になる。

富本　〽春の夜に、（〔身に〕降りかかる）降る泡雪は軽（かろ）くとも、（軽くても）罪科（ざいくわ）は重き身の上に、（[六]重い罪科を負って）吉[七]三〽もしよんぼりと、（お坊とお嬢が元気なく）

竹本　〽去年（こぞ）[八]の椿の花もろく、落ちて行方（ゆくへ）も白妙の、

富　〽四つの巷（ちまた）や六つの花。

ト、本釣鐘を打ち込み、打[九]ち合はせの合方になり、花道より、

六　降る泡雪の「軽く」に対比して、罪科は「重き」と、叙景から人物描写に転じた。

七　二人の吉三。お坊吉三とお嬢吉三と。

八　以下二行、「去年の椿が、冬を越してはかなく落ちてしまうように、首が落ちてはたまらぬと、どこまでも落ちて行こうとするのだが、行く先の当ても知れぬまま、四つ辻にさしかかった。ここが現世の四つ辻だから良いようなものの、六道の辻であったらどうなることかと思う二人の身に、雪が霏々（ひひ）と降りかかる」。「椿の花もろく、落ち」は、捕えられて、椿の花のように首が落ち、の意。椿は霊木として社寺に植えられ、一般の家庭では忌まれた。そのタブーを前提に、椿は、首が落ちることを連想させる、不吉な花とされた。「落ち」には、逃げる意を掛ける。「行方」は、落ちて行くと、その行方との、また、「白妙の」は、行方も知らぬと、雪の枕言葉「白妙の」との掛け言葉。「四つの巷」は、四つ辻。その縁で「六つの巷」（六道の辻）という、さらに、「六つの花＝雪」を導く。なお、「六つ」は、吉三が二人（三×二＝六）を、「花」は花形役者を利かせる。

九　特定の合方の名称ではない。「打ち合はせ」は、「誂」の意とも取れるが、竹本と清元の三味線が、同時に弾奏する意であろう。

お坊吉三、頰被（ほほかむ）り、尻端折（しりはしょ）り、大小（大小を差し）、一 米俵をかぶり、出て来（きた）る。

これといつしよに（同時に）、二 東の歩みより、お嬢吉三、頰被り、裾（すそ）を端折り、三 糸立（いとだ）てを着て、出て来（きた）り、双方、一時（いちじ）に、花道へ止まる（花道の中ほどに止まる）。

お坊　四 思ひ出（いだ）せば十年以前、盗み取られし庚申丸。今宵はからず（今夜思いがけずも）我（わ）が手に入（い）り、

お嬢　義理ある弟（おとと）が失ひし（十三郎が失った）、その代金の百両も（返済すべき百両の金も）、巡り巡つて持ちながら（回り回って持ってはいるが）、

お坊　昼は人目を忍ぶ身に（明るい昼間は人目を忍ぶ身なので）、夜明けぬ内に届けたく（夜の内に届けたいと）、

お嬢　思ふばかりにゆくことの（心に思うだけで届けに 五 行くことが）、ならぬは（できぬのは）二人が身代はり首（二人の身代り首が）、

お坊　六 水のあはれや著（あらは）れて、虜（とりこ）となりし和尚吉三（〔その和尚を〕）、

お嬢　助けたいにもこのごとく（助けたいと思ってもこのように）、

お坊　我（われ）々二人を捕らへんと（俺たち二人を逮捕しようと）、

お嬢　ゆく先々の木戸を打ち（木戸を閉めてしまったので）、

お坊　ゆくにゆかれぬ（行こうとしても行かれなくなった）、

両人　今宵の仕儀（今夜の事態）。

一　稲藁（いなわら）で作った、米を入れる俵。

二　仮花道。東の花道。

三　経に麻糸を、緯に藁（わら）しべや藺（い）を用いて織ったむしろ。日除けや雨具に使われる。お嬢は雪を防ぐために着ているのだが、同時に、糸立ては夜鷹の持ち物でもあったから、女装した姿を隠すには、格好の遮蔽物（しゃへいぶつ）であった。

四　以下、二人は両花道、つまり、別々の場所にあって、互いに関係なく、お坊は庚申丸を弥次兵衛に、お嬢は百両を久兵衛に届けるという、自分の思いを述べる。しかし、その行為が遂行できない状況に対する認識が一致し、二人のせりふは一つになって行く。このようなせりふを割りぜりふという。

五　以下七行、主語と述語が複雑に交錯する。(一)「ゆくことの、ならぬは」→「ゆくにゆかれぬ、今宵の仕儀」となったからで、原因は、「和尚吉三」が「虜となりし」ため。(二)「虜となりし和尚吉三」を「助けたいにも」→「ゆくにゆかれぬ、今宵の仕儀」。

六　以下、「(身代り首の苦心も)水の泡となり、偽首がばれて、可哀そうに、捕われ人となった和尚吉三」。「水のあはれ」は、「水の泡（苦労などが、その甲斐もなく無駄になる意）」と、「哀れや」との掛け言葉。

七　以下二行、「後ろから追手に追われる落

竹　〽後ろ見らるる落人（おちうど）に、軒のつららも影すごく、

富　〽ぞっと白刃にあらねども、襟に冷たき春風は、

竹　〽筑波（つくば）ならひか、

富　〽富士南、

竹　〽吹雪（ふぶき）いとうて、（吹雪をよけながら）

富　〽来（きた）りける。

ト、雪下（おろ）しをかぶせ（重ねて打ち込み）、両人、本舞台へ来（きた）り、真ん中の木戸を見て、

お坊　やう／＼跡の木戸を越し（やっとの思いで前の木戸を通り）、ヤレうれしやと思ひしに（ああ嬉しいと思ったのに）、

お嬢　またもやここに、閉まりし木戸。

富　〽ふさがる胸の晴れやらで、星はなけれど雪明かり。もしやと顔を見合はせて、

人の身ともなれば、軒に下がる氷柱（つらら）の、きらめく光も気味悪く、震え上がるほど恐ろしい白刃かと思われる。確かに、それは白刃ではない。だが、物に怯（おび）える身にとって、春とはいえ、まだ冷たい風が襟首（えりくび）に当ると、首に白刃が振り下ろされたのではないかと、ひやっとする。その春風は」。「後ろ見らるる」は、背後に人の視線を感じ不安になる。「影」は光。「ぞっと白刃」は、ぞっとしないと、しら刃との掛け言葉。光る氷柱から、きらめく白刃を連想し、さらに、襟首に当る風に、白刃が首に触れる冷たさを感じるのである。

八　筑波山。「ならひ」は、ならひ風。山の峰の側面に並行して吹く風。冬の季節風。

九　富士山から吹いてくる南風。

一〇　浄瑠璃が終ってからでなく、浄瑠璃の終るところに、それに重ねて雪下しを打つ。

一一　以下二行、「木戸に行く手をふさがれ、思いにふさがれた胸が晴れぬように、空も晴れ渡らず、星一つ見えない。しかし、雪明りで辺りは薄明るく、木戸越しに人の姿が見える。もしやお嬢（ないしお坊）ではないかと思いつつ、顔を見合せて」。「ふさがる」は、木戸が塞がると、胸がふさがるとの掛け言葉。「晴れやらで」は、ふさがる胸が晴れぬ意と、空が晴れ渡らぬ意とを掛ける。

ト、両人、困る思入あつて、（木戸の閉鎖に困惑する様子で木戸の格子の間から）木戸の間より、互ひに透かし見て、

傍（そば）へより、顔見合はせ、

お坊　ヤ、そこへ来たは（そこに来たのは）お嬢吉三か。

お嬢　さう言ふ声は、（そういう声から察すると）お坊吉三。（お前はお坊吉三か）

お坊　ア、コレ（しっ）。

ト、両人、あたりへ思入（辺りをうかがい）。

一富　〽逢二ひたかつたと木戸越しに、すがる手さへも震はれて、

竹　〽まだ春寒くぬくめ鳥、放れ片野（かたの）によそ目には、

富　〽色とみよりの片翼（かたつばさ）。

ト、木戸越しに手を取りかはし、よろしく、雪に凍える思入。

三床の合方にて、

和尚吉三が意見により、（和尚吉三の意見に従い）悪事に染（そ）まぬ白糸の、心を元へ繰り返し、（四 昔の純真な心に今の汚れた心を戻し）

手に入る（い［白柄の］）短刀渡せし上、この鎌倉を立ちのいて、（遠く離れて）家名（かめい）の汚れ（けが）をすす（汚れを洗い）

一　今までも、富本はお嬢、竹本はお坊に付いてきたが、以後、その関係は顕著になる。

二　以下三行、「木戸の格子の間からお嬢は手を延べ、お坊にすがる。春とはいえ未だ寒く、手が自然と震える様子に、雛を温める親鳥同様、お坊はその手を温める。すると、捕えた小鳥で鷹が足を温めるように、お坊の冷えた手も温まる。鷹は翌朝、小鳥を放すというが、お坊の手は離れ難く、人目には、振袖姿のお嬢が、恋人かと見えるのだ。身を寄せるお嬢は、右手にお坊の左手をしっかり取って、まるで比翼の片翼のよう」。「震はれて」は、四段活用「震ふ」の未然形＋自発の助動詞「る」の連用形＋接続助詞「て」。「ぬくめ鳥」は、㈠寒夜、鷹が捕えた小鳥の羽で足を温めること。翌朝、小鳥を放してやるという。㈡親鳥が、雛を羽に包んで温めること。「放れ片野」は、放れ難いと、片野とを掛ける。片野（交野）は、現、大阪府交野市・枚方市。平安朝以来の皇室の鷹狩りの地。「色とみより」は、色（情人）と見えると、身を寄せると、身寄りとの掛け言葉。身寄りは、鷹の右側。左手に据えた鷹の、鷹匠の体に寄った側。「片翼」は、比翼の鳥（雌雄各一眼一翼、必ず合体して飛ぶという空想上の鳥。男女の仲の睦まじさの譬え）の片方。

ぐ了見（落すつもりだ）。

お嬢　同じ心に（俺もお前と同じ気持だ）百両を（百両を）、親へ渡してこれからは（今後は）、男姿に立ち返り（男の姿に戻り）、生まれ変はつた積もりにて、善を尽くして（善行を積んでおとせ十三郎の）亡き人の、菩提[五]を弔（と）はんと思ひしに、

お坊　天道（てんたう）さまがお許しなされず、ゆくにゆかれぬ四鳥（してう）[六]の四つ辻（追い詰められたこの四つ辻）。

お嬢　逃（のが）るるだけはと思へども（逃げられる限り逃げようと思ったが）、今宵の内には捕らへられ、

お坊　縄目の恥に死ぬのも約束（縄目の恥を受けて死ぬのも前世からの約束）。

お嬢　いまさら言ふも愚痴ながら（今になって言っても始まらないが）、

富　〽五つの年にかどはかされ（誘拐されて）、故郷（こきやう）を離れ旅路[七]にて、憂（う）き年月を越路潟（こしぢがた）、苦労信濃につひいつか、欲には迷ふ道の奥、

竹　〽[八]立ちし浮名（うきな）の白浪（しらなみ）に、跡を隠して鎌倉で、同じ吉三に（同じ吉三という名の）兄弟の、[九]結びし縁も薄氷、

富　〽砕けて今日は散り〴〵に、落とせし金の百両は、我（わ）が手に入（自分の手に入）

三　竹本を演奏する場所。転じて、竹本。

四　掛け言葉。(一)いかなる色にも染まっていない、純真な。(二)「繰（く）る」の枕言葉。(三)短刀の柄糸。

五　死者の冥福を祈り、供養などすること。

六　「四鳥」は当て字。正しくは「征（しちょう）」。囲碁の手法で、次々と当りをかけ、相手の石を逃げ場のないところへ追い詰めて行くこと。転じて、逃げ場を失って、捕えられること。

七　以下二行、「旅先で辛い歳月を越し、越路の海辺から、苦労しながら信濃へと。ふと気が付くといつしか陸奥（みちのく）。その内ふらふらと欲に溺れ、悪の道の奥深くに踏み迷う」。「越」は、歳月を越しと越路（北陸）との、「信濃」は、苦労しながらと信濃との、「道の奥」は、道の奥と陸奥（奥羽）との掛け言葉。

八　以下、「白浪だと噂が立つのも知らぬ顔に、白い波が砂浜の足跡を消すように、行方をくらまし」。「白浪」は、白浪（盗人）・知らぬ顔・白く砕ける波の掛け言葉。

九　以下二行、「結んだ縁も薄く、薄氷が砕け散るように、今日、三人は散り散りに」。「薄氷」は、縁も薄いと、薄い氷とを、「散り」は、砕け散りと、散り散りとを掛ける。

つてゆくことの、ならぬはなんの因果ぞや。（りながら届けに行けないのは　どうした罪の報いなのか）

ト、この内、お嬢吉三、よろしく思入（嘆く表情）、お坊吉三もこなし（悔み嘆く動作）あつて、

竹　〽[一]まだその上に花の兄、木咲きにまがふ室（むろ）の梅、その身代はりに捕らへられ、

富　〽散り行く覚悟と聞くからは、魁（さきがけ）なして救ひし上、死なばもろとも死出（しで）三途（さんづ）。

竹　〽ほんに（本当に）これまで親たちへ、孝行さへも[二]白玉の、身の[三]わびすけ（お詫びは）は冥土でと（あの世でと）、

富　〽心の[四]根じめ哀れにも（可哀そうにも）、

竹　〽落つる涙ぞ誠なる（流すその涙には誠意が表れている）。

ト、お坊吉三、お嬢吉三、ともに木戸を隔てて（木戸を中にはさんで）、よろしく思入（嘆く様子）。

一　以下四行、「花の兄ともいうべき兄貴の和尚吉三は、木咲きの梅と見分けのつかぬ室咲きの梅を、木咲きの梅だと差し出すように、優しい二人を、野育ちの俺達の身代りに立てて捕えられ、花が散るように死んで行く覚悟だと聞いた以上、早く駆けつけ自首して出て、和尚を自由の身にした上、どうせ死ぬなら二人一緒、ともに死出の山を越え、三途の川を渡って行こう」。「花の兄」から、一〇行目の「根じめ」まで、花の縁語によって綴られている。「花の兄」は、梅の異称。四季を通じて最も早く咲くための名。ここでは、それに兄貴＝和尚の意を託す。「木咲き」は、木咲きの梅。お坊・お嬢をたとえていう。「室の梅」は、室（温室）咲きの梅。おとせ・十三郎をたとえる。――以上、三人を梅にたとえたのは、第一番目二幕目の、「桃園（とうえん）ならぬ塀越しの、梅の下にて兄弟の」（一二六頁）にちなみ、さらに、雪中の四友の画題に通わせたためであろう。「魁」は、誰よりも早く敵中に攻め入ること。梅・散り行くの縁で、「咲き懸け」に音を通わせたか。「死出」は、死出の山。この世と死の世界との境にある山。また、地獄にあるという嶮山。

二　白玉椿と、孝行さえ知らずとを掛ける。

三　詫びと侘び助椿との掛け言葉。

竹　〽しばし嘆きに沈みしが（しばらく嘆き入っていたが）、ふつと目に付く（その目にふと入ったのは）櫓の太鼓。

ト、雪下し、時の鐘。雪しきりに降る（雪がひっきりなしに降る）。両人、思入あつて（顔を見合せて頷き）、後ろの太鼓を見上げ、

お坊　ムム、あれに掛けたる触れ書きに（あそこにかかっているお触れ書きに）、我々（われ）二人を捕らへなば（我々二人を捕えたなら）、合図に櫓の太鼓を打ち、四方の木戸を開けとある（諸方の木戸を開けと書いてある）。

お嬢　もしまたみだりに[五]打ちし者は（勝手に太鼓を打った者は）、曲事（きょくじ）[六]なりと記しあれど（処罰すると書いてあるが）、どうで逃れぬ上からは（どうせ逃げられない以上）、罪に罪を重ぬるとも（罪を重ねることになっても）、

お坊　四方（方々）の木戸を開かせて、首尾よく（うまく）二品（ふたしな）[七]渡せしうへ（渡した上で）、

お嬢　命を捨てて和尚吉三を、

お坊　助けてやらねば義理が済まぬ。

お嬢　さいはひこれに（よい具合にここに）階子（はしご）もあり、

お坊　打てば打たるる（打とうと思えば打てる）櫓の太鼓、

お嬢　[八]やはか打たいでおくべきか（どうしても打たずにおくものか）。

四　心根（心の奥、心情）と、根締めとの掛け言葉。根締めは、立ち木などの根本を固めるために植える草。あるいは、生花で、全体の姿を整えたり、安定感を出したりするために、下段に配する花材のこと。

五　法を無視して。勝手に。

六　違法行為ないしその罪の処罰。

七　庚申丸と百両。

八　どうして。どうしても。反語の副詞。

＊東の歩み――仮花道。古く、舞台は南向きにしつらえられるのが原則で、花道は西、反対側は東に当る。建築の向きが変っても、この東西の呼称は踏襲された。また、かつて、一階客席には、見物や中売りのための通路が縦横に設けられ、それを江戸では「歩み」と呼んだ。つまり、花道に平行する東端の通路が東の歩み。それが花道に準じる機構として利用され始めたのは、宝暦十年（一七六〇）ごろのことであった。

富　〽見上ぐる空（空から）に吹き下ろす、夜風に（夜風にあおられ）邪魔な振りの袖、帯に挟ん（動きを妨げる振袖を 帯に挟み）で裾引き上げ、（脚にまといつく裾をたくし上げ）登る後ろにうかがふ捕手。（登る後ろに様子を窺う捕手がいる）

ト、お嬢吉三、櫓を見て、きつと思入（厳しい表情）。身拵へして（身仕度をして）階子（はしご）へとる[一]。お坊吉三は辺りをうかがひゐる（辺りの様子に注意している）。この時、上下より（上手下手から）、三階[二]、黒四天の捕手、四人出て、

捕手　ヤア、櫓へ登る狼藉（ろうぜき）[三]もの。

両人　エヱ。

ト、吃驚（びっくり）なす。

捕手　そこ一寸（いっすん）も、

四人　動くまいぞ。

ト、取り巻く（取り囲む）。

お坊　ムム、見とがめられたか（見付けられたか）[四]。

お嬢　もうこれまで[五]。

一　取り付く。「とる（摑む）」は、ラ行五段活用の他動詞であるが、ここでは、自動詞として用いられている。江戸の言葉には、格助詞「を」を求める他動詞を、自動詞のように使う場合があり、これはその一例。

二　中通りの役者。三階は、立役・敵役など男方の役者の楽屋。その中央に、「板の間」と称して、鏡台を並べた下級役者の大部屋があった。

三　乱暴など、無法な振舞いをするもの。

四　何事かを見て、それに疑念を抱くこと。

五　これで終り。今までの行動から次の行動に移る際に、最後の決心を固める言葉。

六　以下、「胸をときめかせる二人の吉三。その動悸（どうき）は、あたかも胸の中で、時の鐘を打つかのよう。命一つ捨てれば済むこと。捨て鐘打ってと思う内、打って掛かる捕手をかわし」。「時打つ」は、動悸を打つと、時を打つとを掛ける。「捨て」は、命を捨てると捨て鐘との掛け言葉。「捨て鐘」は、鐘を打って時を知らせる前に、人々の注意を喚起するために三つ撞（つ）く、無意味な鐘。「打つて」は、鐘を打ってと、打って掛かるとの掛け言葉。

七　腕先。腕の、肘（ひじ）から先の部分。

八　「ゑのころ（犬の子）」を転がすように人を投げる意。投げられた有様を、雪中を嬉々（きき）

竹　〽胸[六]に時打つ両人が、命一つを捨て鐘と、打つて掛かるを身を（打って来るのを身を翻して）かはし（よけ）、小腕（こがひな）[七]とつて右左（腕をつかんで左右に投げる）、雪に喜ぶゑのころ投げ[八]、シヤ[九]小ざかしと前後より、むんずと[一〇]組み付く捕手の人数（力を込めて組み付く大勢の捕手たち）、折り重なりて（折り重なるように集まって）、

ト、雪下しをかぶせ、捕手二人づつ（お坊とお嬢にそれぞれ）掛かるを、立回つて投げのけ、また掛かるを、立回つて引き付け（手許に引き寄せ）、きつと見得。三重。知（合図）らせに付き（の柝で）、誂（あつらへ）の鳴物をかぶせ（重ね）、このまま、両人、捕手〔を〕とともに[一一]せり下げ、後ろ〔の〕、櫓〔と〕、上手の屋体〔を〕、[一二]せり下げ、雨落（あまおち）[一三]より霞（かすみ）を出し（だ）、向ふ（正面は）、打ち抜き[一四]〔の〕、灯入り〔の〕、雪降り〔の〕町家（まちや）の遠見。子持ち筋[一五]の提灯、あまた見せ（たくさん見せ）、よろしく、道具納まる（大道具がきちんと整う）。

竹　〽降り積もる、雪に山なす屋根の上（雪で山のような形になった屋根の上）、お坊吉三は〔お嬢の〕邪魔させじと（邪魔をさすまいと）、[一六]支ゆる捕手を切り払ふ、刃風（はかぜ）に散るや吹雪（ふぶき）の花。

ト、この内、お坊吉三、上手の屋根へ上がる。捕手同じく上が

として走り回る、犬の子に見立てた。

九「畜生、生意気な」。捕手の言葉。「シヤ」は、人を見下し、罵（のの）って発する感動詞。

一〇 むずと。力をこめてつかんだり、組み合ったりする様子を表す副詞。

一一 迫（せ）り下ろすともいう。迫りを穴蔵（奈落＝舞台床下の空間）に下ろすこと。

一二 お坊吉三たちを舞台から消すと同時に、道具を飾った迫りも下げて、櫓と屋根の上部をクローズ・アップするのである。

一三 舞台前端に接する一階客席の最前列。ここから霞を描いた道具を出して舞台の前面を覆い、櫓や屋根の高さを感じさせる。

一四 物の輪郭——ここでは、商家の密集している風景——を象ったパネル。

一五 婚礼の提灯か。「子持ち筋」は、太い線と細い線とを平行に引いた模様。縁起を担いで、婚礼の器物や衣服などに用いられる。

火の見櫓の上の場

お坊の助けで、お嬢は櫓に登り太鼓を打つ。木戸は開かれ、和尚が駆け付ける。

一六 以下、「妨げる捕手を切りまくる、その鋭い刃風に、屋根の雪が吹き散らされ、美しく舞う吹雪さながら」。「刃風」は、刀を振るときに、ひゅっと唸（うな）るように起る風。「花」は、雪の美称。

り、立回り。

富　〽裾《裾を》も[一]ほら〳〵やう〳〵に《翻しながらやっとの思いで》、お嬢吉三が[二]竹階子《たけばしご》、〔を〕[三]登れば滑る水氷、足に覚えもなく雁《かり》の、乱れて声も後や先。

ト、下《した》より、お嬢吉三、階子に掛かる《登ろうとする》。捕手掛かるを《捕手が打って来るのを》突き落とし、登らうとして滑り落ち、また、上がり《登って》来《きた》る。これを《このお嬢吉三を》、屋根の捕手《〔上にいる〕》、支へようと《妨げようと》するを、お坊吉三、止める。立回り。

竹　〽一度に掛かるあまたの《一斉に打って来る沢山の》捕手。

ト、これにて《ここで》、三階の捕手八人、双方へ《二人の吉三に》掛かる。

富　〽[四]雨は降れ〳〵、降れ〳〵小雨、ぬれてうれしき屋根の上、追ひつ追はれつ戯《たはむ》れ狂ふ、猫の恋路の仇枕《あだまくら》、ヨイ〳〵ヨイ〳〵よい仲を、羨ましさか塀越しに、のぞく柳の乱れ髪、ヨイ〳〵ヨイ〳〵、

一　足の動きとともに、着物の裾がまくれて翻る様子を表す副詞。

二　二本の太く長い竹に、横木を結び付けて作った梯子《はしご》。

三　以下二行、「登ろうとするのだが、横木に薄く張った氷のために、足はすべる。凍る足には感覚もない。群をなして乱れ飛ぶ雁の鳴き声のように、群がる捕手の声が、後になり先になりして乱れ飛ぶ」。「水氷」は、水溜りなどに薄く張る氷。その氷と、冷たさに凍る足とを掛ける。「なく雁」は、足に感覚も無くと、雁が鳴くとの掛け言葉。「乱れて声も」は、雁の乱れ飛ぶ鳴き声と、捕手の声も乱れ飛ぶとの掛け言葉。

四　以下三行、「雨よどんどん降るがいい、小雨よどんどん降るがいい。厭うどころか濡れるが望み、屋根の上では嬉しい濡れ場。追って行ったり追われてみたり、じゃれて騒いでいちゃついて、情《なさけ》を交わす猫の恋。その良い仲を羨むか、塀から覗く乱れ髪、あれは柳じゃないかいな」。「ぬれて」は、雨に濡れると、男女が濡れる（情交する）との掛け言葉。「戯れ」は、異性と猥らにふざけ合う。「狂ふ」は、夢中になってじゃれる。「仇(徒)枕」は、仮初の情交。ヨイヨイの囃子言葉に導かれて「よい仲」。「のぞく」は、顔を覗か

ヨイヤサ。

ト、この内、合方、誂(あつらへ)の鳴物。所作(しよさ)立(だ)て[五]模様(風の)の捕りものの立回り、よろしくあつて、

竹 〽手だれの捕手にあしらひかね（腕ききの捕手の攻勢をかわしかね）、〔お坊は〕だち〳〵[六]と庇(ひさし)より（その勢いに押され）、滑り落つれば（落ちると）〔捕手たちも〕もろともに（一緒に）、逃がしはせじと（逃がすものかと）飛び下れば（飛びお下りたので）、こなたはなんなく火の見の上（お嬢吉三は何の苦もなく櫓の上に登り）、撥おつ取つて（撥を素早く手に取って）打つ太鼓、響きにつれて（その響きとともに）。〔木戸は開く〕

ト、お坊吉三、屋根より滑りしこなしにて、切穴(きりあな)[七]へ落ちる。捕手、続いて、後ろを（その後を追って）切穴へ飛び下りる。お嬢吉三、これにて（誰もいなくなったところで）階子より櫓へ登り、撥をとつて太鼓を打つ。向ふ、下座にて[八]（揚幕と下座とで）、同じく太鼓を打ち[九]、お嬢吉三、撥を持つて、きつと見得（きっぱりと見得をする）。知らせ（合図の柝で）に付き、後(あと)[一〇]へせり上げ[一一]の鳴物になり、この段々[一二]（舞台面）、せり上げ、元の道具へ戻る。舞台真ん中に、〔迫り上って来た〕お坊吉三、捕手を引き付けゐる。

せる意と、覗き見る意とを重ねた。「乱れ髪」は、形の崩れた髪。柳の枝の形容。

五 所作事（舞踊）で行われる、リズムと様式性とを重視する立回り。

六 ここは「だち〳〵」（ふるえる様子）ではなく「たじ〳〵」（ひるむ様子）とあるべきところ。誤植か。

七 舞台の床に切った穴。普段は蓋がしてある。迫りの外、階段の昇降や、井戸に飛び込む演技などに利用される。

八 鳴物は、通常、下手（古くは上手）の、黒御簾を下げた所定の場所（下座）で演奏される。しかし、演出上、必要がある場合には、上手や揚幕に、演奏の場所を移す。

九 木戸から木戸へと、次々と太鼓を打ち伝えて行く。その太鼓。

一〇「知らせの後へ」。揚幕ではなく、下座で演奏。

一一 江戸時代には、「人寄せ」の鳴物を利用したらしい。今は、太鼓を主に、大太鼓、大小鼓、能管で演奏する、特定の曲を使う。

一二「場面」ないし「局面」の意であろう。あるいは「段々」を副詞と見て「これを段々と（漸次、ゆっくりと）」の意と取れなくもないが、苦しい。

花道へ、和尚吉三、釜屋武兵衛と切り結び（切り合いながら迫り上る）ゐる。この見得（様子）。双方（舞台と花道と両方）よろしく、一一時にせり上げ（同時に迫り上げる）、ちよつと立回つて、

竹 〽二打ち立つる、音に開きし木戸（激しく打つ太鼓の音で開けられた木戸）三よりも、四遺恨の胸を開かん（胸の恨みを晴らそうと）と、和尚吉三は五敵（かたき）の武兵衛、逃ぐるをやらじ（［が］逃げようとするのを逃がすまいと）と追ひかけ来（きた）る。それを見るより両人が。

ト、この内、和尚吉三、武兵衛、立回りながら舞台へ来る。お坊吉三は、捕手を上下（かみしも）へ切り払ふ（切り立てる）。お嬢吉三、櫓より階子（はしご）へ取り（取り付き）、良き所（適当な高さの所から）より飛び下りて、

お坊　ヤァ、そこへ来たのは、

両人　和尚吉三か。

和尚　オォ、二人も無事であつたるか。

お坊　此方（こなた）の命を救はんと、

お嬢　これなる（ここにある）櫓の太鼓を打ち。

一 花道の迫りを、スッポンという。

二 激しく打つ。「立つる」は、動詞の連用形に付き、その行為の、盛んに行われる状態を示す補助動詞。

三 格助詞。二重の意味で用いられている。㈠比較の基準を示す。「音に開きし木戸よりも　遺恨の胸を開かん」――木戸を開くよりも、恨みに満ちた胸を開こう。㈡動作の経由地を示す。「木戸よりも　追ひかけ来る」――開いた木戸から、追いかけて来る。

四 おとせと十三郎の死を、無駄にさせたという恨み。

五 おとせと十三郎の敵。

元の、火の見櫓の場

和尚吉三は、妹夫婦の死を犬死にに終らせた釜屋武兵衛を切り殺す。そこへ、八百屋久兵衛が登場。お嬢吉三からは百両を、お坊吉三からは庚申丸を受け取り、道を急ぐ。逃れられぬと悟った三人の吉三は、三つ巴になって刺し違える。

和尚　すりや（それならば）、この木戸（この木戸が）の開（あ）いたる（開けられたのは）は、二人が情であつたるか（お前たちの情けのお蔭であったのか）。
武兵　和尚め、覚悟。
　　ト、切つて掛かるを、立回つて、
和尚　六オノレ武兵衛め、七よくも訴人をしをつたな八。
武兵　オヽ、偽首（にせくび）だから訴人をした（訴えたのだ）。
和尚　〔妹達を〕犬死にさせた（無駄死にさせた）返報（報復に）は、奴（うぬ）が命をもらつたぞ（お前の命は貰ったぞ）。
捕手　ソレ、武兵衛を助けて、打つて取れ（逮捕しろ）。
八人　合点だ（承知しました）。
三人　なにをこしやくな（九生意気な）。
富　〽一〇雪は降れ〳〵、降れ〳〵小雪、積もる話も小屋の内、追ひつ追はれつ戯（たは）れ狂ふ、犬も女夫（めをと）の新枕（にひまくら）、ヨイ〳〵ヨイ〳〵良い仲を、羨ましさか垣越しに、のぞく梅さへ笑ひ顔、ヨイ〳〵ヨイ〳〵、ヨイヤサ。

六 やい、畜生。怒りや憎しみをこめて、相手に呼び掛ける感動詞。
七 よくもまあ。よくもぬけぬけと。非難の気持を表す副詞。
八 しやがったな。動詞の連用形＋補助動詞「をる」。ぞんざいにいう、上方風の語法。
九 生意気なこと。癪に障ること。「こ」は強意の接頭語。
一〇 以下三行、「雪よどんどん降るがいい、小雪よどんどん降るがいい。雪が積もれば話も積もる。抱いて抱かれる小屋の内。追って行ったり追われてみたり、じゃれて騒いでいちゃついて、交わす枕や犬の恋。その良い仲を羨むか、垣から覗く笑い顔、あれは梅ではないかいな」。「積もる」は、雪が積もると、積もる話（逢わぬ内に溜まった、数々の話題）との掛け言葉。「小屋」は、犬小屋。「新枕」は、男女が初めて契りを結ぶこと。「笑ひ顔」は、「梅」の擬人化であると同時に、蕾がほころんで咲いた花の意。

ト、誂(あつらへ)の鳴物になり、武兵衛を当て(武兵衛を殴り気絶させ)一、和尚吉三、捕手を相手に、所作立(しょさだ)て模様の立回り。これへ、お坊吉三、お嬢吉三、二 あしら(適当に)ふ事(絡む)よろしくあつて、捕手を上下(かみしも)へ切倒す。武兵衛、心付き(意識を取り戻し)、

武兵　ウヌ(畜生)、和尚め。

竹　〽〔武兵衛が〕切り込む刃(やいば)打ち落とし、訴人の遺恨覚えよと(訴人された恨みを思い知れと)、なんなく(苦もなく)武兵衛を刺し殺す、折から(ちょうど)来る(きた)八百屋久兵衛(そのときやって来たのは八百屋久兵衛)。

ト、和尚吉三、武兵衛、立回つて、白刃(しらは)三を打ち落とし(たたき落とし)、とど(結局)、武兵衛を切り倒して、止(とど)めを刺す。ばた〳〵(つけが入って)になり、上手より、八百屋久兵衛、尻端折り(しりはしょり)にて、八百久(やほきう)といふ(記した)弓張り提灯を持ち、出て来(きた)り、お嬢吉三を見て、

久兵　ヤ、そちや別れし倅なるか(お前は別れた倅ではないか)。

お嬢　さういふは(そう仰言るのは)親仁さまか。

久兵　貴方(あなた)は安森さまの若旦那。此方(こなた)は伝吉どのの息子どのか。

一　当て身を食わすこと。

二　和尚吉三を中心とした立回りに、お坊・お嬢の二人の吉三が絡んで行く。

三　武兵衛の、抜き身の刀。

ト、お坊吉三、和尚吉三へ思入（見て驚く表情）。

お坊　さてはお嬢が親父といふは、屋敷へ出入りの八百屋なるか（八百屋久兵衛であったか）。

和尚　[四]思ひ掛けない三人に、つながる縁の久兵衛どの。

お嬢　弟（おとと）が失ふ百両が、手に入（い）つたれば（入ったので）文里さまへ。

ト、懐より、前幕（まへまく）（第二番目三幕目で手に入れた金を出して渡す）の金を出し、渡す。

お坊　また我（わ）が家（いへ）で紛失（ふんじつ）せし（失われた）、この短刀を弥次兵衛へ。

ト、懐の内に差したる（懐中に入れてあった）短刀を出し、渡す。

久兵　すりや（それでは）噂に聞きし庚申丸、〔と〕百両の金が手に入（い）りしは（入ったとは）、エヱ（ああ）、かたじけない（有難い）。

和尚　[五]またも捕手の来（きた）らぬ内（来ないうちに）、久兵衛どのには二品（ふたしな）を。

久兵　オオ、言ふにや及ぶ（いうまでもない）。これさへあれば安森のお家再興に（安森のお家は再興　それに）、木屋のお内も再び[六]立たん（栄えよう）。[七]心残れど[八]長居は[九]恐れ。

ト、金を懐へ入れ、短刀を腰へ差す。

三人　少しも早く（少しでも早く）。

四　以下、「思い掛けない縁で、三人につながる久兵衛どの」。三人との結び付き――久兵衛は、㈠お嬢吉三とは親子。㈡お坊吉三とは、その実家安森家へ出入りする商人。㈢和尚吉三とは、その父伝吉が捨てた十三郎を拾って育て、しかも、身投げを計った十三郎を伝吉に助けてもらった縁、および、伝吉の娘で、十三郎とは双子の兄弟であるおとせを救った縁。

五　再び。もう一度。副詞「また」＋強調の係助詞「も」。これに、詠嘆の間投助詞「や」の付いた形が、「またもや」。

六　傾いたもの、倒れたものが、元の状態に復する。衰えたものが盛んになる。

七　息子をはじめ三人が、この後どうなるのか、大変気がかりだが。

八　同じ場所に長時間とどまっていること。

九　恐れ多い。慎むべきである。

久兵　オォ、合点（承知した）だ。

富　〽オォ合点と勇み立ち（承知したと勢いづき）、二品（ふたしな）携へ久兵衛が、飛ぶがごとくに走りゆく（まるで鳥が飛ぶように走って行く）。

ト、雪下し、ばた／＼にて、久兵衛、花道までゆき、[一]提灯を吹き消し、いつさんに向ふへ入る（脇目もふらず揚幕に入る）。本釣鐘。

竹　〽はやこれまでと（もうこれで命運はきわまったと）三人は、互ひに手に手取り交はし（お互いに手を取り合って）。

和尚　もはや（もう）思ひおく事なし（気がかりなことは何もない）。

お坊　これまで尽くせし悪事の言ひ訳（これまでやり過ぎるほどやってきた悪事の詫び）。

お嬢　[二]我（われ）と[三]我（わ）が手に、

三人　身の成敗（自分を[四]片付けよう）。

富　〽櫓太鼓の[五]三つ巴（三つ巴の模様のように）、巡る因果と三人が（巡る因果に三つ巴となって三人が互いに）、

一　暗闇にまぎれての行動。もちろん、久兵衛自身には後ろ暗いところも、人目を忍ぶ必要もない。しかし、まだ捕手がうろついている最中に、貧しい身なりをした八百屋風情が、百両という大金を懐にし、短刀、それも一目で特別の品と分る短刀を携えているのを見咎められては、事が面倒になろうし、おまけに、その結果、二品を取り上げられたり、届けるのが遅れたりすれば、安森・木屋の両家に迷惑がかかる。そのような判断が、久兵衛に、提灯の灯を吹き消させたのである。

二　自分自身で。自ら。

三　自分の手で。「手に」は、「でに」の当て字といわれる。「でに」は、それ自らという意味の副詞句を作る語素とも、状態を表す格助詞「で」+原因を表す格助詞「に」の形ともされている。しかし、江戸語の変遷過程で「我がでに」は「我が手に」と誤用されながら、やがて、後者は前者から独立、固有の意味を主張し始めたものと見られる。

四　処罰。特に、罪人を死罪に処すること。

五　「巴（ともえ）」とは、長い尾が、丸い頭から曲線状に伸びている模様で、「鞆の絵（ともえ）」、つまり、鞆（古代、弓射の際、左手首につけた革具）の形に酷似するからの呼称。それに、蛇を象る漢字「巴」を当てた。巴は古代世界に共通

竹 〽六刺し違うたる身の終はり、（刺し違えて死ぬ命の終り〔とともに〕）

富 〽七悪事も消える雪解けに、（雪のように消え）

竹 〽浮き名ばかりぞ。（浮き名だけが〔世に残る〕）

ト、三人、名残りを惜しむ思入（別れを惜しむ気持）あつて、とど（結局）、和尚吉三、真ん中に立ち身（立ち姿）、上（かみ）に（上手には）、お坊吉三、お嬢吉三、〔は〕下（しも）に（下手で）ゐて、三つ巴になり、刺し違ふ（刺し違えようとするとき）。この時、若い衆、〔が扮する〕黒四天の捕手、ばた〳〵と出て、取り巻き、

捕手 動くな。

三人 なにを。

ト、きつと（きっぱりと）見得。頭取（とうどり）出て、

頭取 八まづ今日（こんにち）はこれぎり（今日の芝居はこれでお仕舞いです）。 九めでたく一〇打ち出し

する模様で、その形態の源については、蛇や水、勾玉（まがたま）、胎児、雲などが想定されているが、定説はない。しかし、その形態には避邪に関する呪的な意味が与えられていたものと推察される。祭具としての太鼓に巴が描かれる理由も、そこにあったのではなかろうか。

六 互いに刀で、胸を刺し合って死ぬこと。

七 以下二行、「冬の間に積った野山の雪が、春とともに解け、水となって流れに消えるように、積り積った悪事の数々も、死の訪れとともに消え、跡に残るは噂ばかり」。「消える」は、悪事が消えると、消える雪との掛け言葉。「雪」は、消える雪と雪解けとを掛ける。雪解け→雪解川（ゆきげがわ）の縁で、「浮」。

八 切り口上という。一日の芝居が終る際に最後に見物に告げる、お定まりの挨拶。本来は、興行時間の関係で、芝居を途中で打ち切るための挨拶だったと思われるが、それが定式化して、座頭役者ないし頭取が、終演時には必ずこの口上を述べることとなった。

九 正本の終りに記す、吉例の文句。一日の興行が無事に行われたことを祝福する。

一〇 打出し太鼓の略。果て太鼓。終演を告げる大太鼓の曲で、「出てけ出てけ」と聞えるように打つという。中村座は大太鼓のみ、市村・森田両座は、大太鼓に太鼓を交じえた。

解説

黙阿弥のドラマトゥルギー

今尾哲也

河竹默阿弥（一八一六〜九三）。本名、吉村新七。幼名、芳（由）三郎。家督名、六世越前屋勘兵衛。作者初名、初世勝諺蔵。前名、初世柴晋輔、初世斯波晋輔、二世河竹新七。別名、默阿弥、古河默阿弥、古河默阿、吉村其水、河竹其水、河竹能進、能進斎。俳名、芳々、安楽屋よし〳〵坊、柴狩山人、不通、其水。法名、釈默阿居士。

なお、河竹默阿弥の称について、長女糸は、高弟三世河竹新七没後、その遺言によって未亡人とくが河竹の名を返上（明治三十六年）、「それ以来、門弟等の依頼もあつたので、吉村糸を河竹糸と名のるやうに致し……自然亡父が晩年に古河默阿弥と称しましたのをも河竹默阿弥と呼ぶことゝした」（河竹繁俊著『増訂改版河竹默阿弥』）と記しているが、書簡や書幅・報条、及び、明治二十年作詞の長唄新曲『鷗遊処女踊』には、「河竹默阿弥」と自署しているから、糸の説は首肯し難い。但し、生前、正本や番付に、「河竹默阿弥」の名を記すことはなかったようである。

黙阿弥と小団次

黙阿弥は、文化十三年二月三日、江戸、日本橋通り二丁目式部小路に生まれた。父、四世越前屋勘兵衛は、湯屋株の売買を業とし、後、芝金杉通り一丁目に移って質屋に転職。母は、その後妻まち。祖父の幼名由次郎と父の幼名市三郎とを併せて、芳（由）三郎と名付けられたという。

通人で道楽者、家産を傾けた祖父三世勘兵衛の血を亨けたか、芳三郎は、文政十二年（一八二九）、十四歳の春にはすでに柳橋で遊興。勘当されて、親類預けの身となる。――同年十一月、『東海道四谷怪談』の作者、四世鶴屋南北没。

以後、遊蕩三昧の生活を送った芳三郎は、天保三年（一八三二）から三年間、貸本屋好文堂に奉公し、荷を負って歩く傍ら、茶番などの遊びに打ち興じたり、芝居の楽屋に出入りして作者の仕事を見覚えたりした。

「翁の学問は我が好む方のみを選みて自ら教へしにて、其名を〈貸本学問〉といふ、翁若くして貸本屋となり好文堂の荷を負ひしは小書籍館を身に着けて往来したるなり、得意廻りに本の性質を説明し、世間話に作の内容を交へしは講義なり、また試験なり。嫌ひは棄てゝ好むところに偏よる、天才助長、便宜便利を併せ得たり、貸本屋たらざる前には貸本屋より借りて読む得意たり。而して其才を試むるに茶番雑俳あり」（饗庭篁村『河竹黙阿弥翁』――河竹繁俊著、前掲書所収）。

天保五年七月、父死去。家督を弟金之助に譲った彼は、異母姉きよの庇護の下、再び遊蕩生活を始めて芳々と号し、狂歌・戯文・雑俳・茶番の楽に耽る。その間に踊りを習ったことが縁となり、同十月、師匠お紋の仲立ちで、狂言作者鶴屋孫太郎、後の五世鶴屋南北に入門、翌六年二月より、勝諺蔵と名乗って市村座に出勤し、作者部屋の人となった。とはいえ、そのまま順調に作者の道を辿って行った訳ではない。病気やら、弟の死去に伴う俄（にわ）かの家督相続やらで二度三度と挫折し、師に名前を返しさえした彼が、芝居の世界に漸く腰を落ち着けたのは六年後、天保十二年四月のことであった。河原崎座の立作者、四世中村重助の頼みに任せたのだと伝えられている。そのとき、彼は柴晋輔と名乗った。翌年冬、斯波と改姓。

勝諺蔵が柴晋輔として蘇った年は、いうまでもなく、天保の改革が始まった年である。芝居もまた、その嵐を免れることはできなかった。同年十二月、風俗上の理由により、堺町・葺屋町・木挽町の各座は所在地の引き払いを命ぜられ、十三年六月、浅草猿若町に替地を賜わって移転を開始、同年中に市村・中村の両座が、遅れて十四年五月に河原崎座が、それぞれ興行を再開したのであった。そして晋輔は、同年十一月、当時勢力のあった三世桜田治助の推輓（すいばん）によって立作者格の地位を与えられ、名も、二世河竹新七と改めた。師南北の勧めもあったという。尤も、彼が名実ともに立作者として、狂言作り一切の責任を負うようになったのは、さらに四年後、弘化四年（一八四七）十一月のことであったが……。

嘉永七年（一八五四）三月、人気役者四世市川小団次が河原崎座に加わり、新七は、『都鳥廓白浪（みやこどりながれのしらなみ）』の筆を執った。新七が小団次のために書いた、最初の作品である。但し、「ために書いた」というには、新七はまだ、小団次のことを余りにも知らなさ過ぎた。

「梅若の殺しが小団次の気に喰はぬ。例の二葉町（河竹黙阿弥）を迎ひにやり、名案はあるまいかと一心不乱に問懸ける。二葉町も頻りに頸を拈つて、これは何うだと示す。処が気に喰はぬ。修正してくれろと突出すとさあ始まつたと閉口しながら書直す。幾度やつても同じだから、二葉町が腹を立て、何うい ふ風に書いたら可いか、御注文を願ひませうと切込むと、調謔いつちやいけません、小生に巧い工夫の付くものなら、作者は要らない筈だ、と言はれるので立腹しながら書直す。それが大当り。斯うい ふ趣向なら立派に大入を取つて見せると、夢中になつて褒める。これが抑も小団次と師匠の気の合ふ原で、何彼につけて間が好い。これは二葉町が生前の直話であつて、いけねえ奴だと思つた時は、実にくやしかつた、と度々哂つて話された」(『市川左団次談話』——伊原敏郎著『近世日本演劇史』所収)。

どこが小団次の気に食わなかったのか。饗庭篁村は、こう記している。「新七は我家に帰り徹夜工夫して堤の殺しの場へチヨボを入れ舞台と花道の割ぜりふに直し偖翌朝小団次方へ其の本を持参して一直しして見ましたが御気に入るかどうか、先づ聞いて下さいと、正本を読みたてしに小団次は昨日の不興に引かへ、にこ〳〵として聞き終り、よく直りましたこれなら私にも出来ませう」(市川左団次著『父左団次を語る』)と。

小団次は、市村座の火縄売り栄蔵の子。文化九年(一八一二)、江戸日本橋に生まれ、魚問屋に丁稚奉公をしていたが、文政三年(一八二〇)、母親が男を作って出奔したのが原因で、父とともに上坂、子供芝居の役者になり、以後、小芝居から中芝居へと修業を重ねた。その間、来坂した七世市川団十郎の門に入り、天保十五年正月には直門の名跡を許されて、市川米十郎改め四世小団次を襲名、弘化四年秋、二十七年ぶりに江戸の土を踏んだのであった。そして、その十一月、市村座の顔見世に得意の立回りと七変化の踊りとを披露し、好評を以て迎えられた。

爾来、早替りに踊りに義太夫狂言にと、小団次の力倆は次第に江戸の観客に認められて行く。殊に、嘉永四年（一八五一）正月、中村座で演じた石川五右衛門は「古今の大当り」（『花江都歌舞妓年代記続編』）を取って、三月まで、七十八日間の長期興行を続け、「小団次の名是より大に発」した。同八月、『東山桜荘子』。義民として名高い木内惣五郎の事蹟を、三世瀬川如皐が、彼のために脚色した作品である。小団次は、主役の当吾とその亡霊に扮して評良く、中でも三幕目、船渡しの場と哀愁に満ちた子別れの場は「狂言中の大々当り」、大詰の亡霊出現の場は、多彩な仕掛けを用いて「大出来」。その結果、百四日間という、春にも勝る長期興行を記録したのであった。

かつて小団次は、花あって実の薄い役者と評されていた。弘化四年三月刊行の『役者五十三駅・下』は、ふんだんにケレンを用いた彼の狐忠信を、「身のかるい事大当り〱」と称える一方、「丸で軽業師じや……役者は……地芸で当るのが当りまへじや今の若手は妙がないゆへ化ヵし物で人気を取のじや」と貶しめた。

五右衛門や当吾亡霊の演技は、「身のかるい事」の延長線上に位置している。従って、その好評はむしろ当然のことというべきであろう。だが、子別れの愁嘆を中心にした生身の当吾の成功は、彼が、批判された欠点を克服して、「地芸」に研鑽を積んだことを証するとともに、実のある役者としての、今後の進路を方向付ける、誠に重要な契機となるものであった。今後の進路とは何か。宇田川文海はいう。「小団次丈の目的は道具衣裝の贅をハブキ世話場一点に愁歎を演ずる事麁服を以て数百万の看客を泣しむる事」（『梨園代々之花』）にあったと。

「世話場一点に愁歎を演ずる」ために、小団次はチョボを求めた。チョボとは「・」（点）のことで、歌舞伎の舞台で用いられる義太夫節の浄瑠璃をいう。太夫たちが、自分の語る箇所を舞台で取り違えないよう、語り出し語り終えるところに、小さく切った赤や青の紙を、目印のために点々と貼り付ける。その小さな点のような印から来た呼称である。チョボは当初、人形浄瑠璃の脚本を歌舞伎化した芝居、つまり、義太夫狂言の上演に不可欠の存在であったが、やがて、その上演が頻りとなり、チョボの語りと三絃の演奏とを介して人物の心情や行動を表す技法が普遍化するとともに、歌舞伎独自の脚本にも、最初からチョボを入れて構成した作品が生み出されるようになった。十八世紀の中ごろ、上方でのことである。ちなみに、そのようなチョボを、〈ト書きチョボ〉と呼んでいる。

小団次は、長い修業時代に、ト書きチョボを利用する表現技法を自家薬籠中のものとしていた。三味線の音による刺激を介して、役者及び見物の感情を、それが如何(いか)に昂揚させ得るか、「世話場一点に愁歎を演ずる」のに、それが如何に有効な手段であるかを、彼は知悉(ちしつ)していたのだ。そして、『都鳥廓白浪』の主役忍(しのぶ)の惣太は、当吾同様に地芸の力を必要とする、「世話場一点に愁歎を演ず」べき役だったのである。

小団次の注文の出し方は、いささか皮肉であったかも知れぬ。いや、意地悪でさえあったかも知れぬ。しかし、小団次は、四歳年下の江戸の立作者の力倆を試そうとする気持からか、あるいは、今後の長い交際を予感して、自分の芸の行き方を悟らせようとの意図からか、新七を突き放し、新七に考える機会を与えたのであった。新七は、その期待に応えた。「よく直りましたこれなら私にも出来ませう」。小団次も胸襟(きようきん)を開いた。

宇田川文海はいう。「小団次丈は安政年度の演劇革新家トシテ評スルを許されん……河竹新七氏と新案に専ラ脚色(しくみ)するを依頼し其脚色に係る時は二氏共に相携て終夜考案に苦心すと聞ぬ」と。

新七と小団次との提携が軌道に乗るのは、大地震の余波が治まった安政三年（一八五六）、復興した市村座に新七が入り、名古屋・伊勢の旅芝居を打ち上げた小団次が、その市村座に腰を据えた七月以降のことである。以後、新七は小団次のために、「専ら新狂言を綴」(仮名垣魯文宛『書簡』——河竹繁俊著『黙阿弥の手紙日記報条など』所収)ったのであった。すなわち、

安政三年九月、『蔦紅葉宇都谷峠』
同　四年一月、『鼠小紋東君新形』
　　五月、『敵討噂古市』
　　七月、『網模様燈籠菊桐』
同　五年三月、『江戸桜清水清玄』
　　五月、『仮名手本硯高島』
　　十月、『小春宴三組杯觴』
同　六年二月、『小袖曾我薊色縫』
　　四月、『牡丹記念海老胴』
　　七月、『小幡怪異雨古沼』
　　九月、『日月星昼夜織分』

そして、翌七年正月に、『三人吉三廓初買』が演じられたのである。

『三人吉三』の成立

『三人吉三廓初買』において、黙阿弥は何を描こうとしたのか。次頁の語りを見てみよう。

　中央に大きく、「吉例曾我初夢」とある。江戸歌舞伎正月興行の「吉例」に従って、黙阿弥もまた、世界を『曾我』に求めた。だからといって、『曾我』とまともに取り組む気が、彼にあった訳ではない。『曾我』はすでに、素材としては余りにも使い古されてしまっていたし、むしろ、「対面」の場に趣向を凝らして見物をあっと言わせることが、『曾我』を扱う作者の腕だとされていたからである。彼は、その対面を、和尚吉三の見た夢物語りとすることによって、『曾我』の香りを残しながら、『八百屋お七』の世界を全面的に導入したのであった。

　八百屋の娘お七が、放火の罪で火刑に処せられたのは、天和三年（一六八三）三月二十九日。二十三年後の宝永三年（一七〇六）正月、吾妻三八がそれを脚色して『お七歌祭文』と題し、大坂嵐三右衛門座に上演して以来、その恋愛譚は、虚説実説多様に混淆して膨張し、黙阿弥が手掛けるころには、一つの有力な世界を形成していた。登場人物にしても、八百屋久兵衛夫婦、お七、下女杉、下人弥作、吉祥寺上人、弁長、小姓吉三郎、釜屋武兵衛という基本的な顔触れの外に、安森源次兵衛、快典、紅屋長兵衛、海老名軍蔵、衣装屋文蔵、長沼六郎、土左衛門伝吉、鷺の首太左衛門、若い者権七、判人狸の金八、それに、吉三郎の変種である悪者八丈小僧吉三とか、吉三郎と弁長とを合成した吉三道心弁長などの役々が、次々と生み出されているのである。黙阿弥は、それらの人物を巧みに利用して、

一冨士(いちふじ)を
契情(けいせい)の
山形(やまがた)に比(くらべ)
一重 九重(こゝのへが) 姉妹異見(きやうだいのいけん)
二羽鷹(にたか)を
辻君の
渾名(いめう)に效(なぞらへ)
一歳 十三(じふざが) 同胞馴初(きやうだいのなれそめ)
三茄子(さんなす)を
小林の
演語(せりふ)に准(よそへ)
一臈 別当(べつとうが) 兄弟対面(きやうだいのたいめん)

八百屋お七の名を仮ておじやう吉三が振袖容(すがた)
誰も娘と夕まぐれに手に入る金の一つゝみ
明て名乗れば弟の難義と白髪の土左衛門者(ざゝい)が
罪亡しの後生願ひに仏久兵衛が子ゆゑの迷ひ
それと悟つて丁子屋の亭主が情におしづ沾
寮へ忍んで相の山哀れぞつもる泡雪に

通客文里恩愛噺(つうかくぶんりがおんあいばなし)

吉例曾我初夢(きちれいそがのはつゆめ)　ハテめつらし　斎日三夜　地獄宴(ぢごくさかもり)の栄(さかへ)

小性吉三の名を忍ぶおぼう吉三が浪人姿
未(まだ)な巧みの朝ぼらけに落せし證詁(しやうこ)のふうじ文
明て言れぬ妹は犬の祟りに和尚吉三が
引導渡せし身替り首も釜屋武兵衛が訴人故
四鳥にかゝる四ッ辻の櫓の太鼓打よつて
覚期(かくご)を死出の鳥部山袂をしぼる春雨に

俠客伝吉因果譚(けふかくでんきちがいんぐはものがたり)

十(え)干(とも)庚(かのへに)小(こ)猿(ざるの)拾(に)遺(くはいめ)

『三人吉三』に存在の根拠を与えた。ちなみに、『三人吉三』は、『網模様燈籠菊桐』の「拾遺」として書かれているが、両者の関係は、お坊吉三とお杉の設定や、網打ち七五郎の死が和尚吉三や源次に及ぼした影響などにのみあるのではなく、何よりも、『お七』という共通の世界を与えられている点に認められるべきものであろう。『燈籠菊桐』には、お坊吉三やお杉の外に、海典という、質の悪い生臭坊主が登場する。その海典が、お七物の展開に期を画した浄瑠璃『潤色江戸紫』（為永太郎兵衛他作、延享元年四月豊竹座）で活躍する敵役、吉祥院の快典に繋がることを思えば、『燈籠菊桐』自体、『お七』の世界に支えられた作品であることが知られよう。言い換えれば、『燈籠菊桐』で芽生えた『お七』の世界を発展させたもの、それが『三人吉三』なのである。その意味で、『三人吉三』は、まさに『燈籠菊桐』の「拾遺」と呼ばれるに相応しい。

　しかしながら、黙阿弥が『お七』の世界に求めたものは、単に登場人物ばかりではなかった。『お七』の世界をふくらませて来た先行作に見られる趣向の数々もまた、彼の構想を助けた。お七・吉三の恋、下女杉の仲立ち、焼失した八百屋の再建に大金を投じ、それを枷にお七との結婚を迫る武兵衛、お七の放火など、紀海音作『八百やお七』以来の、諸人物の基本的な行動状況はいうまでもない。源次兵衛の切腹、武兵衛の卵酒、吉三郎の間の山の門付け、娘の捨て子、封じ文の紋、三匹獅子の小柄の喪失、武兵衛の訴人、お七と括り猿、宝の剣の盗難と百両でのその質入れ、雇われた非人の襲撃、庭における跣参りのお百度、吉原の遊女のもとに紙子姿で訪れる若殿、火の見櫓の半鐘ないし太鼓を打つお七、吉祥寺本堂の欄間にある天人の彫り物と入れ替るお七、二人の子供に目貫を片しずつ与える親、品川の飯盛り宿に抱えられるお杉、無住の吉祥院、証拠となる片しの草履、吉の字菱の蒔絵の印籠、斑犬を身代りに縄抜けする土左衛門……。海音の『八百やお七』を始め、その増補『八百やお七恋ざくら』、『潤色江戸紫』、菅専助他作『伊達娘恋緋鹿子』、福森久助作『其往昔恋江戸染』、後述の『敵討櫓太鼓』といったお七物を瞥見しただけでも、趣向の多種多様なること、瞠目に価すべきものがある。

もとより、これらのすべてが、お七物に固有の趣向だという訳ではない。むしろ、浄瑠璃や歌舞伎が、『お七』の世界に依拠して何事かを語り続けるために、限られたお七物の行動状況を拡散することによって新たに作り出したり、他の世界の作品から借用して組み込んだりした趣向が、その大部分を占めている。にもかかわらず、ちょうど新しく参加した登場人物が、いつしか『お七』の世界の正規の構成員として認知されて行くように、それらの趣向もまた、『お七』の世界を形造る共有財産として、いつとなく定着して行ったのである。

黙阿弥は、『お七』の世界を、その登場人物において、その趣向において、十二分に活用した。けれども、彼は、お七物の歴史にもう一つの変種を付け加えることを以て、能事終れりとはしなかった。黙阿弥は、『お七』の世界を解体するところから出発した。第一に、「八百屋お七の名を仮」り、「小性吉三の名を忍」びながら、『お七』の世界に欠くことのできぬ二人の主人公を表面から消してしまったこと、第二に、その当然の帰結として、『お七』の世界を成り立たせて来た根元の葛藤、つまり、お七・吉三の恋の葛藤を却けてしまったこと。

その端緒は、いうまでもなく、『燈籠菊桐』にあった。彼がそこに『お七』の世界を持ち込み、お坊吉三なる人物を点出して、品川島崎屋の女郎お杉と組み合せ、お七の名を、網打ちの七五郎や倅七之助に肩替りさせたとき、すでに、『三人吉三』における『お七』の解体は予測されていた。その意味でも、『三人吉三』は、まさに『燈籠菊桐』の「拾遺」なのである。

ところで默阿弥は、何を介して、『お七』の解体から『三人吉三』の成立にいたる、この一連の構想を得たのであろうか。思うにそれは、四世鶴屋南北作『敵討櫓太鼓』（文政四年五月、河原崎座上演）であった。

『敵討櫓太鼓』は、御堂前の仇討ちを扱った浄瑠璃『敵討御未刻太鼓』に、お七と白木屋お駒の筋を併せた作品である。そこに、尾花吉三郎という人物が登場する。剣術の達人尾花六郎右衛門の長男で、十三年以前、同家中の武士の倅に手傷を負わせ、屋敷を追放された。諸国を流浪する内、八丈小僧吉三と異名を取る悪党となり、弟藤助の許嫁八百屋の娘お七を騙し、我が物にしようとするが、そのお七こそ、かつて小湊参りの船中、闇の中で契った娘。その後、吉三郎は、海老名軍蔵と嶋川太平に討たれた父の菩提を弔うために出家して吉三道心となり、敵の跡を追う。

　江戸に吉三道心という発心者がいて六地蔵を建立したとか、お七の恋の相手は円乗寺の懸り人山田左兵衛であったとか、吉三郎とは、吉祥寺の門番の子で、身持ちが悪く、火事場泥棒を働くためにお七を唆して放火させた男だなどという話が、巷にはすでにあった。あるいは、南北が漸く立作者の地位を確立した文化六年（一八〇九）三月、中村座で演じられた『八百屋お七物語』は、南北に先駆けて、悪の装いを吉三郎に与えていた。すなわち、「吉三を悪にし、前髪左平といふ悪者の親方なり。吉祥寺の和尚になり、お七をかたり連行所を、釜屋武兵衛（男女蔵）に見顕され、シラのかたり悪党になり大丈夫の仕打……仙女は、吉原の勤上りにてお杉といふお七が兄嫁。助高屋は八百屋久兵衛悴にて、通り者と成。神田与吉が折悪い眼病、これを直さんとて、仙女、男女蔵兄弟にて神田明神へ願望。上るりの幕にては小性吉三郎にて（歌右衛門）若衆紫ちりめんの振袖羽折、路考お七の小娘こしらへ、三十郎チヨボクレ」（『戯場談話』――伊原敏郎著『歌舞伎年表・第五巻』所収）というのである。しかし、

「吉三郎を悪に仕組たるゆへお七の狂言のやうにおもはれす」（『役者新綿船・下、中村歌右衛門評』）との理由から、この作品は不評を買い、早々に上演を中止しなければならなかった。『お七』の解体は、まだ世に容れられなかったのである。爾後十余年、南北は、諸種の巷説や先行作を介して『お七』の解体を進めた。伝統的な恋男吉三像は崩壊し、色悪（いろあく）の八丈小僧吉三や吉三道心として蘇る。吉三像だけではない。かつての八百屋の下女お杉は、品川釜鳴屋の抱え女、鉄灸お杉に変じ、土左衛門伝吉は、三吉爺い土左衛門となって、斑犬を身代りに縄抜けし、お七を唆して櫓の太鼓を打たせる。

　四世鶴屋南北は、黙阿弥の師五世南北の義理の祖父に当たる。その大南北が試みた解体作業をさらに徹底させながら、黙阿弥は、全く異質なお七物を構想した。お七・吉三の恋は、お坊吉三とお杉（吉野）、文里と一重、そして、何よりも、おとせと十三郎のそれに変質する。吉三郎は、『櫓太鼓』においてすでに八丈小僧吉三と吉三道心とに分解されつつあったが、黙阿弥はそれを推し進め、前者からお坊吉三を、後者から和尚吉三をそれぞれ独立させるとともに、一座の立女方三世岩井粂三郎の芸風を生かして、「八百屋お七の名を仮」りた女装の若衆お嬢吉三を作り上げた。吉三を三人にするという着想は、恐らく、安政七年の干支（えと）＝庚申の〈三猿〉に得たものと思われる。

因果物語

『お七』の世界に倚（よ）り掛かりながら、黙阿弥は、その世界を成り立たせて来た根元の葛藤を捨て去って、そこに、新しい葛藤を導入した。「侠客伝吉因果譚」というのがそれである。

伝吉　可哀や奥の二人は、知らずにゐるが双子の兄妹。産まれたその時世間をはばかり、女の餓鬼は末始終、金にしようと内へ残し、藁の上から片瀬へ捨てた、男の餓鬼があの十三。巡り巡つて兄妹同士、枕を交はし畜生の、交はりなすも己が因果。しかも十年跡の事、以前勤めた縁により、海老名軍蔵さまに頼まれ、安森源次兵衛が屋敷へ忍び、頼朝公から預かりの、庚申丸の短刀を、盗んで出たる塀の外、ほえ付く犬に仕方なく、その短刀でぶつ放したが、はづみにそれて短刀を、川へ落として南無三宝。その夜は逃げて明くる日に、素知らぬ振りでいつてみりやァ、切つたはめいたの孕み犬。つひに短刀の行方も知れず。考へてみりや一飯でも、もらふ恩を忘れずに、門戸を守る犬の役、殺した己は大きな殺生。その時嚊ァがはらんでゐて、産まれた餓鬼は斑のやうに、体中に痣のあるので、初めて知つた犬の報い。一部始終を女房に、話すとすぐに血が上がり、産まれた餓鬼を引つ抱へ、川へ飛び込み非業な最期。それから悪心発起して、罪滅ぼしに川端へ、流れ着いたる土左衛門を、引き上げちやァ葬るので、綽名になつた土左衛門伝吉。今ぢやァ仏になつたゆゑ、死ぬる命を助けたる、十三が双子にまたぞろや、犬の報いに畜生道。悪い事はできねへと、思ふところへ吉三が来て、己へ土産の百両は、なくてならねへ金なれど、手に取られぬはだん／＼と、この身に報ふこれまでの、積もる悪事の締め高に、算用される閻魔の帳合ひ。ハテ、恐ろしい事だなァ。

すべては、ここから始まる。しかし、伝吉の因果が、最も端的な形で現れたのは、おとせ・十三郎の生涯、殊に、その恋の経緯においてであった。そして、『お七』の葛藤に代えるに「侠客伝吉因果譚」を以てした黙阿弥は、おとせ・十三郎の恋を、お七・吉三郎のそれに対置した。

黙阿弥は、三様の恋を描く。一つは、『燈籠菊桐』と『三人吉三』とを繋ぐ戯曲構造上の媒体として、重要な役割を果たす、お坊吉三と吉野の恋。そこには、半ば惰性的な結び付きでありながら、互いに他を必要として生きている男女の、熟した関係が示される。

文里と一重の恋は、近松門左衛門の『心中天の網島』で問われた、妻子ある男の遊女狂いというモチーフを踏襲している。そして、かつて、『天の網島』のおさんや治兵衛がそうであったように、ここでもまた、貞淑な女房おしづの自己犠牲の苦しみや、板挟みになった文里の悩みが、雪中の場面を中心に、鮮やかに描き出される。けれども、縺れた男女関係の中で、三人がそれぞれ、愛に、義理に苦悩する心の葛藤自体は、『三人吉三』の扱うところではない。それよりも、一重の死と梅吉の出生という、人の世の厳かな悲しみと喜びの前に、世俗的な愛の葛藤はその展開を拒絶され、「通客文里恩愛噺」へと、すべてが収斂されて行くのである。

この二組の、余りにも熟れ過ぎた大人の恋に対して、おとせ・十三郎の恋は、清純と無謀とが交錯して燃焼する若者の恋。それは、お七・吉三郎の恋を肩代りするに相応しい。だが、両者の恋は、行動に対する意志のかかわり方において、本質的に異なっていた。

お七・吉三郎の恋は、偶然のもたらした恋であった。火事に住居を失い、寺に寄寓するという偶然。しかし、二人は、その偶然を契機として芽生えた恋を、強い意志の力によって、世間の義理や周囲の妨害に抗しながら育んで行った。そして、その妨害が決定的なものとなったとき、お七は、「あい思ふ。なかをおのれにひきさかれた我がつまもどせよびもどせ。さなくば寺へつれてゆけ出家おとしていきながら。火へはまつても大事ない」（紀海音作『八百やお七』）と絶叫し、「あいたい見たいゆきたい」の一心から、「家がやけたら寺へゆき。又あふ事のあろふかと」、放火の大罪を犯すのである。その行為は、当然、火刑という厳罰によって償われなければならない。

「世間のおきてはおつとをば大事〳〵とおしゆれど。顔も心もにくてなる武兵衛にそふはせかいのぎり。あかるゝやうに身を持なしや。何時さつておこす共忝と請取て。其時こそは打はれてすいたお人にそはせてやろ。おやのなんぎに暫のつとめをすると思ふなら。吉三殿の目のまへでおびひもといてねるとても。いたづらとはおもやるまい」と母親の説くような、現実的な解決策がなかった訳ではない。けれども、お七には、恋をそのように相対化したり、現実を運命として甘受することはできなかった。お七にとって、吉三郎との恋は絶対であった。だからこそ、「かたちもみだれきも乱みだれ心の。あどなくも家がやけたら寺へゆき。又あふ事のあろふかと。ふつとついたるでき心」で放火する。にもかかわらず、火刑台に上ったお七は、吉三郎に対し、「我心からなすわざを少シもくやむ事ならず。あふてしぬれば今ははや。心にかゝる事はなし」と、「いさぎよき。詞」を残して死に就く。放火は、自分自身の意志による行為であり、その責任を取るのは当然だと自覚して、悔いるところがない。

　お七だけではない。恋が、相互の意志によって成立するものである限り、吉三郎にとっても、それは人間としての主体的で意志的な行為でなければならぬ。お七の放火は、単に、お七自身の「心からなすわざ」に止まるものではなく、それはまた、吉三郎の「心からなすわざ」でもあった。恋は、性を異にする二人の人間を主語として措定するが、しかし、その主語が取る動詞は、主観的には、常に単数形なのである。二人の行為は相関的、互換的、かつ、一体的であり、従って、覚悟の白装束で刑場に駆け付けた吉三郎は、「とがのおこりの本人は私にてござ候。急でかれをお助ヶなされ我等をおしをき下されよ」と、刑執行の役人に要求、それが容れられぬとなると、「めいどの道づれに我先たつて待べしと。腹一文じにかき切て」、死出の旅を、お七と共にするのであった。

お七・吉三郎の、このような恋に比べて、おとせ・十三郎のそれは、いかにも頼りなげである。だが、その原因は、両者の情熱の程度や表現形態の如何にあるのではない。問題は、出会いから死にいたる行為の展開に、二人の男女の意志が、どうかかわっているのかという点にある。

お七・吉三郎の出会いがそうであったように、おとせ・十三郎の出会いもまた、偶然の出来事であったと見られなくもない。暗い柳原の土手をたまたま通りかかった一人の若者が、一人の夜鷹に袖を引かれて行きずりの性を享受するという状況は、確かに、偶然の所産と看做すべきものかも知れぬ。けれども、その若者が外ならぬ十三郎であり、その夜鷹が外ならぬおとせであったのは、果たして、偶然の然らしむるところであったのだろうか。

とせ　それではどうも、私の心が。

ト、十三郎の手を取り、惚れたる思入にて、じつと顔を見詰める。十三郎も、おとせの顔を見て、うつとり思入。この時、薄どろのやうな波の音になり、両人とも、しどけなくなるこなしあつて、おとせのとらへた手を、だん〳〵懐の内へ入れる。

互いの内に潜在していた因果の種子が、俄かに芽を吹いて生長し、二人を否応なく結び付けてしまう。そのような有様が、ここには見事に描き出されている。出会いは、偶然によってもたらされたのではなかったのだ。

偶然の機会を受け止め、それを相互の意志によって発展させた、お七・吉三郎の恋。それに対して、おとせ・十三郎の恋は、そもそもの始まりから、因果の理という絶対的な合則性に支配され、操られていた。当事者の意識がどうあろうと、行動に対する意志の有効性を、それは拒否する。

薄幸な二人の生は、彼らが双子として受胎され、双子として生誕したことに始まる。伝吉はいう。

「可哀や奥の二人は、知らずにゐるが双子の兄妹。産まれたその時世間をはばかり、女の餓鬼は末始終、金にしようと内へ残し、藁の上から片瀬へ捨てた、男の餓鬼があの十三。巡り巡つて兄妹同士、枕を交はし畜生の、交はりなすも己が因果」と。

「末始終、金に」なる「女の餓鬼」はともかくも、「男の餓鬼」つまり十三郎は、「世間をはばか」って、捨てられた。世間への憚りとは、要するに、双子に関する禁忌を意味している。双子を産んだこと自体が、人間にあるまじき忌むべき所業であり、また、双子として生まれた子供は、人間でありながら畜生の子という烙印を捺され、一生逃れられぬ忌むべき運命を背負った存在なのだと、当時、人々は信じていた。しかも、おとせと十三郎は、双子の中でも最も忌わしいものとされた男女の双子である。彼らの行く手には、必ずや兄妹姦を犯すに違いない因果の道が待ち受けている。

二人の人生は、こうして始まった。十三郎は「藁の上から」捨てられ、おとせとの血縁を、人為的に否定された。

おとせは、身をひさぐ夜鷹になった。この設定は重要である。夜鷹は虚飾なき性そのもの、往来という、まさに万人に開放された場における行きずりの性そのものであって、十三郎が男である限り、性を介しておとせと邂逅する可能性が、十全に開かれるからである。果たして、因果の理がその可能性を現実化し、人為的に否定された血縁を回復させるとともに、行きずりの性を、永遠の、悪趣の性に変えることになる。

人為は、因果の理の前に、為す術もない。その上、おとせとの出会いが原因で主人の金を失い、死のうとする十三郎を救うのが、父伝吉その人なのだ。しかも、十三郎は、外ならぬその伝吉の家に匿われることによって、おとせとの情交をひたすら深めるのである。

伝吉は、二人の性の交わりを阻もうとはしない。それどころか、彼は、何も知らぬ二人に、同衾を慫慂しさえする。どうせ因果の理に操られている以上、いくら自分が阻んでも、それは避けられない成り行きであり、むしろ、この世での清らかな愛を成就させることが、二人に対するせめてもの罪滅ぼしだと考えたためであろう。因果の理に支配される人間の無力を、彼は知悉していたのである。「巡り巡つて兄妹同士、枕を交はし畜生の、交はりなすも己が因果」。それは伝吉の因果であると同時に、おとせ・十三郎の因果でもある。そして、その因果の理の導くがままに、やがて彼らは死ぬ。兄、和尚吉三の手に掛かって。

自分たちの行為を捉えて放さぬ因果の理の力を、二人は知らない。仮に知っていたとしても、彼らには、それに刃向うべき剣はない。いや、知れば知るほど、彼らの苦悩は増すばかりであろう。抗いようもない因果の理を知って、踠き苦しんで死んで行くのと、何も知らず、「命を捨てるのも親の為」と、たとい偽りではあっても死の目的を与えられ、極楽行を夢想しつつ死んで行くのと、どちらが仕合せであろうか。黙阿弥は、後者を是とした。

「我心からなすわざ」——人間の意志が行為を決定する『お七』の世界を背景に、黙阿弥は、それとは正反対の、因果の理に操られるおとせ・十三郎の恋を描く。そうすることによって、彼は観客に、強烈な意志の力に導かれて展開するかに見えるお七・吉三郎の恋さえも、実は、因果の理の敷設した軌道を、それと知らずに辿ることでしかなかったのではないかという感慨を抱かせ、かつ、人間は、因果の理の存在を知ってはいても、その作用の仕方については常に無知の状態に置かれており、結局は、個々の生を、喜怒哀楽の情に包まれながら、主観的に生きて行く外はないのだという認識を喚起する。

　伝吉の因果は、しかしながら、おとせ・十三郎の生涯を律するに止まらぬ。彼が奪った庚申丸の代金百両の行方を巡って、伝吉自身はもとより、血を分けた和尚吉三もまた、その禍を免れることができない。

　百両の金が、十三郎からおとせ、さらに、お嬢吉三へと渡り、それをきっかけに、互いに噂でしか知らなかった三人の吉三が、血盃を交わして義兄弟の約を結ぶ。和尚吉三は、その盟主として立つ。けれども、「親仁の因果に発起し」た彼は、悪事を「ふっつり思ひ切り、元の坊主へ立ち返つて、この世で悪をする時は、死んで地獄の苦艱（くげん）を受けると、仏の教へを人に見せ、善を勧むる罪滅ぼし」の、地獄変相図の絵解きの道に入った。だが、「末は三人つながれて、意馬心猿の馬の上」と誓い合った、悪党仲間の義理を捨ててまで飛び込んだ善の道を貫くことが、彼には許されない。百両の金の算段に伝吉が苦しんでいると聞き、その難儀を救うために、「金ゆゑ鬼にならにやァならねへ」と、「元の悪に返つて」行かざるを得ないからである。にもかかわらず、百両の金を、彼は作ることができなかった。百両の金が彼の手に入ったのは、伝吉を殺したお坊吉三のお蔭である。

　悪への復帰は、同時に、血盟の回復を意味していた。伝吉＝父親を殺したお坊吉三の行為を、彼は咎めようとはしない。おとせから百両を奪ったお嬢吉三の行為に対しても、事は同様である。それどころか、彼は逆に伝吉の非を指摘して、二人の行為を容認しさえする。「お嬢吉三が妹（いもうと）から、盗んだ金は三人が、出会つた時に己（おれ）にくれ、思ひ掛けねへ金ゆゑに、親父へ貢ぎに持つていつたを、その時十三が主人方へ、戻せば事の納まるに、そでねへ金は受けねへと、突き戻したは親仁が誤り。さすればお嬢に科はねへ。お坊吉三も己が親父を、高麗寺前で殺したは、すなはち親の敵うち。子細は十年以前の事。お坊が屋敷へ忍び入り、庚申丸を盗みし盗賊。その落ち度にて親御は切腹。取りも直さず親御は敵、非業な最期も悪事の報い。二人に恨みは少しもねへ」。親子兄弟の関係よりも、義兄弟の間柄を重んじたがゆえの発言であろうが、それにも増して、彼の心は、伝吉を通じて顕現された因果の理の、抗し難い力に対する絶望と諦念に支配されていたのである。そして、その絶望と諦念こそ、実の弟妹の命を断つ、彼のエネルギーの源泉でもあったのだ。彼はいう。「今日が日までも知らざれど、いつかは知れる犬の思ひ。その時こそは二人とも、いかなる因果と泣き明かし、果ては死ぬより外はねへ。その悲しさはどのやうと、思ひ過ごしに親のため、命をくれといつはつて、情なれども現在の、我が兄弟を殺すまで、己が心の苦しさを、推量してくれこれ二人」と。

「思へばかかる因果な縁も、これみな親父が悪事の報い」であった。おとせ・十三郎を殺して二人の身代りにするという行為には、確かに、和尚吉三の、人間としての意志が働いているかのように思われる。しかし、その意志ともいうべきものは、畢竟、因果の理に対する直観的認識の問題に外ならない。善の道を歩もうとする志が挫折したとき、すでに、「どうで来世は親子とも、この掛け物の地獄の苦しみ」と、自己の人生を律する因果の理の、超越的な力を直観していた和尚吉三である。父親が蒔いて実らせた因果の穂を、最後に刈り取るという「因果の縁」。「己が心の苦しさ」とは、まさに、因果の理を見定めた者のみが覚える、人間的苦悩の表白でなければならなかった。

　妻は自殺し、子供たちは不幸の中に叩き込まれる。逆にいえば、妻には死なれ、双子の子の情交を目の当たりにしながら止めることもならず、金を貢ごうとする長男の志を拒否せざるを得ない。「それから金の才覚に、朝から晩まで爺さまは、処々方々へゆかしやんすれど、なにをいふにも百両ゆゑ、容易な事で手に入らず、苦労苦艱の甲斐もなく、高麗寺前でむごたらしう、人に殺され非業な御最期」。因は伝吉にあり、果は身内の者に及びつつ、伝吉の生涯を責め苛む。

ちなみに、伝吉を演じた三世関三十郎は実悪・敵役の巧者。文化二年（一八〇五）、振付師三世藤間勘兵衛の子に生まれ、七世市川団十郎に師事。初名、市川団吉。前名、市川伊達十郎、五世市川八百蔵。天保十一年（一八四〇）、名人関三の跡を継いで三世を襲名。明治三年（一八七〇）没。花に乏しく、俗受けはしなかったが、たとえば、『小袖曾我薊色縫』の大寺庄兵衛を勤めたとき、主役の清心を演じていた小団次が、「どうしても私より一枚上の盗人だ」（大橋新太郎編『相撲と芝居』）と称えたほどの実力者であった。

因果の理

坪内逍遙はいう。「彼の『三人吉三』は不評不入なりしにも係らず、作者黙阿弥は其のいまは迄も私かに其の最愛児となし、其の謙遜なる口頭にも間々ほのかに誇るが如き気味ありしは、畢竟最も苦心して作りし作なればならん。『三人吉三』は黙阿弥が作中にて所謂因果ばなしとしては最も複雑を極め、また最も巧緻を尽したるもの也」（『文芸と教育』）と。

『三人吉三』が不入りだったのは、若手の花形、初世中村福助が出演する中村・守田両座に、客足を奪われたからである。「此福助大そうな人気にて始終両座大入、福助の為に小団次不入なり」（『著作大概』――『井浦芳信博士華甲記念論文集 芸能と文学』所収）と、黙阿弥は記している。しかし、黙阿弥自身は、それを会心の作としていた。逍遥の指摘する通り、因果話としての結構に自ら満足し、かつ、誇るところがあったからであろう。

それにしても、なぜ黙阿弥は、『三人吉三』を因果話として構想したのだろうか。そもそも、因果話とは如何なるものか。逍遥は言葉を続ける。「所謂因果とは徳川期の小説、脚本に具通せる一種の観念にて、其の源は小乗仏教に所謂三世因果の説に出でたり、泰西に謂ふフェタリズム（宿命説）と其の径行も結果も似たれど、全く其の因縁を殊にせるもの也。例へば、前世の業因が後の世に応報して罪無き子孫が無慚なる死を遂ぐるが如き、更に例を挙げていへば、親の為しゝ悪業が罪なき其の子等に報いて不思議の災難を蒙むるが如き、若しくは先の世の業尽きずして再び現世に生れいで殆ど前世同様の苦患を経験するがごとき、又は怨霊の祟りにて当の悪人のみか罪なき其の妻子までが非業の最期を遂ぐるが如き、其の筋立及び主動者の種類は様々なれど、一種超自然の因果ありて此の人間界を支配すといふ観念を基本となし、専ら之れに因りて筋を立つるもの、之れを総名して因果物語風といふも不可なかるべし」。

「一種超自然の因果ありて此の人間界を支配す」。黙阿弥は、その因果にこだわった。何故か。目にし耳に聞く世の中の秩序の崩壊が、因をなしていたのだといい得よう。

実際、天保・弘化・嘉永・安政と、僅か三十年ばかりの間に、天災に、人災に、自然の秩序は大きく揺れ動き、生活の秩序は乱れ、生命の秩序の破壊＝非業の死が相次ぐ。大飢饉、大火、地震、洪水、コレラ禍、大塩の乱、天保の改革、異国船の来航、安政の大獄……。殊に、安政二年（一八五五）の江戸の大地震は、「武家町屋寺院等に到る迄、家の全きは甚だ少し。倉庫は悉く壁落ちて、これに触れて死にたる者多し。火災ある所の倉庫は悉く焼けて、家財雑具は更なり。重代の名器珍宝亡び失せたるもの数をしらず……市中の呈状には変死男女四千二百九十三人、怪我人二千七百五十九人とあり。寺院に葬ひし人数は、武家浪人僧尼神職町人百姓合はせて、六千六百四十一人と聞けり」（斎藤月岑著、金子光晴校訂『増訂武江年表2』）という惨状を呈し、また、同五年に始まり、翌々年にまで及んだコレラの流行に際しては、「棺を售ふものわけて高価を貪り、昼夜を分たずして造れども出来あへず、後には普通の桶を作るもの、又は木匠を傭ひてこれを造らしむ……寺院も葬儀にかかりて片時の暇なし……三昧の寺院は混雑いふべからず、棺を積む事山の如く、故に止む事を得ずして数旬の後を約し置き、或ひは価を増して次第に荼毘の煙とはなしぬ。其のあたりの臭気、鼻を襲ふてたえがたかりし。此の頃街を徘徊するに、郊送の群に逢ふ事さらにたえず。日本橋、永代橋、両国橋或ひは浅草、下谷、谷中、三田、四谷、其の外寺院の多き所にては、陸続して引きもきらず、日本橋畔にはこれを見る事百に余れる日もありしとぞ」という、目を覆いたくなるような光景が展開された。

人間は、日常の秩序を生活の拠り所として生きている。生命の秩序、個人の秩序、家庭の秩序、所属集団の秩序、社会の秩序、そして、自然の秩序。それらの秩序は、歴史的・地域的に成立し、恒常的なものと観念され、それらの秩序への適応が、生活の実態を形作る。

幕末のさまざまな災禍は、それら日常的秩序のすべてを、根底から打ち砕いた。人々は生活の拠り所を失うとともに、この世からなる地獄の現れるのを見た。

黙阿弥は、いずれの災禍をも、幸いにして免れることを得たが、大地震の翌日には、「一面の惨憺たる光景を見て、『おれも茲までは漕ぎつけたが、厄年には向ふし財産震ひをするのか』と落胆せざるを得なかつた」（『増訂改版河竹黙阿弥』）という。だが、彼の心中を去来したものは、果たして、「落胆」だけであったのだろうか。

「此仁平生友人とともに遊里におもむくことありとも酒席にのみはつらなれども鴛鴦のふすまをともにせず女色におぼれぬさが」(仮名垣魯文・山々亭有人合輯『粋興奇人伝』)と評され、酒も煙草も嗜まず、人とは「近く交りて遠く退き」(『悪摺り羅漢像・詞書』――『増訂改版河竹默阿弥』所収)、常に醒めた眼を持ち続けた默阿弥である。

日常の秩序を引き裂いて、この世の只中に地獄変相が現れたとき、彼の醒めた眼には、秩序に生じた巨大な亀裂の奥深くに潜む、恐るべき超越的な力＝因果の理の働きが映じた。そして、默阿弥は、定則性を以て現世の秩序を支配するその存在に、強く心を動かされたのであった。伝えるところによれば、信心に凝ることのなかった默阿弥ではあったが、「唯々因果応報の理だけは、堅く信じそれを以て処世の方便、信条としてゐたらしい」(『増訂改版河竹默阿弥』)。そのような彼の信念も、地獄変相を凝視して得た、因果の理に対する認識に根差していたものと思われる。

だが、默阿弥は単なる因果論者ではなかった。因果の理に対する認識は、決して、「処世の方便、信条」に止まりはしなかった。默阿弥において、因果応報の信念は同時に世界観であり、世界観は同時に演劇観でなければならない。因果の理に対する認識は、従って、歌舞伎における劇的なるものの意味を根本から問い直し、その劇としての構造に疑問を投げ掛ける、重要な契機を含み込んでいた。

先に私は、『お七』の世界の解体について触れた。しかしながら、默阿弥が解体したものは、単に『お七』の世界だけではなかった。歌舞伎の劇的な構造もまた、それとともに解体されなければならなかった。

「芝居の宝もの」という小咄がある。「ついに芝居を見ぬ田舎者初めてかぶき芝居を見て宿へ帰れば宿の亭主なんとおもしろござりましたかと問ばいやはや今日は散〳〵の事でござつた先芝居へはいると其まゝ役者仲間に何とやらいふ宝物が見へぬと云て一日が間まぜかへして肝心の狂言は見ずにもどり申シたといふた」（探華亭羅山著『落噺軽口浮瓢箪・巻之二』）。

宝物とは、本来、集団を統率する祭祀権の象徴であり、集団の安寧秩序を守る祭りのための呪具である。古代社会にあって、呪的な効力を期待されていたその宝物を、歌舞伎は、劇的世界の秩序の象徴とするとともに、一種の狂言回しの役割をそれに与え、その紛失をめぐってさまざまな葛藤が展開されるという構造を作り出した。この小咄は、そのような歌舞伎の劇的な構造を、実際の事件と取り違えた、野暮な田舎者の姿を嗤（わら）っているのである。

もし黙阿弥がその構造に頼るとすれば、『三人吉三』には、利用し得る格好の宝物が用意されていた。庚申丸である。しかし、庚申丸をめぐる事件は、その大半が、開幕前にすでに終了しているのであって、開幕後は、それを携帯しているものと誤解して、弥作が海老名を斬殺すること、海老名に貸した百両の代わりにと、それを与九兵衛から太郎右衛門が取り上げること、その太郎右衛門から、お嬢吉三がそれを奪うこと、お嬢吉三が、「向後悪事は思ひ切る、証拠」にと、それを和尚吉三に差し出したのが切っ掛けで、お坊吉三がそれを持って吉祥院を抜け出し、捕手と戦うことの四点を除けば、事件は何一つ起らない。単に宝物の果たす役割という点だけから見れば、庚申丸よりはむしろ百両の金の方が、それに近い条件を与えられているとさえいい得よう。

ところで、宝物が葛藤の展開の媒体として用いられる場合、通常、その宝物の喪失に絡んで、劇の全体像にかかわる敵役が設定され、かつ、活躍する。お七物を例にとってみても、たとえば、『潤色江戸紫』では、松竹梅の一軸と雪の下の袱紗（ふくさ）という重宝をめぐって、稲垣平太、快典、万屋武兵衛、油屋太左衛門が、また、『伊達娘恋緋鹿子（だてむすめこいのひがのこ）』では、天国の剣をめぐって、星塚軍右衛門、万屋武兵衛、油屋太左衛門が、それぞれ敵役として設定され、終始、善人を苦しめる。『三人吉三』は、このような常識を明らかに逸脱している。庚申丸窃盗の首謀者海老名軍蔵、偽せ首を訴人する釜屋武兵衛、それに、端敵の研師与九兵衛、鷺の首の太郎右衛門以外、そこには敵役が存在しないのだ。しかも、海老名は簡単に舞台から姿を消し、武兵衛は一重に振られた上、お坊吉三にあっさりと金を巻き上げられ、余計な訴人をして、敢無(あえな)く和尚吉三に殺される為体(ていたらく)。与九兵衛は十三郎の闇討ちに失敗し、太郎右衛門は手もなくお嬢吉三に庚申丸を奪われ、二人しておしづを苛めてみても、与吉に、さんざん馬鹿にされる。要するに、部分を彩る敵役はあっても、劇の全体にかかわり、葛藤の原動力となるような力を持つ敵役は、一人として登場しないのである。この事実は、庚申丸の扱いに対応している。言い換えれば、宝物を介し、敵役を挺子(てこ)として『三人吉三』を作る気が、黙阿弥にはなかったのである。それでは、百両の金はどうなるのか。

庚申丸の売買によって動き始める百両の金は、次から次へと人手に渡り、同時に、諸人物を事件の渦中に巻き込んで行く。その意味で、確かにそれは、宝物にも似た役割を果たしている。しかし、庚申丸にさえ宝物としての役割を与えなかった黙阿弥が、まして、百両の金を宝物代りに使うはずがない。何物かが宝物として規定されるためには、それが呪力を持ち、かつ、天下唯一の器物であるという、絶対的な存在条件を具えていなければならないのであって、いかに貴重な財(たから)であるにせよ、百両の金は、そのような条件を完全に欠如しているからである。となると、百両の金に課せられた役割とは、一体、どのようなものであったのだろうか。ここで改めて、『三人吉三』の構造を、庚申丸と金の動きに即して整理しておこう（次頁参照）。

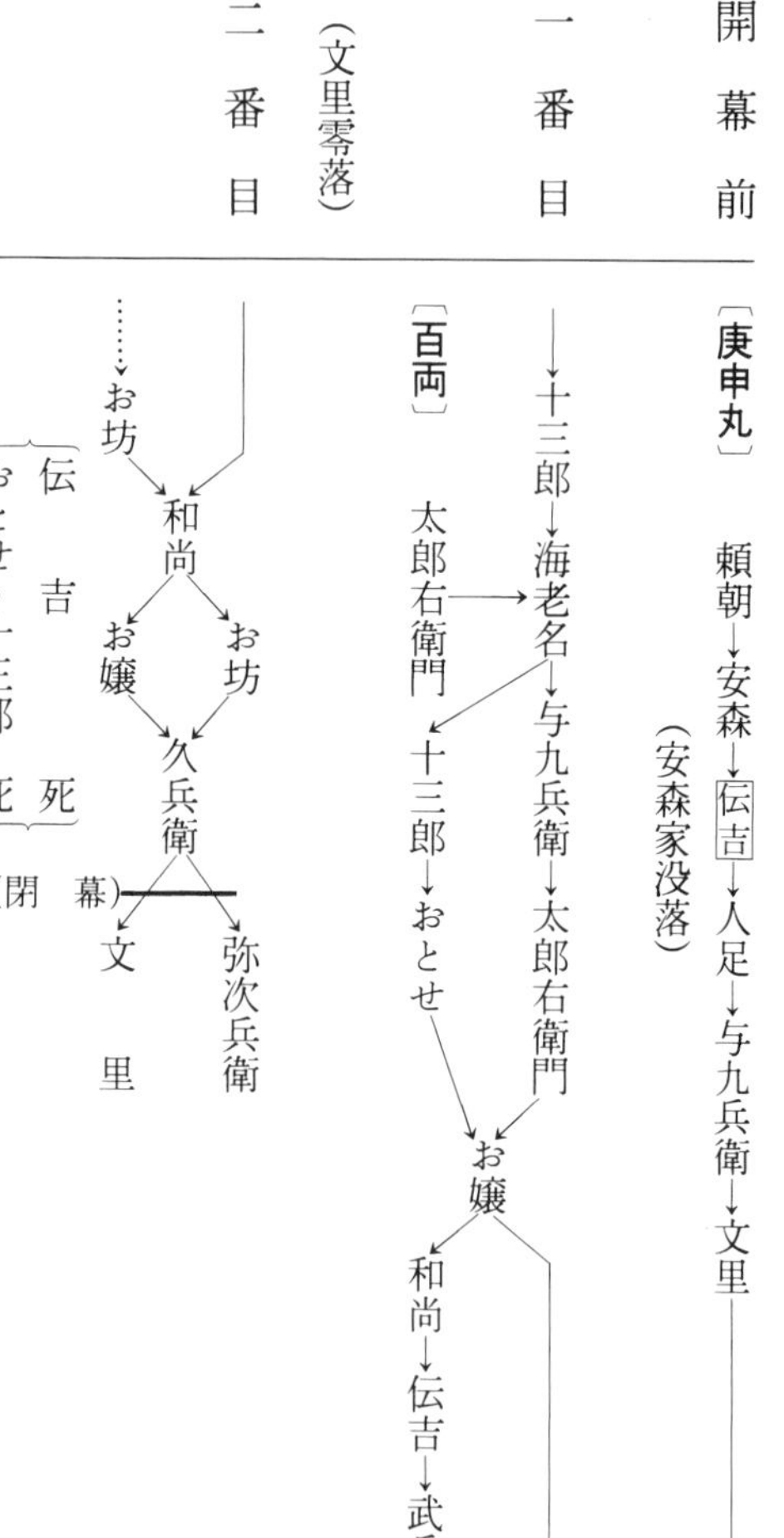

＊一番目から二番目にかけて、一時、金の動きの持つ意味が変化する。というのも、武兵衛からお坊吉三に移る金は、一重が文里に貢ぐはずの金であって、十三郎が文里に返済すべき金ではないからである。ただし、お坊吉三は、「落とせし金の償ひに、死んだ二人へ己が香奠」といって、それを和尚吉三に渡す。その時点で、動きの意味は修正され、元に戻る。

誰の目にも明らかなことは、百両の金の動きが、自殺未遂や強盗、兄妹姦、殺人などの陰惨な葛藤を惹き起すということ、そして、因果の理が、それらの葛藤の一つ一つに顕現し、ついには、伝吉ないし伝吉一家の生の秩序を破滅に導くということである。換言すれば、金の動きが、そのまま、伝吉を中心とする因果の連鎖を形作るということである。

ところで、因果の理に責め苛まれる伝吉こそ、歌舞伎の伝統的な構造からすれば、手強い敵役として設定されるべき人物ではなかったか。海老名に頼まれて庚申丸を盗み出すという彼の行為は、安森家を没落させるのみならず、庚申丸を安森に預けた頼朝の治世そのものに罅（ひび）を入れるべき、秩序への重大な侵犯を意味していたはずだからだ。しかし、黙阿弥は、そうは書かなかった。伝吉は、「悪心発起して、罪滅ぼしに川端へ、流れ着いたる土左衛門を、引き上げちやァ葬る……仏になつた」信心者として設定された。それだけではない。その設定とともに、久しきに亙って歌舞伎の葛藤を支えて来た善悪の対立という図式もまた、舞台から姿を消した。その結果、庚申丸の担うべき劇的な役割は無化され、秩序の侵犯を緒として設計される歌舞伎の構造自体、解体されるにいたったのである。

伝吉は信心者であった。けれども、彼は、『東海道四谷怪談』の仏孫兵衛のような善人、あるいは、結構人ではない。いざとなれば数珠を切って、「切つたからにやァ以前の悪党」と尻をまくる人物なのである。いわば、善と悪との二重性を、伝吉は具えている。

「悪に強きは善にも強し」という諺を、黙阿弥は、せりふの中に用いることがあった。極悪人として名高い、『勧善懲悪覗機関（かんぜんちょうあくのぞきからくり）』の村井長庵でさえ、先非を悔いて悪事を白状し、裁きに当たった大館左馬之助をして、「性は善なるもの」といわしめている。絶対的な悪、絶対的な善の存在を、黙阿弥は信じない。因果の理の働きを見抜いた彼の醒めた眼は、また、善悪とは常に相対的、互換的な価値であり、人間とは、悪という負性を内包した善人でもあれば、善という正性を内包した悪人でもあることを認めた。悪党ではあっても敵役ではなく、肯定的形象とはいえないまでも否定的形象ではあり得ない人物＝伝吉が仮構されたのも、そのためである。

　伝吉は、善人として生き抜くことができない。発心の力が弱かったからでも、意志が薄弱だったからでもない。因果の理が、彼の信心を踏みにじったからである。

　彼は一念発起して信心の道に入った。肌身から数珠を離さぬ厚い信仰に支えられながら、積善の生活を送っていた。しかし、その信仰も、心の平静を保証してはくれなかった。投身自殺を助けるという善行が、皮肉にも、救いのない因果の理を顕在化させる結果となり、おとせ・十三郎の恋に、和尚吉三の身持ちに、つまり、血を分けた子供たちの姿に、彼は、自己の因果の影を直視しなければならなかった。彼は、その影に怯（おび）え続けた。それとともに、因果は、「主人の難儀養父の当惑、見てゐられぬが実の親」という、社会生活における義理・人情の枷（かせ）として実体化され、彼を二重に苦しめる。そして、その枷から解放されるために、彼は数珠を切って、封じ込めた悪の因子に再び身を委ね、命を失うのである。

　因果の理に苛まれて一生を送る伝吉。その因果の種を宿した、おとせ・十三郎、和尚吉三。彼らは正に因果物、行動する因果物に外ならないと、黙阿弥は考えた。

　因果物とは、かつて見世物の対象とされた、異形の者のこと。曰く。両手のない徳利子、両脚のない達磨男、一寸法師と呼ばれる矮人（わいじん）、身の丈七尺に余る大女、色素の薄い白子、二形（ふたなり）（半陰陽）、三面六手足の嬰児の死体……。

このような異形の者の世に生まれる原因を、当時、人々は奈辺に求めていたのか。延宝年中（一六七三〜八一）、大坂で見世物になった徳利子の出生について、西鶴は、こう記している。「此以前舟着の問屋に世間並にすぐれて銀払ひの悪き人有。大節季の夜に入さもいそがしき中にて。人の手代に銀八百目渡しけるに請取帳に名判をしるし其銀子を袋にいれずに帰る。跡にて亭主取隠し後日の沙汰にもいよ〳〵渡したといひきれば。此手代身のせつなさのあまりに湯玉のごとくなる泪を撒し。諸仏諸神をせいもんに入不念を詫言すれど中〳〵聞いれざれば。手代是非なく頼みし浄土寺にまいり親かたへのいひわけに。銀ゆへの自害刄はとらぬに極めて。世上よりいひ立次第に商売うすく成。内義幾人か平産せしに手のなき形をあらはせ。一とせ道頓堀にて見せ物にせし徳利子の万太良は其人の子にて世に恥をさらし。つゐには此家目前に絶たり」（『西鶴織留・巻一』）と。要するに、徳利子万太良は、問屋某の因果の子として生まれたというのである。見世物の口上にいう、「親の因果が子に報」うたのである。

異形の者は、すべて、因果のなせる業と看做されていた。それは、本来ならば、余りにも異常であるがゆえに、超越的な聖・超越的な瀆として、祭り上げ、祭り捨てられるべきもの、文字通り、闇から闇へと葬り去られるべき存在であった。しかし、それが、見世物の対象となって日常の世界に立ち現れるとき、それは人々に、非日常的な闇の世界を透視させ、隠された生の裏側を垣間見させる。栗本慎一郎がいみじくも指摘するように、見世物は、「日常性の文脈の意味転換の作用性を持ち、その作用性を仕掛けのバネとして都市の人々の心中に他界をイメージ・アップさせ、そのことによって人間存在の全体性を瞬時ながら回復させる意味を持つ」（『都市のグロテスク』—V・ターナー、山口昌男共編『見世物の人類学』）からである。

悪所という闇の空間に花を咲かせた歌舞伎には、もともと、そのような意味での見世物性があった。性と死を主題として劇を構想し、ある種のいかがわしさを伴いつつ、濡れ場や殺し場を展開したり、早替りなど、多様な変身の技法を駆使して、人生の諸側面を開示したばかりではない。そもそも、舞台の創造に携わる人々自体が、見世物との間に、断ち切り難い絆を保っていたのである。女方が軽業の技を競い、近松の名作『傾城壬生大念仏(けいせいみぶだいねんぶつ)』の大詰で、役者たちが、孔雀(くじゃく)や鳳凰(ほうおう)や金鶏鳥を操ってみせた、元禄歌舞伎の舞台を想起してみても良い。あるいは、四世鶴屋南北の怪談狂言において、闇の世界が常人の目に可視化され得た背景には、芝居者の、見世物精神とでもいうべき表現意識や、見世物に対する並々ならぬ関心があったことを見逃してはならない。現に、『四谷怪談』の提灯抜けを始め、さまざまな仕掛けの工夫によって南北を助けた大道具師、十一世長谷川勘兵衛は、『三国妖婦伝』や『漢土忠義水滸伝』などの、大掛かりな絡繰(からく)り見世物の細工人でもあった。また、鬘(かつら)の仕掛けに工夫を凝らし、勘兵衛同様、南北作品の上演に与(あずか)って力あった鬘師友九郎は、因果物の見世物に出資する金主でもあった。「この前年（文化二年）ごろ葺屋町河岸ニ、開茸と云もの前隠ニ出来たる女をみせ物とす、よき容儀之娘ニて、殊之外見物群集し、きん玉娘と呼べり、是は彼の友九郎金主にて利を得たり、後その女を妾となし、片輪を直さんと慾心にて、医を頼み療治して、それが為ニ女ハ死たり」（『きゝのまに〳〵』）と、喜多村筠庭は伝えている。

黙阿弥が、因果の理を「処世の方便、信条とし」、それを作の構想にまで反映させたとき、彼の因果観を支えたものは、三世両重の因果説よりも、むしろ、見世物の世界に実体として存在する因果物や、自分自身が身を置く芝居の世界に、絶えず流れてきた見世物精神ではなかったか。和尚吉三を、「この世で悪をする時は、死んで地獄の苦艱を受けると、仏の教へを人に見せ、善を勧むる罪滅ぼし」

の、地獄変相図の絵解き法師として設定した黙阿弥である。地獄の観念が変相図という形に具体化されたように、因果の理は、因果物として見世物に現れなければならなかった。黙阿弥は、その因果物の価値を因果者のそれに転換し、かつ、肉体の不具者を人生の不具者、因果の理を劇的に生きる行動者に転化した。伝吉が、和尚吉三が、おとせ・十三郎が、そこに出現したのである。

『三人吉三』の方法

一方に「俠客伝吉因果譚」があれば、他方に「通客文里恩愛嘶」がある。「色香も失せぬ梅暮里(うめぼり)の、谷峨(こくが)が作の二筋道、四方(よも)にその名や香るらん」と、黙阿弥が敬意を表したように、文里・一重の情話の粉本が、梅暮里谷峨の『傾城買二筋道』であることはいうまでもない。寛政十年(一七九八)「夏の床・冬の床」、十一年『廓の癖』、十二年『宵の程』と書き継がれたその三部作は、谷峨自身の、また、後期洒落本の代表作であるとともに、洒落本から人情本への橋渡しとなった作品として知られている。黙阿弥は、ほぼ、その大筋を辿りながらも、〈万事めでたし〉で終る『二筋道』の結末を、大幅に変えてしまった。主な変更箇所は、次頁の表の通りである。

一〜三は、筋の展開そのものにかかわる変更であり、四・五は、『二筋道』を、『お七』および『燈籠菊桐』に関係付けるための変更である。言い換えれば、黙阿弥は、『二筋道』の、主に『三編・宵の程』を捨てて、『三人吉三』の「丁子屋別荘の場」を構想し、権・痛飲と武兵衛、吉野とお杉をそれぞれ重ね合せることによって、相異なる三つの作品を、一つの作品にまとめ上げたのである。

	傾城買二筋道	三人吉三廓初買
一	一重は回復する。	一重は死を迎える。
二	一重は流産する。（一重には、お梅という妹がいる）	一重は安産する。（一重の子は、梅吉と名付けられる）
三	文里には親がいて、勘当を受け、貧乏暮らし。妻おときは、袖乞いまでしているとの噂。しかし、文里は勘当を許されて旧に復し、一重は、文里の家に引き取られる。	文里の親は死亡。文里は財産を蕩尽し、貧乏暮らし。妻おしづは、間の山の姿を借りて寮を訪れる。文里の許に百両が届けられて、家が再興されるのは先のことである。
四	A＝一重から五十両の金を無心された権は、代償に、「文里二世の妻」という彫り物を消し、自分の名を彫れと迫る。 B＝医者痛飲は、薬代二十両の代償に、一重を妻に求める。	一重から百両の金を無心された武兵衛は、代償に、「文里二世の妻」という彫り物を消し、自分の名を彫れと迫る。

五	吉野は、吉原の大見世の昼三の遊女である。	品川の女郎お杉は、吉原に住み替えて吉野と呼ばれる。お坊吉三という間夫がいる。

『二筋道』によれば、一重は上総曾我野在に生まれ、おとよと名付けられたが、親も知らずに他郷へ養女に遣られた。七つの年、養父母と死別。同村の与一という男の手で吉原に売られ、十六歳で突き出し。そのときから、文里の世話を受け、吉原で一、二を争う昼三の遊女となって、文里の子を孕む。だが、五カ月で流産。文里は勘当されて逼塞（ひっそく）し、二階を塞（せ）かれ、ぶらぶら病に陥る。一重もまた、文里を思うの余り、食も咽喉へ通らぬほどの重い病気に罹るが、抱え主の情で実家に帰り、養生の末、回復。文里は勘当を許され、おときの、「いつしよに居て倶（とも）どもにおまへを大事にするならばなんぼかうれしかろう」（『宵の程』）という願望、あるいは、「一ト重どのをお側におかば。アノ子の病気もよくなれば。ぬしの御べうきもへいゆ」という思い遣りによって、一重はお花と名を改め、文里の家に引き取られることとなる。

胎児の死と一重の回復という、この『二筋道』の構想を逆転させて、黙阿弥は、梅吉の誕生と一重の死を骨子とする劇的状況を作り出した。

雪中の初音の里。丁子屋の寮。家の中では、文里への愛を貫いた一重が、嬰児に心を残しつつ、痛々しい、しかし、澄み切った心境の内に、死を迎えようとしている。家の外では、夫の気持を思い、一重の身を案じ、梅吉の様子を気遣うおしづが、自己犠牲の悲しみを内に秘めて、身を切られるような寒さと、癪の苦痛とに苛まれている。そして、文里が、夫としての不行跡をおしづに詫びながら、一重に惹かれて行く自らの心を抑えようもなく、両者の板挟みとなって苦しんでいる。『二筋道』にあっては、おときの善意によって、三角関係の縺れがめでたく解決された。一重との同居を以て、夫婦・親子の関係を維持して行くための最良の策とするおとき自身の判断が、そこに働いていたことを認めるのに、私は吝かではない。けれども、その解決の仕方には、いささか御都合主義の臭いが付きまとう。

谷峨の御都合主義を、黙阿弥は斥けた。一重の死を設定することによって、つまり、文里をめぐる二人の女を、一人の女に還元することによって、彼は、三角関係の解決を図ったのである。万事めでたしの甘い結末が、読者に、何かはぐらかされたような、白けた印象を残すのに対して、薄幸な女の死は、観客の感情を刺激し、涙を誘う。しかし、それもまた、一種の御都合主義ではあるまいか。それは余りにも単純な減算による、男女関係の、単なる形態的な解決をもたらすに過ぎないからである。そのことを承知していた黙阿弥は、一重を減算すると同時に梅吉を加算して、三角関係の解消を精神的な域へと転じた。

一重はいう。「コレ、梅、私やお前の親ではないぞへ。お前の親は、おしづさまぢやぞ」。一重の子として生まれた梅吉は、「他人の手しほに掛け候ふより、幸ひ乳も沢山に候へば、我ら引き取り世話いたし候」というおしづの意志によって、「藁の上より」、おしづの乳房をくくみ、おしづの子として育てられて来た。換言すれば、一重が〈血〉を梅吉に与えたのに対して、おしづは〈乳〉を梅吉に与えたのだ。〈血＝乳＝霊〉の等式を採用すれば、梅吉の中には、一重の魂とともにおしづの魂も宿るのであり、梅吉の生命は、分与されたその二つの魂によって実体化されるのである。それは同時に、梅吉の生命を介して、一重とおしづが重なり合い、一個の母性として統一されて行くことを意味した。精神的な域において、三角関係の解消される理由がそこにあった。そして、一重に対する文里の思いも、梅吉に対する父性の愛情の中に融解して行くのである。『二筋道』の大筋を辿りながら、その結末を逆転させ、一重を死へ、梅吉を出生へと導いた黙阿弥の、それが真意であったと思われる。

ところで、文里は当初、「さすが年端(としは)がゆかぬゆゑ、欲を知らねへおいらんと、子供のやうに思ふから、悪くされてもいとはずに、無駄な金を遣ひに」、一重の許に通う裕福な客に過ぎなかった。しかし、自害を図る一重の小刀から、彼女が、父の友人安森源次兵衛の娘と知れて以来、「知らぬ先から行く末を、案じたおれゆゑかうなれば、どこがどこまで力にならう……江戸の気性に後へは引かねへ」と、恋と男気の入り混じった複雑な心情に駆られて、文里は、一重への愛にのめり込んで行くのである。つまり、見方を変えれば、文里の一重に対する愛は、その半ばを文里自身の欲望に負い、他の半ばを、伝吉の蒔いた因果の種に負うているのだといえよう。

黙阿弥は、『燈籠菊桐』の「拾遺」として、お七物と『二筋道』とを関係付ける際、お七の世界の登場人物を、『二筋道』のそれに結合するという手段を用いた。八百屋の下女お杉は、『燈籠菊桐』における品川の女郎お杉を経由して、吉野に結び付けられる。また、焼亡した店の建築費を融通し、それを枷(かせ)に、お七との結婚を迫る武兵衛は、五十両の無心を受け入れる代償に、文里との絶縁を一重に迫る権、および、二十両の薬代を枷として、一重を物にしようとする医者痛飲に重ね合される。だが、何よりも注目すべきは、親の借金に苦しむお七の立場を一重に移し、その一重を、安森源次兵衛の娘とすることによって、伝吉にかかわる因果の波紋が『二筋道』にまで及ぶ契機を用意したことであろう。

因果は伝吉を滅ぼし、その血筋を絶やす。それだけではない。因果の波は安森家を襲って一家を離散させ、一重を苦界に沈め、余波はさらに文里を巻き込み、妻子を惨めな境遇に陥れる。しかし、梅吉の誕生とともに、一条の光が立ち現れて、状況の変化を促す。

「因果譚」は、絶望を孕む闇の生ないし世界を開示し、「恩愛噺」は、その闇に触れながらも、未来への希望に彩られた光の生ないし世界を開く。この二つの生ないし世界の展開過程を、黙阿弥は、交互に舞台化してみせる。すなわち、

一番目序　幕――因果譚と恩愛噺の導入
　二幕目――因果譚
　三幕目――恩愛噺、因果譚
　大　詰――因果譚
二番目序　幕――恩愛噺、因果譚
　二幕目――恩愛噺
　三幕目――因果譚
　大　切――因果譚と恩愛噺の結末

「交互に」とは、この場合、二様の人生が、それぞれ、対等の現実的な価値を持って存在すること、しかも、その両者が、決して対立関係には置かれていないことを意味している。

『三人吉三』において、葛藤の原動力となるべき敵役は失われ、善悪の対立という葛藤の基本的な図式は解体されたと、先に私は述べた。善悪の対立にせよ、三角関係の縺(もつ)れにせよ、そのような葛藤の図式には、もはや、劇的なるものを把捉する力はないとの判断が、黙阿弥に働いたのであろう。

安政という、さまざまな秩序の崩壊期における、最も根源的な生の問題は、この世には、凄まじい破壊のエネルギーに押し潰されて虫けらのように死んで行く人間と、僥倖に恵まれてその破壊力を免れ、恙無く生き残って行く人間とが存在し、何れの結果に到るかは予測し難く、かつ、両様の結果を生じた原因は説き明かし得ないという事実にあった。大地震の災禍を無事に逃れた笠亭仙果は、こう記している。「昨夜大ゆりの後、おもひしよりは小ゆりしげからず、五六度にも及びしが、さはれ、人もわれも安き心さらになく、やう〳〵に人のゆきゝし、又、そのつて〳〵にて、所々のつぶれたる、またやけたる人馬の死傷など、やう〳〵さま〴〵かたるをきくに、身の毛たち、おそろしく、眼しばたゝかれてかなしく、われどちの無事を悦ぶの外他なし」(『なゐの日並』)と。

善を恩愛に、悪を因果に染め替え、慈悲深い性格ではあっても純な善人とはいいかねる文里と、悪党ではあっても敵役ではない伝吉とを軸にして、希望と破滅との人生の軌跡を、默阿弥は、こもごも描く。『三人吉三』のこのような戯曲作法は、生に対する幕末の問題意識を、鋭く映し出したものといい得よう。それとともに、その方法は、小団次の身に付いた確かな早替りの技術と、豊かな地芸の表現力とを統合するに格好の方法でもあった。けれども、果たしてそれは、人間対人間、人間対社会、人間対超越者等々の葛藤を旨とし、登場　物そのものが、自らの行動によって未知の世界を開いて行くような、劇の名に相応しい方法であったのだろうか。それはむしろ、第三者が、既知の事柄について人々に語り、話す、叙事の方法に酷似しているのではなかろうか。「恩愛噺」といい、「因果譚」という規定の仕方は、その意味で、誠に興味深い。話すのは、書き置きに一部始終を認めた一重であり、物語るのは、地獄変相図を担って歩く和尚吉三である。

『三人吉三』は、しかしながら、話でもなければ、物語でもない。それはあくまでも、人生の道程に待ち受けるさまざまな葛藤を、人物が、自らの行動によって開示する劇以外の何物でもない。そこでは、話し手も語り手も、ともに第三者として外在せず、劇的な世界の内にあって行動する登場人物なのである。登場人物が、当事者として話を演じ、物語を演じるとでもいうべきか。

それにしても、この叙事性を帯びた戯曲作法を、黙阿弥はどのようにして生み出したのだろうか。一方では、散文的なせりふのリズムが、七五調を基調とする詩歌のリズムに置き換えられるとともに、義太夫・常磐津・清元・花園という諸浄瑠璃の、抒情性に富んだ音楽的側面が増幅されて、対話劇と語り物との接点が確保される。他方、浄瑠璃の叙事的な側面は、古くから歌舞伎に内包されてきた話の方法に融合され、継起する事件展開のための、叙法の骨格を形作る。それらを媒介したものは、第一に、義太夫狂言の伝統であり、第二に、地芸にト書きチョボを求めて已(や)まぬ小団次の肉体であった。

思えば、歌舞伎は、対話劇的要素を核として、多種多様な芸能の要素を摂取し、自己の表現能力を貪欲に拡大してきた。しかし、浄瑠璃との間には、常に一線が画されていた。歌舞伎と浄瑠璃は、久しきに亙って、互いに他を相対化しつつ、かつ、相互に影響を与え合いながらも、それぞれが独立した芸能として、固有の歴史を築いてきたのである。その浄瑠璃を、歌舞伎は今、自らの内に吸収・統合した。これを以て、近世演劇の完成と見ても良い。黙阿弥は、そして、『三人吉三』は、そのような史的立場に立つ作者・作品なのである。

付録

江戸三座芝居惣役者目録――『役者商売往来・下』

『役者商売往来・下』（校注者蔵）は、安政七年正月、つまり、『三人吉三廓初買』の初演と時を同じくして刊行された役者評判記で、冒頭の「惣役者目録」は、当該時期の江戸における役者・作者の配置と位置付けとを知るに格好の史料である。本作に出演した役者たちが、当時どのような評価を受けていたのかを概観するため、ここに影印で掲げた。

狂言作者心得書

『狂言作者心得書』は、立作者、二・三枚目作者、狂言方及び見習いの職掌を、二十六カ条に亙って詳述したもの。文末に、「右は故人三升屋二三治中村重助並木五瓶五代目南北等の教示なり」とあるように、黙阿弥が、師匠や先輩たちの積み重ねてきた諸経験を整理し、弟子たちへの指針とした、全七葉の筆写本である。河竹繁俊著『河竹黙阿弥』（大正三年十二月、演芸珍書刊行会）や、服部幸雄著『歌舞伎の原像』（昭和四十九年二月、飛鳥書房）などに、すでに活字化されてはいるが、本作の制作過程を知る一助にもと、改めてここに翻刻した。底本は、玉川大学図書館蔵の半紙本。黙阿弥の筆になるものと思われ、参考のために、第三丁の裏を写真にして掲載した。

江戸三座芝居惣役者目録
猿若町壹丁目座元　中村勘三郎
同　弐丁目座元　市村羽左衛門
同　三丁目座元　森田勘弥
○見立江戸名物名をもてなす人の評
▲立役巻頭
大上上吉　市川小團次　市
▲立役之部
上上吉　中村福助　中
松の鮨

上上吉　市川市蔵　森
上上吉　尾上和市　円
上上吉　嵐雛助　円
上上吉　尾上梅幸　中
上上吉　市川米十郎　市
上上吉　市川團三郎　森
上上吉　沢村訥升　市
上上士　市川九蔵　森

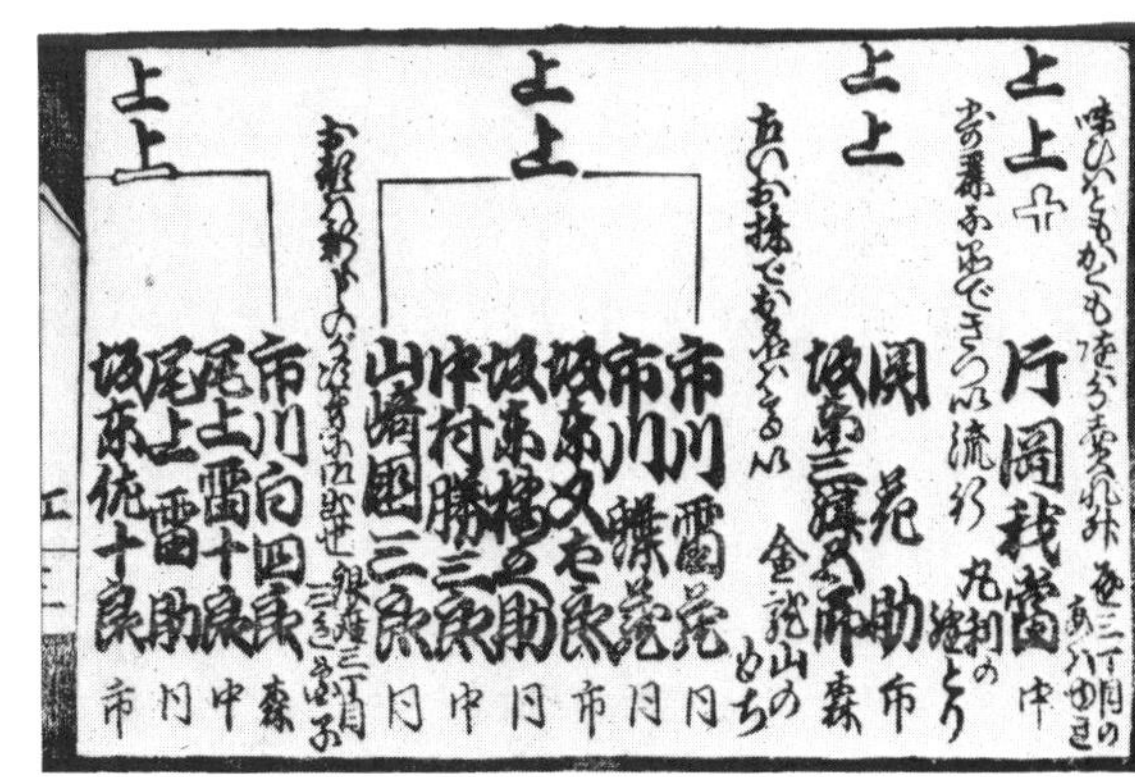

上上士　片岡我當　中
上上　関[illegible]助　市
坂東三津五郎　森
上上
市川雷蔵　円
市川[illegible]蔵　円
坂東又太郎　市
坂東橘五助　円
中村勝三郎　中
山崎国三郎　円
上上
市川[illegible]四郎　森
尾上雷十郎　中
尾上雷助　円
坂東佐十郎　市

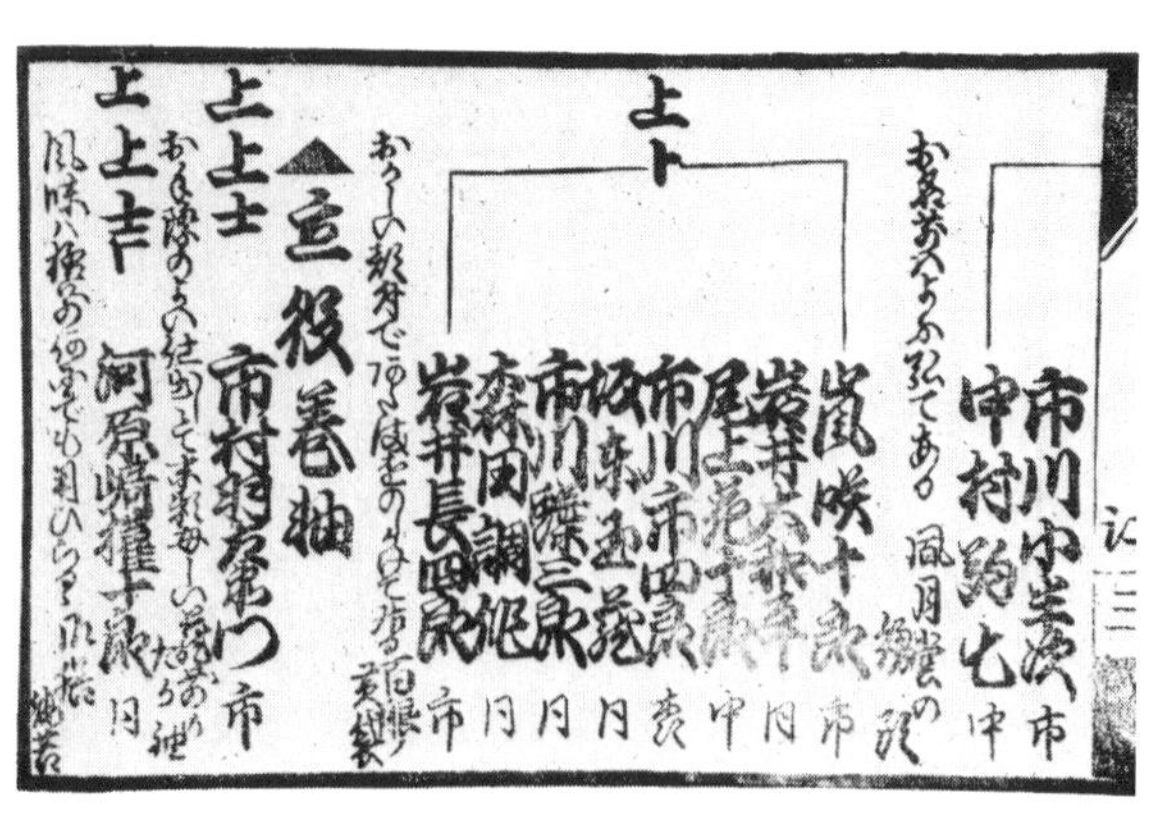

上ト

市川やま次 市
中村駒七 中
嵐咲十郎 市
岩井大新平 円
尾上花蔵 中
市川市四郎 森
坂東五郎 円
市川勝三郎 円
森田調郎 円
岩井長四郎 市

[illegible]

▲立役 巻軸

上上士 市村羽左衛門 市

[illegible]

上上吉 河原崎権十郎 円

[illegible]

▲惣後見

真上上吉 市川團蔵 森

[illegible]

切上上吉 森田是好 円

[illegible]

▲實悪之部

至上上吉 関三十郎 市

[illegible]

上上吉 浅尾與六 円

[illegible]

上上士 市川白猿 中

[illegible]

上上吉 中村歌右衛門 中

[illegible]

上上士 大谷徳次 円

[illegible]

上上士 松本國五郎 森

[illegible]

上上士 中村鶴蔵 市

[illegible]

上上士 中村歌蔵 森
関歌助 中

[illegible]

上上 嵐吉六 市
嵐冠五郎 森
中村[illegible]蔵 中

[illegible]

上上 中村[illegible]蔵 中
中村[illegible] 円
中島勘蔵 円

[illegible]

五三六

上　　上上

[illegible]

中　市　中　市　森　円　市　中　円　森　市　森　中　円　円　市

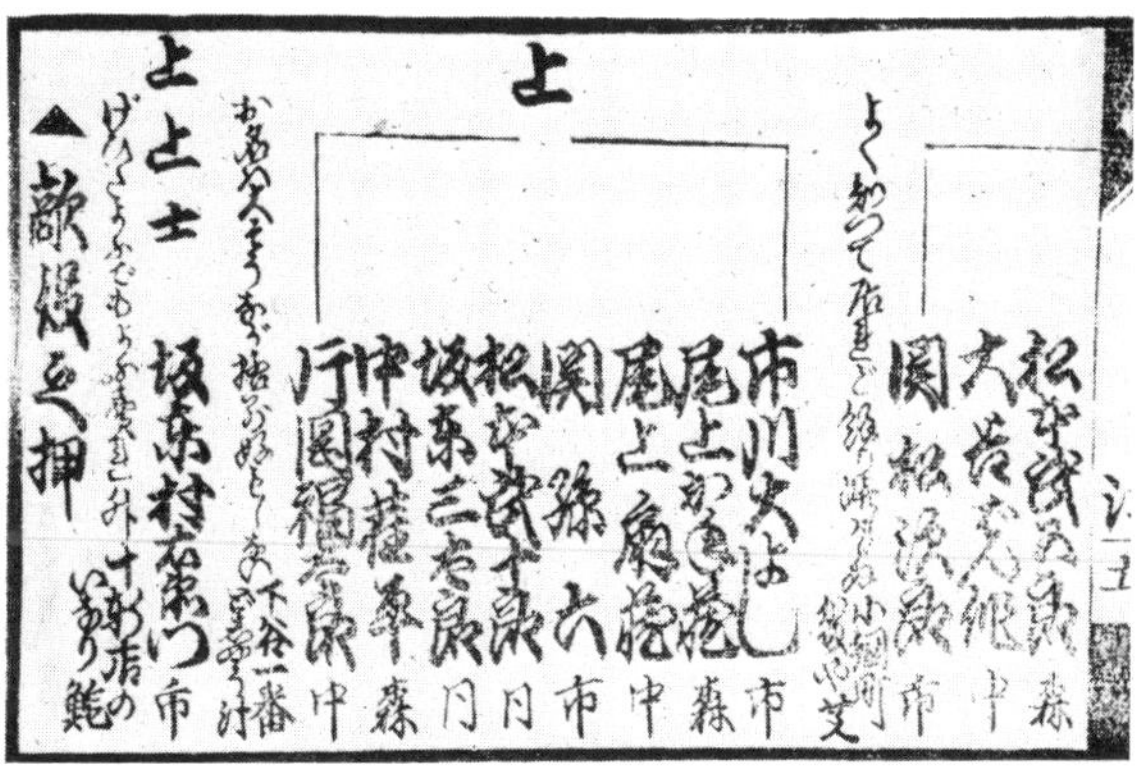

上上吉　中村[illegible]　中

▲若女形之部

上上吉　[illegible]　市

上上吉　市川[illegible]　森

上上吉　市川[illegible]　中

上上士　中村[illegible]　市

上上士　[illegible]　森

上上士　[illegible]　円

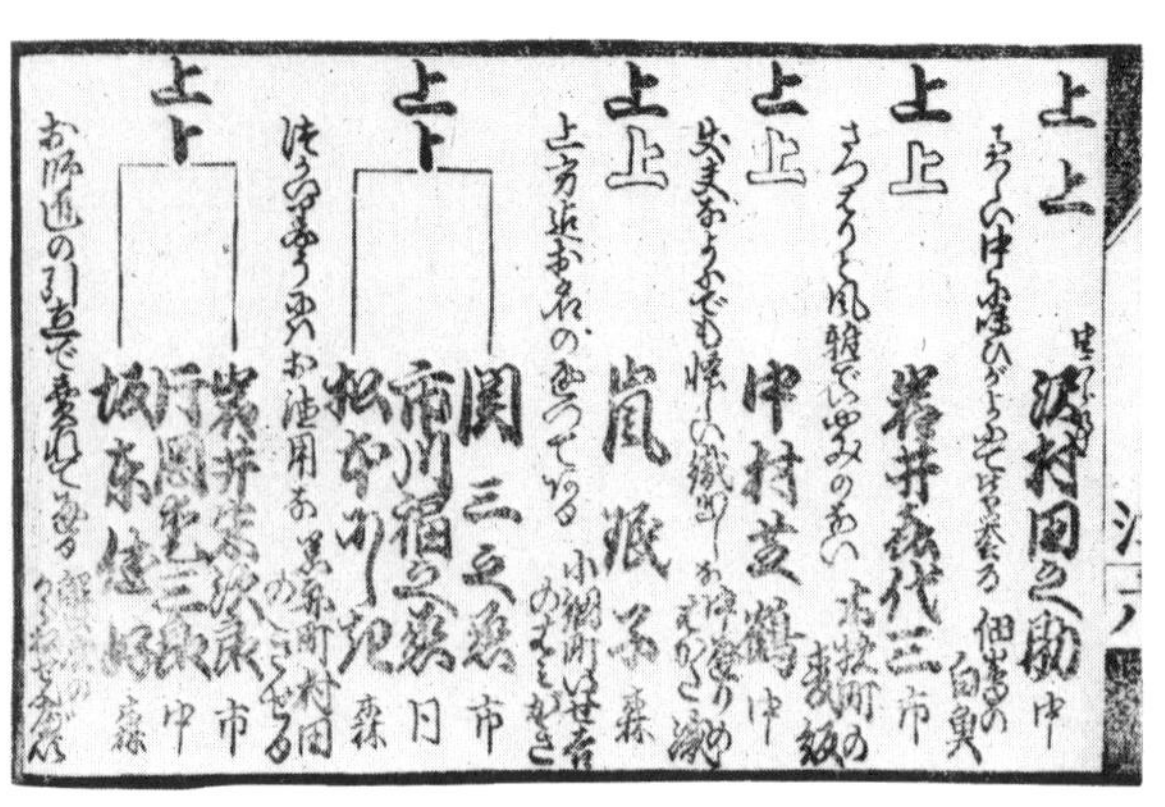

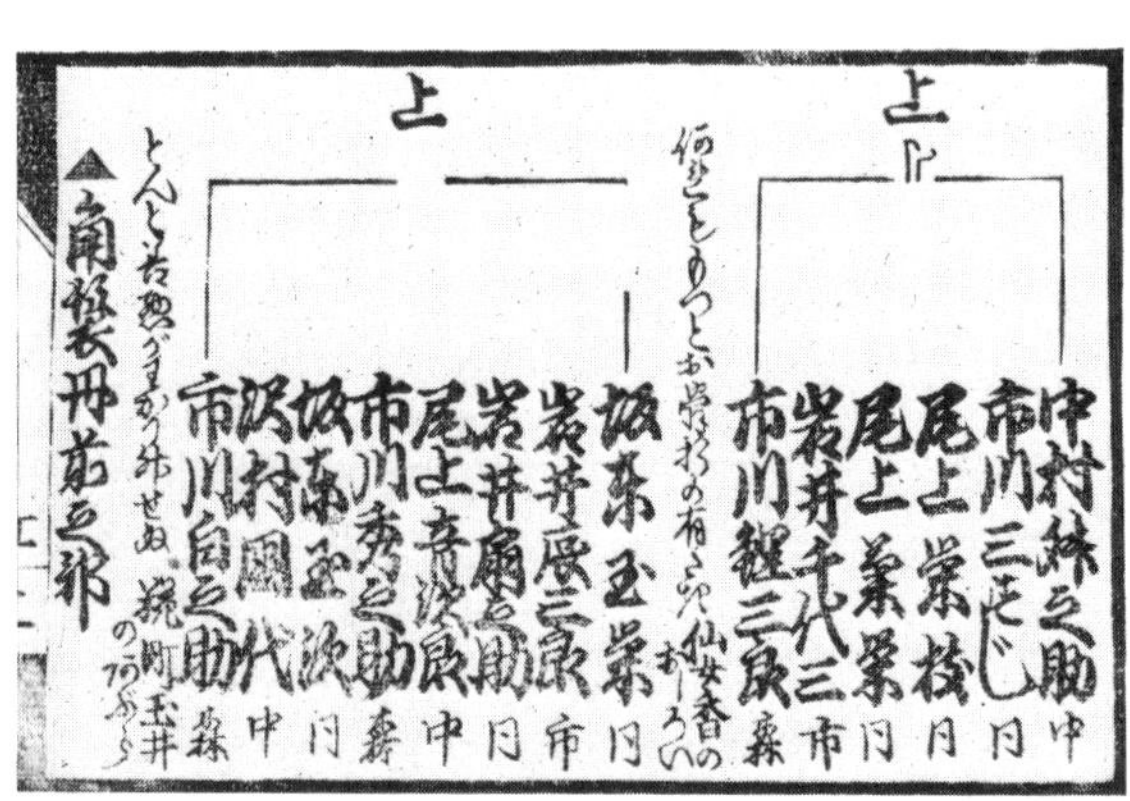

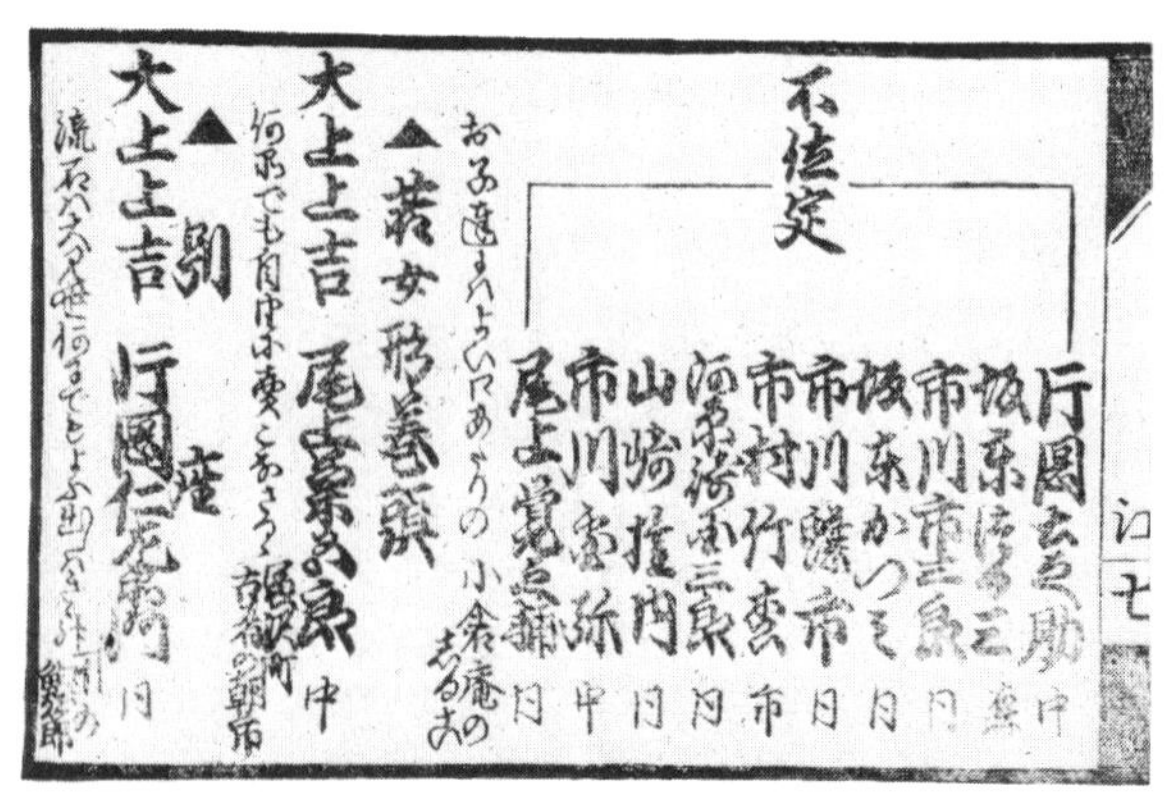

▲頭取之部

中村藤太郎

尾上小の秀

岩井長四郎

坂東橋十郎

▲口上之部

市川仙次

坂東錦八

坂東大和八

▲囃子頭之部

杵屋三五郎

田中傳左衛門

望月太左衛門

望月朴清

▲狂言作者之部

中村座 瀬川如皐

桜田治助

市村座 篠田瑳助

河竹新七

森田座 桜田数輔

狂言堂

右纏万歳楽可

狂言作者心得書

一　立作者ハ太夫元座頭と相談の上世界を極狂言の筋を立座頭へ噺し一場づゝ筋書をなして二枚目三枚目の作者其人の得手の場を渡し狂言に仕組ませ横書出来の上読合せをなし同じせりふある時ハどちらかはぶき一直なして清書をさせ正本となすなり

一　立作者の書物ハ大名題（顔見世ならバ）だんまり大詰二番目浄瑠理なり

一　立作者ハ二枚目作者を伴ひ座頭の宅にて狂言の内読をなす座頭一座の役を聞き役不足のなきやう相談をなし立作者添削の上表向き三階にて本読ありて一座へ狂言を聞すなり

一　立作者大名題を書き小名題（俗ニ四枚）ハ二枚目作者書く顔見世寄初の節三階に於て来年の恵方へ向ひ立作者大名題を読ミ二枚目小名題を読むなり

一　立作者浄瑠璃を綴りのり入へ自身ニ清書なし三太夫の家元へ狂言方持参なし家元ニ読ミきかせ本を渡す狂言方へ祝義として金百疋蕎麦を馳走なすが例なり

一　立作者ハ名題浄瑠理ハ必ず書べきものなれど四代目南北翁ハ浄瑠理不得手ゆゑ始終二枚目作者ニ書せしなり

一　立作者ハ看板番附の下画自身ニかく人もあり外ニ画心有る者あれバ差図してかゝせるなり

一　立作者ハ狂言方見習ずを宅へよせ書抜きをさせるなり

一　立作者ハ惣浚ひの節三階へ出席なし一日の狂言を一見なしせりふなどの誤りを正し又ハだれる所を其場の役者と相談をなし直すなり初日の内桟鋪ニて見物なし悪しき所を直させるなり

一　立作者ハ初日より出揃ひ迠日勤なし仕きれぬ幕の長短を斗り不残出揃ひし上ハ次興行ニ掛るゆゑ日勤ハせぬなり

一　立作者ハ作者中の給金を表より受取り夫々へ渡すなり昔ハ立作者仲ヶ間の天窓をはる（給金の上まへをとるな

り）事有り近年ハなき事なれどかゝる事ありてハ仲ヶ間の用ひ悪したとへば五分の払ひの節ハ給金高ゆゑ立作者一分足し六分ニなして払ひ又ハ手附金延引の節は立替て遣すやうニなさバ自然と用ひらるゝ也

一 弐枚目作者ハ立作者の相談相手にて万端引受多用なるなり書物ハ小名題（四枚）狂言ハ顔見世ならバ四立目の浄瑠理五立目の世話場又ハ二番目をかくなり

一 弐枚目作者ハ本読前ニ立作者より相談なき名題役者へ役の柄を噺しに廻るなり

一 弐枚目作者ハ顔見勢寄初の節小名題を読むなり

一 弐枚目作者ハ役の納り兼るを扱ひ納めるなり初日の内日勤出揃ひ後ハ三枚目ニ頼ミ合出勤をせぬ事あり

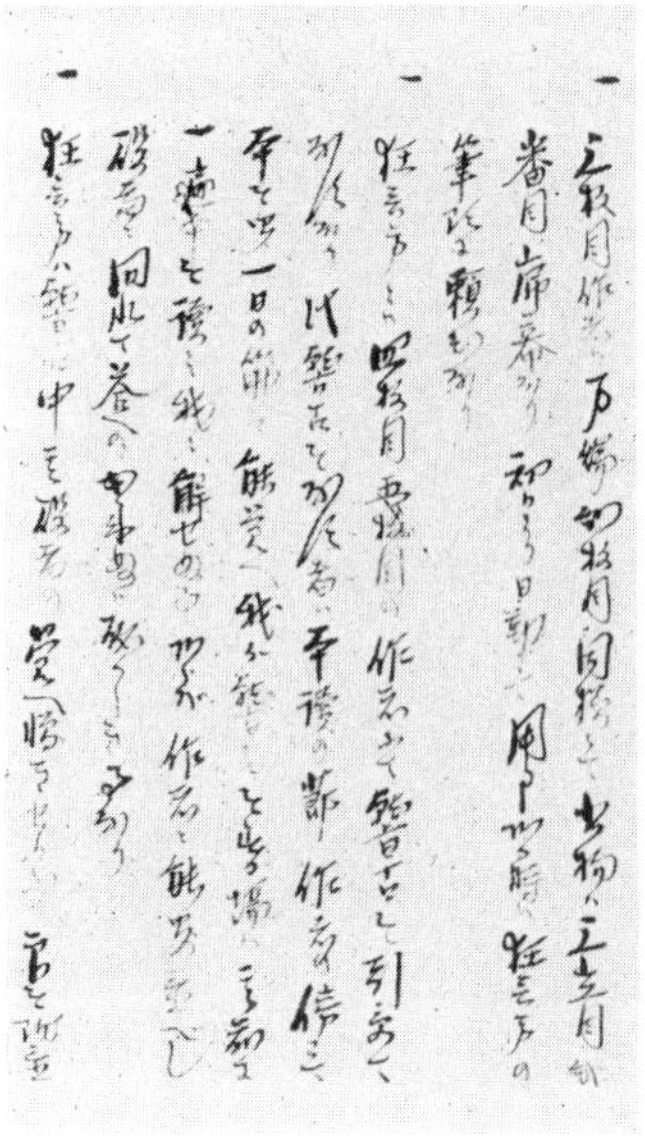

一 三枚目作者ハ万端弐枚目同様ニて書物ハ三立目弐番目序幕なり初日より日勤ニて用事ある時ハ狂言方の筆頭に頼むなり

一 狂言方とハ四枚目五枚目の作者にて稽古を引受てなすなり此稽古をなす者ハ本読の節作者の傍ニて本を聞一日の筋を能覚へ我が稽古をする場ハ其前に一遍本を読ミ我ニ解せぬ事あらバ作者ニ能聞置べし役者ニ問れて答への出来ぬハ恥かしき事なり

一 狂言方ハ稽古中其役者の覚へ憎きせりふへ印を附置初日ニ早く附てやるがよし舞台へ本を持出せりふを附る時ハ成丈ヶ見物へ知れぬやう役者の蔭か道具の蔭へ身をよせてせりふを附るなり

一 狂言方幕明の木ハ能板附キの役者を見て幕を明ヶ幕切りハ早く舞台へ上り幕引きの者を見て舞台上手へ裏向きニしやがミ居て何とやらしてト木頭のせりふと一所に立ッてチヨント打なり前より立ッて居て打ッハ見ぐるしぶさまなる物なり

一 狂言方ハ正本の清書せりふの書抜きをするが役なり稽古中役者の直し出し時ハ其作者へ届ヶゆるしをうけて直すなり

一　見習ひハ諸事萬端見習ふなり稽古中狂言方の傍に居て其場へ出る役者を呼び集め稽古中書抜にせりふ抜ケて居る節是を書入など致し稽古の仕様を見習ふなり此内誰の稽古の仕様がよし誰のハ悪しと能き人を見習ひて稽古を覚へ狂言方となるなり

一　見習ひハ初日ニ衣裳小道具の附師帳ニ記し有る品をいせう小道具ニ代りて役者の所へ配りしものなり又名題役者の所へ幕間の聞合せに幾度となく行くものなり是ハ見習ひに限らず狂言方も聞合せニ行くなり

一　見習ひハ初日幕明きて舞台上下ニ壱人づゝうら向きニ扣へ居て小道具才不足の時ハ楽屋より持運び稽古人の小用をたすなり此内に初日の出しやう役者へせりふの附ケやうなど見習ひて覚ゆるなり

一　見習ひハ芝居休日中立作者二枚目作者の宅を廻り業用の使ハ素より俗用の使をなす其折ハ作者宅ニて食事をさせ小遣ひを遣して遣ふなり

一　見習ひハ商家の丁稚同様ニて昔の給金ハ一ト興行鼻紙代として金一分か二分なり実ニ馬鹿〳〵しき事ながら稽古を覚へ狂言方となり又作者となり人に用ひらるゝを望ミて一生懸命に出精なして立身をするなり

一　見習ひハ作者の筆取を初め正本の清書かきぬきを覚ゆるが専一なり

右は故人三升屋二三治中村重助並木五瓶五代目南北等の教示なり

新潮日本古典集成〈新装版〉

三人吉三廓初買

令和二年三月二十五日　発行

校注者　今尾哲也

発行者　佐藤隆信

発行所　株式会社新潮社

〒一六二―八七一一　東京都新宿区矢来町七一

電話　〇三―三二六六―五四一一（編集部）
〇三―三二六六―五一一一（読者係）

https://www.shinchosha.co.jp

印刷所　大日本印刷株式会社

製本所　加藤製本株式会社

装画　佐多芳郎／装幀　新潮社装幀室

組版　株式会社DNPメディア・アート

乱丁・落丁本は、ご面倒ですが小社読者係宛お送り下さい。送料小社負担にてお取替えいたします。

価格はカバーに表示してあります。

ISBN978-4-10-620882-9　C0395

新潮日本古典集成

書名	校注者
古事記	西宮一民
萬葉集　一〜五	青木生子　井手至　伊藤博　清水克彦　橋本四郎
日本霊異記	小泉道
竹取物語	野口元大
伊勢物語	渡辺実
古今和歌集	奥村恆哉
土佐日記　貫之集	木村正中
蜻蛉日記	犬養廉
落窪物語	稲賀敬二
枕草子　上・下	萩谷朴
和泉式部日記　和泉式部集	野村精一
紫式部日記　紫式部集	山本利達
源氏物語　一〜八	石田穣二　清水好子
和漢朗詠集	大曽根章介　堀内秀晃
更級日記	秋山虔
狭衣物語　上・下	鈴木一雄
堤中納言物語	塚原鉄雄
大鏡	石川徹
今昔物語集　本朝世俗部　一〜四	阪倉篤義　本田義憲　川端善明
梁塵秘抄	榎克朗
山家集	後藤重郎
無名草子	桑原博史
宇治拾遺物語	大島建彦
新古今和歌集　上・下	久保田淳
方丈記　発心集	三木紀人
平家物語　上・中・下	水原一
金槐和歌集	樋口芳麻呂
建礼門院右京大夫集	糸賀きみ江
古今著聞集　上・下	西尾光一　小林保治
歎異抄　三帖和讃	伊藤博之
とはずがたり	福田秀一
徒然草	木藤才蔵
太平記　一〜五	山下宏明
謡曲集　上・中・下	伊藤正義
世阿弥芸術論集	田中裕
連歌集	島津忠夫
竹馬狂吟集　新撰犬筑波集	木村三四吾　井口壽
閑吟集　宗安小歌集	北川忠彦
御伽草子集	松本隆信
説経集	室木弥太郎
好色一代男	松田修
好色一代女	村田穆
日本永代蔵	村田穆
世間胸算用	金井寅之助　松原秀江
芭蕉句集	今栄蔵
芭蕉文集	富山奏
近松門左衛門集	信多純一
浄瑠璃集	土田衞
雨月物語　癇癖談	浅野三平
春雨物語　書初機嫌海	美山靖
與謝蕪村集	清水孝之
本居宣長集	日野龍夫
誹風柳多留	宮田正信
浮世床　四十八癖	本田康雄
東海道四谷怪談	郡司正勝
三人吉三廓初買	今尾哲也